馮君木　撰
唐燮軍　崔雨　李學功　校注

馮君木集校注

上海古籍出版社

2021年度寧波市文化研究工程項目(項目號:WH21-2)成果

前言:《回風堂詩文集》考述

浙江慈谿人馮鴻墀(1874.1.7—1931.5.18),字階青,三十歲那年又更名"开",改字"君木"。① 馮氏雖曾發表白話倫理短篇小説《一飯難》,②其所作《吊花冢曲》等白話小説甚至得到況周頤《餐櫻廡漫筆》的充分肯定,以爲"綺組繽紛,通於諷諭,其形容盡致處,尤語妙天下"。③ 即便如此,這類作品不僅數量較少,且其質量與學術影響,明顯不如其所作詩、詞、文等古文辭。④ 歸根結底,馮君木是一位長於填詞、吟詩、作文的傳統文人。

學界對馮君木其人其學的探討,始於20世紀90年代末,並大體上可分爲三類。一則以張波《馮开的文學、書法及交往》爲代表,偏重於介紹馮氏的生前行跡、書法與交友圈;二則以《近代上海詩學繫年初編》爲典範,將馮君木的行跡與作品置於特定地域的文學流變之中,藉以呈現其内在價值與學術影響;三則像《晚清民初學者馮开及其未刊抄本〈秋辛詞〉》那樣,著眼于挖掘相關文本的史料價值與文學主張(詳參表1)。兹擬在汲取這些既有研究成果的基礎上,依次探討馮君木的文史成就,爾后在考察馮氏《回風堂詩文集》編輯出版始末

---

① 《僧孚日録》1921年10月3日條,《沙孟海全集·日記卷》,洪廷彦主編,西泠印社出版社2010年版,第222頁。

② 君木:《一飯難》,《民權素》第八集,第83—85頁。該文後又署名馮君木,發表在《精武雜誌》第46期(1924年12月15日發行),第8—10頁。

③ 《申報》1925年4月1日第12版蕙風《餐櫻廡漫筆》,《申報影印本》第211册,上海書店1983年版,第12頁。

④ 案:馮君木早在清末就已被徐珂《大受堂札記》卷五視作全國範圍内近20位善治古文辭的名家之一,更在病逝十餘年後,又被前"國史館"列爲"國史擬傳"的傳主。

之餘,檢討該書在歷史編纂學方面的成敗得失。

表 1　專題探討馮君木其人其學的已有成果

類	相 關 成 果	載 體
一	鄔向東等《葆愛後生　拋棄世法——國學家馮君木和他的子侄》	《文化群星——近現代寧波籍文化精英》,王永傑等編,中國文史出版社,1998年
	郝墟《愛國學人馮君木》	《寧波日報》1999年5月13日第11版
	周樂《馮君木和他的書法弟子》	《20世紀寧波書壇回顧——論文史料選輯》,鄔向東主編,寧波出版社,1999年
	張波《馮开的文學、書法及交往》	《溪上譚往》,童銀舫主編,浙江古籍出版社,2020年
	翁運凡《馮君木其人其事》	
二	《近代上海詞學繫年初編》	楊柏岭編著,上海教育出版社,2003年
	《近代上海詩學繫年初編》	胡曉明、李瑞明編著,上海教育出版社,2003年
三	杜志勇《談馮开墓志銘拓本》	《衡水學院學報》2012年第2期
	逯銘昕《馮开、張原煒批校本〈後山集〉述略》	《寧波大學學報》2014年第4期
	沈燕紅等《晚清民初學者馮开及其未刊抄本〈秋辛詞〉》	《浙江社會科學》2017年第2期
	唐燮軍等《馮君木序跋考釋》	《寧波大學學報》2023年第3期

一

馮君木其實早就雅好填詞,作於光緒十七年(1891)的姚壽祁《題君木《秋弦詞》》,內稱"可憐弱歲馮當世,落拓詞場已五年",①即其明證。也就在閱讀、寫作、交流的過程中,馮君木逐漸增進了對詞的認識,如其《秋辛詞》卷首《自序》云:"予自童年即溺詞章,詩賦以外,兼耽填詞。初嗜《花間》一集,繼厭薄之。以爲詞者,樂府之餘也,溫柔敦厚,無取謠哇。於是問途於碧山,取裁于清真,由南宋而上窺北宋,斐然有作,托體亦匪庳矣。"②又如其《葉蜕仙遺稿序》曰:"詞之爲道,意内言外。止菴有言:'以有寄托入,以無寄托出。'入於意内,出於言外,匪直達詁,實爲懸解。"③此外,馮氏亦嘗宣稱:"詞有北宋、南宋之派別,北宋詞比于文章,猶如歸震川,南宋猶如曾湘鄉也。周止弇云:'北宋詞下者多在南宋下,高者在南宋上。南宋則下不犯北宋拙率之病,高不到北宋渾涵之詣。'"④平情而論,馮君木對詞的性質、派別、意蘊的這類理解,確實明顯受到清人周濟(1781—1839)的影響(詳參表 2),卻也不乏諸如《百家令•落葉》之類的精品:

是愁是淚,怎一宵、庾得青山如許。已被荒山收拾了,更被回波卷去。帶尾風乾,屧牙雲碎,寂寞靡蕪路。秋心貼地,夕陽紅上無數。曾記煙景濃春,織陰如夢,綠到濛濛處。今日西風都不管,只有銅笳送汝。簾外天低,酒邊人遠,月黯重樓雨。哀蟬老也,昏燈一笛無語。⑤

---

① 《寥陽館詩草》,姚壽祁撰,余姚黄立鈞刊本,1942 年。
② 《秋辛詞》,馮开著,寧波天一閣博物院藏,索書號"馮2986"。
③ 《回風堂文》卷一《葉蜕仙遺稿序》,《回風堂詩文集》,馮君木撰,中華書局聚珍仿宋字版,1941 年。
④ 《僧孚日録》1921 年 12 月 2 日條,第 267 頁。
⑤ 該詞後又以《念奴嬌•落葉》爲題,被收録於《回風堂詞》。據沈燕紅等《晚清民初學者馮开及其未刊抄本〈秋辛詞〉》比對,《念奴嬌•落葉》較之於《百家令•落葉》,除題目外,尚有八處改動。沙孟海《僧孚日録》亦載該詞,且與《秋辛詞》完全相同。

這首寫於1895年並見錄於《秋辛詞》的早期詞作,曾經深得陸鎮亭(1855—1921)的賞識;陸先生甚至在"詫爲秦、柳復生"的同時,曾"百計羅致","欲著之門籍"。①

表2 馮君木詞論的學術淵源

馮君木的認知	淵源所自
詞乃樂府之餘	周濟《詞調選雋序》:"古之歌者,一倡而三歎。一倡者,宜其調;三歎者,永其聲。是以詞可知而聲可感。詩之變爲樂府,樂府之變爲詞,其被之聲而歌,播之管弦,未有不如是者也。"
詞之爲道,意内言外	張皋文、張翰風兄弟輯《詞選》而序之,以爲詞者,意内而言外,變風騷人之遺。
入於意内,出於言外	周濟《宋四家詞選序論》(或《宋四家詞筏序》):"夫詞,非寄託不入,專寄託不出。"
詞有北宋、南宋之派別	周濟《介存齋論詞雜著》:"北宋詞,下者在南宋下,以其不能空,且不知寄託也;高者在南宋上,以其能實,且能無寄託也。南宋則下不犯北宋拙率之病,高不到北宋渾涵之詣。"

從光緒十四年到二十四年,這十年既是清廷從"同光中興"迭經甲午失利、戊戌政變而轉趨衰敗之秋,也是馮君木生前經世意識最强烈的時期。在此期間,馮氏既自覺走上科舉入仕之路並在1897年"由拔貢官麗水訓導",②又時常與應叔申(1872—1914)、姚壽祁(1872—1938)、陳訓正(1872—1943)等好友結社聚會、唱和詩詞。其虛構於甲午戰爭背景下的《含黄伯傳》,貌似荒誕不經,其實洋溢著對

---

① 《秋辛詞》,馮开著,寧波天一閣博物院藏,索書號"馮2986"。
② 《雪野堂文稿》卷上《馮回風先生事略》,袁慧常著,1949年鉛印本。從《回風堂詩文集》的相關詩文,可知馮君木任職麗水,前後兩期:第一期爲光緒二十三年至二十四年末,第二期爲光緒二十六年二月至次年上半年,合計兩年多。

清廷外强中乾的辛辣諷刺和對國家前途命運的無盡憂慮：

含黃伯，郭姓，名索，字介士……少時有相者見之詫曰："此子異日當橫行一世，非泥塗中物也。"……煬帝幸江都，索以術干上，上以鼎鼐任之……因封索爲含黃伯。索雖見知于上，顧爲人孤僻，無熱腸，每見上，輒以冷語諷。上亦微厭之……未幾，索以醉死。……野史氏曰：當時有無腸公子者，以戈矛縱橫天下，索豈其族耶？抑吾聞索慕司馬相如之爲人，故又自號長卿，則索亦翩翩佳公子也。無腸公子殆即索之別稱邪？然索之名，至今猶籍籍人齒頰間也。①

但自光緒二十四年年底起，馮君木基於對戊戌政變的強烈不滿，不再以入仕爲官爲人生目標，並從此"戒詞不爲"；②其作于宣統元年（1909）六月的《秋辛詞・自序》，就曾比較委婉地交代了這一轉變的內因與外緣："《秋辛詞》一卷，始於戊子，止於戊戌，蓋余二十前後迴腸盪氣時作也。自是厥後，耗心憂患，神思都索，扼吭不飛，引衷靡緒。譬彼眢井，瀾則涸矣，翻眠舊篋，心靈忽動。少日光景，若在天際，若在眼前，輒比而寫之，追逝風拾隊塵，亦以自傷老大焉尔。"

時至民國十年（1921）十月底，馮君木在應邀爲《葉蜕仙遺稿》作序時，隨手"自作一詞題其卷端"，③遂在不復作詞二十餘年後又重拾舊好，創製出《如夢令》《憶江南》等衆多詞作；④這其中，爲吳湖帆夫

---

① 《清文匯》丁集卷一九馮开《含黃伯傳甲午》，沈粹芬等輯，北京出版社 1996 年版，第 3119—3120 頁。
② 《僧孚日錄》1921 年 12 月 2 日條，第 267 頁。
③ 《沙孟海全集・日記卷》，洪廷彥主編，西泠印社出版社 2010 年版，第 265 頁。
④ 案：《鈴報》1930 年 4 月 14 日第 2 版《君木近詞》："《如夢令》戲作此詞，以寧波方言讀之，可勿使上下唇微動也：'坐盡高樓燈火，竟夕淒涼難過。可奈夜深時，衹有秋人一個。婀娜，婀娜，獨向紅欄愁臥。'《憶江南》又用舌音：'琵琶罷，畫閣雨紛紛。莫問空蒙瓊月魄。不堪飄泊玉梅魂。風外夢無痕。'"

婦所藏宋刻《梅花喜神譜》題寫的《疏影》,更深得時流好評。① 隨之而來的是,其填詞功夫也得到彼時詞壇宗師朱祖謀(1857—1931)、況周頤(1859—1926)的充分肯定,譬如況氏《餐櫻廡漫筆》云:

> 余嘗語炎復,惜君木不填詞,設與余同嗜者,則雨窗翦燭,何異四印齋夜話時矣。曩强村朱先生近四十始爲詞,半塘老人實染擩之,比者以詞名冠絶當世矣,蘭荃徑香,引人易入。它日之君木,安知不爲今日之强村耶。②

然則諸如此類的評價,頗有過相褒美的嫌疑。事實上,1921年底以後的馮氏詞作,其韵律、辭藻之美,藉由與朱祖謀、況周頤等人的密切交往而有所進步,但其意境卻明顯不如早期作品;況氏對此亦頗有體會,故其《餐櫻廡漫筆》所列舉的《鷓鴣天》《菩薩蠻》《河傳》《蘭陵王》等佳作,無一不是取諸《秋辛詞》的馮氏早期作品。

二

　　相對於詞而言,詩更是馮君木寫景、狀物、敘事、抒情的首選,不僅早在光緒己丑十七歲那年,就與姚壽祁、應叔申等人聯句于慈湖師古亭,③甚至在病逝前兩月,仍應弟子王个簃(1897—1988)之請,勉力爲王一亭所畫《少階先生遺像》題詩二首:"王生老人今畫師,意匠慘澹誰知之。卅載音塵通寤寐,底須眉目證孤兒。""平生見似目猶

---

　　① 脈望:《馮君木先生之詞》,上海《寧波日報》1933年8月16日第3版。近來,該詞更被認爲給"冰魂雪魄、傲霜鬥雪的梅花精神,賦予了粉艷琳瑯的曼妙溫情"。詳參《民國來信及百年名人墨跡》,王雙强著,學林出版社2015年版,第93—95頁。
　　② 《申報影印本》第209册,上海書店1983年版,第467頁。
　　③ 姚壽祁:《〈慈湖聯吟圖〉爲俞季調作》,《寥陽館詩草》,餘姚黃立鈞刊本,1942年。

瞿,天地無情淚欲枯。茗碗香爐資供養,不知能慰母心無?"①

表3　馮君木傳世詩篇與其生前行跡的關聯之例證

出　處	詩名及其關鍵詞	備　註
回風堂詩前録卷二	庚子二月,將有處州之役,同人餞之東山道院,即席賦詩留別//如詩名所示	馮君木又將奔赴麗水,友朋設宴餞別於東山道院
	石門//欲問犂眉讀書處,夕暉紅上軒轅臺	赴任麗水途中,行經石門,順道拜訪劉基當年的讀書處
	自温州泝舟至麗水//三朝三暮孤篷底,看殺甌江兩岸山	離開石門後,又坐船從甌江逆流而上,歷經三天三夜,抵達麗水

馮君木爲詩,"蚤歲宗杜、韓,所作則近義山;中年竺耆宋詩,其造詣則在介甫、無已之間"。② 從其内容來看,馮氏的傳世詩篇,基本上是對其所見所聞、所思所想的記録,也因此是考察其人生經歷與心路歷程的第一手史料,如據《庚子二月,將有處州之役,同人餞之東山道院,即席賦詩留別》《石門》《自温州泝舟至麗水》三詩,即可想見光緒二十六年(1900)二月馮君木赴任麗水的時間、路徑及具體行程(詳參表3)。在時隔近百年後,這些原本以記載馮氏個人歷史爲主題的詩篇,又不同程度地兼具"史詩"的況味,成爲後人了解並理解那個時代公衆歷史的窗口。例如《與從子貞群尋馮躋仲、王完勳兩侍郎合葬墓得之》,不但詳載了1913年馮君木與其從子馮貞群(1886—1962)在寧波馬公橋畔尋找並發現"三公墓"的具體經過,更牽扯出馮京第等人的抗清壯舉在300年後的歷史迴響:

---

① 《回風堂詩》卷七《个簃奉王一老所寫〈先德遺象〉索題辛未》,《回風堂詩文集》,中華書局聚珍仿宋字版,1941年。
② 袁惠常:《馮回風先生事略》,載氏著《雪野堂文稿》卷上,1949年鉛印本。

摳衣登北邙，言尋死士壟。……一塚塊獨夷，地裂甓有縫。其前欹矮碑，蔓滋若覆幪。引手摹題識，色然魄爲悚。斑駁漢官字，照面生光寵。喜心忽翻倒，下拜繼以踊。緬懷明社屋，北騎浩呼洶。倔強兩侍郎，義旗起句甬。稽天決孟津，欲以獨掌壅。兵敗身被執，殺僇到胤種。殘骸蘁茲地，一抔兩人共。……到今墓下土，熱血猶沸涌。出土謝豹花，爛爛有餘痛。飄瞥二百年，地下氣始縱。所悲忠義林，挂眼皆荒茸。九原誰與歸，對此能無動？行當崇其封，虆土期親捧。①

又如見錄於《回風堂詩》卷四的《丁巳十月甬上紀事》，就從一個側面折射出時人對蔣尊簋（1882—1931）領導的1917年寧波獨立運動的觀感：" 官奴城頭嗁老狐，城中白日兵塞途。橫刀踢地紛嘂呼，行子不敢鼓嚨胡。纂嚴令下羽書急，叱咤旌旗齊變色。將軍設備何整暇，城北城南斷消息。居人一夕臥數驚，但聞徹旦兵車聲。車聲杳杳鼓聲死，步騎如潮退不止。江岸颮沓西風號，敵軍未到將軍逃。將軍欲逃將軍怒，誓以背城作孤注。十萬黃金供饋賂，明日將軍橫海去。"

表4　比較視野下陳訓正詩歌之短板

評議者	評議內容	出處
應啓墀	天嬰詩，五古最有功，樂府亦剝剝出光氣，奇警而幾於自然，皆足以虎睨一時。次爲七律，又次爲五律。七絕、七古最下，七絕往往失之俛率，七古往往失之散漫。吾願天嬰益努力也。	《天嬰室叢稿》卷首《諸家評議》②
馮　開	玄父詩，不患其不奇，而患其不馴。昌黎云："文從字順，各識職。"識職二字，即馴字註腳。凡詩文，無論清奇濃淡，必須臻馴字境界，方爲成就。玄父似猶有待也。	

　　① 《回風堂詩》卷二《與從子貞群尋馮躋仲、王完勳兩侍郎合葬墓得之》，《回風堂詩文集》，中華書局聚珍仿宋字版，1941年。
　　② 《天嬰室叢稿》，陳訓正著，《近代中國史料叢刊正編》第63輯，沈雲龍主編，文海出版社1972年版，第3頁。

續 表

評議者	評議內容	出處
馮 开	天嬰詩才,莽蒼奇古,不主故常,宿昔偏長古體,於五七律詩不甚措意,雖間有所作,往往離背繩尺,余嘗以才多爲天嬰患,天嬰亦領之。	馮开《夫須詩話》①

在近代寧波文化史上,馮君木與其同鄉好友陳訓正,都是"以詩相性命"者。② 從相關評判來看,兩人雖皆係當時甬上詩壇的領軍人物,但馮氏至少在詩歌體裁和文字表達兩端更勝一籌(詳參表4)。這大抵與馮氏曾經致力於梳理歷代詩歌的派別、流變而成《蕭瑟集》《夫須詩話》兩書,有著比較密切的關聯。考《聞見日抄》一八三引馮君木之言曰:

  吾人作詩,當辟一寂寥、蕭澹之境界,植骨必堅,造意必刻,運息必微,導聲必澀,擬擇録宛陵、半山、東坡、與可、山谷、逢原、後山、盱江、無咎、簡齋、陵陽、子西之詩爲一編,曰《蕭瑟集》。③

儘管《蕭瑟集》早已散佚,但據此仍足以認定該書主要是對梅堯臣、王安石、蘇東坡、文同、黃庭堅、姚希得、陳師道、李覯、韓元吉、陳去非、韓駒、唐庚等宋人詩篇的選錄,其旨"正與韋縠《才調集》相背馳"。④而見刊於《民權素》第五集的《夫須詩話》,記載的則是馮君木有關清末民初詩歌的見聞與點評,評述與寄禪、應叔申、陳訓正等友人的日

---

 ① 原載《民權素》第五集,今可見《校輯民權素詩話廿一種》,王培軍、莊際虹校輯,鳳凰出版社2016年版,第133頁。
 ② 陳訓正:《夫須閣詩敘》,《廣益叢報》第235期(1910年),第1—2頁。
 ③ 《康居筆記匯函》,徐珂著、孫安邦、路建宏點校,山西古籍出版社1997年版,第383頁。
 ④ 袁惠常:《馮回風先生事略》,載氏著《雪野堂文稿》卷上,1949年鉛印本。

常交往及詩歌唱和，更是其重心所在，並因此保存了諸多他書不曾記載的重要史料，例如："寄禪和尚敬安，詩名滿天下，住錫吾郡太白山。戊申之歲，創立僧教育會，文書旁午，仍復不廢吟詠。所著《八指頭陀詩集》，湘潭王湘綺先生爲之敘。其五言、古詩，大抵出入于六朝、初唐間，風格最高；近體亦清圓流利。"①

正是基于長期的詩歌創作實踐和對歷代詩歌變遷的比較全面的梳理，馮君木提出了諸多"道人所未道"且"往往鞭辟入裏"②的詩論；僅僅揆諸其弟子沙孟海所著《僧孚日録》，即有"唐人詩專講格律，學之卒至千篇一律，無甚趣味；宋人詩可參入議論，無千篇一律之弊""學詩若徑從宋人入手較易，然患根柢不厚，故從漢、唐入手爲是。又若先學劍南，則在唐、宋之間可徹上徹下，亦是一法"③等語，至於其對"植骨必堅，造意必刻，運息必微，導聲必澀"這一"寂寥、蕭澹之境界"的不懈追求，以及對"作詩當于無味處得味，無才處見才"的大力倡導，更是世罕知音。④ 由此也足以斷言，馮君木的詩論雖然並不系統，但較諸其詞論，無疑更具原創性。

三

馮君木于文，亦兼重理論與實踐。馮門弟子袁惠常在撰作《國史擬傳・馮开傳》時，曾將乃師文論的精粹摘録如下：

文章之事，篤雅爲上，虛鋒騰趠，易墮下乘。所謂"虛鋒"者，言之無物，徒以間架波磔取勝也。……善學文者，必溯其源，毋顓顓爲八家藩籬所囿。不立古文名稱，而文章乃愈趨于古，奇偶

---

① 《校輯民權素詩話廿一種》，王培軍、莊際虹校輯，第130頁。
② 鄭逸梅：《馮君木之論詩》，《金剛鑽》1935年10月1日第2版。
③ 《沙孟海全集・日記卷》，第10、143頁。
④ 袁惠常：《國史擬傳・馮开傳》，《國史館館刊》1948第1卷第4期，第96—97頁。

互發,匪曰重儓,文而已矣,何分駢散,誠能效法齊梁,折衷漢魏,辭氣淵雅,文質相宣,斯爲美也。

事實上,馮君木的文論,不僅可以概括爲"辭氣淵雅,文質相宣",而且明顯偏重於講究寫作技巧,《僧孚日録》所引"作韻文用韻,不必限定兩句或三句、四句轉韻"云云,①即其明證。

也因此,馮君木的文章大多正如陳三立(1853—1937)所論,往往"華實相資",②并在時隔近百年之後,内具較高的史料價值和思想史意義,例如《鄭君遇害碑記》所載鄭師僑(1874—1911)因參與推進新式教育、自治制而死於非命,就作爲個案,折射出清末新政"在地化"的艱難與殘酷:

鎮海鄭君望枚,以學人居鄉,羅鄉人子弟而教誨之……往往舍其舊而新是謀。鄉之甿庶,安於錮蔽,交疑互沮,時時爲訛言中傷君。自治制行,君與聞其政,屬有興革,鄉衆四至,抗言羣不。逞者乘之,即哄然劫君以去……聚齗之,旋投君於澗,提巨石築其顙。有司聞變,馳至,君則既死矣。嗚呼,何其酷也! 遜清末造……掌學之士,橫被陵轢,乃至焚毁屋廬,一發而不可猝制者,所在多有,要未有遘難之慘,如君其至者。③

尤其是其中的壽序、墓銘,更是馮君木衆多文章中最受時流讚許的作品,故"况夔笙與吴昌碩二君臨終時,皆有遺言,必欲馮先生銘其

---

① 《沙孟海全集·日記卷》,第36頁。
② 陳三立:《慈谿馮君墓志銘》,可見《慈溪碑碣墓志彙編(清代民國卷)》,慈溪市文物管理委員會辦公室等編,浙江古籍出版社2017年版,第745—746頁。
③ 《回風堂文》卷五《鄭君遇害碑記》,《回風堂詩文集》,中華書局聚珍仿宋版,1941年。有關鄭師僑的生平事蹟,又可參見《悲華經舍文存》卷二《鄭望枚墓志銘》,洪允祥著,鉛印本,1936年。

墓"。① 然而，餘姚人黄雲眉（1898—1977）卻對此頗不以爲然，并曾因此致函馮君木，既深入分析諛應之作、諛墓之文愈益盛行的成因，又婉言建議馮氏從此改作"飢餓無虞，而不朽可期"的"有價值有關係文字"：

> 降至今日，此風益厲，富商大賈，糞土黄金，亦欲借光墨汁，優孟風雅；文士生計日蹙，小得沾漑，便被奴使，玄黄錯采，爛然滿紙，迫而視之，死氣中人。……所可恫者，偷夫窮老盡氣於代人喜戚之中，而一不屑意於其他有價值有關係文字。……然而風雲月露之餘，芳草美人之外，揚往哲之丕績，發潛德之幽光，固猶資乎私家之記載，與官修史書相印證……誠使今日之鬻文自給者，而能少分其力於此等有價值有關係文字，則飢餓無虞，而不朽可期，得失相劑，不亦善乎？……先生之文，李、歐儔也。人之待先生而傳者多矣，先生豈無意乎？而或者以白傳善詩、雞林價重，疑先生之所以不朽者在此，則豈足以知先生者哉！②

黄氏此説貌似合情合理，卻不盡合乎事實，因爲馮君木不但撰有以《王翁方清家傳》《虞君述》《張君行述》爲代表的意在"揚往哲之丕績，發潛德之幽光"的諸多人物傳記，而且比較充分地意識到這類"私家之記載"的價值所在，例如《朱稺谷翁自撰年譜第一敘》有云："是譜也，下以增家乘之故實，中以資方志之徵信，上以備國史之要删，細大

---

① 孫籌成：《馮先生不朽》，《申報》1931年8月25日第17版，可見《申報影印本》第285册，上海書店1983年版，第681頁。
② 1930年代初，黄雲眉在致函《文藝捃華》主編金松岑（1874—1947）時，更將耆老宿學汲汲於撰寫"無大關係之詩文"，定性爲"浪耗筆墨"之舉。詳參黄雲眉《與馮君木先生書》及其附録，《文藝捃華》1934年第1卷第1期，第5—6頁。

不遗,要有待于後人之論定,而非馬、班之自敘成書、最舉大要者比矣。"①

表5　《夫須閣隨筆》的主要内容

編號	摘　　要
1	歷來對關羽的崇拜,並非基於歷史事實;宜如奉化孫玉仙所議,終止對關羽的祭祀
2	造謠詆毁前人的風氣,自東漢末年以來愈演愈烈
3	史可法雖係一代忠臣,但短於應變,缺乏宰相之才,對於南明福王政權之敗亡,負有不可推卸的責任
4	瑞安孫仲頌早年以經學名家,篤守乾嘉諸老師法,晚年則樂於接受西學、宣導憲政,並令其子求學于新式學堂,觀其言行,無異於"通人"
5	龔自珍主天台宗而極詆禪宗;佛學至禪宗而大壞,天台宗乃佛學正途
6	劉備、關羽雖係好色之徒,但自古英雄難過美人關,故亦無可厚非
7	自唐以來,人情淡漠,至今尤甚
8	明季福王監國,時有兩奇案,誠如全祖望所論,案發根源在於福王
9	對於深受水災之苦的國民,日本政府不思救助,轉而汲汲於併吞朝鮮、經營南滿;或如黄遵憲所論,日本國必將受到上蒼的懲罰
10	同光之際,張之洞宣導經學,其實仍沿考據舊習,直至晚年,方認識到考據學誤人匪淺
11	李贄對何心隱被害于張居正一事的評論,可謂"明通"之論
12	李贄之學,以信心爲體,以因時未用,其所是非,並非常人所能知曉

馮君木的傳世文章,既有壽序、墓銘、書跋、贈言、傳記,也有《夫

---

① 《回風堂文》卷一《朱穉谷翁自撰年譜第一敘》。

須閣隨筆》這樣的讀書札記（詳參表5），其文體可謂丰富多樣。除此而外，在沙孟海的課堂筆記中又時或可見馮君木當年的講義，其中有不少内容亦文亦史（即馮氏所謂的"敘事文"），例如《僧孚日録》1921年6月14日條云：

> 生平最耆"四史"，反復不厭。"四史"中各具面目，不相雷同。吾嘗各以兩字評之，《史記》曰妙遠，《漢書》曰通贍，《後漢書》曰雅整，《三國志》曰精能。"四史"而外，更能參以《宋書》之凝謐，《南》《北史》之疏雋，敘事文得此，高矣，美矣，蔑以加矣。……龍門，神品也；扶風，精品也；蔚宗，雅品也；承祚，能品也；沈隱侯、李延壽，皆雋品也。①

但遺憾的是，這些充滿禪意的點評，從未成爲馮氏治學重心之所在，因而未能像陳訓正那樣涉足方志編纂事業，這大概也是馮氏治學生涯最大的缺憾。

四

馮君木生前，曾經先後四次爲已故親友整理遺著。一是光緒二十一年（1895）十月，馮君木將其堂兄馮蓮青（1864—1893）的遺詩編爲《適廬詩》一卷；②二是在民國四年（1915）三月至八月間，將摯友應叔申遺作整理爲《悔復堂集》二卷：

> 病革，余往省視，叔申泫然曰："吾生平文字造詣，自信宜不止此。零蘊奇緒，流落人間，甚無謂也，不如毁之，毋俾遺憾。"余

---

① 《沙孟海全集・日記卷》，第158—159頁。
② 《清文匯》丁集卷一九馮开《先兄蓮青先生事略乙未》，沈粹芬等輯，第3120頁；《回風堂文》卷三《清儒林郎馮君墓誌銘》。

流涕尉薦,且鋭以編香自任,則曰:"第愼之! 嚴繩勇削,寧苛毋恕。吾今以没世之名累君木矣!"叔申既逝,余蒐其遺匦,得稿寸許,亟思删次,用踐宿諾,迻遁半年⋯⋯民國四年乙卯八月,馮开。①

三是在民國十二年(1923)十一月,受托將《寒莊文編》未嘗收録的20篇虞輝祖(1865—1921)遺文輯爲《寒莊文外編》;②四是1930年末,在得知弟子朱威明病卒于南京後,特意吩咐"朱之子送其遺稿審正之"。③

由于文獻整理本非易事,更因爲在校編《悔復堂集》期間曾經遭遇財物被竊而應氏遺著倖免於難的驚嚇,④馮君木既多次拜托好友陳訓正整理其遺著,⑤又養成了階段性地將己作編訂成册的習慣。惟其如此,不但《僧孚日録》時或述及《回風堂集》《回風堂詩前録》《回風堂删餘詩》《回風堂詩》《回風堂内集》等馮氏詩文集(詳參表6),且其文集在友朋間流傳甚廣,《大受堂札記》卷二的下列記載,即其旁證:"炎宋以前,以'龜'命名者多,其後諱之。⋯⋯求之於清,以'龜'命名者,得一人曰羅鑒龜。⋯⋯今馮君木廣文开《回風堂集》有王龜山《六十索詩》之題,羅鑒龜不得專美於前矣。"

---

① 馮开:《悔復堂詩序》,載《悔復堂詩》卷首,應啓墀撰,餘姚黄立鈞刊本,1942年。
② 《寒莊文外編》,虞輝祖撰,馮君木編,1923年鉛印本。
③ 《雪野堂文稿》卷上《馮回風先生事略》,袁惠常著,1949年鉛印本。
④ 案:《回風堂詩》卷三録有《逭暑白衣寺,夜被胠,篋幾盡,惟書籍狼藉草地中,棄而勿取,叔申遺稿在焉。收拾,感歎,賦詩,示天嬰》詩。
⑤ 僅據傳世文獻統計,就有三次:(1)馮君木一度病危的1917年初,事詳陳訓正《視君木疾,君木曰:"昔日三病夫,今爾獨耶!"出詩文稿示余曰:"願以生平相付托。"余爲泫然,歸賦一律奉慰》,載陳訓正所著《天嬰室叢稿》之二《無邪詩旁篇》,可見沈雲龍主編《近代中國史料叢刊》第63輯,文海出版社1972年版,第89頁;(2)1927年春以後,1931年春之前;(3)1931年5月馮君木病危之時。後兩次,皆見陳訓正《回風堂詩文集敘》,南京《國風》半月刊第7期,第56—57頁。

表 6 《僧孚日錄》所述及的馮君木詩文集

名　稱	相關記載及在《沙孟海全集·日記卷》中的位置
回風堂詩	寫《回風堂詩》七葉，正集完，尚有前錄未抄（1921.4.29，頁133）
回風堂集	蔡君君嘿同常［瑺］今歲刻墨海樓叢書，請吾師纂定之。初定凡六種，蔡氏先集二種，毛介臣先生宗藩詩文集，並《悔復堂集》《天嬰室集》《回風堂集》，此爲弟一集，今歲想可完工。（1921.10.6，頁222）
回風堂詩前錄	余八時許回館，抄《回風堂詩前錄》，抵十二時眠。（壬戌九月）四日，雨。抄《回風堂詩前錄》，朝夕共得七葉。（1922.10.22—23，頁352—353）
回風堂刪餘詩、回風堂詩	（壬戌九月）八日……抄《回風堂刪餘詩》亦畢。夜，夷父來，同讀《回風堂詩》。（1922.10.27，頁355）
回風堂内集	（壬戌九月十一日）晚，抄《回風堂内集》文三篇。（1922.10.30，頁358）

　　於是大抵從 1931 年深秋開始，陳訓正著手整理馮氏遺著，並爲此曾與馮君木的長子都良（1901—1977）商討《回風集》的編纂事宜。① 考陳訓正《回風堂詩文集敘》有云：

　　　　因屬君子胥，取君詩文諸稿，循所識而寫定之爲《正集》，其辭未至而義不可不存者爲《外集》，皆君意也。君夫人俞因《婦學齋詞》、友人應啓墀《悔復堂詩文》，皆君所欲刊而未能者，因附君集後。君有弟子朱威明炎復，爲古文謹嚴有師法，先君五月旅卒于京師，文散失無多，存爲附刊如干篇，儻亦君之所取乎。……

---

① 陳訓正：《招都梁過玉暉樓，謀編刊〈回風集〉，時直深秋，俯伏多感，既傷逝者行，復自念，喟然賦此》，載南京《國風》半月刊第 7 期（1932 年 11 月 1 日發行），第 57—58 頁。

二十一年三月陳訓正敍。①

由此可知：(1) 在 1932 年 3 月底之前，陳訓正已然完成對馮氏遺著的整理；(2) 陳氏所編《回風堂詩文集》，内分"正集""外集"和附録，且其附録又包含三部分，即馮貞胥生母俞因(1871—1911)所著《婦學齋詞》、應叔申《悔復堂集》的部分詩文、朱威明的若干遺作。但該文本生成後，主要因爲缺乏出版經費，並未付刊。

1933 年 5 月初，作爲馮君木門人聯誼組織的回風社，在得知這一消息後，隨即以刊印先師遺著爲己任，《回風堂詩文集》的編輯出版工作也由此過渡到第二階段，並從一開始就商定：(1) 詩文集採用仿宋體聚珍版排印；(2) 出版所需費用暫由回風社基金墊付，異日以詩文集銷售所得如數歸還。時至 1934 年 1 月 14 日，回風社就刻印《回風堂詩文集》事宜又達成三條決議：(1) 出版費由回風社墊付改爲面向社員集資；(2) 推選沙孟海、洪荆山、童藻孫、楊菊庭等 9 人分別負責南京、上海、杭州、寧波四地的集資工作；(3) 成立編輯銷售團隊，"推沙孟海、馮都良、袁孟純擔任校對，任士剛擔任會計，王啓之、胡仲持擔任發售，洪通叔、魏彦忱擔任文書"。②

雖經衆人努力，但集資款總額相當有限，即便將之放貸取息後，仍有較大缺口。於是在 1934 年，回風社不得不調整計劃，一方面將刊印《回風堂詩》的重任委托給自願獨力承擔的朱贊（鄭）卿，另一方面又將集資款及其利息交給沙孟海，由沙氏負責《回風堂文》的編輯出版工作，冀以分頭並進，儘快促成《回風堂詩文集》面世。此則王个簃《回風堂詩文集跋》（作於 1941 年 5 月）言之甚明："先是，同門諸子創回風社，以時致祭，有議集資以利剞劂者，承風輸將，頗不乏人。任

---

① 陳訓正：《回風堂詩文集敍》，《國風》半月刊第 7 期，第 56—57 頁。
② 《申報》1934 年 1 月 15 日第 12 版《回風社籌刻〈回風堂詩文集〉》，可見《申報影印本》第 312 册，第 349 頁。

君士剛，籍其成數，經紀貯息，歷日稍裕，則屬沙君孟海謀刊文于南京，而蕭山朱君贊卿方以刊詩自任，期分別鑴印而匯藏其事。"

在所作《回風堂詩跋》中，朱贊卿既自稱早在馮君木病逝之次年，就已有意刊刻《回風堂詩》，又謂《回風堂詩》共八卷，前六卷付梓於"七七事變"之前，後二卷乃抗戰勝利後"刻蠟謄印"。1934年陳寧士所作《單雲甲戌稿》，更詳細交代了《回風堂詩》內含"前錄"2卷、"正集"6卷及每卷開篇條列目錄以防盜版等細節：

> 意君古之人，純樸敦道義。謀劃《回風集》，拳拳主其事。……昨者枉過我，又復垂商議。原稿有前錄，列卷爲一二。正集計六卷，璨然得完備。每卷冠以目，篇章續編次。……書賈技應窮，檢校庶易易。題目低四格，朗朗清標識。唱和或贈答，人詳名與字。他作附存者，夾註從其類。稿或作古體，存真不刊僞。……稿定付剞劂，書此以爲記。①

而據朱氏《回風堂詩跋》"鼎煦謀刻其《回風堂詩》，嗣君都良出寫定本八卷相示，遂據以授梓"云云，又足以認定《回風堂詩》內分"前錄""正集""八卷"等構造，正是當年陳訓正整理《回風堂詩文集》時所確定的框架。

與《回風堂詩》的曲折問世截然不同的是，由沙孟海負責的《回風堂文》從未進入印製工序。在所作《馮君木馮都良父子遺事》中，沙氏自稱對雕版工藝的精益求精和"七七事變"的突然爆發，實乃《回風堂文》刊印工作進展緩慢乃至被迫中斷的關鍵所在："當時約定，爲求書品大方，寫完樣稿後，送請揚州好手史悠定雕版。詩集部分，朱贊卿（鼎煦）自承獨立擔任。文集部份，由社友共同負責。直到1937年抗

---

① 《單雲甲戌稿》之《贊父過談，爲刻君木師〈回風堂集〉事，雜記所言》，陳寧士撰，1935年抄本。

日戰起,已發稿的都已雕成。但文集五卷的版片放置揚州仙女廟,未及運出。戰後得知日兵取版片爇火,已全部毀失了。"①但這一解釋,正好坐實沙孟海對《回風堂文》的難産,負有不可推卸的責任。

於是在1941年初,王个簃、任士剛、洪通叔、何蒼回等滯留上海的馮門弟子通力合作,重啓馮君木詩文集出版事宜,這項工作也由此進入第三階段,並最終在該年秋由中華書局推出聚珍仿宋版《回風堂詩文集》14卷。對此,王个簃《回風堂詩文集跋》敘之甚詳:

> 任君等懼前刻之散佚,未由聲訂也,力促都良檢出原稿,重加録定。故友洪君通叔,襄厥勤勞,用能副速,幾經諮度,諸緒咸就。辛巳四月,始授中華書局以仿宋字模排印之。賢忝領其事,悚惕彌殷,督過有人,倖免隕越。校勘之責,則由何君蒼回任之。計全集,《詩》九卷,《文》五卷,《婦學齋遺稿》一卷。……民國三十年辛巳五月,弟子海門王賢謹跋。②

然則近來,沈其光(1888—1970)不知何據,貿然斷言:"馮集首列《前録》二卷,爲其十六至三十歲所作,自爲删存;《回風集》七卷,乃没後天嬰爲之厘定,合前後詩五百余首、文八十篇,民國辛巳活字印行,天嬰等有序弁其端。"③但沈先生此論,顯然已將陳訓正的整理本與中華書局聚珍仿宋版混爲一談。

五

實際情况是,中華書局聚珍仿宋版雖以陳訓正整理本爲底稿,但

---

① 沙孟海:《馮君木馮都良父子遺事》,載《浙江文史資料選輯》第47輯,浙江省政協文史資料委員會編,浙江人民出版社1992年版,第104頁。
② 《回風堂詩文集》書末王个簃《跋》。
③ 《瓶粟齋詩話》五編上卷,沈其光撰,楊焄校點,見《民國詩話叢編》(五),張寅彭主編,上海書店出版社2002年版,第747頁。

無論結構、篇幅甚至文字表述,都作了較大幅度的調整:(1)偷樑換柱,將前引陳訓正《回風堂詩文集敘》末段改作:"因屬君子胥取君詩文諸稿,循所識而寫定之,得文八十首、詩五百四十六首,編次之,爲十四卷。君夫人俞因《婦學齋遺稿》附焉。"(2)摒棄"正集""外集"和附錄的原有結構,選取546首詩、80篇文,分別編爲《回風堂詩》9卷、《回風堂文》5卷,且選錄時並未予以全文抄錄,例如《回風堂詩》卷二《哭應叔申》,較諸《清鶴》1934年第2卷第16期所刊,就少了下列詩句:

　　　　子詩多苦語,每挾清霜飛。秋聲在肺腑,刺促能造哀。一語百含咀,始是終自非。旁皇求其適,刮腹窮深微。少作盛琱簽,唾棄等沙泥。惜其所詣精,轉掩盤盤才。心魄死相付,子意吾知之。肯以小小瑕,玷此片玉姿。拔奇得妥帖,撥翳翹殊犬。孤光迥不滅,照眼生悲唏。

(3)將俞因《婦學齋詞》改編爲《婦學齋遺稿》1卷,內含24詩、14詞及俞因病卒後親友所送19挽聯;(4)悉數刪除應叔申《悔復堂詩文》及朱炎復諸文;(5)新增虞輝祖《回風堂詩序》、沙孟海《慈溪馮先生行狀》、陳三立《慈溪馮君木墓志銘》(據說係袁伯夔代撰)、王个簃《回風堂詩文集跋》四文(詳參表7)。

表7 《回風堂詩文集》內部結構在1941年的調整

整理者	陳訓正	王个簃等
定稿時間	1932年3月	辛巳(1941年)五月
內部結構	陳訓正《回風堂詩文集敘》	陳訓正《回風堂詩文集序》
		虞輝祖《回風堂詩序》

續　表

整理者	陳訓正		王个簃等
內部結構	陳訓正《回風堂詩文集敘》		沙孟海《慈谿馮先生行狀》
			陳三立《慈谿馮君墓誌銘》
	正集		《回風堂詩》（共9卷，錄詩546首）
			《回風堂文》（共5卷，錄文80篇）
	外集		王个簃《回風堂詩文集跋》
	附錄	俞因《婦學齋詞》	俞因《婦學齋遺稿》1卷（內含24詩、14詞及1911年秋俞因病卒後親友所送19挽聯）
		應叔申《悔復堂詩文》	
		朱炎復遺作若干篇	
資料來源	《國風》第7期陳訓正《回風堂詩文集敘》		1941年中華書局聚珍仿宋版《回風堂詩文集》

　　從歷史編纂學的角度來看，中華書局聚珍仿宋版《回風堂詩文集》比較明顯地存在四個問題。一是《回風堂文》的收錄範圍，在文體上僅限於序跋、傳、墓誌銘、記，在時間上集中在1908—1931年間，這就不可避免地漏載了《夫須閣隨筆》《與徐仲可》《孫君義行碑》《〈麟洲詩草〉跋》等詩文，僅目前所知，就已多達48篇（詳參表8），且其內有部分篇章關乎馮君木的學術主張，譬如《題識雜言》，就透露出其題詩與繪畫相得益彰的藝術觀："宋時試畫士，類取古人詩句命題，如'竹鎖橋邊賣酒家，踏花歸去馬蹄香'之類，皆足以覘取畫人之匠心。若由畫者自擇古人詩詞以立畫意，既使下筆時胸有成足，得一道經營慘澹，而免旁皇外騖之苦，兼可藉詩詞之意，以達微妙之畫理，使題與畫互相映發，而畫境亦與之增高。此誠畫前經營之妙訣也。……綜前二說言之，一自外及

内，一自内及外，其畫境胥由詩詞成句造成之。由是以觀，則詩詞成句之有助於畫也，不綦重歟？"①

表8　流傳至今而《回風堂文》失收的馮氏詩文

序號	文　名	載　體	小計
1	《應醉吾傳》《先兄蓮青先生事略》《含黃伯傳》《馮母秦太宜人八十壽詩敘》《三岩遊記》《馮母董夫人六十壽敘》	《清文匯》	6
2	《〈赧翁集錦〉序》（文名乃筆者所加）	《赧翁集錦》	1
3	《回風堂脞記》	《悔復堂詩》	1
4	《〈寒莊文外編〉序》	《寒莊文外編》	1
5	《回風堂脞記》	《四明清詩略續稿》	1
6	《趙撝叔手劄跋》	《趙撝叔手劄》	1
7	《題僧孚裒集師友尺牘》	《張美翊手劄考釋注評》	1
8	《題識雜言》	《蜜蜂》	1
9	《一飯難》	《精武雜誌》	1
10	《陳子塤君母余太夫人八十壽言》	《錢業月報》	1
11	《孫君義行碑》	《慈谿碑碣墓志彙編》	1
12	《雜論諸子之詩》《論詩二則》	《康居筆記匯函》	2
13	《致應申叔書》《夫須詩話》《夫須閣隨筆》《寄答叔申》	《民權素》	4

①　馮君木：《題識雜言》，《蜜蜂》第1卷第10期（1930.6.11出版），第78頁。

續　表

序號	文　名	載　體	小計
14	《劉母陳太君誄詞》《趙君占綏四十壽序》《張澄賢先生祠堂碑記》《烏母張孺人七十壽序》《魏伯楨先生五十壽敘》《董君杏生五十壽序》《周君亭蓀四十贈言》	《寧波旅滬同鄉會月刊》	7
15	《與錢太希》《與朱炎父》《與王龜山》《與姜可生》《與宓生如卓》《與葛甥夷谷》《與徐仲可》(同題共3篇)	《當代名人尺牘》①	9
16	《〈麟洲詩草〉跋》	天一閣藏《麟洲詩草》	1
17	《梅赧翁傳》	《字學雜誌》第2期	1
18	《賦得五雀六燕,得均字五言八韻》《無欲速無見小利》《不挾長,不挾貴,不挾兄弟而友。友也者,友其德也,不可以有挾也》	《清代硃卷集成》光緒丁酉科貢卷	2
19	《和〈述懷〉,步〈秋興〉韻》	張天錫《棠陰詩社初集》	1
20	《奉題張母戴孺人〈旌節錄〉》	《甬上青石張氏家譜》	1

---

　　① 《申報》1926年11月20日第3版《五十名家之傑作　書翰文學之菁華:當代名人尺牘,上海南京路文明書局發行,各省中華書局經售(丙14)》:"作者姓字:梁任公、章太炎、章行嚴、章鉅摩、陳巢南、馮君木、廖季平、蔡孑民、吳綱齋、李審言……尺牘雖小道,出自名手,便覺不凡。本編所輯,均係當代文學名家,或議論時事,或商量學問;不特學識有異人處,即行文亦俱有古文家法。可作尺牘讀,亦可作古文讀。茲述其特色如左:一、人限生存,絕無阿好;二、見融黨派,毫不偏倚;三、因文見道,詞意新雋;四、商量政學,宗旨純正;五、尋常小札,落筆不苟;六、選輯詳慎,校勘精到。全書二冊,定價六角。"詳參《申報影印本》第229冊,上海書店1983年版,第457頁。又,《僧孚日錄》丙寅六月十日條:"文明書局送新出《當代名人尺牘》兩冊至,王均卿所輯。雖蒐羅未徧,甄別未盡,要亦有足觀者。"詳參《沙孟海全集·日記卷》,第1024頁。

續　表

序號	文　名	載　體	小計
21	《無邪詩存序》	陳訓正《天嬰室叢稿》	1
22	《若榴花屋師友札存・馮开信札》	沙孟海《若榴花屋師友札存》	1
23	沈母夏淑人誄	《沈母夏淑人行述》①	1

　　二是收録了部分原本不該收録的詩文。例如《回風堂文》卷五所載《陳君造橋碑記》，實系沙孟海代筆，且沙氏《僧孚日録》對其成文過程作有詳細記載：

　　（癸亥九月八日）《澹災碑》尚未脱稿，邑人趙君介十四叔請作《醫方類編序》，師亦命代作《陳君造橋碑》。……（十月廿九日晚）代師作《陳君造橋碑》，僅得一段也。……（十一月廿六日）夜作《陳君造橋碑》，成之。……譚仲儲有《葉君修橋碑》，今作《陳君造橋碑》，仿其例也。②

在這種情況下，尽管馮君木確實對初稿作了修改，③但《回風堂詩文集》仍無必要加以收録。

　　三是全書的謀篇佈局也不盡合理。譬如作於民國六年（1917）的虞輝祖《回風堂詩序》，原名《馮君木詩序》，且其內容以點評馮君木、陳訓正個性之差異及兩人詩作之異同爲主，亦即該文並非專爲《回風

---

① 《沈母夏淑人行述》，民國石印本，寧波圖書館藏，索書號"M21017"。
② 《沙孟海全集・日記卷》，第500、531—532、547頁。
③ 兩相比較，不但文名不同，且其內容也有所差別。例如沙氏稱《陳君造橋碑》以《葉君修橋碑》爲藍本，而馮氏則稱《陳君造橋碑記》乃參照《漢綏民校尉熊君碑》之例而成。

堂詩》所作的序文,而《回風堂詩文集》卻將之置於卷首,顯然極不妥當。又如馮氏早年詞集《秋辛詞》及1933年被選入《彊村遺書》的《回風堂詞》,較諸俞因《婦學齋遺稿》,顯然更有資格成爲《回風堂詩文集》的組成部分,結果卻被摒棄不錄。

最後也是最爲嚴重的問題,就是《回風堂詩文集》的整理者,在某種程度上誤導了後人對馮氏其人其學的認知。馮君木的性格,誠如陳訓正在1931年8月23日追悼大會上致辭時所宣稱的那樣:"人皆知先生和藹可親、與世無争,不知渠少年時,所發議論亦甚激烈,酒後興之所至,所著文章目空一切。"①譬如其《〈赧翁集錦〉序》云:

梅赧翁書,其用筆之妙,近世書家殆無有能及之者。清代書家當推劉文清,然以較梅先生,正複有徑庭之判。餘子碌碌,更無足數矣。特梅先生孤僻冷落,不屑與士大夫通問訊聲,自甘埋没,百世而下,坐令鐵保、梁同書輩流譽書林,此可爲累欷者爾。士林不平至多,豈獨書法?!②

但《回風堂詩文集》整理者對此卻熟視無睹,轉而爲彰顯馮君木有情有義的好丈夫形象,收錄了《客夜》《月夜》《寄婦》《有憶》《春日杭州寄婦》《獨處》《夢中作》《紀夢》《江行》《辛亥除夕》《展亡婦殯宫》《除夕感念亡婦,時繼妻陳病方篤》《春日憶季則》《爲亡婦俞寫〈心經〉百卷,忌日設位焚之,並賦二律》《季則五十生日感賦》《九月六日,亡室俞孺人誕辰,追薦蕭寺,戌阿、拜雲皆至。拜雲有詩贈,戌阿即次其均》等近20首詩篇,這就予人以馮君木沉湎於兒女情長而難以自拔的不良印象。

---

① 孫籌成:《馮先生不朽》,《申報》1931年8月25日第17版,見《申報影印本》,上海書店1983年版,第285册,第681頁。
② 馮君木:《〈赧翁集錦〉序》,可見《20世紀寧波書壇回顧——書法論文史料選輯》,寧波出版社1999年版,第81頁。

总　目

前言：《回風堂詩文集》考述 ... 1

回風堂詩文集 ... 1

秋辛詞 ... 393

回風堂詞 ... 421

詩文補遺 ... 443

附錄一　傳記資料 ... 545

附錄二　馮君木年譜簡編 ... 609

參考文獻 ... 623

後記 ... 631

回風堂詩文集

目　　錄

回風堂詩文集敘 23

回風堂詩

《回風堂詩》前錄卷一 27
題夏内史集　戊子 27
松江憶家園桂花 28
《締交篇》贈應啓埅 28
客夜　壬辰 29
明珠歎　癸巳 30
過大七洋 30
雨夜上海旅店 30
申江候潮 30
秋夜病中寄内，時客杭州 31
哭六兄蓮青　鴻薰 31
雨夜錄別　甲午 32
聽歌 32
清明寄應叔申　啓埅 32
重建清道觀落成 33
聞姚貞伯壽祁將來郡，賦詩促之 33
月夜 34
感春三章　乙未 34
山游 35
將之上海，留別叔申、貞伯諸子 35

出鎮海關 ... 35
《春草》一首寄魏仲車 友枋 ... 36
塞上曲 ... 36
聽歌 ... 36
題《秋影樓圖》 ... 36
寄應三兄 ... 37
湖上偶成 ... 37
叔申以詩見贈，有"庸者不識識者忌，那況忌者正不多"之句，感其意之至，而不能無惜其詞之過也，輒依韻答之 ... 37
戲成 ... 38
約略 ... 38
小游仙詩 ... 38
讀張麟洲大令翊僎《見山樓遺詩》題後 ... 39
秋夜懷魏二秀才 友枋 ... 40
多病 ... 40
琴心 ... 40
大寶山吊朱將軍 貴 ... 40
有贈 ... 42
窈窕三章 ... 42
《江皋》一首贈章述洨 ... 42
寄陳晉卿 鏡堂 ... 43
贈陳天嬰 訓正 ... 44
歲暮 ... 44
示兄女貞坛 ... 44
寄何明經其枚 ... 45
臥病 ... 45
七夕 ... 46
慰仲車 ... 46

漫興 46
　美人 46
　會稽舟中同仲車作 46
　旅病杭州，同楊省齋師魯曾作 47
　餘姚 47
　歲暮得鄭念若光祖書，賦此報之 47
　同厲虞卿玉燮同年登陶然亭題壁 48
　《游仙詩》和葉子川侍御 慶增 48
　彈指 49
　與貞伯夜話 49
　悔詞 50
　橫黛庵雜詩 50
　題《月底橫箏圖》，效昌谷 51
　消寒第一集，集醉經閣 52
　同作 53
　同魏仲車、楊輯父睿曾夜宿叔申齋中，有懷念若，並示諸君 54
　歲暮雜感 55
　與叔申夜飲 56
　憂時 56
　對酒示叔申 57

《回風堂詩》前錄卷二 58
　人日集雲鏊草堂 庚子 58
　庚子二月，將有處州之役，同人餞之東山道院，即席賦詩留別 58
　石門 59
　自溫州沂舟至麗水 59
　送朱碩父廣文丙炎歸杭州 59
　寄姚廖陽 60
　麗水午發 60

庚子夏日感事	60
蘭谿	61
獨坐	61
早起	61
與楊微齋游姜家嶴，時余又將有處州之役	61
將赴處州留別魏仲車	62
永嘉道中	62
甌江舟中	63
青田	63
青田學舍贈陸藍卿廣文 智衍	63
贈馮君木	64
寄婦	64
有憶	65
寄叔申	65
寄陳天嬰	65
檢童時詩稿，見有黃巖王六潭先生詠霓題字其上，推許甚至，感賦一律	66
歲暮懷人詩	67
除夕	69
游洞谿 辛丑	69
螺子樓雜詩	70
與叔申話舊	71
葉葉	71
呈陳藍洲先生 豪 壬寅	71
讀《楞嚴》二首	72
悼詞	72
送家晦庈北上，時同人設餞於瓊人仙館	73
有憶	73

《回風堂詩》卷一 ... 75

春日杭州寄婦 癸卯 ... 75
吳山酒樓與范蟄盫耀雯同飲 ... 75
嫋嫋 ... 76
式微十章 甲辰 ... 76
至鸛浦眠鄭念若病，臨別感賦 戊申 ... 77
哀念若 ... 78
送別學官關來青師維震歸杭州 ... 79
哀陳晉卿 ... 79
有感 ... 80
舟中同陳天嬰作 ... 81
病中聞叔申病劇，力疾走省，賦此 ... 81
贈洪佛矢 允祥 ... 82
病起 ... 82
菊花 ... 83
喜叔申病間 ... 83
歲不盡二日，與石蠶踏雪東山，并柬天嬰 ... 84
除日，與叔申、石蠶出西郊，用前韻 ... 84
叔申連日賦詩未就，疊前韻調之 己酉 ... 84
次韻天嬰，寄寄禪上人 敬安 ... 85
夜宿君木齋中，余告君木："寄禪長老將招要吾黨結一詩社，月課數詩。"君木首肯。因賦詩一律示君木，並寄寄禪 ... 86
疊韻贈寄禪 ... 87
廖陽喪偶不娶，頃自上海納姬歸，為賦一詩 ... 87
不死 ... 87
何條卿貽余梅報翁書，賦此報謝 ... 87
秋夜憶叔申 ... 88
牛疫歎 ... 88

重九日,石蠶冒雨過存,流連竟日而去	89
寄天嬰	89
次韻君木見懷	90
臥病兩月,章生巨摩間時時存問,感而賦此 庚戌	90
病中寄寄禪	91
病中蓄秋蟲十許頭,啁哳齋壁間,藉破寂寥	92
內熱	92
寄懷洪佛矢	92
閉關	93
天嬰抵書垂問病狀,讀罷感賦	93
病久不瘳,至上海就醫,楊省齋師同居逆旅中,朝夕在視,將護備至,感呈一詩	93
底用	94
咯血	94
旅夜遣懷	94
旅病雜詩	95
病間歸里,留別省齋師	96
自題《逃空圖》,次寄禪韻 辛亥	96
次寄禪韻,贈太虛上人	98
贈林黎叔 端輔	101
贈巨摩	101
雨風竟日遲,巨摩不來	101
獨處	102
叔申自上海來,中途遭大風,舟幾覆。見面驚喜,爲賦一詩	102
夢中作	102
紀夢	103
見巨摩作家書感賦	103
江行	103

辛亥除夕 ... 103
《回風堂詩》卷二 ... 104
  醉後作 壬子 ... 104
  上海觀泠樂,贈賈郎璧雲 ... 104
  幽懷詩 ... 105
  吊寄禪長老 ... 106
  展亡婦殯宮 ... 107
  傷心謠 ... 107
  贈陳彥及 訓恩 ... 107
  除夕感念亡婦,時繼妻陳病方篤 ... 108
  春日憶季則 癸丑 ... 108
  與從子貞群尋馮躋仲、王完勳兩侍郎合葬墓,得之 ... 108
  獨酌 ... 110
  懷巨摩 ... 110
  小屋 ... 111
  癸丑除夕 ... 111
  巨摩大醉墮水,戲效舒鐵雲體調之 甲寅 ... 112
  大醉墮水,君木師以詩見嘲,賦此奉答 ... 113
  既以前詩示巨摩,巨摩答詩有"從今不飲真大愚,朝盡千榼暮百觚"云云。天嬰見詩,詫曰:"巨摩困于酒,子又張之。殺巨摩者,必子之言夫。"余聞而悔焉,復用前體,自訟且儆巨摩 ... 114
  夜訪陳天嬰、張申之傳保、徐句羽韜于惆園 ... 114
  謝句羽餉茶 ... 114
  一落 ... 115
  彼蠨 ... 115
  遣興口號 ... 115
  醫院與句羽夜坐 ... 117

次韻 ... 117
天嬰以《殺牛詩》見視,用廣其意 ... 118
返慈數日,存問親友,都無好懷,感賦一律 ... 118
爲亡婦俞寫《心經》百卷,忌日設位焚之,並賦二律 ... 119
贈蔡君默 同瑒 ... 119
壽費冕卿 紹冠 ... 120
論詩示天嬰 ... 122
返里視叔申疾,爲舉誦余"嘔心未盡平生意"一絕,叔申潸焉出涕,因曰:"子真知我者,行當以著作相托,自問所詣不止此,今止此命也。子他日必爲我刻繩而嚴刪之。"余悲其意,賦一詩以申前旨 ... 125
用前韻 ... 125
疊韻即事 ... 126
與佛(天)[矢]論詩不合,致相齟齬,張寒叟美翊貽書解紛,賦詩報之 ... 126
聞叔申病篤,旋里存問,至則已逝矣,撫尸哭之 ... 126
哭應叔申 ... 127

《回風堂詩》卷三 ... 129
慰章叔言 乙卯 ... 129
調汲蒙 ... 129
雜興 ... 130
遇叔申故居 ... 131
答佛矢,即效其體 ... 131
再贈佛矢 ... 131
示玄嬰 ... 132
《空游》一首貽玄嬰 ... 132
夏日簡洪左湖 日湄 ... 132
七月五日胸痛幾殆,病間有作 ... 133

胸腹患作兩月未瘳,賦詩自遣 133

逭暑白衣寺,夜被肬,篋幾盡,惟書籍狼藉草地中,棄而勿取,
　　叔申遺稿在焉。收拾,感歎,賦詩,示天嬰 133

編定叔申遺詩,僅得七十篇,爲一卷,題詩其後 134

玄嬰幼子建斗蹴鞠爲戲,鞠落水,斗躍入撩取,迨出,泥水淋灕
　　滿其身。玄嬰撻之,余戲以一詩解之 134

示陳生建雷 135

病中作 136

贈陳次農 康黼 137

次韻佛矢 137

紀事 137

次子貞用,生十九月,知識字,口不能言,以手指之,字之便於
　　上口者,亦能發音焉。已識得四五十字,錯易顛倒,歷試弗
　　爽,亦可謂"小時了了"矣。賦詩紀之 138

無題 138

舊蓄明成化窰水注一,先君遺物也。自先君棄養,隨余幾三
　　十年,嚴寒不戒,忽爲冰裂。且惜且悲,賦詩紀之 141

《回風堂詩》卷四 142

壽張寒叟六十 丙辰 142

送虞含章 輝祖 143

夢中作 144

感懷 144

何甘荼其樞自奉天寓書,言客中人心變幻,使人不敢不匿其真
　　性情,而以假面目相見。其言絕痛,賦一詩寄慰之 145

題含章文稿 145

喜句羽自鄂至 146

於人家屋後得荒原,距所居不百許武,水樹窈曲,可以徘徊 146

次韻張寒叟見貽放宋本《陵陽》《倚松》二集,蓋嘉興沈乙庵所

刊者。沈有序，自署"老民"，其紀年猶曰宣統癸丑也 丁巳 …… 147
以仿宋本《韓子蒼》《饒德操》二集贈君木，題詩其耑 …… 148
題京伶梅蘭芳癡花小象 …… 148
寒夜追憶叔申 …… 149
題徐仲可珂《純飛館填詞圖》 …… 150
朱邕父景彝為其先公研臣先生大勛寫《樂山草堂圖》，並合先生
　遺墨為一冊，屬題 …… 150
復題研臣先生墨蹟 …… 151
屬疾數月，佛矢有詩見念，賦此為報 …… 152
為楊季眉顯瑞題舊藏崔問琴鶴所畫《李香君小象》 …… 152
久病幾殆，范君文甫賡治治之，不十日而大差，賦示文甫 …… 153
文父治余疾，意甚摯，當疾亟時，日自十里外臨視，其高義可
　感也。酬之不受，強以梅報翁墨蹟贈之，並縢以詩 …… 153
丁巳十月甬上紀事 …… 154
小住寥陽館示貞伯 …… 155
春日養疴保黎醫院，聞錢君紉靈經湘家有海棠二樹，余乞其
　一，遣人迎致，先之以詩 戊午 …… 156
海棠既至，乃知紉靈家止此一樹，前詩為失實矣，再賦三絕，
　兼調紉靈 …… 156
種海棠於醫院，賦詩紀之 …… 157
與海棠相對，幾及三月，臨行悵惘，賦詩志別 …… 157
王龜山德馨六十索詩 …… 158
題錢逸琴經藩《山中校莊圖》 …… 159
聽歌贈李生 …… 160
初秋自西鄉歸，輿中口占 …… 160
含章為余作《詩序》，屬其族子自勛提學銘新書之以贈。自勛
　曾以詩卷自山西抵余，至是賦一詩報之，兼示含章 …… 161
哭陳次農同年 …… 161

次農之喪，諸交舊會哭薛樓。三年前，恒與次農游讌於此。
  感舊傷逝，不能無詩 ... 162
壽闞太翁八十 ... 163
贈錢太希 罕 ... 163
歲暮與陳天嬰、張于相原煒、蔡君墨集江上樓，感舊有作 ... 164

《回風堂詩》卷五 ... 165

新歲雪中車行 己未 ... 165
贈圓公 ... 165
次韻寥陽，春日感懷 ... 166
原作 ... 166
題《桃源避秦圖》 ... 167
哀家辛存 宜銘 ... 167
于相屬題其姬人孫姞小象，時于相又將挈姞赴杭州 ... 168
曩集少溫《三墳記》，得"風止"十字。秋日坐濠上樓，彷彿遇
  之，足成一律，示于相 ... 168
季則五十生日感賦 庚申 ... 169
挽何倦翁 ... 169
訪貞伯 ... 169
陸鎮亭師廷黻生日招飲，病不克與，賦詩報謝 辛酉 ... 170
次韻佛矢 ... 171
挽陸鎮亭師 ... 171
童次布第德求為其父銘墓，以雙龍硯見贈，賦詩答之 ... 172
題玄嬰《松菊猶存圖》 ... 173
燕燕謠三章 ... 173
題《美人伏虎圖》 壬(戌)[戌] ... 174
哭錢仲濟 ... 174
夜至湖上 ... 176
與李霞城鏡第、趙芝室家蓀、陳玄嬰、葉叔眉秉良、胡君誨良箴、

何秋荼、家仲肩塈、王幼度程之會飲湖上西泠印社,林亭水石,布置絕勝,賦詩紀之 ……… 176

游靈峰,登來鶴亭,山僧出陸小石《探梅》畫卷見視,中多咸豐諸老題字,感賦二絕 ……… 176

湖上書所見 ……… 177

別家坎民 ……… 177

題明建文牙牌拓本,爲趙叔孺 時棡 ……… 178

沙母周孺人壽詩 ……… 179

贈沙孟海文若,即送其赴上海 ……… 180

贈俞亢、葛賜 ……… 182

答李審言 詳 ……… 182

憶犬詩 ……… 184

自吾移家甬上,與葛氏姊爲鄰,葛甥賜相依問學,幾十年所。壬戌九月,徙而他適,感舊惻愴,不能無詞。會張寒叟有詩贈賜,遂次其韻,兼呈吾姊 ……… 185

寒叟餉黃巖橘,報之以詩 ……… 186

五十生日書感 ……… 187

爲李雲書部郎題其母張太夫人《船燈照海圖》 ……… 187

渡海訪李審言,至則先一日歸揚州矣,疊前韻寄之 ……… 188

次韻贈王幼度 ……… 189

匽衍得兒時故硯,題之 ……… 189

《回風堂詩》卷六 ……… 190

新歲得幼度除夕書,疊韻寄答,並問徐句羽近狀 癸亥 ……… 190

寄章叔言,再疊前韻 ……… 190

示兒子貞胥 ……… 191

題梁虞思美《碧玉造象題名記》拓本,爲陳介閭 ……… 191

贈傅宜耘 ……… 193

壽趙七家蓀 ……… 194

壽李徵五	195
朱贊父鼎煦自甬寄秋蟲數頭至,賦詩報之	196
雨中坐明存閣,遲友不來	196
爲徐朗西題《寒雅荒塚畫幀》	197
題秦潤卿祖澤僧服小象	197
再題潤卿僧服小象	198
冬夜明存過談	198
慰明存	198
次韻君木	200
贈范貢虎,用去年與幼度酬唱韻	201
除日與范貢虎、董貞柯世楨同過明存家居,時明存眷屬留滯上海	201
爲范貢虎壽李皋宇 甲子	202
耳病自遣	203
寒叟次韻見示,疊韻奉報	203
再疊韻答貢虎	204
玄嬰兩次韻見慰,目余爲聾,三疊前韻報之	204
次韻酬佛矢	205
爲上海嚴氏題《三世耄耋圖》	205
毛生無止起游學美利堅,贈之以扇,並題二絶	207
甲子秋日感事	208
感事	209
次韻徐仲可招飲寓齋	210
寓齋小集,賦呈馮君木、朱炎父	210
歲暮寄稚望,次陳器伯韻	211
除夕讀稚望自京來書感賦	211
《回風堂詩》卷七	212
挽趙菊椒 家蕃 乙丑	212

《憶昔》一首寄楊石簠 212
題趙叔雍尊岳《高梧軒圖》 214
朱溫尹侍郎孝臧屬題吳缶廬畫《彊村校詞圖》 215
贈李雲書部郎 216
陳藍洲先生畫卷，其叔子叔通太史敬弟屬題 217
除夕與于相守歲 218
題賀西凌師章僧服小象 丙寅 219
周公延覃過留齋中前夕，章叔言方一宿去，賦贈一律 219
久病畏風，范文甫迎致其家，槃桓竟日，感賦 219
吳缶老倉碩爲余畫菊，賦詩報謝，即效其體 220
彊邨先生以《飲水詞》暨荔支見餉，賦詩報謝 220
望雨 220
苦旱 221
壽朱彊邨先生七十 221
風雨竟日，入夜雨勢益惡 222
十一月初四夕，夢與錢仲濟同舟，泛海遙望，海天廓寥，有絳雲自天末冉冉上雲中，隱約見樓閣，其色若琥珀。仲濟告余：“此無涯亭也。”醒而賦詩記之 222
賀西凌招同劉未林鳳起、袁伯夔思亮、陳天嬰畏壘兄弟、沙孟海、洪太完完會飲寓齋，次未林韻 222
仲可築室上海康家橋，寫《康居圖》，屬題 223
吳缶翁、姚虞琴招飲晨風廬，次缶翁韻 224
病足兩月，吳缶老以詩見慰，時缶老亦有同病 224
除日雜書 224
次缶老韻，即效缶體 丁卯 225
題洪太完《屺夢圖》 225
聞吳缶老游超山，賦詩寄之 226
游法蘭西公園感賦 227

同彊邨先生游憩法蘭西公園　　　　　　　　228
送陳季屏祥翰北遊　　　　　　　　　　　　228
吳缶老屬題中年所畫山水冊　　　　　　　　228
題余雲岫嚴小影　　　　　　　　　　　　　229
丁卯除夕，吳醜簃爲余寫《逃空圖》，即以《隋董美人誌》搨本
　索題，先賦一律報之　　　　　　　　　229
次均湖帆題《逃空圖》戊辰　　　　　　　　230
戊辰新歲次未林太史韻　　　　　　　　　　231
挽吳缶老　　　　　　　　　　　　　　　　231
爲徐伯熊題小影　　　　　　　　　　　　　232
贈余百之　　　　　　　　　　　　　　　　232
哭金小圃　兆蕃　　　　　　　　　　　　　233
題《箕裘願學後圖》，爲丁子裘　　　　　　234
湖上雜詩　己巳　　　　　　　　　　　　　234
爲曹靖陶煕宇題《看雲樓覓句圖》　　　　　236
題魏伯楨炯五十小象　　　　　　　　　　　236
董樂山大圻六十壽詩　　　　　　　　　　　237
湖樓感賦，次天嬰均　　　　　　　　　　　237
次韻天嬰秋感　　　　　　　　　　　　　　238
次均寄天嬰　　　　　　　　　　　　　　　239
得于相書，並示君誨見贈之作，次韻奉寄，兼貽君誨　240
程子大頌藩將圖西歸，久未成行，賦詩留之　240
聽王个簃賢彈琴　　　　　　　　　　　　　241
次均天嬰見寄　　　　　　　　　　　　　　241
題董仰甫喬年《春草廬遺詩》　　　　　　　241
己巳十月歸甬上，三宿別宥齋，留贈朱贊父　242
題吳缶老《畫蘭》　　　　　　　　　　　　242
次高雲麓振霄韻　　　　　　　　　　　　　243

題陳巨來夷同《安持精舍圖》，即送其出關，次金香嚴韻 …… 243
嚴慧鋒孿母丁夫人七十壽詩 …… 244
題項易庵《自寫小象》，爲蔣穀孫 …… 244
美人風箏，限咸韻 …… 245
同作 …… 245
才思 庚午 …… 245
九月六日，亡室俞孺人誕辰，追薦蕭寺，戍阿、拜雲皆至。拜雲有詩贈，戍阿即次其均 …… 246
程子大以中泠泉見餉兼滕一詩，賦此報謝 …… 246
子大以新刻《鹿川詩集》見示，即題其後，疊前均 …… 247
汝身 …… 247
个簃奉王一老所寫《先德遺象》索題 辛未 …… 247

回風堂文

《回風堂文》卷一
悔復堂集序 …… 249
《寒莊文集》題詞 …… 252
《浮碧山館駢文》跋 …… 256
《蕊鄉詩集》序 …… 258
《葉蜕仙遺稿》序 …… 260
《定海縣志》敍 …… 262
向仲堅詞序 …… 266
《三程詞》題辭 …… 268
朱穉谷翁自撰年譜第一敍 …… 270
《慈勞室圖》序 …… 272
南園《小隱圖》序 …… 275
楊省齋先生六十壽詩序 …… 276
送章生歸處州序 …… 280

應子穆翁八十壽序 ... 282
　　蔡芝卿五十贈序 ... 283
　　魏陔香六十贈序 ... 285
　　俞仲魯表兄六十贈序 ... 287
　　邵廉三六十贈言 ... 289
《回風堂文》卷二 ... 292
　　陳鏡堂傳 ... 292
　　陳翁秉耐家傳 ... 293
　　王翁方清家傳 ... 293
　　陳君脩府傳 ... 296
　　洪君九韶家傳 ... 296
　　陳君康瑞傳 ... 299
　　徐君印香家傳 ... 301
　　童君家傳 ... 302
　　節孝賀張宜人傳 ... 303
　　王君家傳 ... 304
　　蔡母翁孺人家傳 ... 306
　　周母葛夫人家傳 ... 307
　　虞補齋先生事略 ... 309
　　族兄汲蒙先生行略 ... 311
　　虞君述 ... 314
　　張君行述 ... 317
《回風堂文》卷三 ... 321
　　李君尹夫墓表 ... 321
　　應君墓志銘 ... 322
　　鄭君墓志銘 ... 324
　　姚燕祖葬銘 ... 326
　　李府君墓志銘 ... 327

王君墓誌銘 329
　　朱府君墓表 331
　　范君墓表 333
　　清儒林郎馮君墓誌銘 334
　　陳府君墓表 337
　　范母金恭人墓誌銘 338
　　翁君墓誌銘 339
　　董君墓誌銘 341
　　童君墓誌銘 344
　　范府君墓誌銘 346
　　劉君墓誌銘 348
　　楊君墓表 349
《回風堂文》卷四 352
　　馮君墓碣銘 352
　　姜君墓誌銘 352
　　葉君墓表 354
　　鎮海方君墓表 356
　　林君墓表 357
　　清故奉政大夫董君墓誌銘 358
　　余君墓表 359
　　清故通議大夫三品銜浙江補用知府況君墓誌銘 360
　　洪君墓表 362
　　朱君墓表 364
　　陳君墓表 366
　　安吉吳先生墓表 367
《回風堂文》卷五 370
　　保黎醫院題名記 370
　　陳君造橋碑記 371

重修鎮海後海塘碑記	373
上海北市錢業會館碑記	375
鄭君遇害碑記	376
五十生日前告誡貞胥貞用	378
祭鄭念若文	379
祭陳晉卿文	380
八世族祖筆溪府君墓祭文	381
祭汲蒙文	382
祭虞含章文	383
祭錢仲濟文	384
濠上樓題壁	385
蔡氏蒙養院壁記	386
記梅墟丐	387
記賣餅者	388
書錢肆之傭	388
回風堂詩文集跋	391

回風堂詩文集敍

慈谿陳訓正

自余出里塾，游鄉校，聞有馮某者，好古而善讀書，年甚少，材甚美，爲文章，上規漢魏，儼然見法度。嘗就書院試某賦，主者疑之，以爲非今人有也。時余初返儒服，學爲文，孜孜盡日之力，不能得百字，雖甚慕君，而不敢言友也。越數歲，始交魏仲車，仲車極誇余詩于應悔復，得識悔復爲友。悔復與君，時所稱爲吾邑二雋者也。余因悔復乃復交君，久之益習，又各以孤童子自奮於學，涼涼之行，既無不同，遂益相憐，重稱莫逆。中歲以還，吾兩人講學甬水上日多，所居處又甚邇，朝相切而夕相磋，一日不見，則訝爲困瞀纏眚，用相揣度，必見而後始慰。有所作，必互出爲眎，有疵則相滌，有善則相益。其於行也亦然，無一事不以相聞，雖隱約難言者，亦爲告也。及余來滬上，君亦遷館旋至，浮湛十年間，聲氣日以廣，名聞日以高，四方績學之士，苟至於滬者，靡不求交于君，謂君情性厚，有道義，不唯多君文也。

十六年春，余奉委襄政杭州，始與君別，然每公閑休沐，必就滬省君；四年中，君亦兩至杭州視余。嘗語余毫脩勿怠，勿貪一日之祿，而隳百年之業。余亦以生平著作爲規，君愀然曰："爲貧故而粥文，發篋夥沈沈，非不高且美矣，然遂欲流眎後人，豈吾意耶！子知我乎？吾于辭去取皆有識，無識者雖辭可存而義不可有，異日者不幸先子死，子必爲我勤此，願以是屬。嗟乎！儲吾胸者吾不及吐，而吐者又非吾所意，士窮無所藉于手，即此區區者，尚不能完其願，則所謂立言不朽者何如哉？"余數聞君言如此，因深慨君何志之悲而衰之速也！然猶私幸君神明湛然、意氣甚盛，每晤對終日無厭態，則意以爲我兩人相與，當可數年或十數年，未必遽棄，而孰知不能也。一別之頃，竟成終古，天耶命耶？斯文之喪耶！悼伊人之不復，覩遺編而愴然，追摹曩昔之言，哀音宛宛，猶未絕乎吾耳，而清容渺矣，傷哉傷哉！

當君疾大漬[1]時，余聞而赴省，則口已不能言，見余至，目相眴不已，出手握余臂[2]牢不放者移時，始棄余背而睡，若有萬言語，欲傾結於喉而不克盡者，然意殊恨已。余念君生平，無悖於天，無忤於人，死何恨？所恨恨者，其惟此畢生心血之所假焉者乎！嗚呼，君雖不言，吾知之矣。因屬君子胥，取君詩文諸稿，循所識而寫定之爲正集，其辭未至而義不可不存者爲外集，皆君意也。[3]君夫人俞因《婦學齋詞》、友人應啓墀《悔復堂詩文》，皆君所欲刊而未能者，因附君集後。君有弟子朱威明炎復者，爲古文謹嚴有師法，先君五月旅卒于京師，文散失無多存，爲附刊如干篇，儻亦君之所取乎。[4]既蕆事，余當爲敘，乃取余兩人相與之深，及君當日垂死目囑之情，百書之而莫盡也。若夫君之辭之品弟，則固如嚮者主司之所疑，謂非今人有者，其高尚可知矣，余不復贅一詞。二十一年三月陳訓正敘。[5]

【注】

文載《悲回風》，①1932年11月1日見刊於南京《國風》半月刊第

---

① 陳訓正撰，民國二十一年三月浙江省立圖書館鉛印巾子居叢刊本，南京圖書館藏，索書號"GJ/808177"。

7期,後又被用作1941年中華書局仿宋版《回風堂詩文集》卷首,並改稱爲《回風堂詩文集序》。鑒於《回風堂詩文集序》的後半部分,有違《回風堂詩文集敍》原意,從而妨礙後人對《回風堂詩文集》成書過程的了解,故此直接選用《回風堂詩文集敍》。

除《回風堂詩文集》《回風堂詞》《秋辛詞》外,馮君木尚有《撰聯》四十則傳世,此則龍榆生《彊邨雜綴跋》言之甚明:"《彊邨雜綴》一册,歸安朱彊邨(古微)先生孝臧手寫本。首錄《王惕甫先生雜集屏障書》三十五則,皆唐、宋以來諸名家之名章雋語,以備爲人書屏幅者。次錄《題沈義明先生遺照》以下古近體詩三十七首,類皆題畫及應酬之作。又次錄《馮君木撰聯》四十則,又次錄《蕢葭樓詩》七律二首,七絶一首,摘句若干,附王病山《題馮君木逃空圖》七絶三首。"①

【校】

[1] 大殰:亦作"大癘",意即疫病成災,故當從《回風堂詩文集序》改作"大漸"(意即病危)。

[2] 臂:《國風》脱,兹據《回風堂詩文集序》補。

[3] 爲正集,其辭未至而義不可不存者爲外集,皆君意也:《回風堂詩文集序》改作"得文八十首、詩五百四十六首,編次之,爲十四卷"。

[4] 君夫人俞因《婦學齋詞》,友人應啓墀《悔復堂詩文》,皆君所欲刊而未能者,因附君集後。君有弟子朱咸明炎復者,爲古文謹嚴有師法,先君五月,旅卒于京師,文散失無多,存爲附刊如干篇,儻亦君之所取乎:《回風堂詩文集序》改作"君夫人俞因《婦學齋遺稿》附焉"。

[5] 陳訓正敍:《回風堂詩文集序》改作"陳訓正"。

---

① 龍榆生:《彊邨雜綴跋》,載《龍榆生雜著》,上海古籍出版社2017年版,第191頁。

《回風堂詩》前錄卷一①

題夏內史集 戊子

家國惛惛百感深,南冠憔悴有商音。大哀雪涕思江表,野哭吞聲到細林。慘淡干戈消玉貌,亂離文字出童心。終軍慧悟汪錡烈,躑躅雲間淚滿襟。

【注】

徐珂《大受堂札記》卷一云:"未冠而筮仕,不可謂非早達,未冠而殉難,不可謂非國殤,且未冠而有著述,尤罕見,明末有之。夏完淳,一名復,字存古,華亭人,允彝子,官中書舍人。年十七,明亡,殉節,清廷賜謚節愍。有《玉樊堂詞》。《柳塘詞話》云:'夏存古《玉樊堂詞》,向得之曹顧庵《五集》中,見其詞致慷慨淋漓,不須易水悲歌,一時悽感,聞者不能爲懷。留此數闋,以當《東京夢華錄》也。'"②

馮君木此詩,乃其戊子年(1888)閱讀明末抗清英雄夏完淳(1631—1647)文集時所作。這篇詩作,既例證了沙孟海《慈谿馮先生行狀》"方十五六,故已犖犖有奇節矣"的論斷,又折射出彼時馮君木

---

① 王雷《回風堂詩》云:"慈谿馮开撰……印行過兩種本子……較常見的是民國三十年(1941)中華書局聚珍仿宋版《回風堂詩文集》,鉛印本四冊,計詩七卷、前錄二卷、文五卷,附俞因《婦學齋遺稿》一卷。所謂前錄,是收三十歲以前的詩作。另一種是民國間朱鼎煦別宥齋刻,1960年原版刷印本,綫狀兩冊,卷末有朱氏跋云:'慈谿馮先生棄賓客之明年,鼎煦謀刻其回風堂詩,嗣君都良出寫定本八卷相示,遂據以授梓。既成六卷,蘆溝變起中輟,後兩卷近頃用刻蠟譽印續成之。'據此,則書始刻於1932年。"詳參《古鎮慈城合訂本》(21—40期)下冊,第417頁。

② 《大受堂札記》卷一,徐珂撰:《心園叢刻一集》,杭縣徐氏聚珍仿宋版,1925年,第19頁。

強烈的經世之志。

松江憶家園桂花

團團桂之樹,寂寂有清陰。夢裏空花繞,天涯客思深。
馨香懷故宇,婉孌感秋心。回首留人處,端居發苦吟。

【注】

　　根據《回風堂詩》的編録原則與詩中"桂樹""思客"等字眼,足以斷定此詩作於光緒十四年(1888)中秋。考馮君木《先兄蓮青先生事略乙未》云:"及鴻墀年十三,侍先君子出松江,始時時從君讀書。旋遭大故,匍匐扶櫬歸。"①又,《民权素》第五集所載馮君木《夫須詩話》云:"憶戊子九月自松江移家歸。"是知馮君木曾於光緒十一年(1885)隨其父馮允騏遷居松江,父卒後,方於光緒十四年九月扶櫬返歸慈城故居。

《締交篇》贈應啓墀

　　《大易》篦盍簪,《小雅》賡《伐木》。人生重交道,寧論骨與肉。鬌髮涉學林,汲汲求其族。嚶鳴豈不聞,梟雀紛追逐。粲粲窈窕子,媞媞絜脩沐。鬱鬱蕙蘭抱,隨風揚清馥。大海吹浮萍,邂逅城西屋。揖我謂我臧,燕婉展昏夙。嘿契照淵衷,嘉言抒深蓄。臭味相聏合,各各自歡足。穉歲同里閈,行止夙乖局。三年淞水游,塗軌間川陸。玄鶴矯曾雲,丹鸞翔穹谷。光儀亦匪遠,脈脈感靈獨。幸兹接款睇,繾綣托心腹。贈我瑤華篇,報子瓊茅束。河水何盤盤,山石何矗矗。相期

---

①　《清文匯》丁集卷一九馮开《先兄蓮青先生事略乙未》,第3120頁。

永勿諼,努力保金玉。
【注】

應叔申(1872—1914)亦嘗作《相逢行贈馮君木》詩以紀其事,而且明確交代該詩作於光緒十四年:"煙埃匝地風蓬蓬,山城犖确無人蹤。孤斟獨嘯悲填胸,朝擊燕市築夕鼓。龍門桐荊卿已瘖,中郎聾少年歌哭。疇能同眼前,乃與君相逢。"①

又,《民權素》第五集馮君木《夫須詩話》云:"余與應君叔申訂交最早,憶戊子九月自松江移家歸,時予方在髫齔,二三中表以外,無與往還者。一日,叔申於表兄姚貞伯所見予試卷,極口推服,遂介貞伯而相見於姚氏。由是朝酬夕唱,無二三日不會面者。叔申長予一歲,予兄之,叔申亦弟畜予也。初遇時,叔申賦《相逢行》,予賦《締交篇》,幼年吐屬,無當風雅,姑寫存之,以爲我兩人訂交之一紀念焉。"②

客夜 壬辰

寂寥抱影坐殘燈,獨夜情懷遣未能。狹徑秋深風走葉,短廊人靜月扶藤。詩心冷似荒龕佛,酒味枯於退院僧。角枕繩床誰與處,無眠祇覺客愁增。
【注】

據詩題及詩義,足以確定該詩作於光緒十八年(1892)深秋。又,俞因《婦學齋遺稿》書末馮君木"記":"亡婦俞君來歸廿年,辛亥八月,以腹疾死。"由此推算,可知馮君木已於去歲(光緒十七年)與俞因(字季則,1871.10.19—1911年秋)成親。是故,《客夜》當是馮君木遊學在外、夜宿無眠時的思妻之作。

① 《悔復堂詩》卷一《相逢行贈馮君木戊子》,應叔申著,餘姚黄立鈞1942年刊本。
② 《校輯民權素詩話廿一种》,王培軍、莊際虹校輯,第131頁。

明珠歎 癸巳

我有雙明珠,寶光森璆琳。緣之紫絲纕,欲以遺同心。
勞燕各分離,同心不可期。暗投寧不惜,善價當求誰。
明珠復明珠,乃與魚目俱。擣珠作珠粉,一任淪泥塗。

【注】
　　作於光緒十九年(1893)的這首《明珠歎》,反映出十九歲那年的馮君木,以明珠自況且不願向濁世低頭的生活態度。

過大七洋

　　不斷黃流浩有聲,四天如羃暮雲平。絕無依傍孤舟度,對此蒼茫百感生。涉世從知風浪惡,重名敢悔別離輕。祇愁燈火中宵夢,莫慰高堂輾轉情。

雨夜上海旅店

　　悲茄起寒堞,落葉入匡牀。孤館自秋雨,一燈非故鄉。
排愁成寂莫,存想到蒼茫。展轉渾無寐,生憎此夜長。

申江候潮

　　潮落舟低聞,天空月下城。笙歌兩岸雨,燈火一江晴。
亦覺此間樂,難爲遙夜情。思鄉清不寐,明發又長征。

秋夜病中寄内，時客杭州

郵鼓沈沈夜正長，昏燈短榻自淒涼。情無可遣惟孤坐，病已難堪況異鄉。[1]藥裹生涯憐我慣，剪刀愁味累君嘗。家山一夕秋風起，尺素相思好寄將。

【注】

根據《秋夜病中寄内，時客杭州》在《回風堂詩》中的位置，以及《先兄蓮青先生事略乙未》"癸巳，赴秋試……君之赴試也，鴻墀與之偕"①云云，大抵可以確定該詩作於癸巳秋，彼時馮君木與馮蓮青身在杭城，備考當年浙江鄉試。進而言之，此上《過大七洋》《雨夜上海旅店》《申江候潮》三詩，當是馮君木先由寧波至上海，然後與馮蓮青一道前往杭州趕考時所作，其時皆光緒十九年（1893）秋。

【校】

[1] 異鄉：沈其光《瓶粟齋詩話》引作"異卿"，②顯誤。

哭六兄蓮青 鴻薰

嚴霜當夏零，白日忽晝墜。瞢騰天壤間，乃有今日事。
四海此弟兄，惘然致憐愛。平生綿眇情，固結到肝肺。
短短手足緣，一絶不復綴。後死媵子影，飄蕩在人世。
刳腸腸已裂，剜心心都碎。彌天積奇痛，欲哭轉無淚。

【注】

考馮君木《先兄蓮青先生事略乙未》云："爲文喜敷陳古義，不屑屑

---

① 《清文匯》丁集卷一九馮开《先兄蓮青先生事略乙未》，第3120頁。
② 《瓶粟齋詩話》五編上卷，沈其光撰，楊焄校點，可見《民國詩話叢編》（五），張寅彭主編，上海書店出版社2002年版，第748頁。

斧藻之末,坐是累試不得志。癸巳,赴秋試,病歸……君之赴試也,鴻墀與之偕。君既病,或勸君歸,君不欲曰:'弟一人在此,可念。'鴻墀察君意,遂不入試,同君歸。……君卒於光緒十九年八月二十七日,春秋三十。"①準此,《哭六兄蓮青鴻薰》當作於1893年10月6日馮蓮青病逝後不久。

雨夜錄別 甲午

隔幕春寒入畫櫩,小軒向晚一燈青。
可憐如此瀟瀟雨,今夜空江獨自聽。

聽　歌

水閣風涼夕掩窗,蚖膏漸欲爇銀釭。
酒闌聽罷吳娘曲,一夜歸心滿大江。

清明寄應叔申 啓墀

春光不覺已如許,細雨無端還復晴。客子何心折楊柳,故園今日是清明。惟將濁酒酬佳節,亦有新詩寄友生。苦憶湖隄好光景,獨堪留滯在江城。

【注】

據詩意推斷,馮君木於甲午(1894)春離家外出。雖人在松江,但

---

① 《清文匯》丁集卷一九馮开《先兄蓮青先生事略乙未》,第3120頁。又,《雪野堂文稿》卷上《馮回風先生事略》:"少時與從兄赴試,從兄病,遂不入試以歸。"又,《回風堂文》卷三《清儒林郎馮君墓志銘》:"君諱鴻薰,字蓮青……光緒十九年癸巳八月二十七日病殁,春秋三十。"

對俞因的思念和對應啓墀的牽挂,卻時時氾起,遂有《雨夜錄別》《聽歌》《清明寄應叔申》三詩之作。

重建清道觀落成

一覽蒼茫生鬱陶,樓臺橫插天高高。燈火千樹萬樹月,鼓鐘前山後山濤。奇構天然非人力,後時清興屬我曹。仙夫窈窕不可訪,雲窗霧閣吾其遨。

【注】

興建于唐玄宗天寶八載(749)的清道觀,歷經千餘年之演進,業已成爲慈城一帶集宗教信仰、民間娛樂、文化活動於一體的神聖場所,故其重建,自然引起馮君木的關注,進而予以誇張地描述,遂有甲午《重建清道觀落成》詩之作。其後,洪允祥亦嘗作《從石丹生諸君游清道觀》詩:"真人鶴化向何方,我輩登臨此舉觴。雨後青山仍藹藹,酒邊白日自堂堂。兵氛不辨蠻兼觸,仙語曾聞海又桑。慾逐葛翁塵外去,畫中曾拜鮑姑粧。"

聞姚貞伯_{壽祁}將來郡,賦詩促之

不見姚生行半載,大江如此肯來游。出門時復一瞻望,有酒足堪供唱酬。今日何日天晶晶,待來不來心悠悠。大佳光景那可失,庭外爛開紅石榴。

【注】

石榴是非常典型的秋季水果,此云"庭外爛開紅石榴",則該詩必作於甲午秋日。當時,好友姚壽祁將作上海之行,馮君木復信催促。

月　夜

灩灩晶簾静不波，玉人消息隔明河。斷雲幾尺碧天闊，愁倚露臺寒奈何。

拂袖霜華漸欲凝，雁聲遥夜逼疏燈。家山一樣明明月，可也今宵眠不能。

【注】

據詩義，當可斷定該詩作於甲午深秋，其思婦之意深濃。馮君木彼時身處上海。

感春三章 乙未

堂上擊鼓羅酒漿，堂下磨刀烹肥羊。衆嬬淖約侍兩廂，金鵁翠雀翩以翔。陽春一歲一回至，能令萬物增輝光。眼底牡丹大如斗，辛夷瓏瓏出地長。千歡萬悦陳樂方，天暉日晏芬茫茫。如此芳時不沈醉，寧待屋頂生白楊。

弱歲宛宛嗟無徒，伯歌季舞情不孤。如出唾沫相呴濡，沙潭之樂成江湖。一夕荆枝感摇落，悼傷直欲亡其軀。綿綿哀思白日徂，廿年骨肉真須臾。春風昨夜回庭除，吹噓群悴澤衆枯。胸中噫氣慘不蘇，照眼紅緑生煩紆。左陳千榼右百觚，舉酒欲釂神已逋。人生作達良不易，但有淚落增悲吁。

海東烽火照天徹，日射扶桑赤成血。居庸關外柳條青，十丈春風過飄瞥。將軍意氣涌如山，虜在目中期必滅。于思棄甲終一跌，坐使林花笑人拙。憂來無方不可説，側身東望氣先結。衆芳爛漫誰與擷，日暮空山聽啼鳺。

山　游

一雨群峰曙，光姿晶林木。剔邃恣儵思，掠迥晰奇矚。犖犖躋豕頂，怪噩顫心肉。窒黝塿虎牙，嶂崫亢龍腹。峻塗阽乞湫，仄步難駢足。蹙石駇一蹶，驚魂墮荒瀑。破險出夷坦，背脊蔿複陸。溪羽振潛響，巖葩扇孤馥。攬果狀猱升，吸泉肖鼠伏。跌宕縱嬉戲，狂呼雜笑哭。赭日儵埘翳，征忪習迴躅。浩謌洩天嗓，獝颮訇崖谷。

將之上海，留別叔申、貞伯諸子

鹿鹿琴書意興闌，終年飄墜總無端。親衰幸有窮交在，世亂真成暫別難。海上烽煙愁路險，山中猿鶴笑盟寒。傷離感事無多淚，灑向征衫不忍看。

出鎮海關

形勝東南亦壯哉，旌旗四照海門開。
議兵不是書生事，天水荒荒獨舉杯。

【注】

應叔申《悔復堂詩》有詩名《寄君木上海乙未》，其詞云："巾子山頭白日低，黃流浩蕩接雲齊。東南戰事無消息，日夕荒江有鼓鼙。世變難謀千日醉,詩篇並作萬行啼。草薰風暖春申浦,可有閒情唱大堤。"

《春草》一首寄魏仲車 友枋

迢迢驛路傷心極,冉冉春光滿眼生。日暮汀州采蘭芷,天涯風雨忽清明。馬頭殘笛征夫怨,夢裏青山故國城。當作佳人袍影看,綠波咫尺若爲情。

塞上曲

塞草西風颯颯號,傳聞胡馬過臨洮。
將軍自有安邊策,落月營門夜會高。

【注】

該詩作於1895年中日甲午戰爭期間。1903年,被收錄在《浙江潮(東京)》第十期。

聽　歌

芳樹東西映綺筵,清歌一曲惜嬋娟。
四條絃子渾無賴,觸撥閒愁到酒邊。

題《秋影樓圖》

老蟾照破暝天碧,素漢明鱗瀊斜白。花宮漏低露腳沈,濃睡雌鸚窺涼夕。靈麻雙燭珊枝紅,簾晶一翦冰瓏瓏。穉桐瘦盡攤蔌老,貼地秋心煙夢中。

寄應三兄

天涯思子日爲勞，回首鄉關心鬱陶。
聽罷鼓鼙夜無寐，障川門外月高高。

【注】

陳訓正《北邁集》自序云："老友應季審長掖縣，招脩《掖志》。時盜賊毛起，川途多梗，余乃遵海而北，自夏至冬，凡兩渡，得詩詞若干首，題曰《北邁》，以當遊紀。"又，陳氏《聖塘集》《吉留詞》分別錄有《代簡寄應三萊州》詩、《蝶戀花·寄應三萊子》詞，《悔復堂詩》有《憶弟季審啓藩》，是知應三乃應叔申之弟，名啓藩，字季審。

湖上偶成

箏琶粉閣夢成塵，斜日晴川草不春。
一席水天閑話罷，青山黯似別離人。

叔申以詩見贈，有"庸者不識識者忌，那況忌者正不多"之句，感其意之至，而不能無惜其詞之過也，輒依韻答之

男兒生不能，渴飲生獐累斗血。沙場躍馬橫金戈，猶當排蕩雄心鏖。壙索蹩躠顏謝鞭，陰何嗟余僕趱局。尋丈肝腎役役窮，鎚磨語言譎誕呀河漢。杜老哈笑昌黎訶，年年流轉塵土底。時出涕淚供吟哦，苦無一物酬世好。世人憎我寧云苛，文章光氣亦不媚。但有兀兀助轆轤，本無可識何況忌。扼腕太息君則那，爲君拂衣一舞垂手羅。大風塵沙轟醉歌，

青天如盆壓頭坐，酒瓢一日千回摩。

戲　成

晶簾涼重曉梳頭，兩兩眉痕若有愁。
兜臂鬢雲攏不起，鏡花吹上一肩秋。

約　略

疏星幾點隔花黃，約略瓏窗曙色涼。
鬢影衣香兩飄瞥，曉燈籠夢蔿秋棠。

小游仙詩

碧城十二倚瑤天，天半闌干隔眇綿。一口唾花吹不散，濛濛下界作秋煙。

窈窕紅牆界鈿雲，零星仙語夜深聞。玉清昨日飛靈詔，敕駕青龍接太君。

碎躍桃花到上清，斷霞縹眇暮寒生。褰裳醉倚青鸞尾，天外泠泠飛玉笙。

洞口緋桃一笑差，靈飛無咒辟魔邪。朱鳳銜到瑤清敕，謫向羅浮掃落花。

環天雜曲隔花聽,高下珠筵酒不停。日暮何須傳蠟燭,停雲明拂四簷星。

榆梢黃月拓明盦,葉葉銖衣薄不嫌。手得玉琅玕一尺,銀河清淺釣靈蟾。

讀張麟洲大令翊儁《見山樓遺詩》題後

生平不識張明府,讀到遺詩忽惘然。百首兵戈悲亂世,一官漂泊感中年。文章落落推先輩,薄領勞勞惜此賢。靳與方干傳絕業,故應齎恨到重泉。[1]

【注】

《僧孚日錄》辛酉九月十一日條:"《見山樓詩集》,慈溪張翊儁字麟洲一作菱舟作;《映紅樓詩集》,慈溪王定祥字文父一字縵雲作,皆未刊。張《集》,伏跌室有寫本;王《集》,家藏稿本,經吾師刪定,蔡氏刻叢書,兼收此二集。……王文父先生卒時,年僅卅四。詩集凡四卷,吾師謂末卷最佳。方當銳進之時,遽爾隕命,可惜!……師又為述:'先生在時,年少負才,不肯下人,後于黃漱蘭侍郎名體芳,里安人幕下遇范鐘字仲木,范伯子之弟、朱銘盤字曼君,泰興人兩少年,始自愧才不及彼,歸家,閉樓不出,刺股力學,是歲竟卒,命也。'……《見山樓詩》,師謂頗學'明七子',可存者十之六七,伏跌室並藏其原稿本,多塗乙處,往往有遠不如初稿者。"①

【校】

[1] 小字自注:"張君弟子王孝廉定祥,方謀付刻,未舉而孝廉歿。"考《光緒慈谿縣志》列傳附編云:"王定祥字縵雲,父光成,增廣

---

① 《沙孟海全集·日記卷》,第228—229頁。

生。定祥生而不羈,光成嚴督之,年十五成諸生,壹意詞章,不喜解經之學。……學使瞿鴻禨兩按寧波,定祥丁母艱,未與歲科試,鴻禨重其名,光緒十四年提試優行科,既試秋闈,定祥疾作,遽歸,卒於家。後十日鄉榜發,獲雋,聞者惜焉。著有《映紅樓詩文稿》。卒年三十四。"①

秋夜懷魏二秀才 友枋

疏雨晚方霽,碧天清若流。樓臺上明月,燈火見新秋。
薄酌不成醉,微吟如欲愁。停梧念之子,心上一綢繆。

多　病

傴臥誰相問,高齋百感新。雨風秋與至,燈火曉還親。
書卷供多病,窮愁歿此身。奮飛苦無計,嗟爾少年人。

琴　心

琴心咫尺感迢迢,一宿高樓自寂寥。
恰恰人天清夢醒,闌更疏雨又今宵。

大寶山吊朱將軍 貴

四山荒荒黯陣雲,赭日下覆天爲曛。殘鏃拾盡戰骨白,

---

① 《光緒慈谿縣志》列傳附編,[清]馮可鏞修,楊泰亨纂,《中國方志叢書》華中地方第213號,台灣成文出版社1975年版,第1240—1241頁。

行人猶説朱將軍。將軍毅勇世無抗,刁斗森嚴資保障。食肉
虎頭雄顧盼,裹屍馬革端蘄嚮。夷氛慘澹橫明州,狼烽直壓
句山頭。靴刀慷慨誓滅此,怒髮上指天雲秋。九百健兒經百
練,天清野曠成酣戰。士氣樓煩都辟易,軍容回紇相驚眩。
惜哉！彼衆我寡力不侔,胡騎四合聲啾啾。常山援絶顔忠
節,六陌軍孤周孝侯。一鼓再鼓鼓聲竭,盡敵不能還盡節。
死忠死孝各完分,綿竹青溪同烈烈。[1]業祠一角荒山隈,酹酒
瞻仰空徘徊,將軍英風安在哉？夜深月黑魂歸來,猶聞雲端
鬼馬鳴聲哀。

【校】

[1] 小字自注:"公子昭南從死。"

【注】

朱緒曾《武顯朱將軍廟碑記》云:"將軍姓朱,諱貴……二十二年
正月二十七日,奕揆帥命領陝甘兵攻取鎮海……而將軍獨據大寶
山……大寶山者,慈邑西門外,爲一邑保障之要衝也。……二月初四
日卯刻,夷數千人自大西壩蜂擁上岸,將軍親執大旗,麾所部迎
擊……是戰也,將軍以所領九百人,敵夷萬衆。將軍以身殉國,夷亦
大衄……相謂自入犯以來,未有大寶山之力挫其鋒也。……於是慈
士民思將軍完保城邑,威靈顯赫,咸欲出貲建祠,以申報餉。癸卯秋
試之士,呈請于制軍劉公玉坡。既蒙嘉許,闔邑公捐經費,共推邑紳
周璿等董其事,鳩工庀材。迨王公雪軒來宰是邑,益加獎勸,祠廟乃
成,自將軍以下皆得祀。"①

大概1902年,陳訓正亦嘗作《過大寶山》詩弔唁這位民族英雄:
"是何感慨悲涼地,六十年前問劫灰。行路至今有餘痛,談兵從古失

---

① ［清］朱緒曾:《武顯朱將軍廟碑記》,《光緒慈谿縣志》卷一四《經政三·壇
廟上》,《中國地方志集成·浙江府縣志輯》(35),第326頁。

奇才。荒荒歲月天俱老,歷歷山川我獨來。一角叢祠遺恨在,夕陽無語下蒿萊。"①

有　贈

餐冰嚼雪未辭寒,賣盡明珠計亦難。
不爲蛾眉怨謠諑,一鋤殘淚種秋蘭。

窈窕三章

窈窕青樓大道邊,春陽晼晚惜嬋娟。誰能朝暮看雲雨,不信憂愁有陌阡。天上白榆何歷歷,江南蓮葉自田田。容華轉眼成銷歇,吹罷參差一惘然。

花花葉葉自相當,夙昔芳菲滿室堂。西北樓高空宛孌,東南日出有輝光。夫君顏色思瓊樹,下女心期在佩纕。緘得瑤華難自致,含愁竟夕織流黃。

夫容采采下汀州,攬袂秋風涕泗流。誰爲姬姜惜蕉萃,我思公子有離憂。繽紛琚佩修奇服,寤寐鸞皇導遠游。自是蛾眉召瑤諑,不須浩蕩怨靈脩。

《江臯》一首贈章述洨

江臯多芳草,日暮采蘭茝。采采不盈匊,所思在君子。

---

① 《天嬰室叢稿》之一《無邪詩存》,第15頁。

我昔睹君子，盼睞生輝光。菲菲不見遺，願言爲弟兄。
嘉言展昏旦，婉孌感中腸。投我貂襜褕，報之以明璫。
明璫何明明，明明如滿月。滿月有時虧，寸心無圓缺。

【注】

《章述洨》："章述洨，字許泉，鄞縣舉人章鋆之子，翰林院修撰寧波末代狀元章鋆之侄，出身士紳之家。中秀才，精於小學，嘗從慈谿書法家梅調鼎學書法，遂以書法名於鄉邑。庚子政變廢科後，負笈東瀛，與范賢方同入東京法政大學速成科，閱二年畢業回國，後參鄞縣幕，旋因鄞縣知縣出缺，由知府江畬經減攝，章又參知府幕。"①

范鑄《柳堂憶存稿‧輓章許泉丙辰正月》："我年三十時，讀書西湖傍。招邀游吳山，偶見白面郎。……云是章氏子，季也乃其行。非惟秀厥外，兼慧能文章。……一瞥三十年，重會盛氏堂。……忽忽兩月耳，哀訃驚倉黃。吁嗟章氏子，從此永乖張。……永嘉山水郡，四明桑梓鄉。兩地留遺愛，民之不能忘。"②

寄陳晉卿 鏡堂

變彼雙飛鳥，迴翔嘉樹林。念我攜手好，城闉間商參。昔者展嘉會，笳簫紛五音。姱容備二八，眇視送靈襟。人事有新故，芳華坐銷沉。雨落不上天，逝景難重尋。願言保金玉，無爲哀樂侵。

---

① 《寧波文史資料》第 11 輯紀念辛亥革命八十周年專輯《寧波光復前後》，第 116 頁。
② 南京《中國詩刊》1942 年第 3 卷，第 57 頁。

贈陳天嬰 訓正

入世巾袍憐我拙，眼中人物見君賢。聲名金玉期千古，身世龍蛇負妙年。寂莫閉關長頌酒，荒唐呵壁欲箋天。繁憂獨抱無人識，付與秋風作眇綿。

歲　暮

人間歲事各紛然，老屋昏燈獨草玄。弱冠文章違世譽，酒尊歌哭逼殘年。蓬蒿寂寂愁生地，星月荒荒亂後天。轉眼新春須作達，昇平光景且流連。

示兄女貞妘

吾家有道韞，婉娩能知書。輟紝弄柔翰，煙墨紛展舒。
百篇漢魏詩，洛誦無遺餘。慧心發妙旨，往往能起予。
吾昔髫卯日，暱就汝父居。支離問奇字，嬉笑擎矜裾。
遙遙已十載，忽忽思童初。夜闌授汝簡，淚落增欷歔。

【注】

沙孟海《馮初雲百花卷跋》："徐馮初雲夫人貞妘，爲先師回風先生兄女，資性慧悟，迥軼凡倫，雅記故書，過目能識，先師贈詩所謂'吾家有道韞'者也。自嬪于徐，嬰御蒙雜，夙昔耽尚，寖就荒弛，獨於繪事彌蓄光彩，而染翰無多，十年前求其手跡，已不易得。戰後文物凋耗，殃厄非一，余平生述作，盡付劫灰。夫人《百花長卷》猶在人間，幾更變迭，完好無損，春風妙筆，滋足珍已。值先師生日公祭，余來滬上，都良出而相視，輒墨其後，用誌拳拳。"①

寄何明經其枚

嬋娟雲間月，流輝散遥岑。念我佳俠子，悱惻傷靈襟。
揚靈隔大江，曾瀾迴且深。願言擷蕙草，摇蕩悲回風。
縶余辭鄉旬，幽獨匪自今。高邱豈無女，貌合難爲心。
潛鱗戀舊淵，翔羽思故林。衣淄不可澣，首疾以欽欽。

【注】

忻江明《四明清詩略續稿》卷七："何其枚，字絛卿，一字芰湄，晚號倦翁，慈溪人。貢生。著有《一席廬詩稿》。楊魯曾撰《傳略》：君少習舉子業，兼涉詩、古文詞，宿儒梅友竹先生喜蘇詩，與君爲忘年交，君亦效其體而爲之。當時有勵志學社八子，君其一也。所居危樓一角，雜蒔花木，得詩黏窗楣殆滿。事母孝，與兄弟相友愛。國變後，杜門修天倫之樂，吟詩、飲酒以自遣。卒年六十五。"

卧　病

空堂百響絶，蝙蝠動昏晨。中有幽憂子，卧病逾經旬。
經旬亦不久，志士多苦辛。坐令好景光，棄我去踆踆。
睇彼穿霄鶚，毛羽何璘玢。長風九萬里，上擊天池塵。
我生獨顑頷，帖憗無由振。浩歌不可輟，呫呫呼洪鈞。

---

① 《沙孟海全集·文稿卷》，汪濟英主編，西泠印社出版社2010年版，第540頁。

七夕

潺湲玉露下庭柯，倚罷參差發浩謌。脈脈高樓又今夕，迢迢天上此明河。秋期宛孌黃昏誤，永夜嬋娟太息多。月地雲階眇何所，通辭誰爲托微波。

慰仲車

魏郎三十好身手，低首窮閻真苦辛。懷抱能容五百輩，心光直照三千春。可憐兀兀有年歲，無那依依傷賤貧。一夜雨風動閶闔，會看白日起沈鱗。

漫與

長吟擊碎玉如意，痛飲倒翻金叵羅。悲喜無端空復爾，窮通有命欲如何。地天終日任行止，風雨中宵雜嘯謌。何限傷時憂國淚，年來揮灑已無多。

美人

美人如滿月，皎皎當高樓。今夕爲何夕，無愁果有愁。明星三五爛，溝水東西流。不語理瑤瑟，君聽絃外秋。

會稽舟中同仲車作

方舟日暮溯長河，村市斜陽帶綠波。下士蒼蠅聞大笑，吾曹白眼自高歌。流離文字荒寒甚,莽蒼山川感慨多。無限少年懷古淚,禹陵秋色鬱嵯峨。

旅病杭州,同楊省齊師_{魯曾}作

終朝偃臥負壺觴,藥餌生涯各自傷。滿目江山非故土,高秋雲物近重陽。鏡中顏色看看改,病裏名心漸漸忘。一樣羈愁難慰藉,支牀相對說家鄉。

餘姚

湛湛姚江[1]清不埃,令人卻億黃南雷。大賢此地所生長,昔歲今朝曾到來。載酒風塵仍故我,感時懷抱向誰開。推蓬一讀《明夷錄》,回首人間亦可哀。

【校】

[1] 姚江:沈其光《瓶粟齋詩話》引作"江水"。①

歲暮得鄭念若_{光祖}書,賦此報之

經時不見鄭生久,今日書來倍愴神。蹙蹙巾裾餘涕淚,勞勞生計到鹽薪。可憐咄唶窮愁境,坐困欽奇歷落人。一樣艱難悲失水,且分餘沫活枯鱗。

【注】

忻江明《四明清詩略續稿》卷六:"鄭光祖,字念若,號史梅。慈谿

---

① 《瓶粟齋詩話》五編上卷,沈其光撰,楊焄校點,可見《民國詩話叢編》(五),第747—748頁。

人。諸生。方德休《誄詞》略：先生潛心經學，群經而外，凡訓詁、六書、音韻諸書，靡不目治而手校之。性好飲，飲則必醉，醉則大談高睨，意氣奮發，以是負狂名。年四十四卒。"

同厲虞卿_{玉夔}同年登陶然亭題壁[1]

殘陽疏柳夾城闉，暇日登臨客感新。終古危亭此秋色，近來長句屬何人。酒尊惘惘依空曠，意思蕭蕭出苦辛。憔悴京華吾與汝，但飄涕淚落煙塵。

【校】

[1]《同厲虞卿_{玉夔}同年登陶然亭題壁》：沈其光《瓶粟齋詩話》引作《同厲虞卿同年玉夔登陶然亭》①。

【注】

忻江明《四明清詩略續稿》卷六明言厲玉夔字虞卿，定海人，光緒丁酉拔貢，同時載錄其《擬東坡荔支歎有序》《淮陰釣台》兩詩。又，《僧孚日錄》辛酉八月十二日（1921.9.13）條引馮君木《筆記》云："京師陶然亭西北小阜上有香冢，碑陰題語云：'浩浩劫，茫茫月，短歌終，明月缺。鬱鬱佳城，中有碧血。碧亦有時盡，血亦有時滅。一縷煙痕無影絕，是邪非邪，化爲蚨蝶。'又有一詩云：'飄零風雨可憐生，芳草迷離綠滿汀。開盡夭桃又秋李，不堪重讀《瘞花銘》。'"②

《游仙詩》和葉子川侍御 _{慶增}

羽葆幢幢列隊迎，瑤池西望紫雲生。丹山赤水渾無賴，

---

① 《瓶粟齋詩話》五編上卷，沈其光撰，楊焄校點，可見《民國詩話叢編》（五），第748頁。

② 《沙孟海全集·日記卷》，第209頁。

又駕青鸞下玉京。

隸籍瑤清豈偶然，瓊丹服食亦前緣。但教竊得淮南藥，雞犬聯翩也上天。

訣蕩紅雲擁九閶，上清消息阻銀潢。東龍西虎森嚴甚，不許群真近玉皇。

宴罷鈞天月正濃，霓旌羽蓋列重重。不知何與真妃怒，十道飛符索黑龍。

彈　指

彈指箏琶隔窈冥，畫樓天遠感飄零。酒邊墮月無情碧，眉外殘山有限青。星色微茫將夢轉，雁聲清切帶霜聽。十年觸著閑思想，能使行雲一夕停。

與貞伯夜話

高城隱隱柝聲殘，絮語更番夜欲闌。
彈盡燭花渾未睡，單衣相對不勝寒。

【注】

姚壽祁《寥陽館詩草》錄有一詩，名《宿求恒齋，與君木夜話》，且明確交代該詩作於己亥（光緒二十五年/1899）："銀燈深照酒尊殘，街鼓聲中語未闌。起傍闌幹看夜色，圓圓月子向人寒。"馮君木《與貞伯夜話》當與該詩同時而作。

悔　詞

　　淺水夭桃花正開，胡麻回首憶天台。素波湛湛明如玉，重向前溪問渡來。

　　不待言愁始欲愁，浪浪涕淚灑箜篌。東西溝水無消息，悔把琴心誤白頭。

橫黛庵雜詩

　　偶從姑射乞靈砂，眉語玲瓏透碧紗。一咒相思無等等，人天紅豆盡開花。

　　一寸禪心澹不波，茶煙漾漾意云何。洞門不鎖桃花住，自翦春雲補綠蘿。

　　幽居空谷不逢春，賣盡明珠未療貧。日暮天寒羅袖薄，可憐絕代此佳人。

　　子夜春燈敞藻筳，玉尊太息感嬋娟。朱絃零落華年誤，流涕樊南《錦瑟》篇。

　　齊紈新繡扇頭詩，用玉縱橫紹繚之。祇恐馨香懷袖歇，秋風腸斷謝芳姿。

廣袖天風拂若華,夢魂蹋鶴訪桃花。紅牆一帶分明是,祇少天西十丈霞。

吹簫曾憶鳳皇臺,鈿約分明字字哀。有日閑情都懺盡,青山一幩證如來。

【注】

姚壽祁《寥陽館詩草》録有同名詩且明確交代該詩作於光緒二十五年(1899):"刻意傷春枉費才,纏綿幽抱向誰開。西山眉黛青如畫,雨雨風風日日來。西燕東勞可奈何,新詞誰唱定風波。可憐一夜瀟瀟雨,不抵高樓涕淚多。蘭因絮果細評量,賭酒春宵畫燭涼。漏轉月殘扶醉別,遠天如墨夜雲長。畫闌六曲長蒼苔,彈指歡惊亦可哀。眼底桃花零落盡,獨飄殘夢到天台。"馮君木此詩當與姚壽祁《橫黛庵雜詩》同時而作。

此所謂樊南《錦瑟》篇,即李商隱《錦瑟》詩:"錦瑟无端五十絃,一絃一柱思華年。莊生曉夢迷蝴蝶,望帝春心托杜鵑。滄海月明珠有淚,藍田日暖玉生煙。此情可待成追憶,祇是當時已惘然。"

題《月底橫箏圖》,效昌谷

霞綃銀燭花娟娟,玉河四照天無煙。美人窈窕隔簾坐,橫箏自理鴛鴦絃。箏聲沈沈細[1]如髮,斂袂無語意淒絶。三尺娜婀紅[2]梔風,一鏡瓊[3]瓏碧蘿月。眉樓今夕桃笙涼,蒻阿拂壁羅幬張。花袍白馬歸來晚,金雁蕭蕭空斷腸。

【注】

此詩曾署名君木,見刊於《秋星》1915年第1期及《民權素》第五期(1915.3.22出版)。

【校】

[1] 細:《秋星》誤作"語"。

[2] 紅：《秋星》誤作"江"。

[3] 瓏：《秋星》誤作"玲"。

消寒第一集，集醉經閣

湛湛金尊酒十千，高樓歲晚此流連。清時公謹思王粲，亂世微官薄鄭虔。慘澹文章東武歎，窮愁雨雪《北門》篇。相逢且作亡何飲，莫爲悲歌損少年。

【注】

此所謂《北門》篇，即《詩經·北門》。醉經閣位於慈城五馬橋畔，乃咸豐年間馮雲濠所建。馮雲濠字五橋，道光十四年（1834）舉人。家本富有，又性喜藏書，遂於慈谿縣城建醉經閣藏書樓。其所藏不但多達五萬餘卷，而且不乏宋元珍本。光緒八年（1882），杭州藏書家丁丙主持劫後文瀾閣本《四庫全書》補抄時，曾就馮氏醉經閣借閱多種底本以補抄閣書。醉經閣藏書後亦散出，有相當部分流入秦氏抹雲樓。

應叔申所作《消寒第一集，集醉經閣己亥》詩，明言時在光緒二十五年（1899）冬："無計排愁強自寬，興高今日暫成歡。吾曹猶幸當年少，來日無多況歲闌。江上陣雲寒漠漠，天邊積雪浩漫漫。清尊一夕同酬唱，此會尋常亦大難。"①

又，鄭光祖《同人集醉經閣爲消寒會，閎日賦長句記之》詩云："滿天雪花大如斗，刮地狂風更怒吼。敝裘失暖爐不溫，苦寒如此難消受。門外忽聞剝啄聲，後有馮君前楊生。只緣排悶謀小集，眉飛色舞移我情。臨期片紙導我去，岧嶢傑閣城西路。相逢一笑無主賓，高歌白眼空今古。諸君意氣各自伸，窮愁齦齦難泥人。詩句動期五百載，

---

① 應叔申：《消寒第一集，集醉經閣己亥》，氏著《悔復堂詩》，民國三十一年餘姚黃立鈞刊本。

酒杯留照三千春。酒意尚濃詩思續,珠簾日暮明畫燭。馬工枚速各逞奇,咳唾字字生珠玉。嗟予寒瘦如郊島,縱有詩篇誰道好。興到渾忘白日落,苦吟幾使朱顏老。嗚呼斯會良非易,人生萬事貴適意。君不見,王戎手自持牙籌,膏肓有疾徒招尤。又不見,殷浩罷官還熱中,終朝咄咄長書空。上壽百年旦暮耳,繫情名利非英雄。我輩生性本傲兀,瑣瑣肯與常人同?會須幕天席地作,大飲酒酣高歌擊築生長風。"①

又,馮君木《夫須詩話》:"己亥冬日同人舉歲寒小集,天嬰有《歲暮雜詩》六章,爲一時傳誦。兹采其尤佳者四章於此,鬱憤之思,以空靈窈折出之,洵古之傷心人語也。"②

【附錄】

同 作

姚壽祁

排除殘歲峥嶸事,料理浮生頃刻間。大句荒寒破空出,高樓突兀向天攀。酒邊積雪明斜照,雁外頹雲接亂山。光景無多年易盡,歗歌聊復慰孤孱。

【注】

姚壽祁此詩,在《寥陽館詩草》中題爲《醉經閣消寒第一集,同鄭念若光祖、魏仲車、應叔申啓墀、馮君木、楊石甕、王仲邕和之》,顯然也作於光緒二十五年(1899)冬。

---

① 《四明清詩略續稿》卷六,[清]董沛、忻江明選輯,寧波出版社 2015 年版,第 2169 頁。

② 《歲暮雜詩》六章在《天嬰室叢稿》中,被題作《歲莫雜感,同叔申、君木作四首》,所錄亦僅此四章。

同魏仲車、楊輯父睿曾夜宿叔申齋中，有懷念若，並示諸君

　　山城一雪寒切膚，如灰山色枯不腴。北風獵獵[1]噭老烏，凋年急景真須臾。悔復先生興不孤，興到召集諸酒徒。缾之罄矣罍則虛，商量典到山妻襦。[2]芋魁磊磊[3]煨地爐，佐以春盤酸冬菹。燭光[4]瀲灩浮凍壺，梅花爛漫照座隅。坐[5]有飲者皆腐儒，行迹脫略無爾吾。轟堂拇戰聲徹衢，酣嬉[6]叱咤頭爲濡。飲半擊缶[7]相唱喁，高歌偪側涕落裾。睥睨六合生煩紆，忽憶鄭生今灌夫。酒狂謾罵[8]心膽麤，一飲往往三百觚。劉伶[9]李白皆隸奴，昨日飲罷忽不愉。擲梧而起長欷歔，掉頭歸卧荒江廬。鸛江月黑雲模胡，思君一夕魂九徂。嗚呼我輩奇窮俱，生事蹙迫嗟難圖。腹中空有破爛書，可憐囊中一錢無。何況薪桂米又[10]珠，不易匪[11]但長安居。予手拮据予口瘏，坐令嗤笑問[12]妻孥。今日難復樂斯須，炊煙行[13]斷家中廚。糟邱百丈高嶔嶇，難爲我輩藪逃逋。麒麟在櫺鳳在笯，天荆地棘皆窮途。噫嘻我輩奇窮俱，鄭生鄭生將何如？

【注】

　　光緒二十五年冬，雪，馮君木受邀和魏仲車、楊輯父聚飲于應叔申家中。狂歡之餘，既念及友人鄭念若，又不免憂心於當前的艱難處境。此詩後以《同仲車、輯父夜宿叔申齋中，有懷念若，並示諸君》爲題，刊載於《民權素》第八集（1915.7.15出版）、《秋星》1915年第1卷第1期（1915.9.10發行）。

【校】

　　[1]獵獵：《民權素》《秋星》作"臘臘"。

[2]餅之罄矣罍則虛,商量典到山妻襦:《民權素》《秋星》作"惜哉餅罄而罍虛,一笑且典山妻襦"。

[3]芋魁磊磊:《民權素》《秋星》作"蹲鴟"。

[4]燭光:《民權素》《秋星》作"燭花"。

[5]坐:《民權素》《秋星》作"座"。

[6]酣嬉:《民權素》《秋星》作"淋漓"。

[7]缶:《民權素》《秋星》作"筑"。

[8]酒狂謾罵:《民權素》《秋星》作"酒酣嫚罵"。

[9]劉伶:《民權素》《秋星》誤作"鎦伶"。

[10]又:《民權素》《秋星》作"則"。

[11]匪:《民權素》《秋星》作"豈"。

[12]問:《民權素》《秋星》作"聞"。

[13]行:《民權素》《秋星》作"已"。

歲暮雜感

戢景邱樊歲欲闌,窮居憂患浩無端。此生自斷天休問,來日何堪事大難。海嶠風聲危戰伐,中原文物絕衣冠。橫流處處難容足,莫怪王尼淚不乾。

百道徵求走羽書,重臣籌餉到窮閭。冠纓爭拜通侯節,玉帛翻迎使相車。徧地謳歌聞碩鼠,過河生計泣枯魚。哀哀黎庶脂膏盡,畢竟群公善積儲。

緹騎蒼黃遍道途,相臣有意坑群儒。一朝鉤黨開惇卞,四海清名誤及廚。終使儒冠淪絕域,況聞學舍委荒蕪。鴻都從此風流盡,安得豐碑頌翟酺。

大帥聲威動百蠻，從容白髮鎮江關。旌旗曉見丹陽郡，鼙鼓秋高幕府山。群盜共驚隨會在，中朝竟召岳飛還。北門鎖鑰今安屬，祇恐東南事日艱。

峨峨形勢鎮吳川，門户高雷又棄捐。蜃氣幻開羅剎市，腥風橫鼓佛郎船。孤城烽火呼倉葛，滄海旌旗起魯連。多少蒼生齊待命，猶堪一戰答皇天。

虎視尊槃氣不馴，誰能深算折強隣？兵威豈謂資回紇，和約翻教結女真。黑塞颰輪通道路，白山王氣走金銀。陪都眼看胡塵起，不待長沙論《過秦》。

【注】

據詩意，可知對當前政治形勢深感焦慮，正是光緒二十五年（1899）末馮君木寫作《歲暮雜感》的歷史動因。

與叔申夜飲

相對清尊各惘然，殘燈今夕照無眠。
酒邊斷夢尋常憶，彈指人天已十年。

憂　時

迷陽卻曲總傷心，空有憂時淚滿襟。
婭姹哀吟誰與聽，九天風雨夜沈沈。

對酒示叔申

歲晏山城正雪霜，我曹尊酒尚能狂。纏身坎壈難終日，批髮嘈騰叩大荒。八極王風悲蔓草，九閽兵氣動欃槍。匜中孤憤君應解，秉燭相看淚萬行。

《回風堂詩》前錄卷二

人日集雲罌草堂 庚子

城東水木湛清華,新歲相逢此駐車。高館芳尊對今雨,草堂人日有梅花。八荒春色連烽燧,一概軍聲入鼓笳。家國惜惜愁日暮,蹔將詩酒遣生涯。

【注】

人日即正月初七日,又稱人節、人慶節等,漢代已有此節,並逐漸出現了人日戴"人勝"、登高賦詩的習俗。光緒二十六年正月初七日(1900.2.6),馮君木與友朋相聚於雲罌草堂,並賦詩感懷。

庚子二月,將有處州之役,同人餞之東山道院,即席賦詩留別

芳時宛宛有俊風,浮空雲色天微陰。春氣爛漫況離別,清尊白日震澹心。人生嘉會良苦少,岸柳山桃爲誰好。沄沄流水惜華年,契契離憂感百草。離憂積如匪澣衣,琴歌彈指吁無期。煙江日暮飛春雁,回首高樓祇落暉。

【注】

光緒二十六年二月,馮君木又將奔赴麗水,友朋設宴餞別於東山道院。

石 門

玉虹天外忽飛來,絕壁蔣蔣亦壯哉。上耀金銀雙日月,下留沙石古風雷。尾閭終古流無極,渾沌何年鑿始開。欲問犂眉讀書處,夕暉紅上軒轅臺。[1]

【注】

馮君木於光緒二十六年二月赴任麗水,行經石門,順道拜訪明代劉基(1311—1375)當年讀書處。

【校】

[1] 小字自注:"最高處有軒轅邱。"

自溫州泝舟至麗水

挂眼浮巒暖翠間,重灘複水幾迴環。
三朝三暮孤篷底,看殺甌江兩岸山。

【注】

離開石門後,馮君木又乘船從甌江逆流而上,歷經三天三夜,抵達麗水。

送朱碩父廣文丙炎歸杭州

朝陽麗亭皋,微風振林篠。離尊罷清讌,感此忘年好。
夫子人中彥,名德何昌劭。微官隱山阿,幽憂疇能告。
一月奉話言,意氣動八表。沈沈芳逸思,惻惻滿懷抱。
嘉會忽以曠,登車指修道。山川浩蕩中,歷歷見歡笑。
美人惜春華,君子愛芳草。暌離何足悲,馨香以為寶。

【注】

春,前麗水縣儒學教諭朱丙炎返歸省城杭州,馮君木作詩送別。

寄姚廖陽

烏桕陰陰勞燕飛,朱門迴首感芳菲。
西山日暮懷人路,知有涼風吹汝衣。

【注】

據《回風堂詩前錄》按時序先後加以排列的原則及《寄姚廖陽》的詩意,可斷定該詩作於光緒二十六年春。

麗水午發

行役逢炎暑,誰憐客子勞。瘴雲盤地起,沙路刺天高。
風景自遼廓,兵戈況驛騷。蒼茫憶家室,歸思日滔滔。

【注】

光緒二十六年夏,馮君木見局勢動盪,心繫家人安危,遂離開麗水,返歸慈谿。

庚子夏日感事

信盜由君子,朝廷事可知。亂階職拳勇,國釁啓華夷。
大將誇攘敵,中樞表出師。安危付公等,憒憒咎奚辭?

列國旌旗集,蒼茫渤海頭。齊方盟展喜,宋竟殺申舟。
兵氣橫三輔,民勞汎九州。金繒須準備,宰相有奇謀。

【注】

　　光緒二十六年夏,馮君木作《庚子夏日感事》詩二首,深以時局爲憂。

蘭　谿

　　翠羽文鱗各妍媚,澗花厓竹相鮮新。
　　盈盈幾尺蘭溪水,直送青山到富春。

【注】

　　光緒二十六年春,馮君木在返歸慈谿途中行經蘭溪,賦詩寫景,遂有此詩。

獨　坐

　　疏窗掩燈火,落葉滿庭户。
　　空堂夜漸闌,獨坐聽秋雨。

早　起

　　起聽鳴雞弟幾聲,卷簾微覺薄寒生。
　　疏星三五斜河曉,湛湛天光似玉明。

【注】

　　光緒二十六年秋,馮君木作《獨坐》《早起》兩詩,敍說居家生活。

與楊微齋游姜家嶴,時余又將有處州之役

　　叢蘭被霜霰,馨香不可擷。寂莫歲寒心,空山拾木葉。

拾葉鬭白石,領略茶之芬。濛濛一尺煙,飄作前溪雲。
褰裳度煙霏,草徑何曲折。落日滿皋原,鐘聲在木末。
今日偕我游,明旦與子別。夢魂如肯尋,來躡桰蒼雪。

【注】

飄瓦(即胡君誨)《同君木游姜家嶴》云:"行行出北郭,漸漸少人家。嶴小疑無路,山寒尚有花。蕭然俗慮淨,不覺夕陽斜。再到知何日,勞生共一嗟。"①又,鄭廷鑒《同馮君木游姜家隩》云:"行行出北郭,漸漸少人家。隩小疑無路,山寒尚有花。但看秋色老,不覺夕陽斜。再到知何日,勞生共一嗟。"②

將赴處州留別魏仲車

歲暮復行役,勞歌祇自傷。平蕪下斜日,衰柳拂清霜。
境迫難將母,途窮且越鄉。別時有涕淚,滴滴灑君旁。

【注】

光緒二十六年年末,馮君木在赴任處州前,既與楊微齋等友人同游慈城姜家嶴,也曾特意作詩贈別魏仲車。

永嘉道中

永嘉山色鬱蒼蒼,但有鄉心墮渺茫。遠戍風高迴鼓角,
平江木落見煙霜。天寒汲汲年將晚,日暮迢迢路正長。攬鏡

---

① 飄瓦:《同君木游姜家嶴》,刊《民權素》第七集(1915.6.15 出版),第 29 頁。
② 《四明清詩略》,[清]董沛、忻江明輯,寧波出版社 2015 年版,第 2172 頁。忻江明《四明清詩略續稿》卷六:"鄭廷鑒(1876—1911),原名丙章,字壽仙,號澄甫,慈溪人。……宣統辛亥,年三十六,遽卒。生平所究心者,皆疇人格致之學。初未嘗談詩,其子士俊從故紙中搜得數十首,頗清婉可誦,爲校正付印,署曰《覺廬遺詩》。"

空餘皮骨在,不知奔走爲誰忙。

甌江舟中

蕭蕭楓葉舵樓殘,日暮行人傍水餐。落木空江煙浪闊,逼人光景是荒寒。

隱約星光墮枕明,單篷夢醒若爲情。荒灘水石瀟瀟裏,不是家山夜雨聲。

青 田

太鶴峰前暮雨收,青田山下行人愁。
不須喚起沙汀雁,一夜灘聲已白頭。

青田學舍贈陸藍卿廣文 智衍

稅駕芝田已夕陽,孤城風景賸荒涼。眼中突兀見吾子,天末琴尊非故鄉。衰世官貧餘涕淚,空山歲晚惜芬芳。十年忽觸平生感,不爲君悲亦自傷。

【注】

在赴任處州途中,馮君木作《永嘉道中》《甌江舟中》《青田》《青田學舍贈陸藍卿廣文智衍》諸詩。從中可知馮君木此次赴任,依然取道台州、溫州,然後舟行至青田,再由青田陸行至麗水。

又,馮君木《夫須詩話》云:"鄞縣陸藍卿廣文智衍,以優貢選爲青田校官。予於庚子冬日道經青田,曾賦一詩贈之。……贈予詩云:'才調如君亦轍軜,微官憔悴托山河。胸中郎朗生明月,筆底蒼蒼起大波。裙屐三河年正少,文章十載恨偏多。相逢欲作同聲哭,奈此人前涕淚何。'予贈藍卿詩,亦錄於此:'稅駕芝田已夕陽,孤城風景自荒涼。眼中突兀見吾子,天末琴尊非故鄉。衰世官貧餘涕淚,空山歲晚惜芬芳。十年忽觸平生感,不爲君悲亦自傷。'藍卿讀至結句,爲長歎者再。"①

【附錄】

贈馮君木

陸智衍

才調如君亦轗軻,微官憔悴托山阿。胸中朗朗生明月,筆底蒼蒼起大波。裙屐三河年正少,文章十載恨偏多。相逢欲作同聲哭,奈此人前涕淚何。

【注】

《鄞縣通志·文獻志》云:"陸智衍字藍卿,亦光緒二十三年拔貢,官青田教諭。詩文簡秀,不下(陳)仲祐。"②忻江明《四明清詩略續稿》卷五收錄其《擬杜夏夜歎》《電綫行》《淮陰釣臺》《江上聞笛》《贈馮君木廣文》五詩,末即《贈馮君木》。

寄 婦

明燈晢晢錦衾旁,清夜迢迢徂洞房。亦有思君萬言語,短歌含意不能長。

屋梁月色滿懷中,放悲微波語可通。夜半雁聲忽墮地,

---

① 《校輯民權素詩話廿一种》,王培軍、莊際虹校輯,第131—132頁。
② 《鄞縣通志》第四《文獻志》甲編上《人物(一)》,第360頁。

枯桑颯颯正天風。

有　憶

　　記聽銀箏《菩薩蠻》，美人家在橫塘灣。梨花鏡閣臨春水，上有青青幾尺山。

　　芬芳衣帶理前歡，一帖深情欲寄難。日對長毋相忘鏡，思君使我不能餐。

寄叔申

　　寥寥隊葉拂庭柯，冷署無人掩薜蘿。亂世詩篇供暝寫，荒城歲月送悲歌。蓬蒿李白功名賤，滄海王尼涕淚多。稍喜石門堪避地，約君他日著漁簑。

寄陳天嬰

　　鄉關十載負狂名，豈料人間尚有卿。眼底衣冠牛馬走，醉中歌哭鳳鸞鳴。少年奇服憐同好，舊約名山誤耦耕。感別傷時多少淚，昨宵夢裏對君傾。

【注】

　　抵達麗水後，馮君木先後作《寄婦》《有憶》《寄叔申》《寄陳天嬰》以報平安，或表達對友人的思念。其中《寄叔申》"寥寥隊葉拂庭柯，冷署無人掩薜蘿"云云，更透露出其寫作時間和地點。

檢童時詩稿,見有黄巖王六潭先生詠霓題字其上,推許甚至,感賦一律

童年弄筆苦無律,老輩愛才真有心。言言推暨稱同調,字字商量到苦吟。

十載以來未識面,一編相賞慚知音。祇今絃軫都零落,孤負成連海上琴。

【注】

身處麗水,業餘閒來無事,馮君木翻檢少時所作詩篇,發現黄巖人王六潭先生曾對其詩推崇有加,遂賦詩感謝。

李審言《聞天台王子裳先生詠霓下世》詩序:"君諱詠霓,曾權鳳陽守,晚補太平,到任甫兩月,即遭世變,脱歸鄉里。庚辛之歲,余膺安慶存古學堂之聘,君爲提調,年七十餘,重聽喘息,好爲劇談。夫人逸珊屈氏,雅工詩韻翰,集名函雅堂,夫人詩附焉。余以君家惕甫淵雅堂比之。篆聯詩草,皆存篋中,而君已作古人。異日續思舊録,君其一也。"①又,王榮商《墨海樓觀書記》有云:"墨海,古硯名,而蔡君菉卿以名其藏書之樓,蓋喻其所蓄之富云爾。……歲戊寅,館陳魚門太守家。太守賓客甚盛,自范樵磐、盧寶輝、陳琴圃三數人外,余不能徧識。時有台州王子裳者,嘗飲菉卿家,聽其姬人朱盈盈鼓琴,因爲之引,余聞而慕之,以爲菉卿乃近時至風雅者,亦不知其能聚書也。"②此"天台王子裳""台州王子裳",與黄巖王六潭皆系同一人。

侯學書《走近張美翊》:"王詠霓(1839—1916),原名王仙驥,字

---

① 《李審言文集》,李詳著,李稚甫編校,江蘇古籍出版社 1989 年版,第 1348 頁。

② 《容膝軒文集》卷二,王榮商撰,《四明叢書》第 30 册,廣陵書社 2006 年版,第 19378 頁。

子裳。號六潭。黃巖兆橋鄉人。師事翁同龢。光緒六年庚辰（1880）進士。……光緒十年甲申（1884），曾爲駐法國、德國、義大利、荷蘭、奧地利、匈牙利帝國公使兼攝比利時使務的嘉興人許景澄隨員。"①

歲暮懷人詩

栗如山玄玉，皎若江歷珠。貞期惜不遲，老此天上姝。
惡員有述作，寂莫朋猗玗。<small>楊省齊師魯曾</small>

冷官宜歲寒，蕭然足怡悦。煙埃飛不到，燈火皎若雪。
籠手看梅花，寥寥共清絶。<small>關來青師維震</small>

陳生玉立人，眉采横青霞。芳香古懷抱，不爲飢寒嗟。
冰雪一萬頃，中有幽蘭花。<small>陳晉卿文學鏡堂</small>

一燈明露屋，上接五緯光。金水頍内景，其言多吉祥。
焦明厲高唱，萬喙徒螨螗。<small>楊遜齋孝廉敏曾②</small>

老梅聖八法，下筆發天巧。恥與肉食謀，甘受市兒嬲。
袖中説餅文，寂寥艱一飽。<small>梅赧翁先生調鼎③</small>

---

① 《張美翊手札考釋注評》，侯學書編著，文物出版社2020年版，第12頁。
② 楊敏曾（1858—1939），字遜齋，陳布雷岳父，慈谿人。著有《中國史講義》《異峰草廬遺稿》《自怡室詩文稿》。
③ 梅調鼎（1839—1906），字友竹，晚號赧翁，慈谿人，清末著名書法家。有《赧翁集錦》《梅赧翁手書山谷梅花詩真跡》行世。

弱歲起文苑,齊名吾與汝。洿塗一顛躓,欲飛痛無羽。
婭姹萬詞賦,盡是傷心語。_{應叔申文學啓墀}

吾兄感慨士,肝膽照流輩。高睨抉天閶,悲歌裂地肺。
微塵有蚊虻,一任申申詈。_{族兄汲蒙孝廉毓犖}

亡何日痛飲,自稱古酒徒。睥睨九乾外,其狂吾不如。
庚庚見膚肺,八尺紅珊胡。_{鄭念若文學光祖}

忍飢畢墳索,卓犖忘其貧。心光瑩古月,剡剡照千春。
著書沮舍底,上有七色雲。_{魏仲車文學友枋}

潭思日斁戶,不暇傷其屯。文章發珍怪,星月秋渾渾。
可憐荊棘場,寂莫走麒麟。_{陳天嬰文學訓正}

娓娓思予美,衣帕何清豐。在抱琁玉詞,叩之聲瓏瓏。
夢中巾子山,眉色青濛濛。_{柴予平同年正衡}

慷慨撫時變,坐席暖不暇。談兵走鄉里,不畏群兒罵。
寥寥子弟軍,靴刀悲叱咤。_{錢吟章文學保杭}

武功高瞭士,途窮名亦晦。浩歌風雪中,崢嶸鬱肝肺。
白眼看世人,咄咄橫今涕。_{姚貞伯布衣壽祁}

楊生吾弟畜,苦爲窮所欺。米鹽萬凌雜,埋此冰雪姿。

枯桑支老屋，日暮聞嗟咨。楊石蠶文學睿曾

【注】

　　光緒二十六年歲末，馮君木身處異鄉，用詩歌形式懷念楊省齋、關來青、陳鏡堂、楊遜齋、梅調鼎、應叔申、馮汲蒙、鄭念若、魏仲車、陳訓正、柴予平、錢保杭、姚壽祁、楊石蠶十四位師友。

除　夕

夕陰凝庭柯，空山歲忽晏。匡居感佖別，憂來不能飯。
夙稟慈母愛，嬌嬈猶童卯。家術朝夕離，縈切倚閭盼。
何況此行役，去去日益遠。道路既以修，節序又以換。
思親不見面，行子腸欲斷。寧知思子心，昔昔車輪轉。
帟幃有至樂，藜藿勝珍饌。光陰抵川陸，坐使天倫賤。
遙遙望白雲，宛宛隔鄉甸。明明明星光，脈脈照嗟歎。

【注】

　　光緒二十六年除夕，馮君木任職麗水，想念母親，作詩抒情。

游洞豀 辛丑

樓閣浮瓊雲，亭亭出蒼翠。清暉在林木，衆峰沓陰霽。
孟陬凍塗滌，春陽嬰群彙。褰衣適莽蒼，丹肩叩人外。
曾城頻窈窕，繚以淺淺瀨。實庭合百草，靈芬般裔裔。
苕苕列仙儒，青霞澹冠佩。疏麻不可折，微風吹蘿帶。
眷兹靈囿宅，葱鬱佳哉氣。焉知下土人，埋憂痛無地。
日暮倚閶闔，人間今何世？神皋淪貊鄉，反顧忽流涕。
拂袂欲上征，鳳鸞眇天際。一陳遠游篇，縹緲托遙喟。

【注】

　　辛丑秋，馮君木遊洞谿寺，賦詩感懷。該詩半段狀物、寫景，後半段當是針對七月二十五日《辛丑條約》之簽訂而感慨。洞谿寺又名廣聖寺，香火興盛，民間向有"處州洞谿廟，温州太平寺"之説。鄭永禧《衢縣志》謂該寺始建于北宋哲宗元祐二年(1087)。① 錢文選《浙江名勝紀要》："洞溪寺在麗水城東約二里……昔爲唐郡（宋）[守]李敬仲燕憩之所，宋皇祐元年賜名廣聖，後廢。迨嘉慶十年，里人即地建玉成觀，因位於洞溪，俗稱洞溪寺。"

螺子樓雜詩

　　網户簾低挂曲瓊，琵琶如雨正三更。玉槐花下明明月，腸斷瓏瓏指爪聲。

　　清絶人間福愛天，郎爲瑶瑟妾爲絃。平生木石堅牢性，頓似兜羅十尺綿。

　　定情久以薄繁欽，經卷茶鐺入道深。何事照春屏底夢，又將一襪貯雙心。

　　秋風一夕感芳菲，零淚珠珠滴苧衣。宛轉爲郎訴蕉萃，憂來祇恨不能飛。

---

① 《衢縣志》卷四《建置志下·寺觀》，鄭永禧纂，臺灣成文出版社 1984 年版，第 444 頁。

與叔申話舊

回首平生百坎軻,酒尊涕泗各滂沱。昏燈落葉蕭蕭裏,淒絕人間咄嗟歌。

車輪四角歎途窮,百憤千憂與子同。抑塞沈淵誰拔爾,九霄蕩蕩自春風。

煮酒時時對故人,十年懷抱惜芳芬。大圜雲氣昏如墨,欲訴沈憂恐不聞。

華燭淒清照鬢絲,傷心不是少年時。何當披髮青山去,日暮雲深覓導師。

葉葉

葉葉衣雲檻外晴,眉痕隱約若爲情。滿堂箏笛秋如雨,白日明明乍目成。

曲彔闌干葉底深,後堂芳樹晝陰陰。記從酒罷更衣處,掬示玲瓏一片心。

呈陳藍洲先生 豪 壬寅

拄杖相尋到小樓,沉寥天地正悲秋。高歌顧我迴青眼,知已無人念白頭。樂餌周旋哀旅病,語言辛切戒詩囚。西溪水石蕭蕭裹,那得從公寂莫游。

【注】

陳豪(1839—1910),字藍洲,號邁庵,自稱墨翁,晚號止庵,亦署怡園居士,仁和人。陳氏工詩善畫,尤長畫松,且爲官清廉,甚得民心,《清史稿‧循吏傳四》有傳。馮君木此詩,敍述的是他於光緒二十八年(1902)秋,專程前往杭州西溪拜訪陳藍洲先生而未得一事。

讀《楞嚴》二首

萬古毗羅城,煙蒿莽蕭瑟。彈指隔人天,窈窕[1]見明月。
埃塵苦蓋纏,震旦墨若夜。手把[2]慧之花,亭亭自天下。[3]

【注】

該詩作於壬寅年(1902),1903年間又以《讀楞嚴》爲題,發表在《浙江潮(東京)》第十期,文字有所不同。

【校】

[1] 窈窕:《讀楞嚴》作"了了"。
[2] 手把:《讀楞嚴》作"願以"。
[3] 亭亭自天下:《讀楞嚴》作"普向十方灑"。

悼　詞

殘月墜九幽,迴光碧如血。鬱鬱女郎心,萬古埋其熱。
金瓶落眢井,覆以花楚楚。欲叩幽門扃,蒼茫不是路。

送家晦庈北上,時同人設餞於瓊人仙館

解佩青樓聽艷歌,離尊相對奈愁何。五年忽憶京華夢,宣武城頭落日多。

回首長安有狹斜,明河鳥鵲隔天涯。風塵湏洞無消息,愁爇都梁綠夢華。

迷茫小劫感人天,猿鶴蟲沙總惘然。策馬幽州臺下過,不堪滿目是山川。

笳鼓津門不忍聽,南天回望感漂零。丁沽海色橫秋黛,不及家山一髮青。

滿堂畫燭動簫箏,中有悲離感亂聲。觸我傷心無限淚,酒闌滴滴對君傾。

【注】

組詩作於壬寅年(1902)。次年,《浙江潮(東京)》第十期以《送家晦庈北上》爲題,發表其中的第三、四首,並將第三首中的"猿鶴蟲沙總惘然"改爲"猿鶴蟲沙一惘然"。

有　憶

瑟瑟金風吹薄羅,綠苔小院晚涼多。尊前月子有淒色,天末佳人能好歌。淚點空濛飄斷雁,秋心宛變接明河。虛牕

燭滅清無寐，獨倚參差奈恨何？

　　右詩爲余十六歲至三十歲時作，意趣神氣，與十年來迥異。知交中多有謂余詩前勝於後者，輒刪存十一，用曹子建例，題曰《前録》。徇故人之意，聊復宥之云爾。甲寅八月，木居士記。

《回風堂詩》卷一

春日杭州寄婦 癸卯

勞歌草草惜華年，晼晚春陽祇惘然。念汝人間又天上，相思樹下即門前。故山芳草生哀怨，燕寢清香隔眇綿。識得佳人詞筆苦，夕暉紅到鷓鴣天。

【注】

光緒二十九年（1903）春，馮君木身處杭州，賦詩寄予其妻俞因。

吳山酒樓與范蟄盦耀雯同飲

沈沈際地蟠天想，戁戁憂生念亂情。坐覺酒悲來莽蒼，共攀年鬢惜孤清。雁邊日落明江色，木末風迴帶市聲。人海埃塵居不易，但從杯底著浮生。

【注】

范耀雯（效文），杭州人，1928年9月8日，與余紹宋（1883—1949）等九人成立"東皋雅集"，其啓事云："杭城東隅有東皋別墅，明故金尚書順昌故居也。其旁忠義祠在焉，祠亦爲其故居之一隅，清時嚴侍郎沆、章文簡煦、嚴河督烺先後居之，花木深幽，風煙掩映，精室十數椽，入其中，逸然生尚友之想。或曰厲太鴻、杭大宗、丁龍泓諸先生東皋吟社舊址即在是云。嗟乎，人亡事息，跡往名留，百年以來，風雅之道亦隨世變而陵夷幾盡，書畫兩端衰落尤甚。今日吾儕苟不思所以矯正而振興之，此責更將誰屬乎？爰即祠址爲社，結約如次，嚶鳴之求，敬俟賢哲。"①

嫋嫋

嫋嫋秋風吹女蘿，幾回流睇憶山阿。美人窈窕在空谷，佳語蒼茫橫大河。天際斷雲飄夢遠，夜闌清淚比星多。徘徊光影無人見，淒絕箜篌宛轉歌。

式微十章 甲辰

式微式微胡不歸，緇塵十丈拂征衣。春風陌上花開日，回首家山衹落暉。

式微式微胡不歸，炎炎之室棟將頹。君看梁底涎涎燕，衹向行人行處飛。

式微式微胡不歸，東南日出雲蔽之。高邱反顧忽流涕，嗟我悅君君不知。

式微式微胡不歸，飄風發發百卉腓。東西溝水無消息，辛苦落花都作泥。

式微式微胡不歸，勞歌佁佁無息期。淒其以風絺綌薄，誰從九月問裳衣。

---

① 《余紹宋日記》，余紹宋著，龍游縣地方志編纂委員會辦公室整理，中華書局2012年版，第780頁。

式微式微胡不歸，憂心怒如匪澣衣。清歌曼舞當君意，我獨空房埋玉徽。

式微式微胡不歸，深山有雉伏以飛。可憐絕世好毛羽，欲與老鴉同苦飢。

式微式微胡不歸，停辛佇苦無人知。嬋媛太息春陽晚，減盡榮光卻爲誰。

式微式微胡不歸，風波如此吁可危。南山張羅北山弋，好語西烏莫夜飛。

式微式微胡不歸，舊鄉臨睨黍離離。亂離瘼矣歸安適，不信我生逢百罹。

至鸛浦眂鄭念若病，臨別感賦 戊申

相見復相別，難爲宿昔情。儻能謀一面，或恐了今生。
欲語轉聲咽，認人猶眼明。無言堪汝慰，制淚出門行。

【注】

陳訓正《哭剡山五首》之三，明言"正月哭鄭生，八月君又死"，且詩末所附1912年6月日自述，又稱"剡山之死，在戊申八月"。① 據此推算，《至鸛浦眂鄭念若病，臨別感賦》必當作於戊申（1908）正月鄭念若病卒前。

---

① 《天嬰室叢稿》之一《無邪詩存》，第13、14頁。

哀念若

雌蜺夜哭雄鳳䎃,靈氛泣涕來相告。曰有酒星殁其耀,萬喙同聲矢嗟悼。鄭生磊砢以酒名,是古君子今狂生。照人肝膽有雪色,撐地骨節成金聲。世人皆生君獨死,嗚呼鄭生止於此。魂魄歸來無遠遥,看爾青天蹋龍尾。

【注】

《悔復堂詩》録有其作於戊申年的《讀〈消夏集〉追悼鄭念若_{光祖}》:"道路悠悠口,呼君作酒人。偶然吟幾首,亦足永千春。死惜劉伶醉,生悲范叔貧。披詩紛滿眼,歷歷歲愁新。"大約同期,又有陳訓正《哭鄭念若》之作:"太璞不易采,砗磲俯即是。野草不易燔,幽蘭摧即瘁。淵騫無彭壽,耄耋登俗子。吁嗟蒼蒼者,毋乃不可恃。自我始識君,菱藙二十祀。剖腹出肝膽,熱血屯屯沸。心光一萬丈,雄龍挾之起。摩天飛不上,墮落九淵底。痛飲寄歌哭,白眼睨人世。酒杯忽千春,酕酶君已矣。豈爲飲醇醪,舉世醉不已。微粞與浮名,其毒乃勝此。昏昏吾夢生,磊磊君醉死。死生亦尋常,何地着悲喜。像設君之堂,侑以酒灑灑。歸來復歸來,魂魄倘樂只。"① 此外,洪允祥(1874—1933)作《哭鄭史眉》:"溪北溪南兩酒徒,方生方死各模糊。眼中何事不堪哭,天下微君誰與娛。太白游魂三夜幻,仲翔知己一人孤。空山宿草秋風裹,尚有窮途淚也無。"②

---

① 《天嬰室叢稿》之一《無邪詩存》,第11頁。
② 《悲華經舍詩存》卷一,洪允祥著,吳鐵佉點校,浙江古籍出版社2011年版,第10頁。

送别学官关来青师_{维震}归杭州

仁和夫子人中贤，心抱皎若苍领渊。持躬退让燮居後，赴义勇往瑗请前。春风坐我二十年，蕙兰横扇芬无边。手持白日照大千，黑壤齐放光明天。采苓未毕胡舍旃，夺我寇君吁无缘。上下四方逐公去，招公爲赋归来篇。

【注】

《申报》1907 年 7 月 14 日第 11 版《中学堂监督关来卿被诬》云："鄞县绅士高太史振霄前日函致宁波关道喻观察，谓宁郡中学堂监督关来卿教谕有图赖樊姓木匠工资情事，旋经官界、学界调查明白，确系被诬，遂由喻观察据情函復，……关教谕素性端谨，教育有方，学子均尚悦服。该匠时隔多年，节外生枝，损人名誉，此风自不可长，已饬县提案徹究。似此任情诡索，波及学界，未便轻恕，想爲执事所心许也。"①"上下四方逐公去"，冯君木的这一诗句，充分表明关来卿在 1908 年的离任，与其在 1907 年夏日的被诬，存在着不证自明的因果关系。

哀陈晋卿

百杵春琬琰，千炬焫蕭蘥。云何干戾，天帝而阮我世英？吁嗟乎晋卿！独絃哀歌希无声，怀中古月韜光莹。戢景囂世间，忽忽刐其生。吁嗟乎晋卿！卻曲伤足，跮步棘荆，圂则九重，虎豹纵横，寸天尺地皆陛圈。吁嗟乎晋卿！纁黄之世躬是丁，汰万砂砾成独清，腾驾上逝翩冥冥。吁嗟乎晋卿！莽

---

① 《申报影印本》第 89 册，上海书店出版社 2003 年版，第 164 页。

濤波,橫滄溟,高天沉寥秋有星。

笙簫笛鼓摻把箏,九流百家子史經。

招君之魂娛君靈,塞誰留兮君不行。

君不來,泗以零,萬古鬱鬱薶芳馨。吁嗟乎晉卿!

【注】

陳訓正《哭剡山五首》詩末云:"嗚呼,剡山死五年矣!剡山之死,在戊申八月,距其生之年,四十有二,方強而未衰也!而剡山以憤世故,日俇俇不歡,若抱痍於身,莫克任其痛苦者,然卒以摧其永年而趣之死。……自我有生以洎今茲,耳之所接,非諛則誚,面折不諱,惟此死友,而今亡矣,悲夫!剡山名鏡堂,字晉卿,一字山密,姓陳氏。壬子四月二十日,玄嬰自寫詩稿至《哭剡山》篇,泫然書此。"①

有 感

西湖居士骨應槁,宛邱[1]先生屋打頭。但覺衿裾[2]非俊物,可堪出入有奇愁。喚回天上迷離夢,招到人間颯沓秋。十丈金風肯相借,願吹心淚滴滄洲。

【校】

[1] 宛邱:沈其光《瓶粟齋詩話》引作"宛丘"②。

[2] 衿裾:沈其光《瓶粟齋詩話》引作"襟裾"。

---

① 《天嬰室叢稿》之一《無邪詩存》,文海出版社1972年版,第14—15頁。
② 《瓶粟齋詩話》五編上卷,沈其光撰,楊焄校點,可見《民國詩話叢編》(五),第748頁。

舟中同陳天嬰作

木落江空地,荒寒衹此舟。疏星照垂淚,苦語逼清秋。
相識近來意,能同人外游。歡娛定何物,難得是幽憂。

【注】

　　馮君木《夫須詩話》云:"天嬰詩才,莽蒼奇古,不主故常,宿昔偏長古體,於五七律詩不甚措意,雖間有所作,往往離背繩尺,余嘗以才多爲天嬰患,天嬰亦領之。戊申秋日,忽出視《過鵬山》一律曰:'卻來游宿地,蕭瑟對秋光。被路有荒葛,照人但夕陽。微吟条寂寞,愁思赴蒼茫。一塔看看在,吾生底事忙。'①未幾,與余同舟,又賦一律云:"歸途吾與子,薄莫發江洲。來日知何地,餘生共此舟。情多雜今昔,跡有但歡愁。一霎都無話,相看月滿頭。"②余大驚,自此所作必以律。"準此,則《舟中同陳天嬰作》當作於戊申(1908)秋。"

病中聞叔申病劇,力疾走省,賦此

跬步苦無力,爲君始一行。到來木葉落,坐覺秋風生。
憂患人間世,微茫死後名。區區同病意,揮涕惜孤清。

【注】

　　《悔復堂詩》錄有《姚貞伯壽祁聞余咯血,自海上馳書君木問狀,危言苦語,多可涕者。余病小間,君木出書見視,余感其意,輒力疾成此

---

　　①　《過鵬山》又可見《天嬰室叢稿》之一《無邪詩存》(第15頁),但文字略有不同。
　　②　陳訓正此詩,見載於《天嬰室叢稿》之一《無邪詩存》(第16頁),題爲《舟中同君木作》,但文字有所不同。

一首,付君木寄去》,且結合《夫須詩話》,可確定該詩作於戊申初秋。故馮氏此詩,亦當作於1908年初秋。

贈洪佛矢 允祥

洪君磊落人之英,可惜奇窮不世情。命托長鑱白木柄,心依天竺古先生。相逢尊酒狂猶昔,出手詩篇老更成。便欲打包從[1]汝去,寥寥[2]初地悟因明。

【注】

1915年11月15日,此詩見刊於《民權素》第十二集。陳訓正亦嘗作《贈洪佛矢》:"吾党洪佛子,傲骨何嫵媚。驅之入人間,恤恤豈其意。高懷追伶籍,賓名落孔賜。官機存勿論,狗之以詭智。惟口出孤芬,奇蕕忽唾地。相彼蘊腥人,遇之詫爲祟。惟舌作金鵲,納喉盡兵刺。相彼護瑕者,當之輒心悸。口舌亦貴時,奈何君獨異。怙天不治人,褻天天亦忌。吁嗟洪佛子,多言乃凶謚。風雨思吾黨,霸材君匪易。願君堅美脩,營欶寶所費。閉口存千古,開口拚一醉。悠悠世上人,肯許絓高議。"①

【校】

[1] 從:《民權素》作"隨"。
[2] 寥寥:《民權素》作"好從"。

病　起

飲冰內熱鬱崢嶸,病起今朝颭樂生。薄暝池亭留雨色,經秋草樹帶霜聲。蕭蕭短髮猶能黑,寂寂孤吟亦自清。紆桀

---

① 《天嬰室叢稿》之一《無邪詩存》,第21頁。

舜堯俱腐骨,世間何物是浮名?

【注】

　　洪允祥《悲華經舍詩存》卷一所錄《寄君木》,大抵就作於1908年秋馮君木臥病期間,其詞云:"病骨支離不耐秋,碧天涼思晚悠悠。一畦芳草經霜變,永夜寒江抱月流。入世非才頻中酒,去家未遠亦登樓。一言寄與張平子,莫倚危時詠四愁。"

菊　花

銅瓶插菊花,一枝兩枝妍。
澹澹無言説,乍見明燈前。

喜叔申病間

又得須臾活,悠悠良苦辛。世應忘我輩,天遣作詩人。
餘事文章重,殘生感概真。百年誰不朽,莫待恨無身。

【注】

　　陳訓正《書應叔申詩集後》:"戊申之夏,余冒暑陟城,存應子。應子勞矣……別二月,又聞應子咯血將死矣。……後一月,見應子頯蒽籠如健者,叩其所苦悉脱去,且曰:'此蠢蠢者,將復益之,則信夫才者,果不死也。'"①據此,可知應叔申"病間"於光緒三十四年(1908)秋。

---

①　《天嬰室叢稿》之三《無邪雜箸》,文海出版社1972年版,第145—146頁。

歲不盡二日,與石蠶踏雪東山,并柬天嬰

曠絶冰天試脚行,岡巒高下雪初晴。傍山湖水陰陰黑,出樹墟湮的的明。窈窕喜尋人外境,芳香遥寄歲寒情。皇童山下清吟苦,應聽風簷折竹聲。

【注】

戊申十二月廿八日(1909.1.19),雪後初晴,馮君木與楊睿曾踏雪東山,賦詩紀事,且其後又將該詩寄予陳訓正。

除日,與叔申、石蠶出西郊,用前韻

除日荒郊躑躅行,高天寒色半陰晴。斜陽苦促殘年盡,積雪能爲薄晚明。等是飛騰傷暮景,無多哀樂赴深情。歸來蹋壁齋頭卧,各聽山城爆竹聲。

【注】

戊申十二月三十日(1909.1.21),馮君木與應叔申、楊睿曾同遊西郊。應叔申《悔復堂詩》録有一詩,題爲《除日同君木、楊石蠶睿曾遊西郊,至橫黛庵小憩,次君木〈東山詩〉韻》:"未與東山蹋雪行,今來小喜晚能晴。餘霏稍逐回風落,遲景猶依去鳥明。冉冉逝年川上歎,沈沈長世佛前情。十方鐘磬傳應遍,洗盡幽憂是此聲。"

叔申連日賦詩未就,叠前韻調之 己酉

應生健者孰抗行,一語能令天雨晴。筆下有神雜奇怪,目中無宋況元明。苕苕故佇停雲興,兀兀深矜唾地情。黽吠蚉吟徒聒耳,最難衰世鳳皇聲。

【注】

　　馮君木《夫須詩話》云："己酉正月，與叔申、石鼉日作近山之遊，相約賦詩以紀，石鼉與余詩各成數章，而叔申猶未得一字也，累日敦迫，輒復枝梧，余戲疊均嘲之云：'應生健者孰抗行，一語能令天雨晴。筆下有神雜奇怪，目中無宋況元明。苕苕故佇停雲興，兀兀深矜唾地情。蛙吠鼃鳴徒聒耳，最難衰世鳳皇聲。'"①是知馮氏此詩作於宣統元年(1909)正月。

【附錄】

次韻天嬰，寄寄禪上人 敬安

　　攢眉入社苦多年，況值杅山老皎然。玄箸已超四無礙，高歌再放一回顛。寥天風雨存孤聽，初地空明證定禪。悟得拈花微笑旨，故應合十世尊前。

【注】

　　馮君木《夫須詩話》："寄禪上人敬安，今之皎然、貫休也，道韻淵沖，挹之無盡。余初識上人，在吾邑飯佛禪院。是日為重陽前二日，風雨颯沓中，相見一握手，即汨汨談詩不勌，至夜分始別。上人詩，初學陶、謝五古，多沖夷安雅之音；近歲又喜孟東野，所詣益超。……上人口吃，又不工書，每字點畫，輒隨己意為增損。然余則酷愛之，以為古拙，有漢人遺意，勝於近今書家萬萬也。"②

　　又，《僧孚日錄》辛酉八月二十九日條(1921.9.30)："寄禪名敬安，其詩晚年所刻曰《八指頭陀詩》，曾於回風堂見之。今又見其光緒初年刻於甬上者曰《嚼梅吟》，凡二卷，蓋皆早年作。其書之款式，真

---

① 《校輯民權素詩話廿一種》，王培軍、莊際虹校輯，第134頁。
② 《校輯民權素詩話廿一種》，王培軍、莊際虹校輯，第135頁。

俚俗無法,此時寄公尚未交接海内諸名士也。"①

【附録】

夜宿君木齋中,余告君木:"寄禪長老將招要吾黨結一詩社,月課數詩。"君木首肯。因賦詩一律示君木,並寄寄禪

陳訓正

　　光景流連憶少年,何堪人事各紛然。能窮日月爭東野,可老心情得大顛。相約吟詩聊作懺,不成學佛卻逃禪。爾來身世都無著,祇覺蒼茫赴眼前。

【注】

　　1909年,八指頭陀(1851—1912)通過陳訓正,邀請馮君木加入即將成立的"詩社"。馮君木即刻答應,並作《次韻天嬰,寄寄禪上人敬安》。陳訓正此詩,其《天嬰室叢稿》之一《無邪詩存》録作《宿君木齋中,余告君木:"寄禪和尚將要我輩立詩社,月課數詩。"君木首肯。因賦一詩示君木,並寄叔申、君誨、輯父、佛矢》。

　　又,馮君木《夫須詩話》:"天嬰詩才,……戊申秋日,忽出視《過鵬山》一律……余大驚,自此所作必以律。是歲,凡得五七律數十篇,高運簡澹,無篇不佳,録其尤超雋者於此。……《寄禪和尚將招要吾黨爲詩社,首賦一詩,視君木》云:'光景流連憶少年,而今人事各紛然。能窮日月爭東野,可老心情得大顛。相約吟詩聊作懺,不成學佛卻逃禪。爾來身世都無著,祇覺蒼茫赴眼前。'真王介甫、陳後山一輩吐屬也。"此云戊申(1908),前後相差一年。

---

① 《沙孟海全集·日記卷》,第219頁。

叠韻贈寄禪

天童一卧幾經年，開士風期故灑然。合眼神游燭龍外，苦吟聲出木魚顛。無言山色超三昧，入定詩心契四禪。欲乞支公買山隱，萬緣如海不能前。

寥陽喪偶不娶，頃自上海納姬歸，爲賦一詩

一舸桃根乍載回，空房宛宛又重開。正須健婦支門户，且可中年遣樂哀。痛汝無家今少慰，憐渠遠道肯同來。天西月没星教替，莫復傷心舊鏡臺。

【注】

姚壽祁在喪偶四年後終於納妾，馮君木得悉後，隨即賦詩祝福。《寥陽館詩草》所録《得楊石鬣書卻寄，兼悼亡室》詩，作於1925年，内稱："一十九年彈指過，不將歡樂敵悲辛。"又詩末小字自注："室人來歸十九年而殁，距今又二十寒暑矣。"是知其妻大約病卒於1906年。

不　死

死亦尋常事，其如不死何。將愁支旦夕，無意惜蹉跎。久病人同棄，餘生累尚多。一抔知所息，抉眼望山阿。

何條卿貽余梅赧翁書，賦此報謝

老梅一逝忽三年，墨妙流傳更值錢。能使光塵照寥廓，直迴蒼老作清妍。弄丸手法憑誰解，脱佩心期感子賢。今日

人間無此筆，相看狂喜復潸然。

【注】
  1915年10月15日，此詩見刊於《民權素》第十一期。考葉伯元《赧翁小傳》曰："赧翁姓梅氏，諱調鼎，字友竹……生清道光十九年……卒於光緒三十二年，年六十七。"此云"老梅一逝忽三年"，則知《何條卿貽余梅赧翁書，賦此報謝》作於宣統元年（1909）。

  又，翁運凡《馮君木其人其事》云："馮开詩詞餘暇，又工書法……馮更喜愛梅調鼎書法，其姐夫何條卿投其所好，特贈梅書一幀，他如獲至寶，懸於室內，朝夕欣賞，不覺陶然，隨口賦詩一首以報謝：老梅一逝忽三年，墨妙流傳更值錢。能使光塵照寥廓，直迴蒼老作清妍。弄丸手法憑誰解，脫佩心期感子賢。今日人間無此筆，相看狂喜復潸然。"①

秋夜憶叔申

不是清吟苦，何緣更費才。所懷成寂莫，將病托悲哀。
江雁頻頻落，檐花故故開。夜闌憺無寐，衹汝上心來。

牛疫歎

  宣統元年秋，寧波牛疫作，耕牛死，村人棄之河，骱骼戢戢，乘潮下上，人民飲，其毒乃裁於厥躬，癘氣播揚，遂成大札。大夫、君子，莫肯遏止。[1]馮子傷之，作是詩也。

  朝死耕牛，暮死耕牛。牛醫躑躅，耕夫淚流。有博其碩，有骱有骼。不土之瘞，而河是棄。河流湯湯，牛來無方。河

---

  ① 《溪上譚往》，童銀舫主編，浙江古籍出版社2020年版，第88—89頁。

流湑湑,牛殰且腐。朝死耕牛,暮死耕牛。牛死猶可,牛腐殺我。我汲我釋,我飲我食。瘨我札瘍,[2]全河其墨。倪旦殞矣,旄夕於及。啞啞笑言,啕焉零泣。戚戚皇皇,[3]大命靡常。匪天降戾,人實自殃。殃之既至,孰懲孰毖。彼昏者尹,曾是不意。傾淚於河,以矢我歌。牛死猶可,人死則那。[4]

【注】

宣統元年(1909)秋,寧波牛疫大作,危及百姓性命,馮君木因此而作《牛疫歎》詩。1915年6月15日,該詩見刊於蔣箸超主編的《民權素》第七集(署名君木)。

【校】

[1] 大夫、君子,莫肯過止:原無,茲據《民權素》補。
[2] 札瘍:《民權素》作"疫癘"。
[3] 皇皇:《民權素》作"惶惶"。
[4] 則那:《民權素》作"奈何"。

重九日,石蠶冒雨過存,流連竟日而去

良時阻登眺,且復一流連。坐雨開高閣,排花照暮天。
吟多增茗思,話久費鑪煙。不見龍山色,空濛落眼前。塔山俗稱龍山。

【注】

宣統元年九月九日(1909.10.22),楊石蠶冒雨拜訪馮君木。馮氏賦詩紀事。

寄天嬰

去作杭州客,飄零稱汝才。江山清可念,詩句澹能哀。

感此經時別，都無一字來。朝朝懸望眼，那得使心開。

【附錄】

次韻君木見懷

陳訓正

踽踽竟何益，栖栖惜此才。心懸孤月冷，指怯獨絃哀。懷抱向誰盡？風塵悔我來。翻憐故園菊，日對病夫開。

【注】

自從陳訓正赴杭後，多時未有消息，馮君木賦《寄天嬰》詩予以問候，陳訓正隨即答以《次韻君木見懷》："咄嗟天何問，栖栖惜此才。心懸孤月冷，指怯獨絃哀。懷抱向誰盡？風塵悔我來。遙憐故園菊，日對病夫開。"①1915年10月15日，馮氏《寄天嬰》以《寄懷天嬰杭州》爲題，與陳訓正《次韻君木見懷》同時見刊於《民權素》第十一集。

又，洪允祥在看到馮君木《寄天嬰》詩後，即次其韻以和之："落木驚人老，秋風病此才。忍將千古意，並作一詩哀。吾道存狂狷，天心有往來。眼中二三子，懷抱幾時開？"②

卧病兩月，章生巨摩闇時時存問，感而賦此 庚戌

屋棲[1]閉户賓朋少，闇也過從不待招。稍喜病中聞謦欬，肯來人外慰蕭寥。浮空苔色冥冥合，閣坐鑪煙片片銷。百遍相看渾不厭，無言足可遣今朝。[2]

---

① 《天嬰室叢稿》之一《無邪詩存》，第18頁。其文字與《回風堂詩》所録，略有出入。

② 《悲華經舍詩存》卷四《觀君木寄天嬰詩，即次其韻》，洪允祥著，吳鐵佔點校，浙江古籍出版社2011年版，第102—103頁。

【注】

　　此詩作於庚戌(1910)，降及 1915 年 7 月 15 日，又以《臥病月餘，處州章生誾時時存問，爲賦一詩》爲題(署名君木)，發表在《民權素》第八集，但文字有所出入。

【校】

　　[1] 屛棲：《臥病月餘，處州章生誾時時存問，爲賦一詩》作"端居"。

　　[2] 百遍相看渾不厭，無言足可遣今朝：《臥病月餘，處州章生誾時時存問，爲賦一詩》作"無語對君懷抱盡，虛簷風葉下如潮"。

病中寄寄禪

　　淒其以風八月中，秋之爲氣太清空。覆簷煙蔓苦黄落，照眼[1]露花能白紅。病久自憐臣質死，命衰遑恤世途窮。天刑桎梏憑誰解，夢裏無緣問澹公。

【注】

　　宣統二年(1910)秋八月，馮君木病中作《病中寄寄禪》詩，寄予八指頭陀，不久便收到八指頭陀的答詩，即《馮君木开病中以詩見寄，作此問訊，兼柬天仇、慘佛》："男兒若個有熱血？惟子丹臋常爭流。豈比文園惟病渴，應同杞國有奇憂。次復傷心憐慘佛，更無可忍念天仇。道人短髮欲繫日，迸泣空山搔白頭。"①馮氏此詩，1915 年 7 月 15 日又以《寄寄禪上人》爲題，發表在《民權素》第八集(署名君木)。

【校】

　　[1] 照眼：《民權素》作"挂眼"。

---

① 《八指頭陀詩文集》，釋敬安撰，梅季點校，岳麓書社 2007 年版，第 347—348 頁。又鄭逸梅《藝林散葉》(修訂版)云："戴天仇暴躁善怒，動輒忤人，胡樸安謂之曰：'君號天仇，實是人仇。'"(第 484 頁)

病中蓄秋蟲十許頭，啁唽齋壁間，藉破寂寥

寂寥卧病無言説，聊遣微蟲爲一鳴。但有傷心助長歎，亦能刻意作秋聲。瓦溝涼吹蕭蕭落，板屋清霜脈脈生。收拾幽憂從付與，苦吟迸淚不勝情。

【注】

1915年8月15日，該詩見刊於《民權素》第九集。

内　熱

口燥脣乾呼不得，頭焦額爛將毋同。[1]肺肝似藴三升火，談笑難生兩腋風。可許飲冰消内熱，真成踞竈老冬烘。瓊樓玉宇高寒地，魂魄猶應樂此中。

【注】

1915年8月15日，該詩見刊於《民權素》第九集。

【校】

［1］將毋同：《民權素》作"將無同"。

寄懷洪佛矢

多君別後常精進，聞説猖狂蹈大方。胸次鬱生滄海氣，眉端應放白毫光。文章連犿張三世，歌哭悲涼動八荒。怪雨盲風今徧地，微吟期爾惜芬芳。

【注】

1915年8月15日，該詩以《寄懷佛矢》爲題，見刊於《民權素》第九集。

閉關

堂堂秋色來人間,嗟我寂寥長閉關。
荒青老翠不到眼,但有三尺牆頭山。

天嬰抵書垂問病狀,讀罷感賦

素書一尺自天隕,病夫對之雙淚流。蹔拓塵勞還念我,苦搜蕭瑟與言愁。可堪來日少佳況,自斷此生難白頭。曠絕雲濤千頃外,知君決眥向清秋。

【注】

1915年12月15日,此詩見刊於蔣箸朝所編之《民權素》第十三集(署名君木)。

病久不瘳,至上海就醫,楊省齋師同居逆旅中,朝夕在視,將護備至,感呈一詩

力疾跨滄海,言來尋我師。敢將微命托,倘得更生期。
旦旦勞調護,深深慰鬱伊。病中兼客裏,不念[1]在家時。

【注】

因未能有效控制病情,馮君木不得不於宣統二年(1910)到上海求醫。而在上海治病期間,又得到乃師楊省齋先生的悉心照顧,遂作此詩以誌謝。1915年11月15日,該詩又以《病久來上海就醫,與楊省齋師同處旅館中,朝夕診視,將護備至,感成一詩》爲題,發表在《民權素》第十二集。

【校】

[1] 念：《民權素》作"憶"。

底　用

已落人間世，煩寃寧自禁。俗流多忤視，時事必傷心。
蹐地成孤寄，敷天念陸沈。汝身非汝有，底用雪哀吟。

【注】

此詩作於宣統二年（1910）秋馮君木治病上海期間，1915年11月15日以《述感》爲題，發表在《民權素》第十二集。

咯　血

滴滴心頭血，秋風吹不涼。盪胸生鬱勃，唾地出芳香。[1]
才盡腸猶麗，悲深志與荒。斜陽照床額，淒絶未能狂。

【注】

此詩作於宣統二年（1910）秋，馮君木在上海治病期間。彼時病情嚴重，經常咳血。1915年9月15日，該詩以《咯血感賦》爲題，發表在《民權素》第十集（署名君木）。

【校】

[1] 出芳香：《民權素》作"作光芒"。

旅夜遣懷

橫街燈火照無寐，隔屋稚娃啼到明。聊當捲簾看秋月，匹如攜酒聽流鶯。堂堂與汝安心法，澹澹都忘入世情。洗盡意根煩惱濁，人天自在任飛行。

【注】

　　此詩作於宣統二年(1910)秋,馮君木在上海治病期間。據詩意,可知彼時身體已處於康復期。

旅病雜詩

　　馳道高樓敞落暉,樓中客子獨垂幃。終朝合眼心無住,祇逐車輪馬足飛。

　　東屋嘈嘈簫笛筎,西屋切切箏琵琶。病夫別有閑思想,夢倚白楊聽老鴉。

　　姑射仙人瘦不肥,胃腸如雪映朝暉。九天咳唾隨風落,散作桃花片片飛。[1]

　　苦辛不惜典衣襦,累汝勞勞念客途。乾谷枯魚難獨活,更分餘沫到江湖。[2]

　　甚囂塵上聞市聲,銅山峨峨一夕傾。市魁落膽富兒[3]泣,獨有病夫[4]心太平。[5]

【註】

　　顧名思義,該詩就是康復中的馮君木,在上海某醫院的所見所聞與所思。共計五段,第一、二、四段曾以《旅病雜感》爲題,1915年9月15日發表在《民權素》第十集(署名君木)。

【校】

　　[1] 小字自注:"病久咯血,其色絶麗,以二十八字賞之。"沈其光

《瓶粟齋詩話》所引無"以二十八字賞之"①。

[2] 小字自注:"病久資絕,內子遣舊僕賷銀至。"

[3] 兒:《民權素》誤作"兌"

[4] 獨有病夫:《民權素》作"祇有先生"。

[5] 小字自注:"記上海近事。"

病間歸里,留別省齋師

百日沈疴今漸起,非公救我倘應難。似[1]將明月懸心眼,能使春風著肺肝。攬鏡不愁生意盡,吟詩稍覺病懷寬。自攜面目還家去,儘許妻孥子細看。[2]

【注】

在上海接受近百日的治療後,馮君木基本康復。離滬返甬之際,賦詩感謝楊省齋先生。1916年1月15日,該詩發表在《民權素》第十四集(署名君木)。

【校】

[1] 似:《民權素》作"直"。

[2] 儘許妻孥子細看:《民權素》作"拚許妻孥細細看"。

自題《逃空圖》,次寄禪韻 辛亥

入世不能遁而佛,煩惱海中一身拔。眼耳鼻舌都無緣,呻吟闃寂同枯蟬。壙埌之野天不遠,人耳人耳惡乎伴。撫髀雀躍髡厥頭,廓落天地成墟邱。爭光魑魅避不顧,入夢髑髏來相求。戒珠破衲無多子,解脫天刑百骸理。底須蠿蟗賦囚

---

① 《瓶粟齋詩話》五編上卷,沈其光撰,楊焄校點,可見《民國詩話叢編》(五),第748頁。

山,心在虛無縹緲間。紅塵萬蟻杳何許,擾罷雄龍狎雌虎。

【注】

寄禪《題馮君木(并)[开]〈逃空圖〉》云:"我昔在家未學佛,愛惜一毛不肯拔。自從割斷煩惱緣,四大輕如蛻後蟬。天台南嶽不辭遠,長把蒼藤作吾伴。憐吾底事秃其頭,儼然持律老比丘。百八年尼手自握,一條布衲心無求。趺坐空山忘甲子,細草幽花盡禪理。安能與我入名山,結屋千巖萬(堅)[壑]間。笑問圖中人倘許,君跨肥龍我瘦虎。"①寄禪此詩,無疑是1911年馮氏寫作《自題〈逃空圖〉,次寄禪韻》的緣起。

此外,陳訓正《見寄禪佛矢題君木〈逃空圖〉有感》及其《題木居士〈逃空圖〉》兩詩,也當與寄禪《題馮君木开〈逃空圖〉》同期而作。前詩云:"磊磊洪巢林,叱咤譚佛理。強火燒淫薪,癡霧塞五里。吃衲老更頑,吟腹夙成痞。一字未生天,雖誦百終始。髡侶念吾黨,異哉木居士。自謂能逃空,朕想無停滓。邇來薙塵根,趺坐荒山趾。猖狂蹈大方,神斂口則哆。清音墜空谷,似聞呼起起。前喝後唱于,大塊泄噫气。我亦心出家,黃塵填膺肺。踽踽行路難,寶劍啼欲死。安得血髑髏,綴成百八子。一日千摩挲,光明生我指。"②後詩曰:"君木窮不死,逃窮禮佛祖。疇知佛慈悲,靡救腐儒腐。腐儒著人間,十遭九齟齬。紉蘭不能芳,茹薺亦知苦。百骸皆桎梏,一髮僅自主。髮短心不長,種種安足數。歸與並刀謀,煩惱莫余悔。心靈返空山,槁膝穿死土。春秋都非我,嗒然忘言語。一息萬罥寧,破衲蛊癩虎。"③

又,《四明清詩略續稿》卷七錄有何其枚《題内弟馮君木〈逃空圖〉小影》,其詞云:"彼何人斯慘厥容,突兀露頂頂已童。烏有先生亡是公,拍肩把袖相追從。視妻已與法喜同,削髮還復求童蒙。君木並令子削

---

① 《佛學叢報》第2期(1912年12月1日出版),第151頁。又可見《八指頭陀詩文集》,第350頁。

② 《申報》1925年2月6日第12版蕙風《餐櫻廡漫筆》:"君木貽余《天嬰室集》,凡詩四卷,慈谿陳訓正無邪所作。"

③ 《天嬰室叢稿》之一《無邪詩存》,第20—21頁。

髮。頂上肉髻琉璃筒,一絲不挂朝大雄。兩脚若再踏軟紅,來世誓不生諸馮。我怪馮子何夢夢,天下溺矣疇爲功。百川失障莽決沖,青山一髮砥其中。非君其誰我欲恫,一毛不拔歸虛空。衆生不度甘長終,慈悲未必鑒苦衷。離騷投入馮夷宮,蓀荃猶思寫愛忠。況今吾道未爲窮,木鐸正當振聵聾。大聲疾呼天可通,默而逃去胡匆匆。我將排雲乘豐隆,四方上下尋君蹤。太空忽聞足音跫,使君歡喜生心胸。歸來歸來兮,無南無北無西東。"考馮君木《致應申叔書》云:"弟於十八日,將三尺煩惱絲剗除净盡,兒子辟及外甥文俌,亦皆一律翦去。其時城中尚無一人翦髮者,弟之毅然爲此,初非欲自附於新黨也,實以翦髮時機已將成熟,煌煌諭旨,旦夕當下。"而《題內弟馮君木〈逃空圖〉小影》小字自注:"君木並令子削髮。"合而觀之,足以認定何其枚此詩作於1910年11月18日稍後。

又,陳曾壽《題馮君木逃空圖》云:"一笑人間萬劫忙,虛空能住更無鄉。神焦鬼爛無逃課,虎倒龍顚亦道場。觀世未妨千睥睨,安心不斷百思量。畫師能會忘言意,足底山河入混茫。"①

次寄禪韻,贈太虛上人

阿師長不滿五尺,光氣籠罩千緇流。語言鬱鬱有至性,眉額蒼蒼橫大憂。[1]獨往可知逃是托,悲歌真與命爲仇。夜深出定忽拊掌,[2]射殺天狼四十頭。

【注】

馮君木此詩,曾經分別以《次韻寄太虛上人》《次寄禪韻,贈太虛上人》爲題,見刊於《佛教月報》1913年第1期、《覺群週報》1947年第43—44期。此所謂"寄禪韻",顯然是指寄禪《九月晦日,次山夜坐,憶

---

① 《蒼虬閣詩》卷六,陳曾壽著,張寅彭、王培軍校點,上海古籍出版社2012年版,第173頁。

君木》詩:"君木身才四尺餘,可知其心包太虛。山河大地復何物?渠正是我我非渠。"①

百辛《馮回風贈太虛法師詩跋》:"此木居士二十六年前贈太虛法師之作也。法師早歲居天童,嚴事寄禪老人,頗結忘年之契,老人以詩爲性命,龔之牆之無弗詩,師亦時與唱[和],今具見《八指頭陀集》。晚年注全神於護教事業,師復爲之勁輔,則世多知之。師雖不徒以詩鳴,而比年倡建人間佛教,志業且視寄禪爲偉,摧陷廓清,比於武庫,而導其先路者則頭陀也。寄禪在天童日,與慈谿詩人馮回風、洪佛矢互有贈答,得句必奔走相告,時坐肩輿入城,回風嘗戲以'紫衣僧'呼之。右作見《回風堂詩》第二卷,於師之聲光笑貌,伏猛扶顛之願,皆能歷歷曲繪,不翅爲師寫真;而出之二三十年以前,力云巨眼。近日以文字頌師者多矣,如此詩者蓋尠,因錄師高弟芝峰上座,芝師彌用歎賞,囑識數語,載諸《海潮音》,爲詩家一段公案。因憶馬鳴大士,作《佛所行讚》,風行五天。師之自任之重,不下馬鳴、龍猛,誰復爲詩歌以聲明其盛?惜回風先逝,不及見師之成功也。回風名开,字君木,晚號木居士。文似汪容甫,詩在半山、後山之間。有《回風堂集》(蕭山朱氏別宥齋甫爲付梓),近代文士之魁也!二十六年二月,永嘉趙百辛謹記。"②

《太虛自傳》之六《我與辛亥革命時的佛教》云:"辛亥年夏天,我從粵回滬,在哈同花園住了幾天。烏目山僧宗仰,別號小隱,在園經印頻伽藏。又遇溫州僧白慧亦寓園,頗作詩唱和。至寧波,得詩友馮君木、章巨摩、穆穆齋等。轉赴普陀山度夏。"又,釋印順《太虛大師年譜》民國元年條云:"暮春,至寧波;訪圓瑛於接待寺。在甬時,晤禪友

---

① 《佛學叢報》1913年第5期,第4頁。寄禪此詩,後被題作《九月晦日,還山夜坐,憶君木、天仇、慘佛,得四絶句》,收錄在《八指頭陀詩文集》,釋敬安著,梅季點校,嶽麓書社2007年版,第348頁。
② 《海潮音》第18卷第5期,第78—79頁。

會泉；送別詩友湛庵（詩存）。"①

【校】

[1] 橫大憂：《次韻寄太虛上人》作"生古憂"。

[2] 拊掌：《次韻寄太虛上人》作"大笑"。

【附錄】《潮音草舍詩存》所錄太虛寫給馮君木的詩篇②

題	詩	作年
次寄師原韻，寄馮君木居士	平生弈弈飛動意，欲決滄海回橫流。忽逢慷慨悲歌士，各有沉淪破碎憂。力弱難援天下溺，心孤追恨衆人仇。別來思子不可見，望斷蒼茫雲盡頭。	1911
寄君木居士用前度韻	吾嗟三尺天難訴，零涕空益寒江流。幽抱不關謝塵事，苦茶無力攻奇憂。腐骨何妨齊舜跖，文心容易鑄恩仇。丈夫存想應空闊，那許青絲坐絡頭？	1911
懷故人詩八首·君木居士	最憐乍相見，深談不覺多。熱情溢顏色，奇語入詩歌。論世餘憂憤，交人慎涅磨。迢迢一問訊，消息近如何？③	1912
題君木居士《逃空圖》，即次原韻	衆生不至盡成佛，三毒未可連根拔。色聲紛爲增上緣，哭罷落花哀秋蟬。一閒之隔亦何遠，曠劫可憐空追伴！狂心只愛鏡中頭，舉世茫茫貉一邱。夫子乃以一遁了，嗒焉若喪更無求。皋益不嗄能兒子，因其固然順其理。琉璃天籠芙蓉山，別有意境非人間。蹴踏堯聖追務許，不管大陸走狼虎。	1913

---

① 《太虛大師年譜》，釋印順著，中華書局 2011 年版，第 35 頁。彼時，圓瑛創建佛教講習所於鄞西接待講寺，陳訓正亦嘗參與，并作《鄞西接待講寺佛教講習所成立大會演説詞》，文載 1919 年 5 月 9 日刊行的《覺社叢書》第 3 期。

② 這其中，《次寄師原韻，寄馮君木居士》《寄君木居士用前度韻》兩詩，一則合題《寄馮君木》，發表在《生活日報》1914 年 4 月 11 日第 12 版，一則合題《次寄師原韻，寄馮君木居士》，見刊於《佛教月報》1913 年第 1 期（1913 年 5 月 13 日刊行）。

③ 1924 年 11 月 16 日，又以《君木居士》爲題，見刊於《海潮音》第 5 卷第 10 期，第 94 頁。

贈林黎叔 端輔

林子不喜詩，我獨以詩贈。平生愛子心，今夕試一罄。
維子實天授，朗抱堅牢性。決心奮獨往，百難皆退聽。
沒頭入學海，窮索靡一騰。風波萬搖兀，力欲求其定。
子身支巨廈，汗與血淚迸。妻孥嗤子拙，充耳去不應。
晏安寧不懷，湎酖恐難醒。辭肥坐守瘠，貧也乃非病。
維子口呐呐，懃哉焉用佞。永持方寸心，一照破千暝。

贈巨摩

幽憂能與共，四海一章闓。轉轉嗟吾病，亭亭覺汝親。
相將成冷僻，所得是悲辛。揩眼人間世，荒茫孰解人？

【注】

俞因病卒後，章闓唯恐乃師難以排解哀愁，經常過來看望、安慰，馮君木因此而作《贈巨摩》《雨風竟日遲，巨摩不來》《見巨摩作家書感賦》。但即便如此，對俞因的思念，仍時時爬上馮君木的心頭，遂有《獨處》《夢中作》《紀夢》《江行》《辛亥除夕》諸詩之作。考《婦學齋遺稿》書末馮君木"記"："亡婦俞君來歸廿年，辛亥八月，以腹疾死。"故此上所列諸詩皆當作於辛亥秋或冬。

雨風竟日遲，巨摩不來[1]

草樹將秋至，蕭蕭滿井闌。無人共清曠，竟日作疏寒。
葉墮[2]關冥想，雲飛媵獨看。闌風兼伏雨，知汝出門難。

【校】

[1] 雨風竟日遲,巨摩不來：沈其光《瓶粟齋詩話》引作"遲巨摩不來"①。

[2] 墮：沈其光《瓶粟齋詩話》引作"墜"。

獨　處

軒館秋風起,寥寥獨處心。排愁出幽曠,蓄淚到孤吟。意悴花能識,思深雁與沈。無言看逝景,飄瞥過城陰。

叔申自上海來,中途遭大風,舟幾覆。見面驚喜,爲賦一詩

迢迢天際識歸舟,寧料橫風犯石尤。一死一生倚蒼昊,三朝三暮阻黃牛。道來險語猶應噤,坐定驚魂稍覺收。執袂想看紛涕笑,勞君奪命向洪流。

【注】

宣統三年,應叔申乘船來訪,中途遭遇暴風,幾乎喪命；相見後,兩人徹夜長談。事後,應氏作《航海歸訪君木,中途遇風,舟幾覆,賦詩紀之》《自海上歸宿君木齋中,夜話賦此》,而馮君木作《叔申自上海來,中途遭大風,舟幾覆,見面驚喜,爲賦一詩》。

夢中作

瑟瑟微颸吹日斜,青瑤百尺照晴沙。

---

① 《瓶粟齋詩話》五編上卷,沈其光撰,楊煮校點,可見《民國詩話叢編》(五),第748頁。

病鷗迴眼看江水，漸覺秋涼到荻花。

紀夢

黃泉碧落無消息，角枕單衾帶苦辛。
昨夜亭亭曾見汝，分明不是夢中人。

見巨摩作家書感賦

慈親兩字何突兀，刺入孤兒眼底來。正復蒼茫感家室，能令骨節生悲哀。劬勞恩自留天壤，慟哭聲難徹夜臺。除是黃泉相見日，融融大隧或能開。

江行

日夕苦思汝，汝應知我哀。我行江水上，汝入夢魂來。
夢境番番變，江潮故故催。無由化雙蝶，下上青陵臺。

辛亥除夕

我生三十九除夕，今夕傷心第幾回。已痛死妻拋我去，況堪新病迫人來。鮮民餘感頭頭觸，臘鼓殘年續續催。迸入昏沈懷抱裏，人天無有此奇哀。

《回風堂詩》卷二

醉後作 壬子

憂時感逝百嗟吁，暫遣人間作酒徒。埋我故當拼一死，浮生且可樂須臾。肺肝内熱消都盡，歌哭中年醉亦孤。市上狗屠盡騰達，祇應落莫向黄壚。

上海觀泠樂，贈賈郎璧雲

窈宨佳人絶可哀，自攜娟步獨登臺。清宵宛孌生朝采，[1]造物瓏瓏見異才。眉黛都將諸色聚，眼波能攝萬形來。蕭蕭金雁櫻桃館，一夕愁心爲汝開。

【注】

1915 年 9 月 10 日，該詩曾以《贈賈碧雲》爲題，發表在《秋星》雜誌第 1 卷第 1 期（署名君木）。

又，《申報》1925 年 5 月 3 日第 17 版蕙風《餐櫻廡漫筆》："君木録示舊作……《海上觀伶樂，贈賈郎》云：'窈宨佳人絶可哀，自攜娟步獨登臺。清宵宛孌生朝采，造物玲瓏見異才。眉黛都將諸色聚，眼波能攝萬形來。蕭蕭金雁櫻桃館，一夕愁心爲汝開。'：'弟三聯上句用《禮注》，柳爲諸色所聚語下句用《世説》，對於二十年前之賈郎，庶幾可謂善言德行乎。'"①

---

① 《申報影印本》第 212 册，上海書店 1983 年版，第 63 頁。

【校】

　　[1] 朝采：《秋星》作"毳彩"。

幽懷詩

　　鏡檻羅幬著此身，洞房蕭瑟不生春。明明畫燭明明月，但有迴光照故人。

　　幽閨日夕展清塵，簫局飄香帶苦辛。亦有殷勤難自致，傷心約指一雙銀。

　　豔歌婉孌感清商，金雁蕭蕭祇斷腸。二十五絃彈不盡，可憐錦瑟似人長。

　　纕佩繽紛誤蹇脩，青谿小妹本工愁。繁霜歌罷箜篌冷，葉落鍾山怨蔣侯。

　　奇氣青霞鬱不申，腸中昔昔轉車輪。才華未盡心先墜，始信江淹是恨人。

　　畫屏銀燭夢依稀，秋鏡花明蟻螺飛。的的寸心奈何汝，枉將羅袖拂臣衣。

　　解佩高邱計已非，離房幽闃惜芳菲。郎心縱似秋風冷，忍向纖羅扇底飛。

淒淒絮語托纏綿，蕉萃姬姜亦可憐。從此煙羸花瘦地，安排涕淚過中年。

吊寄禪長老

長風自北來，俄傳阿師逝。人天盡錯愕，海水爲之沸。阿師血性人，慈悲塡膺肺。栖栖北南東，恒幹等敝屣。徹天收涕淚，發洩到興比。其詩好無疆，眑眑見清思。光塵若日月，邁邁眼都眯。昔者見阿師，風雨滿臣里。玉雪一尺髯，飄瞥照空際。維時方重九，秋花爛蕭寺。説詩抵夜闌，往往中肯綮。對視各微笑，莫逆自兹始。自兹不見面，見必以詩至。籃輿十往返，商量到一字。寂寥人間世，相慰賴有此。由今思疇曩，此樂故忘死。豈謂昨見佛，我聞今如是。烈芬倏漂散，衰蘭那可恃。吁嗟詩教微，豈但宗風圮。矧余宿孼深，糾縛難自理。沈沈苦嬭海，一墜竟無底。惟師有大力，庶或拔之起。已矣天喪我，蹙蹙將安倚。抉眼太白山，魂兮歸來只。

【注】

廖公俠《八指頭陀傳》云："八指頭陀諱敬安，字寄禪，湘潭黃氏子也。曾于四明阿育王寺然二指供佛，虧八指，因以爲號焉。……寄禪生於咸豐辛亥十二月初三日，以民國元年某月日圓寂于北平法源寺，享年六十有一。"①準此，足以確定該詩作於八指頭陀（1851—1912）圓寂後。

---

① 《南社湘集》1937 年第 7 期，第 147—149 頁。

展亡婦殯宮

紉絕陰天隔死生,但餘白日照精誠。
墳頭一滴傷心淚,流到人間作恨聲。

【注】

馮君木特至亡妻俞因墓地,賦詩感懷。

傷心謠

去年蒼天死,淚海荒荒流不止。今年黃天立,鬼伯虛空聞太息。雌雷壓頂逋厥魂,攀天偃蹇天無門。王虺夜哭忽不見,照眼桃花爛秋電。

【注】

據其"去年蒼天死""今年黃天立"云云,當可確定該詩針對清亡、民國興而抒發。

贈陳彥及 訓恩

佳人陳彥及,弟畜亦多年。意量包身闊,聲香出骨妍。
冥心通世變,白眼薄時賢。肯掬無窮淚,哀歌和獨絃。
鬱鬱埃塵底,呻吟絕可憐。委心支骨肉,刳腹出纏綿。
此意向誰說,想看都惘然。艱難吾與汝,結舌對蒼天。

【注】

《陳布雷回憶錄》民國元年條:"三月同盟會甬支部成立,加入為會員。……余斯時年少氣盛,自視若不可一世,尤喜演說,每逢會集,輒自登壇,好評罵人,尤力詆彼時學法政者之志趣卑下……以此甚招當時父老之忌。君木師聞之，招往誨戒，謂少年時炫露才華，只自形其淺薄……速自韜戢，努力學問，庶免謗毀。余深感師意，遂力自檢飭，自茲勿復在廣座中輕易發言。"①

除夕感念亡婦，時繼妻陳病方篤

曠別人天歲又更，垂垂今夕若爲情。酒盃苦閣經年淚，燈火俄成隔世明。但有新愁迴舊痛，不勝傷逝重憂生。口號存歿寧能遣，四壁呻吟雜泣聲。

【注】

民國元年除夕(1913.2.5)，繼妻陳若娟病重在側，但馮君木仍不忘作詩懷念亡妻。

春日憶季則 癸丑

复絕幽明路不通，茵幬零落故房空。直須索迹黄泉底，賸可爲期斷夢中。逝景虛勞追縹眇，苦言誰與證孤窮。寡居忽忽春非我，未信人間有俊風。

【注】

民國二年(1913)春，馮君木又憶及亡妻俞因，遂賦詩感懷。

與從子貞群尋馮躋仲、王完勛兩侍郎合葬墓，得之

摳衣登北邙，言尋死士壠。大山宫小山，高下盡叢冢。一冢塊獨夷，地裂甓有縫。其前欹矮碑，蔓滋若覆幪。

---

① 《陳布雷回憶錄》，東方出版社 2009 年版，第 59—60 頁。

引手摹題識，色然魄爲悚。斑駮漢官字，照面[1]生光寵。
喜心忽翻倒，下拜繼以踴。緬懷明社屋，北騎[2]浩呼洶。
倔強兩侍郞，義旗起句甬。稽天決孟津，欲以獨掌壅。
兵敗身被執，殺僇到胤種。殘骸薶茲地，一抔兩人[3]共。
慘澹白衣冠，遺民聚而慟。曹敞與脂習，風義自駢聳。
到今墓下土，熱血猶沸涌。出土謝豹花，爛爛有餘痛。
嗤彼胡之奴，朝市成一閧。鶉首雖賜秦，天已謝厥統。
鬱鬱二百年[4]，地下氣始縱。所悲忠義林，挂眼[5]皆荒茸。
九原誰與歸，對此能無動？行當崇其封，蘽土期親捧。
拓基新之石，斯役應分董。作詩示阿買，語長心鄭重。

【注】

民國二年(1913)，馮君木和從子馮貞群(1886—1962，字孟顓、曼儒，號伏跗居士)在馬公橋畔，找到了其八世祖馮京第(字躋仲，號簟溪)與另一抗清志士王翊的合葬墓，遂賦詩以紀其事。馮貞群所輯《馮王兩侍郞墓錄》，題作《癸丑二月，與從子貞群尋馮簟溪、王篤庵兩侍郞墓，得之》。

《僧孚日錄》辛酉正月廿四日(1921.4.2)條："午後，馮袠博、錢舒于二人來，持夫子命，從往北郊馬公橋展馮公簟溪、王公篤庵及董公幼安三義士之墓。……三公皆明末起兵者，事敗遇害。墓中屍皆不全，馮惟一臂，王惟一首領，董則缺一股。三家皆無後，馮公爲慈溪馮氏之旁支。其墓故無人知。數年前，吾夫子與曼孺尋得之，夫子之曾祖白于先生有《馬公橋尋簟溪公墓不得》詩，夫子因與曼孺於馬公橋更訪尋之。野草荒榛，邱墳累累，夫子信足，直抵其地。碑石漫漶不可讀，與曼孺以指捫之，先得四點，知是'馮'字，後於旁行又得四點，知是'篤'字，於是使人洗其石，摩拂良久，乃得盡讀。方夫子初至其地，何以不向他墳，此蓋亦有神物呵護者焉！《回風堂詩》有五古一首，其題《與從子貞群尋馮躋仲、王完勳兩侍郞合葬墓，得之》。……因修其墓。董公墓在馮、王二公合葬西南二三步，碑字尚可讀，馮、王二公舊碑不可讀。今曼孺爲更立石焉。二公事，昨日夫子爲余稱述甚詳，兹記而未悉。蓋《鮚埼亭集》有王公、董公墓志，黄梨洲亦有馮公墓志，他日宜檢讀之。董公爲'六狂生'之一。馮公名京第，王公名翊，董公名志寧。馮、王皆慈溪人，董鄞人。"①

又，陳訓正也曾作《謁馮蕈溪王篤庵兩先烈墓》，其詞云："土籃何人爲祭魂，靈風十里晚江村。崇碑猶識同歸墓，野哭當年北郭門。馬公橋下草如薰，鬱鬱千春起古芬。野老亦知亡國痛，至今猶話斷頭墳。馮臂王頭共一抔，忠魂歲歲有薨萊。今朝乃敢分明拜，白酒青瓷上塚來。"②

【校】

[1] 招面：《馮王兩侍郎墓録》引作"照眼"。

[2] 北騎：《馮王兩侍郎墓録》引作"胡騎"。

[3] 兩人：《馮王兩侍郎墓録》引作"二人"。

[4] 嗤彼胡之奴，朝市成一閧。鶉首雖賜秦，天已謝厥統。鬱鬱二百年：原本省作"飄瞥二百年"，兹據《馮王兩侍郎墓録》補。

[5] 挂眼：《馮王兩侍郎墓録》引作"觸目"。

獨酌

燈火虛堂澹不温，暫憑獨酌遣黄昏。簾前殘月和花落，杯底疏星帶酒吞。哀樂中年渾若夢，別離萬族但銷魂。九天夜色沈沈盡，寂寞人間自掩門。

懷巨摩

載恨出滄海，行行胡不來。雁聲飄夢斷，人意入秋哀。

---

① 《沙孟海全集·日記卷》，第111—112頁。

② 《馮王兩侍郎墓録》，馮貞群輯，《四明叢書》第六册，廣陵書社2006年影印本，第3408頁。

瀕洞今何世,蒼茫念汝才。翻憐釣游地,滿眼是蒿萊。

【注】

民國二年(1913)秋,馮君木牽挂弟子章叔言,遂賦《懷巨摩》詩。《鄞縣通志·文獻志》云:"章闇字叔言,一字巨摩,麗水人。初從毓犖學于杭州,毓犖歸,隨之來甬,轉事馮开,相依不去。好酒善罵,視倫輩無一可意。然教弟子獨温摯循誘,及其門者,皆父事之。既病貧,不能歸,遂旅死甬上。"①

小　屋

小屋在人外,寥寥門不開。砌苔延屈戍,瓦雀下徘徊。
觸緒紛興感,吟詩亦費才。都將無盡意,努力委塵埃。

【注】

《益世報(天津版)》1926年6月25日第14版《詩話·回風舊作》:"君木《回風堂詩》,入兩宋名家之室,客歲録示舊作《小屋》云:'小屋在人外,寥寥門不開。砌苔延屈戍,瓦雀下徘徊。觸緒紛興感,吟詩亦費才。都將無盡意,努力委塵埃。'"1934年,該詩又被刊登在《青鶴》第2卷第16期"君木遺詩(二)"欄。

癸丑除夕

匝地窮陰臘已殘,端居感逝一汍瀾。坐依清夜成蕭瑟,騰切深哀到肺肝。惘惘流光將夢去,堂堂遺挂剪[1]燈看。帷屏在眼渾如昨,獨與新知共歲寒。

---

① 《鄞縣通志》第四《文獻志》甲編上《人物(一)》,第414頁。

【注】

民國二年除夕（1914.1.25），馮君木作詩感慨時光飛逝，遂成《癸丑除夕》。《益世報（天津版）》1926年6月25日第14版《詩話·回風舊作》："君木《回風堂詩》，入兩宋名家之室，客歲錄示舊作……《癸丑除夕》云：'匝地窮陰臘已殘，端居感逝一汍瀾。坐依清夜成蕭瑟，騰切深哀到肺肝。惘惘流光將夢去，堂堂遺挂翦燈看。惟屏在眼渾如昨，獨與新知共歲寒。'"1934年，該詩又被刊登在《青鶴》第2卷第16期"君木遺詩"欄。

【校】

[1] 翦：《青鶴》作"展"。

巨摩大醉墮水，戲效舒鐵雲體調之 甲寅

一拳槌碎龍宮門，一脚踢翻瑠璃盆。百頃瀲灔非酒尊，怪哉欲以一口吞。我卒當樂死，君其問水濱是何？嶔崎歷落可笑人，拍浮游泳神昏昏。清泠之淵作湯沐，丈夫溺死良不惡。波臣含睇水魅叫，三千年來無此樂。水哉水哉仙乎仙，彭咸在後靈均前。弄潮伍子胥，捉月李青蓮。子安文考皆綺年，西施玉貌尤翩翩。挹君之袖拍君肩，一笑歡喜彌人天。奈何不爲曹盱沈，卻作閻敖逸。乍没頭而入，忽脱穎而出。濡首滅頂筮之凶，先號後笑卜曰吉。送君者方返自匡，隊淵傒已加諸膝。是惟得全於酒，而不憎於物。亡也忽焉興也勃，不然，河水洋洋流活活，吁嗟闊兮不我活。罔兩赤水險斯探，螻蟻黃泉命誰奪？噫吁嚱，神全入水能不濡，微我無酒吾其魚。從今已往，誠當慶子以公孫朝之千鍾、孔仲尼之百觚，有不飲者非吾徒。

【注】

　　民國三年(1914)春,弟子章叔言酒後墜落水中,馮君木賦詩調侃。舒位(1765—1815),少名佺,字立人,小字禪犀,又字鐵雲,直隸順天大興人,著有《瓶水齋詩集》《瓶水齋詩別集》,在藝術風格上,與龔自珍同屬奇詭、創新之路陌。所謂舒鐵雲體,"實則得青蓮之神而遺其形,又參之盧同的風趣滑稽和李賀的穿幽入仄,外加九流稗官、雜劇傳奇的影響,而最後熔成了以幽默詼諧、俊快散朗和詩思獨具爲特點的詩歌風格。"①

【附錄】

大醉墮水,君木師以詩見嘲,賦此奉答

章　閻

　　一斗亦醉一石醉,醉眼朦朧邅而墜。泳游自恨我非魚,漂流幾使人爲鬼。水面一望清且漣,水底漆黑無青天。蛟鼉魚鼈惡作劇,我欲留止吁無緣。君木先生善嘲謔,不吊而賀毋乃虐。入水不溺神或全,惟酒無量趣已惡。援之以手霍復起,昨夕大醉吾過矣。屈原李白誠所慕,子在回則何敢死。從今不飲真大愚,朝盡千榼暮百觚。君看帶水拖泥者,依舊高陽一酒徒。

---

　　① 沈寧生:《"鐵雲體"初探——論舒位七言歌行藝術特色》,《淮陰師範學院學報》1989年第2期,第30—35頁。

既以前詩示巨摩，巨摩答詩有"從今不飲真大愚，朝盡千榼暮百觚"云云。天嬰見詩，詫曰："巨摩困于酒，子又張之。殺巨摩者，必子之言夫。"余聞而悔焉，復用前體，自訟且儆巨摩

寓言十九聊復爾，子獨何爲縱不止。嘻嘻旭旭以醉死，是實賊夫人之子。吾舌雖尚存，其顙乃有泚。世人欲殺我操刀，嗚呼噫嘻吾過矣。念君崇飲何昏昏，玉山自倒推非人。泥中坐困屈正則，水底酣眠賀季真。百川吸盡哆厥口，從此逢人但索酒。一肩負荷豐侯罍，兩手摩挲亞父斗。形骸土木非堅牢，有酒有酒安可逃。糟邱百丈，突兀而嶕嶢，奈何欲以身相鏖。願君姑舍是，前言戲之耳。曠飲調飲躬自罰，所不竭誠有如水。爲君重賦止酒詩，俗物敗意君應嗤。慎毋再接再厲乃，且復三薰三沐之。

【注】
　　章叔言酒後墜落水中，馮君木賦詩調侃；爾後在陳訓正的提醒下，又轉而作詩敦勸章闇勿再醉酒。

夜訪陳天嬰、張申之傳保、徐句羽輻于惕園

塵外追幽好，閑門草樹深。縣燈就佳夕，張酒助清吟。竹柏浮空合，星河著地陰。逃虛共蕭寂，莫逆此時心。

謝句羽餉茶

稚芽相餉春滿籠，氣味吾曹訝許同。乍可香消花落後，

政宜薄病閑愁中。排除腸胃出芳洌，刻削意思迴清空。耆好由來殊世俗，冥搜澀句與酬功。

一　落

一落塵寰計已差，陸沈憔悴送年華。艱難吳市吹簫日，文字公羊賣餅家。才語向人端取壓，短生自苦覺無涯。陳屍屋下疇相問，窮巷青楊聒暮鴉。

彼　蠕

彼蠕者何物，肉幹出四枝。其上戴一具，七竅開離奇。
僕緣大地上，蠢蠢何纍纍。但覺可憎醜，不知名爲誰。
朝來對明鏡，刺眼生鄙夷。咄嗟天畀我，不幸乃似之。
草木有本性，禽魚亦熙熙。無生亮弗遂，胡犯人形爲。

【注】
馮氏此詩，1930年2月發表於由上海觀海談藝社編輯出版的《觀海藝刊》創刊號，署名馮开君木。

遣興口號

誰能夜氣回平旦，祇取深心照古初。眼底斯人渾不似，寧須逃影出空虛。

名流高語媲皇墳，恥作人間蟣蝨臣。不見朱門槐柳下，森然玉立又何人？

薦紳先生難言之,婆娑府縣欲何爲。陶潛畢竟可人意,一首光明《乞食》詩。

　　蚩蚩奴輩利人財,摸犢偷驢絕可哀。無復南塘豪健氣,始知做賊亦須才。

　　區區半李定何物,爭食傷廉計亦窮。槁壤黃泉艱一飽,苦將口腹累蟫蟲。

　　群兒口頰自翩翩,一語能令醉欲眠。猶有親人魚鳥在,不勞卿輩與流連。

　　落穆不須人索解,周旋猶覺我爲優。伏滔何與胸中事,未信袁郎是俊流。

　　平生本無食肉[1]相,天下自有利齒兒。朝朝籠手看山色,此意時人那得知。

　　病闌羞對鏡中顔,兀傲餘生死亦艱。乞命皇天真不屑,蹔拋骸骨到人間。

【校】

　　[1]食肉相:沈其光《瓶粟齋詩話》引作"肉食相"①。

　　① 《瓶粟齋詩話》五編上卷,沈其光撰,楊焄校點,可見《民國詩話叢編》(五),第748頁。

醫院與句羽夜坐

疏星宛孌接斜樓，眼底明河澹不流。草樹飄涼生夕氣，肺肝將病入新秋。單衣稍稍侵風薄，殘月淒淒照鬢愁。後日思量應不惡，分明桑下此淹留。

【附錄】

次　韻
徐韜

簾幕高高月滿樓，可堪風露更飄流。人生病苦應憎命，天意纏綿故作秋。草際蛩螿分夕怨，闌邊衣袂得涼愁。吟形呻影同岑寂，暫借虛房作小留。

【注】

　　姚壽祁《蓼陽館詩草・君木同徐句羽韜養疴保黎醫院，以唱和詩見示，次韻奉答甲寅》："蕭疏簾幕聞初雁，慘澹星河見早秋故繫于初秋。燈影扶花上小樓，風微露重月華流。蕭疏簾幕聞初雁，慘澹星河見早秋。薄病卻添酬唱樂，清談轉惹淺深愁。竹竿巷口無多路，願作平原十日留。"①是知馮君木《醫院與句羽夜坐》及徐韜答詩，皆作於民國三年(1914)初秋；彼時，馮君木與徐韜在慈城保黎醫院住院治療。

　　又，《僧孚日錄》壬戌十一月廿五日(1923.1.11)條明言："早起，與夷父、次曳過翁須，同往竺楊邨慈谿東鄉。主徐氏，翁須之妻家也。翁須妻父徐君句羽韜，亦出吾師門下。宦游河北，不恒家處。"②又，謝

---

　　①　《蓼陽館詩草》，姚壽祁著，餘姚黃立鈞1942年鉛印本。詩末小字自注："句羽所居，名竹竿巷。"

　　②　《沙孟海全集・日記卷》，洪廷彥主編，第432頁。

振聲《徐韜與浙江圖書館》云："著名學者徐韜先生（1887—1955），字曼略，號荷君，慈谿洪塘（今屬寧波市江北區）人，是浙東著名國學家馮君木先生的早期弟子。徐韜先生1903年中舉，先後任浙江、湖北財政廳職員、北京經濟調查局編輯、財政部秘書及公債司幫辦等職。……長女徐湘雲（1904—1989），字黎如，早年畢業於鄞縣縣立女子師範學校（今寧波二中），後與馮都良先生（1901—1977，君木先生長子）喜結連理。"①

天嬰以《殺牛詩》見視，用廣其意

牽牛躪人田，自有主者在。咎牛不責人，所見胡乃隘。
霍霍以磨刀，力欲殲巨憨。觳觫良不忍，萬一赦其罪。
彼哉多牛翁，觝角畜磥縲。參錯置天下，踐蹋爲民害。
誰實尸發縱，牛也亦無奈。奈何奏牛刀，祇取一割快。
丈夫有宦智，用意當在大。躊躇立四顧，目光出牛背。
爲語屠夫坦，提刀且有待。

返慈數日，存問親友，都無好懷，感賦一律

大都蹙蹙貧爲累，亦有依依病與纏。親故漸看無好境，人生何苦到中年。停車巷陌餘蕭瑟，入夢煙霜赴眇綿。惘惘舊時游釣處，可憐無地作回旋。

【注】
　　馮君木從保黎醫院出院後，順道返歸慈城，走親訪友。

---

① 《溪上譚往》，童銀舫主編，第108—110頁。

爲亡婦俞寫《心經》百卷，
忌日設位焚之，並賦二律

佳人不見忽三年，坐歡行愁秖惘然。豈有流光堪把玩，苦將片念著纏綿。一心爲寫波羅呪，再世應生福愛天。滴淚濡毫聊報汝，淒淒不是爲逃禪。

彈指光塵久寂寥，零花賸葉不同條。遺芳已掩荒山土，積淚能生死海潮。夢後疏星徒歷歷，眼中白日自昭昭。九原未信靈魂滅，卻叩空雲寄大招。

【注】

陳訓正《冰蠶引》"敘"："《冰蠶》傷俞因女士也。因字季則，爲吾友馮开君木元妃。淑眘溫雅，榮于文辭，著《婦學齋詞》，婉竺有宋人風。歿三年矣，君木婘思賢耦，過時而哀。陳子歎之，用述是篇。寧直俞之悼，庶以曼音促節，少渫君木之鬱伊云爾。"又，陳氏《見君木爲其亡婦俞因寫〈心經〉二首》云："百卷心經淚與持，寫成貝葉寄相思。深哀刻骨難忘處，留付千秋脈望知。疾首書成痛不禁，淚痕元比墨痕深。營齋營奠都無力，報答平生是此心。"①馮君木的這兩首律詩，既爲祭奠亡妻三週年而作，則必作於民國三年（1914）八月俞因忌日。

贈蔡君默 同瑞

吾生有僻性，疾富如寇仇。匪富之爲疾，疾其情澆婾。

---

① 《天嬰室叢稿第二輯》之一《無邪詩存》，文海出版社 1972 年版，第 33—34、38 頁。

顒顒圖自利，祇知予取求。效死守金穴，遑肯爲人謀。
能聚不能散，錮金使勿流。富室金如山，窮人填壑溝。
蔡君富者徒，獨異凡匹儔。狠狠濟物心，不稱恒懷憂。
用意到師友，體恤密以周。下及窮閻子，亦與爲燠休。
相君貌女好，所禀若至柔。焉知任俠腸，磊落無與侔。
我有平生交，其才班應劉。不幸困貞疾，長爲天之囚。
窮愁苦煎迫，厥疾安有瘳。君實非戚婭，亦不預朋游。
徒以憐才意，宛變爲策籌。慨然脱兼金，俾之資膳脩。
探仁出胸臆，風義高清秋。問今是何世，人心伏戟矛。
君獨厚其植，緩急真可投。安得君百輩，參錯散九州。
肝膽所推激，覆以雲油油。寧直暍得陰，且可回民尤。
賦詩發感慨，淚落紛難收。

壽費冕卿 紹冠

夙昔役文字，苦以壽詞累。彼惟多食粟，何復與吾事。
費君今長者，天骨堅自植。讀書明儒效，致用足跟柢。
頯首屈下僚，有志嗟不遂。歸來托市隱，出手期小試。
袖中貨殖書，鰓思侔丹賜。挹注關息耗，力能支其敝。
銀海何浩汗，一靜定百沸。犂然立之平，編户有生計。
平生重任恤，躬行匪口惠。肝膽耿薰發，推仁到氣類。
叔末多澆訛，風義久飄墜。惟君持古道，玉雪照心地。
原嘗今不作，此意尤可涕。日月逝於上，五十忽焉至。
期頤方半駕，其壽實天畀。美意所駘蕩，延年且無既。
張皇養生主，吾敢憚辭費。

【注】

　　張美翊《慈谿費君冕卿行狀》云："君諱紹冠,字冕卿,世爲浙江慈谿費市人。……君幼承庭訓,長奉教於舅氏嚴筱舫閣學,好爲經世有用之學,尤長於輿地形勢……佐閣學治榷政。……其司關榷,出入巨萬,潔己奉公,絲毫不苟。既居寧久,則舉爲商會長。任四明銀行,凡所措施洞中窾要,而性氣和平,排解紛難,不大聲色,人以是益信服之。當辛亥改革,東南震動,吾郡通商巨埠,中外雜處,異軍突起,人心未定。有武弁某尤橫行凶暴,君請於當事,力陳利害,卒置於法,而附和無藉之徒始畏懼鳥獸散,於是聯絡文武,闔境晏然,市易如故。……論者謂民國以來,吾寧無兵燹之災者,君一人之力也。平日於地方義舉,靡役不從,如義振會、平糶局、孤兒院、育嬰堂、四明公所,或推會長,或任董事。嘗任甲種商業學校校長八載、甬北崇敬學校校董十七載,而奉化之方橋、慈谿之雲華堂、保嬰會、保黎醫院,亦皆籌款助成,始終其事。病中猶惓惓於大嵩橋之未成、費氏峰山學校之籌設。易簀之際,神明湛然。籲,可謂善人君子也已!卒於壬戌九月廿三日亥時,生於同治乙丑十月十二日酉時,享年五十有八。"①準此,則《壽費冕卿》當作於民國三年(1914)十月十二日費紹冠(1865—1922)五十壽誕之前。

　　又,無名氏《壽費冕卿先生五句集唐》云："出人才行足人知,千卷長書萬首詩。自足君身有仙骨,風流儒雅即吾師。高情雅淡世間稀,二十年前一布衣。爲報儒林丈人道,更能談笑解重圍。自是江南第一人,羨君談笑出風塵。看花臨水心無事,擺落功名且養神。肥遯山林隱自甘,一官抛卻在江南。大羅天上神仙客,今日懸弧興極酣。"②

---

　　① 《寧波旅滬同鄉會月報》第6期,1923年3月發行,第65—67頁。
　　② 《廣益雜志》第18期,1920年發行,第8頁。

論詩示天嬰

微尚惜惜苦未宣，誰能慘澹[1]徹中邊。一從會得無絃旨，不近琵琶已十年。

落木空山獨鼓琴，天風飄眇[2]秋陰陰。沈思忽到無人處，未要時流識此心。

人間颯沓有餘哀，坐負嶔奇[3]絕代才。七寶莊嚴彈指現，可堪無地起樓臺。

太羹至味謝醯鹽，玄箸超超衆妙兼。不解品詩鍾記室，卻將潘陸壓陶潛。

刻骨清言轉益深，苦將微思洩幽沈。天吳紫鳳渾顛倒，未稱年年壓綫心。

鉛華久已薄楊劉，但有霜聲接素秋。鶴背瓏玲鉤鏁骨，不煩露地載癡牛。

振采猶愁骨不飛，由來燕瘦勝環肥。平生無限蕭寥想，流派何關呂紫微。

窈窕孤吟發大哀，上天下地一低徊。虛荒誕幻離騷意，錯被人呼作鬼才。

盡取纏綿迴澹宕，要收戍削入風華。燕支十斛[4]從渠買，不寫徐熙没骨花。

象外冥搜徹九天，眼前景色[5]赴沈綿。嵯峨蕭瑟詩人意，合在平陵積水邊。

中聲臺閣備宮商，山澤微吟敢抗行。遺世羊裘甘寂莫，不從龍袞較低昂。

粼岣白雪號奇才，落日西風字字哀。諸將詠懷皮骨盡，可須吞到杜陵灰。

宛陵清峭異廬陵，萬古歐梅各著稱。冷抱熱腸蘄嚮别，那將赤炭置曾冰。[6]

漁洋意盡邢石臼，甫草情深謝茂秦。自古詩流例相念，談龍嫚罵[7]又何人？

苦吟意象極孤清，遠有蟠天際地情。眼底佳人徐孺子，解搜險阻出光明。[8]

義疾沈綿絶可哀，百身無術贖方回。嘔心未盡平生意，粉碎虚空惜此才。[9]

索索絃聲十指乾，自尋商調背人彈。微茫意思君能解，招取空山共歲寒。
【注】
　　陳訓正《次韻佛矢論詩之作，兼簡叔申、君木、句羽二首》："王風不屬悵骨沈，亂世文章每鬱森。煩氣自來無切響，徒歌大抵惜勞音。已成末法羅門曲，敢與深論渤海琴。並代幾人工苦語，終非吾調亦傾心。一自波流陸與沈，騷壇矛戟忽森森。得情敢謂窮殊態，觀世方知遞一音。愧我登山未窺海，勸君煮鶴莫焚琴。偶成短詠還相寄，要共佳人誓此心。"①
　　1934年，該詩又被刊登在《青鶴》第2卷第16期"君木遺詩（二）"欄。
【校】
　　[1] 慘澹：《青鶴》作"慘淡"。
　　[2] 飄眇：《青鶴》作"縹緲"。
　　[3] 奇：《青鶴》作"崎"。
　　[4] 十斛：《青鶴》作"千斛"。
　　[5] 景色：《青鶴》作"風景"。
　　[6] 曾冰：《青鶴》作"層冰"。
　　[7] 談龍慢罵：《青鶴》作"淡龍慢罵"。
　　[8] 小字自注："徐句羽《論詩》詩云：'漸知詩律非容易，若與禪機互往還。辛苦直窮幽渺外，合離似在有無間。冥搜忽忽光明境，遠涉重重險阻山。蟠地際天一疏放，人生何事更相關。'""往還""遠涉"，《青鶴》引作"注過""遠涉"。
　　[9] 小字自注："謂應叔申。"

---

① 《天嬰室叢稿》之一《無邪詩存》，陳訓正著，第43頁。

返里視叔申疾，爲舉誦余"嘔心未盡平生意"一絕，叔申潸焉出涕，因曰："子真知我者，行當以著作相托，自問所詣不止此，今止此命也。子他日必爲我刻繩而嚴删之。"余悲其意，賦一詩以申前旨

迂辛短李各翩翩，我自低徊念子賢。直欲嘔心空四海，坐看縮手了千年。平生已分才爲累，抵死猶悲力未全。絕世鳳皇好毛羽，漂搖相對倍堪憐。

【注】

甲寅(1914)四月，陳訓正在與次子陳建雷的往返書信中，得知應叔申病重，遂趕至上海，將之接回慈谿。其《追悼叔申六首》之四載曰："三月兒書來，爲報君病始。四月得兒書，知君病難已。蒼黃出蹈海，相見心爲悸。君體夙不豐，被骨豈無觜。一别百餘日，其憊乃至此。他鄉不可居……送君龍山址。"①大抵就在應氏病篤之際，馮君木前去看望，受托整理應氏遺著。

用前韻

四方上下各騰翩，從事篇章子獨賢。落筆能追元祐脚，含情悽似永嘉年。奇才暴物天應罰，苦語傷心策未全。東野詩窮昌谷殀，是人寧不解哀憐。

---

① 《天嬰室叢稿》之一《無邪詩存》，陳訓正著，第49頁。

叠韻即事

不妨卿自用卿法,何至操戈㢮兩賢。豈謂譏彈煩敬禮,真成嘲謔敵延年。陽秋皮裏鋒能試,柴棘胸中量未全。亹亹逼人聊復爾,申申詈予政堪憐。

與佛(天)[矢]論詩不合,致相齟齬,張蹇叟_{美翊}貽書解紛,賦詩報之

今古才人總不天,每傷氣類一潸然。蹶邛同命應相惜,蠻觸紛争亦可憐。
且復薑芽斂余手,不容雞肋當尊拳。一言願奉王生教,努力靈均惜誦篇。

【注】
1914年,馮君木、洪允祥論詩不合發生論戰,經張美翊自滬函甬勸解始罷。事後,馮君木作詩答謝張氏,即此詩。

聞叔申病篤,旋里存問,至則已逝矣,撫尸哭之

忍死都難一昔留,臨尸慟哭此生休。相看燭暗堂深地,遂到山頹海涸秋。性命真成虞不臘,[1]室家遑恤魯無鳩。眼中掩抑無窮淚,今日堂堂爲汝流。

【注】
《回風堂文》卷三《應君墓志銘》云:"君諱啓墀,字叔申,姓應氏。……以共和三年甲寅十一月四日卒,春秋四十有三。"準此,可知馮氏此詩作於民國三年十一月四日(1914.12.20),即應叔申(1872—

1914)病亡之日。

【校】

[1] 小字自注:"春間叔申自上海返里就醫,問余曰:'醫言云何不臘乎?將不食新乎?'其病中整暇猶如此。"

哭應叔申

天以子授我,我命實子托。取子於我懷,何乃殺之速。
冥契今已逝,百身莫可贖。而我猶爲人,生是遂使獨。
既失左右手,且復斷其足。已矣[1]吾喪我,恆幹將安屬?

腹中所欲言,手寫子能到。子有窈窕心,我亦穿其竅。
方寸出秋月,虛明耿相照。[2]知希互自貴,六合有微笑。
死生忽契闊,臣質遂凋耗。蒼蒼非正色,胡取天之氂。
文章關性命,子死疇我好。拓天積奇痛,星日慘不耀。
千秋萬歲情,寂莫徒自悼。

子詩多苦語,每挾清霜飛。秋聲在肺腑,刺促能造哀。
一語百含咀,始是終自非。旁皇求其適,刮腹窮深微。
少作盛琱籤,唾棄等沙泥。惜其所詣精,轉掩槃槃才。
心魄死相付,子意吾知之。肯以小小瑕,玷此片玉姿。
拔奇得妥帖,撥翳翹殊犬。孤光迴不滅,照眼生悲唏。[3]

【注】

《回風堂文》卷三《應君墓誌銘》:"君諱啓墀,字叔申,姓應氏。……以共和三年甲寅十一月四日卒,春秋四十有三。"是知馮氏此詩作於民國三年十一月四日(1914.12.20),即應叔申(1872—

1914)病亡之日。1934年,該詩又被刊登在《青鶴》第2卷第16期"君木遺詩(二)"欄,其第三段乃《回風堂詩》所未載。

大約民國四年春,洪允祥作《追挽應叔申》詩二首:"貧病草間活,幾人同苦辛。余寧改此度,爾已返其真。聽寡琴應絕,心疲筆有神。蓋棺如昨日,墓草可憐春。何苦耽文字,千秋實杳冥。物情賤風雅,天意悶精靈。詩預陶潛挽,文昭郭泰銘。幸無投澗恨,藉此慰靈扃。"①

【校】

[1] 已矣:《青鶴》作"已乎"。

[2] 照:《青鶴》作"昭"。

[3] 此段原無,茲據《青鶴》補入。

---

① 《悲華經舍詩存》卷三《追挽應叔申》,第79頁。

《回風堂詩》卷三

慰章叔言 乙卯

章生意氣橫高空，落落穆穆何其窮。胸次一尺太古雪，照徹世界生寒風。滬濱兒女紛青紅，顏色黯淡苦不同。寄生無地暫托足，倏若大海飄秋蓬。高歌彈鋏聊一放，可憐眼底皆聾蟲。長松終受紅鶴穢，白璧那避青蠅蒙。年年坐為口腹累，亦欲發憤難為雄。平生窮餓出天性，拳回挹憲真能工。守玄寂莫良有以，不須上怪天無聰。君看十萬花如錦，可在冰天雪窖中！

調汲蒙

汲公老逃空，枯槁兀自廢。[1]消搖[2]方之外，春[3]糧宿蕭寺。歸來塊獨處，足跡不入內。白晝經房闥，往往遭犬吠。小樓支虛空，簾户紛掩蔽。泥墟折脚鐺，一室帶茗氣。燒炭作嫩紅，照面生美麗。頹唐坐遣日，挂眼無餘事。寥寥僅指十，起居資俠侍。亦有小求索，咄嗟呼兒至。非干齋宿禁，不涉河魁忌。胡為老尹邢，[4]晁夕以面避。蕭然處家室，形影子無儷。當心月不爛，苦覓小星替。終當置燕玉，煖老關至計。那得娥媌兒，宛宛映盼睞。小心結纏綿，妥帖到夢寐。朝雲久飄散，誰復[5]可人意？方寸有不甘，怨思出微喟。樓外山亭亭，髣髴見眉黛。時於無人處，送此可憐態。幻想百歧錯，惱亂極腸胃。高邱豈無女，蓄願良有遂。可惜好老公，于思太無賴。端須伐口毛，妍笑博幼艾。

【注】

該詩作於1915年，1934年又被刊登在《青鶴》第2卷第18期"君木遺詩(三)"欄，但其詩題，誤作"調汲豪"。

【校】

[1] 枯槁兀自廢：《青鶴》作"枯稿兀自慶"。

[2] 消摇：《青鶴》作"消遥"。

[3] 春：《青鶴》誤作"春"。

[4] 尹邢：《青鶴》倒作"邢尹"。

[5] 復：《青鶴》作"廈"。

雜興

篝燈在壁油半乾，以書就燈摩眼看。餘光耿耿照肺肝，燈火欲死神彌完。三更四更城鼓殘，吾伊兀坐忘夜闌。明朝白日下屋山，主人枕書猶高眠。

缾梅淖約弄晚妍，圍燈取影明鏡前。燈痕鏡光相折旋，青紅碧綠徹眼鮮。若霞之飛晶晶然，渲以一抹銅爐煙。曲室中有清微天，華嚴彈指嘻無邊。

平生入世百不工，中年所得徒能窮。心思瞽瞶文采童，但有病骨撐虛空。吾眼不瞽耳不聾，胡爲尺寸蔀厥蹤。卻疾苦無山芎藭，黃泉槁壤吾其蟲。

【注】

　　馮氏此詩作於1915年，1930年2月又發表於由上海觀海談藝社編輯出版的《觀海藝刊》創刊號，署名馮开君木。

遇叔申故居

　　牖户掩蕭瑟，苔色上虛幌。心神乍一提，似聽呻吟響。
　　登堂步欲卻，刺眼見君像。依然舊眉額，嘿對增惝恍。
　　幼子坐讀書，口齒能清朗。見我亦知悲，咽淚梗喉吭。
　　小小白衣冠，欒欒就羈鞅。可念玉雪兒，嫶妍失跳盪。
　　努力制深哀，辟咡加曲獎。顧言猶在耳，宿諾吾敢爽？
　　願以方寸心，耿耿照幽壤。誠憂仔肩重，瘦竹難獨杖。
　　回皇念疇昔，欲哭不能放。

【注】

　　乙卯春，馮君木途經應叔申家，順便看望其家人，賦詩感懷，重申以照顧應叔申家人爲己任。

答佛矢，即效其體

　　已分哀時淚眼枯，猖狂歌哭到窮途。文章大歷真才子，意氣高陽古酒徒。避世俄悲生意盡，論交彌覺物情孤。玄文寂莫疇能與，且向黄壚覓狗屠。

再贈佛矢

　　君是泱泱大國風，我還一氣轉清空。馬枚下筆分遲速，毛鄭稱詩有異同。三舍晉重原不避，偏師秦系亦能攻。爭名角利都無暇,應被時流笑二蟲。

示玄嬰

咄咄陳無已,神鋒苦太遒。狂呼卿且去,恒覺我爲優。
容物宜高致,關心到俗流。要招空際月,相與作清秋。

《空游》一首貽玄嬰

世累不足溷,蕭寥到意度。肯以虛靈心,與物爲喜怒。
嗒然倚槁木,空游無所住。我見百解脱,方寸有懸悟。
湛湛玉明天,本來無垢汙。行雲任飄瞥,何處著微忤。

夏日簡洪左湖 日湄

端居廓落感孤吟,暑氣侵人旋旋深。那得清風穿地脇,
坐看白日爛天心。微删草樹通涼思,密合簾櫳取嫩陰。苦念
可人洪玉父,露初星晚肯相尋。

【注】

乙卯夏,馮君木作詩寄予同邑洪日湄(1871—1941,字左湖,號蜕廬,幼名鼎和)。馮君木在所作《洪君九韶家傳子曰湓》文末"馮开曰"中自稱:"余與諸洪雅故,於日湄知之尤深。日湄伉直任氣,外似偏至,而內實淳備,蓋漸漬於父若兄者然也。嘗述其父兄行義,屬爲之傳,以備家乘,遂弟之如此。"(《回風堂文》卷二)又,《僧孚日録》乙丑二月廿二日條:"燈次爲洪左丈刻'戍阿二'字。丈家洪塘,其地有戍溪,故自署曰戍阿云。"①

---

① 《沙孟海全集・日記卷》,洪廷彦主編,第785頁。

洪曰湄撰於民國十一年（1922）十月的《慈東沈氏迎龍學校碑記》，今藏寧波市保國寺古建築博物館，碑高58釐米，寬80釐米，碑文正書，共22行，滿行18字。

七月五日胸痛幾殆，病[1]間有作

奇苦真應裂肺脾，終朝何止謁三醫。命垂俄頃偏難絶，死亦尋常但恨遲。暫托哀呻蘇氣息，祇將淚眼對親知。吾生未受天刑酷，今日猶深痛定思。

【注】

該詩作於乙卯七月五日（1915年8月15日），1934年又被刊登在《青鶴》第2卷第18期"君木遺詩（三）"欄。

【校】

[1]病：《青鶴》誤作"痛"。

胸腹患作兩月未瘳，賦詩自遣

犖确肝腸鬱不平，綿綿病苦逼殘生。胸盤芒碭龍蚘氣，腹有瞿塘水石聲。不信怪奇成痼癖，可堪塊壘作彭亨。此中空洞原無物，渣滓如何累太清。

逭暑白衣寺，夜被胠，篋幾盡，惟書籍狼藉草地中，棄而勿取，叔申遺稿在焉。收拾，感歎，賦詩，示天嬰

僧房一夕遭偷兒，物物皆已不翼飛。惟有詩人詩纍纍，狼藉草地棄如遺。窮人之具竟無用，咀嚼不得療朝飢。先生

有才但覆瓿,寡人好貨難居奇。拉雜椒苓了不顧,而我寶若珣玗琪。寒瓊幽草驚拾得,冥冥若有靈護持。單本幸脱墮溷劫,不亡一髪吁其危。欲付殺青苦無力,把卷涕落紛漣洏。任教語言到聖處,流傳没世猶須賫。後死故人吾與汝,程嬰杵臼疇當爲?

編定叔申遺詩,僅得七十篇,爲一卷,題詩其後

一逝人間跡已陳,零篇大句積紛綸。知君別有關心處,非我都無著手人。刊落才華歸藴藉,平亭風格得清新。鳳毛挂眼何愁少,地下應能照苦辛。

【注】

歷經半年,至乙卯(1915)八月間,馮君木終將亡友應叔申的遺作整理爲《悔復堂詩》1卷,共計收詩70首。感慨萬千,題詩於卷末,遂成《編定叔申遺詩,僅得七十篇,爲一卷,題詩其後》。

玄嬰幼子建斗蹴鞠爲戲,鞠落水,斗躍入撩取,迨出,泥水淋灕滿其身。玄嬰撻之,余戲以一詩解之

斗老能蹴鞠,爛漫自天發。滑如丸脱手,疾若弩離筈。
躓地一失足,隨波去漂潎。頻拾不可得,心愛那忍割。
追逋比奮迅,拯溺同急切。見鞠不見水,竦身赴清闊。
渾忘性命重,寧顧頂踵滅。蹙破鏡中天,捉到水底月。
大索窮九淵,須臾擎之出。泥瀟堆肩項,萍藻牽毛髪。
塊然土偶人,無眼耳鼻舌。素衣化爲緇,玉貌蒙不潔。

真成黑曰盧，遑恤白乎涅。而翁怒其頑，笞撻致深罰。
勸翁且勿怒，試以一言聒。爾我風波民，人海苦冒突。
無能援以手，誰復加諸膝？濁流弟靡中，真性久汩沒。
回頭念兒戲，夢境墮飄忽。斗也富天趣，童心正蓬勃。
春風發苕穎，茁壯不得遏。洿塗蹔顛隕，俄頃旋自拔。
呼湯三伐洗，肌膚仍玉雪。急難勇能赴，計較漫不屑。
小過宜在宥，矧足覘風骨。斗乎爾勖旃，持之永無失。

【注】

陳訓正第三子建斗（1904—1978），因在水中撈取所玩足球時搞得一身泥濘而挨揍。馮君木作詩解其圍。

又，"斗老能蹴鞠"句後小字自注："蘇子由生第四孫斗老，東坡有詩。"此所謂"東坡有詩"，即蘇軾所作《借前韻賀子由生第四孫斗老》，《东坡全集》卷二四載其詞曰："今日散幽憂，彈冠及新沐。況聞萬里孫，已報三日浴。朋來四男子，大壯泰臨復。開書喜見面，未飲春生腹。無官一身輕，有子萬事足。舉家傳吉夢，殊相驚凡目。爛爛開眼電，磽磽峙頭玉。但令強筋骨，可以耕衍沃。不須富文章，端解耗紙竹。君歸定何日，我計久已熟。長留五車書，要使九子讀。簞瓢有內樂，軒冕無流矚。人言适似我，窮達已可卜。蚤謀二頃田，莫待八州督。"

示陳生建雷

雷也苦心役典墳，積書之高可隱人。曼哦急誦窮朝昏，顧影汲汲[1]如追奔。群經諸子百家言，參以左國馬范班。左右堆叠成亂山，[2]十指如風葉葉翻。鎦略阮錄部次繁，紛綸不暇竟委端。四大海水流渾渾，[3]頃刻欲以一口吞。吞之不得涎塞咽，寸茹尺吐心熬煎。吁嗟雷乎姑自寬，一息那能籀其全。讀書譬若登山然，蹞積踵纍無迴旋。縱歷千困百險艱，有日終造昆侖巔。不然東陟西復攀，心氣促迫行不前。恨身無翼不得鶱，石頭路滑徒虞顛。兩眼空挂青巘屼，雖魁父耳猶[4]升天。吁嗟雷乎汝勉旃，虎父之子無犬豚。觥觥才性天所根，珠明玉暖丁[5]妙年。博儲歲月資探研，要憑心力破積堅。無患不達患不專，未之能行惟恐聞。[6]彼襜襜者勇無倫，斯言汝盍書諸紳。

【注】

陳訓慈《陳君屺懷事略》云："生子四：建風孟扶、建雷仲甲、建斗叔受、建尾季微。女一：汲青，適吳興郁永常。建雷在抗戰中早卒。"陳建風等《陳訓正行述》云："庚子，生亡弟建雷。……亡弟建雷，夙所鍾愛，不幸廿九年秋，慘遭滅頂，孤嫠嗷嗷，時縈於懷。"馮君木此詩之作，意在告誡其徒陳建雷（陳訓正次子，1900—1940），無論讀書抑或治學，皆須脚踏實地。1934年，該詩又被刊登在《青鶴》第2卷第18期"君木遺詩（三）"欄。

【校】

[1] 汲汲：《青鶴》作"急急"。
[2] 左右堆疊成亂山：《青鶴》作"左右堆堆疊成亂"。
[3] 渾渾：《青鶴》作"深深"。
[4] 猶：《青鶴》作"犿"。
[5] 丁：《青鶴》作"了"。
[6] 聞：《青鶴》作"閒"。

病中作

秋氣入心腑，颯沓無静理。中虛得暴下，一夕十數起。
炎火燔其膚，毛髮焦欲燬。顛倒極胃腸，楚毒徧支體。

奪我窮性命，此角彼復掎。七尺能幾何？百病集如矢。
何幸於彼蒼，幽囚到床第。殺之良亦快，法又不至死，
天刑受具足，桎梏幾時解？煩冤達九閽，呭呭天無耳。

【注】

乙卯（1925年）秋，馮君木自我感覺身體每況愈下，遂在詩中述及病魔折磨下的日常起居和心態。

贈陳次農 _{康黼}

憔悴江潭照苦吟，夕陽家國感愔愔。杜陵老去猶看鏡，單父歸來欲碎琴。疾病久淹爲吏日，窮愁誰識著書心。憂生念亂情何限，那不相逢涕滿襟。

次韻佛矢

冷抱幽憂臥薜蘿，繁霜身世各蹉跎。衣冠海内清流盡，啼笑人前咽淚多。不忍傷心問耆舊，且須刮耳聽謳歌。九天大有翔嬉處，獨奈冥冥退羽何。

蒼茫八表感同昏，時事驚心復動魂。脈脈呻吟裘氏地，堂堂歌哭子桑門。大難身世嫌形贅，小劫人天祇舌存。願拂衣塵求止泊，共參達磨的兒孫。

紀　事

秦川公子最蕭閑，飛蓋西園日往還。千載流芳兒輩在，

叢談待著鐵圍山。

宋雕元槧聚紛綸，巧篡豪搜足苦辛。不惜美官酬劇蹟，伯陽今日亦佳人。

> 次子貞用，生十九月，知識字，口不能言，以手指之，字之便於上口者，亦能發音焉。已識得四五十字，錯易顛倒，歷試弗爽，亦可謂"小時了了"矣。賦詩紀之

人生識字憂患始，爾獨何爲又蹈之。直取形聲資語笑，聊憑指點作娛嬉。聰明宿世寧應昧，事業他年已可知。絕肖而翁生了了，看來原不是佳兒。

【注】

次子馮賓符(1914—1966)聰穎異常，不到兩歲就已識得四五十字，也因此被馮君木寄予厚望。徐珂《大受堂札記》卷五云："木居士有子能象賢。長君貞胥翁須，幼學媚古，散文醇而肆，甫踰冠也。貞用爲其次君，字仲足，甲子辟兵至滬，方十一齡，亦能屬文，《記鐵牌和尚簡折》書陳文偉事，弈弈有神，造語老練。況夔笙前輩有人倫鑒，於當世少所許可，獨視偉仲足，字以稚女維理，乙丑三月初二日(1925.3.25)事也。……仲足幼而岐嶷，造詣若是，當呼之爲小友。"

無　題

金堂脈脈思無崇，鏡裏容光祇自看。豈有同聲歌宛轉，苦將細步學邯鄲。香車擲果稱都念，粉檻排華祝合懽。燕嘗鶯譀渾莫問，獨愁春事易闌珊。

金珠綷縩發明光,儀態真能盈萬方。玉貌漸愁消慘綠,佳期無奈誤昏黃。笑顰暗妒東家子,窈窕生憐西曲娘。會得矜嚴無語意,不妨顛倒寫夗央。

迢迢清夜洞房徂,百轉回腸太鬱紆。夢裏紛紅兼駭綠,眼中看碧忽成朱。小家碧玉能攀貴,絕代羅敷自有夫。一夕汝南偷嫁去,可還山上憶蘼蕪。

日出東南照路衢,明妝猶記故人姝。瓏璁畫橃歌迎汝,宛孌紅牙拍念奴。芳訊難憑潮下上,舊歡空憶夢須臾。雄龍雌鳳紛填咽,那有閑情聽鷓鴣。

左招瓊姊右蘭姨,衆嬥連娟蹀座時。妙飾金缸居合德,自題團扇媚芳姿。三挑忍負抽觿意,十索俄成躡臂詞。不是蹇脩通眼語,丹心的的有誰知?

停辛佇苦總關情,歷歷星辰昨夜明。誰遣千金繩鄭袖,似聞一笑惑陽城。頮顏暫作投梭拒,白首終寒割臂盟。從此東西溝水斷,更無人唱《麗人行》。

北方絕世擅佳名,叩叩香囊賦定情。可但胡天又胡帝,果然傾國復傾城。蟾蠩淚盡銅龍滴,嬰鵡魂驚鐵馬聲。玉碎珠嗁成決絕,悔將密約負平生。

大道朱樓百尺高,璃簫金琯咽嗷嘈。乍看弄玉升天去,忽報常儀入月逃。玳瑁雙珠灰縹眇，苕華小印字堅牢。上清秘錄分明憶，自蓺都梁續諾皋。

【注】

《申報》1925 年 5 月 19 日第 17 版蕙風《餐櫻廡漫筆》："君木《回風堂詩·無題八首》云：'金堂脈脈思無端，鏡裏容光祇自看。豈有同聲歌宛轉，苦將細步學邯鄲。香車擲果稱都念，粉檻排花祝燕合。歡罟鶯嘲渾莫問，獨愁易事春闌珊'。又，'金珠縴縩發明光，儀態真能盈萬方。玉貌漸愁消慘綠，佳期無奈誤昏黃。笑頻暗妒東家子，窈窕生憐西曲娘。會得矜嚴無語意，不妨顛倒寫鴛鴦'。又，'迢迢清夜洞房阻，百轉迴腸太鬱紆。夢裏粉紅兼駭綠，眼中看碧忽成朱。小家碧玉能攀貴，絕代羅敷自有夫。一夕汝南偷嫁去，可還山上憶蘼蕪'。又，'日出東南照路衢，明妝猶記故人姝。玲瓏畫槪歌迎汝，宛孌紅牙拍念奴。芳訊難憑潮下上，舊歡空憶夢須臾。雄龍雌鳳紛填咽，那有閒情聽鷓鴣'。又，'左招瓊姊右蘭姨，衆嬬潮娟蹀座時。妙飾金釭居合德。自題團扇媚芳姿，三挑忍負抽觿意。十索俄成躡臂詞，不是寒脩通眼語，丹心的的有誰知'。又，'停辛佇苦總關情，歷歷星辰昨夜明。誰遣千金繩鄭袖，似聞一笑惑陽城。頮顏暫作投梭拒，白首終塞割臂盟。從此東西溝水斷，更無人唱《麗人行》'。又，'北方絕世擅佳名，叩叩香囊賦定情。可但胡天又胡帝，果然傾國復傾城。蟾蜍淚盡銅龍滴，嬰鵡魂驚錦馬聲。玉碎珠啼成決絕，悔將密約負平生'。又，'大道朱樓百尺高，璃簫金琯咽嗷嘈。乍看弄玉升天去，忽報嫦娥入月逃。玳瑁雙珠灰縹眇，苕華小印字堅牢。上清秘錄分明憶，自蓺都梁續諾皋'。君木詩嘗自爲跋，謂'辛亥巳還，夙昔才華，剝摧略盡，形消肌落，血不華色，詩中有我，此其徵也'。蓋取徑於王介甫、陳後山，益駕而上之矣。《無題八首》，非其至者，以體豔入時，錄之。"①

---

① 《申報影印本》第 212 册，上海書店 1983 年版，第 381 頁。兩相比較，不難發現《申報》所錄，其文字略有不同，尤其是第一首。

1933年,上海《長風》半月刊第1卷第4期刊出陳器伯《題君木師〈無題〉詩後》,其詞云:"末世文心增鬱勃,危時詩筆助悲涼。晦明風雨經千劫,水火兵戈寒八荒。觸發竟成弦箭激,遁逃可奈網羅張。二東已感空杼軸,猶爲蒼生辦七襄。"

舊蓄明成化窯水注一,先君遺物也。 自先君棄養,隨余幾三十年,嚴寒不戒, 忽爲冰裂。且惜且悲,賦詩紀之

摩挲手澤倍纏綿,呴沫相濡況有年。忍比孟生捐墮甑,真成子敬惜青氈。堅冰不戒心同裂,碎玉難期瓦與全。卅載孤兒留缺憾,可憐無術補終天。

【注】

乙卯冬,隨身近三十年的先父遺物——燒制於明成化年間的水注——忽然凍裂,馮君木深表痛惜,賦詩紀事。

《回風堂詩》卷四

壽張寒叟六十 丙辰

眼中一老信堂堂，人海歸來髮漸蒼。自掬肝腸[1]照寥廊，每將談笑出悲涼。龍蛇歲月猶堪翫，玉雪兒孫已作行。天遣清流存野史，勞君扶杖看滄桑。

拾隊鉤[2]沈意可唏，寥寥副墨有光輝。中州耆舊資元裕，吳地山川記廣微。耳目聰彊都不廢，文章夭嬌亦[3]能飛。千春天福從渠享，可但陳芳說古稀。

【注】

洪允祥《張讓三先生六十徵文啓》云："今年二月八日，先生初度之辰。"①當此之際，陳訓正、虞輝祖、陳三立、沈曾植、吳士鑒（1868—1934）等人紛紛作文賦詩以祝其壽。② 是知馮君木《壽張寒叟六十》作於丙辰二月初八（1916年3月11日）之前。1934年，該詩又被刊登在《青鶴》第2卷第14期"君木遺詩（一）"欄。

---

① 《悲華經舍文存》卷二，1936年鉛印本，並見《甬上青石張氏家譜·贈言》（1925年味芹堂鉛印本）。又，《僧孚日錄》丙寅二月五日條亦曾明確交代："八日爲寒師七十冥壽。"詳參《沙孟海全集·日記卷》，洪廷彥主編，第962頁。
② 陳訓正：《張讓三先生六十壽敘》，《天嬰室叢稿》之三《無邪雜箸》，第170—173頁。虞輝祖：《贈張寒叟先生序》，《寒莊文編》卷一，1921年鉛印本。《散原精舍詩文集》上册《壽張讓三六十》，陳三立著，李開軍標點，上海古籍出版社2003年版，第512頁。沈曾植：《徵士張寒叟六十壽序》，《甬上青石張氏家譜·贈言》，1925年味芹堂鉛印本。吳士鑒：《讓三張先生六十壽詩》，《甬上青石張氏家譜·贈言》，1925年味芹堂鉛印本。

【校】

[1] 肝腸：《青鶴》作"肺肝"。

[2] 鉤：《青鶴》誤作"釣"。

[3] 亦：《青鶴》誤作"六"。

送虞含章 輝祖

世變寧有涯，流浪徒自累。支眼看治亂，那復關吾輩。
池亭明好春，風香澹空際。朋尊坐超忽，摰契[1]到人外。
虞卿老能癡，苦辛役文字。積誠窺微茫，往往通其意。
深言互送難，直道暎[2]肝肺。執持有不同，寂寞差[3]得慰。
胡爲浪自苦，逝與風波會。落手[4]好光景，蕭索成割牽。[5]
滬壖盛才俊，飛揚各予智。喧天誇政略，無地容汝喙。
汝去何所挾，毋乃疏作計。誰實驅遣汝，念之發嗟喟。
區區文酒樂，所望[6]亦匪泰。久聚詎敢必，謂可畢年歲。
浮塵倏漂散，微願苦不遂。纏綿夙昔意，俄頃付憔悴。
昭昭白日中，曠感在氣類。努力養神明，取足通夢寐。

【注】

虞輝祖有意去上海謀生，馮君木雖不予支持，但仍作詩相送。考《回風堂文》卷一《〈寒莊文集〉題詞》云："余與含章相聞久，乙卯之秋，始因陳玄嬰定交。時玄嬰居後樂園，吾二人得間即造之。越歲，族兄汲蒙復就園中都授生徒，而洪佛矢亦時時來會。……自含章客遊，汲蒙又別去，佛矢亦以事不數至，獨玄嬰與余尉薦寂莫中，向者談藝之意興，稍闌珊矣。"①據此及《回風堂文》卷四的排列順序，足以認定《送虞含章》就作於1916年。

---

① 此文，後又見刊於《智識》1925年第1卷第6期，第53—54頁。

此詩見載於《益世報（天津版）》1926 年 6 月 25 日第 14 版《詩話‧回風舊作》，但文字略有不同。1934 年，該詩以《送虞含章》爲題，被刊登在《青鶴》第 2 卷第 14 期"君木遺詩（一）"欄。

【校】

[1] 摯契：《益世報（天津版）》作"投契"。

[2] 暎：《益世報（天津版）》作"照"，《青鶴》作"映"。

[3] 差：《益世報（天津版）》作"乏"。

[4] 落手：《青鶴》作"落乎"。

[5] 割牽：《益世報（天津版）》《青鶴》均作"割棄"。

[6] 望：《益世報（天津版）》《青鶴》均作"得"。

夢中作

倚袂萬山頂，天風生睫眉。酒悲峰氣突，詩思月來遲。石冷雲荒地，霜清木落時。迴腸閑料理，寸寸作離奇。

感　懷

悁悁人事足悲哀，蔽日浮雲黯不開。但覺蒼天非俊物，坐看濁世盡奇才。蚵蚾磯[1]下江聲咽，鸚鵡洲前草色灰。畫地狂言誰復省，千秋此意付塵埃。

【注】

1934 年，該詩又被刊登在《青鶴》第 2 卷第 14 期"君木遺詩（一）"欄。

【校】

[1] 蚵蚾磯：《青鶴》作"蚵磯蚾"。

何甘荼其樞自奉天寓書,言客中人心變幻,使人不敢不匿其真性情,而以假面目相見。其言絕痛,賦一詩寄慰之

苦隨群碎逐腥羶,俗物何堪與作緣。掬此肺肝方寸地,匿之簾幙十重天。委蛇客況成虛幻,真摯家山隔眇綿。他日光明有回復,歸來驗取酒尊前。

【注】

何其樞(1880—?)在來信中述及近日奉天社會風氣之惡化,馮君木答詩慰藉,遂有此詩。1917年冬,何其樞曾自沈陽返歸寧波,姚壽祁《寥陽館詩草》所錄《何旋卿其樞自瀋陽歸,見示新句,賦是以答,即用其中秋夕由哈爾濱之長春韻》《歲莫同旋卿意行西郊,時旋卿將再之瀋陽,仍用前韻送之》,即其明證。

題含章文稿

一往窮孤詣,惟求心所安。無人照辛苦,絕代見高寒。澹[1]色能無著,疏絃[2]亦罷彈。深深空外意,持此與誰看?[3]

【注】

1934年,該詩又被刊登在《青鶴》第2卷第14期"君木遺詩"欄。

【校】

[1] 澹:《青鶴》作"淡"。

[2] 絃:《青鶴》作"泫"。

[3] 詩末小字自注:"初稿云:'不見虞卿久,時時苦念之。爲文有我在,用意少人知。片絫能無著,恆言亦可思。餘芬滿懷袖,怊悵欲詒誰?'"《青鶴》未引。

喜句羽自鄂至

惘惘經年別,相逢倍眼明。眉橫楚天色,詩有漢江聲。
閱世增蕭瑟,論文覺老成。吾心久無著,爲汝發深情。

【校】

[1] 眉橫楚天色,詩有漢江聲:沈其光《瓶粟齋詩話》引作"眉橫楚天碧,詩帶漢江聲",似更準確。①

【注】

陳訓正《句羽歸自漢陽,同飲伏跌室》:"勞勞鸚鵡洲邊客,那意今朝直到來。乍見無言堪慰藉,相依惟影與徘徊。詩中歲月藏吾拙,客底風塵惜汝才。去日已多猶苦記,淒涼前事說離栝。"此詩當與馮君木《喜句羽自鄂至》同期而作。

又,姚壽祁《廖陽館詩草》錄有作於1916年的五詩——《次韻句羽夏口早春見雪》《春日同句羽泛舟》《端陽後一日同句羽坐小艇赴漢口有感》《句羽賃屋蔡店,爲辟暑計,要余同止。句羽有詩,因次其韻》《用前韻賡和句羽漢口寓樓初夏之作》,據其詩題,似可斷定《喜句羽自鄂至》作於1916年夏末或初秋。

於人家屋後得荒原,距所居不百許武,水樹[1]窈曲,可以徘徊

閑閑意思與無窮,咫尺荒原落手中。積水[2]彌天帶江色,殘陽點葉作秋紅。提攜煙景資幽討,歛息塵勞入遠空。百匝相尋都不厭,獨來人外看西風。

---

① 《瓶粟齋詩話》五編上卷,沈其光撰,楊君校點,可見《民國詩話叢編》(五),第747頁。

【注】

　　1934年,該詩又被刊登在《青鶴》第2卷第14期"君木遺詩(一)"欄。又,《僧孚日錄》庚申十二月十九日(1921.1.27)條"傍晚,復行城下之秋紅圃"小字自注云:"三年前,翁須所名。夫子有'殘陽點葉作秋紅'之句。"①又,沈其光《瓶粟齋詩話》云:"(鄞縣詩人王)秋垞師事慈谿洪佛矢允祥……秋垞又有《湖上雜詩》……:馮君木先生有'積水彌天帶江色,殘陽點葉作秋紅'一聯。似此等好句,不如集中復有幾許?"②

【校】

　　[1] 樹:《青鶴》作"榭"。
　　[2] 積水:《青鶴》作"積雪"。

次韻張謇叟見貽放宋本《陵陽》《倚松》二集,蓋嘉興沈乙庵所刊者。沈有序,自署"老民",其紀年猶曰宣統癸丑也 丁巳

　　慶元一髮存單本,天壤寥寥獨識真。撥棄煙埃追冷澹,琱鎪寒碧出嶙峋。稱詩苦愛西江派,開卷如逢汐社人。割取巾箱肯相餉,知君用意亦能仁。

---

① 《沙孟海全集·日記卷》,洪廷彥主編,第79頁。
② 《瓶粟齋詩話》五編上卷,沈其光撰,楊焄校點,可見《民國詩話叢編》(五),第758頁。

【附録】

以仿宋本《韓子蒼》《饒德操》二集贈君木，題詩其耑

張美翊

江西詩派當時盛，宋本傳摹未失真。一代韓饒同寂寞，中天坡谷並嶙峋。遺編甫出悲亡國，法脈相傳見古人。持贈知音倍珍重，漫將訾議薄居仁。

【注】

1917年，張美翊將仿宋本《韓子蒼集》《饒德操集》贈予馮君木，並題詩於其耑。馮氏收到贈書後，賦詩紀事而成此作。

題京伶梅蘭芳瘗花小象

蹙蹙蘭唬兼蕙歎，茫茫雨橫更風斜。名都風景餘秋色，亂世人才比落花。荷鍤相從紛涕淚，褰裳俄惜竭菁華。佳人別有纏綿意，不爲芳春發怨嗟。

【注】

1916年10月6日至12月17日，梅蘭芳第三次來滬演出，期間曾應邀來杭州表演。在這次演出中，梅蘭芳爲適應時代變化而大膽新排了《黛玉葬花》《嫦娥奔月》等劇目。這些劇目雖在藝術上多有缺陷，但對於拓展市場、招徠觀衆，貢獻良多。① 馮君木應該在上海曾到現場觀看《黛玉葬花》，並在1917年作《題京伶梅蘭芳瘗花小象》。

時至1929年元旦，馮君木又將《題京伶梅蘭芳瘗花小象》改爲

---

① 《梅蘭芳滬上演出紀（上編·戲碼）》，張斯琦編著，中西書局2015年版，第39—40頁。

《瘱花圖》,當面贈送給梅蘭芳先生。《申報》1929年1月1日第33版《梅訊》載其事云:"馮君木先生,文章名世,企倒畹華,每見手詞,近以所值題《瘱花圖》七律見示,爲移錄如左:'蘦蘦蘭啼兼蕙欷,茫茫雨橫更風斜。名都風景餘秋色,亂世人才比落花。荷鍤相從紛涕淚,褰裳俄惜竭菁華。佳人到有纏綿意,不爲芳春發怨嗟。'君木又爲孫梅堂制贈畹云:'九天咳唾生珠玉,絕代榮光照翔南。'"①

又,《申報》1925年5月3日第17版蕙風《餐櫻廡漫筆》:"君木錄示舊作《題梅郎畹華瘱花小像》云:'蘦蘦蘭啼兼蕙欷,茫茫雨橫更風斜。名都風景餘秋色,亂世人才比落花。荷鍤相從紛涕淚,褰裳俄惜竭菁華。佳人別有纏綿意,不爲芳春發怨嗟。'余近善哭,讀至'亂世人才比落花'句,爲之涕洟不已。悲哉落花,余復何言!"②

寒夜追憶叔申

三更四更天雨霜,忍寒不寐行繞廊。疏星耿耿鬼眼碧,殘月淒淒人面黃。積取傷心成幻想,坐收清景與迴腸。漂魂斷夢渾無據,那得風吹到汝旁。

【注】

1917年12月20日是應叔申病逝三周年的忌日。在此之前,約深秋間,馮君木作《寒夜追憶叔申》詩。大約當時,陳訓正也曾作《追悼叔申》詩六首,且其第六首有云:"君死已三載,吾今始一哭。"③

---

① 《申報影印本》第254册,上海書店1983年版,第33頁。又可見《梅蘭芳滬上演出紀(下編•梅訊)》,張斯琦編著,中西書局2015年版,第182頁。《天風報》1936年12月8日第2版所載《梅雅》則曰:"馮君木先生文章名世,企倒畹華,每見乎詞,其所題《瘱花圖》七律,爲移錄如下:'蘦蘦蘭唬兼蕙欷,茫茫雨橫更風斜。名都風景餘秋色,亂世人才比落花。荷鍤相從紛涕淚,褰裳俄惜竭菁華。佳人例有纏綿意,不爲芳春發怨嗟。"

② 《申報影印本》第212册,第63頁。

③ 《天嬰室叢稿》之一《無邪詩存》,第50頁。

題徐仲可珂《純飛館填詞圖》

微吟暫遣有涯生，四海彌天蚤擅名。無限江關蕭瑟意，自彈爪甲作秋聲。

殘笛薲洲老弁陽，偷聲減字入微茫。江南歌吹夢騰裏，祇是無人解斷腸。

【注】

徐珂《大受堂札記》卷五："珂以純飛名館，本之《楞嚴經》。《經》曰：'純想即飛，必生天上。'情少想多，輕舉非遠。以真如名室者，真如，佛家語，謂實體、實性，而永世不變之真理。《唯識論》：'真謂真實，顯非虛妄，如謂如常，表無變易。'《天隱子》：'本一性而言，謂之真如。'"又，李審言《學製齋詩鈔》卷四錄詩曰《題杭州徐仲可珂〈純飛館填詞圖〉》："按拍聲低木葉青，秋山卷畫似西泠。平生一片淒涼意，辨得清商製淚聽。獨擋搖落變衰時，老去心情劇亂絲。敬是復堂佳弟子，篋中知有篋中詞。君為譚復堂入室弟子。"①

朱鬯父景彝為其先公研臣先生大勛寫《樂山草堂圖》，並合先生遺墨為一冊，屬題

紅羊一炬曾樓毀，樂山草堂拔地起。五十年來幾翻覆，主人魂魄歸蒿里。主人雖逝堂則存，闌檻出沒胥山雲。莓苔如帶履綦跡，花木猶留手爪痕。主人有子亦儒素，寫作畫圖

---

① 《李審言文集》，李詳著，李稚甫編校，江蘇古籍出版社 1989 年版，第 1342 頁。

寄哀慕。白雲惝怳見親舍,指點當年讀書處。何況主人書家尤,落筆往往淩虞歐。煙光墨色迥超忽,照映邱壑生清秋。風流宛孌若在眼,神理綿綿接圖卷。孤兒用意絕可矜,皆淚爲君應一泫。

【注】

蕭山人朱景彝特作《樂山草堂圖》,用以表達對其亡父朱大勛(1829—1885)的"哀慕"之情。1917年,朱景彝攜《樂山草堂圖》及其父遺墨,來請馮君木題詩,遂有此作。

《回風堂文》卷三《朱府君墓表》云:"君諱大勛,字研臣,姓朱氏。……晚歲自稱胥山老農,築樂山草堂於山半,闌楯花木,掩映蕭曠,春秋佳日,勝流名德,酒杯流行,寐歌盤桓,以爲樂笑,人事消長,漠若無與。稟命不康,嬰疾遂殆,春秋五十有七,以光緒十一年乙酉五月十八日告終家閫。……子四:承先,與吳夫人同殉粤寇難;景彝,承昌,承德。女一,適同邑徐珂。……君神情散朗,與物無忤,隱居澹退,不侈聲聞,而書名遠暨,求者踵屬,日本士夫至遣子弟就受筆法,寸縑尺素,往往見寶云。"

復題研臣先生墨蹟

昔者我先子,常以畫自怡。托興到指肘,往往窮深微。平生長作客,飄泊不得歸。手迹所流轉,遠在天之涯。秋風吹片羽,不向家山飛。至今索粉本,零落靡孑遺。憶开年六七,時看調鉛脂。身短不及几,跂足旁相窺。先子顧而笑,汝幼何所知?捉筆寫數紙,畀之作娛嬉。一僧籠手立,其前垂蛛絲。一叟跨驢背,梅花風雪靡。亦有甲冑士,英武浮鬚眉。是豈岳武穆,將非郭子儀?瑣瑣在心目,歷歷徒悲思。寂寂書策外,不復賭光輝。刺眼見是卷,完好無缺虧。老成有容色,展卷即得之。書道與畫理,寄象恒於斯。念君寶手澤,觸我無窮哀。掩卷發嗟喟,淚落紛漣洏。

【注】

　　民國六年(1917),馮君木應邀爲朱大勛遺墨題詩,突然追憶起自己幼年(光緒四、五年間)看父親作畫時的童年往事,不禁悲從中來。

屬疾數月,佛矢有詩見念,賦此爲報

　　端居積病更誰憐,片紙無因到眼前。宛孌歌詩俱可口,蕭疏筆札亦能天。窮途孤賞留吾子,隔世歡悰憶少年。賸取呻吟相爾汝,要憑心力返華顚。

爲楊季眉_{顯瑞}題舊藏崔問琴_鶴所畫《李香君小象》

　　仿佛琵琶罷唱時,媚香樓外柳如絲。卷中人面渾依舊,不道崔郎是畫師。

　　黔陽詞客已黃沙,畫扇飄零付夢華。認得君家舊明月,分明月底有桃花。

【注】

　　此詩被馮君木本人視爲"作詩用典貴能假借"的典範之一,《僧孚日錄》庚申九月十三日(1920.10.24)條載其辭云:"作詩用典貴能假借……往爲楊姓人題舊藏崔問琴所畫《李香君小象》,詩云:'卷中人面渾依舊,不道崔郎是畫師。'用崔護詩'人面桃花相映紅'典。……'认得君家舊明月,分明月底有桃花。'用楊文驄典。此詩非尋常題李香君象矣，'桃花'句，不出'扇'字爲尤妙。崔問琴名雀。"①

久病幾殆，范君文甫<small>廣治</small>治之，不十日而大差，賦示文甫

鄙夫多口干天怒，天欲殺之君勿許。力出指爪相觝距，何物彼蒼敢余侮。嗟余入世百無補，獨以悲哀役心腑。半生高閣徒溷人，一死長埋亦快舉。小范老子老好事，不使生人爲鬼虜。手招魂魄返自厓，我欲空游迷處所。念君活我意良苦，可惜人間非吾土。浮生勞勞不得息，德邪怨邪奈何汝。

文父治余疾，意甚摯，當疾亟時，日自十里外臨視，其高義可感也。酬之不受，强以梅赧翁墨蹟贈之，並縢以詩

尊生妙發明堂秘，問疾來參丈室禪。窈窕心靈回小劫，蒼茫肝膽暎秋天。交期懇懇憑誰證，性命區區仗汝賢。割愛相酬同脫劍，此情須抵白金千。

【注】

以上兩詩皆作於 1917 年秋，用以感謝鄞縣人范文虎（1870—1936.9.12）的醫治之恩。范氏生平，可見張原煒《蓴里賸稿》卷一《故清顯學附貢生范君墓志銘》，其詞云："君諱廣治，字文虎，晚年自署息淵。……其爲醫，不主一家言，尤不喜襲時下陋習……自醫名噪於市場，遠近求療治者四面至。……平居務周人之急，尤貧乏者，拯之尤備。……以是粥醫數十年，家無餘貲。雅好搜集古金石畫，間亦爲

---

① 《沙孟海全集·日記卷》，洪廷彦主編，第 28 頁。

詩。詩多稱性之言，不事鐫繩，往往有獨到語。與慈溪馮君木㕔交至驩，每出所作示馮君，馮君謂君一生沈浸情好中，匪獨於詩已也。醫稿什九隨棄去，歿後，子禾裒其存者爲十二卷，藏之，顏曰《澂清堂遺稿》。以丙子七月二十七日卒於家，春秋六十有七。"①

《僧孚日録》壬戌七月廿九日（1922.9.20）條小字自注："五年前，師患耳疾甚劇，經范文虎醫治得愈。"②但1917年秋馮君木所患，理當不僅僅只是耳疾。

又，洪允祥《喜君木病已，兼調范聞父醫士》："一笑猶存頸上頭，鬼門關外挽君留。詩人不死緣仙骨，方技能工亦能流。敬禮小文煩爾訂，稚川大藥及時求。東游欲掬蓬瀛水，洗淨肝腸莫貯愁。"③

丁巳十月甬上紀事

官奴城頭啼老狐，城中白日兵塞途。橫刀蹋地紛謳呼，行子不敢鼓嚨胡。纂嚴令下羽書急，叱咤旌旗齊變色。將軍設備何整暇，城北城南斷消息。居人一夕卧數驚，但聞徹旦兵車聲。車聲杳杳鼓聲死，步騎如潮退不止。江岸颯沓西風號，敵軍未到將軍逃。將軍欲逃將軍怒，誓以背城作孤注。十萬黃金供饋賂，明日將軍橫海去。

---

① 《鄞縣通志·文獻志》甲編上《人物（一）》則稱："范廣治，字文甫。……年六十五，中暑，遽歿。"又，鄭逸梅《藝林散葉》（修訂版）云："四明有一橋，爲宋代建築，既圮重建，名醫范文虎購得遺木，乃制壽柩二，一自用，一貽朱古微。貽朱者，馮君木爲作銘，吳昌碩又篆'漚巢'二字鐫刻其上。"

② 《沙孟海全集·日記卷》，洪廷彥主編，第331—332,335,340頁。

③ 《悲華經舍詩存》輯遺，洪允祥著，吳鐵佶點校，浙江古籍出版社2011年版，第152—153頁。

【注】

丁巳(1917年)十月,由蔣尊簋(1882—1931)領導的"浙人治浙""寧波獨立"運動乍興乍衰。馮君木身處其間,事後作《丁巳十月甬上紀事》。

陳炳翰《潔庵文稿·丁巳寧波獨立》云:"余自少壯以來,風鶴之警屢矣,然未有丁巳十月之甚者。蔣尊簋者,辛亥革命鉅子也,共和成立,向隅已久。是歲十月十日,蔣忽與舊日軍官周鳳岐航海抵甬。寧波旅長業煥章,昔在蔣麾下,與謀獨立,欲驅逐浙督楊善德而代之也。次日開會,宣佈獨立,電告紹台二府。周鳳岐率兵運械,乘汽車赴餘姚,劄營於百官。浙督聞警,立命師長童保煊率兵駐蕭山,與寧兵隔一娥江。十四、十五開仗兩次,寧兵敗,紛紛逃回。官長聞敗耗,懼潰兵之滋事也,即派警察、防勇保護各機關及繁盛街衢。十六日晨,潰兵至,麕集於四明銀行外,適超武輪船載兵自鎮海來,為防衛府城故也。潰兵懼,蜂擁入東渡門,沿街警察、防勇絕不攔阻,且奔避焉。潰兵遂搶劫市廛,被害者數十家。其出西門者,人數不多,亦搶劫店鋪而去。當日東渡門閉一日,和義、望京二門閉,三時許入。人心惶惑,紛紛避匿……幸是夜遠近無恙。天明,知昨日潰兵槍斃二人,捕二十餘人,官長向四明銀行提銀八萬兩給肇禍魁首,使遠颺;潰兵各給洋五十元,繳械遣散。午後,童師長兵至,辦理善後事宜。於是肆依舊貿易,人心始安。"①

小住寥陽館示貞伯

輕煙消盡鵲爐香,落色虛庭賸夕陽。小竹疏花清在眼,安排他日作思量。

---

① 《鄞縣通志》第四《文獻志》,第1390—1391頁。

兵甲聲中靜掩扉,那能煮石慰朝饑。期君覓取無人地,十畝荒煙種蕨薇。

【注】

《僧孚日録》辛酉三月廿三日(1921.4.30)條:"夫子詩云:'小竹疏花清在眼,安排他日作思量。'我輩到一處、晤一友,都有此種想。作日記詳述人事,灑灑不厭,亦以此故。眼前語真不易道深也!"①

春日養疴保黎醫院,聞錢君紉靈經湘家有海棠二樹,余乞其一,遣人迎致,先之以詩 戊午

抱病空齋日閉關,蕭蕭華髮對風鬟。不愁婦女無顔色,奪得燕支一朵山。[1]

姊妹花開色最嬌,一株特遣慰清寥。勝他小院風煙裏,銅雀春深鎖二喬。

【校】

[1] 小字自注:"時內子亦從在院。"

海棠既至,乃知紉靈家止此一樹,前詩爲失實矣,再賦三絶,兼調紉靈

一枝分與作溫存,幸有餘芳伴酒尊。今日花奴迎接汝,誰知桃葉即桃根。

未必有詞酬白石,真成無賴盜紅綃。畫闌幾尺陰陰地,

---

① 《沙孟海全集·日記卷》,洪廷彦主編,第133頁。

卻與何人共寂寥。

咫尺紅閨入夢思，要憑顏色慰調飢。狂夫應被佳人嬲，不得從郎索口脂。

種海棠於醫院，賦詩紀之

淡雲微雨晝愔愔，恰稱栽花一片心。手掬香泥勤護惜，綠章不用乞春陰。

灌溉端資造化功，精誠耿耿徹皇穹。病夫倘緩須臾死，他日來看一丈紅。

與海棠相對，幾及三月，臨行悵惘，賦詩志別

感別情懷一往深，他時應有夢來尋。
風欺雨橫須禁得，莫負籠燈照汝心。

【注】

1918年春，馮君木在慈城保黎醫院住院治療期間，聽說錢紉靈家有兩株海棠，特地求得一株置於房內，並賦詩紀事。收到海棠後，這才得知錢紉靈家其實只有一株，隨即連賦四詩。此四詩被馮氏視爲"作詩用典貴能假借"的典範，《僧孚日錄》庚申九月十三日（1920.10.24）條載其辭云："作詩用典貴能假借，用本事本物典，則一翻類書即得，不足驚奇也。如吾所作《海棠詩》'手掬香泥勤護惜，綠章不用乞春陰'，乃用海棠典，吾所不自喜悅者也。又'不愁婦女無顏色，奪得燕支一朵山'，借用匈奴歌。匈奴歌云：'失我焉支山，令我婦女無顏色。''勝他小院烽煙裏，銅雀春深鎖二喬'，借用杜牧之詩。杜

牧之《赤壁詩》云:"東風不與周郎便,銅雀春深鎖二喬。"'風欺雨橫須禁得,莫負籠燈照汝心',借用蘇東坡詩。蘇東坡詩云:"衹恐夜深花睡去,故燒高燭照紅妝。"其題記不清矣。又一詩《始以某君家有海棠二樹,余乞其一,已乃知其家止此一樹》,詩云:'今日花奴迎接汝,誰知桃葉即桃根。'借用王子敬典,最不易也。"①

王龜山德馨六十索詩

甘從餓死得高歌,終古才人老轗軻。崦嵫日落浮雲暮,兀兀將奈龜山何。

冰署頭銜比廣文,每因祭徹博微醺。祠官割肉成常例,儘許東方饋細君。

水深泥濁公無渡,絮亂絲繁我欲眠。屼嵂神州褐之父,端須束手送流年。

日日歌斯復哭斯,坐消壽命亦奚為。君看遍地桓宣武,祗許王敦作可兒。

煮石空山可樂飢,不須裹飯證心期。琴歌歲晏相呴濡,那有脣乾口燥時。[1]

【注】

1918年,應王德馨之請,馮君木作詩五首以賀其六十大壽。陳康瑞《次韻龜山老人王苕莊德馨六十自述二首》云:"誰云服食可延年,漢

---

① 《沙孟海全集·日記卷》,洪廷彥主編,第28頁。

武求仙亦枉然。不用黄精驅白髮,還從清夜養丹田。高談儘許對風月,雅集何妨中聖賢。冷眼看他塵世裏,魚蝦擾擾等腥羶。北海樽開亦可娛,一時英俊聚枌榆。君充縣議員,常住會所。救時誰實持公道,決策要當破衆愚。關隴烽煙猶迭警,江淮秔稻自均輸。即今君是杖鄉老,領袖群才貢上都。"①

理當同時而作者,尚有陳訓正《王龜山六十生日,詩來索酬。余與交三十年,歲時過從,清狂如昔,不覺其已爲衰翁也。攬鏡自傷,髮亦種種,雖少龜山十餘寒暑,而蒲柳秋零,已無生氣,比至龜山之年,其頹廢可知矣。賦二律奉和》:"與君夙昔同曹好,古竹江頭詩往還。興到千篇聊自寫,觴餘萬慮郤都刪。息息白日爭先老,落落名山坐與閑。幸少狂名驚世俗,好攜梧影照衰顏。忽然窮眼生光氣,的的明珠落我前。蚌老未能忘海月,陸沈誰與念桑田。勞人夢尾牽來日,烈士歌心惜暮年。且可遣懷一桮酒,何須問取後生賢。"②

徐珂《大受堂札記》卷二:"炎宋以前,以"龜"命名者多,其後諱之。……求之於清,以"龜"命名者,得一人曰羅鑒龜。……今馮君木廣文開《回風堂集》有王龜山《六十索詩》之題,龜山名德馨,字苹莊,慈谿人。所居曰龜山,因以爲號。今爲文廟奉祀官。羅鑒龜不得專美於前矣。"

【校】

[1] 小字自注:"濡,如戍反。"

題錢逸琴經藩《山中校莊圖》

宋槧明琱集衆芳,南華微旨賴張皇。蕭蕭掃盡千秋葉,絕代功臣世德堂。[1]

---

① 《睫巢詩鈔》,陳康瑞撰,1924年鉛印本。
② 《天嬰室叢稿》之二《無邪詩旁篇》,第95頁。

詩老題詩興不孤，十年宿諾祗須臾。畫中山色渾依舊，可惜先生一字無。[2]

中年舊學待商量，江海飄零願未償。猶有家山如畏壘，憑誰尸祝到庚桑。

【校】

［1］小字自注："所校爲世德堂本，異文隊簡，多所誤正。"
［2］小字自注："圖留陸鎮亭師所十餘年，今始得之。"

聽歌贈李生

李生年少真英絶，餘事音聲亦可人。絶憶後來鈕非石，彌天文采壓伶倫。

悲涼節拍動三河，合使尊前喚奈何。絲竹中年都束閣，猶能痛哭和長歌。

初秋自西鄉歸，輿中口占

衆山掩映夕陽紅，輿轎蒼茫入畫中。
一路稻香吹不斷，坐消三十里秋風。

【注】

1918年初秋某日傍晚，馮君木自西鄉回到慈城，一路心情大好，作詩紀事。

含章爲余作《詩序》，屬其族子自勛提學銘新書之以贈。自勛曾以詩卷自山西抵余，至是賦一詩報之，兼示含章

薄宦虞卿舊識名，近來筆札極孤清。胸吞皋落浮雲色，詩帶汾河斷雁聲。癡叔君家情獨至，佳人臣里目初成。文心墨妙真雙絕，慚媿寒郊作浪鳴。

【注】

大約1918年冬，馮君木收到虞輝祖撰於丁巳（1917）三月的《回風堂詩序》。該年秋，虞輝祖應其族人虞和欽之邀，行抵山西，此則其《贈自勛序》言之甚明："余漫遊燕趙間，右旋，度關入遼瀋，循塞上而南，折而西嚮，趨晉邊，出井陘口。山勢騰躍，車行若飛舞已。吾宗自勛，迎余晉陽城外矣。……君孤童子，用家學發身，馳騁當路，奉上官檄，或北渡遼，南入滇。而吾居海上，忘老之將至，放志遠游，每不意與君得迂道相見，豈非天也！吾茲行萬里，猶來三晉視君，君樂甚。時秋中氣清，吾兩人坐飲視月，過邊庭之上。日者，吾極東遊松花江，登北山，矚天地之際矣，此皆余輓近不數遘之勝期也。君爲余賦北征也與。"①

哭陳次農同年

滇海歸來事[1]日非，空山歲晏惜芳菲。交游已恨晨星少，魂魄俄隨落葉飛。衰世明玄端得困，餘生行邁不成肥。寥寥涕淚無流[2]處，灑與窮泉[3]作累欷。

---

① 《寒莊文編》卷二，虞輝祖撰，1921年鉛印本。

廿年追逐比雲龍,豈料幽明路阻封。袖底芳香留芷若,夢中城郭隔芙蓉。文章憎命誰能贖,蒼昊讎才苦不容。毒手老拳行及我,九原車笠倘相逢。

【注】

1934 年,該詩又被刊登在《青鶴》第 2 卷第 14 期"君木遺詩(一)"欄。

【校】

[1] 事:《青鶴》作"百"。

[2] 流:《青鶴》作"杯"。

[3] 窮泉:《青鶴》作"重泉"。

次農之喪,諸交舊會哭薛樓。三年前,恒與次農游讌於此。感舊傷逝,不能無詩

高館朋尊久寂寥,鷄鳴風雨感膠膠。賦詩曾此陪吳質,爲位誰知哭孟郊。慘綠牆垣飄薜荔,凝塵闌楯見蟫蛸。[1]九天咳唾銷沈盡,那得遺文付別鈔。

【注】

《四明清詩略續稿》卷六:"陳康黼,字慷夫,一字次農,鄞縣人,光緒丁酉拔貢,本科舉人,官雲南恩安知縣。"又,洪允祥《祭陳慷夫文》曰:"維民國七年十二月九日,同人某等,謹以清酌庶羞之儀,致祭於慷夫先生之靈曰:嗚呼陳子,誰實驅之,往而不歸。古之聞人,文高乎一世,學貫乎千載,而年未臻乎六十者眾矣,而於陳子何悲。世之知陳子者,徒以其文史之學而已,而不知陳子壁立萬仞,俯視眾流,自有其千古者,在不爲眾人之所爲。"①準此,則馮君木《哭陳次農同年》

---

① 《悲華經舍文存》卷二,1936 年鉛印本。

及其《次農之喪,諸交舊會哭薛樓。三年前,恒與次農游讌於此。感舊傷逝,不能無詩》,當作於民國七年十二月九日(1919.1.10)前後。1934 年,該詩又被刊登在《青鶴》第 2 卷第 14 期"君木遺詩"欄。

【校】

[1] 蠮蛸:《青鶴》引作"蠮蝟"。

壽關太翁八十

太翁爲吾師來青先生父,早歲官河南。工畫山水,兼精刻印。

中歲從軍矢苦辛,遂初賦罷即抽身。誰知策馬橫戈手,祗作眠雲跂石人。宦況中州題別集,閑情藝海寫珠塵。板輿首蓿餘真味,長許頭銜署老民。

長公師事幾經年,曾向蘇門拜老泉。語笑清尊迴白日,行吟拄杖倚青天。鐫華石墨勤猶昔,點筆林巒晚更妍。欲爲黃眉添故實,彌襟供養到雲煙。

贈錢太希 罕

惛惛高致故難量,寂處生涯有樂康。天苴韭菘充鼎俎,人紉荷芰作衣裳。深微且可窮孤詣,衰歇何心問衆芳。吾事寧愁霜雪落,竢看畏壘祝庚桑。

【注】

《益世報(天津版)》1926 年 6 月 25 日第 14 版《詩話‧回風舊作》:"君木《回風堂詩》,入兩宋名家之室,客歲録示舊作……《贈錢太希(四干)》云:'惛惛高致故難量,寂處生涯有樂康。天苴韭菘充鼎俎,人紉荷芰作衣裳。深微且可窮孤詣,衰歇何心問衆芳。吾事寧愁霜雪落,竢看畏壘祝庚桑。'"1934年,該詩又以《贈錢太希》爲題,刊登在《青鶴》第2卷第14期"君木遺詩(一)"欄。

歲暮與陳天嬰、張于相_{原煒}、蔡君墨集江上樓,感舊有作

　　來日寧知事大難,匆匆光景暫偷安。春盤嫩火消佳夕,小雪深燈映薄寒。意緒將愁增婉篤,生涯與夢比闌珊。煙羸花瘦渾無奈,且向人天拾隊歡。

《回風堂詩》卷五

新歲雪中車行 己未

淰淰流雲弄嫩晴，單車犯冷入空明。彌天積雪浮郊色，夾轂層冰帶石聲。納手袖籠留薄暖，支頤膔洞得餘清。春城簫鼓渾多嬲，絕物翻爲莽蒼行。

贈圓公

昔者鄭都官，喜以僧入詩。道詩無僧字，其詩格必卑。斯言妙天下，實解詩人頤。自我識圓公，歲月俄推移。人寰一握手，發我無涯思。圓公有古德，寧獨詩是期。雖不與詩期，而詩亦宜之。寺門看山色，青青浮脩眉。贈子以不語，子知我爲誰。

【注】

《重訂圓瑛大師年譜》1919年條："時受白衣寺方丈安心頭陀和尚之請，共同努力籌劃，煞費苦心，在寧波成立佛教孤兒院于白衣寺，大師與太虛均任院董。……二月，任寧波白衣寺孤兒院院長。四月，於寧波接待講寺創辦佛教講習所。"①《贈圓公》當作於此際。

---

① 《重訂圓瑛大師年譜》，明暘主編，照誠校訂，中華書局2004年版，第31頁。

次韻寥陽，春日感懷

忽忽吾生迫老蒼，端須作達遣春光。排空花有曉霞赤，照面酒如初月黃。突兀看天成獨醉，徘徊顧影惜殘陽。由來虛謚妨行樂，邱貉何煩判聖狂。

【附錄】

原　作

姚壽祁

　　節物催人亦大忙，虛庭縱眼惜流光。疏藤[1]緣樹迴新綠，細草含花作嫩黃。逝景匆匆成短夢，芳情宛宛委春陽。中年意緒傷哀樂，潦倒清尊不解狂。

　　坐牖一月不成敖，兀兀孤禪且自逃。窈窕明簾飄夢雨，闌珊小苑落春桃。柳梢煙斂鶯聲縱，草背風微蝶翅高。亦有飛鳴無盡意，獨揮殘淚寫蕭騷。

【注】

　　姚壽祁的這兩首詩，在其《寥陽館詩草》中題作《春日感賦》，並明確交代該詩作於己未（1919）。馮君木的《次韵寥陽春日感怀》，顯然也作於1919年春。

【校】

　　[1] 疏藤：《寥陽館詩草》作"枯藤"。

題《桃源避秦圖》

咸陽一炬大地童,桃花猶作秦時紅。寸田尺宅在縹眇,[1]消息不與人間通。神山只尺[2]風引去,欲往從[3]之途路窮。歷漢魏晉汔今世,千歲萬月春濛濛。今世何世多裸蟲,開鑿幽險班虺叢。毒涎荒莽腥連空,縱極南北橫西東。桃源有地不可避,徑欲將身入畫中。

【注】

該詩作於1919年,1920年以《題疏園避秦圖》題(署名馮君木),發表於《廣肇週報》第70期,但文字略有出入。避秦,典出陶淵明《桃花源記》:"先世避秦時亂,率妻子邑人來此絕境,不復出焉。"

【校】

[1]縹眇:《題疏園避秦圖》作"縹緲"。

[2]只尺:《題疏園避秦圖》作"咫尺"。

[3]從:《題疏園避秦圖》作"何"。

哀家辛存 宜銘

我昔年十六,歸自松江濱。卜居抱珠山,恰與君家鄰。君家好門風,群從多彬彬。師事子魏子,課學何辛勤。我時齒雖稚,亦廁弟子倫。展席西廂下,吾伊哦詩文。每時先生出,雜遝開酒尊。拇戰訇四坐,儼然張一軍。伯子好整暇,出手見淵源。叔子語更吃,期期口沫噴。君也稱健者,爪甲揮清塵。每戰輒逐北,其聲能奪人。語言相嘲謔,裳衣任倒顛。薔騰但作豪,寧關人世艱。此樂猶昨日,吾曹非青春。少壯有光景,一逝不可攀。伯兮復叔兮,奄忽歸重泉。家世況不幸，摧折到後昆。盛衰信靡常，言之傷心魂。自我之識子，時序幾推遷。眼看天上月，三百六十圓。念子真辛苦，努力支清門。漂搖風雨際，意量猶淵醇。我已將始滿，子過知非年。冀以卅載交，寂莫慰歲寒。崦嵫薄日色，一棺俄戢身。並此不余畀，忍哉蒼蒼天。昨者過君家，紙灰飛庭前。虛堂睹遺象，恍惚平生歡。寥寥書室外，牡丹方含芳。花落有開日，君去安當還。哀哀貌諸孤，麻衣何欒欒。執手不能語，出門走逡巡。回頭望屋角，夕陽淒無言。作詩雪悲感，一字聲三吞。

于相屬題其姬人孫姞小象，時于相又將挈姞赴杭州

一幝春風上玉顏，亭亭燕寢伴蕭閒。隔江眉黛青如畫，可似張郎筆底山。嫶妍意色見辛勤，猶有餘塵點鬢紋。一舸相隨渾不定，本來佳婿是浮雲。

曩集少溫《三墳記》，得"風止"十字。秋日坐濠上樓，彷彿遇之，足成一律，示于相

湛湛看江水，迢迢意與長。迴心收曠邈，抉眼入微茫。
風止散林碧，沙明含石光。高樓憺相對，天末已斜陽。

【注】

1919年秋，馮君木與張原煒（1880.6.22—1950.3.29）相聚于濠上樓，突然靈光乍現，此前日思夜想的李陽冰所書之《三墳記》，竟彷彿了然於胸，賦詩一首，遂有此作。①

① 鄭逸梅《藝林散葉》（修訂版）云："張原煒著有《無相居士日記》數十冊。張生於光緒庚辰五月十五日，卒於一九五〇年庚寅二月十二日，享年七十一歲。"（第542頁）

季則五十生日感賦 庚申

草草緣何短,依依夢不真。半生終負汝,十載尚爲人。
漸覺成衰老,誰能慰苦辛?風軒遺挂在,滴淚作生辰。

【注】
　　《僧孚日錄》庚申九月五日條:"明日,師母俞太孺人五十冥誕。"①準此,則知《季則五十生日感賦》作於庚申九月初六(1920.10.17)前後。

挽何倦翁

應劉已逝又徐陳,鬼籙俄驚故易新。別後清尊成隔世,眼中白髮失佳人。追惟大睨高談日,遂了幽憂善病身。地下女嬃勞久待,祇應雪涕說盧綸。

【注】
　　姐夫何其枚(1854—1920)病逝,馮君木作詩挽之。張介人《慈城(慈谿)"一席廬"何氏》:"一席廬何氏六公公,何其枚字條卿,一字芝湄,晚號倦翁,慈溪人。貢生。比梅(調鼎)小十五歲。爲慈谿勵志學社八子之一。馮开爲其內弟。著有《一席廬詩稿》。辛亥革命後杜門不出,卒年六十五歲。"②

訪貞伯

衝風蹋到城東路,敗柳荒蘆盡颯然。

---

①　《沙孟海全集‧日記卷》,洪廷彥主編,第18—21頁。
②　《古鎮慈城》第50期,可見《古鎮慈城合訂本》(41—60期)第二冊,第360—365頁。

祇有籬根霜菜色，青青猶解媚殘年。

【注】

姚貞伯《寥陽館詩草》所錄《秋夜病中庚申》詩云："一夜秋聲滿庭樹，無眠支枕聽西風。床頭殘燭窺饑鼠，天外清霜淚斷鴻。蟲語沸簾催鬢白，藥爐騰火映燈紅。井梧黃葉飄零盡，瘦骨嵯峨漸與同。"兩相比對，疑《訪貞伯》就作於庚申秋姚貞伯臥病時。

陸鎮亭師廷黻生日招飲，病不克與，賦詩報謝　辛酉

歲晏心期暫合並，酒尊閒寫到平生。二三弟子共頭白，九十老人猶眼明。短髮陽阿晞落日，悲歌汐社起秋聲。城西煙水渾如昨，恨不相隨寂莫行。

【注】

《僧孚日錄》壬戌九月十日(1922.10.29)條："陸鎮亭太史去年四月八十七生日，治酒招客，有小啟云：'家貧不能致客，空谷足音，跂望久矣。茲願以一日之娛，卜同人之聚。貞元朝士，相見無多。天寶宮人，當年能記話滄桑之遺事；銅狄摩挲，蕫畦韭以薦餐盤飧朝夕。高軒見過，定有新詩。擁篲以迎，命之兒輩。流風不遠，庶幾汐社之嗣音；交態依然，藉免瞿門之署字。非敢必也，聊復陳之。'"①是知辛酉四月乃陸鎮亭先生八十七歲壽誕，故馮君木此詩必作於辛酉四月。

又，《僧孚日錄》辛酉九月十一日(1921.10.11)條："陸霞、毛琅並稱。陸霞或謂即陸鎮亭太史之原名，字季雲。張麟洲《見山樓詩集》懷人詩有一首，乃懷陸季雲秀才。後更今名，字作己雲。"②

---

① 《沙孟海全集·日記卷》，洪廷彥主編，第357頁。
② 《沙孟海全集·日記卷》，洪廷彥主編，第228頁。

次韻佛矢

塌翼逢衰世，雕蟲老壯夫。肯隨蘭芷變，一任馬牛呼。
愁甚天將壓，思深海亦枯。知君趺坐處，繞膝長黃蘆。

挽陸鎮亭師

文星耿餘耀，火龍齧其系。炎風更恣虐，煜煜忽墮地。
酷暑金石流，衰耄況堪耐。明日蓮花生，今日先生逝。
先生今碩師，懷抱極淵邃。軺車走隴右，列郡箸名字。
中歲謝朝簪，誓墓作歸計。緬懷止足分，肥遁終不悔。
城西得古坊，結屋聊自蔽。昔傳許丁卯，今稱陸乙未。先生所居曰乙未坊。
精廬闢二三，陶淑到後輩。大義闡經典，餘事及文藝。
辛勤二十年，嘔心出教誨。孤芳所孕育，播植萬蘭蕙。
世變俄颯沓，宗風遂飄墜。何所無芳草，往往化蕭艾。
煙塵莽六合，無術理荒薉。扶杖看人海，孑立發深慨。
蠅聲聒里耳，何地可置喙？刓方以就圜，不忍爲此態。
中情誰復察，博謇取天忌。坐令好言語，譆出付鬼祟。
提攜畢生恨，旁皇在瘝瘵。蒼蒼不可問，彌留有長喟。
开也方弱年，稍稍發藻采。脫口《落葉》詞，獨結函丈契。
相從漸白首，文字關氣類。咄嗟匠石死，此事恐終廢。
沈瀏鎮亭山，草木彫光氣。寧直哭其私，亦雪哀時涕。

【注】
《僧孚日錄》辛酉七月十八日條："午後，(張于相之子)張辟方來，

復請余入漢碑字造牋，又持于師書，使代寫陸鎮亭太史挽辭。陸太史廷黼校定全氏《續四明耆舊詩》，其自著有《鎮亭山房文集》十二卷、《詩集》十六卷、《駢體文》四卷、《報政錄》四卷。前月卒，春秋八十有七。"①由此可知陸鎮亭先生病逝於辛酉六月，享年八十七。馮君木《挽陸鎮亭師》必當作於辛酉六月。

《鄞縣通志・文獻志》："陸廷黼，字漁笙，一字己雲，同治十年進士，翰林院編修，嘗視學隴右，以培植人才爲己任，一時甘肅人有'左文襄來養，陸宗師來教'之稱。著有《鎮亭山房詩文集》，皆手自校刻。鎮亭者，即亭也，蓋隱以謝山自期待云。"②鎮海人王榮商既曾作《贈陸漁笙先生序廷黼》，評述其待人接物、爲人處世之道頗有，亦嘗在乃師八十大壽來臨之際作《壽陸漁笙師八十》詩。③

童次布第德求爲其父銘墓，以雙龍硯見贈，賦詩答之

隱君名德尚依稀，知我寧愁後世希。片石微茫端可語，九原寥落與誰歸？恨無佳傳酬都穆，恰有深情比杜沂。千古瀧岡追孝思，筆頭應挾兩龍飛。

【注】

童第德（1893—1968），字藻孫，又字次布，號惜道，自署其所居曰"寶姜堂"，鄞縣東鄉鄔溪童谷人，畢業於北京大學文科。④彼時，求爲其父童樹庠（1869—1917）作墓志銘，且以所藏雙龍硯作潤筆。《僧孚日錄》庚申十一月十一日（1920.12.20）條載其事曰："童次布求吾

---

① 《沙孟海全集・日記卷》，洪廷彥主編，第 196—197 頁。張原煒《蓺裏賸稿》未錄《中易信托公司頌詞》。此所謂《續四明耆舊詩》，即《續甬上耆舊詩》。

② 《鄞縣通志》第四《文獻志》甲編上《人物（一）》，第 357 頁。

③ 《容膝軒詩文集》，王榮商撰，《四明叢書》第 30 册，廣陵書社 2006 年版，第 19388—19390、19523 頁。

④ 周采泉：《童藻蓀先生碑傳後語》，載氏著《文史博議》，廣東人民出版社 1986 年版，第 208—210 頁。

师志父墓,以雙龍硯作潤筆。師今夕作詩報之,半就,呼余往眠。其一聯云:'恨無佳傳酬都穆,卻有深心托杜沂。'上句用明羅圭峰爲都穆志其父墓暈起數度事,下句用宋杜沂以風字硯求東坡志父墓事,卻當之至。又結語云:'千古瀧岡追孝思,筆端應有兩龍飛。'師謂用事如此,斯謂生動。又謂字句尚須略加改易。"①

題玄嬰《松菊猶存圖》

旅泊年年足苦辛,聊憑圖畫寄閑身。
分明滿面風塵色,不是松邊菊下人。

【注】

《僧孚日録》壬戌九月廿九日(1922.11.17)條:"師《中秋夕明存閣看畫》詩中一聯云:'開拓三秋端正月,回環四壁宋元山。'先得下句爲'蒼茫四壁宋元山',如此則上句對之不易工,若作'圓滿一輪今古月',則太凡近,故易'回環'字而對以'開拓'云云。師嘗語余如此。又云:《題玄嬰松鞠猶存圖》詩'分明滿面風塵色,不是松邊鞠下人',初稿作'不是量松問鞠人'。'松邊鞠下'無作意,而自有餘意。'量松問鞠'有作意,而轉無餘意也。"②

燕燕謠三章

班書《外戚傳》録成帝末京師童謠,音節僄急,見當時民生迫蹙之象,輒仿爲之,用刺今之爲政者。時辛酉歲暮。

燕燕尾涎涎,張公子,時相見,蜷項伏羽年復年,張星四照飛連天。張星明,燕翼輕;張星落,燕折足。

---

① 《沙孟海全集·日記卷》,洪廷彥主編,第64—65頁。
② 《沙孟海全集·日記卷》,洪廷彥主編,第376—377頁。

燕燕尾涎涎，老徐娘，情纏綿，鵲笑鳩舞君高遷，寵之阿閣琱梁前。一人寵，燕化鳳；一路哭，燕變鵬。

燕燕尾涎涎，扶桑島，長留連，島上桑椹紅徹天，飛來飛去東海邊。海日黑，燕飛急；朝啄人，暮啄國。

【注】

辛酉歲末，馮君木仿《漢書·外戚傳》之成例，作《燕燕謠三章》以譏刺時政。

題《美人伏虎圖》壬(戌)[戌]

主父胡服昵孟姚，熒熒顔色思陵苕。重瞳拔山氣蓋世，一曲虞兮發悲涕。英雄自古多有情，纏綿歌泣關精誠。叱咤群雌逞意氣，餘子鹿鹿皆荒傖。君看山君何其武，不向佳人肆哮怒。形同土偶須任料，狀似伏敵腦可鹽。吁嗟爾虎真堂堂，繞指能柔百鍊鋼。妍皮豔骨供咀嚼，世間惟有中山狼。

哭錢仲濟

舉世多罔生，獨清政奚爲？斯人不五十，憒憒關天意。
平生堅牢性，寧受世牽制。壽命不我與，俄隨日月逝。
君懷康時略，博謇見風概。抱直作議民，借箸期小試。
重承父老屬，力欲挽凋敝。民生寄喉舌，艱阻有不避。
衆稚徒溷人，但取申申詈。朝三復暮四，無隙容吾喙。
掉頭歸東海，恥爲旅進退。歸來學鑄人，研索徹表裏。
委心付桐子，發願端非細。井井學生屋，根本出至計。

晨滋九畹蘭,夕樹百畮蕙。　眾芳日峻茂,端憂稍用慰。
維君開美度,妙備四時氣。　豈無能言流,當之輒自廢。
槃槃歷物才,目光出牛背。　方寸所蘊蓄,欲測故不易。
識子垂卅年,幸與結幽契。　未見吾不知,所見實無對。
咄嗟國之寶,墜地作粉碎。　道路有悼泣,密邇況吾輩。
追惟庚申冬,疾疢倏為厲。　失血如氾泉,口鼻紛決潰。
醫言非佳朕,食新恐不再。　要須夐調攝,庶或延年歲。
君聞無奈何,閉戶屏人事。　端居學坐忘,努力養其內。
亦知生有涯,萬一作希冀。　冉冉逾一年,奄奄終無濟。
病亟吾走省,忍痛撫牀次。　張目但視我,淚洄不盈眥。
恒榦得大捨,一日遂放臂。　坐令瑰瑋腹,蕆沒入九地。
生才良獨難,拔之乃復擠。　誰實執其咎,胡能不天懟。
鄉閭失此士,緩急將焉賴?　吾黨失此士,承學絕津逮。
予生獨後死,塌地成孤寄。　但有婉孌心,相尋到夢寐。
徘徊展遺象,自顧覺形贅。　已矣國無人,奚止傷氣類。

【注】

　　陳訓正《錢君事略》云:"君諱保杭,字仲濟,一字吟韋……君生平無它耆,耆飲酒……卒以是致疾。……君以十一年壬戌二月二十一日殂,春秋四十有五。"①由此可知,馮君木此詩當作於壬戌二月二十一日(1922.3.19)錢仲濟病卒時。

　　又,陳訓正《哭錢去矜》亦當作於錢仲濟(1878—1922)病卒時,其詞云:"少同辛苦事玄文,長益通今輒拜君。去日無多成隔世,疇人空復惜方聞。庚庚遙野晨星盡,落落孤風夕草薰。滿日槎枒未凋意,一

---

　　①　《天嬰室叢稿》之七《庸海集》,第293—297頁。而《錢君事略》與《草〈錢君事略〉,竟賦此志悲》,則相對晚作。

抔終古我何云。"①

夜至湖上

廿年不踏湖頭月,一夕來看陌上花。宛孌回腸傷老大,薈騰彈指惜芳華。清歌子夜應無悶,春水吾生共有涯。皺面臨流誰省識？酒紅聊復向人誇。

【注】

馮氏此詩,陳訓正有唱和之作,即其《次君木夜至湖上韻》:"廿年冷落吟邊路,垂老重來眼欲花。久別湖山生悵惘,舊題水木失清華。寥天大坐愁無絕,白日高歌生有涯。我亦孤舟共漂泊,徒多浪跡向君誇。"②

與李霞城鏡第、趙芝室家蓀、陳玄嬰、葉叔眉秉良、胡君誨良箴、何秋荼、家仲肩堪、王幼度程之會飲湖上西泠印社,林亭水石,布置絕勝,賦詩紀之

五步林亭十步樓,真堪袵席作敖游。蟬嫣佳境心能造,離合山光目與謀。彈指空中思往日,題名石上賀茲邱。習池會飲都非偶,潦倒清尊惜白頭。

游靈峰,登來鶴亭,山僧出陸小石《探梅》畫卷見視,中多咸豐諸老題字,感賦二絕

紅羊歷劫莽煙塵,放眼不見前朝春。光宣少年今白髮,

---

① 《天嬰室叢稿》之七《庸海集》,第293頁。
② 《天嬰室叢稿》之七《庸海集》,第292頁。

何況咸豐卷裏人。

一上孤亭百感生,江山如此厭言兵。寥天日暮鵑啼急,不是堯年老鶴聲。

湖上書所見

藻繢岳王廟,漆雕蘇小墳。湖山渲金碧,無地著夕曛。
挂眼雷峰塔,黯澹蕤荆榛。會須裝七寶,鏃鏃爲鮮新。

【注】

壬戌(1922)春,馮君木遊覽杭州。期間,既曾夜遊西湖,亦嘗與李鏡第、趙家蓀、陳訓正、葉秉良、胡君誨等人會飲於西泠印社,更專程前往靈峰探梅,並因此寫了《夜至湖上》《與李霞城鏡第、趙芝室家蓀、陳玄嬰、葉叔眉秉良、胡君誨良箴、何秋荼、家仲肩堃、王幼度程之會飲湖上西泠印社,林亭水石,布置絕勝,賦詩紀之》《游靈峰,登來鶴亭,山僧出陸小石〈探梅〉畫卷見視,中多咸豐諸老題字,感賦二絕》《湖上書所見》等詩篇。

與此同時,王幼度作《西泠印社會飲,次君木師韻》詩,也因見刊於《兵事雜誌》第103期(1922年出版)而流傳至今:"清景無邊入畫樓,坐窗一日足清遊。湖山到眼愁都豁,觴檻隨身醉可謀。儘有新詩酬氣類,暫將佳約踐林邱。中年哀樂須陶寫,莫遣風光笑白頭。"

別家坎民

坎民吾宗雋,卓犖出人表。丁沽海山色,攬奇入懷抱。
一官淪下邑,負此身手好。南流匯北派,緣法自天巧。
君每聞吾至,喜心輒飜倒。折簡致賓友,治具恣醉飽。

深談忘爾汝，默對窮昏曉。纏綿非世故，此意人不瞭。
平生治兵學，所志不在小。恥以保障才，爲人作牙爪。
鞅鞅多不屑，坐干肉食惱。逝將舍玆去，何所無芳草。
縶余伏山澤，心地久枯槁。薜苫得吾子，相識恨不早。
眼中好光景，惝悅不自保。飄風吹落葉，蹤跡忽如掃。
歷歷兩載來，別緒苦繳繞。合並倘有期，惜哉吾獨老。

題明建文牙牌拓本，爲趙叔孺 時棡

面文云："朝參官員懸帶此牌，無牌者依律論罪。借者及借與者罪同。出京不用。"背文云："戶部四川司主事。"右側文云："建文元年，給方孝友。"左側文云："文字貳百拾玖號。"字皆陰文。

北風北來白日微，金川門牡忽以飛。譆譆出出付一炬，銅符銀榮嗟無遺。飄零法物出天壤，建文殘跡存依稀。孤臣給事此傅信，劫火雖烈名不灰。內廷肅禁嚴出入，奈有燕子飛來時。族誅蔓抄革除盡，是物獨賴神護持。君從何處得拓本，申紙發我無涯悲。聚寶神血結方寸，赫蹏鬱鬱生光輝。嗚呼！胡廣解縉真癡兒，委蛇章綬空爾爲。姓名終供狐貉噉，告身覆瓿無人知。

【注】

按，《僧孚日錄》壬戌六月三十日條："明建文牙牌，趙叔孺先生得其拓本，請吾師題詩。此牌給方孝友，正學季弟也。詩云：'北風北來白日綠，金川門牡忽以飛。譆譆出出付一炬，銅符銀榮嗟無遺。飄零法物出天壤，建文殘跡存依稀。孤臣給事此傅信，劫火雖烈名不滅。內廷肅禁靠出入，奈有燕子飛來時。族誅蔓抄草除盡，是物獨賴神護持。君從何處得拓本，申紙發我無涯悲。聚寶神血結方寸，赫蹏鬱鬱生光輝。嗚呼！胡廣解縉真癡兒，委蛇章綬空爾爲。姓名終供狐貉敝,告身覆瓿無人知。'牌縱四寸,橫二寸,厚三分,字皆凹文。"① 據此,可知在1922年8月22日或稍前,馮君木受趙叔孺之請,題詩于明建文牙牌拓本之上。

沙母周孺人壽詩

清清東錢湖,淵淵無涸時。溫溫沙氏母,鬱鬱志不弛。
母氏出自周,而於沙乎歸。重親得逮事,內外咸稱宜。
勤勞相夫子,于田力不遺。晝爾治漿饎,宵爾理麻絲。
欲以手指臂,力振家之微。家微不可振,所天忽云頹。
哀哀未亡人,屬望惟孤兒。孤兒生多病,三十神已衰。
終棄阿嬰去,命短嗟何其。生人罹此毒,摧撞那可支。
母曰天亡我,我何自亡為。孤桐縱勿殖,猶有新孫枝。
彼苴者五枝,苕穎紛葳蕤。心血作雨露,日夕濡沃之。
冢孫今方冠,立行能不欺。為文道貞苦,樸屬無枝詞。
諸孫雖童幼,頭角亦鬶鬶。半生躬百悴,食報恒於斯。
福固未可量,壽已臻耄期。君看東錢湖,浩蕩流無涯。

【注】

《僧孚日錄》壬戌七月廿一日(1922.9.12)條:"師作《家大母壽詩》已脫稿,手錄一通,寄示並附剳云:'惜壽詩不足入集也。'其詩云:'清清東錢湖,淵淵無涸時。溫溫沙氏母,鬱鬱志不弛。母也出自周,而于沙乎歸。重親得逮事,內外咸稱宜。……冢孫今方冠,立行能不欺。……諸孫雖童幼,頭角亦鬶鬶。半生躬百悴,食報恒於斯。福固

---

① 《沙孟海全集·日記卷》,洪廷彥主編,第305—306頁。

未可量,壽已臻古稀。君看東錢湖,長流無窮期。'"①是知《沙母周孺人壽詩》作成於1922年9月12日之前。

在此前後,尚有張讓三《沙母周太孺人八秩壽燕詩序》(1922.4.13)、馮貞胥《沙僧孚大母周夫人八十壽序》、陳訓正《貽沙生僧孚》之作。

贈沙孟海文若,即送其赴上海

吾生老好事,愛才若瓌寶。豈謂廣培植,亦用娛懷抱。
若也獧者徒,幼清能愛好。從游六七年,畢景恣[1]蒐討。
餘事工刻石[2],法古非意造。刃游碧落外,指節出怪巧。
盲風帀大地,陵遲及雅道。區區抱微尚,寂寞無人曉。
英才天所篤,努力造深窈。含睇佇山阿,得子吾可老。[3]

芳物餘幾何,日受風氣剝。涓涓一滴清,不抵萬流濁。
眼中諸年少,好我惟子獨。拾唾作珠璣,妥帖歸掌錄。
蕭蕭煙水外,寂寂兩間屋。深言互證臲,往往窮昏夙。
飢來不可忍,遠游圖自鬻。離別苦累人,政坐有口腹。
幽憂多疾疢,恃子慰蕭椷。惘然促之去,作計將毋酷。
男兒志四方,行矣毋蜷局。迴光照衰朽,夢來倘不速。

【注】

《僧孚日錄》壬戌八月廿七日(1922.10.17)條:"師贈余詩,擬作二首,病中不耐構思,先成其一。詩云:'吾生老好事,愛才若瓌寶。豈謂廣培植,亦用娛懷抱。若也獧者徒,幼清能愛好。從游六七年,

---

① 《沙孟海全集·日記卷》,洪廷彥主編,第323—324頁。其文字與《回風堂詩》卷五所錄有所不同。

畢景窮蒐討。餘事佞篆刻,法古非意造。刃游碧落外,指節出怪巧。濁世多盲風,觸鼻皆腥鮑。相扇蘭之芬,爲余作爪牙。英才天所篤,努力發華藻。含睇佇山阿,得子吾可老。"'爲余作爪牙'句,師謂尚須更易。"①兩相對比,雖不難發現字句差異較大,但可以肯定的是,第一首詩的初稿當作於壬戌八月廿七日。又,《僧孚日録》癸亥九月廿七日(1923.11.5)條:"師舊贈詩有'刃游碧落外'之句,篆爲印章,付綽如鑴刻之。"②

《僧孚日録》壬戌十月五日(1922.11.13)條:"余又過回風堂,師前贈詩既成一首,兹復成弟二首,即以送余行。寫畢,受之出。……師贈余詩已録於前,兹少有變易,'濁世多盲風'以下改作:'盲風币大地,陵遲及雅道。區區抱微尚,寂莫無人曉。英才天所篤,努力造深窈。含睇佇山阿,得子吾可老。'弟二首即送余赴上海,云:'芳物餘幾何,日受風氣剥。涓涓一滴清,不抵萬流濁。眼中諸年少,好我惟子獨。拾唾作珠璣,妥帖歸掌録。蕭蕭煙水外,寂寂兩間屋。清言互證覈,往往窮昏夙。飢來不可忍,遠游圖自鬻。離別苦累人,政坐有口腹。幽憂多疾疢,恃子慰蕭槭。憫然促之去,作計毋乃酷。男兒志四方,行矣毋蜷局。回光照衰朽,夢來倘不速。'"③準此,可知《贈沙孟海文若,即送其赴上海》詩,作於1922年11月23日或稍前。

【校】

[1]愆:《僧孚日録》録作"窮"。

[2]工刻石:《僧孚日録》録作"佞篆刻"。

[3]自"盲風币大地"至"得子吾可老":《僧孚日録》録作"濁世多盲風,觸鼻皆腥鮑。相扇蘭之芬,爲余作爪牙。英才天所篤,努力發華藻。含睇佇山阿,得子吾可老"。

---

① 《沙孟海全集·日記卷》,洪廷彦主編,第349頁。
② 《沙孟海全集·日記卷》,洪廷彦主編,第512頁。
③ 《沙孟海全集·日記卷》,洪廷彦主編,第379—380頁。

贈俞亢、葛暘

列坐二三子，清言送夕陽。頗能哀寂寞，肯與寫芬芳。

得句[1]酬俞亢，工書[2]契葛暘。餘生資慰薦，定欲老何鄉。

【注】

《僧孚日錄》壬戌八月廿七日（1922.10.17）條："師耳疾猶未愈，有五古一首贈余，五律一首贈次曳、夷父。……贈次曳、夷父詩云：'列坐二三子，清言送夕陽。頗能哀寂莫，肯與寫芬芳。詩事酬俞亢，書流契葛暘。餘生資尉薦，定欲老何鄉。'"①由此，既可知此詩之作不晚於 1922 年 10 月 17 日，且其文字又有所變易。

【校】

[1] 得句：《僧孚日錄》錄作"詩事"。

[2] 工書：《僧孚日錄》錄作"書流"。

答李審言 詳

勝[1]流清尚漸闌珊，天末夷猶感影單。夢寐招要[2]疇識路，詩篇慰薦勝加餐。中年日月爲歡暫，[3]末世文章[4]適性難。千里呻吟幸相接，不愁口燥與唇乾。

【注】

考陳訓正《庸海集·答李審言先生書》云："審言先生閣下：辱不棄，還書諄切，獎掖有加，愧甚慚甚。正……戢影里廬，日惟樵唱牧謠相和答……朋僚垂閔，牽曳出山，旅滬二年矣。……自先生歸鹽城，

---

① 《沙孟海全集·日記卷》，洪廷彥主編，第 348—349 頁。次曳、夷父，即俞亢、葛暘。

正亦旋歸慈谿。天上冥冥,飛鴻何托?江南草長,計當還客。此時擬要老友馮君开走訪滬寓。馮君治容父之學,與先生有同者者,故先書以介,倘亦先生所樂與乎?春日漸舒,寒氣猶屬,伏維珍重。正再拜。"①又,《庸海集》卷首陳氏自稱:"余受庸海上,於兹二載,諸生諛死,酢應益繁,發於情者,間或有之,然不能多得矣。自辛酉八月,迄於癸亥五月,得詩文若干首,都爲一集,題曰庸海,以所居廡名也。"兩相比對,足以確定陳氏《答李審言先生書》作於1922年春。

藉由陳氏的這一引薦,馮君木與李審言開始書信往來,故《僧孚日錄》壬戌十二月一日(1923.1.17)條云:"師今早到滬……此行爲訪李輝叟,而李適以事先一日歸揚州,以年老,明歲不復來此,師謂相見無期矣。聲氣相投,彼此嚮慕,而一面之難如此,蓋亦有天焉。師有答李詩,李秋日先有一詩寄師並蹇丈。"②據文末"師有答李詩,李秋日先有一詩寄師並蹇丈",足以認定馮君木《答李審言詳》作於1922年秋。

1934年,該詩以《答李審言》爲題,被刊登在《青鶴》第2卷第21期"君木遺稿(四)"欄。又,1923年6月14日,張美翊在《致朱復戡》提道:"李輝叟名詳,字審言。揚州興化人。老貢生,駢文爲江左第一,其他詩文俱成家。志節孤冷,心折全謝山之學。叟館劉葱石同年寓,往來不常。……陳天嬰、馮君木二公極敬之,孟海、夷谷曾同席。"③

【校】

[1]勝:《青鶴》脫。

[2]要:《青鶴》作"邀"。

[3]暫:《青鶴》脫。

[4]章:《青鶴》脫。

---

① 《天嬰室叢稿》之七《庸海集》,第282—283頁。
② 《沙孟海全集·日記卷》,洪廷彦主編,第437—438頁。
③ 《張美翊手札考釋注評》下册,侯學書編著,文物出版社2020年版,第271頁。

憶犬詩

吾昔官梧州，畜犬曰剛毅。置身百僚下，狎侮到權貴。
薰天勢正張，白晝役魑魅。同官私戒我，口舌毋貽戾。
豈不畏官方，積憤難自制。矢口作呵叱，聊復取快意。
大河流佳訊，聞喜忽道斃。回頭顧小犬，花下方沈睡。剛毅

東隣有義犬，矮脚毛色黝。主人貧失飼，見我輒張口。
晝於我乎食，夕歸爲主守。我家招不來，主人驅不走。
耿耿報主心，肯爲肉食誘。豫讓爾何人，對之色應忸。來富

黑兒何綏綏，媚人輒以尾。背人上牀臥，蹤跡秘如鬼。
主婦怒其頑，屢笞屢不止。被放江之麋，汝實自取罪。黑兒

阿黃墮地時，嗚嗚啼不止。吾裁抱以來，大裁及貍子。
嫌其毛色庸，斥去贈隣里。豈意項領成，雄佼乃無比。
保家過健僕，觸邪等獬廌。見我似怏怏，呼之但搖尾。
取才乃以貌，噫嘻吾過矣。阿黃

自我居甬水，寂寥寡儔侶。千錢聘黑奴，朝夕相爾汝。
蹙口但微嗾，百帀作飛舞。奴星忽飄散，抑鬱誰與語？黑奴

窮居苦荒落，誰與守環堵？自我得黃耳，則莫敢余侮。
夜半偷入室，狺狺以口禦。三至三見逐，卒用固吾圉。
主人嘉其勞，食必賜之脯。得食亦知拜，拱立類禮鼠。

一節惜不終,致身復他許。豢養非勿豐,竟謂他人主。
南北走胡越,朝莫易秦楚。士也貳其行,嗚呼奈何汝！黃耳

吉利有慧根,喜與文字暱。潛身字簏中,自營作巢窟。
或薦以裯襘,旋薦旋被扣。蜷伏故紙堆,鼾聲呼呼發。
書城得保障,安隱及故物。憐渠通人性,與語輒能悉。
依戀肘腋下,不忍加呵叱。何來沙吒利,萬方誘之出。
懸金布零丁,蹤跡終飄忽。鍾情到物類,排遣苦無術。
令令若在耳,忽忽如有失。吉利

【注】

《僧孚日録》壬戌十月二日(1922.11.20)條:"詣回風堂。師近作《憶犬詩》六七首,疾漸愈矣。"①是知《憶犬詩》作於1922年11月中旬。

自吾移家甬上,與葛氏姊爲鄰,葛甥暘相依問學,幾十年所。壬戌九月,徙而他適,感舊惻愴,不能無詞。會張寒叟有詩贈暘,遂次其韻,兼呈吾姊

喜汝駸駸耆古深,每攜佳本輒相尋。比隣密邇通聲息,到户分明辨足音。意氣舅甥真酷似,衰遲姊弟況同心。根株孑立憑誰芘,惜取枌榆十丈陰。

中年骨肉意彌敦,十載因依恰對門。婉篤微噓回暖氣,蕭疏斷夢挂風痕。連樓莫復資情話,卜宅端宜長子孫。稍喜

---

① 《沙孟海全集·日記卷》,洪廷彥主編,第378頁。

新居猶不遠，會須三日一相存。

【注】

《僧孚日録》壬戌十月十九日（1922.12.7）條："得夷父長箋，并録師近作二律《次寒公韻，贈夷父》見視，即作復。"①換言之，即1922.12.7沙孟海收到葛颺寄自寧波的長信和這封長信所附録的馮君木新作的兩首律詩。《自吾移家甬上，與葛氏姊爲鄰，葛甥颺相依問學，幾十年所。壬戌九月，徙而他適，感舊惻愴，不能無詞。會張謇叟有詩贈颺，遂次其韻，兼呈吾姊》，就是馮氏作於壬戌九月的那兩首律詩。

又，"壬戌九月，徙而他適"，是指葛颺於九月十六日（1922.11.4）搬遷到青石橋畔全祖望雙韭草堂故址。② 當此之際，張讓三先生於九月十三日（1922.11.1）致信沙孟海，請代爲"寫贈夷父徙居聯"。③準此，則馮君木此詩理當作於九月十六日前後。

謇叟餉黃巖橘，報之以詩

風塵遠致色猶鮮，話到分甘意惘然。別有酸辛縈齒頰，且將悲感答纏綿。民生莫保侯千户，樹萩虛期木十年。群盜連山方物損，可堪回首赤城巔。

【注】

《張謇叟先生文稿》："君木先生左右：承和詩，大佳，惜近日極寒，又爲文字促迫，不能成篇，至爲歉悚。孟海赴滬，夷父繼往，合之布雷，□父部諸少年，足張□軍。昨閲沙生，囑其習官話，與各省文人交往，再進英語更好，端木貨殖大半得力於言語，故《史記》謂'使孔子

---

① 《沙孟海全集・日記卷》，洪廷彦主編，第395頁。
② 《沙孟海全集・日記卷》，洪廷彦主編，第351、364頁。
③ 《沙孟海全集・日記卷》，洪廷彦主編，第360頁。

名揚天下者,子貢爲之',誠□之也。有友饋黄巖橘,奉上少許,以助詩興。近來台□,如毛□由,謀生无路,擬商一山、梅□諸老,劝□人出貲辦工厂,使如嚴□之政,良台人之福,諦閒尚未能知此也。慰曾記事之文大進,老朽潦草之作乃是,閲看愧汗。大寒,袛惟道崇護,弟張美翊謹狀。十九日。"①

五十生日書感

百年過半百無成,夢醒虛堂骨亦驚。歲月如蒸五斗米,聲名止及一牛鳴。老來懷抱餘秋氣,亂後詩篇有過聲。進德知非都不暇,從容食粟了浮生。

【注】

《僧孚日録》壬戌十一月十九日條:"師生日,諸前輩及朋儕咸集。師曾有《生日前告誡二子文》,謂'孤露餘生,方當感傷哭泣之不暇,何事稱觴受賀'? 又云'素士之家,無高會之樂;鮮民之生,有終身之憂',蓋不願有慶祝之舉重傷其心,而世偶之禮亦未能盡廢,故今日詣友人家避之。日午,會飲。"②準此,馮氏《五十生日書感》當作於壬戌十一月十九日(1923.1.5)。

爲李雲書部郎題其母張太夫人《船燈照海圖》

暝色如磐不可行,疏燈一點照熒熒。蒼茫海上生明月,的皪天邊見大星。遂使高空開夜氣,要將先路導心靈。瞿唐艷預休愁絶,十丈豪光破杳冥。

---

① 《張謇叟先生文稿》,張讓三著,寧波天一閣博物院藏,1923 年手寫本,索書號"馮 3620"。

② 《沙孟海全集·日記卷》,洪廷彦主編,第 428 頁。

【注】

　　王履康《小港李母張太夫人墓表》云:"太夫人張氏,浙江鄞縣人也。生而淵令,長而婉嫕。年十八,歸李君梅塘。……太夫人生道光癸卯六月二十四日,殤以戊午十一月四日,春秋七十有六。上距梅塘先生之殤,已二十餘年于兹矣。壬戌十月,祔葬於鎮海崇邱鄉東岡碶楊梅山之麓。"疑馮君木此詩就作於民國十一年(1922)十月張太夫人祔葬之際。

　　又,《僧孚日錄》甲子七月一日(1924.8.1)條:"鎮海李雲書徧求海内文人學士爲其父母作詩歌傳誌,彙印成册。夜坐,披覽其文之爲母而作者,計王晉卿、姚叔節、鄭太夷、陳伯嚴、張季直、林琴南,凡六篇。先後統觀,工拙以分,中惟姚、陳兩篇最爲合意,餘則了不異人耳。"①馮君木此詩之作,理當被視爲李雲書"徧求海内文人學士爲其父母作詩歌傳誌"之先導。

渡海訪李審言,至則先一日歸揚州矣,疊前韻寄之

　　靳此人間一握歡,徘徊歧路感闌單。發言未許酬孤賞,敗意真當廢夕餐。百里東西相望久,四方上下逐君難。全河匄我猶虞渴,何況如今后土乾。

【注】

　　馮君木赴滬訪李詳,而李氏已於前一日返歸揚州,未遇。沙孟海《僧孚日錄》壬戌十二月一日(1923.1.17)云:"師今早到滬,夜來蔡氏。師此行爲訪李輝叟,而李適以事先一日歸揚州,以年老,明歲不復來此,師謂相見無期矣。聲氣相投,彼此嚮慕,而一面之難如此,蓋

---

① 《沙孟海全集‧日記卷》,洪廷彦主編,第664頁。

亦有天焉。師有答李詩，李秋日先有一詩寄師並蹇丈。"①馮君木此詩故當作於1923年1月17日。1934年，該詩又以《訪審言於上海，至則先一日歸揚州矣，疊前韻》爲題，刊登在《青鶴》第2卷第21期"君木遺稿（四）"欄。

次韻贈王幼度

歲計崢嶸不可論，天寒地凍此黃昏。整齊怨亂歸詩卷，追攝心魂賴酒尊。宛宛燈光消短夜，醰醰茶味得清言。高歌餓死尋常事，相約桑輿共閉門。

医衍得兒時故硯，題之

片石同甌脱，童心耗此中。
膡餘鸜鵒眼，灼灼看衰翁。

---

① 《沙孟海全集·日記卷》，洪廷彥主編，第437—438頁。

《回風堂詩》卷六

新歲得幼度除夕書，叠韻寄答，並問徐句羽近狀 癸亥

隔歲書還見淚痕，依然八表感同昏。老來奇服疇余好，溺後儒冠衹自尊。幸有徒歌充寂聽，每從孤憤證微言。南州孺子應無恙，試叩林間㝢[1]寢門。

【注】

該詩作於癸亥（1923）正月，乃馮君木收到王幼度除夕所作詩篇後之答詩，又見錄於張天錫《棠蔭詩社二集》卷三，題作《新歲得幼度除夕，次韻寄答，兼問徐白羽近狀》。①

【校】

[1] 㝢：《新歲得幼度除夕，次韻寄答，兼問徐白羽近狀》作"宵"。

寄章叔言，再叠前韻

增華改葉有寒溫，神思從知醒亦昏。城北衣冠誰比美？淮南賓客自言尊。文書堆眼消[1]佳日，詩句排愁托罪言。一夕蘧廬聊作適，不妨蓬户視朱門。

---

① 《清末民國舊體詩詞結社文獻彙編》第12册，南江濤編選，國家圖書館出版社2013年版，第376頁。

【注】

該詩又見錄於《棠蔭詩社二集》卷三,題作《又寄審言》。① 考《棠蔭詩社二集》卷三尚錄有范文甫《答李審言》,故此"章叔言"當是"審言"之誤。

【校】

[1] 消:《又寄審言》作"浮"。

示兒子貞胥

頃見貞胥有一絶,云:"非無貽玖投瓊意,終被風吹雨打回。顛倒裳衣空復爾,從知入世要奇才。"憐其意,次韻廣之。

男兒入世憑心力,要與艱難戰一回。
脆骨媚膚徒娫娫,飢寒能忍是奇才。

【注】

《僧孚日錄》癸亥十月廿五日(1923.12.2)條:"翁須近作詩以《接物》一首最工,余每喜誦之,因錄其詞云:'非無貽玖投瓊意,每被風吹雨打回。顛倒裳衣無是處,熟知接物亦須才。'又,《偶成》云:'躑躅申江畔,孤懷孰與齊?遇人都落落,獨處亦淒淒。問答資形影,周旋到笑號。出門空悵惘,何處覓提攜。'亦佳。"②

題梁虞思美《碧玉造象題名記》拓本,爲陳介闇

其文曰:"中大通二年,歲次庚戌四月八日,吳興人虞思美敬崇釋迦像一區,上爲皇帝陛下國祚永固、邊方安泰、水災了絶、民生休寧,又願一切受苦衆生咸同斯福。"都六十字。造象已佚,厪存斯記。書

---

① 《清末民國舊體詩詞結社文獻彙編》第12册,南江濤編選,第376—377頁。
② 《沙孟海全集‧日記卷》,洪廷彥主編,第530頁。

體峻整茂美，足以羽翼始興。外韜木匣，匣上有趙悲盦題字曰："天地間有數文字。"旁款云："梁玉象題名，舊藏江寧甘氏，携叔趙之謙。"其玉今爲趙叔孺所藏，叔孺用石綠拓其文，並刻二印鈐之拓本。一白文曰："天地間有數文字。"一朱文曰："辛酉十二月，四明趙叔孺得《梁玉象題名記》，矜寵至矣。"陳介闇得其一本，屬題。

峻嚴妙躡賈思伯，綿密遠開蘇孝慈。片玉蕭梁餘劇蹟，不須重問館壇碑。

趙三琱刻美無倫，抱得貞珉慰苦辛。宛變斯文如女色，不妨碧玉當情人。

幽翠寒瓊拾得難，平分手拓與人看。臺城柳色應無恙，留取青青照歲寒。

【注】

《僧孚日錄》壬戌九月廿一日（1922.11.9）條："叔孺先生又有新得梁武帝時《碧玉造象》，亦天下尤物，惜未覯其拓本。"①又，癸亥七月廿八日（1923.9.8）張美翊《致馮君木》云："報登大作，知趙叔孺兄有碧玉梁造像，務乞代向三兄索一紙，賈蘇合一，必佳無疑。"②參此，並結合馮詩之詩序，足以確定此詩乃應陳介闇之請而作，見刊後，遂有張讓三先生來信索取拓本，故該詩必作於癸亥七月底之前。

---

① 《沙孟海全集·日記卷》，洪廷彥主編，第367—368頁。趙時棡（1874—1947），又作趙棡，原名潤祥，字紉萇、獻忱，更名時棡，字叔孺，晚號二弩老人，著有《漢印分韻補》《古印文字韻林》《二弩精舍印存》《二弩精舍藏印》。

② 《張美翊手札考釋注評》上冊，侯學書編著，第344頁。

贈傅宜耘

一心戴蒼天，兩脚蹋實地。雖曰未嘗學，語言有真氣。
少小通輕俠，斥弛負俗累。老來痛自責，坦白了不諱。
皈月到浄土，非敢求加被。挂口阿彌陀，夢寐得安慰。
眼中諸孤兒，孤根失蔭庇。誓以幼幼心，拔之出荒薉。
盈室賫菉葹，終期化荃蕙。赤手掬衆呴，努力資一溉。
迢迢新加坡，行行一而再。群稚所托命，九死吾寧悔。
大哉褐寬博，仁勇無二致。耿耿方寸内，熱血老猶沸。
荆山有璞玉，純白徹表裏。對君每自疢，讀書但作僞。

【注】

《僧孚日録》甲子四月廿二日（1924.5.25）條：“傅研丈以去年九月入京，皈依法源寺道階法師，出家爲僧，後至湖南，受具足戒。項偕寶慶點石庵出塵法師，由鄂來申，因與辟方往商報館看之……丈夙懷慈悲，苦心孤詣，終始以恤孤爲第一事，此次在長沙、漢口等處又募得白金數千並湖田萬畝。吾師舊贈丈詩有云：‘群稚得托命，九死吾寧悔。大哉褐寬博，仁勇無二致。’固稱量而言也。”①

又，《僧孚日録》癸亥九月十七日（1923.10.26）條：“傅研丈北上，午過送之，已行矣。研丈年六十一，學佛有年，此去决意祝髮爲僧，超脱塵緣，皈依寂静，在研丈固自有樂處，諸在交識，何以爲情？臨行時未緣一晤，余心滋以爲戚。”②準此，則《贈傅宜耘》詩當作於癸亥九月十七日傅宜耘（1863—1938）北行前夕。

---

① 《沙孟海全集・日記卷》，洪廷彦主編，第632—633頁。
② 《沙孟海全集・日記卷》，洪廷彦主編，第508頁。

壽趙七家蓀

有儒一生美丈夫，鬍鬍白皙微有鬢。兄弟八人德不孤，君也自昔頭角殊。高談劇論聲響龘，意氣直欲吞江湖。排解紛難忘爾吾，莊嚴物望籠鄉閭。大官好爲竭澤漁，小民生計彫不蘇。脂車急走杭之都，冀以口舌相呴濡。鄙夫摸犢還偷驢，掉頭歸去羞與徒。嘿嘿不復鼓嚨胡，招要賓客羅尊觚。雜沓縱酒爲嬉娛，醉鄉可老吾其逋。左顧孺人右弄雛，一家歡樂真良圖。行空天馬白日徂，五十之年猶須臾。有酒不飲寧非愚，賦詩聊復申區區。

【注】

　　陳訓正《贈趙七》云："趙侯磊落古之徒，酒到焦脣萬念蘇。入世巾袍百年半，向人肝膽一身都。山河即目成今昔，風雨論心尚爾吾。各有蒼茫千古意，相期豈獨在冰壺。""亂世餘生莫計年，地行一日便如仙。直教有酒終須醉，漫許知音且獨絃。脣口已愁來不易，鬢毛何術復成玄？銜杯坐對榆桑下，眼看蒼涼起暮天。"且其第二首小字自注："時君年五十，好賡交。"① 拙著《陳訓正年譜》曾據趙家蓀（1874—1950）生卒年推算，斷定《贈趙七》作於 1923 年。② 馮君木此詩，不但自我交代作於 1923 年，且其詩題點明了作旨。

　　又，洪允祥《趙芝室五十壽詩序》云："幾在癸亥六月十有二日，爲余舊友趙君芝室五十生日。吾郡文章之士，多爲詩歌以贈，而屬余爲之序。"由此，又可進一步確定馮君木此詩作於 1923.7.25 之前。

---

① 《天嬰室叢稿》之八《庸海二集》，第 323 頁。
② 《陳訓正年譜》，唐燮軍、戴曉萍著，浙江大學出版社 2019 年版，第 131 頁。

壽李徵五

老友李君今健者，意量坦坦無所假。生日徵言有恒例，不願人諛願人罵。書生罵人擅長技，辭鋒所抵吁可怕。試擊禰衡鼓三通，用酬杜蕢酒一斝。李君家世稱高貲，卅載揮斥靡子遺。有錢不爲子孫守，上天下地窮敖嬉。平生感概發宏願，一手欲拔千瘡痍。眼中世路多險巇，誓以心力填平之。平原結客徒豪舉，魯連排難空權奇。聲名驚坐復何益，陳遵原涉皆癡兒。君不見東家鄙夫百不預，銀錢塞戶無人顧。西家富兒刻骨吝，坐積黃金鑄棺櫬。君獨何爲漫不貲，傾家爲俠忘其私。四十九年無是處，破喉一罵君應知。

【注】

《僧孚日録》甲子五月廿五日（1924.6.26）條：「師與明存合宴李徵五少將，李年政五十，酒以壽之也。」①由此推算，則李徵五（1875—1933）四十九歲生日，當在癸亥五月廿五日（1923.7.8），而馮君木《壽李徵五》詩亦當作於癸亥五月廿五日。

又，陳訓正《故陸軍少將鎮海李君墓表》云：「君諱厚禧，字徵五，以字行。鎮海小浹江李氏。……晚年益落魄无俚，輒走天津避囂。英雄暮途，戀戀無騁，俯伏今昔，肝摧腎絕矣！遂于民國二十二年四月四日，病卒滬邸，春秋五十有九。」②

---

① 《沙孟海全集·日記卷》，洪廷彥主編，第647頁。
② 《寧波旅滬同鄉會月刊》第119期（1933年6月出版），第55—58頁。

朱贊父(鼎煦)自甬寄秋蟲數頭至，賦詩報之

到手函初發，泠然作小鳴。因風得佳訊，隔海寄秋聲。
枕簟涼微轉，窗櫺雨易成。草蟲念君子，惘惘不勝情。

【注】

《僧孚日錄》癸亥八月六日(1923.9.16)條："鄭卿有秋蛩數頭，寄贈吾師，師攜其兩頭來此。夜置之枕旁，更深人靜，令令作響，客夢乍回，聽之尤使人意遠。"①據此，當可確定該詩作於癸亥八月六日。

雨中坐明存閣，遲友不來

蕭蕭樹頭葉，帶著秋雨飛。窮巷寂無人，有約來何時？
憑虛望寥廓，車聲聞依稀。車來不我即，謂是而更非。
晚煙冉冉合，漏出街燈輝。恨此黯淡色，不照君容徽。
徘徊以相思，喈焉掩牕幃。

【注】

《僧孚日錄》壬戌十二月五日(1923.1.21)條："蔡氏世饒貲財，明存性好俠，以故賓客雜沓，無間晨昏。自今春營商事敗，而向者趨從俯仰之徒，掉臂斂跡，門雀可羅綽如，前作吾師壽序，曾歎息言之。今日偶有某要人駐車其家，於是坐客又滿門外，車馬嘈雜，宛似舊時。人情之炎涼，可為累欷已。"②

---

① 《沙孟海全集·日記卷》，洪廷彥主編，第477頁。朱鼎煦(1885—1967)，字鄭卿，浙江蕭山人。其別有齋藏書在"文革"後由其家屬捐獻給國家，今歸寧波天一閣博物院保藏。

② 《沙孟海全集·日記卷》，洪廷彥主編，第440頁。

爲徐朗西題《寒雅荒塚畫幀》[1]

嬋娟三尺桃鬟紅,嬌鶯稚燕聲在空。美人含睇花玲瓏,黏天帖地皆春風。桃花一夕變枯樹,下有深深薶玉處。鶯邪燕邪渺何許[2],但聽老鴉作鬼語。

【注】

鄭逸梅《藝林散葉》:"徐朗西別署峪雲山人,某次邀友宴敘,余亦列席,進面湛然作碧色,爲從來所未見。詢之,始知以菠菜切成細末,和入麵粉中,然後制成麵條,則迥異常品矣。"①

【校】

[1] 寒雅荒塚畫幀:沈其光《瓶粟齋詩話》引作"寒鴉荒塚畫"。②

[2] 鶯邪燕邪:沈其光《瓶粟齋詩話》引作"鶯耶燕耶"。

題秦潤卿祖澤僧服小象

空游安識魚非子,入定渾忘我是誰。擾擾久無真面目,堂堂留得老頭皮。[1]形骸相索方之外,意象分明某在斯。拂拭衣塵求止泊,卻從畫裏證深思。

【校】

[1] 小字自注:"老頭皮"三字見《侯鯖錄》。

---

① 《藝林散葉》(修訂版),鄭逸梅著,第574頁。
② 《瓶粟齋詩話》五編上卷,沈其光撰,楊焄校點,可見《民國詩話叢編》(五),第47頁。

再題潤卿僧服小象

標季尚商戰,兵有不厭詐。設覆罔市利,易幟弋時價。
鹽腦夢亦搏,含沙影能射。百出其詭險,戰略吁可怕。
秦君起孤根,赤立無憑藉。手提節制師,周旋殊整暇。
但爲不可勝,彌縫到漏罅。要示晉文信,不雜宋襄霸。
一正敵萬譎,平心絕機攫。坐使疑戰徒,偃旂退三舍。
吾鄉久不振,間閈漸凋謝。秋冬蕭颯氣,期君作春夏。
再接再厲乃,仔肩不容卸。胡爲遁僧服,對之生怪訝。
前途莽空闊,努力策高駕。吾詩有鼓聲,爲君壯叱咤。

冬夜明存過談

杯盤羅列雜葅醃,隱約深談月轉檐。酒味恰如人意苦,霜花暗與夜寒添。心期太密翻多忤,涕笑相看總不嫌。華屋山邱同一瞥,底須蹙蹙惜沈淹。

慰明存

世路艱難不可行,況堪歲事逼崢嶸。浮名已逐黃金盡,苦語能令白髮生。妙畫雙龍飛破壁,異書百雉失專城。車闐馬咽原無味,且與窮交聽雪聲。

【注】

1923年初,蔡明存經商失敗,①欲出售墨海樓藏書以償債。寧波

---

① 按,《僧孚日錄》壬戌十二月五日(1923.1.21)條云:"蔡氏……今春營商事敗。"

旅滬同鄉會、寧波道尹黃慶瀾等擬建"公書庫"以購藏之。《申報》1923年4月4日第14版《甬同鄉會之兩重要會議·庋藏古籍》載其事曰:"寧波旅滬同鄉會近爲寧波公書庫問題,將於陰曆本月二十日開重要會議,會稽道尹黃慶瀾及甬紳張讓三、陳屺懷等均由甬來申列席。昨該會特先發出通告云:……近聞郡中墨海樓蔡氏藏書,大半爲鎮海姚梅伯先生舊藏,范、盧二氏之書,亦有輾轉流入,其中頗多宋元明精槧,並鄉先哲遺著傳鈔孤本。今因款項中蹶,待價出沽。而歐美日本圖書館聞風而來,願出善價。竊以此種人間孤本及鄉哲遺著,聽其流出海外,諒非當地紳士之所願。慶瀾忝臨貴郡,對於保存地方文獻,與有同情,不自揣量,擬備價購歸,在郡中後樂園添建新式樓房,分儲其中,約計銀十萬元。茲事體大,非貴邦人士合力協作,不克舉辦。"①

與此同時,陳訓正亦嘗作《創立寧波公書庫告募疏》:"寧波舊有藏書如天一閣范氏、抱經樓盧氏著矣,蔡氏墨海樓晚起,得鎮海姚氏大某山館舊藏皆精本。亂後,范、盧二家之書有不保者,往往轉相貨鬻而歸于蔡氏,故蔡氏之藏獨富。今蔡亦舉責矣,其勢不能復保其所有,而外族之來吾國者,輒欲委致多金而篡之去。夫范、盧與蔡三家者,皆吾甬人,彼失此得,猶可言也,若一朝失之于外族,不可復矣。吾甬人僅此戔戔者而不能自保,吾甬人之羞也。用制公約,具條理,即舊後樂園地,募建公書庫,收買墨海舊藏,非爲蔡氏私也,誠以吾國粹化所寄,小之于己則繕性,大之于人則造群,廣詩書之澤,而弭功利之争,其在斯乎?其在斯乎!"②

據説戴季石聞訊後,也曾特作《致邑紳張讓三書》:"讓老閣下:

---

① 《申報影印本》第190册,上海書店1983年版,第78頁。
② 《天嬰室叢稿》之七《庸海集》,(臺灣)文海出版社1972年版,第307—309頁。該文在被收録到《庸海集》之前,曾以《寧波公文庫緣起》爲題,發表在《寧波雜誌》第一卷第一號(1923年5月發行,署名天嬰),可見陳湛綺所編《民國珍稀短刊斷刊·上海卷》卷二一(全國圖書館文獻縮微複製中心2006年),第10227—10228頁。

比聞我寧波地方竟有籌設公書庫之舉，爲之喜而寐者屢日屢夜。揆發起諸君之原意，直接則爲墨海樓，間接則爲大梅山館，保私家之舊藏，充公家之至寶，意甚美也。地點即擬六邑之後樂園，又何其適當也。"①

又，《申報》1923年11月28日第14版《旅滬甬人籌議兩大建築物》："寧波旅滬同鄉會前……發起建築寧波公書庫、集資購買墨海樓藏書一節。……結果如下：一、購買藏書費，由各發起人分認暫墊，並推張申之君與旅滬各發起人接洽。二、假旅滬寧波同鄉會及寧波後樂園，爲滬甬二地辦事處。三、公推張申之、趙缽尼、董貞、何璇卿等赴甬，爲常住辦事員。四、公書庫地址，定在後樂園。"②

最終，蔡氏以藏書2 879種、30 441冊，抵銀40 000兩於寧波萱蔭樓李植本。也就在這一背景下，馮君木於癸亥臘月作《慰明存》，隨即又有張美翊《殘臘病中喜見君木慰明存詩，次韻奉和》。

【附錄】

次韻君木

張美翊

酒未新篘菜待醃，荒荒寒日漏疏檐。不知漢臘年來改，但覺秦灰劫後添。避世偏於賢者近，離群終爲俗人嫌。绳牀老病頹唐甚，夢幻無端豈久淹。

壯歲浮槎海外行，當年氣象獨峥嶸。平時權略消磨盡，

---

① 虞浩旭：《從私家藏書樓到公共圖書館——論天一閣的近代化進程》，載《中國藏書文化研究》，徐良雄主編，寧波出版社2003年版，第264—265頁。
② 《申報影印本》第197冊，上海書店1983年版，第578頁。

易代心情感慨生。喜有文章論法派,愧無詩句撼長城。我如病葉君孤幹,風雪天寒尚作聲。

【注】

張氏此詩,見錄於《四明清詩略續稿》卷六,題作《殘臘病中喜見君木慰明存詩,次韻奉和》。① 又,《僧孚日錄》癸亥十二月二十日(1924.1.25)條:"晴。明存挈宛頎、赤蕐來申。……明存明後日又將有杭垣之行。"②參此,則馮君木《慰明存》當作於癸亥十二月二十日之前,而張美翊詩作於十二月底。

贈范賁虎,用去年與幼度酬唱韻

不是相尋便枉存,槃談往往徹朝昏。胸羅幽怪稽神錄,室有兄丁父乙尊。出世衣冠殊落落,照人肝膽尚言言。狂生自取安心法,底用黃金塞墓門。[1]

【校】

[1] 小字自注:"賁虎好僧服。"

除日與范賁虎、董貞柯世楨同過明存家居,時明存眷屬留滯上海

揣汝端居念益深,提攜二子一追尋。蒼茫家室成孤寄,愁苦詩篇有好音。衰世人情徒負負,空堂暮色尚沈沈。歲寒寂莫同相守,稍慰平生結客心。

---

① 《四明清詩略》,[清]董沛、忻江明選輯,袁元龍點校,寧波出版社 2015 年版,第 2116 頁。

② 《沙孟海全集·日記卷》,洪廷彥主編,第 566 頁。

【注】

癸亥十二月三十日(1924.2.4)，馮君木與范文虎、董貞柯一道專程拜訪蔡明存。彼時，蔡明存家眷尚留滬未歸。此前，蔡明存曾與董貞柯同來馮家，《僧孚日錄》癸亥十二月廿七日條載其事曰："翁須歸家，余與同往，趨謁夫子。明存與董貞柯後亦來。"①

爲范賁虎壽李皋宇 甲子

吾友李君絕等倫，意量坦坦惟其真。讀書不成去而賈，遂有奇氣騰風塵。卅年挾術走淮海，所至輒與其人親。賢豪長者坐常滿，門前車馬何隱轔。散財結客苦不足，願以貨殖資單貧。千金寧但濟緩急，一諾時用排糾紛。氣勢敵國古劇孟，聲名驚坐今陳遵。布衣之俠不世出，如君磊落真天民。頭顱種種忽五十，已聞結屋江之濱。海天浩荡不歸去，奈何老作他鄉人。青青山色橫蛟門，有室可處田可耘。半生奔走良苦辛，政須妥帖寧心神。繄我與君爲弟昆，兩世交好情彌敦。君爲始滿我過五，少日歡笑應重溫。歸來歸來勿延竚，安排花木開酒尊，與君爛醉三千春。

【注】

李本侹《孫衡甫仙人洞題詩》："李皋宇(1874—1962)，又名高裕，浙江鎮海人。旅居江蘇鎮江，任鎮江美孚洋行經理等職。旗下的鎮江恒順醬醋廠生產的金山牌香醋等尤爲知名。"②準此，則作於甲子年的《爲范賁虎壽李皋宇》，意在敬祝李皋宇五十壽誕。

---

① 《沙孟海全集·日記卷》，洪廷彥主編，第570頁。
② 《古鎮慈城合訂本》第2冊，第728頁。

耳病自遣

世間暫時偶有我，但以旦夕圖安便。是何鬼物據我耳，一病數月無由痊。玄黃龍戰起奧窔，地小那足容回旋。連雞勢成苦滋蔓，腦海煜煜騰烽煙。合眼靜坐每自攝，萬響颯沓來無邊。西風怒號簫笛竅，微雨忽灑箏琵絃。平生體物擅長技，而此奇秘難窮宣。他人不聞我獨預，矜寵付與寧非天。由來絲竹不如肉，妙音在耳誰能傳？眼前不死亦佳事，從容獨笑終殘年。

【注】

《僧孚日錄》甲子二月三日（1924.3.7）條："又得師諭，錄示近作《耳疾自遣》七古一章。有云：'他人不聞我獨預，矜寵付與寧非天。由來絲竹不如肉，妙音在耳誰能傳？'矜寵付與，語奇而趣。"①是知《耳病自遣》詩作於 1924 年 3 月 7 日前。

蹇叟次韻見示，叠韻奉報

我輩畢生役文字，禦人口給常便便。心思漸涸百病出，雖有藥石寧能痊。支離房闥日復日，我我久厭相周旋。乞靈無奈到司命，心香飄作春空煙。山阿窈窕路險絕，靈之來兮雲無邊。陰陽乍乍通真宰，迎送旦旦歌神絃。求生不得但祈死，鬱悶亦足資排宣。陽和剝極會當復，深黑中有清明天。爾我此舉太奇詭，詩人故實應流傳。神靈有無漫執著，各用心力支殘年。

---

① 《沙孟海全集·日記卷》，洪廷彥主編，第 593 頁。

再叠韻答賁虎

病夫體質久已敝，猶有筆力逞輕便。心靈旦夕苟不死，千疢百疾行當痊。平生鬱鬱抱孤峭，寸腸詰屈難迴旋。刁調凌紙發噫氣，墨花怒涌黃山煙。故人范叔苦念我，強以戒律聒耳邊。歐心唾地徒自伐，琴之適也須忘絃。我謂君言殊不然，五音六律常相宣。中央七竅鑿既破，那能重返渾沌天。緘縢扃鐍固閉距，養生薪火非真傳。哼哼此意爲君謝，卮言曼衍聊窮年。

玄嬰兩次韻見慰，目余爲聾，三疊前韻報之

玄嬰詩思玄之玄，俛詩脱口恣佞便。斯人斯疾強周內，一怒或使沈痾痊。[1]我生病耳亦已久，頭目併作輪輿旋。六通四闢發奇響，如鬼嘯雨狌啼煙。子其聾我甚矣悖，誕詞河漢嘻無邊。荒唐一往致諧謔，故故誤拂箏上絃。虛名謚我太無賴，巧用言語資號宣。一再相聒苦不舍，煩冤欲訴蒼蒼天。我不聵聵爾聰聰，呻吟頃刻成訛傳。呼牛呼馬應曰諾，且與同登耳順年。[2]

【注】

在目睹《耳疾自遣》後，陳訓正連作《慰君木，即次其〈耳疾自遣〉韻》《次前均再慰君木》。陳氏兩詩，看似安慰馮氏，實則抨擊時勢。前詩云："世議於吾格不入，轉覺有耳聽非便。大聵小聵久成俗，病豈爾獨何須痊。塊然入世身且贅，徒我與我相周旋。靈官雖靈安所用，坐令萬竅生鬱煙。世音可觀不可聽，能反聽之無涯邊。勸君冥居好

持養,得趣何妨琴無絃。此心自具哀與樂,希聲豈必假鳴宣。吾舌猶存終蹈谷,瞶瞶卻羨君得天。天實厚君君謂薄,呻吟反托詩流傳。自來逆耳須藥石,致余美意延君年。"後詩曰:"聾俗即今無救藥,矯矯獨聽良非便。況爾抑塞窮到骨,貧也非病難爲痊。天然齻齴苦不得,爾何人斯得之旋。蜩螗一時緣俱絶,置身清虛若凌煙。元音自在空靈中,不與人間通際邊。收響反聽吾獨會,噭急有管繁有絃。譆譆出出難名狀,奇怪不用大舌宣。斯人斯疾寧終痼,徒欲問之天乎天。吾家孔璋愈頭風,吾亦陳詩當檄傳。詩味勝似杜公酒,不須治聾沽遠年。"①馮君木此詩,顯然與陳氏二詩同調,且皆當作於1924年初春。

【校】

[1] 小字自注:"暗用文摯齊閔事。"

[2] 小字自注:"劉夢得《和樂天耳順吟詩》:'吟君新什慰蹉跎,屈指同登耳順科。'"

次韻酬佛矢

餘生枯槁不如前,濕沫呴濡肯見憐。筆落能爲獅子吼,技窮剛值鼠兒年。卜居久厭人間世,呵壁愁看牖底天。會得逍遙方外旨,今宵準擬作佳眠。

爲上海嚴氏題《三世耄耋圖》

海上有嚴氏,其家多壽人。晚得佳孫子,寫圖存其真。藹然八十翁,有子八十一。有子又有孫,八二歲方畢。二百四三齡,僅以三人分。易世必加壽,得一已足珍。

---

① 《天嬰室叢稿》之八《庸海二集》,第342—343頁。

温温祖妣氏，齊眉亦三世。有盈而無昃，添籌循定例。
終古壽者相，現之憑丹青。木公與金母，重疊輝雙星。
昔在唐宋世，尚齒留佳話。九老或五老，流傳到图畫。
異姓已不易，何況一姓合。一姓已不易，何況三世接。
三世已不易，何況盡偕老。偕老已不易，何況增壽考。
譬若登山然，一峰高一峰。又如行遠路，進步無回蹤。
三世六壽人，迭衍壽迭上。四五六七世，將來壽可想。
先家既昭著，後券殆預操。壽是君家物，吾語非徒豪。

【注】

李審言《學製齋文鈔》卷二《嚴氏三世耄耋圖序》云："上海嚴氏，有《三世耄耋圖》之舉。夫得一已難，況三世相亞，黼佩珩璜，壽觴並御。此應載之乙部，而治子部雜家言者，又宜大書特書不一書……載如嚴君既請之尊人味蓮先生，遍徵海內名輩繪之爲圖，又乞題詠於並世名公，卷軸纍纍，光溢几案。凡此諸公，非負當世之望，不敢妄通尺一，以爲淄素之玷。嚴君之用心，殆將以千古自任，既作娛親之雅言，復規述祖志謝客。其茅思錫類，有加無已，以視世之財雄翕習爲三光九泉之喻可也。夫經傳之訓'耄''耋'，以七十、八十、九十爲碻詁。……嚴君命名，自合故訓，光寵家族，直冠海內。昔章懷注《後漢》，引盛宏之《荆州記》說酈泉菊水故事，與宋人之記海南雞窠小兒，彼之遠而難稽，不如嚴氏之近而有徵矣！歲在丙寅正月揚州興化李詳。"①據此，可知《爲上海嚴氏題〈三世耄耋图〉》詩，乃馮君木應嚴載如之請而題詠於1924年。

應邀爲《三世耄耋圖》題詩者，尚有閩侯鄭孝胥(1860—1938)、武進趙尊岳(1898—1965)，作於1925年的鄭氏《嚴氏三世耄耋圖》云：

---

① 《李審言文集》，李詳著，李稚甫編校，江蘇古籍出版社1989年版，第987—988頁。

"瓊道楊霞舉,八十父祖存。其父百二十,名曰楊叔連。祖名曰宋卿,百有九五年。奉使李守忠,太平興國間,邀李詣其家,遠祖雞窠仙。狀貌若小兒,數代在一門。事出《洞微志》,殆非無稽言。吾披嚴氏圖,奇事媲昔賢。夫婦必偕老,異稟疑由天。子云仁者壽,豈非人事焉。養氣兼積善,可使生命延。久生閱世亂,空思太平民。"①而趙氏《題上海嚴氏三世耄耋圖》曰:"災德端文化,清芬席黃耇。箕疇備五福,昌齡著遐壽。景止義行門,奕葉扶童叟。天報有德者,必以昌厥後。德延獲高蹈,仲和屏冠綬。子張工翰墨,孝源最謹厚。不圖叔季哀,猶見三世耦。滄江潛盛澤,舉案每白首。此直軼古人,曠世所希有。丹青會群彥,投篇滿江右。維文揚其華,瑰寶逾瓊玖。娛親君家言,行仁用爲守。欣忭鼓群倫,願晉一卮酒。"②

又,沈其光《瓶粟齋詩話》有云:"蓋載如高祖建雄,諱正邦,年八十,配氏桑,年七十六;曾祖義棠,諱鳳岐,年八十一,配氏王,年八十三;祖殿卿,諱應鈞,年八十二,配氏陸,年八十八,洵人瑞也。詩忌質與拙,此詩佳處正在質、拙,惟質與拙,乃能盡其辭。杜詩《示從孫濟》《送從表兄王砅評事》等篇可細玩。載如大父殿卿公夫婦同庚,亦重諧花燭。"③

毛生無止起游學美利堅,贈之以扇,並題二絕

男兒要具四方志,底用臨歧惜別離。老夫自有無窮意,莫忘涼風入抱時。

---

① 《海藏樓詩集(增訂本)》卷一一《嚴氏三世耄耋圖》,鄭孝胥著,黃坤、楊曉波校點,上海古籍出版社 2014 年版,第 326 頁。
② 《高梧軒詩》卷一《題上海嚴氏三世耄耋圖》,載《趙尊岳集》,陳水雲、黎曉蓮整理,鳳凰出版社 2016 年版,第 6 頁。
③ 《瓶粟齋詩話》五編上卷,沈其光撰,楊焄校點,可見《民國詩話叢編》(五),第 764 頁。

毛生學力日日進，老夫白髮日日多。他日歸來同驗取，大家歲月不蹉跎。

【注】

毛起(1899—1961)，原名宗翰，字無止，又字禹州，舟山人，其所著《春秋總論初稿》1935年由上海生活書店出版發行。《僧孚日錄》載其行跡有云："(甲子四月)五日，乍晴乍雨，無止從定海來……(甲子五月)四日，爲無止刻'名''字'兩印，'名'印較佳。授課未完，午後往西冷印社，又往郵務局，又往商報館看無止，授以印。無止擬遊學美洲，今日暫回定海，並往送其行，緣有要事，奔走汗滂。"①準此，則《毛生無止起游學美利堅，贈之以扇，並題二絕》當作於甲子五月四日(1924.6.5)前。

甲子秋日感事

紅羊浩劫有循環，六十年來物力還。似怪東南太寥寂，要將血色著江山。安忍由來必阻兵，傷憐何暇到民生。彌天礮火如雷起，不抵將軍鼻息声。

【注】

《僧孚日錄》甲子八月廿七日(1924.9.25)條："近又聞蔣尊簋、潘國綱先後至甬，興師抗直孫、陳等皆曹、吳之黨，號爲直系，以甬爲根據地，吾甬於是亦不免兵禍矣！吾師頃作《戰事》詩，有云：'似厭東南太寥寂，要將血色染江山。'沈痛言之。"②參此，則《甲子秋日感事》當作於甲子年八月下旬。

---

① 《沙孟海全集·日記卷》，洪廷彥主編，第623、638頁。
② 《沙孟海全集·日記卷》，洪廷彥主編，第698頁。

感 事

決絕吟成感白頭，朝雲暮雨遍滄洲。佳人齊子工傾國，少婦盧家號莫愁。穆穆金波驚夜鵲，迢迢銀漢待牽牛。吳淞半幅誰能翦，多恐河中水不流。

阮郎歸去已無家，誰爲新儂弄琵琶？十丈頓紅開步障，六萌油碧走香車。情人桃葉歌迎接，大道長安有狹斜。楊柳千條盡西嚮，衹愁啼損馬䐚花。

飛鳴佻巧仗雄鳩，密約何勞問蹇修。含睇山阿宜窈窕，揚靈江水暫夷猶。疏風帖帖侵三面，新月纖纖盼兩頭。十萬聘錢盈手贈，儘堪跨鳳作遨游。

小姑居處本無郎，療妒飜尋海外方。坐使枯魚過河泣，願爲李樹代桃僵。不關漆室思君苦，衹笑瑤光奪壻忙。玉貌黃門渾俊絕，可堪花縣失河陽。

抱蔓歸來涕泗沱，黃臺四摘奈瓜何？大隄星火行人少，小渚煙霜落雁多。步道不通船道絕，南山有鳥北山羅。裴回三路無消息，腸斷人間讀曲歌。

【注】

《僧孚日錄》甲子九月廿二日（1924.10.20）條："甬自治軍一合再合，其人雖前後有所出入，要皆失職無聊之徒，乘機猝起，初無家國之慮。吾師近作《感事》五首，所謂'小姑居處本無郎，療妒翻尋海外方'

也。項孫傳芳已遣周鳳岐東下，呂、屈等無以爲計，索賂鉅萬即颺矣。堂堂薦紳，其行則盜賊，其心則蛇蠍。細觀今之從政者，何一非若人之儔？噫，誠令人終日書空矣！"①據此，可知《感事》詩作於1924年10月20日之前。

次韻徐仲可招飲寓齋

海髮山膚雜上盤，送窮無計且消寒。天涯短景成高會，歲晏清尊得小歡。墮地葉聲和雪聽，浮爐煙色當雲看。寂寥況味勞相慰，珍重隆冬此授餐。

【附錄】

寓齋小集，賦呈馮君木、朱炎父

徐　珂

客中嘉會托杯盤，寂莫相期保歲寒。如此江山是何世？無多光景暫爲歡。浮雲秪覺名心淡，殘雪須憑冷眼看。中澤嗷鴻方待哺，莫嫌草具且加餐。

【注】

《僧孚日錄》甲子十二月三日(1924.12.28)條："傍晚，詣修能，師與朱炎父往看徐仲可珂，彼間獨有夷父在。晚飯後，師等來，炎父即導余過謁況先生，師後亦至。"②由此可知，徐珂《寓齋小集，賦呈馮君木、朱炎父》及馮君木《次韻徐仲可招飲寓齋》兩詩，皆作於甲子十二

---

① 《沙孟海全集・日記卷》，洪廷彥主編，第708頁。此事，參詳陳炳翰《潔庵文稿》之《甲子寧波騷擾記民國十三年》、《鄞縣通志》第四《文獻志》第四冊丁編《故實》，第1394—1395頁。

② 《沙孟海全集・日記卷》，洪廷彥主編，第739頁。

月三日。

歲暮寄稚望,次陳器伯韻

誰令憔悴客京華,念汝天涯發歎嗟。乾谷巨魚難潤沫,窮途黃犬亦磨牙。聲名稍喜依廚顧,詞賦由來困勒差。政使飢寒堪卒歲,江南萬口已無家。[1]

【附錄】

除夕讀稚望自京來書感賦

陳道量

眼中久已薄紛華,逐食春明絶可嗟。長簡危詞發悽愴,少年朝氣失槎牙。空憐彈鋏歌無濟,應悟傭書計已差。雨雪烽煙作除夕,知君獨客倍思家。

【注】

考《僧孚日録》云:"(甲子十一月四日)夜深,得次曳電話,謂稚望即將北上,修能教習闕人,師擬命余往爲庖代。……五日晨起,即往修能學社。稚望今日先回里。……(八日)晚,與夷父、翁須、次曳、仲持、崇之、公起合錢稚望於小有天,飲罷即歸。"①旁參陳道量《除夕讀稚望自京來書感賦》,足以確定馮君木《歲暮寄稚望,次陳器伯韻》亦當作於甲子除夕(1925.1.23)。

【校】

[1] 小字自注:"時蘇、常間戰事正烈。"

---

① 《沙孟海全集·日記卷》,洪廷彦主編,第731、733頁。馮定(1902—1983),原名昌世,字稚望,馮君木侄子,在《僧孚日録》中有時被寫作"子望"。

《回風堂詩》卷七

挽趙芴椒 家蕃　乙丑

堂堂趙六兄，氣概世無兩。肝膽如玉雪，颯爽照天壤。
結客散黃金，海外有聲響。棄官走滬瀆，落拓朋儕駔。
商風忽不競，磙磙喪其帑。西湖好山色，排愁且獨往。
埋頭煙水中，尊酒托疏放。黎渦妙解事，旖旎消骯髒。
君胡不自喜，寂莫謝塵坱。回首於菟門，虎氣夜猶朗。君葬處曰於菟門。

【注】

考陳訓正《塔樓集》所錄《趙君林士述》云："余友趙君林士，歿于滬上旅邸，去其兄芴椒之喪，僅三月也。"①又據趙志勤《趙林士繫年要錄》，可知趙家蓺歿於 1925 年 3 月 21 日②，是知趙君家蕃卒於 1925 年 1 月中下旬，而《挽趙芴椒》亦當作於此際。

《憶昔》一首寄楊石鼉

我昔十二齡，君生才九歲。戚屬有牽連，意氣合童稚。
翦紙爲傀儡，放學恣嬉戲。捉筆施眉目，自誇負絕藝。
塗成方相面，君見輒心悸。有時聚諸兒，列坐作都試。

---

① 《天嬰室叢稿第二輯》，陳訓正著，1934 年鉛印本，寧波天一閣博物院藏，索書號"朱 7885"。
② 《古鎮慈城》第 49 輯，2011 年 9 月發行，第 19 頁。

我爲主試官,君文每落第。佛然掉首去,交頤紛涕泗。
餌以果若餅,歡喜不復恚。轉眴四十載,惝怳如隔世。
我衰君亦艾,念之發悲欷。曩者始見君,綠衣綰雙髻。
曾是玉雪兒,蝟毛繞口鼻。兒女各長大,刺眼生憎畏。
此輩促我老,欲避苦無計。流光若渣滓,咀嚼有何味?
歲月落吾手,尺寸皆浪費。小時都了了,至今了不異。
文章難療飢,口腹坐爲累。平生數成就,所得是頹廢。
寥寥天壤間,忽忽憯相對。浮生能幾何,且結有涯契。

【注】

這首作於1925年的詩篇,深得況蕙風的讚許,《申報》1925年4月29日第17版蕙風《餐櫻廡漫筆》云:"君木録示新詩,洛誦再四,其秀在骨,忍俊不禁,是亦時花美女,唯深於詩者能知之,何止情文婉至,方駕宋賢而已。《憶昔一首寄楊石蠶》云:'我昔十二齡,君生才九歲。戚屬有牽連,意氣合童稚。翦紙爲傀儡,放學恣嬉戲。捉筆施眉目,自誇負絕藝。塗成方相面,君見輒心悸。有時聚諸兒,列坐作都試。我爲主試官,君文每落第。佛然掉首去,交頤紛泗涕。餂以果若餅,歡喜不復恚。轉瞬四十年,惝怳如隔世。我衰君亦艾,念之發悲欷。憶昔始見君,綠衣綰雙髻。曾是玉雪兒,蝟毛繞口鼻。兒女各長大,刺眼生憎畏。此輩促我老,欲避苦無計。流光若渣滓,咀嚼有何味?歲月落吾手,尺寸皆浪費。小時都了了,至今了不異。文章難療飢,口腹坐爲累。平生數成就,所得是頹廢。寥寥天壤間,忽忽憯相對。浮生能幾何,且結有涯契。'"①

---

① 《申報影印本》第211册,上海書店1983年版,第545頁。

題趙叔雍尊岳《高梧軒圖》

塵居苦坱莽，討幽到人外。風軒納遠空，大坐得清快。
亭亭梧之樹，離立互向背。參天見直性，蕭然宜嘿[1]對。
蘿薜紛在眼，茲意無人會。畫圖發高致，山阿[2]竚含睇。

【注】

《申報》1925 年 11 月 1 日第 13 版蕙風《餐櫻廡漫筆》："趙叔雍《高梧軒圖》，同時名輩，題詠殆徧。馮君木詩云：'塵居苦坱莽，討幽到人外。風軒開遠空，大坐得清快。亭亭梧之樹，離立互向背。參天見直性，蕭然宜嘿對。蘿薜紛在眼，茲意無人會。畫圖發高致，窈窕竚含睇。'蕙風不知詩，讀君木此詩，但覺其自然不俗。"①馮君木此詩的寫作時間，雖難以考定，要在 1925 年 11 月 1 日之前。

據陳水雲、黎曉蓮統計，歷來爲《高梧軒圖》題詠者，除馮君木外，尚有朱祖謀、況周頤、陳寶琛、陳石遺、陳三立、李宣倜、陳道欣、任道援、譚德（仲將）、吳董卿、葉恭綽、梅泉、江亢虎、陳方恪、饒宗頤、孫德謙，且孫德謙《題高梧軒填詞圖》文末明確交代："癸亥（1923）中秋之月，臨堪居士孫德謙序於上海。"②此外，馮君木弟子陳道量也曾作《題趙叔雍高梧軒圖，次君木師韵》，《申報》1926 年 5 月 14 日第 17 版載曰："愁思不能春，游心赴秋外。空翠專一軒，風雨助涼快。高高梧桐樹，離離樹之背。鬖向禪榻間，晨夕澹相對。嗒然據而眠，夢與清景會。收攝入毫素，一往接幽睇。"③

又，陳巨來《記趙叔雍》云："在民國初年，上海以文學詩詞享大名

---

① 《申報影印本》第 218 册，上海書店 1983 年版，第 13 頁。
② 《趙尊岳集》，趙尊岳著，陳水雲、黎曉蓮整理，鳳凰出版社 2016 年版，第 1699—1703 頁。
③ 《申報影印本》第 223 册，上海書店 1983 年版，第 331 頁。

者康有爲、鄭孝胥、朱外舅、况公四人而已。……趙老乃求朱介紹,以叔雍執贄侍函丈焉,每年奉束脩一千元(其後又有潮州巨駔之子陳蒙安運彰爲弟子,年俸五百元)。時叔雍只二十八歲,專以填詞爲主,蒙安亦如之。當時况公爲二人所改削之詞稿,幾潤飾十之八九也。……况公性至怪,其樓上外間,能接待上樓坐卧而暢談者,早期祇朱、吴缶翁二人,後與馮君木爲兒女親家後(馮幼子賓符,余妻幼妹之夫也,曾爲人大代表、外交部部長助理等,已死矣),始亦蒙與朱、吴同登樓矣。……况公逝世後,馮君木笑謂余曰:'叔雍、蒙安,二人右臂斷矣。'果然,趙、陳從此絶少填詞了。偶有所作,迴非昔比矣。"①

【校】

[1] 默:《餐櫻廡漫筆》引作"嘿"。

[2] 山阿:《餐櫻廡漫筆》引作"窈窕"。

朱漚尹侍郎_{孝臧}屬題吴缶廬畫《彊村校詞圖》

侍郎窈窕人,淵衿[1]納遠思。餘事及聲律,叩心發深摯。
宇縣入太宵,疏燈耿無睡。下上苦求索,旁皇到一字。
深深抉内揵,力欲洩其祕。鶴聲出匡飛,彌天鼓清吹。
小雅久曠[2]絶,赤手造風氣。缶翁老好事,畫筆見殊致。
蕭寥水石外,人間此何世? 夢中校夢龕,惝怳在天際。
定有古衣冠,呻吟通寤寐。侍郎與王半塘同校《夢窗詞》,半塘署所居曰"校夢龕"。[3]

【注】

1925 年,該詩以《吴缶老畫〈彊邨校詞圖〉,古微侍郎屬題》爲題,發表在《國聞周報》第五卷第八期"采風録"欄目。1926 年 3 月 1 日又

---

① 《安持人物瑣憶》(修訂版),陳巨來著,孫君輝編,上海書畫出版社 2019 年版,第 111—113 頁。

出现在《申报》第17版蕙风《餐樱庑漫笔》中:"朱沤尹《彊村校词图》,吴缶老笔也。吴缶老作此图时,年已八十,苍劲浑肃,精力弥满,自言拟奚蒙泉,政恐蒙泉无此气魄尔。又题《减兰》其上……冯君木开题云:'侍郎窈窕人,虚襟纳远思。余事及声律,叩心发深挚。宇县入太宵,疏灯耿无睡。下上苦求索,旁皇到一字。深深抉内揵,力欲泄其秘。鹤声出笯飞,弥天鼓清吹。小雅久废绝,赤手造风气。缶翁老好事,画笔见殊致。萧寥水石外,人间此何世?梦中校梦龛,惝怳在天际。定有古衣冠,呻吟通癙寐。'此图此题,数百年后,亦足为词苑增一故实矣。"①

也就在1925年,李宣龚、陈时亦尝属题《彊村校词图》,李氏自称"甲子小寒,奉题沤尹丈校词图",陈诗《题校词图》则云:"敬题彊村宗伯校词图,时同客沪滨。"此外,程颂万虽也受邀题词,但其《雪梅香题朱彊村侍郎校词图,用集中韵兼寿其七十有二》之作,时在1928年9月4日前后。②

【校】

[1] 渊袗:《国闻周报》误引作"虚襟"。

[2] 旷:《国闻周报》引作"废"。

[3] 侍郎与王半塘同校《梦窗词》,半塘署所居曰"校梦龛":《国闻周报》无。

赠李云书部郎

吁嗟李翁天之徒,豐頤和懌脩幹軀。便便腰腹五石瓠,

---

① 《申报影印本》第221册,上海书店1983年版,第17页。又《申报》1926年3月27日第11版蕙风《餐樱庑漫笔》:"君木赠联云:'色肌雪肤花淖约,豔歌口齿玉玲珑。'"

② 《程颂万诗词集》,程颂万著,徐哲兮校点,湖南人民出版社2009年版,第564页。

中氣內蘊神益都。巃嵸高屋翁所居，門外轍跡闢大途。[1]道周樹色青扶疏，曠絕不異畏壘虛。入門徑滑不可趨，文石碎作魚鱗鋪。頗黎雪白暎室盧，室中四壁羅畫圖。以手捫之發歎吁，父兮母兮今則無。年五六十稱藐孤，哀哀不得忘勞劬。[2]春秋佳日開齋廚，別出手法傳膳奴。刻畫菽乳雕筍蔬，徑欲唐突雞魚豬。坐有老饕多文儒，大談劇辯聲響麤。翁發一語姑徐徐，四坐絕倒紛胡盧。英英兒子元愷如，[3]翛然翠竹間碧梧。諸孫爛漫皆俊雛，珠明玉暖圍牀敷。翁顧而笑懌有餘，端居篤耆毗尼書。心神莽眇游物初，處身塊若櫾株拘。甲子一周真須臾，來歲孟陬百彙蘇。辰良吉日穆將愉，父庚女乙陳雙觚。壽堂佳氣充廣除，吾言質實非導諛，彌年壽考翁其胡。

【注】

鎮海人李雲書(1867—1935)年將六十，馮君木詩以壽之。

【校】

[1] 小字自注："所居誦清堂路，翁自闢。"
[2] 小字自注："室中懸太翁、太夫人影象，四壁殆滿。"
[3] 小字自注："有子十六人。"

陳藍洲先生畫卷，其叔子叔通太史_{敬弟}屬題

丈人具勝情，畫事出簡貴。稍稍著淡墨，遂有陂陀意。
微覺造境清，彈指發春氣。筆底紅梅花，破空作暉麗。
芳香[1]所醞藉，拔奇高澹外。回望舊時月，翠尊照瘖瘂。
展卷[2]忽神往，髣髴見深致。黃落西湖山，到[3]眼成隔世。
清塵遺爪甲，風味故不隊。歲晏風蕭蕭，簑燈憯相對。

矢詩報次公,念舊送嗟喟。

【注】

1929年6月,上海文明書局發行《陳藍洲山水花卉册》。馮君木此詩,當是應陳叔通之請而作,1930年以《陳藍洲先生畫卷,其叔子叔通屬題》爲題,見刊於《蜜蜂》第1卷第10期。

徐珂《大受堂札記》卷五云:"仁和陳藍洲……丈善畫,落筆不矜意,天趣盎然。詩曰《冬暄草堂遺集》,高逸夷澹如其人。詩注有云:'最愛樊榭詞梅華見招深處樓七字,曾屬趙仲穆刻小印。'既歸杭州,手植百株於西湖之煙霞洞,欲結廬讀書,艱於貲,不果。哲嗣仲恕參政漢第、叔通太史敬第,飢驅奔走,未遑繼志,叔通恒攜《唐六如墨梅幅》以自隨。蓋咸豐庚辛間,粵寇蹯杭,先世書畫盡燬。亂定歸,丈之母夫人望見有冒物庭樹杈枒間,則是幅也,已裂而爲三。丈綴拾重裝,完好如初。且丈嗜梅,叔通尤嗜畫梅,自明迄近代,名能畫梅者,無卷册屏軸所蓄數及百,曾有以高澹《游百梅書屋圖卷》求鬻者購之,遂以百梅書屋名其齋。齋非果有也,誌勝緣綿先澤耳。因憶咸同間,王龍壁翁居京師上斜街,適得王元章《墨梅》十二巨幀,遂榜其西齋曰十二洞天。梅花書屋見龍壁山房,庚申集此,與叔通之百梅書屋事將毋同。珂嘗戲語叔通曰:'寇裂梅幅,實事之破壞也;君以百梅書屋名齋,理想之建設也。今若是者衆,寧獨君耶!'叔通屬題,因成《水龍吟》一詞。"

【校】

[1] 芳香:《蜜蜂》作"芳意"。

[2] 屏卷:《蜜蜂》作"展卷"。

[3] 到:《蜜蜂》作"成"。

除夕與于相守歲

一年日月滔滔過,何事低回惜此宵?轉眼黃昏成白曉,驚心來歲即明朝。商量詩卷資排遣，打點杯盤共寂寥。我自蹉跎君亦老，寒燈相守只無憀。

題賀西凌_{師章}僧服小象 丙寅

意在無人曉，心於何處安？
煙香花影外，四海一蒲團。

【注】
丙寅(1926)春，馮君木爲定海人賀師章僧服像題詩。

周公延_覃過留齋中前夕，章叔言方一宿去，賦贈一律

昨宵榻爲章生下，猶喜今朝汝肯來。款語更番資涕笑，老懷竟夕與低回。爐頭藥火微微歙，窗下燈花旋旋開。神思闌珊吾病矣，苦吟對子不能才。

久病畏風，范文甫迎致其家，槃桓竟日，感賦

春深蹔辦須臾樂，病久渾忘出入愁。曲牖周遮防漏吹，幽房蹀躞當清游。石山小樹連盆合，簫局溫香著硯浮。感子殷勤排遣意，可能隻手解天囚_{文甫善醫}。

【注】
《僧孚日錄》丙寅二月十四日(1926.4.6)條："師耳疾遠未全愈，今日回甬，就范文父丈醫治之。仲足亦感風頗劇，與師同歸。"①疑馮

---

① 《沙孟海全集・日記卷》，洪廷彥主編，第967頁。

君木此詩作於丙寅三月。

吴缶老_{倉碩}爲余畫菊,賦詩報謝,即效其體

落英餐罷日之夕,迸淚繁霜寫百憂。盡去鉛華成偃蹇,窮搜意象得風流。自然放筆爲直幹,豈曰此花非我秋。滿眼衆芳多萎絶,義熙佳色在枝頭。

【注】

《僧孚日録》丙寅四月廿二日(1926.6.2)條:"缶丈來,前日持箋句丈書畫業已寫竟,項自攜來,爲師作墨菊數枝,爲余臨石鼓數行。"①參此,則馮君木此詩當作於1926年6月2日或稍後。馮氏此詩,1926年又見刊於《月霞》第7期,署名回風老人,題作《缶老爲余畫菊,賦詩報謝,即效缶體》。

彊邨先生以《飲水詞》暨荔支見餉,賦詩報謝

俊詞與佳果,風味皆可口。左持右手把,不異螯若酒。
飽啖三百顆,徹讀三百首。《飲水詞》都三百七闋。
減偷散北吁,香色詫南有。唾拾太真餘,身仰重光後。
甘津崖蜜消,哀響壑冰叩。感公出膏馥,沾匄到庸朽。
但愁腸胃濁,清氣不堪受。陳詩報嘉況,祇覺言之醜。

望　雨

決眼入天際,空勞望雨心。

---

① 《沙孟海全集·日記卷》,洪廷彦主編,第1000—1001頁。

片雲如片玉，一瞥作輕陰。

苦旱

但有日相炙，都無雲可期。蒼天枯欲死，后土涅何時？
澤竭魚應泣，原焦稻不支。眼中成旱象，準備忍調飢。

壽朱彊邨先生七十

彊邨老益彊，昭質完不虧。晞髮陽之阿，皇問時乎時。
颯沓庚子秋，直言動京師。蛾眉雖見嫉，姱節荃察之。
無術回小劫，退而逃于詞。刁調發噫氣，人籟資天才。
世運俄翻覆，伊鬱抒深悲。西頹憂白日，誓以心力支。
纏綿忍惜誦，婉篤增抽思。匪謂事無益，而遣生有涯。
澧蘭與沅芷，到今流芳菲。大哉張楚力，端賴靈均辭。
詞人有忠愛，綿絕恆干斯。蘄公保長命，永永無絕衰。

【注】

　　夏孫桐《清故光祿大夫前禮部右侍郎歸安朱公行狀》云："辛未十一月廿三日，卒於上海寄廬，距咸豐丁巳七月廿一日，享年七十有五。"①是知七月廿一日（1926.8.28）乃朱彊村七十生辰，馮君木此壽詩當作於該日之前。大約同時，陳三立、吳昌碩亦嘗分作《壽彊村同年七十》《斑斕秋色圖》以賀。②

---

① 《民國人物碑傳集》，卞孝萱、唐文權編，鳳凰出版社 2011 年版，第 265 頁。鄭逸梅《朱古微晚年代筆者》則謂朱氏"死於辛未十一月廿二日"。詳參《鄭逸梅選集》第四卷《逸梅雜札・味燈漫筆》，黑龍江人民出版社 2001 年版，第 538 頁。

② 《散原精舍詩文集》下冊，李開軍標點，第 648 頁。

風雨竟日，入夜雨勢益惡

朝來方喜雨，有喜忽而憂。榱棟如將壓，階庭欲上浮。
飄搖連日夕，頹靡念波流。長夜何時旦，瀟瀟徹九幽。

十一月初四夕，夢與錢仲濟同舟，泛海遙望，海天廓寥，有絳雲自天末冉冉上雲中，隱約見樓閣，其色若琥珀。仲濟告余："此無涯亭也。"醒而賦詩記之

絳雲一抹際天橫，天末飛亭入眼明。
攬取無涯好光景，不須重憶有涯生。

【注】

丙寅十一月初四（1926.12.8）夜，馮君木夢到與亡友錢保杭（1878—1922）同舟泛海，並見到傳說中的無涯亭。夢醒後揮筆紀事，遂有此詩。

賀西凌招同劉未林鳳起、袁伯夔思亮、陳天嬰畏壘兄弟、沙孟海、洪太完完會飲寓齋，次未林韻

一概軍聲動海濱，歲寒清讌集流人。亂離此日足可惜，凋耗吾生太不辰。姑托栖鶌消慘沮，深愁兵火結冬春。片時作適須珍重，莫遣餘酣委路塵。

【注】

《僧孚日錄》丙寅十一月廿八日（1927.1.1）："晚集雲飛路賀寀唐寓中，同席者，木師、玄師、袁伯夔思亮、劉未林鳳起、葉伯允秉成、陳彥

及、金雪滕、洪太完。木師始赴周氏晨風樓消寒集,後至。"①又,陳訓正《佛證齋中會飲,未林有詩紀事,君木依韻和之,余亦繼作》云:"天寒日莫海之濱,暫可偷閒作酒人。客路艱難成此會,我生牢落是何辰?已無江介長吟地,賸有壺中舊貯春。莫笑焦喉少妍唱,抗哀猶足動梁塵。"②據此,足以認定馮君木此詩作於1927年1月1日晚。

仲可築室上海康家橋,寫《康居圖》,屬題

莫遂逃虛願,栖栖安所之?畫圖勞鑿空,蹤跡托居夷。
豈謂圖鵬徙,聊堪從鳳嬉。比鄰有詞客,妍唱博深悲。與夏劍丞爲鄰。

【注】

徐珂《松陰暇筆・齋居之名》:"丙寅三月,康居新築成。八月初九日,自慕爾鳴路之升平街,率妻妾徙居焉。將以'純飛館'三字屬姜佐禹書爲齋榜。佐禹曰:'康居諸額,將焉置?'珂曰:'書齋外之客座曰小自立齋。柴門之上曰康居。池旁之石鐫心園二字。……樓曰天蘇閣。其下曰大受堂。'佐禹詢真如室之所在,予曰:'屋少奈何?'佐禹曰:'其以顏如夫人之房乎?'馮君木聞之而曰:'樓下西室,既夫人居之,則宜榜曰大受堂矣。'"③

徐珂《呻餘放言・僑滬康居》:"丙寅八月初九日,率妻妾徙居康家橋,於是僑滬二十五載十六遷也。冀至今安居樂業,家人歡康,乃借用古國名'康居'者名之。又以其地近康腦脫路,而吾爲杭人,白居易詩有'杭土麗且康'之句,久於滬,視若吾土也。戚友郵筒,有書作

---

① 《沙孟海全集・日記卷》,洪廷彦主編,第1150頁。
② 《天嬰室叢稿第二輯》之一《塔樓集》,陳訓正著,1934年鉛印本(天一閣博物院藏,編號:朱7885)。
③ 《康居筆記匯函》,徐珂著、孫安邦、路建宏點校,第102—103頁。

康瑙脫者,意謂腦脫必不祥,故改腦爲瑙,實則腦筋簡單之如予者,即腦脫亦何害。"

1928年4月18日,張元濟也曾作《題徐仲可〈康居圖〉》詩,且其詩末有云:"仲可仁棣同年移居康家橋,繪此圖以見志。朋輩題詩殆遍。仲可知余不能詩,然必欲余爲之,謂不可無此文字因緣。圖留余處,未久而仲可遽作古人,重違其意。勉成數什,還付振飛世講藏之。"①

吴缶翁、姚虞琴招飲晨風盧,次缶翁韻

堆肉成陵阜,排川給酒漿。花情舒姽嫿,詩態釋矜莊。
作健從林類,逃名老務光。海濱流浪士,魂夢亦湯湯。

颯沓悲群動,薑騰避百魔。夜遊良有以,日飲更亡何。
憂思支殘臘,酡顔博小酡。慰飢勞裹飯,感激等溥沱。

病足兩月,吴缶老以詩見慰,時缶老亦有同病

不爲迷陽歎路窮,吾行卻曲將毋同。會須索我形骸外,甚欲相尋寂莫中。摘埴何心聽塗説,步虚無術御天風。籃輿莫逐門生後,只覺先零愧是翁。

除日雜書

彌天四海盡張羅,奈此群黎憺憺何? 同谷羌邨無地避,

---

① 《張元濟全集》第4卷《詩文》,張元濟著,商務印書館2008年版,第20頁。

却來都市聽夷歌。

兵甲聲中白日徂，行子不敢鼓嚨胡。縱然燭火輝闌夜，只覺淒涼滿大塗。

白粲如珠袛忍飢，成行蓼菜亦居奇。禦冬無力營葅蓄，卒歲寧當食肉糜。

萬方黔首一拘攣，愁怨如潮汨海壖。來日大難空束手，欲將何物作新年？

次缶老韻，即效缶體 丁卯

一身不保況室家，知我如此生原差。同根煎迫箕然豆，著力舂揄米變沙。蹋破三千年重器，吹殘十八拍胡笳。缶翁何不日鼓缶，莫復邱中問麥麻。

題洪太完《屺夢圖》

思母不見心骨痛，卒無如何求諸夢。夢境歷歷母在斯，夢醒儵忽又失之。留夢不得奈何許？寫作畫圖寄悽苦。五磊山色青寥寥，其下有屋如團焦。靈之來兮倘無誤，此是孤兒揮淚處。孤兒念母無已時，母來撫兒兒豈知。須臾不離有魂魄，一昔見夢但其迹。青山不隔慈顏愁，谷響如聞母噢咻。畫邪夢邪姑不問，終古劬勞在方寸。

【注】

　　《僧孚日録》乙丑十二月十四日(1926.1.27)條："賀佛證招飲寓齋，以汽車來接，與師同往。同坐者有陳玄丈彦及兄弟、劉未林名鳳起、未翁，南城人，官翰林、金雪朦、王芑公、洪太完。飲罷，師它往，余先歸，太完同來。太完有《母事略》出而相示，又求人作《護夢圖》，屬余爲《記》，惜未易著手也。"①又，乙丑十二月二十日(1926.2.2)條："余擬明日旋里，而文字債尚有許多未償，楊容士之母壽序、洪太完《薏夢圖題辭》兩文，已經一再約期，理難再延，而昨夕屬草，纔得半篇，擬於今夕完成兩文。"②

　　除馮君木、沙孟海師徒外，興化李詳也曾應邀爲作《題洪太完屺夢圖》,《申報》1927年3月10日第13版載曰："洪君甬東秀，馮陳之所煦君木、玄嬰。累書述母慈，血漬淚如雨。凱風寒泉思，大誼肇自古。陟屺岋有夢，繪圖亦何補。昔聞費屺懷，妙得纓□許。童山有草木，詩傳勝雅詁。豫章生七年，材可中梁柱。君少工爲文，跕原執彫虎。有兒母亦欣，誠通夢中覩。痛失飢桑遺，時薦淚落俎。登天既無杭，堂夢默不語。依佛説報恩，立身踐規矩。影堂目瞿瞿，想似徒延佇。"③

聞吴缶老游超山，賦詩寄之

　　超山梅花天下奇，芳春去矣翁來遲。幾番吹罷梅邊笛，月色猶應似宋時。

---

　　① 《沙孟海全集・日記卷》，洪廷彦主編，第929頁。
　　② 《沙孟海全集・日記卷》，洪廷彦主編，第933頁。
　　③ 《申報影印本》第232册，上海書店1983年版，第215頁。此外,《申報》1927年3月10日第13版又載有洪太完《答李審言先生書》。

鄣吴回首有餘哀,垂老何心問劫灰。無限蕭寥遺世意,了知不爲看山來。

【注】

《回風堂文》卷四《安吉吴先生墓表》云:"先生諱俊卿,字昌碩,晚以字行,安吉吴氏。……夙耽文藝,兼擅治印……春秋八十有四,丁卯十一月六日告終上海寓邸。……卒前數月,嘗游唐棲超山……先生樂其高勝,夷猶林阜,憺焉忘反。"是知馮君木此詩,作於丁卯十一月六日(1927.11.29)前數月吴昌碩遊超山時。

游法蘭西公園感賦

草色清空浮地起,林陰積叠當山依。水風一片來人外,解爲蠻姬吹薄衣。

曲折晴沙徑路深,池亭布置入幽沈。爭墩一念微茫動,累我尋秋獨往心。

【注】

《僧孚日録》丙寅六月廿七日(1926.8.5)條:"法國公園在法租界環龍路,佔地頗廣,林木蒨葱,緑草如茵,西人布置,清曠簡净,與吾國人專以幽曲繁複取勝者不同。坐背日處,前臨池沼,稚水蒙流,時常風痕,荷蓋亭亭,纖塵不染,飲冰清談,蕭然如在世外,不知暮色之將作也。……是園舊時禁止華服者入門,爲吾國人多無公德心也。近日始公開往時華人往遊者,男子必須西裝,女子必須著裙,晚涼遊客頗多,而西人率其眷屬到此嬉覗者尤衆。"[1]

---

[1]《沙孟海全集・日記卷》,洪廷彦主編,第1034頁。

同彊邨先生游憩法蘭西公園

深深樹色隱寥天,假息須臾亦灑然。可惜春秋非我屬,不知魏晉是何年。摩肩茗坐依空水,聒耳夷歌接亂蟬。風景雖殊聊取暢,未須結感到林泉。

送陳季屏_{祥翰}北遊

北方學者望君久,何事夷猶君不行?豈爲兵戈阻游跡,可能邱壑老浮生。江南無地容伸脚,日下能文夙著名。結襪匆匆圖遠嫁,非關直北是神京。

【注】

　　據《僧孚日録》記載,馮君木曾與陳祥翰於癸亥十一月八日(1923.12.15)同至上海,夜宿鄞縣人蔡琴孫(1881—1941)家,其詞云:"師與陳季屏同來,即留宿於是。明存引客登樓,余仍處樓下,看《涵芬樓文鈔》,幾忘眠息。夜深,食蒸糕,絶美。二時半,始寢。樓上人猶健譚也。"①但《送陳季屏北游》作於丁卯何月何日,似難確考。

吴缶老屬題中年所畫山水册

　　缶翁畫筆直不枉,空世所有作莽蒼。煙邪雲邪出指掌,垂老猶堪資供養。中年意氣逸一放,落墨匪求世流賞。自將刻削窮遠勢,合眼谿巒神獨往。今是何世不可問,山中無人多魑魍。逝塵拾得增累唏,一角殘山照天壤。

---

　　① 《沙孟海全集·日記卷》,洪廷彦主編,第538頁。

【注】

　　馮君木此詩，見載於《吴昌碩藝術年表》，題作《壬辰山水》，其詞云："缶翁畫筆真不枉，空世所有作莽蒼。煙耶雲耶出指掌，垂老猶堪資供養。中年意氣邈一放，落墨匪求世流賞。蟠天際地造險艱，合眼豁䜣神獨往。今是何世不可問，山中無人多魑罔。前塵拾得增累唏，一角殘山照天壤（'蟠天'七字易作'自將刻削最遠勢'）。缶廬先生教正。丁卯十月，馮開。"①是知該詩乃丁卯（1927）十月，應吴昌碩之托而作。

題余雲岫巖小影

　　峨峨若千丈松，朗朗如百間屋。試參腸胃文章，莫問形骸土木。

　　有語勝多多許，無能不鏃鏃新。名下故多虚士，眼中忽見此人。

丁卯除夕，吴醜簃爲余寫《逃空圖》，即以《隋董美人誌》搨本索題，先賦一律報之

　　佳趣惜惜得未曾，空中彈指作崚嶒。闌宵燈火歲云盡，高處蒼茫寒不勝。促迫留真君獨肯，呻吟自病客無能。美人緣法纏綿甚，奈此填胸一段冰。

---

　　① 《吴昌碩全集·文獻卷三》附二，尚左文、解小青主編，上海書畫出版社2009年版，第256頁。又據《吴昌碩學術年表》，可知民國十二年（1923）二月，王國維也曾爲題《壬辰山水》："缶翁刻印名天下，間作人物花卉，亦逸氣橫生，惟山水罕作。近見歸安侍郎作彊村校詞圖，仿蒙泉外史意而逸氣旁礴，乃出其上。此卷作於三十年前，意境正複相似。昔人稱彭澤爲古今隱逸詩人之宗，如翁于畫，顧不當稱宗耶。癸亥春暮，海寧王國維。"

【注】

　　丁卯除夕(1928.1.22)，江蘇吳縣人吳醜簃(1894—1968)，爲馮君木題寫《逃空圖》云："《逃空圖》。丁卯除夕，爲君木先生寫意。吳湖帆快心作此，先生之命余作圖，先生其知我者。"再題："除夕徹夜大雨，作圖有感，集宋人詩成一絶：'枕上雨聲如許奇_{陸放翁}，爲渠醒到打鐘時_{徐千里}。年來百念成灰冷_{歐陽鈇}，卻誦僧窗聽雨詩_{張文潛}。'即請君木先生正，醜簃漫題。"①

　　吳醜簃舊藏《董美人墓志》濃墨剪裱本(今藏上海圖書館)册後，有款"丁卯冬日，武進趙尊岳、閩縣陳承修同觀"。② 朱祖謀亦嘗應邀題詞而作《陌上花》，其標題爲："題隋《董美人墓志》。美人蜀王楊秀宫人，以開皇十七年卒。《誌》爲秀自製。道光初葉，上海陸劍庵官興平，得此石。旋歸徐氏，毀於兵。張叔未謂才人、美人十五員，煬帝時置，開皇時未有此名。董是蜀宫人，何以終於仁壽宫，史未之詳。道生以拓本見詒，率倚此調。"③

次均湖帆題《逃空圖》戊辰

　　儘從惝怳得高奇，如見含毫獨往時。
　　索取微茫真意思，不須更讀畫中詩。

【注】

　　丁卯除夕，吳醜簃在題《逃空圖》後，"集宋人詩成一絶"，並"即請君木先生正"；馮君木此詩，顯然是爲回應吳氏而作於戊辰正月初。

──────────

① 《吳湖帆年譜》，王叔重、陳含素編著，東方出版中心2017年版，第63頁。
② 《吳湖帆年譜》，王叔重、陳含素編著，第65頁。
③ 《彊村詞賸稿》卷二《寒灰集》，《彊村語業箋注》附錄一，第579頁。

戊辰新歲次未林太史韻

未免有情誰復遣,此間得趣少彌佳。天寒空色黮如積,人定雪聲清到懷。冷抱自嫌生使獨,高歌差喜作能偕。春韶幾許需追琢,茲事猶當仗我儕。

挽吳缶老

人生若行道,雖脩有必達。耄期得懸解,死矣遂弗活。
夫子天下好,最物等魯兀。往虛俄實歸,沾溉及庸末。
萬手扳其命,堅牢不可脫。毒哉板板天,一夕奪之猝。
湛湛文字海,波浪何清闊。珠光儵歿斂,終古黑無月。

群陰蔽下上,六合黮不曉。藏身海市底,坐與世紛了。
孤憤難自雪,矢詩逞奇矯。餘事及書畫,光氣出指爪。
點墨落天壤,人間詫瓌寶。逃名真匪易,躡門地無草。
過從念誰昔,揖我謂我好。證羸到微尚,適若枵得飽。
交期胡短短,相識恨不早。而我猶爲人,何術起此老?

【注】

民國十六年十一月初六(1927.11.29),吳昌碩病逝於上海,享年八十四。馮君木挽之以詩。沙孟海亦嘗挽曰:"是道咸同光宣五朝元老,爲金石詩書畫一代傳人。"爾後又作《貞逸先生誄並敘》:"門弟子謹上私謚曰貞逸先生,禮也。……人之云亡,胡能不欷!贈終誄德,後生之責,爰作長言,以表旐旂。"①

----

① 《沙孟海全集·文稿卷》,汪濟英主編,第4、441頁。

爲徐伯熊題小影

徐君藹藹今長者,六十之年顔未衰。翛然置身水石外,豐頷廣顙含光輝。垂手兀立如有望,紙上跳出雙雙兒。是二兒者名阿誰,全憑畫師意匠爲。左右踴躍聊取快,惟君用意吾能知。知君抱孫尚有待,嬰呪玉雪常縈思。冀從幻想獲真實,作圖之意蓋速之。長松肅穆生微颸,松身迸作鱗之而。一索再索兆在斯,含飴會許資娛嬉。怪君底事童其頤,寧防小手弄胡髭。

贈余百之

自我交百之,性命得所托。鬼伯促我去,君輒以手格。
凝神發天秘,兼覰及裏襮。提挈其神明,使我氣不索。
譬彼俠者徒,努力扶屝弱。餘生資保障,積感彌寥廓。

十年游海外,絶學得津逮。妙明新手眼,別有西來意。
盡屏五行説,靈素可坐廢。匪云古是虐,要識時爲帝。
國工摭舊律,齗齗持同異。吾舌幸尚存,力欲關其喙。
著書見微尚,蹋脚到實地。古有養生論,縹渺在雲氣。

旁通及蒼雅,撰述有根據。畫梅遣餘力,稱此開美度。
解衣般礴贏,拗筆用其怒。花若破空飛,幹若著地鑄。
填胸百悱惻,悉索供一吐。風香播指肘,小道澤雅故。
夫君豈天授,方寸羅衆嫭。

療貧苦無術，張帖姑鶩醫。十治九輒已，收效日以奇。
自朝至日旰，形役忘困疲。耳徵兼目諗，篤實爲不欺。
或憫其無告，一念動於慈。受酬有弗忍，翻以藥資之。
青蚨稍稍集，動爲義故施。盈籯不得障，飛散靡孑遺。
毋曰源混混，其奈流澌澌。歲計恆不足，貧也猶昔時。
九秋月幾望，是君誕降期。褆身符道要，五十寧云衰。
何以致殷勤，爲君陳小詩。醰醰甘説士，吾口非偏肥。

【注】

余巖(1879—1954)，字雲岫，號百之，鎮海人，醫學名家，著有《醫學革命論》《靈素商兑》《中華舊醫結核病觀念變遷史》等論著。《僧孚日録》壬戌十一月二日(1922.12.19)："余爲太炎弟子，精醫學。"① 據"九秋月幾望，是君誕降期。褆身符道要，五十寧云衰。何以致殷勤，爲君陳小詩"云云，足以確定該詩作於余巖五十歲生日前夕，即1928年9月中旬之前。

哭金小圃 兆鑾

憔悴金夫子，餘生亦大難。身從桃竹杖，手裂惠文冠。
宦況成三宿，危言豈一端。海濱歌哭地，與我共荒寒。

聞病驚相看，剛逢屬纊時。呼君終不應，知我復爲誰。
但有憑棺慟，猶思轉麈悲。青楊門巷近，可許夢攀追。

---

① 《沙孟海全集·日記卷》，洪廷彥主編，第412頁。

題《箕裘願學後圖》，爲丁子裘

後火續前火，藏熱彌隔世。簷頭滴滴水，不離咫尺地。
戀哉孝子心，繼述及志事。畢生道無改，茲願端非細。
耿耿明發懷，清芬通痞瘵。誦詩述祖德，過庭有成例。
箕裘紹弓冶，孝思永不匱。舉足躡故迹，敢云躬未逮。
精誠積方寸，掬淚付幽纘。穆穆我父祖，洋洋怳相對。

湖上雜詩 己巳

頗哀老子得游遨，扶杖將車賴汝曹。來日西湖好山色，可能償我一宵勞。[1]

咫尺湖光入坐妍，清談好好致纏綿。比鄰槐柳朱門裏，知有何人數屋椽。[2]

倒景浮圖失望中，盡將湖水作空濛。愔愔一片斜陽色，猶在雷峰缺處紅。

綠堤車馬日轔轔，占取園林酬苦辛。試向翠微亭下望，騎驢躑躅又何人？

別業林亭屢變更，沿豀沙礫浩縱橫。殷勤勞汝烹佳茗，未必在山泉水清。[3]

照眼疏髯信軼倫,湖濱一揖倍相親。臨流皺面君應識,須鬣依然不貸人。[4]

月泉微尚托吟呻,賴有湖山慰隱淪。我屋公墩盡摧廓,祇愁無地著詩人。[5]

良金范象孤山陲,手掬寒泉一薦之。忽憶小樓燈皎皎,茗甌清對夜闌時。[6]

物外形骸吾喪我,鏡中顏色子爲誰?如何阿堵傳神處,到眼翻成火不思。[7]

珍重臨流一瞥餘,當風衣帶忽凌虛。通靈毫髮都飛去,邱壑可從置幼輿。

老來腰脚未衰孱,十里煙巒任往還。猶有勝情堪濟勝,不勞拄頰看西山。[8]

仙樂瑽琤以水鳴,洞天石氣逼人清。澹游政恐時流覺,疥壁何煩記姓名。[9]

【校】

　　[1] 小字自注:"攜沙生孟海、兒子貞用,附夜行車抵杭,是夕宿旅館。"

　　[2] 小字自注:"天嬰居湖上,比鄰有某要人,門外車馬終日不絕。"

　　[3] 小字自注:"徐生公起貽余佳茗。"

[4] 小字自注:"遇項蘭生,不相見者二十年矣。"

[5] 小字自注:"范儆文、朱眉仙過訪,范方與其鄉人立詩社。"

[6] 小字自注:"孤山瞻吴缶廬遺象。"

[7] 小字自注:"與天嬰、次布、孟海、秋陽、公起、仲回攝景冷泉亭,景成黯澹,無復神采。攝工復以濃墨點睛,益不類矣。戲題二絕其上。"

[8] 小字自注:"泊舟赤山步,與天嬰、次布探歷石屋、煙霞、水樂諸洞,抵暮乃還。"

[9] 小字自注:"游南山水樂洞,洞外石壁陡削,有以題名刻石請者,書此示之。"

爲曹靖陶<small>熙宇</small>題《看雲樓覓句圖》

家國惛惛日欲曛,彌天四海起兵氛。高樓下瞰人間世,一片崢嶸盡赤雲。

不須天際問輕陰,非霧非煙太鬱深。一望蓬蓬遠春外,都收蒼慘入詩心。

題魏伯楨<small>炯</small>五十小象

伯楨權奇士,肯爲世故牽。讀書兼讀律,執操彌清堅。宦途何犖确,去去裳屢褰。有銜不得袪,忽屆知非年。留貌作五十,形影資周旋。歷歷追往迹,飄若空中煙。保持真面目,自視胡覥焉。看天瞠不眴,如有所思然。君豈忘世者,知君心拳拳。

【注】

　　民國十八年六月十九日（1929.7.25），馮君木應魏伯楨（1877—1929）長子之請而作《魏伯楨先生五十壽敘》（1929 年 9 月刊於《寧波旅滬同鄉會月刊》第 74 期）。《題魏伯楨烔五十小象》也理當作於己巳六月中旬。而在甲子四月十六日（1924.5.19），沙孟海就已爲魏伯楨刻象牙印章："爲魏伯楨刻象牙印，文曰'律師'。魏烔必欲用'律師'字，便於公文書中施用，殊非古法，然此印乃頗精緻，刻時費半日功夫，指腕爲之酸痛。蓋牙性非剛非韌，不易著力也。"①

董樂山大圻六十壽詩

憶余生七歲，方當就傅期。藹藹王先生，實爲童子師。
諸兒多跳盪，背師作戲嬉。余弱不好弄，坐是遭陵欺。
同學有董君，諸童受指麾。見余屢弗忍，往往翼護之。
忽忽五十載，歷歷猶堪思。君今已六十，我年亦將耆。
低回幼稚事，那不白其髭。君擅寫真術，落笔窮深微。
幾許世人面，鉤勒靡遁遺。時光難倒挽，容顏或可追。
胡不攝舊跡，貌取兒童姿。盡掩衰醜態，玉雪充皮肌。
抹摋少壯老，還我上學時。返老縱無術，此亦延年資。
以此互娛晚，驪喜長無涯。握管發奇想，爲君陳佹詩。

湖樓感賦，次天嬰均

　　任使湖山萬卉零，紛紅駭緑徧[1]林亭。惱人燈火彌天沸，如鬼車聲帶夢聽。百計銷金渾不解，一生蓄眼未曾經。

---

① 《沙孟海全集·日記卷》，洪廷彥主編，第 630 頁。

清涼辦取須臾適,坐倚高空看曉星。

【注】

　　陳訓正《天嬰室叢稿第二輯》在收錄己作《樓望簡回風別後》詩後,不但附錄了馮君木的這首《湖樓感賦次天嬰均》,而且後綴以小字自注:"時西湖有博覽會之舉,主其事者,專崇淫飾。電火焰燿,明如白晝,汽車往來,入夜繁□,蓋會場中雜伎始作也。聞是役,用費百餘萬,故回風和予詩云云。"①考張任天《西湖博覽會紀事》云:"西湖博覽會原定一九二九年三月開幕,後來因爲籌備時間來不及,展期到六月六日開幕,至十月十日閉幕,時間是四個月,每天開放時間從上午八時至下午八時。"②至此,足以認定陳、馮二詩皆作於1929年秋。

　　《蘭沙館日錄》1929年10月16日條:"得屺師書,錄示近作十餘篇,又示木師遊杭時和其《湖樓感望韻》,有'任使湖山萬卉零,紛紅駭綠徧林亭。惱人燈火彌天沸,如鬼車聲帶夢聽。百計銷金渾不解,一生蓄眼未曾經'之句,非經歷其地,不□此詩之妙也。"③

　　1930年2月,馮氏此詩又以《湖樓感興,次天嬰均》爲題,見刊於《觀海藝刊》創刊號(署名馮开君木)。

【校】

　　[1] 徧:《觀海藝刊》誤引作"編"。

次韻天嬰秋感

　　遮眼湖山黯不開,幔亭高會秖增哀。俊流爭逐青蠅集,

---

　　① 《天嬰室叢稿第二輯》之八《纕石秋草》,1934年鉛印本(天一閣博物院藏,編號:朱7885)。

　　② 張任天:《西湖博覽會紀事》,載《浙江文史資料選輯》第21輯,浙江人民出版社1982年版,第9頁。又,《浙西湖博覽會組織大綱》見刊於《申報》1924年5月5日第7版(《申報影印本》第202冊,第101頁)。

　　③ 《沙孟海全集·日記卷》,洪廷彥主編,第1254頁。

游女齊歌赤鳳來。酒罷天容如共醉,劫餘江色亦成灰。武林舊事吾能説,[1]南渡而還第幾回?

【注】

1930年2月,馮氏此詩以《次均天嬰秋感》爲題,見刊於《觀海藝刊》創刊號(署名馮开君木)。

陳訓正《天嬰室叢稿第二輯》之八《纜石秋草》在收錄己作《秋來不雨三月,湖上風物俱非,日夕游矚,感嘆成詠,先後得十首》之一後,附錄了馮君木的《次均寄天嬰》詩。① 《纜石秋草》所附錄的《次均寄天嬰》,實乃《次韻天嬰秋感》與下列《次均寄天嬰》的"二合一",但文字又有所出入,其詞云:"遮眼湖山黯不開,慢亭高會祇增哀。俊流爭逐青蠅集,游女齊歌赤鳳來。酒罷天容如共醉,劫餘江色亦成灰。武林舊事吾能記,南渡而還第幾回。持危無計暫偷安,壯不如人老更難。晏歲生涯隨水縮,窮居門户比雲單。漫從天末追殘照,祇覺城中增暮寒。等是枯魚相呴濡,年來涸沫亦都乾。"

【校】

[1] 説:《天嬰室叢稿第二輯》引作"記"。

次均寄天嬰

排[1]危無計暫偷安,壯不如人老更難。晏歲生涯隨水縮,窮居門户比雲單。漫從天末追殘照,但[2]覺城中增暮寒。等是枯魚相呴濡,年來涸沫亦都乾。

【注】

馮君木此詩,與上首《次韻天嬰秋感》,皆作於1929年秋。1930年2月,馮氏此詩又見刊於《觀海藝刊》創刊號(署名馮开君木)。

———

① 《天嬰室叢稿第二輯》之八《纜石秋草》,1934年鉛印本(天一閣博物院藏,索書號"朱7885")。

【校】

[1] 排：《天嬰室叢稿第二輯》《觀海藝刊》皆引作"持"。
[2] 但：《天嬰室叢稿第二輯》《觀海藝刊》皆引作"祇"。

得于相書，並示君誨見贈之作，次韻奉寄，兼貽君誨

來日難于上水船，口號聊與[1]致纏綿。恢奇已分愁中盡，文字猶從澹處傳。才語悲辛休取厭，京塵粥飯且隨緣。過江山色青如昨，只恐清寒勝往年。

【注】

張原煒（1880—1950，字于相）年將五十，好友胡君誨（飄瓦）賦詩祝壽；陳訓正次韻繼作，遂有《荇里五十，飄瓦以詩爲壽，次韻繼作》。① 作於1929年的馮君木此詩，當如陳訓正《荇里五十，飄瓦以詩爲壽，次韻繼作》，亦爲壽詩。

1930年2月，馮氏此詩又以《得于相書，並示君誨贈詩，次均奉報，兼貽君誨》爲題，見刊於《觀海藝刊》創刊號（署名馮开君木）。

【校】

[1] 口號聊與：《觀海藝刊》引作"聊憑閒寫"。

程子大頌藩將圖西歸，久未成行，賦詩留之

風水夷猶君不行，倦游歸計尚難成。上流如覺浪將至，下澨已無田可耕。布韤青鞵徒自苦，廢池喬木厭言兵。武昌魚好知何味，且喫江南玉糝羹。

---

① 《天嬰室叢稿第二輯》之八《纜石秋草》。

聽王个簃賢彈琴

憂患填膺有不平，且將琴語托孤清。五絃如聽哀鴻唳，十指能爲大蟹行。慘澹形神窮曠感，蒼涼天海接秋聲。宮商變後遺音絶，莫遣成連識此情。

【注】

魏武、姚沐在編著《王个簃年譜》時，蓋以馮君木《回風堂詩》卷七爲據，於1929年條著録："詩人馮君木賦《聽王个簃賢彈琴》。"①

次均天嬰見寄

一世嘗騰裏，何人解忌才。高歌姑自聖，憤念亦成灰。

風急飄啼遠，兵嚴戒夢來。初暘餘瓦甓，誰遣守空臺。天嬰居近葛嶺。

題董仰甫喬年《春草廬遺詩》

空廬草色有餘清，換世誰知昔日情。不忍家山問耆舊，每從詩卷接平生。淺深所就皆高致，前後相聞是緩聲。宛孿傷時無盡意，苦吟端不爲浮名。

【注】

楊敏曾《董君仰甫墓志銘》："君諱喬年，字仰甫，一字鶴笙。……同治三年，補縣學生。越年，舉於鄉，年僅二十三。七年，試禮部報罷，援例捐授內閣中書，復報捐候選道加二級。……方君客京師，念

---

① 《王个簃年譜》，魏武、姚沐編著，上海書店出版社2020年版，第80頁。

功名不難致,意氣甚豪。及官中書,所交皆當世英俊,文讌留連,極一時之盛。既而十試春闈,卒不一遇,鬱鬱不自得。回首故交,零落漸盡,尤不能無愴於(壞)[懷],強自排遣,營建書室,顏曰春風草廬。鑿池沼,構亭榭,花木環列,蔚然甚盛。藏書數萬卷,日手一編,讀之視世俗事無足攖其心者。意有所觸,托諸歌詠,篇什既多,編爲《春草廬詩存》若干卷。一再喪耦,以家政委長子錫疇。錫疇先意承志,能得君歡,不幸以咯血病卒。君哭之慟,而病之伏於中者深矣。閱二歲,爲光緒二十七年,竟卒,享年五十有九。"①

己巳十月歸甬上,三宿別宥齋,留贈朱贊父

慰勞兼妻子,高情比鹿門。淡深參薄感,心妥得微溫。
瓶菊堪娛夕,籠鸚亦解言。餘生江海上,不忘此黃昏。

題吳缶老《畫蘭》

缶老以丁卯十一月六日卒,是幀爲三日前所畫,翌旦即中風不能語,蓋最後之絕筆也。蒼勁鬱律,意氣橫出,豈非莊周所謂"神全"者邪?次君東邁屬題,遂賦一律。

衰腕猶能百屈申,自濡禿筆挽餘春。芬芳后土吾將老,窈窕山阿若有人。出手花光增惱悅,歐心詩句雜[1]悲辛。綿綿神理應無盡,乞與湘纍作後身。

【注】

1929年,馮君木應吳昌碩先生次子吳東邁之請,爲吳昌碩生前最後畫作《畫蘭》(1927.11.26作)題詩。1930年,該詩曾以《題缶老

---

① 《寧波旅滬同鄉會月報》第5號,民國十一年十月版。

〈畫蘭〉絶筆》爲題,發表在《蜜蜂》第 1 卷第 10 期。

又,《申報》1929 年 11 月 22 日第 17 版王个簃《安吉吴昌碩先生己巳追薦會紀事》:"又捐館前一日所繪蘭草,馮君木題詩,極情文相生之妙。詩曰:'衰腕猶能百屈申,自濡秃筆挽餘春。芬芳后土吾將老,窈窕山河若有人。出水花光增惝恍,嘔心詩句雜悲辛。綿綿神理應無盡,乞與相累作後身。'"①

【校】

[1] 雜:《題缶老〈畫蘭〉絶筆》作"縛"。

次高雲麓振霄韻

蹋葉曾相訪,門清無雜賓。石樓淩木杪,沙路接江潯。
酒罷留微感,詩成索解人。桃源花落盡,何意惜餘春。

微尚存哀郢,空文厭美新。有涯餘短日,未死亦陳人。
閲世銷悲喜,逃虚絶想因。迷陽多卻曲,莫復轉方輪。

【注】

高振霄(1876—1956),鄞縣人,字雲麓,號閒雲,又號頑頭陀、洞天真逸。光緒三十年(1904)恩科進士,與忻江明同年。曾任翰林院編修,人稱"高太史"。

題陳巨來夷同《安持精舍圖》,即送其出關,次金香嚴韻

巨來有印癖,百石填諸胸。與汝安心竟,手眼非橫通。

---

① 《申報影印本》第 264 册,上海書店 1983 年版,第 607 頁。

網羅盤盂書,收攝南北宗。尋絲入薄孔,雕棘慚其工。
小心期大受,操刀理或同。持志氣勿暴,此才可治中。
舉世尚刻核,物論須研窮。印外有事在,努力追符充。

【注】

《僧孚日錄》丙寅十月一日(1926.11.5)條:"巨來與吳湖帆善,爲刻印甚夥。湖帆爲巨來寫《安持精舍圖》。"①馮氏此詩曾以《馮君木先生題安持精舍圖》爲題,發表于《上海畫報》第545期(1930年發行),且詩末題款云:"巨來□□□□題《安持精舍圖》,即□□□□次金香嚴先生韻。己巳一月,馮开。"是知該詩作於民國二十八年(1929)正月。

嚴慧鋒孌母丁夫人七十壽詩

爲母殷殷乞小詩,眼中嚴孌是孤兒。衰年作健寧閑養,苦境回思轉益悲。可但承懽償積瘁,要憑努力答深慈。孌乎兄弟須交勉,莫忘劬勞在莒時。

題項易庵《自寫小象》,爲蔣穀孫

象用墨山水用朱,上有自題二律云。賸水殘山色尚朱,天昏地黑影微軀。赤心燄起塗丹臒,渴笔言輕媿畫圖。人物寥寥誰可貌?谷雲杳杳亦如愚。翻然自嘆三招隱,孰信狂夫早與俱。一貌清癯色自鬻,全憑赭粉映須眉。因慚人面多容飾,別染燕支豈好奇。久爲傷時神漸減,未經哭帝氣先垂。啼痕雖拭憂如在,日望昇平想欲癡。

---

① 《沙孟海全集・日記卷》,洪廷彥主編,第1105頁。

後題:"崇禎甲申四月,聞京師三月十九日之變,悲憤成疾。既甦,乃寫墨容,補以朱畫,情見乎詩,以紀歲月。江南在野臣項聖謨,時年四十有八。"傍有郭鼎默、李肇亨題詩,不備錄。

夜半負山去,奪取苦無計。但憑指肘力,留此尺寸地。
毫毛何茂茂,歐心濡血淚。厓壁蔚丹紅,草樹發光氣。
我朱方孔陽,舍此身焉置?殊山賸水間,朗雲照瘝瘝。

美人風箏,限咸韻

婀娜凌虛似轉帆,留仙誰為捉裙衫。上昇弄玉堪偕隱,小字飛瓊果不凡。碧落微吟迴電笑,玉清下謫怨天讒。九霄風色無憑準,莫向雲門奏大咸。

【附錄】

同　作

洪日湄

絕迹飛行信不凡,封姨相送試輕衫。仙裙縹緲臨風舉,妝鏡玲瓏對月嵌。墜後綠珠身嫋嫋,牽來紅綫手摻摻。翩然莫逞驚鴻態,若木天東要挂縿。

才思 庚午

才思銷沉盡,奚由遣不平。逃虛成獨往,臨老惜深情。
髮齒凋憂患,乾坤任毀成。民勞兼寇虐,定定汔今生。

九月六日,亡室俞孺人誕辰,追薦蕭寺,戌阿、拜雲皆至。拜雲有詩贈,戌阿即次其均

虛堂梵吹徹丁東,感逝難勝況病中。廿載呻吟慚緩死,九徂魂夢阻幽通。爐香旋旋飄煙直,幨燭幢幢閣淚紅。慢聽酒徒飛笑語,底須心動問幡風。

【注】

庚午九月初六(1930.10.27)乃亡妻俞因(1871—1911)六十冥誕,故馮君木既賦詩感懷,又宴祭奠之。該詩又曾以《九月六日,亡婦俞誕辰,追薦蕭寺中,拜雲、戌翁皆至。拜雲有詩贈,戌翁即次其均》爲題,發表於《寧波旅滬同鄉會月刊》第89期。該期尚刊有洪荊山《君木師追薦俞夫人誕辰,賦詩,僅次元韻》詩,其詞云:"曾侍招魂哭海東,頗聞往感說閨中。眼前急影驚年换,老去餘哀藉夢通。梵唄能令人意遠,瓶花慘笑佛鐙紅。虛廳遣挂明明在,恰對淒其九月風。"①

《寥陽館詩草》有詩名《五十初度,王龜山德馨、錢太希平、魏拜雲友模、錢蒓林經湘、仲車、叔柱、無隱、石鷺、仲邕招飲來鶴山房,即席賦謝辛酉》,是知拜雲乃魏友模。魏友模(?—1949),字拜雲,慈谿縣明德鄉魏家橋(今屬餘姚市)人,曾供職於上海北京路四明銀行。

程子大以中泠泉見餉兼縢一詩,賦此報謝

萬古中泠水不乾,一瓿酌我勝加餐。相濡可但分呴沫,下咽真能洗肺肝。病後稍紓司馬渴,詩成恰稱溧陽寒。夜闌點茗生虛想,浮玉玲瓏盌底看。[1]

---

① 《寧波旅滬同鄉會月刊》第89期(1930年12月發行),第59頁。

【校】

[1] 小字自注:"呴,況于切,據《莊子音義》。"

子大以新刻《鹿川詩集》見示,即題其後,疊前均

波瀾古井未會乾,橡栗空山不素餐。自靖猶能紀喪亂,窮思真欲歐心肝。海隅風動鵑啼急,湘上霜清鶴語寒。晞髮年年今老矣,長留詩卷與人看。

汝身

汝身非汝有,斯疾困斯人。居士真成木,蒼天信不仁。
揮毫悲卻曲,借箸亦艱辛。材與不材外,吾今作幸民。

【注】

庚午十二月,馮君木突然麻痺,自右手漸及全身,自知不久於世,故情緒低落,作於當時的《汝身》一詩,也因此"詞特淒婉"。

个簃奉王一老所寫《先德遺象》索題 辛未

王生老人今畫師,意匠慘淡誰知之。卅載音塵通瘝寐,底須眉目證孤兒。

平生見似目猶瞿,天地無情淚欲枯。茗碗香爐資供養,不知能慰母心無？

【注】

庚午(1930)仲秋,王个簃懇請王一亭(1867.12.4—1938.11.13)先生為其亡父少階畫像。爾後,又請馮君木題詩于王一亭所畫《少階

先生遺像》之上。馮氏當時雖已病入膏肓,但仍勉力口占二絶。《王个簃隨想録》載其事云:"我的父親王少階原是個教書先生,在我剛滿五歲的時候,就不幸去世了。……爲了懷念父親,我還請王一亭先生畫過一幅《少階先生遺像》,旁有馮君木老師的反手題跋,這幅畫至今我還珍藏著。"①一則因爲詩中小字自注明確交代這兩首詩作於辛未年,二則由於《回風堂詩》書末馮貞胥"識"聲稱"卷末二絶,即於困頓中口占",故可確定該詩作於1931年春或初夏。

又,沙孟海《蘭沙館日録》1931年4月26日條:"晨至上海,赴永裕里馮宅……師病象甚奇,初僅右手無名指、小指麻木,後五指全麻,後及於手臂,及於右足……初病指時,左手無恙,左手握管,作反書絶工,爲啓之題其先人行樂詩,即於軸作反書,嚮日反視,無異正書。"②

謹案:先君於庚午十二月忽病,右手痿痹,侵尋遂及全身。自知危疾在躬,匪易獲瘳,太息低回,形諸吟詠,《汝身》一律,詞特淒婉,蓋有由也。易歲而後,病勢轉亟,一家憂惶,都難爲計。先君猶能屬思構文,曲相寬譬,卷末二絶,即於困頓中口占,令貞胥書者。時體氣大損,言語蹇澀,扶頭蹙額,神情頹然。貞胥珥筆侍旁,傷心萬狀,制淚飾貌,五内若摧。孤兒歲月,匆匆兩稘。顧瞻陳迹,如瘵如酗;哀哀之思,如何可言!民國二十二年癸酉八月,孤貞胥録稿畢,泣識。

---

① 《王个簃隨想録》,上海書畫出版社1982年版,第3—4頁。
② 《沙孟海全集・日記卷》,洪廷彦主編,第1439、1440頁。

《回風堂文》卷一

悔復堂集序

　　《悔復堂集》二卷,慈谿應啓墀叔申撰。[1]叔申天才閎俊,勁出橫貫,不可羈勒。年未三十,漸趨韜斂,[2]厭薄少作,十九捐棄,夙昔雅自矜尚,凡所撰屬,不輕眎人。病亟,[3]余往省視,叔申泫然曰:"吾生平文字[4]造詣,自信宜不止此。零蘊奇緒,流落人間,甚無謂也,不如毀之,毋俾遺憾!"余流涕尉薦,且銳以編耆自任,則曰:"第慎之!嚴繩勇削,寧苛毋恕。吾今以没世之名累君朩矣。"叔申既逝,余蒐其遺篋,得稿寸許,亟思刪次,用踐宿諾,逡巡[5]半年,大病俄作,宛轉牀笫,[6]婁瀕于殆,病中都不挂念,獨念故人付托,負荷綦重,脱有不幸,九原之下,胡顔相向!一念忍死,病以無害,將非長逝者之[7]魂魄陰實相之歟?病間深居,發篋觀理,[8]汰之又汰,十存二三。所以體臨絶之意,成自好之志,如是而已。寫定,得詩若干首,文若干首,合爲二卷,[9]竢付殺青。昔元結撰《篋中集》,僅録沈千運等七人詩二十二首;劉育虚高視唐世,[10]其詩流誦[11]到今者,衹十餘首,傳不在多也。叔申冥搜孤造,窮極微茫,中年夭閼,壽不酬志,要其成就已超常倫,[12]雖單絃子唱,聲響寂寥,而特珠片玉,光氣自越。平生久要,期無曠負,後死有責,所盡止是,掩卷喟然,可以傷心矣。民國四年乙卯八月,馮开。[13]

【注】

《僧孚日録》辛酉十月二十日（1921.11.19）條云："夜侍師坐，師以應悔復先生遺文見示。應先生文，不由八家畦徑，委宛曲折，發于性靈，其才氣固邁往無倫也。文所遺僅十余篇，師將爲之編次，合其遺詩刻之。"①時至民國四年（1915）八月間，馮君木終將應叔申遺作整理成《悔復堂集》二卷。今所見1942年余姚黃立鈞刊本，不但題曰《悔復堂詩》，且僅有一卷，内收詩69首、詞4首，顯係刊印時調整所致。

【校】

［1］《悔復堂集》二卷，慈谿應啓墀叔申撰：《悔復堂詩》卷首馮君木《序》作"《悔復堂集》一卷，慈谿應啓墀叔申著"。

［2］韜斂：《悔復堂詩》卷首馮君木《序》作"弢斂"。

［3］病亟：《悔復堂詩》卷首馮君木《序》作"病革"。

［4］文字：原作"文章"，此從《悔復堂詩》卷首馮君木《序》。

［5］逡巡：《悔復堂詩》卷首馮君木《序》作"逡遁"。

［6］牀第：《悔復堂詩》卷首馮君木《序》作"狀第"。

［7］之：《悔復堂詩》卷首馮君木《序》無此字。

［8］颽理：原誤作"颽埋"，此從《悔復堂詩》卷首馮君木《序》。

［9］得詩若干首，文若干首，合爲二卷：《悔復堂詩》卷首馮君木《序》作"得詩六十九首，詞四首，合爲一卷"。

［10］唐世：原作"唐詩"，兹據《悔復堂詩》卷首馮君木《序》改正。

［11］流誦：《悔復堂詩》卷首馮君木《序》作"流傳"。

［12］常倫：《悔復堂詩》卷首馮君木《序》作"常均"。

［13］民國四年乙卯八月，馮开：原無，今據《悔復堂詩》卷首《序》補。

---

① 《沙孟海全集·日記卷》，洪廷彦主編，第257頁。

【附錄】

《悔復堂詩》目錄及作年

	作　年	目　　錄
詩	戊子1888	《相逢行》贈馮君木开
	己丑1889	秋柳
	庚寅1890	1. 咫尺;2. 清明登大寶山;3. 憶弟季審啓藩;4. 自甬江歸慈谿,舟中念馮君木,賦詩寄松江,兼示其兄蓮青鴻薰
	辛卯1891	1. 贈馮蓮青;2. 種蓮
	癸巳1893	1. 阻風候濤山下;2. 夜泊歇浦;3. 湖上晚行;4. 七夕
	甲午1894	1. 登高遲,君木不至;2. 秋日寓居
	乙未1895	寄君木上海
	己亥1899	消寒第一集醉經閣
	庚子1900	君木歸自處州,過宿余齋,夜闌賦詩
	辛丑1901	明季甬上四君子詠①
	甲辰1904	清晨攬鏡始見華髮
	乙巳1905	1. 秋夜示妙子;2. 惜將離七章
	戊申1908	1. 陳天嬰訓正過宿齋中,明日即赴郡,別後賦寄;2. 酬天嬰見懷;3. 姚貞伯壽祁聞余咯血,自海上馳書君木問狀,危言苦語,多可涕者。余病小間,君木出書見視,余感其意,輒力疾成此一首,付君木寄去;4. 甬上晤洪佛矢允祥;5. 席上謝佛矢;②6. 讀《消寒集》追悼鄭念若光祖;7. 游坦園賦贈主人王二秀才和之;8. 除日同君木、楊石螯睿曾游西郊,至橫黛庵小憩,次君木《東山詩》韻

① 該詩曾以《明季四君子詩並序,庚子舊作》爲題(署名悔復),見刊於寧波《朔望報》第1期(1911年6月15日出版),其序乃《悔復堂詩》所無。

② 《酬天嬰見懷》《甬上晤洪佛矢》《席上謝佛矢》三詩曾分別以《謝天嬰見懷》《甬上晤洪佛矢強》《席上酬佛矢見贈》爲題(署名悔復),見刊於寧波《朔望報》第1期(1911年6月15日出版)。

續表

作年		目錄
詩	己酉 1909	1. 暮行東山,忽見梅花,疊前韻;2. 徐園
	庚戌 1910	閑情①
	辛亥 1911	1. 航海歸,訪君木,中途遇風,舟幾覆,賦詩紀之;2. 自海上歸,宿君木齋中,夜話賦此;3. 七夕;4. 聞石蠶喪耦;5. 天嬰自杭州寄示近作,即次其舟次安慶韻;6. 天嬰招飲市樓;7. 感感;8. 秋至
	壬子 1912	1. 爲君木題其亡婦俞因女士《婦學齋遺稿》;2. 題葉霓仙同春遺詞;3. 題太虛和尚詩後
	甲寅 1914	醫院秋夜示君木
詞	蝶戀花戊戌八月和君木	

《寒莊文集》題詞

　　余與含章相聞久。乙卯之秋,始因陳玄嬰定交。時玄嬰居後樂園,吾二人得間即造之。越歲,族兄汲蒙復就園中都授生徒,而洪佛矢亦時時來會。園有亭有池,竹樹蔽虧,光景蕭然可念。數人者,各有所蘄嚮。每見,舍文字不以談[1]。一語異同,則往復相詰難,或斷斷持可不可,乃至交嘲迭詡,以爲大適,視斜光反薄園樹,始悵然於日之夕也。自含章客遊,汲蒙又別去,佛矢亦以事不數至,獨玄嬰與余尉薦寂莫[2]中,向者談藝之意興,稍闌珊[3]矣。含章恆謂:"吾輩持論雖微不同,要其心力所赴,未嘗不足托一途以自傳。[4]幸生並

---

① 1915年9月15日,該詩見刊於《民權素》第十集(署名悔復)。

世,宜互著名氏集中,俾精神意趣,終古有以相接,而無間于死生契闊之故,於彼於此,其俱有賴焉。"吾與玄嬰絕歎之,以爲深於情者言也。含章文簡澹微眇,往往寓其旨于言外,使人意而得之。平昔雅自矜容,凡所述造,率首尾四五易稿,然初不以是廢其勤,故所存視吾四人者爲多。頃自上海哀寫近文一卷見寄,使余論定[5],大都前所已見而覆加審覈[6]者,其用心可謂不苟矣。余心知其意,于含章無能爲役,輒書卷耑爲著吾輩聚散曲折之迹如此。追念疇曩合併之樂,邈焉若不可以再。誦君文,蓋爲之忽忽不怡也。

題含章文,不敢以色澤自衒。汰之又汰,成此一首。麗臺濃渲,密染伎倆,乃欲效倪迂之疏林遠水,不知一筆兩筆神似否也?幵自記。[7]

【注】

在虞含章的委婉請求下,馮君木爲虞氏自定文集(即《寒莊文編》)作序。馮氏此序,一則回憶1915—1916年間酬唱詩文的美好時光,二則自稱《題虞含章文集》係模仿虞氏之文而成,藉以表達對虞氏文學成就的欽佩。該序曾以《題虞含章文集》爲題,1925年11月16日發表在澄衷中學校知識社所刊《智識》第1卷第6期。

又,《僧孚日錄》辛酉十月廿四日(1921.11.23)條:"虞先生文,初編凡二卷,曰《寒莊文編》,今兹刊印告竣,師以部授余。此編乃先生手定,取捨極嚴,自乙巳汔庚申,僅得四十篇。"①是知《寒莊文編》問世於1921年11月23日之前。

顧燮光作於甲寅之年(1914)的《非儒非俠齋詩·題虞含章文集》,有云:"八代文衰久,先生不可當。雄奇思漢魏,柔媚陋齊梁。北海無餘子,南豐有瓣香。曲高原和寡,珍重是孤芳。逸興追明月,橫

---

① 《沙孟海全集·日記卷》,洪廷彥主編,第259—260頁。

流滄海時。閉門搜舊稿,剪燭論新詩。吾道終難墜,斯文永在茲。空山誰掩泣,寂寂幾人知?"①又,顧氏《虞含章古文》曰:"鎮海虞君含章輝祖,善治古文辭,雅飭修潔,以歸、方爲宗,近且青出藍、冰勝水矣。錢唐吴綱齋先生(謂其文體高峻,不獨凌駕歸、方,直欲追蹤韓、柳。《周府君墓志》一編,尤爲桐城派所不及,直唐宋人文字也)詩則清腴雋永,別成一格,余曾題五律二章於其簡端:'八代文衰久,先生不可當。雄奇思漢魏,柔媚陋齊梁。北海無餘子,南豐有瓣香。曲高原和寡,珍重是孤芳。逸興追明月,橫流滄海時。閉門搜舊稿,剪燭論新詩。吾道終難墜,斯文永在茲。空山誰掩泣,寂寂幾人知?'"②

【校】

[1] 談:《題虞含章文集》作"譚"。

[2] 寂莫:《題虞含章文集》作"寂寞"。

[3] 闌珊:《題虞含章文集》作"以闌"。

[4] 含章恒謂吾輩持論雖微不同要其心力所赴未嘗不足托一途以自傳:《題虞含章文集》作"含章嘗謂"。

[5] 使余論定:原無,兹據《題虞含章文集》補入。

[6] 審覈:原作"宷覈",此從《題虞含章文集》。

[7] 此段文字,原無,兹據《智識》第1卷第6期《題虞含章文集》補入。

---

① 《豫言》第38期,1917年9月22日發行,第3頁。
② 上海《文藝雜誌》1914年第12期,第47頁。

【附録】

《寒莊文編》目錄及作年①

	作 年	目 録
卷一	乙巳 1905	讀儀禮記
	丙午 1906	遊五峰記
	丁未 1907	俞樹周先生壽序
	庚戌 1910	李氏祠堂記
	壬子 1912	跋澹初孝廉《却嫁殤書》②
	癸丑 1913	題瓜洲樓壁
	甲寅 1914	澹園先生墓志銘
	乙卯 1915	1. 重生篇上；2. 重生篇下
	丙辰 1916	1. 讀史記一；2. 讀史記二；3. 讀史記三；4. 序交；5. 贈顧勵堂先生序；6. 贈張寒叟先生序；7. 李君澄廉墓表；8. 薛樓記
	丁巳 1917	1. 馮君木詩序；2. 亡弟厚甫墓表

---

① 王榮商亦嘗作《贈俞樹周序汝昌》《澹園詩集序》《虞敦甫傳》《虞澹初傳》《俞君樹周壙志》五文及《冬夜有懷俞樹周汝昌》《冬日飲顧丈漁莊家，與俞樹周汝昌同作》《輓賀孺人俞樹周母》《叔通録虞含章〈東游〉詩見示，感和二章》《和俞樹周四月十日峰曙樓曉望原韻樓在靈峰寺》《和俞樹周别後見懷原韻》《俞樹周和余自述韻見示，再賦二首》六詩，詳參氏著《容膝軒詩文集》，《四明叢書》第 30 册，第 19390、19416—19417、19424—19425、19483、19506、19522—19523、19529、19530—19531 頁。

② 《僧孚日録》乙丑十月三十日（1925.12.15）條："今日往屠館，張伯岸來，以《澹園褉箸》及《夢碧簃石言》兩書相贈。《褉箸》，鎮海虞澹初先生景璜所撰。先生爲含章先生之族兄，詩文集早已印行，此爲今年所新刻。"詳參《沙孟海全集·日記卷》，洪廷彦主編，第 914 頁。

續 表

	作　年	目　　錄
卷二	戊午1918	1. 雜説;2. 陳無邪詩序;3. 贈自勖序;4. 史君晉生壙誌;5. 晉祠觀水記;6. 漢口興業銀行記;7. 科學儀器館紀事
	己未1919	1. 衍聖公襲爵議;2. 房仲《詩選》序;3. 自序;4. 送屈省長赴山東任所序;5. 參戰紀功碑;6. 傅君筱庵生壙誌;7. 北來記;8. 入雲中記
	庚申1920	1. 新疊山脈圖志序;2. 叢書識略序;3. 吴將軍傳;4. 潘對凫老人壽序代;5. 金磷叟先生壽序;6. 張太夫人壽序

《浮碧山館駢文》跋

《浮碧山館駢文》二卷,族兄舸月先生箸。先生博文贍涉,尤究心鄉國文獻,嘗預修本縣方志,[1]鉤沈索隱,遠有功緒。中年以往,累主講郡縣[2]書院,門庭著籍,殆數百人。爲文章嫥尚駢耦,意度節族,力趨翔雅,不以奇佹詭費之辭自衒。撰《曾燠〈駢體正宗〉三箋》,①具稿二十巨册,用力最審,未及發槧而先生卒。湛思閎識,[3]湮鬱没世。生平勤恁箸書,不三十年而若存若亡,幾于無傳,有識者所爲悁悁而悲也。[4]先生撰箸,已刻者衹《匏繫齋詩鈔》四卷。② 是集爲先生所自定,其子某謀校刊之,苦貲[5]不繼,將丐助于人,屬开一言以爲之先。惟此短書簡帙,其傳之之難已如是,而《三箋》

---

① 今有《國朝駢體正宗評本》十二卷補編一卷,[清]曾燠選,姚燮評,張壽榮參,光緒十年(1884)花雨樓朱墨套印本。
② 據《伏跗室藏書目録》著録,有光緒三十三年刻本二册。

之流布,益無望已!於虖,[6]士之窮年矻矻,欲以其心力餉遺後人者,[7]誠奚爲也。[8]

【注】

　　王雷《慈城書話》之三:"《浮碧山館駢文》二卷,慈溪馮可鏞撰,民國六年(1917)鈞和公司鉛印本。……集中共錄賦序記論等二十八篇,記慈邑事頗多,如《張麟洲見山樓詩集序》《戎琴石古西草堂詩序》《重建闞相祠記》《公祭龍山明季忠臣祠文》《募修慈北洋山殿疏》《爲施九韶大令勸捐積穀啓》等。末有族弟馮开跋,稱其'爲文章專尚駢偶,意度節族,力趨翔雅,不以奇佹亂費之辭自衒',又云'是集爲先生所自定,其子某謀校刊之,苦貲不繼,將丐助于人,屬开一言以爲先',刊本每卷末署'慈溪馮貞群校'……馮可鏞少即以能文名,咸豐元年(1851)鄉試中式,時年僅二十三。而後竟久困公車,八上春官未第,遂居鄉授徒著書,絶意進取。"①準此,則馮君木此序之作,不當早於1917年。

　　又,《僧孚日錄》辛酉九月廿七日(1921.10.27)條:"《浮碧山館駢文》二卷,慈谿馮可鏞舸月箸。夷父從伏跗室索一册見贈。馮爲吾師族兄,所箸《駢文》外,有《鮑繫齋詩稿》已刊;最爲巨帙者,《國朝駢體正宗三箋》未刊。其子不肖,幾次將稿本滅名售與日本人,經他人阻止,始已。吾師跋所謂'《三箋》之流布益無望,士之窮年矻矻,不惜耗其心力以餉遺後之人者,誠何爲也'!又聞馮在日,治家絶嚴,聞子過惡,鞭笞至苛劇,故人不敢以其子過惡告。過猶不及,聞者所爲累欷太息者也。"②

【校】

　　[1]預修本縣方志:《浮碧山館駢文》卷末馮开《跋》作"與修本邑方志"。

　　[2]郡縣:《浮碧山館駢文》卷末馮开《跋》作"郡邑"。

---

①　《古鎮慈城合訂本》(21—40期)下册,第13頁。
②　《沙孟海全集·日記卷》,洪廷彦主編,第243頁。

[3] 閎識：《浮碧山館駢文》卷末馮开《跋》作"淵識"。

[4] 有識者所爲悁悁而悲也：《浮碧山館駢文》卷末馮开《跋》作"其可喟也"。

[5] 貲：《浮碧山館駢文》卷末馮开《跋》作"資"。

[6] 於虖：《浮碧山館駢文》卷末馮开《跋》作"嗚呼"。

[7] 欲以其心力餉遺後人者：《浮碧山館駢文》卷末馮开《跋》作"不惜耗其心力以餉遺後之人者"。

[8] 誠奚爲也：《浮碧山館駢文》卷末馮开《跋》作"誠何爲也"。

【附錄】

《浮碧山館駢文》的内部構造
(丁巳春寧波鈞和公司校印本，浙江大學圖書館藏)

卷首	光緒慈谿縣志傳
卷一 17首	吉祥草賦、擬浙江重修文瀾閣請頒藏書表、蘆槎逸士詩集序、萬悔菴先生續騷堂集序、張麟洲見山樓詩集序、戎琴石古西草堂詩序、鄧似周詩草序、國朝駢體正宗評本序、爲程稻村贈鄭令孫憚伯詩序、爲程稻村送彭雪琴宮保自浙反楚詩序、重建闞相祠記、典午人物論、公祭龍山明季忠臣祠文、誥授資政大夫國子監祭酒加五級廣東提督學政章公神道碑銘二首、王孝子誄、謝張細年同年惠鱘膏鯊翅啓、喻駢
卷二 11首	募修慈北洋山殿疏、爲施九韶大令勸捐積穀啓、程叔漁封翁七十雙壽徵詩文啓、楊母任太孺人八十徵壽言啓、程叔漁封翁六十晉八壽序、張月亭六十壽序、鄧晉占六十雙壽序、誥授朝議大夫陳峻峰先生八十壽序、從弟卓堂學博五十壽序、夏母朱夫人六十壽序、凌母王太孺人七十壽序
卷末	馮开《跋》

《蒓鄉詩集》序

《蒓鄉詩集》，鄞范蔭侯廣文樾著。廣文神秀媚學，早著采譽，弱歲受知督學寶應朱文定公士彥，以諸生隸錄詁經精舍,與項梅侶、馬石民、吳桼華諸勝流游,學以銳進,尋舉道光十四年鄉試。婁見絀禮部,用大挑得教職,歷任慶元、海寧、嘉興、杭州校官。陶淑後進,勤勤接納,束脩求誨,恒充庭間,發聞成業,蔚焉稱盛。在杭州最久,物論歸之者彌衆。寇患犒定,晉豫大無,應方伯寶時、丁大令丙募眥澹災,文移箋啓,一倚廣文以(辨)〔辦〕。廣文日草數千言,因人敷辭,不相糅雜,沈摯悽切,見者動心,先後斂輸存濟亡算。光緒七年,引年乞老,優游子舍,不關世紛,飾巾待期,時至則行,年八十矣。廣文仁於接物,勇於任事,周恤施捨,若慰飢渴,而天懷恬澹,榮辱得喪,壹不經慮。自其壯彊,汔於耄年,樂志墳籍,頡頏靡怠。夙昔尤喜稱詩,抒渫蘊蓄,不溢其量。嘗徧和陶淵明詩,冲矜遠思,克葆清妙,然不自衒售,托旨古人,獨寐寤歌而已。後三十年,廣文孫承祐,緝香遺著,都得詩若干首,寫定二卷,屬开校審。开鄉里小生,義不當有所論列,謹次行義,著之簡耑,知人論世,庶資後之君子。

【注】

　　由光緒七年下推三十年,乃宣統三年(1911)。該年,馮君木應鄞縣人范承祐之請,爲其祖范樾遺著《蒓鄉詩集》作序。

　　又,《鄞縣通志·文獻志》云:"范樾字蔭侯,號蒓香。生有異禀,年十二,盡通諸經,旋成諸生,爲學使寶應朱文定所識,拔送入詁經精舍。肄業,中道光十四年舉人,以大挑得教職,終杭州府教授。居杭日,勇於赴義,曾兩度表章先烈張蒼水,修墓建祠,並爲鄞士創立試館。有功鄉邦文獻,見重一時。子端揆,字敘卿。同治四年,補行恩正科舉人。歷任江蘇宜興、四川南川等縣知縣。端揆子承祐,別見。"①

────────

　　① 《鄞縣通志》第四《文獻志》甲編上《人物(一)》,第 355 頁。

《葉蜺仙遺稿》序

葉君霓仙,儓定醖藉,不驚紛華,數上春官,汔于不遇,泊然而已。生平微尚,雅擅填詞,取徑姜、張,分寸[1]悉協。雖所存亡多,[2]而單絲孑軫,歸于雅適,尋其意旨,要越常倫。余與君年輩差懸,戊戌客京師,逆旅槃停,朝夕奉手,文字密合,遂結忘年之契。余嘗語君:"詞之爲道,意内言外。止菴有言:[3]'以有寄托入,以無寄托出。'入於意内,出於言外,匪直達詁,實爲懸[4]解。"君恒嗟歎,以爲知言。南旋而後,罕與人事,端居多暇,[5]惟以矢詩自遣,逡巡數載,[6]遽謝賓客。二十年來,世變膠擾,風流歇絕,嗣音寂寥。追惟疇曩晤語,清言微笑,惝怳在眼,日月棄我,冉冉老至,死生契闊,永隔天壤,徘徊[7]今昔之思,蓋不徒爲君傷已。屬伯子秉成、叔子秉良刻[8]君遺著訖,遂書其耑,[9]用發歎唱。

【注】

葉同春(1855.3.21—1902.7.22),字霓仙,慈谿五馬橋人(今屬餘姚市三七市鎮)。光緒五年(1879)舉人,不受官,居家讀書、課子弟,以詩詞自遣,著有《霓仙遺稿》。《霓仙遺稿》書末:"先君子生平著述不自愛惜,每有所作,隨手散落,留存甚尠。自壬寅棄養,①迄今廿年,秉成兄弟衣食奔走,卒卒少暇,先人遺緒,末由覶理。去歲,叔弟秉良自奉天歸,始謀刊印,發匧蒐討,寫成一册,凡得詩二十五首、詞三十六首,合爲一卷。援林佶《寫漁洋精華録》例,屬錢君伯留書而刊

---

① 《霓仙遺稿》卷首陳訓正《葉君碑陰記》:"君諱同春,霓仙其字也。……君以咸豐五年乙卯二月初四日生,光緒二十八年壬寅六月十八日卒,得年四十有八。"

之。辛酉十月，長男秉成謹識。"準此，則《葉蜕仙遺稿序》當作於1921年。忻江明《四明清詩略續稿》卷四："馮开序《遺稿略》：君澹定醞藉，不驚紛華。雅善填詞，取徑姜、張，歸於雅適。家居罕與人事，唯以矢詩自遣。所作不自收拾，裒集之，得詩二十五首、詞三十六首，合刊爲《霓仙遺稿》。"①

又，陳訓正、應叔申亦嘗分別作詩。陳氏《題霓仙先生詞稿》云："夢緦老矣西麓逝，法曲飄零不可聞。一夕玉參差忽起，月殘風曉望夫君。黃茅白葦吁可嗤，章句雖多奚以爲。才人咳唾原矜貴，兩字應題片玉詞。"②應氏《悔復堂詩·題葉霓仙同春遺詞》曰："境迫愁無極，才高命轉妨。含思作悽婉，點筆到蒼茫。綺語償東澤，悲歌吊北邙。傷心天福靳，何處問陳芳？"

【校】

[1] 分寸：《霓仙遺稿》作"分刊"。

[2] 亡多：《霓仙遺稿》作"無多"。

[3] 言：《霓仙遺稿》作"云"。

[4] 懸：《霓仙遺稿》作"縣"。

[5] 多暇：《霓仙遺稿》作"杜門"。

[6] 逡巡數載：《霓仙遺稿》作"逡遁數歲"。

[7] 徘徊：《霓仙遺稿》作"徘回"。

[8] 刻：《霓仙遺稿》作"刊"。

[9] 遂書其岑：《霓仙遺稿》作"輒書卷岑"。

---

① 《四明清詩略》，[清]董沛、忻江明輯，袁雲龍點校，寧波出版社2015年版，第1992頁。

② 《天嬰室叢稿》之七《庸海集》，文海出版社1972年版，第281頁。陳氏此詩，並見《霓仙遺稿·題辭》，題作"七言二首"。

【附録】

《霓仙遺稿》的內部構造

馮開《序》(即《〈葉蜺仙遺稿〉序》)			壬戌三月，鄞沙文若寫
題辭	詩	馮汲蒙七言二首、陳訓正七言二首、洪允祥七言一首、應叔申五言一首、楊魯曾七言二首、胡君誨七言二首、錢罕七言一首、王仲邕五言一首、蔡君默五言一首、湯璞盦七言四首、湯邂盦七言二首	
	詞	馮開《玲瓏四犯·題葉霓仙遺詞，並寄琴仙同年》、張于相《蝶戀花·題葉丈霓仙遺詞，並示伯允、叔眉、季純》	
陳訓正《葉君碑陰記》			
目次	詩	《都門書感》《晚步》《寄陳肖竹同年榕恩天台》《題板橋雜記》《行路難》《題吳梅村集》《春明聞雁》《過車廠張尚書九德墓》《送葉秋笙同年之官安徽》《芳江渡歸途口占》《游車廠禪悅寺》《春暮有感》	
	詞	《十六字令·秋夜舟中》《調笑令·對菊》《青玉案·丙戌客春明作》《金縷曲·錄別》《如夢令》《搗練子·丙戌秋日送友南歸》《憶秦娥·春明思歸》《行香子》《玉胡蝶·定海重九後》《滿江紅·庚寅曉發天津》《滿江紅·題東山攜妓圖》《滿江紅·送楊菊孫表兄之官江蘇》《賀新涼·辛卯秋日偕洪月舫、楊繩孫登吳山望江》《長相思》《醉花陰·贈尹子咸彥鋮》《虞美人·柳絮》《一翦梅·江山船》《蝶戀花·庚寅春闈報罷偶至廠肆，得紈扇一柄。扇頭畫文竹甚佳，感題其上》《憶秦娥·題大梅山民畫梅》《賣花聲·曉泊甬江口占》《賣花聲·吊甬上校書玉兒》《浪淘沙·落花》《怨東風》《壺中天·壽秦梅仙六十初度》《買陂塘·落葉》《摸魚兒·贈王體君》《踏莎行·題友人別業》《蘇幕遮·螢》《水龍吟·龍舟競渡》《清平樂·贈伶雲郎》《浣溪沙·柳》《菩薩蠻·游鳳皇山有感》《點絳唇·送沈劼安先生》	

《定海縣志》敘

　　志乘之作，羽翼惇史。外史所領，司會所掌，輶使所采，胥於是隸焉。開物成務，其揆一也。革政已還，民義昭彰，邁會既殊,取塗宜廣。先正耆彥,互立科條,大抵[1]統於一尊,畸於文勝,倫脊雖具,袪發蓋尟,必執墨守之見,以馭紛綸之局,斯又通人之蔽也。

定海懸峙海東,山海之氣,鬱爲才秀,遺文前獻,灼然足徵。顧自改廳爲縣,綿歷星紀,風政推暨,非復舊貫。澄蕩拘牽,更定阡陌,鉤稽往復,歸於翔實。非夫通方博贍、特立獨行之君子,其孰能宏斯業乎!

陳君以異縣之士,當屬筆之任,不偏人文,兼進民治,因創損益,務循其本。舉凡文化之升降,治理之消長,民生之榮悴,風俗之隆汙,疆域之沿革,財賦之息耗,物產之豐嗇,部羅州次,體用賅備,識大識小,咸有統緒。《武功》《朝邑》,頡佁高簡,以今方昔,寧但不媿之而已。

夫人群翕闢,自簡之鉅,孳乳錯綜,莫竟畔岸。民史有述,籀其至賾,絜其至渙,箸詭化之迹,探敷治之原,斯爲美也。每覽曩史,于州閭文物,動舉概較盈虛之數,無徵不信,闡往昭來,要惟方志,矧在今世,時制遷貿,蘄嚮日新,民彝物曲,都關閎旨,造端於變動,而立極於光明。後有作者,其諸亦樂取乎是歟? 紬繹既訖,[2]服其精能,輒述要略,用誶並世。

【注】

該文又可見民國《定海縣志》書末。無論是稱方志乃"正史"羽翼的這一定位,抑或對方志源起(外史所領)、職掌(司會所掌)、史料構成(輶使所采)的這類認知,在方志學的學科化進程中,無疑都是頗有意義的理論探索。

考陳訓正《定海縣志例目》云:"右志凡十五門,體裁節目,大半依據近刊《寶山縣志》(錢淦等撰)。十年以來,全國新修縣志無慮七十餘種,獨《寶山志》能不爲舊例所拘,去取最録,差爲精審,故本志略遵其例,而參之以馬君瀛、沈君椿年、施君皋之主張。《禮俗志》風俗、方言二分目實馬君助成之,圖事則施君之力爲多,列島及鹽場各項調查,皆沈君所餉云。中華民國十二年十二月,慈谿陳訓正。"①又,《申報》1925年12月10日第3版《新編〈定海縣志〉預約廣告》云:"本縣志爲慈谿陳天嬰、定海馬涯民兩先生所編纂,凡分門十五、目五十六、圖十四、表八十三,用科學方法作系統紀載,體例嶄新,圖表精詳,地方文化嬗進之跡具見於茲。中如教育、交通、方俗、食貨、魚鹽等門,皆曩昔方志付未曾有,而《物產志》之動植,細分科屬,《方俗志》之讀音,備標轉變,尤足資學校參考。其輿圖爲施兆光、張紀隆先生等所測繪,凡海底深淺、山脈高低、港灣灘礁、燈塔電綫,莫不羅列,極便航行、國防之用。朱彊村、况蕙風、馮君木、柳翼謀諸先生,咸稱爲空前碩著,非虛譽也。頃已用聚珍板仿宋字排印,裝成六巨册,定價每部六元,預約四元,五部以上九折,十部以上八折。預約十五年二月底截止,三月底出書。樣張函索幾寄。預約及寄售處:上海法租界寧波路定海同鄉會,英租界河南路錦章號、南京路有美堂、漢口路新聞報館、福州路商報館、山東路時事新報館,定海縣公署參事會,寧波日新街明星書局、西門效實學校陳訓慈君,杭州西湖新企圖陳屺懷先生,天津日租界日日新聞報館。"②

相比較而言,余紹宋(1883—1949)的評判最爲平允:"黄譽贈《定海縣志》,陳屺懷所作也,檢閲一過,體例頗好,《輿地志》中'列島''洋港''潮流'諸表、《魚鹽志》中諸表甚佳,《方俗志》中方言編亦不惡,

---

① 陳訓正:《定海縣志例目》,《史地學報》第3卷第6期(1925年出版),第53—64頁。

② 《申報影印本》第219册,上海書店1983年版,第187頁。此後,《新編〈定海縣志〉預約廣告》又相繼刊登在《申報》1925.12.15第3版、《申報》1925.12.20第2版、《申報》1926.1.4第3版、《申報》1926.1.5第3版、《申報》1926.1.6第8版、《申報》1926.1.7第11版、《申報》1926.1.8第11版、《申報》1926.1.9第11版、《申報》1926.1.10第11版。

《人物志》最差,然此志在新出諸志中亦傑出之作矣。"①

【校】

　　[1] 大抵:《定海縣志》書末作"大氐"。

　　[2] 訖:《定海縣志》書末作"迄"。

【附錄】

《定海縣志》的内部結構

册首《列圖》	輿地圖、建築圖、景片
册一《輿地志》	建置沿革、形勢、疆界、列島、洋港及潮流、分區、户口、水利、土質[未及調查,僅存其目]、氣候(災異、占候附)、名勝及古跡
册二上《營繕志》	城垣、學校、公署(監獄附)、炮臺、河渠、塘堤、街衢、橋樑[河渠、塘堤、街衢、橋樑皆未及調查,僅存其目]、會所、場廠、倉庫、善堂、公園、森林、祠廟
册二中《交通志》	水道、陸道、郵信、電報、電話、電燈
册二下《財賦志》	田賦、關稅、雜稅、地方稅及雜捐、公款及公產
册三甲《魚鹽志》	漁業、鹽產
册三乙《食貨志》	未分目,其内僅設事關民生的11個統計表
册三丙《物產志》	植物、動物、礦物、雜產
册三丁《教育志》	學校教育、社會教育、教育機關
册三戊《選舉志》	科貢、學位、仕進、公職、褒獎
册三己《人物志》	未分目,其内僅設10表分別列舉游寓、方外、列女等十類人物
册四甲《職官志》	未分目,内設《歷代職官沿革表》等3表

---

　　① 《余紹宋日記》,余紹宋著,龍游縣地方志編纂委員會整理,中華書局2012年版,第921頁。

续　表

册四乙《軍警志》	軍防、員警、保衛團
册四丙《禮教志》	祀典、宗教
册四丁《藝文志》	書目（舊志附）、金石目
册四戊《故實志》	未分目，内置"宋高宗避兵航海"等14個用紀事本末體撰寫的故事
册五《方俗志》	方言、風俗

向仲堅詞序

蜀，詞國也。大山穹谷，起伏槃互，清雄之氣，浹乎才性。審音君子，感物而動，觸緒造端，回復隱約，斂而不匱，繁而不殺，複沓而不亂，蔚若矞若，鬱爲詞境，憣怳離合之故，微乎其可思矣。孟蜀趙崇祚以《花間》一集標舉聲家，殊呻窈吟，千金一冶，歐陽炯、尹鶚、孫光憲、毛熙震[1]之倫，皆以蜀彦，駸駸其間。李白導之先河，蘇軾沿[2]其來軫，前喁後于，各極正變。蓋蜀自唐、五代、宋世已來，詞流之所宣發，事物感觸，容有不同，而深沈[3]委宛，稱其山川，則無不同也。

雙流向君仲堅，以瓊玦之才，當波蕩之會，南浮江浙，北極遼燕，家世蟬嫣，著聞蜀中，而栖皇塗路，恒犖焉不得寧其居。臨睍舊鄉，鬱伊多感，若與太白、子瞻共其飄悴者，視歐、尹、孫、毛輩[4]，策名偏朝，銷憂暇日，搴芳草于故宇，泝流塵而獨寫，匪直詘信之殊趣，抑亦慘舒之異撰已。君既不獲展于世，遭時澴涊，益蹙蹙靡所於[5]騁。迷陽卻曲，吾道安歸？

黍離之痛，匪風之思，《苕華》《菀楚》之悲，一於詞抒潟之。其詞清峻婉密，若吐若茹，雖植體先宋，要其深情奧思，即時時有夔巫間峰迴峽轉、紆曲幽邃之意。樂操土風，夫有所受，將所謂苕發穎豎，離衆絶致者乎？自頃輈張，民流政散，《小雅》曠廢，荒陂交會。君持志也潔，稱物也芳，庶通比興之旨，用申柔厚之教。空江無人，參差誰思？序君是詞，蓋不覺感音而歎矣。己巳孟夏之月，歸安朱孝臧。[6]

【注】

向迪琮(1889—1969)，字仲堅，號雙流，四川雙流城關鎮人。清末，在成都四川鐵道學堂讀書，學習土木工程。畢業後，入唐山路礦學堂(今西南交通大學)。從1912年起，先後任北京内務部土木司水利科科長、揚子江技術委員會書記長、北平永定河堵口工程處處長、電車公司常務董事、行政院參議、天津海河工程局局長等職。著有《柳谿長短句》《柳谿詞話》《雲煙回憶錄》《玄晏室知見墨錄》等書，乃近代中國比較知名的詞作家。①

又，鄭逸梅《藝林散葉》云："向仲堅詞人，於己未歲自京赴蜀，探省其父，不意甫入蜀境，爲土匪所擄，旬月始得出險，因倩人繪《望雲涉險圖》，徧徵題詠。向仲堅居滬上河濱大樓三百十三號。仲堅逝世，爲己酉三月十三日……亦云巧矣。""向迪琮能詩，但自視不及其友曹纕蘅、喬大壯，遂廢而爲詞。"②

《柳谿長短句》卷首朱孝臧《柳溪長短句序》，較諸馮君木《向仲堅詞序》，僅字句小異，疑係馮君木爲朱氏捉刀代筆而成。又，朱孝臧《柳溪長短句序》文末明言："己巳孟夏之月，歸安朱孝臧。"是知馮氏此文作於民國十八年(1929)四月。

---

① 陳雪軍：《向迪琮致趙尊岳詞學手劄考釋》，《詞學》第38輯，馬興榮、朱惠國主編，華東師範大學出版社2017年版，第392頁。

② 《藝林散葉》(修訂本)，第192、490頁。

向迪琮《柳谿長短句跋》："右舊稿《柳谿長短句》一卷，始戊午，迄於己巳，爲時十有二年，得詞百五十餘首。丙寅、丁卯間，邵次公、喬大壯同客故都，共相商榷，計汰存百二十餘首。彊村翁復爲刪定，都凡百有九首。王仲明助資付梓，大壯與劉千里、壽石工、馮若飛諸君躬任斠讎之役，閱三月而刊成。……昔人謂不爲無益之事，何以遣有涯之生，則是書之刻，或亦慰情良勝焉爾。己巳冬月，柳谿自記。"①

【校】

[1] 孫光憲、毛熙震：朱孝臧《柳谿長短句序》作"顧夐"。

[2] 沿：朱孝臧《柳谿長短句序》作"騰"。

[3] 深沈：朱孝臧《柳谿長短句序》作"沈湛"。

[4] 歐、尹、孫、毛輩：朱孝臧《柳谿長短句序》作"歐陽、尹、顧輩"。

[5] 於：朱孝臧《柳谿長短句序》脫此字。

[6] 己巳孟夏之月，歸安朱孝臧：原無，茲據朱彊邨《柳谿長短句序》補。

【附錄】

《柳谿長短句》（己巳冬雙流向氏刻本）的內部結構

卷首	朱孝臧《柳谿長短句序》、邵瑞彭《柳谿長短句序》、王履康《柳谿長短句敘》、向迪琮《序》
正文	《風流子·送人之哈爾濱》等詞 109 首
卷末	向迪琮《柳谿長短句跋》

《三程詞》題辭

子大先生哀其先公雨滄先生《湖天曉角詞》二卷，及哲兄

---

① 《民國詞集叢刊》第 3 冊，曹辛華編，國家圖書館出版社 2016 年版，第 547 頁。

彥清先生《牧莊詞》三卷，傅合己作，統標曰《三程詞》，校理斷手，授簡徵題。自湖天發藻，名章迥句，聲容並茂，牧莊揚其波瀾，子大拓其門廡。例之於詩，鄴下塤篪，每含橫槊悲涼之氣；擬之於筆，眉山笙瑟，不隊權書振宕之風。多寡雖殊，蘄向斯壹，一門洋洋，會於風雅已。湖天之詞，清雋朗麗，動多警絕；牧莊之詞，鬱伊悽宕，長於抒情。子大托體高奇，宮商發越，微吟澤畔，聞嬋媛太息之聲，彈指花間，致窈窕造哀之意，拾芬芳於騷辯，嚴分刌於令慢，寧直家傳別集，嗣響彌遒，庶幾樂操土風，南音日競也歟！子大曩自刊《定巢詞》若干卷，晚歲理董，頗有刊落，益以《鹿川詞》二卷，凡《三程詞》都若干卷，循誦既訖，輒墨卷尾，藉申膺服之誠，敢附喤引之末。

【注】

考易順豫《三程詞鈔跋》云："年丈程雨滄師《湖天曉角詞》二卷，塚嗣子樸君曩刻于瀏陽，未幾版毀。子大親家搜輯師晚年定本，將其兄彥清《牧莊詞》付諸手民。其門人呂、夏二子，因請並子大《鹿川詞》合輯，遂爲《三程詞鈔》之刻。……予嘗欲覆刻先布政公《函樓全集》暨先中實兄《哭庵遺書》，衰疾交侵，校理未畢，讀此不勝感喟。己巳夏六月望，漢壽易順豫由甫謹識於海上。""十髮門人爲援二王、三蘇例，校印《三程詞鈔》，意至厚也。又援天地人三才之例，以人出於天，義原統括，號曰三才，與茲編以子出於父，署曰三程，義得類證，爲附書之。順豫又記。"①茲疑《〈三程詞〉題辭》與易氏書跋同期作於民國十八年（1929）夏。

---

① 《程頌萬詩詞集》，程頌萬著，徐哲兮校點，湖南人民出版社2009年版，第570頁。

【附錄】

《三程詞鈔》總目

作者簡介	被收錄的詞作	備註
程霖壽，字雨滄，晚號箕叟，湖南寧鄉人，官湖南常德府學教授	《湖天曉角詞》2卷，50首	凡8卷，都詞355首。九江呂傳元編鈔，眉山夏忠道校印
程頌芳，字彥清，一號牧莊，程霖壽次子，出嗣伯父	《牧莊詞》3卷，185首	
程頌萬（1865—1932），字子大，號鹿川、定巢、石巢，晚號十髮居士，曾官湖北造紙廠總辦等	《鹿川詞》3卷，120首	

朱穉谷翁自撰年譜第一敘

　　史有體，曰紀傳，曰編年。史有別，曰國曰方，曰家曰人。年譜者，人史也。人史而編年者也，或人撰，或自次。人撰者，述德則備，校行則周，紀言則通以贍，其蔽也飾；自次者，無夸詞，無漏義，無諱無過，不及必審。自次年譜，奚自昉？曰：昉之孔子。孔子不云乎："吾十有五而志于學，三十而立，四十而不惑，五十而知天命，六十而耳順，七十而從心所欲，不踰矩。"循年歲遞嬗之迹，證行能漸進之序，片言賅括，而畢生之本末具焉。近世學者若錢竹汀、瞿木夫、張月霄輩，皆自譜其年其事，皆躬行實踐之事。其言皆甘苦有得之言，內當于厥心，外無不可以告人，趣昭詞覈，取捨犁然，異乎子弟後進鋪張掇拾之紛紛耳矣。

　　蕭山朱穉谷翁，以明經大師取重鄉閭，端居教授，箸弟子籍者無慮數十百人。中歲絶意仕進，築室錢塘江上，倚農桑自贍給，出而省稼，入而課蠶，布衣蔬食，邈焉不復問當世事。五十而後，井邑多故，父老敦迫，不獲已，逡巡復返其鄉，尋被舉爲鄉議會議長，與利革弊，益廩廩以言職自靖，鄉人悦服，奉爲職志。翁仁心爲質，不屑標揭名行，理董鄉政，務既其實。值歲大歉，饑民聚而讙譟，望門投止，冀得當圖一逞，富室洶懼，翁因勢利導，巨貲頃刻立集，按户散粟，所全濟無算。革政之始，盗賊颷起，翁用兵法，部勒鄉人，徼巡扞衛，晝夜更番不少懈，奸宄斂迹，遠近恃以無恐。夙昔待人，出于至誠，病則餉之藥，貧則遺之金，隱約顧藉，竭力之所堪而已，無與焉。跡翁所爲，大率澹于處己，勇于爲人，道德既孚，而感被之情著，將非所謂儒效者歟？

甲子之歲，翁年七十，叔子鄭卿以翁自次年譜屬敘。竊惟翁之懿行清望，固宜有尊信而傳述之者，顧或述焉而不詳，詳焉而不諦，其不能章闡潛德而塞鄉人之意，猶之闕也。翁以孔子從心之年，取古人自述之義，年經月緯，舉其生平之所踐涉，咸屬比以會其要。揆翁撝謙之旨，亦欲以是昭來許、示子孫已爾，不知積人成家、積家成方、積方成國，國史之所甄采，將必自一人始。荀子有言："言遠則略，言近則詳，略則舉大，詳則舉小。"是以家乘詳于方志，方志詳于國史，取之雖簡，儲之必繁。然則是譜也，下以增家乘之故實，中以資方志之徵信，上以備國史之要删，細大不遺，要有待于後人之論定，而非馬、班之自敘成書最舉大要者比矣。曩者，龔璱人爲阮文達公六十歲年譜敘，其末有云："俟公七十之年，更增十卷之書，當更敘之。"此其第一敘云爾。鄭卿言翁闇脩勤學，老而勿倦，神明彊固，猶不減壯盛時。自今以往，十年、廿年、三十年，進德彌劭，所譜亦彌真實而有旨，汔緒之日，殆遼乎其不可期也！遂援龔氏例，書之爲《第一敘》。

【注】

甲子之歲(1924)，蕭山朱穉谷年將七十，自撰年譜。應其子朱鄭卿之請，馮君木爲其自撰年譜作序。馮氏此序，既效仿當年龔自珍爲阮元六十歲年譜作序之先例，而名之曰《第一敘》，又在序文中縱論其史學觀念。

又，沙孟海《朱君生壙誌》曰："君名鼎煦，字贊父，浙江蕭山人。……留居甬上，爲律師卅年，所以爲辯護之職，務申民隱，揚直抑頑，有益人群。是亦爲政而不牽於位，故得游心藝文……前代精槧之本，往哲未刊之草，側訪旁求……父嗣奇，清歲貢生，候選訓導。"①是知朱鄭卿之父名嗣奇。

考《僧孚日錄》云："(甲子五月十日)燈下草《朱丈七十壽徵文啓》，大概略定。……前所爲《朱丈徵文啓》，翼日(十二日)諦視，無可取者。今夕因重行構造，得五百餘言，纔成半篇耳。……(十四日)夜中，續成《徵文啓》。此文乃用漢碑句調，多之，恐貽不論之誚。……(十五日)刪潤《徵文啓》，既脫稿，繕寫一通，送呈師正。……得夷父電話，述師言：'所爲啓甚佳，已寄甬矣。'爲之喜慰。"②準此，則馮君木此敘，不當早於甲子五月十五日(1924.6.16)。

《慈勞室圖》序

《慈勞室圖》者，葛甥暘爲其母馮孺人作也。暘少也孤，孺人竭心力拊畜之。比長，宦學四方，旅處羈屑，恒不得寧厥

---

① 《沙孟海全集·文稿卷》，汪濟英主編，第456頁。
② 《沙孟海全集·日記卷》，洪廷彥主編，第640—642頁。

居。感於其母疇昔保家之苦,與其今者夙夜瞻望不可奈何之情,旁皇返顧,以有是圖。斯亦凡百人子者,不得已之所爲作也。

余於孺人爲從父兄弟,母俞恭人又先孺人姊也。平居顧藉,不異同氣,每念孺人歸葛四十年,天屬之乖,門祚之衰落,其顛沛蹙迫之境,類非恒人所克堪。孺人彊力支屬,靡所于沮,綢繆拮据,僅乃得有今日,是豈無所操而然耶?米鹽淩雜之勞,又不足以云矣。孺人二十歸葛,葛故舊家,食指累數百。翁性嚴厲,有寵妾方用事,姑鄭宜人慈而懦,①獨愛憐孺人,顧力不足以庇,孺人小心將順,不使有纖微過差,婁受訶遣,略無忤色,鬱邑十載,病瀕死者數矣。迨翁即世,庶姑要與異籍,孺人偕其夫奉姑以居。夫又多疾,疾少間,則詣交舊,藉博進自遣,夜夜達旦歸,孺人夜夜坐守之。無何,夫疾病,孺人脇不貼席者彌一年。夫卒未幾,而長子又殀。方是時,葛氏之不中絕者幸耳。孺人當危疑震撼之頃,上事衰姑,中撫弱孾,下督童稚,凝神併力,以與不可知之時命相觝距,譬若泛孤舟於江海之中,颶風驟至,檣櫓摧折,舟人相顧駴愕,而行舟者方且從容鎮攝,耳不旁騖,目不旁眴,把持挽捩,務有以脫險而即於夷,雖無必全之算,要不容不爲求全之計。孺人之所以保持門户者,亦若是則已矣。

癸丑之歲,余盡室徙鄞,所居與孺人僅隔一牆。時晹才十三四歲,家難方稍稍定,孺人則命晹從余游,一日之間,晹

---

① 《僧孚日錄》癸亥十二月廿七日(1924.2.1)條:"夷父大母鄭太宜人祥祭,設位於天寧寺。"是知鄭太宜人卒於1920年代初。又,《僧孚日錄》甲子五月廿二日(1924.6.23)條謂葛晹夫人乃周匀子。

足迹僕僕於吾家者，不啻十數往復。晹體羸，時時患作，孺人憂惶萬端，嘗摩晹頂笑語："余安得吾髦茁壯如犢子乎。"髦，晹小字也。余既密邇，孺人殆無三日不相見面。孺人每過我，輒瑣屑談家常以爲憂喜，然勿能久淹，久淹則鄭宜人促歸之使命至矣。蓋宜人年已七十許，動止必於孺人，姑婦共處一室，寢興服食，幾須臾不可得離。孺人五十之年，身爲人姑，而其於姑也，顧猶不改其爲新婦也。茲尤孺人之孝所宜食報于其子者，不惟以勞而已也。乙丑六月，孺人六十生日，晹受室既九載，生二子矣，將自上海歸，蘄有以爲母壽者。遂次較略，箸之圖右。古人有言："願君之無忘在莒也。"晹乎，爾亦無忘而母之勞焉耳矣。

【注】

《僧孚日錄》民國十四年閏四月二十日條："與通叔同過夷父，即就其齋所，爲刻'夷谷'二字，又爲題'慈勞室圖'四字。圖爲陳姓者所寫，夷父篤念慈勞，故製此圖，嘗屬余撰記，卒卒未遑爲也。……（六月二日）燈次作《慈勞室圖記》，成之。此文摹擬容父，殊不類耳。……（六月三日）夜深，師爲改定《慈勞室圖記》。"[1]據此，既可知《慈勞室圖序》初稿乃沙孟海所擬，也足以確定該文定稿於1925年7月23日夜。

又，陳訓正亦嘗題《慈勞室圖》，是爲《哨徧題葛晹〈慈勞室圖〉》詞："嗟汝葛生，先聖有言：'孝養先親志。'曾是乎，雖犬馬皆能，敬不別人也！何以生曰：'唯吾無以安吾母，吾悲吾賤而無似，嗟吾母之年六十而不得休，生子如此是可哀，吾罪亦奚辭？吾焉敢忘吾母之慈！夫子哀吾，爲吾作圖，勞吾母氏。'圖爲其師趙叔孺所作。 噫！自我爲兒，不聞吾母言及戲。衣垢而食敗，三十年苦作計，至今日如斯，嘗呼兒謂：

---

[1] 《沙孟海全集·日記卷》，洪廷彥主編，第826、841—842頁。

'惟人安遇能逃恥,兒讀聖賢書,須兒無辱,不須兒得驕貴。'懿哉母明惠,庶其幾時之人,誰復尋如之?曷生乎,今世何世,毒蛇猛獸,相與比比而皆是,但知有子,不知有母,而汝乃獨何意。吾聞慈母生格兒,覽斯圖者,信之矣!"①

南園《小隱圖》序

　　南翔鎮屬嘉定,南距滬三十里,而強自路軌敷設,行旅往復,時刻可達,名商僑士,四至而會,遂屹焉爲滬北要鎮。其地川原夷曠,林木蔚然深秀,雖煙火日增,而野色四匝,視滬上有喧寂躁定之殊。自滬來者,樂其清空,往往裹回墟里,抵暮而猶不欲歸,其天勝也。

　　曹君蘭彬,貨殖滬上數十年矣。中年已往,冥心學佛,追惟疇曩乘時赴會,所以勞役其形神者,日不暇以給。入機出機,不期而動,反本之一念,厭滬市溷濁,思欲別闢蕭遠之境,藉以攝麛散而歸之。壹游南翔,得所謂南園者,驚而致之,芟冗彌闕,小加綴葺,亭榭樹石,繚曲幽邃。或請易所署,蘭彬曰:"立名取義,適著意執。園以南始,亦必以終。吾無容心焉。"卒仍舊貫,署曰"南園"。於虖,可以思矣。蘭彬意量恬逸,恥以心鬭,廢箸所入,推恤寠貧,顧不樂爲名高,黯然自適而已。夙耽詩事,熏修之暇,恒集勝流名德,槃桓觴詠,用爲樂笑。既獲斯園,益思遂其嘉遯。園側故有槎水,水波淪漣,皎焉沖照,若與虛明之性同其流止者。臨流容與,憺乎證道,妙於無窮,茲可謂頤志弗營、履道坦坦者也。夫自動而静,道之

---

① 《天嬰室叢稿第二輯》之三《末麗詞》,1934年鉛印本,天一閣博物院藏,索書號"朱7885"。

始也，及其超豁，動静胥捐。蘭彬棲心玄邈，雅不願以塵容俗狀淆其念慮，旁皇卻顧，不得已退藏林野，以自極其所可至，何思之遠歟！由是而之焉，不累不飾，不徇於耳目内外之養，畢足斯安時處順，無在不適乎坐忘之旨。古人有言："隱初在我，不在於物。苟愜神明，雖城市，則可也。"然則蘭彬之於斯園，特暫托焉耳矣。會蘭彬寫《小隱圖》，屬序，遂書之，以廣其意。

【注】

《寧波旅滬同鄉會月刊》第 88 期《曹蘭彬熱心教育》："鄞縣籌設民衆教育館，日前曾經委員會議決，擬在五鄉碶、姜山、韓嶺、石碶、鄞江橋等五處，擇定一處在案。兹聞漁源鄉陶公山旅滬巨商曹蘭彬，獨出鉅資新建校舍。本辦有光裕完全小學一校，現擬擴充另建校舍，即將該光裕原有校舍全部，撥充爲辦理民衆教育館之用。其地在東錢湖之中心點，四面凌波，風景超絶，一則可供湖中點綴，足增湖山之色，且足鼓遊人興味。並聞購有藏書三千元，願助爲設立圖書館。如曹君者，洵足稱熱心公益者矣。"（第 17 頁，1930 年 1 月發行）

又，1932 年 8 月 12 日、13 日，曹光裕堂賬房連續兩天在上海《申報》刊登"謹啓"報喪："曹蘭彬先生於國曆本月十一日三時四十分逝世。"曹氏病逝後，浙甬名士紛紛撰辭作贊，忻江明《曹君蘭彬像贊》便作於此際："錢湖之水盈盈兮，似君貌之清。……始見君之貌兮，今則見君之心，形有時而斁兮，心亘古而常惺。青山無恙兮，湖流有聲。告我邦人兮，式是典刑。"①

楊省齋先生六十壽詩序

开年二十二，從游楊省齊先生之門。先生令聞懋學，門

---

① 《鶴巢詩文存》，黃山書社 2006 年版，第 206 頁。

庭箸籍，份份稱盛，受知文字，开則獨深。越二歲，开與先生同舉拔萃科。先生尋以知縣需次江蘇，浮湛十年[1]所，卒棄官歸，而开亦澶迹校官，一[2]權麗水，困不得復，汔於靡就。師弟之不諧於世，亦其所性然歟。

先生外夸[3]內介，操行至嚴，始至江蘇，餘姚邵撫軍友濂聞先生名，言於大吏，聘先生爲其子師，賓敬體貌，日月弗衰。邵時宦成，居江蘇，門生舊吏多據上游，車馬紛遝，過從甚盛，一言援引，立得美授。先生深居養晦，都無干托。邵心重先生長者，賓游[4]高會，必請與讌。先生自惟身爲屬吏，委蛇上官，匪直近慢，亦幾於諂，嚴閉固拒，[5]婁[6]以疾辭，久且不樂引去，同官竊竊，以爲[7]怪笑，先生夷然而已。江蘇號稱仕國，冠幘手版，趨集如麻，飛箝掉闔，獲上有道。先生以清寒之資地，秉孤耿之性韻，懷才積屈，末由小試，不亦宜乎？

先生宿究醫術，既歸隱不出，則出其緒餘[8]以濟生人，精明守數，應時通變，振瘵起廢，被德無涘。开羸質善病，自其少時，即非壯彊，神勤形瘁，尟不謂殆。先生獨謂脈象雖微，遠有根著，決其無虞；赴官江蘇，臨別贈處，戒以持養宜豫，毋輕[9]試藥。开守其戒，病以不害。先生愛开縶摯，不異骨肉，每聞开病，不竢造謁，徒步臨存，案脈處方，很很無倦。开恒私念平生所禀孱弱，疚疾苟[10]養，百出爲厲，適有天幸，見煦仁者，十餘年來，心氣差壯，性命所托，則在[11]斯人風義之篤，蓋未嘗不感而唏也。

吾邑當前清之季，宦達者尟，一命之士，稍流譽問，常爲令長所咨倚，既干政地，公私關説，或不能無擩染。先生心歉之，平居約敕，[12]嘉遁守道，牙署密邇，非公不踐，食苦澹泊，惟以力醫所入，贍給八口，[13]與其弟遜齋先生一門清望，輝映士流，鄉人交嗾，誦"二楊"焉。革政以後，議會牿立，鄉里選舉，雜流競進，儈駔僮昏，多預言職。先生以名德耆宿，長其曹耦，念民生之多艱，痛庶政之不舉，亦欲展所蘊積，助州閭之敷設，而發言盈庭，等于一閧，龐雜淆亂，雷同響應，碩畫所及，和者反罕，大率什九不得見諸施行，退而歎曰："詖辭亂政，諤言敗俗，以是爲輿論之職志，庸有濟乎！"生故骨鯁，至是彌激，稠人廣衆，力持讜論，馴至疾聲厲色，無所顧恤，輈張闒茸之徒，往往仄目以去。开嘗謂邑政解紐，罔資適從，挾私詭遇者，抵巇排迕，習非勝是。[14]先生獨以峻裁方格，揩拄其間，風雨如晦，雞鳴不已，雖彼衆我寡，莫克相勝，而閭閻清議，猶有所寄，無形之鞞補，在彼不在此，識者韙[15]之。

甲寅六月，先生六十生日，配周夫人亦與齊年。同心之交，承學之士，咸從先生飲酒，賦詩上壽，用爲樂方，而屬开序之。开聞之古訓：仁必有勇，此儒家言也；慈故能勇，此又[16]老家言也。先生明醫愷惻，常善[17]救人，曰仁曰慈，昭著蓋夙，而貞懷亮節，激昂自將，勢利不能移，聲氣不能奪，天下之勇，莫大乎是。惟仁慈，故心恬定；惟勇，故氣充然而無所于餒。外召天和，內固靈明，延年之道，靡[18]弗由此。輒發其恉，[19]爲先生壽。不及夫人者，敵體之義，壽先生即所以壽夫人也。

【注】

據文末"甲寅六月，先生六十生日，配周夫人亦與齊年。同心之交，承學之士，咸從先生飲酒，賦詩上壽，用爲樂方，而屬开序之"云云，足以認定《楊省齋先生六十壽詩序》作於甲寅(1914)六月楊省齋六十歲生日前。該序不但簡要地回顧了楊先生的主要事蹟，更將之概括爲"仁"與"慈"。1934年,該文被刊登在《青鶴》雜誌第2卷第11期"君木遺文(三)"欄。

又,陳訓正也曾在楊省齋先生六十大壽前《呈楊省齋先生》詩:"……吾黨二三子,鳴鼓奮公門。詩書爲干櫓,幸未孤此授。斯文天不喪,夫子與並壽。取我百辟金,鑄作青文鏤。上言長毋忘,下言長相守。臚美起邦誦,謹爲師門酳。"①

【校】

[1] 年:《青鶴》脱。

[2] 一:《青鶴》脱。

[3] 夸:《青鶴》作"夷"。

[4] 賓游:《青鶴》作"賓朋"。

[5] 拒:《青鶴》作"絕"。

[6] 婁:《青鶴》作"屢"。

[7] 以爲:《青鶴》脱"以"字。

[8] 緒餘:《青鶴》誤作"緒論"。

[9] 雜:《青鶴》誤作"輕"。

[10] 苛:《青鶴》誤作"奇"。

[11] 在:《青鶴》誤作"左"。

[12] 先生心歉之,平居約敕:《青鶴》誤作"先生心歉歉,平在約敕"。

[13] 口:《青鶴》誤作"只"。

[14] 勝是:《青鶴》誤作"券足"。

[15] 趯:《青鶴》作"是"。

[16] 又:《青鶴》誤作"不"。

[17] 善:《青鶴》誤作"美"。

[18] 靡:《青鶴》誤作"慶"。

---

① 《天嬰室叢稿》之九《閼逢困敦集》,文海出版社1972年版,第383頁。

[19] 愔：《青鶴》誤作"指"。

送章生歸處州序

往余攝麗水學官，處郡城二年，所凡近治山水可游者，靡勿有其蹤跡。煙嵐水石之奇，往往狎而習焉，而于其邦之士大夫，則罕有相通接者。每登櫸山，望崇岡駢嶂，[1]回薄鬱深，謂宜有離世超奇之士出其間，顧寂寥不可得遇，意常恨之。

罷歸近十年，而章生叔言以弟子禮來見，與之言，意量蕭然，稱其山水也。叔言困於貧，別其母，客授吾鄉，而性特孤冷，對人恆落莫無一言，顧獨暱好余。始余官麗水，叔言未冠也，其家密邇學舍。叔言時余出游，輒自通於左右，徘回[2]齋中，手寫余詩文以去。既習余，爲余誦之，猶能畢其詞。辛亥、癸丑間，余累喪其耦，慼慼無以自克，叔言相從悽惘中，所以尉薦之者萬方。然叔言故善悲，夜闌被酒，或忽忽長歎泣下，其傷心殆有不欲喻諸人人[3]者。竊惟余之寡諧，居叔言之鄉，[4]曾不獲一人與交，遲之又久，叔言乃自數百里外躡跡相尋而至，轉旋曲折，以有此合并也，氣類感通之故，又安從而意之？

叔言工文章，[5]所蓄積甚深，少日治兵家言，銳欲有所爲，[6]既而不樂棄去。同學中多志得者，屢[7]招之，輒拒勿往。往來申甬間，倚傭書[8]自贍給。數世單傳，年三十尚未有子息。一日將歸，臨別蹙額語余："今世事無足復厝意，然每念老母，又使人不敢厭其生。"余對之亦無以云也。雖然，處州多佳山水，以叔言之才，又足以發其奇，奉母偕隱寐謂以窮年,世雖亂,誠未見生之必可厭也。行矣叔言,南明、三巖之間,①山容壁色,猶如昨乎？吾昔年所題字,猶有存焉者乎？異日謝人事,吾從子,老于是矣。

【注】

　　該文曾以《送章生歸麗水省親序》爲題(署名馮君木),刊於《申報》1916年11月19日第14版。②

　　《陳布雷回憶錄》民國元年條:"任教於郡城效實中學。……獲交麗水章叔言,叔言爲君木先生得意弟子,居慈谿最久,性介直孤冷,好詞章,以家庭多隱痛,喜作苦語,然性情篤厚,待人出於至誠,朋輩中別具一格者也。"又,《陳布雷回憶錄》民國二年條:"繼續任教於效實中學校。"③又,民國二年陳布雷《與章巨摩書》云:"巨摩足下:急景飆馳,尺波電謝,與子一別,轉瞬初夏。……承設教滬濱,弦訶一室,門人故舊,晨夕晤對,人生在世,貴在適意,私謂巨摩亦復得所。"④兩相比對,既可坐實"性特孤冷"之說,也足以確定章叔言從民國二年起"往來申甬間,倚傭書自贍給",但《送章生歸處州序》的寫作時間,卻似難質究,或在1916年11月19日之前。

【校】

　　[1] 崇岡駢嶂:《送章生歸麗水省親序》作"崇巒複嶂"。

　　[2] 徘回:《送章生歸麗水省親序》作"徘徊"。

　　[3] 人人:《送章生歸麗水省親序》作"人"。

　　[4] 鄉:《送章生歸麗水省親序》作"邦"。

---

　　① 南明、三巖,皆麗水名勝。1938年11月1日,余紹宋游麗水,作《南明山》《石梁》《三巖》《秦淮海祠》《煙雨樓》七絶5首,事詳《余紹宋日記》(第五册,中華書局2012年版,第1507頁),詩載《抗戰建設》1939年創刊號。

　　② 《申報影印本》第143册,上海書店1983年版,第350頁。

　　③ 《陳布雷回憶錄》,東方出版社2009年版,第59—61頁。

　　④ 布雷:《與章巨摩書》,刊《民權素》第十二集(1915.11.15出版),第14—15頁。

[5] 文章：《送章生歸麗水省親序》作"文字"。
[6] 銳欲有所爲：《送章生歸麗水省親序》無此六字。
[7] 妻：《送章生歸麗水省親序》作"屢"。
[8] 備書：《送章生歸麗水省親序》作"筆札"。

應子穆翁八十壽序

余故居在城東慈谿巷，門前有槐樹三，遠望青蒼際天，爲遠祖翔宇府君所手植，吾曾王父白於府君詩所謂"門前大樹有槐花"者也。洎吾祖始他徙，閱五六十年，余復奉伯父黎卿先生入居之。其西爲應氏，鄰吾家亦百餘年。方是時，吾伯父暨應氏之老子穆翁，年皆六七十，余侍坐伯父，伯父恒稱翁長者，而翁之女孫曼昭，日就吾婦俞受學，兩家往來既稔，深有意乎翁之爲人。後吾伯父棄養，越四年，復遘婦俞之戚。續娶於陳，不半載又逝。余多病早衰，重以家難洊至，益娓娓無好懷，以視翁之康彊壽耇，蓋爲之惘然不能自克也。自余移家甬上，不獲常接翁顏色，而翁孫儒根又嘗受業於吾徒章生叔言，其事余甚謹，道甬往返上海，輒迂迴過省余，因時時得聞翁消息。翁雖起家貨殖，而恬退寡欲，初不爲孅嗇亡厭之計。壯歲客游朝鮮，廢箸所入，取足衣食而止。既倦游歸，即以家事付之子。長君渭漁，築室舊居河干，爲翁頤養之所。翁泊然處之，蒔花種竹，日尋其趣於寂莫無人之境。追惟曩昔鄰居時，每斜光欲落，往往見翁籠手門外，夷猶煙水間，候暝色上槐樹，乃始掩門以去。其神情澹遠，至今彌可思也。

丁巳十二月，叔言自慈谿至，言翁明歲八十，致其子若孫之意，欲得余一言爲壽。昔者王充氏有言："百歲之壽，人年之正；數不至百者，氣不足也。"夫所謂氣者，非必顓係乎所禀之渥薄也，見誘於利名而日以心鬪壯疆之夫，有不可以一朝全者矣。翁優游自適，超其慮於耆欲得喪之表，葆所固有，蘄所未至，其必能充實其氣以盡天年無疑也。熙甫傳筠溪翁，謂古之得道者，常游行人間，不必有異。翁殆其人與？翁殆其人與？

【注】

據文末"丁巳十二月，叔言自慈谿至，言翁明歲八十，致其子若孫之意，欲得余一言爲壽"云云，足以確定這篇壽序作於民國六年十二月（1918年初）。

又，《僧孚日錄》壬戌十一月三日（1922.12.20）條云："得夷父長箋，并寄前所付裱之師《應子穆翁壽序》稿紙來此稿有含章先生綠筆平點，故尤可珍重，即作復，并致王冰生書。"①

蔡芝卿五十贈序

余幼時體屢善病，每病，先孺人必遣迎陳丈秉耐至，或一藥，或再三藥，輒瘳。一歲中，丈足跡僕僕於吾之門者甚數。丈愛余至，而余之視丈也亦益暱。稍長，聞丈有聲曰蔡芝卿，賢而有文章，心竊慕之，既而卒因丈得納交芝卿。芝卿劭學端謹，不爲儻蕩吊詭之行，迨成諸生，益究心輿地之學，凡中外形勢、南北阨塞以及山脈水道、道里風土，詳分旷晰，咸磈然有以會其要。教授郡學垂二十年，先後箸弟子籍者亡慮千數百人，七邑之士尊爲"蔡先生"而不名云。

自學校盛立，士之挾一藝一長者，靡不倚教授自贍給；一

---

① 《沙孟海全集·日記卷》，洪廷彥主編，第413頁。

學之中，率資教師十餘人。師道既濫，學者不復奉一先生之言，其視師恒不及夙昔之重。講習駁難，往往齟齬，不相浹洽；下焉者，勿論已。乃至名流耆宿，被侮後生，或朝登講席，而暮即喪其所操；或教之甲校而效，教之乙校而不必效。師若弟貿然不得通其意，情志隔閡而學業因之失導，不其慎歟？芝卿以摯忱篤悃感孚承學，其所啓發，初不大聲以色，循循煦煦，若老嫗之詔其女；被其教者，怡懌化服，雖極驚愆桀黠之士，夷然不屑以繩尺自循，獨於蔡先生之片言單訓，殆無復有毫毛之謷忤。蓋世變雖亟，而積誠之所以格人者，猶如是也。

芝卿性慈和，視世事若麈足拂其意者，遇橫逆不平之施，輒順受勿與校。其語人，動曰"可憐""可憐"。平日治學外無所嗜好，獨好飲酒，酒後益溫克，或以語激之，則斂袂微笑。吾交芝卿，自弱歲以逮於今，蓋未嘗見其有所怒而作於色也。芝卿前余一歲生，辛酉之歲，年五十矣，追惟三十餘年前陳丈臨存撫視，溫顏愉色，猶若在眼，而吾與子少日駘蕩之光景，乃一逝而不可復追，頽唐相對，視丈當日始治余病時，其年殆不啻過之。故舊之情，傅以遲暮之感，其益使我低回流連而不能已於言也。遂取君之德業性行著於篇，將使兩家子弟有所觀感，俾知誠能動物，無取意氣之爭，而有以自全於亂世。此則區區壽君之微意也。

【注】

　　辛酉之歲(1921)，在老友鄞縣人蔡和鏘(1873—1943，字芝卿)五十生日來臨之際，馮君木特作"贈序"，意在通過載述蔡芝卿的德業、性行，使後人充分意識到"誠"的功用。

　　鄞縣人毛宗藩有兩首作於甲辰年(1904)的詩篇，曾兩次提及蔡芝卿，一爲《寄跡慈湖，俟居重九，觸物感懷，偶成一律，錄畀洪明經葆初、蔡文學芝卿,並索和章》,一名《芝卿歸甬上,葆初明經以詩送之,次韻奉和》。①但這位"蔡文學芝卿",並非馮君木筆下的那位,而是鄞縣人蔡和鏗(1873—1943)。據考,蔡和鏗字芝卿,乃蔡琴孫族叔,1904年時,任職"慈谿縣中學堂"國文主講。②

魏陔香六十贈序

余年十七,從魏和潔先生游。先生教授道廣,箸弟子録者亡慮數十百人。是歲,主吾族人錦成明經家。錦成與其弟辛存、德成皆温温有文行,而先生嗣君陔香,滑稽玩世、排調遣出,尤爲同學所樂與。余於諸同學中年最少,陔香覬其弱顏,時時相嘲謔以爲樂。每會食,陔香伺先生神不屬,輒爲種種詭態窘余,余忍笑至不能飯,先生微睇及之,陔香之色驟莊,先生或亦爲之一嘔噱也。

自先生即世,陔香益折節自策厲,尋以光緒二十三年舉於鄉。其年,余亦被録選拔科。故事:選拔生與舉人得稱同年。陔香之母夫人故爲余族姊,以師門之誼、舅甥之雅而又有同年之好,於是吾兩人之分彌深而交亦彌篤。

陔香雖以文學發聞,顧好勤細務,一事之集,必尋其端緒所在,周思密慮,必期妥帖無瑕纇乃已。余恒目笑陔香,以爲此家人筐篋間事,而不憚煩邪。余性疏闊,瞢於世故,遇親族有急難,率倚陔香以辦,陔香則爲之觓理調處,展轉往復,竭

---

① 《峽源集》,毛宗藩撰,《四明叢書》第30册,廣陵書社2006年版,第19553頁。
② 《張美翊手札考釋註評》上册,侯學書編著,文物出版社2020年版,第284頁。

力之所堪而不以爲勞。余或稱謝，即曰："休矣，此君所謂筐篋間事也。"則大笑。生平任俠好義，單門惸獨，蹙迫呼籲，動於哀矜之一念，不惜蹈百難赴之。有朱某者，以殺人罪繫縣獄，陔香詗知其冤，即與鄉人士詣縣辯白，設詞甚峻，縣令惡其訐直，漫勿省則，陰助其家人，訟理不得直，上訴又不得直，又上訴，凡再上訴，卒脫朱某於獄。獄成汔解，前後幾二年所，壹切橐饘之所資，隸役之所供億，訟牒紙札之所給與，醵費用贍乏絕，集佐證據律例，呼號奔走，營救萬方，雖由二三鄉老左右其間，要以陔香之力爲獨多。其急人之難，濟人之困，多類此者。義問既章，販夫走卒、婦人孺子莫不稱誦曰："蘭先生好人，蘭先生好人！"蘭者，陔香偏名也。

　　陔香少嘗一游粵中，四十後即不復出，居鄉日久，於鄉民疾苦知之益審，凡鄉政有屬民者，公庭集議，陔香則侃侃力爭，雖府衆怨不恤。平日繩督官吏最嚴，尤好持官吏短長。官吏新至，陔香必曲折刺得其陰事，以示藉端欲揭發者，使之有所憚而不敢恣。余嘗微規之曰："將毋爲鄧析乎？"陔香傲然曰："吾惟爲吾父老盡心而已，禍患之來，匪可逆睹，以小民之脂膏作公門之羔雁，彼錢東平又何以死哉？"蓋陔香稟吾先師敦厚之性，斂而爲精實，縱而爲伉爽，畢生所見，大氐不離乎履忠踐義者。近是遇事激發，年六十而意氣之盛猶昔，霜降木落而天地清明之氣，以摯斂而彌肅，吾有以覘陔香蓄積之有素矣。追惟三十餘年前讀書聚處，忽忽如昨日事，至今同學存者幾何？不特錦成、辛存、德成兄弟墓木之拱已也，而余與君猶得相從於蕭寥寂莫之境，呴嚅慰藉，乃若吾生之靡有涯焉，豈非古所稱爲幸民者邪？然則君意氣之盛，遇事激發者,又何爲也!會陔香生日,遂書以諦之。
【注】

《回風堂詩》卷五《哀家辛存宜銘》云:"我昔年十六,歸自松江濱,卜居抱珠山,恰與君家鄰。君家好門風,群從多彬彬。師事子魏子,課學何辛勤。我時齒雖稚,亦廁弟子倫。展席西牖下,吾伊哦詩文。每時先生出,雜遝開酒尊。拇戰訇四坐,儼然張一軍。伯子好整暇,出手見淵源。叔子語更吃,期期口沫噴。君也稱健者,爪甲揮清塵。每戰輒逐北,其聲能奪人。語言相嘲謔,裳衣任倒顛。甓騰但作豪,寧關人世艱。"

俞仲魯表兄六十贈序

余幼時,恒隨先孺人歸省外家。其時,外王母陳恭人春秋高,諸舅輩大抵三十、四十已上人,出入動止,率皆稟承意旨,不敢稍有所專輒,帝幃之地穆然,不聞嘩競聲。蓋吾外家自北鄉內徙,聚族城東數世矣。期功以外雖疏屬,而親睦若同氣,敬恭祀事,少長畢會,家法嚴肅,造次必依於禮,其長老皆惇篤君子,其子弟莫不率教受約敕,維謹詩書之氣,蔚爲門風。鄉之覘家者,往往指目小東門俞氏云。

革政以來,禮教曠絕,俞氏亦稍稍衰矣,獨我表兄穆卿、仲魯諸君,親炙先教,少成若性,而仲魯內行淳至,尤爲吾鄉所僅見,其得植立風會之外,屹焉有以相持於弗敝者,誠非偶然也。

仲魯爲我舅父筱亭先生仲子,兄弟姊妹凡九人。儒素之家,食指繁盛,當我舅父世,已有岌岌不可終日之勢。舅父故患喘疾,疾作,恒經旬不得寢息。時諸弟幼弱,仲魯與伯兄作舟更番迭侍，按摩扶掖，頃刻不離左右，失眠廢食，容色非人。久之，舅父棄養，作舟困於貞疾，不久亦卒。仲魯仰事老母，下撫弟妹，一家上下，男女二三十人，居處、飲食、喪祭、昏嫁之所資給，悉萃而責於一己。三十年來，爲父母兄嫂及弟營喪者五，嫁妹者三，娶弟婦者四，娶從子婦者一，嫁從女者一，爲子納婦者二，嫁女者一。供頓煩費，雖高訾巨室，猶不能以無索；仲魯清門素士，顧以一身負之而趨，畢世顓顓，年未六十而目眊齒禿，已若七八十人，其憔悴枯槀之狀，彌可念也。

仲魯自成諸生，即以授徒贍養家人。及學校興，始壹意董理學務，歷充杭州高等學堂、寧波中學堂監學，最後長本縣高等小學兼東城女學者幾二十年。近歲又被任縣教育局長，脩給所入，歲不過數百金。諸弟中，叔柱、季調以學，子勤以商，雖友愛懇摯，然限於資地，其力皆僅足自存，不能多有所佐助。前歲，子勤病殁，寡妻弱子，又惟仲魯是倚。仲魯束身至嚴，舍食力外，無復有絲毫非分弋取，敝衣菲食，刻苦自厲，舉凡裘穀肥甘人生愉適之享御，一切剥奪俱盡，惟以父母所生之身，還而致之父母。焦神勞形，務竭其生於兄弟骨肉間，而恬然不以爲怨，以視古者繆肜、姜肱之倫，非但得幾之而已。

仲魯於穆卿先生爲從祖兄弟。穆卿先生慈祥愷惻，愛人本於至誠，鄉鄰有緩急，不憚出全力援濟之，年七十餘，猶時時冒疾風甚雨以赴，其行近於仁。仲魯量稍隘，董學而外，不暇旁及，獨懇懇以倫常之地自靖，其德根於孝。兩君者，所趨若微不同，而其所操以維系家聲者，則無乎不同。要之，皆清修雪白、擇地而蹈之君子也。

會仲魯六十生日，余稔仲魯最詳，心服仲魯亦最深，義不可嘿已，遂取其內行爲鄉人所不盡知者，覼縷書之，以見俞氏家法一脈之所存，既爲仲魯慰薦，並以質諸穆卿先生。詩曰："雖無老成人，尚有典型觀。"於兩君之性情風概，益不能不低徊於我生之初，隨母赴外家時矣。

【注】

《俞鴻梃先生教育事業概略》稱俞仲魯生於1870年8月，卒於1945年1月。① 據此推算，則《俞仲魯表兄六十贈序》當作於1929年8月。

又，民國五年(1916)春，陳訓正應俞仲魯之請，爲俞母七十壽辰作《〈忘憂草賦〉奉壽俞母七十》，其序云："俞子仲魯昆季四人，植躬秉憲，恪慎克孝，門内雍睦，著教州里。余早與往還，備聞本末，心窮慕之，常自流嘆，以謂難能。蓋孝友之風，不見於今世也，久矣！……丙辰之春，俞子過余，言間忽戚戚亡歡，作而言曰：'嗟乎！鴻梃兄弟不肖，不能自興于衆，居賤食貧，無以顯其母，尋常肉帛之奉，又不時致，愍矣！而吾母顧坦然相忘，不以爲意。今年已七十，目未一接華離之色，耳未一聞靡樂之音，困處窮約之中，且數十年，而未一釋于其懷，縱吾母安之，有以自解，而爲人子者，獨無憯然乎哉？'……遂爲之賦《忘憂草》。"②

邵廉三六十贈言

近世習尚，每遇吉凶、嘉會諸禮，親友慶吊，紛紜雜遝，必舉一人焉，以爲之主幹，凡夫賫禮所會，錢用所稽，廳堂所敷

---

① 《師古曉月：寧波市慈湖中學百年校慶紀念文册》，寧波市慈湖中學編，2002年9月。

② 《天嬰室叢稿》之三《無邪雜箸》，第125—127頁。

設，酒食筵讌所供頓，僕役雜工所發遣指使，悉於是集權焉，吾鄉稱之曰總管。其人必精明有幹局，必持重能服衆心，必夙著操守爲主人所信重，非然者，其事不能以辦。

史稱沛令有重客，沛吏往賀；蕭何爲主吏，主進吳中，有大繇役。及喪，項梁爲主辦，以兵法部勒賓客及子弟。曰主進，曰主辦，殆今所謂總管者類也。才諝之士，伏處鄉曲，溫溫無所抒溁，恒托諸小事以自見，蓋自古然矣。

邵君廉三者，其先故爲慈谿東鄉西邵邨人，自其曾祖遷居鄞西，遂改隸鄞籍。及君還居慈，又復慈谿籍。君娶妻董氏，其外舅某某翁，無子，家有紙坊，即招君承其業。君以商人居闠闠中，和易坦率，絕不沾市上譎觚鼃滑之習，市人喜其篤摯，多樂從之游。平日尤好排解紛難，巷訌里鬨，糾擾不可理，君爲之平亭勸喻，往往夷懌罷去。久之，益得鄉人倚信，自薦紳巨室，下逮販夫輿皁，莫不曰："邵老賢，邵老有誠意，不我欺也。"君既取信於鄉，鄉人婚喪諸事，率一切倚辦君，君更事多。又習稔人，每至一家，輒條疏諸預事者名氏於籍，若司某事，若任某務，若執某役，若者可省，若者不可省，若者必備，若者不必備，繁簡華質，恒視其家之有無以爲之準，凡所部署，秩序井然，錢貨出内，毫髮不爽，人以是益服其精能矣。

余弱歲識君，其時君新贅於董氏，吾諸父行故與董稔，因是君亦常涖吾家。迨余四十後移居鄞城，彼此不恒見面；比年避地海上，踪跡彌復疏闊。然君頗惓惓於余，時以方物鄉味相饋餉，聞余省墓歸，輒徒步過存余，其深情可感也。君續娶於應，生子曰瑞華，頃已抱孫數歲矣，距吾兩人始識面時，忽忽幾四十年。嗚呼，吾與君又烏得而不老哉！

戊辰十一月，君六十生日，瑞華抵書乞言，余惟君居鄉日久，恬淡安命，初無琦行偉績可書，顧一考其平生所更歷，凡聞家故族煩賾紛劇之務，經君處分，靡勿冰解縷析，怡然得其條理，馭繁舉重，勝任愉快，其精力誠有過絶人者。取驗既往，以測未來，斯其獲壽之無有涯，可預知也。遂發此旨，以爲君異日難老之徵。瑞華試持是以進於而翁，其爲我囅然而釂一觴也歟。

【注】
戊辰(1928)十一月，馮君木應邀爲老友邵廉三六十歲生日贈言。

《回風堂文》卷二

陳鏡堂傳

陳鏡堂字晉卿,一字山密,慈谿廩貢生。生而開敏,讀書能通大義。稍長,益以節概自厲,湛思韜默,不屑屑爲標榜計。同里葉大令意深,獨視偉鏡堂,赴官臺灣,招鏡堂與俱。意深,故名宿,富墳籍,鏡堂得於其間,肆力群典,宏演泛涉,學以鋭進。性尤廉介,布衣食貧,不以一介累人。先世所舉債,悉傭書償之。潛居剡山下,躬耕教授,未始有幾微不自得之色。鏡堂雖澹定乎,然其爲人骨鯁具方格,朋曹宴語,恒退然不置一辭,間涉於是非疑似間,即誦言切愨,無回飾。鄉人鄭光祖使酒尚氣,與人少所可,獨心折鏡堂,嘗曰:"吾不畏群兒罵,畏陳生面劾也。"光緒三十四年,浙江高等學堂聘鏡堂爲教習,竟病歿杭州,年四十有四。鏡堂工文章,所爲文淵茂密栗,寖合古義。客死,子幼,稿佚,無傳者。

【注】

文末明言:"光緒三十四年,浙江高等學堂聘鏡堂爲教習,竟病歿杭州,年四十有四。"陳訓正《哭剡山》之三詩末自述則云:"剡山之死,在戊申八月,距其生之年四十有二。……剡山名鏡堂,字晉卿,一字山密,姓陳氏。"此從陳氏之說。《陳鏡堂傳》當作於光緒三十四年(1908)八月。

陳翁秉耐家傳

陳翁諱安煦，字秉耐，鄞人。父順桂，嘗刲股療親疾，以孝子獲旌於朝，生二子，翁其孟也。翁少嗜讀，家貧，勿克竟學，至慈谿執業藥肆中，暇則探研方書本草汔十年，遂以醫著，求治者踵至，翁處方審咨，一衷於誠。居慈谿數十年，與邑人梅調鼎、楊逢孫交最篤。梅、楊皆耿介士，於人寡所許，顧獨暱就翁，杯酒往還，竟日夕不忍言別。翁故好酒，每醉，貌益莊，體益俯，遇人或一揖去之，市中人往往指目以爲笑。久之，得酒疾，以清光緒廿二年卒，年五十有七。翁事父至孝，婦楊氏亦宛淑能體翁意，父性絕嚴，嘗因小故忤父旨，父操杖逐之，翁逡巡欲逃，婦訶曰："止！舅年衰，勝蹉跌乎？"翁悟，即長跽涕泣，請受杖，父怒亦解，是時翁年已三十餘，鄉人以是尤樂道之。翁有子二人，自恨廢學早，則命其次子祥翰習儒書。後祥翰業成，官京師，翁已不及見，每念翁，時時流涕也。

馮开曰：余幼時多病，每病作，先孺人輒延翁求治，翁至即復其初，孺人恒語人："陳先生生吾兒也。"翁體氣魁岸，望之藹然長者。後妻楊卒，翁年未四十，念其賢，終身勿復娶云。

王翁方清家傳

王翁方清，鄞之東鄙人。幼喪其父母，爲人牧牛自給，方春和時，它[1]牧豎多就樹下博嬉，翁夷然驅牛去，不與爲耦。[2]主人嘉其竺願,[3]稍長,悉舉田事以委。翁忠於其職,所獲恆倍鄰畝。數年儲庸直,稍稍置簿田,尋辭歸家。先世故業農穡,翁益以[4]勤勞自奮,躬耕作苦,舍田功不以[5]食。其於田也,若者宜禾,若者宜黍,亢庳乾濕,隨地質為調適,不使寸土不盡其力,以是歲歲致[6]贏息,贏輒畜田,久之田大殖,遂起其家。翁既廣積聚,則顓以[7]任恤弛舍、赴人緩急為務。閭里有義舉,翁輒首輸訾為勸造;族人死喪不克舉,輒致賻助,身自將護,或具備棺器收葬以[8]為常。平居尤以農業倡導鄉人,每語子弟:"百業唯農為上,口體之養,但求在我,斯為自立矣。大商豪儈覷機赴利,殆無復有可久之道,吾儕不勤自[9]患,耷無他歆為也。"鄉人感其言,多兼功自飭厲,或遇鬩爭,恆相率就直翁,翁不為阿袒,平亭排解,率人人滿意以去。嘗因事之鎮海,會天大風雪,寒甚,舟人不能支,翁念其勞苦,中夜令更番休,而自起操楫以行,江昏水駛不自意,仆舷外,幾溺死,直它[10]舟過,救之得免,舟人引咎自責,翁微笑而已,其仁厚多類此。翁蚤歲失學,常忽忽自恨,年三十餘,延老儒於家,每晚受課如學僮,不三月,識四五千字,能操筆為書契。卒年四十有六。

論曰:吾不識翁,識其子斌孫。斌孫服食先疇,兼究心工業,務狠狠為實行,其家法然也。嘗丐余為文傳翁,余逡巡[11]未遽應,斌孫日自十里外就視余,先後殆十餘反。觀于斌孫性情之摯,即翁可知矣。

十一年一月,慈谿馮开撰文,錢罕書。[12]

【注】

馮氏此文,1922年6月14日、6月15日連載於《時報》第14版。浙江圖書館所藏民國十一年石印本《王翁方清家傳》(編號330000-

1701-0033622),扉頁題:"辛酉臘月,朱義方拜題。"文末更明言作於1922年1月。

又,沙文若《王君墓志銘》云:"君諱方清,王氏。其先當北宋世,自臨川徙鄞,至君二十有一世矣。曾祖孝義,祖忠良,父全明,仍世農穡,敦樸相壇。君幼失父母,惸獨靡依。去投田舍,牧牛自給,逮牛稍長,服習佃作,深耕易耨,屢致大穰,主人悦喜,舉田事悉以委之。庸力數年,漸以所入稍置田疇,辭歸昏娶,克樹門户。贍生之餘,益務儲蓄,營度封殖,家業以起。既豐積聚,兼樂施舍,老徠畢葬,多所將助。嘗有行役,值大風雪,舟人力不支,君中宵起,佐其刺船,天寒股弁,俄仆舷外,他身拯持,僅乃得免。舟人惶恐謝過,君曰:'由我弗慎,匪乃咎也。'君仁心爲質,率性而行,扶貧抒急,不異身事。比其卒也,里鄰悼傷,隕涕如寫,旰其難已。君卒于清光緒十二年九月二十二日,春秋四十有六。配殷氏。子一:斌孫。女一:適仇。孫二:文周、文通。葬在高嘉鄉七里塾之原。形頌既遐,德惠莫忘。是用撰次行跡,勒銘九幽。銘曰:粤有長者,生于憂患。仁惠竺誠,式是里閈。雖曰未學,行則有方。胡天之憤,弗俾壽康。種德于先,言侈其後。嗣子之慶,有譽惟茂。茫茫邱龍,勿侵勿越。自今世世,庶揚景烈。"①

【校】

[1][10] 它:《時報》所刊《王翁方清家傳》、浙圖所藏民國十一年石印本《王翁方清家傳》皆作"他"。

[2] 耨:《時報》作"偶"。

[3] 竺願:《時報》作"篤願"。

[4][5][7][8] 以:《時報》誤作"自"。

[6] 致:原無,兹據《時報》、浙圖所藏本補。

[9] 自:《時報》、浙圖所藏本皆作"是"。

---

① 原刊《華國月刊》第1卷第11期(1924年7月15日發行),今可見《華國月刊》(民國期刊集成)第4册,上海書店出版社2017年版,第266—267頁。

[11] 逡巡：浙圖所藏本作"逡遁"。

[12] 十一年一月，慈谿馮开撰文，錢罕書：原無，茲據浙圖所藏本補。

陳君脩府傳

陳君脩府字允六，慈谿人。蚤失怙恃，事繼母甚謹，家貧，棄儒書，執業闤闠中。惡衣菲食，自處清苦，然能急人之急，人以急難告，即罄所有濟之，無靳色；遇空無時，則舉債以足其需，奔走丐貸，不啻饑寒之迫身也。里有少年某，累博累負，無以償博，進券其產，詭詞求質，君廉得其實，要之曰："審能矢戒者，當有以相助。"某流涕告悔，君卒爲貸貲，一一償訖，反其券曰："裕則歸我，無以質爲也。"某感悟，後竟勿復博。其與人爲善，率類此。生平篤於親故，族鄰戚里昏喪煩劇，靡役不與。從兄某歿，君贍其室家，授衣致饘，存恤周至，不以疏屬自諉。君雖濶迹商賈，而飭行絶嚴，一介不苟，弋取交友，壹出於誠。尤喜與貧士游處，交勉互勗，無幾微勢利之見。故舊或小失德，必反復鐫繩，務督其遷改乃已。語言煦煦，往往窮日不休，恒以是取憎，於人勿恤也。年五十一暴疾卒，卒之日，識與不識皆惜之，以爲鄉里失一長者云。

洪君九韶家傳 子曰淦[1]

洪君九韶，字吾山，慈谿[2]人。父逢時，生三子，君其仲也。少而敦敏嗜讀，以貧故，棄儒書。父歿，孑身走粵東，鬻財往復垂三十年，[3]家稍稍殖。君天懷恢朗，雖處闤闠，不沾賈人纖嗇之習，自以幼年失學，則壹意裁成子姓，用彌觖憾，就其家闢怡怡書塾，迭聘同縣林兆豐、頤山父子爲之師。林氏治經有家法，[1]君敬禮周渥，凡所需要，不憚委曲供億。塾蓄書數千卷，十九皆經部善本，從師志也。林君父子察其誠，益感激教授，各盡所量以予。由是君伯子曰洤、[4]從子曰洵皆舉於鄉，而諸子曰湄及從子曰溱[5]等，復先後成諸生，一門之內，文學彬彬嚮盛矣。君以父命，出後季父，而篤於所生，[6]不以財業自分[7]異，與兄九豌[8]、弟九英親睦終身，未始有幾微觭忤。年五十一，病殞[9]粵東。臨終顧言，猶戒諸子謹事伯叔父，語不及它，至今鄉之人誦友愛者，必數洪氏也。

曰洤字鼎三，九韶叔子，十三喪父，矢志纘父業。年二十二，服賈秦中，三十年間，再出函關，三入巴蜀，足跡踔遠西北。所至交其長商蓄賈，通財轉貨，務雍容爲誠信，無何，物情大洽，交易者不他之而之君，業以日上。君沖夷有[10]醖藉，會稽之暇，未嘗一日廢書。讀書能識其大，於古今政治得失、學術升降，靡不會粹[11]而研討之，賓坐雅言，口纚纚如貫珠，士流斂服，見謂弗如矣。兄弟五人，多服習儒書，家居不能治生產，往往致困，君以商所入贍之。與同母弟曰湄尤相愛甚，

---

[1] 馮昭適《林晉霞先生傳》云：“先生諱頤山，字晉霞，慈（谿）[谿]人。父兆豐，以經學傳。先生少承父葉，篤好漢學家言，讀《范書·鄭康成傳》，欣然若猶所得，笑曰：‘吾他日長大，亦當如是矣。’……光緒初，寧波知府宗源瀚以辨志六齋課士，首重經學，聘定海黃元同先生主講，得先生文，輒歎曰……遂厚相結納，一時名流，馮一梅、葉意深、王定祥、費德宗皆斂袵推服，相申爲師友之契。……其學博綜經史，旁逮輿地、天文、醫經，皆通大義。著有《經述》三卷，《河間獻王學行考》《戰國策職官考》《許慎傳補遺》各一卷。”詳參《華國月刊》第 2 卷第 1 期（1924 年 11 月發行），今可見《華國月刊》（民國期刊集成）第 4 冊，上海書店出版社 2017 年版，第 84—86 頁。

客中得好書佳帖，必多方遠致，冀用沾匄，雖重值無恤。生平最重風義，赴人急難，若謀身事。在蜀時，浙人某逋官帑甚巨，官責償亟，將置之理，某徧乞援同鄉不得，君聞，立脫數千金紓其厄，一時僉曰"義士""義士"，而君始終無德色云。民國四年，客死重慶，年五十。

　　馮开曰：余與諸洪雅故，於曰湄知之尤深。曰湄伉直任氣，外似偏至，而内實淳備，蓋漸漬於父若兄者然也。嘗述其父兄行義，屬爲之傳，以備家乘，遂弟之如此。

【注】
　　觀其文意，可知此文乃應洪曰湄之請，爲其父洪九韶（1828—1878）、兄洪曰淦（1866—1915）所作的合傳。但是否就作於民國四年（1915）洪曰淦客死重慶之後，則似難質究。1934年，該文被刊登在《青鶴》第2卷第9期"君木遺文（二）"欄。

【校】
　　[1] 曰淦：《青鶴》誤作"曰淦"。
　　[2] 慈谿：《青鶴》誤作"慈谿"。
　　[3] 三十年：《青鶴》脫"三"字。
　　[4] 曰淓：《青鶴》誤作"洪"。
　　[5] 湊：《青鶴》脫。
　　[6] 而篤於所生：《青鶴》誤作"而罵於取生"。
　　[7] 分：《青鶴》脫。
　　[8] 九畹：《青鶴》誤作"久畹"。
　　[9] 殁：《青鶴》誤作"殉"。
　　[10] 有：《青鶴》誤作"自"。
　　[11] 會稡：《青鶴》作"會粹"。

陳君康瑞傳

陳君康瑞，字玉如，一字雪樵。元初有紹者，始自揚州遷慈谿，營別業城東隅，曰幽遠堂。十八傳至釗，有清德，鄉里目爲長者。生二子，君其仲也。以廩膳生員中式光緒十一年舉人，十六年成進士，歷官刑部主事、法部員外郎、法部郎中，[1]兼充法律館提調官。處京曹二十年，循流平進，澹乎若無所與，遇事不爲可疚，要於取適本懷，絕不以氣矜自著異。遜國後，遂棄官歸，閟門隱約，無復與時流通聲息。中年病重聽，夙寡言論，至是接對彌簡，或咨以州閭政要，即揚手指其耳，嘿然清坐，久之，客逡巡自去。天性仁慈，居鄉日，鄉之嫠孀孤獨窮老可念者有所匄，輒不忍以拒，力雖弗任，[2]必多方爲之處理，必得濟乃已。尤篤內行，與兄康壽友愛天至，終身無間言。晚歲葺次家乘，手自箸錄，端楷好寫，日盡十許紙，無一字苟者，未汔稿，勿。臨歿，猶惓惓以爲恨。年六十有九[3]。子景禧，前卒，以兄子元禧之子後焉。

馮开曰：君爲諸生時，集同縣馮紹勤、何其枚、林元址、錢保清、陳翊清、胡炳藻、俞鴻懋爲文會，稱"勵社八子"。其人大率澤於雅故，用孝友自約敕，踐履恂恂，所由與詭時夸世以爲名高者殊乎。君矢詩數百篇，沖和平實，無偏宕之音，雖造詣非絕，性分所至，蓋闇然可思矣。

【注】

馮君木此文，被改稱《陳君雪樵傳》，置於陳康瑞《睫巢詩鈔》卷首。忻江明《四明清詩略續稿》卷五："陳康瑞，字玉如，號雪樵，慈溪人。光緒乙酉舉人，庚寅進士。歷官法部編置司掌印郎中。著有《睫巢詩抄》。馮開撰《傳略》：君處京曹二十年，循流平進，淡乎若無所與，遇事不爲可疚，要於取適本懷，絕不以氣矜自著異。國變後，棄官歸，杜門隱約，無復與時流通聲息。中年病重聽，或咨以州閭政要，即揚手指其耳，嘿然清坐而已。爲諸生時，集同縣馮紹勤、何其枚、林元址、錢保清、陳翊清、胡炳藻、俞鴻懋爲文會，稱勵社八子。其詩沖和平實，無偏宕之音。"①

　　陳康瑞《睫巢詩鈔》扉頁明言："甲子七月仿宋鉛字版。"準此，不但《陳君康瑞傳》必作於民國十三年（1924）七月之前，且陳康瑞亦當卒於民國十三年，逆推六十九年，即生於咸豐六年（1856），而《清代朱卷集成》稱陳康瑞生於同治元年正月二十四日（1862.2.22），顯誤。

【校】

　　[1] 法部郎中：《睫巢詩鈔·陳君雪樵傳》作"法部編置司掌印郎中"。

　　[2] 力雖弗任：《睫巢詩鈔·陳君雪樵傳》無此四字。

　　[3] 年六十有九：《睫巢詩鈔·陳君雪樵傳》作"殁年六十有九"。

【附錄】

《睫巢詩鈔》（甲子七月仿宋鉛印本）

卷首	馮開《陳君雪樵傳》
正文	《讀書慈湖書院梅友竹學博調鼎見過留詩次韻》等詩259首
卷末	胡炳藻《跋》（作於甲子/1924年秋）

---

　　① 《四明清詩略》，[清]董沛、忻江明輯，袁元龍點校，寧波出版社2015年版，第2050頁。又甲午（1894）冬，陳康瑞與江仁徵等友人詩歌唱和，作《甲午消寒集》，詳參《味吾廬詩文存》卷一《甲午冬夜，在慈谿試館同陳比部雪樵、馮孝廉蒔香、童廣文柘塍刻香聯句，效詩鐘體，題曰甲午消寒集》，《四明叢書》第30冊，張壽鏞輯，廣陵書社2006年版，第19335—19338頁。

徐君印香家傳

徐君恩綏，字印香，錢唐人。同治十二年舉人，內閣中書，余姚縣學教諭。家世儒秀，至君彌自敕厲，府縣試，累蓋其曹。弱年成諸生，以國子監典籍假常山縣學訓導。粵寇陷常山，坐落職，歸。同治元年，浙亂平，總督左宗棠就會城設振撫局，檄君任其事。明年，佐縣人丁丙辦治善後，輯流亡，蠲逋負，罷征斂，凡所持便不便，大吏率循其議為興革，綏靖休養，民以獲蘇。宗棠暨巡撫馬新貽錄君勞，會疏保君知縣，見格部議，迄不得請，宗棠語人曰：「徐某非躁仕者，吾為民社惜是才也。」尋又與丙理董善堂，兼綜湖工義渡局務，區處擘畫，百弛畢張，不詭不隨，壹惟公實是踐，州部蒙利，退然不以自多，由是人望益屬之矣。

君天懷澹定，處世接物，渾渾若無町畦，然操立特嚴，意所不概，即威利無所于屈。胡光墉聞君名，禮聘君掌書記。光墉鉅商，與賈胡通聲息，嘗有所咨商，意不能無降挹，君見謂諂斂手，謝弗為，後竟與絕，其氣調如此。生平篤於內行，事親奉兄，悋恭天至，居家儉約，而獨好給施周親，耄稚孤獨可念者，靡不殫力贍助，賴以舉火者，歲蓋數家。年六十四，以儒官終，有《自立齋詩文》二卷藏於家。子珂，舉人；孫新六，游學外國歸，皆著聞於時。

馮开曰：杭州當大難後，井邑邱墟，遺黎無所托命。君以碩略清操，受大府倚畀，藉手敷設，靡頗不平，雖構會稍塞，良其功施所曁，賢於出治百里遠矣。流澤未沫子若孫，遂持是以大其門。詘於一時，信於百世，然則君之所遺於後人者，庸有既乎！

【注】

　　民國四年(1915)，湯寶榮撰《內閣中書餘姚縣教諭徐公行狀》，內稱："公姓徐氏，諱恩綬，字印香，一字杏香，復盦其號也，清浙江錢唐人。同治癸酉舉人，官內閣中書，終餘姚縣教諭……(光緒甲午)九月初八日卒。……生於道光(丁)[辛]卯年二月，春秋六十有四。"①而《清代硃卷集成》又稱徐氏生於"道光辛卯年二月二十九日"。②朱則傑便以此爲據，推定徐恩綬的生卒年(1831.4.11—1894.10.6)。③

　　又，《僧孚日錄》乙丑七月廿九日(1925.9.16)條："仲可先生，杭人，早歲以詞著稱，近僑寓滬上，閉戶著書，老而益勤。所刻《天蘇閣叢刊》兩集，往曾見之。頃又有《心園叢刻》弟一集刊印垂成矣。……《心園叢刻》第一集：《樊紹述遺文》《李文誠公遺詩》《復堂詞話》《先府君先妣傳志》《印香府君傳》吾師撰；《陸太孺人墓志》，袁思亮撰。《大受堂札記》。"又，乙丑九月十七日(1925.11.3)條："仲可先生寄詒《心園叢刊》一部。"④是知《徐君印香家傳》之刊行，時在1925年9月16日至11月3日間。

童君家傳

　　童君才甲，字汝高，一字良質，鄞之東鄙人。少歲嗜學，以善屬文，爲鄉老袁以燕、陳熙績所稱譽，數奇不售。最後見錄學使者，覆試終被黜，意悒悒不自甘，遂病。病月餘，竟死。

---

① 《復盦覓句圖題詠》卷末，徐新六輯，可見王德毅《叢書集成續編》第118冊，新文豐出版公司1989年版，第494—495頁。
② 《清代硃卷集成》，顧廷龍主編，第259冊，第237頁。
③ 朱則傑：《清代詩人生卒年補考——以沈如焞等十位杭州詩人爲中心》，《浙江工商大學學報》2014年第1期，第11—17頁。
④ 《沙孟海全集·日記卷》，洪廷彥主編，第872—874、899頁。

病革，其父謀以人葠進，君念葠值昂，自分已矣，即奈何虛縻重父累，泥首枕上，詞甚哀，卒不肯服。性行篤摯，事父母至孝。母嘗患乳瘍，經年弗瘳，君朝夕在視，一切敷治滌浣之役，率身任，不以他委積久。兼通醫理，周親故舊或遘疾，君輒就治，疾經手，往往已。君雖治儒書，顧量度恢閎，恒樂爲人排解紛難，里中兒爭田訟產，長官不能決，得君一言立寢，由是頗著名字鄉閭間。卒年三十有五。

馮开曰：君從子第德，篤雅士也，嘗爲余言君不幸早世，無文采自表見，顧鄉里父老至今道君行義，猶有悵惋太息者，其爲人可知也。子錦燦，亦食於其醫，處方矜眘，不苟立同異，蓋所繼述然矣。

節孝賀張宜人傳

賀母張氏，定海人。年十八，歸同里賀處士夢與，生一子一女而處士卒，母一慟幾絕，既重傷舅姑心，即忍死自支厲，制情飾貌，轉相慰釋，務求所以安衰暮者。每清明上冢，出郭門輒嗷然哭失聲，哀動行路；比反，又和豫復其初。幼子相從瞪詫，以爲阿母乍啼而乍咲也。家故寒素，平居不畜臧獲，庖廚圊溷井臼灑掃之役，母率親給之，自昧爽迄日晡，拮据作治，恒斯須不得寧息。息即篝燈課子女讀，身績纑，坐其旁，不夜午不寢，如是以爲常。同治某年，粵寇犯定海。初，英吉利構釁，舅嘗投軍自效，隸葛公雲飛部下，積功擢司饟糈。至是，被檄戍防地。母奉姑家處，聞寇警，倉卒挾老弱出避。邨舍湫隘，母夜脫絮襖薦姑寢，而自與子女藉藁取暖。顛沛之中，一切備物維謹，邨人難其孝，饋漿存問者勿絕。亂定，家益困,竟以勞殈,年三十有五,凡守節十三年。光緒二十六年,以子聖傳官,贈宜人。明年,大吏上其事,得旌節孝,入祀節孝祠。

馮开曰:宜人以堅苦之節,矢保乂之志,室家漂搖,隕身中道,覯閔畢世,曾不獲抒潟十一,兹可謂艱貞矣。聖傳感母氏之劬勞,銜恤惕厲,克昌厥世,而冢孫師章,盛年篤學,且以榮辭懋行發聞州閭,所謂"不於其身,必於子孫"者,何其天道之章章可驗乎!

【注】

此文曾以《節孝賀母張宜人家傳》爲題,1927年6月發表在《寧波旅滬同鄉會月刊》第47期。1924年春,陳訓正作《述德贈定海賀君》《賀太孺人七十壽敘》以祝定海賀師章之母七十大壽。① 故馮君木《節孝賀張宜人傳》之作,不當早於1924年春。

王君家傳

王君克明,字峻甫,一字立山,定海人。父貫三,贈通議大夫;母鍾,贈淑人。生四子,君其仲也。嘗值端午節,市上雜飴麥爲酏食,謂之烏曼頭,家户大小,恒用是供薦餉。君父困於貧,先夕語家人:"來日令節,顧無以薦節物,恫祖先矣。"因長歎。君方六歲,聞父言,嘿嘿悲,明早潛出門,徘回道周,已乃趨河步,拾烏鰂骨升許,乞售藥店,盡所獲值市烏曼頭歸。父見而疑曰:"兒小,安所得錢,將毋盜邪?"窮詰始得實,父持之泣曰:"不幸邅而溺,奈何?"鄰里交口相詫道:"王家

---

① 《天嬰室叢稿》之八《庸海二集》,(臺灣)文海出版社1972年版,第344—349頁。

兒,孝子也。"

比長,習貿遷上海。時海禁初弛,遠西賈舶日月至,君與其豪通游,盡曉其語言文字,賈胡就時轉物,率一切倚辦君,君廉謹約敕,不肯緣隙爲奸利,久之,誠信章著,業亦稍稍殖矣。

四明公所者,鄉人客死殯斂頓柩之所也,章程嚴,非介不通。君念定海僑人多貧苦,匆習主者,難於介死,且無所歸,乃首斥巨訾,立定海善長公所,大要准法四明,益廣置棺槨,資緩急,或力不任市棺而又不安於求施,則姑懸之直而緩其償。復斂金爲鄉賻會,附身衣被之屬畢給,以周鄉民之窮無藉者。君年□十余,鍾淑人猶老健,君思爲母營廣居,既而曰:"《禮》:君子將營宮室,宗廟爲先。"遂就城東建王氏祠。昭穆既序,歲時祭享,父兄子姓,咸有所會。於是鄉之人相謂曰:"上海客籍占太半,縣屬未有公所,縣有公所自君始。定海徙治二百年,族屬未有祠,族有祠亦自君始也。"蓋君自幼小以迄衰暮,其行義見稱人人,類如此。

君質直,寡言笑,臨事激昂,不以安危夷險易節。蚤歲自上海歸,中途遇盜,虜以去,盜出白刃脅君,君夷然曰:"吾商人也,寧能給。若使令無如何,但有死耳。"既乃傷心涕下,曰:"君等獨無父母,而忍羈我耶?"盜感其言,留數日,竟遣之還。生平有氣敢任,尤小心事其母。光緒十年,山右大饑,母聞,蹙焉不自寧;君微察母意,立解橐輸千金以濟。朝旨用"樂善"旌其門,衣冠多引重之。入資得官知府,加三品銜。卒,年七十有三。子紹勛,孫家佐、家熾。

馮开曰:君以貧失學,溷跡闤闠間,泛覽群籍,每悒悒自悔疚，然夷攷其行，忠敬孚於蠻貊，誠節昭乎殊類。事親濟物，仁孝兼至，以視夫"博學明辨，言不顧行"者，何等也！卜子有言："雖曰未學，吾必謂之學矣。"諒哉！又何則古稱先之紛紛爲乎。

蔡母翁孺人家傳

翁孺人，鄞人，年十七，歸同縣蔡君惇富。二十一，喪其夫，遺孤二人：同源，甫三齡；同茂，生十月耳。孺人摧慟欲自殊，既懼增累舅姑，即忍痛不敢蘄死。家宿貧，至是彌困，孺人嗇衣節食，惟推其飽暖於親，有餘則以覆育二孤，身雖疲，無恤也。

惇富故有遺業在上海，值不及百緡，板屋簡陋，市人弗之省。孺人彊力支厲，夙起晏息，務用勤慎自策，擇材必堅，諧價必準，接對必和以婉閑，市者稍稍顧之，漸著漸嬴，漸嬴漸拓，業以日息。孺人性寬坦，舉止夷然，喜慍不見於色，顧教子獨嚴。同源出就外傅，每自塾歸，輒督温習所受書，不許一日舍書以嬉。居上海日久，目睹市上華裔雜處，非通彼我之郵，且無以展所業，憾力微，不得使同源專治域外文字，但時時遣從鄰近賈胡游，久之，盡通其語言術數。同源稍長，遂令紹襲先業。同源秉承内訓，益折節爲儉謹，始於作力，終於爭時，不二十年，累致饒給，視先世幾且百倍之矣。同源既以商起家，居處服御，不能無所更張，孺人訶之曰："而忘而母曩昔食貧忍苦時乎？今日幸得自贍，不以餘力逮人，而惟營營焉一身逸豫之是謀，吾有以見汝之多忝心耳。"同源承命，悚然，自此孳孳爲善，一切體母意以行存恤，弛舍屢斥，重貲無遴，孺人顧而樂之,笑語同源:"珍錯非吾好,兒能以糜食振人饑,吾有餘甘矣;裘毳非吾願,兒能以布絮庇人寒,吾有餘暖矣;廣廈細旃非吾樂,兒能繕道塗、治橋梁,以便行旅,吾有餘安矣。"孺人年五十有九卒。卒後,同源、同茂檢其遺篋,絮衣補綴,殆鮮有完者。

馮开曰:吾友蔡君同常,同源之族兄也。其曾祖峴臺府君,富而好博施,以義行,被朝旌,嘗立義壯於其鄉潘火橋,歲入田畝數千,幼有教,病有恤,孤寡惸獨有養也。孺人每戒同源:"義行,公之德,吾族人被之至今,然使族人子孫衣斯食斯,永永仰給義田而不復知所振作振作矣,或姑幸義田之取足贍族,而不復知所擴充,亦豈所以報義行公哉!"同常母董,亦十九而寡,守節與孺人同,其勗同常也,亦與孺人同。嗚呼!蔡氏之多賢母,峴臺府君之遺澤,或且愈引而愈益無窮也歟。

周母葛夫人家傳

夫人葛氏,奉化人,處士敬穆之女,同縣周翁濟安之配也。所居曰前葛邨,邨俗朴僿,夫人獨端莊,踐禮法,既受聘周,值寇難,周翁被虜去,數月不得息耗,或言翁已死。父卜之,信,謀改字夫人它姓,夫人矢不可,曰:"道路流言,初無左證。就令不幸,猶當以一節自全,何復屑屑爲也。"父嘉其志,議遂寢。既而翁果得脫歸,周之宗親聞之,莫不爲翁慶獲賢婦云。夫人十九歸翁,事姑胡以孝聞,胡病經歲,夫人朝夕在視,躬執圊牏穢賤之役。翁兼後叔父,夫人所以奉叔父母者,不異於奉姑。以翁注籍縣吏,不遑顧家,家事無大小,悉以身任。賓祭之料理，耕桑之督率，親屬歲時之饋問，下至炊汲、爨飪、縫紉、浣濯之微，旦晝顒顒，未始有須臾暇逸。抵暮翁返，復佐翁課諸子讀；翁中坐，夫人篝燈，坐几旁，雜治日中所不及治者，以彌其隙。翁憫其勞，戒少休，夫人曰："吾治事有程，苟中程，雖勞，甘也。强休何爲？"翁顧諸子曰："因循玩愒，不如勤學之樂，汝母之言，其可思矣。"夫人明練有特識，恒因諸子之材而施之教。諸子中叔子駿彥最賢，顧沈潛不見圭角，翁以物力薄，既資長子駿聲讀，欲令駿彥就商業，俾贍家計。夫人止之曰："彥也精微，聲也平實，均之皆儒才也。"卒遣從名師游。無何，駿彥果以第一人成諸生，聞譽播於州閭，翁笑謂夫人曰："是兒，汝成之。微汝，且無以展所蘊，徒娓娓爲庸賈耳。"翁前夫人八年卒。是時，夫人歲幾八十，自稱未亡人，行喪持服，一依於禮。駿聲、駿彥游宦廣東，馳驅奔走，恒以違侍爲戚，夫人每致家問，輒自誇健碩，用相慰薦。自民軍戡定東南，駿彥益以勞績致通顯，會夫人八十五歲生日，駿聲、駿彥兄弟率孫、曾及親屬輩，置酒上壽，夫人從容謂曰："昔之致富也以商，今之致富也以仕。汝曹服官久，迄今家業無所增益，斯異於俗吏之爲耳。汝曹識之：致富之道，德富爲上，學富次之，財富最下。汝曹誠能推衍吾教，帥初不變，則所以爲吾壽者。而吾之樂，亦與爲無窮矣。"夫人性至慈，每見嫠孀老幼孤獨靡告者，輒蹙然爲之不寧。諸子有所進奉，必曰："吾不須此，盍以資任恤乎？"駿彥以浙江省政府委員兼兩浙鹽運使，復任陸海空軍總司令部經理處處長，俸給最豐，里中義善之舉，率承夫人之旨以行。夫人年八十六卒，子五人，孫十三人，曾孫十一人。

馮开曰：吾識委員君久，蓋恂恂君子也。宦達已還，不恒相見，然聞其清操益茂，處脂膏之地，矉焉不以自潤，浙東西之數廉吏者，於君殆無異辭。躬行實踐，較然不欺，其志豈非漸於母教者然歟？語云："不知其母，視其子。"觀於委員君之賢，而夫人固已遠矣。

【注】

陳訓正《周母葛太夫人靈表》云："母葛，奉化人。……年十九，歸同邑周氏。……生五男一女。……第三子駿彥，今浙江省政府委員、兩浙監運使，兼陸海空軍總司令部經理處處長。……十九年一月十五日，母微感不適，遽告厥凶。……壽終八十有五。有美意而不獲延年，天隳之謂何。爰述哀辭，用揚懿德。"①準此，足以確定《周母葛夫人家傳》作於1930年1月15日葛氏卒後不久。

虞補齋先生事略

君諱清華，字希曾，號補齋，初名瑞鏗。先世自定海徙鎮海之靈巖鄉，及君世，而虞氏聚居逾千户，遂爲鎮海著族。曾祖某，祖某，父某，累世好善。君生而穎慧，蚤歲喪父，自傷孤露，方就傅，即刻苦砥學勿懈。弱年成諸生，應鄉舉者十有五，終勿售。君澹然不以置念，居鄉恂恂守法度，而意量恢遠，不徒以潔身自畫，嘗曰："君子居是鄉，則當謀一鄉之益。食其土之宜，而獨善厥身，其若父老子弟何？"用是鄉政之弛張興廢，鄉人或責效君，君必躬其勞悴，無所於讓。

中法之役，東南騷然，鎮海地濱東海，警耗日必數至，人

---

① 《天嬰室叢稿第二輯》之九《纜石幸草》，1934年鉛印本（天一閣博物院藏，編號：朱7885）。

心益洶懼，君佐縣令治民團，部署謹嚴，合屬賴以安堵。平昔尤究心水利，鄉有小港，蜿蜒曲折，一鄉灌溉資焉，歲久堙塞，農田蒙害巨，君創議濬之，按畝醵貲。事以大集，工不踰時，群淤畢宣，田夫餂婦，舉食其利，歸功於君者，殆泰半云。

學堂議起，君以其鄉距縣治遠，念鄉民之失學，則就舊有某書院，改立靈山小學。凡所設備，悉殫心力爲之，童穉就學有方，份份甚盛，士論多之。革政之初，君被選爲縣參議會議員。既列言職，益銳以興利除弊自任，每議一事，輒往復窮究，必徹其中邊乃已。同列憚君嚴，亦未嘗不誦君公正也。

君任俠好義，能爲人排解紛難，聞望既著，凡族閈里爭，往往不之官而之君，君徐出一言，準其是非，輒復理順冰釋，驩笑以去。顧至誠出於天性，絶不爲逆億矯飾之術，其取服遠近，率以德化，鄉懷其仁，里慕其義，蓋廩廩乎有陳仲弓、王彦方之遺風矣。

春秋六十有二，以民國四年夏時乙卯二月二十二日卒。前夫人王，後夫人倪。子四：定儀、晉祺、愚、定侯。女子二，胡振藩、樂俊璜，其壻也。孫七。君篤雅，耆爲詩，家居諷詠，幾及千篇。而諸子類多才賢，克振君緒，文采照映，後嗣彌劭，斯所以昌君之名者，將於是乎在。輒著之於篇，用諗世之君子。

【注】

虞輝祖《虞君希曾墓表》云："君姓虞氏，諱瑞鏗，字希曾，籍于學官，曰清華，一老諸生也。其性獨和惠，好爲人世解紛。……其生平嘗設鄉校，濬河渠，承祠事而修譜牒，蓋又多可紀者。……君殁于共和紀元四年三月二十一日。卜葬君于靈峰山下永福寺前園，爲君曩時遊吟處也。家君嘗與君讀書共昕夕，余獲侍焉，謹以見而知之者書之。君歿,年六十有二。"《寒莊文外編》在收錄《虞君希曾墓表》時,明確交代該文作於乙卯(1915)。馮君木《虞補齋先生事略》,當與虞輝祖《虞君希曾墓表》同期而作。

虞希曾卒後,鎮海人王榮商作詩輓之,其《輓虞西津清華》云:"公才公望競推先,鄉里何緣屈此賢。風緊碶橋徐撥棹,月明山寺靜參禪。小軒補竹供詩料,破篋搜衣當酒錢。忙裏偷閒今撒手,清名留與後人傳。"①

族兄汲蒙先生行略

君諱毓挚,字汲蒙,一字嗣香,慈谿馮氏。其先有叔和者,五代時仕吳越,官尚書。二十九傳,而至璟,嘉慶六年進士,安東縣知縣,是爲君之曾祖。祖貞祿,廩膳生。父清榕,增廣生。從祖貞祐,道光十五年舉人。子清模,廩膳生,無後,以君兼祧焉。君前數世,文學皆有聞。

君生而喪父,母姚孺人苦節撫之。家貧甚,孺人躬紡織,用力入具脩脯,遣君就傅。君蚤歲奇慧,二十成諸生,師事同邑魏廣文啓萬、馮舉人一梅治經,益有家法督學,歲科試,恒以經學最其曹,尋中式光緒十九年舉人。累試禮部,不售。充景山官學教習,期滿,以知縣用,年四十矣。君識力絕人,讀書能會其通,於古今學術源流、朝章國故,靡不博籀而深思之。尤熟鄉邦舊聞,凡吾鄉聞家故族,其家世系統,咸瞭然心胸間。每里中昏喪燕會,賓客畢集,君輒能歷舉其先世,覶縷言之曰:是爲某也孫者,是爲某也子者,是其祖爲某某,父爲某某,行義若何,著述若何,官職科第若何。乃至推而之于支

---

① 《容膝軒詩文集》,王榮商撰,《四明叢書》第30册,第19529頁。

屬戚黨、通家世好，類能娓娓焉道其詳，若指諸掌。以是鄉之人徵譜牒、攷遺獻者，必就諮君焉。

君通侻自放，不爲狷韋骩骳之行。遇人簡傲，好詆訶，大談高睨，或翹人玼吝勿顧。中歲無所遇，益詭激，不肯循繩尺，有所不慨於中，往往白眼嫚罵，洩其憤盈，鄉人目爲狂生，君彌自喜也。至性過人，事母盡孝，雖使氣，聞母訶即止。四十已後，母猶孺子畜之，母怒，輒長跪請罪，怒不解，不敢起。

交友一出於誠，舊交中，或蒙世訾，君聞之大戚，必反復剖白之乃已。遇人有緩急，君必力以任，雖勞神耗財，無恤也。與同里錢保杭、陳訓正及族弟开交尤篤。开怡直，好盡言，恒掎君短刻繩無少隱，君不以爲忤，嘗曰："吾以君木爲諍弟，庶其寡尤矣乎。"其虛衷喜聞過，蓋如此。

君明於決事，凡所商度，動中窾要。夙昔究心經世，覬得一職自效，既遭母喪，意慘沮不樂，依韋學校中，托教授自贍給，已乃謝絕一切，屏處浮屠中數年，匡坐一室，銳意自治，點次六經、四史、諸子百家言，多徹首尾，排日溫燖程課如童子。讀書而外，不復厝意時局，蓋世變人事日有以傷其心，而君亦且偃蹇老矣。

晚困於貧，子身走京師，會今財政總長李君思浩領幣制局，君受署，爲祕書上行走，不數月，遽卒。君體氣素壯，自喪母後，忽得嗽上氣疾，每天寒輒發，然不自節，攝留京師，日日以游燕聲樂自遣，卒前一日，猶與人家燕會，既歸，覺體中小煩懣，詰旦已平矣，整飭衣履如平常，客有造之者，談話方甚歡，須臾疾作，遂絕，民國八年十一月十九日也。春秋五十有六。娶桂氏。子一：彥軌。孫：正由，正聞。开與君同出於明贈禮部儀制司郎中左泉公,逮吾兄弟之身,已十世矣,屬雖稍疏,情則彌篤,平生行義,惟开知之最審。輒次其大略,著於篇,用備職文字者削稿焉。

【注】

考陳訓正《哀冰叟五十八均》詩序云:"冰子諱毓荸,字汲蒙,姓馮氏。性伉爽,好直言,以是迕世蒙訾,晚年益失志,涼涼于行,因自號冰子。與余交三十年,既老,依余居愒園,主薛樓文社一年,窮不能自存,走京師,為所識顯宦者司筆札,又一年旅死。赴至,余牽事奔走不果,哭以詩。冰子喜余詩,嘗曰:'他日先子死,必子詩來哭。'余戲諾之,以為冰子財中壽,未遽死也,今竟死,余亦待死者,可不宿諾?庚申三月,哭冰子詩既成,並識。"① 是知馮毓荸客死北京的噩耗,於民國九年三月間方傳至寧波,因而馮君木此文,理當作於九年三月,而非八年十一月十九日(1920.1.9)馮汲蒙客死北京後不久。

又,鄞縣人江仁徵(1852.3.13—1909.9.11)作《馮毓荸汲蒙》,其詩曰:"平生壯志未全酬,雪地冰天此宦遊。飽繫一官生計拙,蓬飄千里酒腸柔。漫言心事違劉向,已笑功名等馬周。我亦都門思射策,幾回南望不勝愁。薊門搖落客心驚,況又烽煙起海瀛。丞相居然韓侂冑,將軍無復李西平。空懷敵愾籌難展,不解求人骨自清。夜夜多情窗外月,更殘漏盡伴寒檠。"②

又,《僧孚日錄》辛酉二月廿五日(1921.4.3)條云:"玉殊近得汲蒙師遺書求要堂本《古文辭類纂》,皆經師手錄,吳摯甫評點及諸家評語,朱綠燦然。師所圈點書,徹首尾者,如夫子所舉,凡數十部,死未二載,而其書已散落人間如斯,聞者所宜悲傷嗚咽者也!此書入吾玉

---

① 《天嬰室叢稿》之四《哀冰集》,第187—188頁。此詩並序後又被陳訓慈選入《天嬰詩輯‧續編》。

② 《味吾廬外紀》,張壽鏞編次,附錄於《味吾廬詩文存》,《四明叢書》第30冊,廣陵書社2006年版,第19347頁。

殊手,不可謂非不幸中之大幸。"①

虞君述

　　君諱輝祖,字含章,姓虞氏。先世自餘姚轉徙至定海金塘,復自金塘遷靈巖鄉,清康熙中,割定海爲鎮海,[1]遂爲鎮海靈巖鄉人。曾祖某,祖瑞雲,父定源,母王孺人,生君而卒。君幼禀至性,[2]事繼母[3]胡,不異所生。推愛弟妹,將護無不至。父性畏雷,每雷聲作,君必趨侍父側,夜或夾父以寢,往往申旦不寐,[4]雖童年,鄉黨已稱其孝矣。

　　神解超雋,讀書能條貫大義,迨成諸生,益好爲深湛之思。通方適變,務豐其蓄,以應世需。光緒季年,與同縣鍾觀光等刱立科學儀器館於上海,壹切規蕶、設施,悉倚辦君。先是,風氣阻閡,[5]習儀器者大率取給域外。自館之立,飭材具物,講習製作,駸駸與殊國爭[6]功苦,廣儲博輸,無假它求,財不外溢而周用,汔于通國,君之勞也。君既負先時物望,鉅人長德多願折節與交,君夷然,不以屑意。中年已往,旁皇求索,惟欲托文字以自存。屬文顓尚簡澹,曲盡言外微致,不爲豐縟繁殺之詞,深情遠思,冥搜孤造,每一文成,鉤稽往復,率首尾六七易稿,其不苟如此。

　　初與族人景璜齊名,景璜歿,君嘿嘿無所向,久之,始交陳訓正、馮开。訓正、开心折君文,微用聲響、色澤相繩,君樂從其説,益涵揉演迤爲渾噩無端涯。尋北游燕趙間,[7]出居庸,度遼瀋,入雲中,經行萬里,凡大山巨川名都壯隘,詩人所

---

① 《沙孟海全集·日記卷》,洪廷彥主編,第115頁。

歌詠，豪傑[8]名將之所用武，升降臨眺，徘回感概，靡不與於文發之。最後居京師，用編輯，自資給假。[9]日益治其文，文日益有名。是時，新城王樹枏、桐城馬其昶方分領國史、清史館事，號稱"文學老師"，而桐城姚永樸永概兄弟、吳閩生，並以能文著聞都下，見君文，咸怗[10]然意下，以爲歐、曾者儔也。

　　生平澹定，[11]不悅紛華，在京師日，閉門寫書，勝流文游而外，罕與人事接構。終歲蔬食，不近肉味。晚就山東省長署祕書，既而不樂，罷去。明年，被辟爲公府諮議官，會鎮海人士以纂修方志事見屬，即便引歸。歸不一月，遽卒，春秋五十有七，民國十年辛酉四月一日也。病亟，[12]語諸子曰："吾死，都無所恨，獨念畢生微尚，嫥在文字。天蹙之年，不克極其所詣，此可惋歎耳。"君自定《寒莊文集》二卷，王樹枏序之，栞印甫竟而君歿。未刊者尚數十首，臨歿，戒其子付开删次爲《後集》云。元配沙，繼配李、賀。[13]男子子三：和育、和介、和光。女子子二，適某、某。[14]孫二：先澤、先承。

【注】

　　《僧孚日錄》辛酉五月初八日（1921.6.13）條："夫子撰含章先生行述，脫稿。"①又同書辛酉五月十二日（1921.6.17）條："燈下抄夫子《虞君述》一篇。夫子自記謂：'是文絕峻整雅，似范蔚宗，古文家必不喜也。'"②由此可知《虞君述》定稿於1921年6月13日。

　　又，徐珂《大受堂札記》卷五云："識鎮海虞含章逾廿年，心折其講新學也。方光緒辛丑，含章與其里人鍾憲鬯參事觀光設科學儀器館於滬，造物理器、化學器，立標本模型製造所、理科講習所，規蔓設施，駸駸與東瀛之國競，歲時相見，以理化、博物之所欲知者叩之而已，不

---

① 《沙孟海全集・日記卷》，洪廷彥主編，第158頁。
② 《沙孟海全集・日記卷》，洪廷彥主編，第161頁。

知其工古文辭也。歲甲子,盛同孫贈《寒莊文編》,開卷審爲含章作,歡喜讚歎,又咨嗟久之。蓋含章已於辛酉捐館,乃自恨聞見之陋,坐失導師,亦以昔之未嘗措意及此耳。珂當謂士生今日,非獨善兼善,即爲虛生於世者。今觀含章,文章爾雅,獨善也;古文爲美術文字之一,足以娱人,亦可謂爲兼善。利用厚生,兼善也。溫故知新,人已交利若是者,大索國中,正恐無其偶耳!含章之文,宗桐城,初尚簡澹,及深造有得,則涵揉演迤,爲渾灝無端涯,亦不可及也。其名曰輝祖。"

此文也曾發表在 1925 年 8 月出版的《華國月刊》第 2 期第 8 册。①

【校】

[1] 清康熙中,割定海爲鎮海:據《華國月刊》補。

[2] 至性:《華國月刊》誤作"至姓"。

[3] 繼母:《華國月刊》作"後母"。

[4] 往往申旦不寐:《華國月刊》無此六字。

[5] 阻閡:《華國月刊》作"阻塞"。

[6] 爭:《華國月刊》作"競"。

[7] 燕趙間:《華國月刊》作"燕代間"。

[8] 傑:《華國月刊》作"桀"。

[9] 自資給假:《華國月刊》作"自資贍假"。

[10] 怗:《華國月刊》作"帖"。

[11] 澹定:《華國月刊》作"澹退"。

[12] 巫:《華國月刊》作"革"。

[13] 元配沙,繼配李、賀:《華國月刊》作"配沙氏、賀氏"。

[14] 適某、某:據《華國月刊》補。

---

① 見《華國月刊》(民國期刊集成)第 7 册,上海書店出版社 2017 年版,第 249—251 頁。

張君行述

君諱美翊，字讓三，一字簡碩，晚自號蹇叟，鄞張氏。其先當宋時，始自滄州遷鄞。明永樂間，有尹肅者，贅於本城青石橋余氏，遂家焉，世稱青石張氏。尹肅生誠；誠生泮，官汀州教授，生國化；國化生一相；一相生遐勛，貨殖起家，以孝友著聞鄉里；生士培，游姚江黃梨洲先生之門，是爲君之幾世祖。曾祖宗城，祖宇廣，父延青。君生周歲而孤，母劉宜人躬撫育之，自幼即耽學，書卷而外，無他嗜好。舅劉君鳳章，爲縣大師，賞其開敏，悉舉所學以授。君潛心證鸎，積久勿倦，弱歲成諸生，與同縣洪君家沔、包君履吉、袁君堯年輩，因文學相切劘，稱"徵社十二子"，聲聞日起。督學善化瞿公鴻禨、兵備無錫薛公福成，尤嗟異君，目爲瑋器。

光緒十六年，薛公奉使英、法、義、比四國，君隨使西征，所至必推究其政法，考核其風土，審察其形勢。隨征五年，銳意撰述，成《東南海島圖經》《土耳其志》等書都十餘種。夙昔有志經世，洞明時變，不爲朝夕風尚所囿；自西游歸，即一意倡率名器象數之學，啓發後進，強聒不舍，鄉老訾議者颷起，君夷然勿恤也。新政既行，君益負先時物望，武進盛侍郎宣懷聞君名，厚幣聘君，署之賓職。會庚子變作，海内震蕩，君與山陰湯君壽潛，密贊侍郎，力陳東南保守和約之策，江皖楚粵，衆議僉同，東南晏然，賴以安堵，君蓋與有力焉。

尋爲南洋公學總理。學堂號稱難治，公學又爲東南大學，箸學生籍者，類多閎俊蹻跗之士，君開膺布肺，一以真忱相感乎，不三年，學子大和。無何，公學改隸郵傳部，君不樂，引去。學生留之勿能得，臨行，爲笵金，作佩章以贈，藉誌勿諼云。

光緒三十三年，南皮張公曾敭、祥符馮公汝騤更迭撫浙，皆聘君主幕府事。君以部民佐治，瞭燭地方利弊，凡可以爲父老請命者，靡不殫心力赴之，匡救贊畫，被利甚溥。既而馮公調任江西，又邀君與偕。江西民風樸僿，不與外人相習，主客齟齬，民教重案纍纍，君壹主持平，而以誠信梀通彼我情意，内悦外服，禍以寖弭。數年之間，百廢畢舉，馮公倚之如左右手焉。

君澹恝榮利，不巧爲趣舍，名公大人傾心推轂，君先後謝之。政變後，回翔滬甬間，被推爲旅滬寧波同鄉會長，專以紾變經俗、懷保氣類爲己任，遇人溫溫泛愛，絶去桍鄂，不爲峭厲矯激之行。然涉公私義利所在，則深閉固距，懍乎不得相犯干，以是物論多歸之。

揆事敏絶，扼摘精微，貫徹首尾，每有商咨，立口立斷，群衆會議，每折中君，以準向背。性尤愛才，樂道人善，單慧片智，動爲延譽。窮閭寒畯，就學無方，或遣歷瀛海，或送入校序，顒顒題拂，如恐不逮。後生小子，得所依歸，往往奮起末流，成學而去。

生平爲學，不主故常。少年治詞章，中年主經世，五十以後，恫於士大夫夸狙域外，國學散無友紀，益反本推究故籍，冀以先民雅言扶植風氣，一切遺文墜獻、殘簡孤本，不憚展轉采獲，次第校錄。嘗謀刻《四明先哲遺書》，普餉承學，目錄寫定後，以絀於貲力，未克措手，時時引爲憾歎。

平日最服膺曾文正，自以出無錫薛公門下，於文正爲再傳弟子，故爲文篤守曾氏家法。嘉興沈君曾植嘗與君指數當世文流，目君爲"寄湘鄉籬下"，用相嘲噱，君彌自喜也。

君處世坦夷，而自治絕嚴，內行狠狠，老而彌劭。本於愛親，推之戚族、故舊，有以空乏告者，無不稱其望以賙。或坐貧失其產，則爲贖而復之，更失更贖，至於再三。時亦以是自累，然從不少襮於人。家故清素，藉筆札自贍給，數十年來所入不訾，日用而外，耗之任恤者，殆十四三，奔走畢世，至老而貧如故。晚歲居家養疴，造謁者猶不絕，嫛婗孤稚，鄉甿苦力，坐左右常滿。君解紛排難，籌畫萬端，口疲於言，手疲於書，恒窮日不得休止。兒輩請少閒，則曰："苦人可念，一援手之勞，而忍靳耶？"其仁心好濟物如此。

君以光緒二十年副貢生，兩舉經濟特科，由江蘇候補縣丞，累保直隸候補直隸州知州，歷充南洋大臣顧問官、憲政編查館諮議官、度支部諮議官、浙江諮議局議員。春秋六十有八，以民國十三年夏正七月十日卒。配鄭宜人，前君七年卒。子二：晉、謙。女二，適范鍾壽、陳紹舜。孫八：孟令、安令、貽令、慧令、鶴令、定令、新令、慶令。

【注】

《申報》1924 年 8 月 13 日第 20 版《名宿張讓三逝世》："鄞縣張讓三先生，現年六十八歲，前清時曾爲薛福成隨員，游歷歐洲各國。回國後，曾充上海南洋公學提調及寧波旅滬同鄉會會長。熱心公益，爲時所重。忽於本月十日下午四時逝世，甬人多聞而惜之。"[1]據此，可確定《張君行述》作於 1924 年 8 月 10 日張讓三先生病卒後。

又，洪允祥作《唁讓三先生悼亡》："遠游瓊佩阻靈芬，逸侶相攜卧

---

[1] 《申報影印本》第 205 冊，上海書店 1983 年版，第 288 頁。

白雲。徙宅車前親舍舊,著書硯畔佛香薰。悼亡忍誦金釵句,誄德新添赤管文。我次蘇門諸子末,隔簾陪哭魏城君。"①

又,奉化鄔子松代謝某聯以輓之:"幾番鄉治維新,白社允宜推長者;莫問仙跡何駐,赤松應許結同游。"②而張美翊本人在去世前也曾自作輓聯,《僧孚日錄》1924 年 8 月 17 日條載曰:"歿世定無稱,且莫問學術文章經濟;往生渺極樂,更休論過去現在未來。"③

忻江明《四明清詩略續稿》卷六:"馮開撰《行述略》:君學於母舅劉藝蘭先生,潛心證嚮,積久勿倦。督學善化瞿公、兵備無錫薛公目爲偉器。薛公奉使歐洲,君隨行,留心考察,成《土耳其志》等書,都十餘種。歸後,壹以名器、象數之學倡率後進。武進盛公聞君名,聘授賓職。南皮張公、祥符馮公先後延主幕府事。君爲學不主故常,少年治詞章,中年主經世,晚年恫於士大夫夸狙域外,國學浸廢,益反本推究故籍,遺文墜獻,極意搜錄。嘗謀刻《四明先哲遺書》,以資力未逮,時時引爲憾歎。年六十八卒。"

---

① 《悲華經舍詩存》卷四,洪允祥著,吳鐵佶點校,第 117 頁。
② 《逸盧詩稿·輓張讓三先生(代謝某)》,奉化文獻編輯處,1948 年。
③ 《沙孟海全集·日記卷》,洪廷彥主編,第 673 頁。

《回風堂文》卷三

李君尹夫墓表

君諱志莘，字尹夫，鄞李氏。曾祖容美，祖成之，父槐三，仍世樂善，鄉里誦德。兄弟三人，君其孟也。君禀姿開敏，自其少時即不好弄。七歲就塾，同塾學僮，時師外出，舍業嬉戲，大嘩以競，君斂容端坐，諷誦無輟，長老嗟異，目爲令器。年二十餘，遭父喪，哀毁骨立，情過乎禮。李氏故以貨殖起家，綿延數世，畜藏彌殷。君既遭大故，自以身爲家督，有克家之責，追惟父祖締造之艱，深懼勿勝負荷，墮其先緒，遂棄儒書，治商業，壒鬻遷引，動致兼贏。先世故有遺業在上海，自君父之殁，奸儈乘隙覬覦，侵蝕略盡，君子身往治，句駮窮竟，盡直其謾，疇曩所失，終以規復云。

君天性醇厚，雖善廢箸，不爲剋核剽急之行，奉己至儉，而好行其德。重訾無遴，內行尤至。蚤歲喪母，事繼母如所生。仲弟前卒，君撫其遺孤，至於成立。悃愊無華，惟實之踐，蓋古所稱"長者"者，君庶幾近之。

君以國子監生，援例授中書科中書。春秋四十有九，宣統元年己酉十二月二十九日卒。配陳氏。子一：玉麒。女五，適戴，適陳，適俞，適某，適盛。孫一：遠繩。女孫一，未字。民國四年乙卯某月，玉麒將葬君於某鄉某原，先期以狀來請表墓，乃摭其實書之，以質行道而訊方來。

【注】

民國四年（1915），馮君木應李玉麟之請，爲其父李尹夫（1861—1909）撰寫墓表。又，《申報》1910年2月23日第1版《恕報不週》："誥授奉政大夫，晉封朝議大夫，候選同知李尹夫司馬於去歲十二月廿九日亥時壽終，擇於今正月念六日領帖，念七日發引。諸親友誼恐佈不週，特此登報以聞。寧波寶奎廟衖李智房謹啓。"①

應君墓志銘

君諱啓墀，字叔申，姓應氏。其先鄞人，曾祖元治[1]始遷慈谿，至君凡四世，遂隸籍焉。祖鴻圖，父兆駿。[2]君天秉超踔，十歲能屬文，有俊童之譽。少長[3]，跅弛不循檢局，管弦、詞曲、彈碁、六博之屬，靡勿喜之，顧不廢學。晝日娭敖，夜彌其隙，秉燭汲汲，恒至申旦。無幾何，學以大殖，好爲深湛之思，凡所撰箸，冥心苦索，尋蹟要眇，必期精造迺已。年十七八，即以文章箸聞州里，尋成諸生。累試不中第，乃援例以廩貢生就職[4]訓導，而君年則既[5]三十矣。

君美風儀，意量深遠，善言名理，每朋曹讌集，淵旨眇論，連綿[6]閑寫，四坐顛倒，往往歎絕。生平哀樂過人，三十以後，洊更憂患，寖[7]改常度，杜門卻軌，罕與世接，冷澹孤詭，迥異疇曩，神明內索，興象亦[8]損，識者憂其不永年也。貞疾逡巡，[9]馴至綿惙，[10]以共和三年甲寅十一月四日卒，春秋四十有三。元配羅。續聘于楊，[11]未行死。後妻王，亦前君卒。子二：彥開、彥重。所箸詩、賦、誄、贊、箴、銘百餘篇，藏於家。

---

① 《申報影印本》第104冊，上海書店1983年版，第827頁。

开童卯[12]交君,汔於中歲,夙昔微尚,默契[13]冥合,篇什證嚮,莫逆於心。自君之亡,形神慘沮,若無所麗,蓋悽然不知有生之可樂矣。初君病亟,以誌文見屬。諸孤幼弱,葬事未具,常恐孱病卒卒,歲不我與,輒申幽贊,用酬顧言,貞珉之鑴,期諸異日。銘曰:

猗佳人,世之好。敷昌辭,撐天[14]秀。才舒舒,芳遠條。歲以晏,憯寂寥。

命之觭,曠不耦。雪霜降,孰華予。天寵之,又窘之。娼無止,遂盡之。

恨入土,[15]發玉英。照來葉,芬芒芒。

【注】

民國三年十一月四日(1914.12.20),應叔申(1872—1914)病故,馮君木爲作墓志銘。此墓志銘後被收錄在《華國月刊》第2期第9册(1925年10月出版)①、《悔復堂詩》外錄、《青鶴》1934年第2卷第7期"君木遺文"欄、《民國慈溪縣新志稿》卷一九,皆題爲《應君墓志銘》。

【校】

[1] 曾祖元治:《華國月刊》《青鶴》作"曾祖鴻圖",《悔復堂詩》外錄誤作"曾祖元治、祖鴻圖"。

[2] 祖鴻圖,父兆駿:《華國月刊》《青鶴》作"祖詩扶,父兆駿",《悔復堂詩》外錄作"父兆駿",當以《華國月刊》《青鶴》爲是。

[3] 少長:當從《悔復堂詩》外錄,改作"稍長"。

[4] 就職:《青鶴》作"就試"。

[5] 既:《悔復堂詩》外錄作"幾"。

---

① 今可見《華國月刊》(民國期刊集成)第7册,上海書店出版社2017年版,第416—417頁。

[6]連綣:《華國月刊》《青鶴》《悔復堂詩》外錄皆作"連蜷"。

[7]寖:《青鶴》作"寢"。

[8]亦:《青鶴》誤作"六"。

[9]逡巡:《悔復堂詩》外錄作"逡遁"。

[10]綿憊:亦作"綿綴",謂病情沉重,氣息僅存,如《世說新語·德行》:"劉尹在郡,臨終綿憊,聞閣下祠神鼓舞,正色曰:'莫得淫祀!'"

[11]續聘于楊:《青鶴》作"續聘楊"。

[12]童丱:《青鶴》誤作"童冠"。

[13]默契:《華國月刊》《青鶴》《悔復堂詩》外錄皆作"嘿契"。

[14]天:《青鶴》誤作"大"。

[15]入土:《青鶴》《悔復堂詩》外錄作"入地"。

鄭君墓志銘

君諱起鳳,字梧生,世爲慈谿鄭氏。少而慧齊,讀書能通其故,爲文章安徐組練,不屑以斧藻自蔽。既成諸生,累受知學使者,聲譽訟訟日起。省試幾上,不中第,循資充歲貢,就職直隸州州判,非其志也。

君夷坦直諒,與人交,無町畦,衷襮純白,恥爲譎觚鬼瑣之行,不概於中,往往披豁盡意,無所回曲,任氣敢爲,尤善揆事,每有商咨,片言立斷,豪剖釐析,無不犁然,當人人意。夙昔注意事功,雅慕魯連、田子泰之爲人,既更世變,陀窮隱約,黯然無復有用世志,然困於貧乏,猶時時出爲守令幕客。嘗應南康葉知府慶增、常熟楊知縣家驥之聘,佐其治行,凡所贊畫,動中樞要,政成報最,實惟君力是資。於是領府縣者,人人願得君爲助理,幣聘踵至,率謝絕之,杜門教子,而君亦且逡遁老矣。

慈谿當革政之初,新故代嬗,會計出納,尤糾紛不可得理,邦人君子,僉謂綜核之責非君莫屬。君亦毅然引爲己任,鉤稽簿籍,參互錯綜,卒得其要領以報。尋被推爲縣署財政長,知事楊敏曾、王蘭芳更迭倚仗,若左右手。君抉剔積弊,歸於節用,平亭息耗,民以大蘇。久之不樂,引去。又被舉爲嶼臺鎮自治總董,勸農興學,百廢具舉,鄉之耆老婦幼,蓋莫不翕然誦君之德也。

君雖以恢閎自見,而居家約敕,雖童稚咸謹聲息,門庭之內,肅若朝寧。二十喪父,事母至孝,晨昏匔匔,積久彌虔,年幾四十,而猶有孺子色。督子絶嚴,不中程,輒恚怒,施撻責,聞母一言即解。母殁,哀毀骨立,幾不勝喪。終喪後,遇忌日,必哀思涕泣,二十年如一日。春秋五十有六,民國二年夏時癸丑五月二日卒。曾祖某,祖某,父某。母某氏。配葉氏。子四人:滋蕃,舉人,內閣中書,今任邱縣知事;洪蕃,保舉鹽知事;敏,法政學校畢業生;澄蕃。孫五人:廣唐、景賢、景濤、景春、景範。四年乙卯十月,葬於丁家隩之山麓。先期滋蕃來請銘,銘曰:

縈纖材,文是狃。枒無實,儒用詬。吁鄭君,儒者徒。銜不祛,韞以須。須罔諧,命實靳。萬經緯,展者寸。施未究,遺嗣人。有不信,視貞珉。

【注】

民國四年(1915)十月或稍前,馮君木應鄭滋蕃之請,爲其父鄭起鳳(1858—1913)撰寫墓志銘。

姚燕祖葬銘

　　燕祖字孝詒，慈谿人，吾友姚壽祁貞伯子也。生十八年，得瘵疾有間矣，一夕歐血死。燕祖湛潛耆學，家居無所得師，讀書遇疑義，輒籀之，竢余至，條咨件問，不憚反復窮竟，必貫徹乃已。父執中，獨曒就余，已病，猶時時爲文，抵余請審定。嘗報余書，言："燕祖每奉先生教言，若有溉於其心，視參苓，益不翅倍也。"死之前一日，值余旋里，是夕宿其家，燕祖見余至，則喜出所業，一一相質證。余從燈光中微察燕祖容色，充然似加豐，私幸其病當已。既寢，聞鼾聲甚適。天將曙，疾驟作，余驚起，見燕祖藉其父臂上，血漉漉溢口如注，須臾遂絕。嗚呼，以燕祖好余之篤，而必使余目送之死，其非偶然也。傷哉！燕祖母楊，生一子二女。長女圓，慧俊絕人，年十四以痘殤。越二年，楊又死。十年以來，貞伯哭其女，哭其妻，悲不可自聊，今又哭其子焉。人生須妻孥何爲，昏娶長育，顧獨以爲傷心涕淚之資，死者已矣，如貞伯者，家庭之樂至是而索焉殆盡，其畸零慘沮之況，尤可念也。燕祖之卒，以民國四年乙卯十月六日，逾月，貞伯爲葬之某所，而屬余以銘。銘曰：

　　嗚呼！是爲吾友姚貞伯之子。劬學未達，而以夭死。其父播淚敷土，爲埋骨於是。魂氣無不之，盍歸來只？

【注】

　　民國四年十月六日（1915.11.12），姚壽祁之子燕祖（1898—1915）病卒，年僅十八歲。燕祖生前好學，又時來請教，故在十一月下葬前，馮君木爲作銘文。又，《寥陽館詩草》附錄馮貞骨《姚府君墓表》云："君諱壽祁，字貞伯，慈谿姚氏。……以民國二十七年戊寅八月二十三日,告終里舍,春秋六十有七。遺有《寥陽館詩》一卷。……丈夫子一:燕祖;女子子二:圓、香祖。燕祖、圓竝天殖。……民國三十一年九月,表姪同邑馮貞骨謹撰。"

《僧孚日録》丙寅八月十二日(1926.9.22)條:"傍晚,返社,崇之與其夫人姚湘靈女士香祖來。"①疑姚湘靈即姚壽祁次女。

李府君墓志銘

君諱承蓮,字澄廉,鎮海人。當浹江入海,地形縣迴,濤波環之,是曰小港,李氏萃居是。曾曾子姓,蔚爲著族,君其雋也。維君禀天醇素,體蹈溫良。夙遘閔凶,六月而孤,母丁哭泣眚目,益之窮乏,育于叔父,廑克成立。年十四,棄儒書,受命貨殖,扁舟浮海,贏饒什一,取澹菽水。既而知及仁守,得勢彌彰,汔於壯彊,業以大起,困乞能激,斯固然矣。洪楊亂定,鹽筴失正,浮食奇民,擅牟海利,巧法私鬻,詰奸無方。君生長海國,周知情偽,值當事魌理釐綱,主幹者倚君爲助,整齊利道,弗苛弗漏,牢盆所籍,垂三十年,課算奇羨,而民不敝,君之勞也。生平任俠,赴義若渴,自三族緩急,至於泛交疏戚,靡告不周,靡周不壓。若其惠矜寡,振孤寒,任恤施舍,斥財無遴,而淡於耆欲,自奉至簡,布衣蔬食,裁比老圃。天性亮直,不樂叚貸,意所不槪,義形於色。晚歲優游衡門,允孚輿望,朋閱曹訌,凌詳繳繞,片言平亭,紛難立解。寬以濟物,儉以克己,嚴以率性,誠以及人,溫溫焉,廩廩焉,所爲鄉懷其德,里服其教者已。春秋八十有五,以共和紀元五年夏

---

① 《沙孟海全集・日記卷》,洪廷彥主編,第1063頁。

正七月十六日卒。頤神葆和,遂躋耄耋,仁者之壽,僉云無忝。曾祖某,祖某,父敬榮。叔父敬恩無嗣,君兼後之。娶某氏。子一：鏡第。女子子三,適金、適樂、適賈。孫五：厚褧、厚袞、厚衷、厚懷、厚裳。其年十月,鏡第葬君於崇邱鄉布陣嶺之麓。校行述德,職在文字,宜申幽讚,用諗無竟。銘曰：

　　猗嗟李君,罦罦絕倫。在勤不匱,克亨厥屯。
　　見義能勇,爲富以仁。沖夷貞固,亦康其身。
　　匪金匪石,壽命廓延。滂滂遺澤,流被後昆。
　　幽宮佳氣,葱鬱千春。匪壤之吉,而德是根。
　　維根斯茂,是播遐芬。無曰不信,眂此雕珉。

【注】

　　民國五年(1916)十月,鎮海李承蓮(1832—1916)卒,應其子李鏡第之請,馮君木爲撰《李府君墓志銘》,簡述其生平事蹟。

　　又,虞輝祖《寒莊文編》卷一錄有作於1916年的《李君澄濂墓表》,①其詞云："君名承蓮,字澄濂,居小港,屬鎮海縣。東南郡縣延入海中,長且百數十里,厥惟鎮海小港。在鎮北岸,爲大小浹江入海處,環三面皆水也。始惟漁舍數家,自李氏族居於斯,曰某②者,君祖也。父曰敬榮,歿時,君母生君僅六月,每中夜風雨挾海濤聲,如將捲屋壁以去,母抱兒亟繞室,旁皇而泣,已而喪明。君有叔父敬恩,特憐兒,時時恤之,復贄君讀書。君嘗曰：'叔活我母子。'君年三十,始喪母丁太淑人,時君已起家爲富人云。初,君少以貧故,往往與群兒候潮汐,拾螺蛤之利,久而與水益狎,乃浮海貿魚鹽百物,風飄千里無不

---

① 虞輝祖此文之碑刻,今存於寧波市鎮海區文保所,題作《小港李澄濂墓表》。碑高60釐米,寬57釐米,厚10釐米。碑文行書。其字句與《寒莊文編》所載《李君澄濂墓表》有所不同。

② 某,《小港李澄濂墓表》作"仁運"。

通,顧君於鹽鹺利弊,析之尤精也。郡守江公①聞君名,檄君。方承洪、楊之亂,鹽政益放失,無可鉤稽,江卒倚君以辨。昔太史公以籠天下鹽鐵爲罔民之政,顧輓近國用日耗,農旰莫能堪,賢君察相,累代相仍而弗革者,勢使然也。或曰是誠在人,然則如君者,雖以高年終,而於今又曷可少哉!君壽八十有五,歿於共和紀元某年某月日。② 娶某氏,③生子鏡第,女適金、適黃。④ 孫五人。君以叔父嘗三娶而無嗣,乃兼後叔父,葬於某鄉某原。"⑤

王君墓志銘

君諱紹翰,字藝卿,奉化王氏,世爲連山鄉柏溪邨人。祖蕃,父鏞。叔父鈐,無子,君奉命後之。君生而沖夸簡靖,讀書好深湛之思,爲文章軀理入微,不爲恢張嚻衒之習。及成諸生,即銳乎有用世志,年三十四,充優貢生,朝考,授職知縣。既而以親老謁歸,主講府中學校,[1]旋任監督,[2]先後數載,學子大和。自政體改革,屢被辟公府,勷理庶績,本縣知事某侯、鄞縣知事蕭侯,迭資倚辦。[3]君展其蘊蓄,無憚勞勩,

---

① 《寒莊文外編》卷首《諸家評議》附《寒莊文編·李君澄濂墓表》勘誤:"馮君木曰:'文中有郡守江公云云,誤也。江名鏡清,字志甫,鄞人。蓋世業鹽莢者,非郡守也。含章撰是文,其事實全據李子君鏡第口述。鏡第述事時,但稱江志甫、志甫、知府音近,而含章乃譌爲江知府矣。含章既逝,未便更易,用匡其誤於此。'""郡守江公聞君名,檄君,方承洪、楊之亂,鹽政益放失,無可鉤稽,江卒倚君以辨",《小港李澄濂墓表》已改作:"時郡設徵榷局,延君,方承洪、楊之亂,鹽政益放失,無可鉤稽,然卒倚君以辨。"
② 歿於共和紀元某年某月日,《小港李澄濂墓表》改作"歿於中華民國五年八月十四日",即農曆七月十五日。
③ 娶某氏,《小港李澄濂墓表》改作"娶林氏"。
④ 女適金、適黃,《小港李澄濂墓表》改作"女適金、適樂、適黃"。
⑤ 葬於某鄉某原,《小港李澄濂墓表》改作"葬崇邱鄉布陣領之麓"。

州閭利害,罔勿瞭晰,凡所贊畫,動中張弛。而天懷澹退,口不言伐,事成斂手,若無與者,識者以是服其雅量焉。君稟體夙單,四十而後,奉職盡瘁,彌不克自支屬,最後受任権税,[4]深虞苛嬈病民,益狠狠務綜核,薄籍旁午,每至申旦。日月銷鑠而病遂亟,春秋四十有七,民國五年丙辰十一月十一日卒。臨歿,以老母在堂,不獲終侍,流涕戒其諸子無曠色養,語不及它。於虖!以君清德,孚誠鄉里,而未及下壽,遽隕厥生,夙抱閎願,十九湮閼,養志之私,汔不得遂,斯天道之不可究也已。配蔣氏。子四人:子讓,子詠,子諭,子莊。女一人,字方。孫二人:光聞,光閎。某年某月,子讓葬君於某山,先期來謁銘,遂銘之曰:

　　行道靡臻,而中以踣,胡德之豐,而命之嗇。有子曾曾,維家斯克,宜百其享。渫此一塞,聲銘幽夜,用諗無極。

【注】

　　民國五年十一月十一日(1916.12.5),鄞縣煙酒公賣局局長王藝卿(1870—1916)積勞成疾,齎志而歿。約年末,馮君木應邀為作墓志銘。又,洪允祥《悲華經舍詩存》卷四《挽王藝卿》:"一綫董江日夜流,故人無復去來舟。詩書久絕然灰望,鹽鐵徒勞借箸籌。病肺經年空藥圃,苦心終古閉松丘。西窗剪燭論文處,自倚孤燈詠四愁。"①

【校】

　　[1]《陳布雷回憶錄》1906年條:"奉父命轉入寧波府中學堂肄業。寧波府中學堂舊名儲材學堂,去年改今名,喻庶三先生鋭意改革,以刷新教育為己任,本年改聘關來卿先生為監督……添聘俞仲魯(鴻梃)先生為學監,王藝卿(紹翰)先生授經學……石井信五郎先生授博物、理化、圖畫、體操。"

---

① 《悲華經舍詩存》卷四,洪允祥著,吳鐵佉點校,第109頁。

[2]《申報》1910年10月1日第11版《中學生富有實業思想》："寧波府中學生類多英年聰俊,自經監督王藝卿君接辦後,規範嚴肅,成績可觀。"

[3]例如《浙江公報》第1041期(1915.1.13):"浙江巡按使公署通告:鄞縣蕭知事詳准於一月初旬請假兩星期,回里省親。職務委政務主任王紹翰暫代。"

[4]《申報》1916年7月22日第7版《寧波通訊》:"鄞縣煙酒公賣局局長鄭贊臣因現有他謀辭職,所遺之缺,省中特委王藝卿接替。"

朱府君墓表

君諱大勳,字研臣,[1]姓朱氏。其先家餘姚,明天啓中,有志仁者,以醫游杭州,遂隸籍爲錢唐人。六傳至學泗,清歲貢生,以仲子貴,封奉直大夫,是爲君之曾祖。祖楷,父道曾,累世好善,[2]門閥寖大。母程氏,生三子,君其季也。君幼稟貞性,端凝簡靖,見器長老。遭時[3]波蕩,不樂仕進,杜門屛守,泊然而已。咸豐十年、十一年,杭州再被寇,元妻良子,[4]蒼黃迸命,君跳身出走,惟奉先世圖像與俱,流連[5]海上,殆三年所。亂定旋歸,故居煨毀,君拮据圖度,僅乃得復。先世故以醫著聞,陳藥闤市,全活甚溥。君至是規復其業,用濟族姓,任恤施舍,敦篤無倦,鄉鄔翕然誦其仁焉。性耆金石,尤審書勢,[6]籀篆分隸,靡勿研討。既更世變,溫溫不試,益托於豪素,以自抒溙,[7]廣臚碑版,旦畫頤頤,方員繁簡,曲盡微妙。嘗語其徒:"生丁喪亂,廬產蕩析,匪足關慮。獨佳書劇蹟,性命[8]所契,飄零[9]散落,無緣復返,耿耿之懷,胡日而釋。"其高致蓋可想已。晚歲自稱胥山老農,築樂山草堂於山半,闌楯花木,掩映蕭曠,春秋佳日，勝流名德，酒杯流行，寐歌盤桓，以爲樂笑，人事消長，漠若[10]無與。禀命不康，嬰疾遂殆，春秋五十有七，以光緒十一年乙酉五月十八日[11]告終家衖。邦人君子，咨嗟太息，如何中道，遽摧恒幹？人之云亡，風流渺矣。前夫人吳，後夫人金。子四：承先，與吳夫人同殉粵寇難；景彝，承昌，承德。女一，適同邑徐珂。孫四：祖懋、祖彭、祖武、錫琳。孫女三，皆適士族。君神情散朗，與物無忤，隱居澹退，不侈聲聞，而書名遠暨，求者踵屬，日本士夫至遣[12]子弟就受筆法，寸縑尺素，往往見寶云。君卒之明年，景彝葬君於西湖南山之普福嶺，以金夫人合兆。荏苒卅載，未有表揭，摧傷先德，靡所置念。是用甄述景行，刊石墓道，播休行路，垂輝方來。

【注】

民國五年（1916），蓋應朱景彝或好友徐珂（1869—1928）之請，① 馮君木爲錢唐人朱大勳（1829—1885）作墓表。1934 年，該文以《朱君墓表》爲題，被刊登在《青鶴》第 2 卷第 7 期 "君木遺文" 欄。

又，徐珂《大受堂札記》卷四錄其所作《外舅朱硯臣先生家傳》有云："石碑版之學而洞明世變，將欲有爲，會粵寇難作，東南騷然，先生與婦吳宜人坐所居天尺樓，望江流之激宕，悵然不樂，歎曰：'天下滔滔，吾屬將安之？' 咸豐十年，寇偪杭州，吳宜人勸先生暫出避。寇至，宜人與所生子承先殉焉。明年，寇再至，先生跳身度錢塘江，惟奉先文公象暨《先世歸林圖》、漢碑舊拓本與俱。亂定歸，故居毁，經營久

---

① 徐珂《聞見日抄·學者必讀書目》云："馮君木廣文开，嘗以所擬《學者必讀書目》見視，移錄如左。蓋爲修習文學者計，偏于文學，而所據本皆坊肆易得者也。……若再求簡，則《毛詩》《左傳》《國語》《國策》《史記》《漢書》《通鑑》《莊子》《荀子》《淮南子》《世說新語》《楚辭》《文選》《求闕齋經史百家雜鈔》《十八家詩鈔》，斯爲約而又約矣。"詳參《康居筆記匯函》，徐珂著，孫安邦、路建宏點校，山西古籍出版社 1997 年版，第 368—371 頁。

之,僅乃得復。又復舊所設藥肆以贍族姓,自以憂患,餘生黯然,無復有用世志。……晚歲自號胥山老農,築樂山草堂於山半,雜植花木,四時略備,朝雲夕霏,日窮其變,恒冠短簷小冠,服野老服,徘徊山澤間,世事消長,一不問懻焉,自適而已。先生澹怂榮利,不求聞達,而書名遠屆日本,士大夫至奉書幣、致縑素以請,識者謂先生之書溯源晉人,重規叠矩,無時流疏縱肥媚之習。"

【校】

　　[1] 研臣:《青鶴》誤作"研巨"。
　　[2] 好善:《青鶴》誤作"好美"。
　　[3] 遭時:《青鶴》誤作"遭時"。
　　[4] 元妻良子:《青鶴》誤作"元良妻子"。
　　[5] 流連:《青鶴》作"流離"。
　　[6] 書勢:《青鶴》作"書執"。
　　[7] 抒溧:《青鶴》誤作"抒諜"。
　　[8] 性命:《青鶴》誤作"惟命"。
　　[9] 飄零:《青鶴》誤作"飄苓"。
　　[10] 漠若:《青鶴》作"漠然"。
　　[11] 十八日:《青鶴》誤作"十六日"。
　　[12] 遣:《青鶴》誤作"遺"。

范君墓表

　　君諱淞燾,字啓邠,姓范氏。其先宋參知政事宗尹,當高宗時扈蹕南渡,自襄陽徙鄞,隸籍焉。二十六傳至君,君竺雅耆學,以國子監生兩應鄉試,不中第,年三十矣,母病,遂不復出。君蚤失怙,母全淑人中歲病痿痺,手足不良,動止輒倚人。君屏絕人事,躬服勞,給供養,積歲月益虔。從兄澂清,幼育於淑人，事淑人如母，每風日清晏，君與瀓清篗輿，舁淑人出園庭，婦子輩操壺盂從，邅回竹樹下，或就樹摘獻花果，亦時用大母命，分散諸童孫，以爲笑樂。淑人病十餘年，君壹志習醫學，百方治之無效，常悒悒歎恨。先世起家酤釀，及君益任恤，不樂自封殖。淑人病少間，則棹小舟往還城市，遇嫠孀耄穉孤貧可念者，必解橐周之，曰："非以市惠，庶爲母徼福而已。"兩娶吳，皆無出。納妾方，生子規濂。吳、方先後卒，復娶於陳，不半年而君病沒。臨絕，以二子屬瀓清，且曰："弟至此，命也。顧母老矣，寧堪是。"流涕戒妻兒毋聲哀，蓋自君歿旬月而後，淑人得聞知也。君終世顒顒，舍事親外，佗事不復厝意，子職未竟，中道訣棄，依戀之誠，忽焉與年壽以俱盡，斯生人之極哀已。君卒以光緒二十八年十一月三十日，春秋四十有六。曾祖懋捷，祖上彬，父邦璘，皆贈官如例。子即規濂、規議，敘知府，加二級。女二，適同縣吳長瑛、袁家鎬。孫一：若逮。共和八年某月，規葬君於西郊之靴脚漕。遂揭君至行於阡，以詒行道君子。

【注】

民國八年（1919），鄞縣孝子范凇燾（1857—1902）卒後17年下窆，馮君木爲作墓表。

清儒林郎馮君墓志銘

君諱鴻薰，字蓮青，姓馮氏。先世[1]有叔和者，五代時仕吳越，官尚書，家於慈谿，子姓引延，族望彌劭。曾祖應翥，祖夢香。父允驟，朝議大夫。母俞恭人。兄弟三人，伯仲蚤世，君其季也。幼眚一目，父念其不堪大受，使就賈人習廢著術。君顧弗樂，依韋市廛間，用讀書自敕厲，久之，漸通群籍。既成諸生,益務閎洽,凡所批覽,旁籀博攷,弗明弗措,好學深思,所性然矣。文辭爾雅,動依古義,下筆成軌,靡不贍舉。豐才嗇遇,累試累黜,以附貢生援例授儒林郎,非其志也。光緒十九年癸巳八月二十七日病歾,春秋三十。

君天性耿介,矜立名節,裁量人物,恒傷激直,而衷襮純一,不爲機詭億詐之行,士流依歸,以爲長者。尤竺[2]內行,居家恂恂,克踐孝恭,事親而外,推愛[3]諸父,及於群從,門庭外內,翕然靡間。十歲失恃,奉繼母錢恭人不異所生,比其卒也,宗親戚疏,悼傷亡等,恭人哭之,至於成疾。君少喜歌詠,矢詩數百,清華省淨,既自恨無根著,悉摧棄之。卒後,其從弟開綴拾奇零,撰次爲《適廬詩》一卷,藏於家。前夫人朱,後夫人錢,妾謝。子一:貞群。女二,皆適徐。孫一:昭適。[4]君卒之二十八年,[5]貞群始葬君於西嶼鄉上午里之原,於是開撮君行義而爲之銘。銘曰:

　　劬學懋行,弗康厥身。惟[6]天板板,靳以無年。
　　藏熱厚地,終揚烈芬。嶷嶷孤子,幸克有聞。
　　一世之詘,或百其申。[7]鐫銘玄石,用詒後人。
　　中華民國九年五月,同縣錢罕書並題蓋。鄞周澄鐫字。[8]

【注】
　　民國十年(1921),馮貞群葬其父蓮青(1864—1893)於西嶼鄉上午里,馮君木爲作墓志銘。① 此銘,寧波天一閣藏有其拓片。志文正

---

① 忻江明《四明清詩略續稿》卷五:"馮开撰《墓志略》:君幼眚一目,父使就賈人習廢著術,君顧弗樂,依違市廛間,用讀書自勖厲,久之,漸通群籍。既成諸生,益務閎洽,凡所披覽,旁籀博考,弗明弗措,文辭爾雅,下筆成軌。尤喜歌詠,矢詩數百,清華省淨。既自恨無根著,悉摧棄之。卒後,余爲之掇拾奇零,次爲《適廬詩》一卷,藏於家。"並録其《癸未重陽日侍季父登高,季父有圖紀游,賦呈一律》《寄九弟君木》《秋夜懷君木》《湖上晚歸次應叔申韻》《泖湖棹歌録二》《葛嶺》等六詩。志文正

書，共 23 行，滿行 22 字。又可見《慈溪碑碣墓志彙編（清代民國卷）》。

又，《清儒林郎馮君墓表》："君諱鴻薰，字蓮青，姓馮氏。其先當吳越世，官尚書曰叔和者，繇婺始遷慈谿，遂爲慈谿人。二十九傳至應蕎，無子，以弟應翱子夢香後之。夢香生五子，仲曰允駿，是爲君之父。馮氏自應翱守諸生老，爲一邑大師，益窮不振，家學式微者且二世，至君乃復用儒術見，與其從弟开彬彬稱文學焉。君少從其師某游松江府幕，年二十六補寧波府學生員，爲學尚考據，不屑屑詞章，每燕居一室，橫臚群籍，當所坐處左右前後恒滿，手披目誦，窮日之力以務，必畜於心，無疑而後已。居家敦內行，篤於親。十歲喪母俞，事後母錢如所生。兄弟三人，伯仲蚤死，群從昆季繁，君處之無畛域，而與开尤摯。开體羸善病，寢食寒煖，所以調護之者靡不至。光緒十九年，君與开同赴鄉試，將錄院而病，病中獨殷殷顧念开，开察君不安，竟罷試，將君歸。歸二十日，君卒，八月二十七日也，春秋政三十。前夫人朱氏，後夫人錢氏，妾謝氏。子男一：貞群，諸生。女二，均婿徐。孫一：適。貞群治父學，務爲深湛之思，畜書至富；適稚齒，知鄉學，皆有君之風。民國十年十二月，貞群將葬君於西嶼鄉上午里之原，开既銘其幽，復以余習其世，來謁詞。爰爲揭君庸行於阡，俾後有述焉。同縣陳訓正表，錢罕書並題額。"①

【校】

[1] 先世：《慈溪碑碣墓志彙編（清代民國卷）》作"其先"。

[2] 竺：《慈溪碑碣墓志彙編（清代民國卷）》作"篤"。

[3] 愛：《慈溪碑碣墓志彙編（清代民國卷）》作"氣"。

[4] 昭適：《慈溪碑碣墓志彙編（清代民國卷）》作"適"。馮適（1903—1949），小字慰曾，原名昭適，字衷博。馮孟顓獨子。1924 年

---

① 《慈溪碑碣墓志彙編（清代民國卷）》，第 568 頁。墓表拓片藏天一閣，高 225 釐米，寬 80 釐米。碑文正書，共 14 行，滿行 30 字。

8月坐館章太炎家,並從章氏研《說文》。

［5］二十八年:《慈溪碑碣墓志彙編(清代民國卷)》作"二十九年"。

［6］惟:《慈溪碑碣墓志彙編(清代民國卷)》作"維"。

［7］申:《慈溪碑碣墓志彙編(清代民國卷)》作"伸"。

［8］中華民國九年五月,同縣錢罕書並題蓋。鄞周澄鐫字:原無,茲據《慈溪碑碣墓志彙編(清代民國卷)》補。

陳府君墓表

於虖,是爲故清處士陳府君之墓!君諱懿寶,字儒珍,先籍奉化,明世有蓋者,始徙慈谿,逮君之身,十六世矣。曾祖大榜,祖廑。[1]父士芳,奉政大夫,洞明算數,起家貨殖,是生三子,君齒其長。君讀書事親,隱約不仕,體蹈沖簡,與人無競。[2]奉政君鬻財章貢間,歲月旅食,不恒家處,家贍農田,佃庸雜作,手指累百,君推誠爛漫,[3]不爲苟嬈,丁壯帖帖,轉相親附。[4]器情寬博,尤樂任恤,仁心爲質,隨物肆應,田事既登,乞[5]糴踵屬,凡所稱量,率溢其直,都不審覈,鄉鄰求需,必於陳氏,曰:"此家善良,不吾取盈也。"春秋三十有九,以光緒六年八月二十六日[6]告終家衖。凶問既章,遠近悼歎,孰是人斯而不下壽,天道荒矣。配顧孺人,[7]子一:訓正,光緒二十八年[8]舉人。女二,適葉來騤、葉懋宣。孫四:建風,北京大學文學士;[9]建雷,建斗,建尾。曾孫一:辟塵。君卒之三十八年,訓正葬君於大楓塘之西原。訓正榮辭懋行,著聞州間,君身[10]之不昌,庶大其後。輒發抒潛德,列諸墓石,以聲行路而諗異世。[11]

【注】

　　民國七年(1918)，陳訓正葬其父懿寶于大楓塘，馮君木應邀爲撰《墓表》。除《回風堂文》卷三外，該文既曾被收録在《天嬰詩輯》，①也嘗刊載於《青鶴》雜誌1934年第2卷第7期"君木遺文"欄。

　　陳訓正《先妣訃狀》云："先公諱儒珍，先王父諱某字克介之長子，其行誼詳馮开所爲《墓表》。"②

【校】

　　[1] 麃：《青鶴》誤作"鹿"。

　　[2] 體蹈沖簡，與人無競：《青鶴》作"矜服沖簡，與世亡競"。

　　[3] 漫：《青鶴》作"曼"。

　　[4] 親附：《青鶴》誤作"親傅"。

　　[5] 乞：《青鶴》誤作"氣"。

　　[6] 六年八月二十六日：原作"某年某月某日"，兹從《青鶴》。

　　[7] 孺人：《青鶴》作"碩人"。

　　[8] 二十八年：《青鶴》作"二十六年"。

　　[9] 北京大學文學士：《青鶴》作"北京大學文科畢業生"。

　　[10] 身：《青鶴》誤作"才"。

　　[11] 以聲行路而諗異世：《青鶴》誤作"以聲行道而訊異世"。

范母金恭人墓志銘

　　恭人金氏，鄞南川縣知縣范君端揆之繼配也。其先隨宦來浙，譜牒放失，莫詳所自。恭人十七歸范，范故名族，仍世著聞，仕籍南川。君一膺鄉薦，服官蘇、蜀間，尤以廉清自矢，

―――――

① 《天嬰詩輯》，陳訓正著，陳訓慈整理，1988年抄本。
② 《天嬰室叢稿第二輯》之一《塔樓集》，1934年鉛印本(天一閣博物院藏，編號：朱7885)。

卒官成都，遺孤皆幼，恭人間關萬里，卒以喪歸。既歸，貧甚，節衣嗇食，狠狠與子女相保。諸孤既長，督飭彌嚴，劬勞艱辛幾二十年，諸子之不失德，范氏之獲以再造，恭人力也。恭人天性醇淑，行止必於禮法，溫恭靜約，以事舅姑，以相夫子，以教其後人，畢生庸行，不欲以才智見，要其所歷，有難能者矣。年六十九，以民國九年二月十八日卒。子四：承德，前卒；承祜，承黻，堅。女一，適同縣華昌年。孫若干人。承黻以商，承祜、堅以學，皆卓卓能自奮光顯。母德將於是乎在。于其葬，慈谿馮开爲之銘。銘曰：

執德則庸，儲澤則豐。百劬厥躬，以保其宗。

丸丸柏松，封是幽宮，千春萬冬。

【注】

民國九年二月二十八日（1920.4.16），鄞縣人范端揆繼配金氏（1852—1920）去世。金氏在范端揆卒于南川知縣任上後，獨力撫養遺孤，以至成年。在金氏行將下葬之際，馮君木爲作墓誌銘。

翁君墓誌銘

淵衷劭行，善祥君子，曰翁傳泗。豐於其脩，嗇於其享，邅遁中歲，忽焉摧隕，有識戚戚，以爲悼歎，淑而不昌，命也奈何？

君字厚父，鄞人，家世高訾，飲不自有。與人煦煦，務爲挹損，雖處僕御，不大聲色，推誠樂易，視若等夷。生平澹退，不以世紛經懷，奉母居月湖，養花藝[1]竹，用資娛適。事母恭順，造次勿違。每賓朋臨況，大談劇飲，君時離席以去，久而後反，客私怪詫，謂蹔恆度已，乃知其朝母，非己簡也。天性任俠，尤惟孤貧是念，里媼鄰老，多所溉潤，賦庸匠役，恒倍常值。[2]嘗謂:"澹災振匱,樂爲名高。豪富將事,無虞弗給。若乃單門惸獨,隱約無告。細人力作,勞不周食。孰加被是,孰慰薦是。是其尤宜憫恤者也。"仁人之言,彌可思已。

君以民國九年庚申四月某日卒,春秋四十有九。曾祖某,祖某,父某。母某氏。娶於錢。有子七人,某某某某某某某。[3]女一人,適某。將以某年某月葬君於某地。不有紀述,隱微曷章?爰霾[4]石重泉,用昭幽暮。銘曰:

粵有長者,一世之好。有銜不渫,畫於中道。

彼仁而閼,匪天胡咎。雖不天偶,人則吟口。

毋曰弗曜,庶侈厥後。千齡萬代,幽宮是保。

【注】

民國九年(1920)四月,鄞縣人翁傳泗(1872—1920)因飲酒過度而暴卒。馮君木應邀爲作墓志銘。1934年,該文又被刊登在《青鶴》第2卷第21期"君木遺稿(四)"欄。

陳訓正《翁處士述》云:"處士名傳泗,字厚父,姓翁氏,居鄞西鄙。爲人樸訥和夷,余與交二十年,未嘗見有怨怒容……尤好振施……性嗜酒,一日訪兄京師歸,過飲,失血卒,年四十有九。"①又,洪允祥《悲華經舍文存》卷二《翁厚甫哀辭》:"共和九禩,歲次庚申,孟月某夕,吾友翁君厚甫,倉卒遘疾,向晨而隕,年四十有九。醫者曰:'飲醇蘊毒,陽炎裂腦。'嗚呼痛哉,豈誠然歟!"又,張原煒《葑里賸稿》卷一《翁厚父墓碣》云:"今年夏五月,予在杭州,聞友人翁厚父以疾殁。……先

---

① 《天嬰室叢稿》之四《哀冰集》,文海出版社1972年版,第196、200—201頁。對於傳泗赴京及速死的前因後果,《鄞縣通志·文獻志》載之甚詳,其《人物二·人物類表·節概》云:"傳泗兄傳洙有子文灝,治地質學,有重名,奉父宦京師。一日,傳泗念兄切,往訪兄京邸。時文灝門下頗盛,貴游賓朋往來尤殷,不得常侍奉父叔。傳泗心閔兄孤寂,不忍舍去,性好酒,日與兄痛飲,比歸,得失血症,益鬱鬱寡歡,謂其客曰:'吾今始知貧賤家庭之樂矣。'"

是,君自京師謁其兄歸,一日方舉酒,自雲小卻,夜二鼓,呼腹痛劇甚,遂以卒。……其卒以民國九年五月某日,年四十又三。"

【校】

[1] 藝:《青鶴》作"種"。
[2] 值:《青鶴》作"直"。
[3] 某某某某某某某:《青鶴》誤作"某某"。
[4] 霾:《青鶴》誤作"薶"。

董君墓誌銘[1]

君諱錫疇,字敘九,慈谿董氏,漢孝子徵士黯後也。父喬年,授通議大夫,嘗以舉人十試禮部不售,屏絕世紛,超然物外,家政纖巨,壹[2]付度君。君名家年少,夙耽墳素,米鹽淩雜,非所厝意,而部署觚理,秩秩不紊,臧獲親附[3],族黨稱能,通議君固已奇之矣。事親婉嫕[4],體及幽隱[5],洎[6]領家秉,益務綜核,簿計出納,[7]賓祭饋問,日不暇給。昏晨[8]寢興,無曠定省,端服儼容,忘其劬悴。遭母應淑人喪,荼酷殆不可任,既懼貽[9]父戚,更相廣釋,入承色笑,退而飲泣,制情飾貌,心彌傷矣。已病咯血,猶強自支屬,用慰[10]其父。一夕病驟革,家人欲出謁醫,君持不可,曰:"夜定燕息,慎毋擾[11]大人也。"憂勞綿亙,遂損天年。既殁,[12]通議君哭之慟,逡巡[13]三歲,馴至奄忽。君體蹈庸行,不爲名高,畢生狠狠,獨孝之執,色養未竟,中路捐棄。孺慕之誠,邈焉終古,悲痛蒼天,曷其有極。曾祖秉愚,贈通奉大夫。祖對青,封通議大夫。君以附貢生授光祿寺署正銜。[14]春秋三十有七,以[15]光緒二十四年戊戌三月十八日卒。前夫人方,後夫人陳。子一:維鍔。① 女一,適鎮海鄭錫麟。孫五:紹聖、紹賢、紹箕、紹裘、紹唐。[16]

民國九年,[17]維鍔將葬君於縣西干嶴口袁府山麓[18],述德纂行,實中銘法。是用鐫詞貞石,永垂[19]方來。銘曰:

於穆董君,曰敘九甫。孝於惟孝,克繩先武。

維德之豐,胡嗇其年。保是安宅,用康嗣人。

中華民國十二年夏正癸亥四月,同縣馮开撰文。同縣錢罕書並題蓋。吴縣顧鎔鐫。[20]

【注】

民國九年(1920),慈谿董維鍔葬其父董錫疇(1862—1898)於某山之麓,馮君木爲作墓志銘。

忻江明《四明清詩略續稿》卷六:"董錫疇,字敘九,慈谿人,喬年子。諸生。馮开撰《墓志略》:君名家年少,夙耽墳素。事親婉瘉,體及隱微。遭母喪,懼詒父戚,益用色養。旋病咳血,年三十七卒。"

又,楊敏曾《董君仰甫墓志銘》云:"君諱喬年,字仰甫,一字鶴笙。系出漢江都相,三傳至廬江太守春,始居句章。六傳而至徵士黯,事母至孝,縣名慈谿,實由於此。又四十一傳,曰添,始居邑西金川鄉,即今聚族處也。曾祖諱杏芳,居積至富,旌表義行,入祀孝弟忠義祠;祖諱秉愚,兩世皆累贈通奉大夫、工部郎中加五級。考諱對青,封通議大夫、道銜加二級。……君自早歲溺苦於學,雖處華膴,無異寒素。同治三年,補縣學生。越年,舉於鄉,年僅二十三。七年,試禮部,報罷,援例捐授内閣中書,復報捐候選道加二級。……方君客京師,念功名不難致,意氣甚豪。及官中書,所交皆當世英俊,文讌留連,極一時之盛。既而十試春闈,卒不一遇,鬱鬱不自得。……一再喪耦,以

---

① 董維鍔字廉臣,好碑帖。詳參《僧孚日録》辛酉四月初三日條,《沙孟海全集·日記卷》,第138頁。

家政委長子錫疇。錫疇先意承志,能得君歡,不幸以咯血病卒。君哭之慟,而病之伏於中者深矣。閱二歲,爲光緒二十七年,竟卒,享年五十有九。……君殁之十八年,始與應淑人、華孺人合葬於胡家宅之山麓。劬狀君事略,請爲文,銘諸幽。余早歲避地鄉居,依外家葉氏,董、葉世姻,故識君獨早。稍長,常造君廬,發藏書而瀏覽焉。既而應試北上,舟車館舍,時復同之談藝論文,間涉身世,故知君也又獨詳。追維舊事,仿佛如昨,余誠何足爲君重而以志存殁之感,則固不能以無言也。……八年七月。"①

【校】

[1] 董君墓志銘:《慈溪碑碣墓志彙編》題作《清儒林郎董君墓志銘》②。

[2] 壹:《清儒林郎董君墓志銘》作"悉"。

[3] 附:《清儒林郎董君墓志銘》作"傅"。

[4] 㾮:《清儒林郎董君墓志銘》作"瘛"。

[5] 幽隱:《清儒林郎董君墓志銘》作"隱微"。

[6] 洎:《清儒林郎董君墓志銘》作"暨"。

[7] 簿計出納:《清儒林郎董君墓志銘》作"簿記出內"。

[8] 昏晨:《清儒林郎董君墓志銘》倒作"晨昏"。

[9] 貽:《清儒林郎董君墓志銘》誤作"詒"。

[10] 慰:《清儒林郎董君墓志銘》作"尉"。

[11] 擾:《清儒林郎董君墓志銘》作"驚"。

[12] 殈:《清儒林郎董君墓志銘》作"殁"。

[13] 逡巡:《清儒林郎董君墓志銘》作"逡遁"。

[14] 銜:據《清儒林郎董君墓志銘》補。

---

① 《慈溪碑碣墓志彙編(清代民國卷)》,浙江古籍出版社 2017 年版,第 553—554 頁。又可見《寧波旅滬同鄉會月報》第 5 號(1922 年 10 月出版)。

② 《慈溪碑碣墓志彙編(清代民國卷)》,第 598—599 頁。

[15] 以：據《清儒林郎董君墓志銘》補。

[16] 紹唐：《清儒林郎董君墓志銘》作"紹程"。

[17] 民國九年：《清儒林郎董君墓志銘》作"君卒之廿五年"。

[18] 縣西干嶴口袁府山麓：原作"某山之麓"，茲據《清儒林郎董君墓志銘》改。

[19] 永垂：《清儒林郎董君墓志銘》作"永淬"。

[20] 此句原無，茲據《清儒林郎董君墓志銘》補。

童君墓志銘

君諱士奇，字樹庠。其先曰晏者，唐貞元中官松江別駕，自嘉禾徙居鄞之鄒谷，是爲鄒谷童氏。曾祖載彬，祖一源，父書禮，仍世清德，著聞譜牒。君懷沖履簡，襟情高勝，髫齡英絕，即異常均，屬辭爾疋，不屑以華藻干進，邅迴立年，僅隸學官，一應鄉試，遂從幽討，文采隱約，賁且剝矣。生平爲學，期於實踐，夙夜宥密，自督絕嚴，造次顚沛，弗改雅度。天性溫和，與物無忤，家居教授，顓用經訓，匡飭子弟，推誠委宛，不爲強切激厲之言。後進之士，服習風教，率不敢自恣放，小有過差，動相掩匿曰："毋俾童先生知也。"光緒季年，始行地方自治制，君被推爲鄉正，周咨博采，務既其實，舉錯興革，謀奏悉當，輿誦洋洋，益歸之矣。君於學靡所不闚，陰陽、卜筮、星命、醫藥之書，皆究其微。年四十九，[①]値小極，即自知不起，徧召家人，顧言周至，神明湛然，如無疾者，明日日中遂逝，民

① 據《童樹庠先生墓表》，可知童樹庠卒于丁巳八月廿八日，享年四十九（1869—1917）。詳參《童氏家族》附錄三，胡紀祥編著，寧波出版社 2011 年版，第 260—261 頁。

國六年丁巳八月二十八日也。妻張氏,後君一年卒。越三年,辛酉某月,合葬於某鄉之原。子五:第錦、第德、第穀、第周、第肅。女三,適杜培榮、葉昌鏽、朱錦瑞。貞風穆行,今也則亡,宜章幽懿,泐諸翳石。銘曰:

蔚矣君子,沖夷淵邵。明思通微,根極理要。
隱君求志,克葆清妙。左規右矩,是則是傚。
德以淑世,道不康身。超然善死,永閟聲聞。
澗阿寤寐,有懷碩人。佳城鬱鬱,式是遐芬。

【注】

忻江明《四明清詩略續稿》卷六:"童士奇,字樹庠,一字梅芳,鄞人。諸生。馮開撰《墓志略》:君生平為學,期於實踐。性溫和,家居授徒,頗用經訓匡飭子弟,推誠委宛,不為強切激厲之言。後進之士,服習風教,率不敢自恣放。光緒季年,始行地方自治制,君被推為鄉正,舉措興革,謀奏悉當。于學靡所不窺,陰陽、卜筮、醫藥之書,皆究其術。年四十九卒。"

又,陳訓正《童君樹庠家傳》云:"童君士奇,字樹庠,鄞之鄔谷人。其先有晏者,唐貞元間松江別駕,自嘉禾來居此,二十八傳至君。君少讀書,即超然期施用于世,不屑屑章句,為文章,立大體,同里儒師皆折服稱道之。年三十一,始補博士弟子員,嘗一應鄉試不售,即棄去,曰:'是枸枸者,豈士君子立命之道邪!'居家教子弟,先經術。為人和易,不為岸異絕俗之行,然人與接者,不敢以非禮犯,每相語曰:'童先生溫溫長者,未嘗責望于吾輩,顧吾輩畏之,何也?'清光緒三十年,始行地方自治制,君被推為鄉正。鄉之利病積數十年未能舉者,群議興革,必君署,乃畢舉,無或異議,其取信之重如是。君于學無所不窺,自陰陽、卜筮、相人之書,皆能精究其術。年四十九,微病,一日黎明,徧召家人至,誨以孝友、任恤之道。既已,促家人食,曰:'不食,即日中,汝食不下咽矣。'至日中,果卒。妻張,亦賢明,後君一年卒。

子五：第錦、第德、第穀、第周、第肅。陳訓正曰：余未識君，君中子第德，過余數，故余習聞君之行誼。第德卒業于北京大學，儕文學士，精于小學，已爲人師矣。然其人抑抑自下，無囂氣，余所見少年，未有第德若者，然則君之教可知矣！"①

又，黃侃《童樹庠先生墓表》云："先生之葬也，慈谿馮開詳志其世系行事，勒銘幽堂。陳訓正爲作家傳。……予因第德請爲文，揭於墓門，雖不能形容全德，亦俾後之觀斯鄰者，深其景慕之心，知非原氏阡比也。"②

又，童藻孫《鐸山先墓記》云："先君子以丁卯二月，葬於鄞大咸鄉之鐸山，去吾童氏所居曰童岙者，五里而近。……先君立身行事，具詳慈谿馮君木先生所爲銘幽之文。……未及五十，遽歿。歿十年，乃克獲安於兹山。"③

綜上所述，可以確定馮君木《童君墓志銘》作於民國十六年(1927)二月。

范府君墓志銘

君諱邦周，字裒美，姓范氏。范爲鄞西右姓，宋明以來代著采譽，綿延清世，族望愈盛。祖某，父上庚，母唐孺人。兄弟三人，君用父命，出爲世父上庠後。髫齔耆學，尋以貧廢。嘗從人入山采石，崖岸崩厭，群工併命，君獨脫不死，類有馮

---

① 《天嬰室叢稿第二輯》之一《塔樓集》，1934 年鉛印本（天一閣博物院藏，編號：朱 7885）。

② 《童氏家族》附錄三，胡紀祥著，寧波出版社 2011 年版，第 260—261 頁。又，黃侃《童樹庠先生墓表》末云："己巳八月中上澣上石。"此說既不同于馮君木《童君墓志銘》"辛酉某月，合葬於某鄉之原"，也有别于童第德《鐸山先墓記》"先君子以丁卯二月，葬於鄞大咸鄉之鐸山"(《寧波旅滬同鄉會月刊》第 104 期/1932 年 3 月)。

③ 《寧波旅滬同鄉會月刊》第 104 期(1932 年 3 月出版)，第 46—47 頁。

相者。年十五，即爲商店主計，財貨填委，出內旁午，壹切皆關其手，徒侶翕然，服君幹局，鬻財之家，倚辦恐後矣。君雖處闤闠，造次必依忠信。二十已後，坐賈揚州，垂五十年，任時俯仰，不爲詭欺，久之，物情大孚，業以日進。天性高亮，尤樂周施，交親急難，視若切己，傾囊贍護，靡所於遴。有某君者，累以折閱，被迫自裁，君三拯之，既彌其空，復斥重貲，資之營運。其後某卒起家大萬，感君風義，涕泣致報，君正色屏謝："吾曩者自快其私，何與若事，而煩報乎？"率性上義，不矜不伐，古布衣之俠，殆其人歟！春秋六十有九，以光緒二十四年戊戌四月十六日病歿家衖。赴至揚州，爲位哭者，數十百輩，遺德在人，斯足徵已。前夫人陸，後夫人丁，妾蔡。子一：賡治。孫二：某、某。君夙耽文藝，研誦餘力，兼精醫理，調方處齊，神解冥合，賡治傳其學，遂以名世。君卒之二十三年，賡治葬君於某鄉之原。潛德永閟，勿闡胡章？乃泐銘玄石，用詡無竟。銘曰：

　　邈矣府君，有蔚其美。貞心簡立，著聞州里。
　　地中蒙難，天幸不死。宜有聲施，章其英瑋。
　　鬱奇勿渫，終隱於市。胡拔胡擠，疇發天咫。
　　明明肝膽，單寒所恃。洋洋葉語，僉曰善士。
　　不於其身，必於孫子。我銘昭之，百世以俟。

【注】
　　茲由光緒二十四年下推二十三年，斷定范邦周(1830—1898)下葬於民國十年(1921)，而馮君木《范府君墓志銘》亦作於1921年。
　　又，《苟里賸稿》卷一《故清顯學附貢生范君墓志銘》云："君諱賡治，字文虎，晚年自署息淵。鄞范氏先世，居襄陽鄧城。當宋宣和間，有諱宗尹者，官觀文殿大學士，隨高宗駐蹕臨安。其子公麟，贅魏丞相杞女弟，遂家於鄞，是爲范氏遷鄞之祖。曾祖懋忠，祖上庠，考邦周。……先是，邦周府君習醫家言，嘗以皇古聖哲諸方書及所獲睹祕笈授君。君少承庭誥，日月濡漸，旣輟讀，治醫學益劭，覃擘今古，輔以心解，久之，遂通其故。"

劉君墓志銘

君諱崇熙，字楚香，鎮海劉氏。清規映拔，弱歲知名，舉光緒某年鄉試，明年成進士，改庶吉士，散館以知縣用，先後三宰鹽城，懷仁輔義，風政懋著。鹽城地瀕海，民俗僄恣好爭，吏胥持之緣爲奸利，君訊鞫勤敏，不稽時日，按事下牒，立口立斷，隸役俠侍，噤不得施，民用勿擾。遇事務窮物情，好惡從違，必公是準。誠信章章，孚於邊邇。風裁嚴峻，不畏彊禦。豪宗右室，干請俱絕。上官親擘，入境徵賄，君條其罪，禽而撻之，倔强忤上，終絓吏議。君旣去官，鹽城人引領南望，待其復來；東南村聚，田更野老，每見河上峨舸巨艦輯濯而過，歡喜走告，僉曰："劉使君至矣。"旋悟其非，嗚唈而退。興化李詳，僑居河濱，婁聞斯語所由，爲之賦《廣謳》者也。自君歸田，會值政變，鄉人以民望所系，奉君知鎮海縣事。君義形於色，勉任其難，廉明慈惠，猶曩之績。未幾引退，優游衡門，樂道自適。以民國九年庚申某月某日病歾家衖，春秋幾十有幾。君天懷亮特，尤重倫紀，在官之日，旌章名節，汲汲不皇。遺文隊簡，多所甄柔，冀以先正正言，扶植民德。復推大校序，陶淑後進，片智單行，動加獎扇，縣之才秀，得所依歸，成學發聞，連翩接踵，儒吏之設施，故不侔於常均已。曾祖某，祖某，父某，配某氏。子若干人，孫若干人。逾年十月，葬於某鄉之原。是用追懷懋德，勒銘重泉。銘曰：

不爲文儒，而爲良吏。未畢厥施，蘊奇入地。

衢歌巷泣，思君風義。餘澤所被，以利後嗣。

【注】

《僧孚日錄》辛酉九月十五日條："師近應余君雲岫巖之請，撰《劉府君墓志銘》稿，屬余寄出，因錄之於册。又復抄舊作《陳府君墓碣》《馮君墓志銘》，異日當續寫他文以成全集。……《劉府君墓志銘》，其一段云：'君既去官，鹽城人矯首南徯，冀其復來；東南邨聚，田更野老，每見河上峨舸巨艦輯濯而過，歡喜走告，僉曰：劉使君復任矣。旋悟其非，嗚唈而退。興化李詳，僑居河濱，婁聞斯語所由，爲之賦《廣謳》者也。'神情恍忽，寫去思景狀，如續于斯，知漢魏碑志雖千篇一律，能者自有以變化之也。"①是知《劉君墓志銘》乃應鎮海澥浦人余巖（1879—1954）之請而作成於辛酉九月十五日（1921.10.15）之前。

又，《申報》1908年7月5日第12版《鎮邑教育會成立》："甬屬鎮海縣教育會現已由紳學界組織成立，公舉劉楚香君爲會長，於前月杪開正式大會，公同選舉各職員。聞是日到者不下二三百人。"②

楊君墓表

君諱璘，字貢琛，姓楊氏。其先越州人，宋崇寧中有煒者，嘗官明州，後遂隱於鄞東南之櫟溪。十三傳而至大名，明萬（歷）［曆］間，官雲南楚雄府同知，罷官歸，復由櫟溪徙西成鄉。逮於君，十世矣。曾祖德賢，祖啓仁，父錩，纍世飭行，流

---

① 《沙孟海全集·日記卷》，洪廷彥主編，第232頁。
② 《申報影印本》第95册，上海書店1983年版，第62頁。

聞譜牒。君生而開敏，長益幹達，年二十三，喪父及兄，有弟四人，未畢冠昏，君以仲子，承綜家秉，比於冢督，教之[1]斅學，授之家室，內外秩秩，謚無間言。先世故以商業起家，君益推引其緒，游金華，歷江西，壖鬻[2]往復，勤致兼贏。昌大家業，惟君之力，而推財讓產，昆季悉洽，平準[3]多寡，一毛不以自私，里黨稱譽，以爲有繆肜、姜肱之風。天性耆學，縻於商旅，末由振厲，居恒[4]戚戚，以爲歎恨。嘗與里中父老，就辦志書院朔立學會，冀用實學，棣通風氣。是時科舉未廢，士流方群騖於速化之術，君知微察來，獨以名器象數導衆先路，覸世之君子，所由彌服其前識也。春秋四十有八，以清光緒三十二年丙午十一月二十三日病殁家衖。[5]配陳氏，妾陳氏、沈氏。男子三：貽訓、貽詔、貽誠；貽詔後君四年卒。[6]女子二，適王，適林。[7]孫四：芳培、芳堉、芳圻、芳垓。民國十一年壬戌某月，[8]貽訓、貽誠葬君於西成鄉七里堰之原。茂行清德，永閟幽兆，不有紀述，隱微曷章？是用徵襄聞，刊嘉石，聲行路，諗來葉。[9]

【注】

　　鄞縣人楊璘(1869—1906)卒後16年，於民國十一年(1922)入葬于西成鄉七里堰之原。蓋應其次子楊貽誠(1888—1969)之請，馮君木爲作墓表，以"紀述"其茂行清德。此文曾刊於《華國月刊》第2期第1册(1924年11月出版)。①楊貽誠字菊庭，號端虛，畢業於上海南洋公學大學部，曾任鄞縣縣立女子中學校長。1926年四月下旬，沙孟海爲楊貽誠之母作壽序。②

　　① 今可見《華國月刊》(民國期刊集成)第5册，上海書店出版社2017年版，第83—84頁。
　　② 《沙孟海全集・日記卷》，洪廷彥主編，第1002、1004頁。

【校】

[1] 之：當從《華國月刊》作"人"。

[2] 鬻：《華國月刊》作"賣"。

[3] 平準：《華國月刊》作"平埻"。

[4] 恒：《華國月刊》作"嘗"。

[5] 病殁家衖：《華國月刊》作"卒"。

[6] 卒：《華國月刊》作"殁"。

[7] 適王，適林：《華國月刊》作"適同縣王植三、林植瑛"。王植三即王蔭亭，卒於甲子九月一日或稍前，此观《僧孚日録》，即可推知："九月一日，陰，午有雨。代雨丈、康侯各撰一聯，挽王蔭亭植三，己則但送楮燭而已。"①

[8] 某月：《華國月刊》作"九月"。

[9] 諗來葉：《華國月刊》於其後尚有"慈谿馮开表"五字。

---

① 《沙孟海全集·日記卷》，洪廷彦主編，第700頁。

《回風堂文》卷四

馮君墓碣銘

　　君馮氏,諱慎餘。慈谿籍,匠者徒。君之先,盛明世。曰叔吉,布政使。官湖廣,聞於時。十一傳,至君微。祖松壽,父金福,著內行,淳以樸。君有弟,蚤不禄,布政後,唯君獨。性温温,不世競,食賤工,有儒行。療親疾,兩刲臂,或詰之,深自諱。行之懋,宜長年,戹中壽,嘗哉天。歲丁巳,春正月,十三日,君病歿,六十六。君歿歲,葉若曹,先後配。子四人,其二逝,葬君者,仲與季。以伯叔,祔君阡。樂泄泄,從黄泉。季昌世,學爲士。大君門,將在是。牛之山,青浴浴。銘墓石,族弟开。

【注】
　　民國六年(1917)正月十三日,族兄馮慎余(1852—1917)病卒,享年六十六歲。馮君木爲作墓碣銘。

姜君墓志銘

　　君諱瑞麟,字石琴,世爲丹陽姜氏。祖武晳,父佐雍,仍世潛德,不箸仕籍。君生具異稟,劬學多聞,弱齡英瑋,神采外溢,名流耆宿,見謂弗如。光緒十一年乙酉,以異等充選拔貢生。十九年癸巳,舉江南鄉試。南北往復,聲譽藉[1]甚。

纍試禮部，汔於靡就，[2]沈滯京曹，循例補外。值庚子難作，海內繹騷，君悲宗國之陵夷，痛我辰之安在，褰裳而去，遂從嘉遯。孤蹤介節，超然遐舉，蓋自是黯黮不復出矣。家居隱約，用文史自稱適，物論升降，漠若無與。顧生平蘊蓄，百不一究，意氣鬱沈，不能無所抒渫，凡鄉政興作，兵防敷設，商咨關白，旁午畢會，從容肆應，動奏殊效。家閱戶訐，就君取平，令長賓敬，奉爲準度，庶幾所謂清光粹範、振俗淳風者也。君器情寬博，與物無忤，每朋儔燕集，排調錯出，傾靡四坐。尤贍鑒識，燭微審幾，言必有中。甲午會試，同年生南海康祖詒，伏闕陳書，請更成憲，輦下聳動，欽其風烈，連袂署名者多閎俊茂異之士，君獨默默不肯下筆，退而語人：“危言嘩世，黨禍將興，吾爲此懼矣。”財及五稔，其言竟驗。嘗客戚屬家，會遘盜警，橫刀列炬，聲勢歡噪，君已就寢，探首帳外，徐曰：‘身有羊裘，聊堪取暖，盍亟將去？緩急，人所時有，何匈匈爲？’群盜相顧愕眙，逡巡自去。其寧謐乎物如此。夙昔微尚，雅在文字，抱能自欿，都不寫副，身後甄錄，十九放失，識者唏焉。君以民國十年辛酉九月二十四日告終家衖，春秋六十有六。遺命輸三千金入官，用濟荒政，元首襃其樂施，道路高其行義，無德不讎，後必大已。配趙夫人，前君幾年卒。子二人：若，選拔貢生，今官紹興縣知事；可，法政大學學士，分省安徽，任用縣知事。孫四人：嘉猷、漢猷、慈猷、奉猷。君殁之三年，若等奉君柩與趙夫人合葬於武進西鄉趙家莊。以君名德，於法中銘，敢鎸玄石，下聲無紀。銘曰：

有碩者儒，一世之寶。蘊奇勿宣，畫於中道。天衢榛塞，退老於鄉。十步之內，播其烈芳。淑世未能，淑鄉其可。扶植風政，豈不在我。我鄉我邑，亦孔之夷。官民悅喜，有聞如雷。安時處順，適來適去。昭昭白日，忽焉已暮。務既其實，不名之睎。千秋萬世，後有纍欷。

【注】

　　民國十三年（1924），丹陽姜瑞麟（1852—1921）卒後三年，行將窆封。應其長子紹興縣知事姜若等人之請，馮君木爲作墓志銘。該文曾經發表在《華國月刊》第 2 期第 11 册（1926 年 1 月出版）。①

【校】

　　［1］藉：《華國月刊》作"籍"。

　　［2］汔於靡就：《華國月刊》作"汔靡所合"。

葉君墓表

　　君諱璋，原諱貽銘，[1]字又新，姓葉氏。其先當明季自慈谿石步村遷定海，清康熙間徙定海于昌國，而更舊治曰鎮海，遂爲鎮海人。世居東管鄉之沈郎橋，逮於君十一世矣。曾祖啓芳，祖志禹，皆贈榮祿大夫。父成忠，②二品銜候選道，誥授榮祿大夫。母湯氏，繼母夏氏，皆封夫人。有子七人，君其叔也，以父命出爲叔父成孝後。自幼即異常童，讀書多神解，下筆卓犖，驚其長老。嘗從太倉陸御史寶忠游京師，學以日殖，顧不喜治舉子業，自以其父用化居起家，非明積著息耗之理，將無以續世業，則益研討商學，覘緩急藉手自效。天性好善，推衍先緒，旦夕如恐不逮，凡所設施，一躡榮祿公之故迹以

---

　　①　可見《華國月刊》（民國期刊集成）第 8 册，上海書店出版社 2017 年版，第 216—217 頁。

　　②　葉澄衷（1840—1899），原名成忠，鎮海莊市葉家人，早期發跡於上海的寧波幫實業鉅子，被譽爲"五金大王"。

行。榮祿公以高訾碩畫與賈胡競逐,參循彼法,普興工藝,繅絲造燧,所營度彌廣,作務手指,動累千萬。自公即世,主辦者以稱息寖微,或議罷業,君力執不可:"先公之爲,非以澤已也。單貧寒細,食於其力者幾何?賦庸雖薄,育養是資。倉卒披解,於何取給?"卒寢其議。榮祿公豁達樂施,晚歲斥金大萬,就上海建設澄衷蒙學,用溉後進。君謀於昆弟,輸十萬金附益之,規模益恢廓矣。君簡靖和易,雖處豐厚,不異布素,賓接士流,務爲抑損。[2] 遇事能探其賾,長商蓄賈,準時占物,恒與參懷。徵貴徵賤,靡不中度。物情歸仰,奉爲職志。生平篤於友愛,黽勉相保,不以異財有所私。某歲亡其一弟,[3] 悼心失圖,日月弗殺。會當政變後,綱紀弛散,彌鬱鬱無以自展,遂築室杭州西湖,浩然長往,不復與聞世事,讀書樹藝,永從嘉遯。棲遲十載,遽謝人世。禀命不融,踠足中道,有識者所爲悼善人之逝,而歎天道之不克終也。君以國學生用輸粟功,誥授通議大夫、三品銜、候選同知。卒于共和十二年癸亥十月二十三日,[4] 春秋四十有三。配包氏,封淑人,同縣宣城知縣包宗經次女,生子一:謀道;女二,適周,適虞。側室彭孺人,生子一:謀通;女一,適徐。越三年,乙丑九月,謀道兄弟將葬君於東管鄉之原。長才懋德,遂閟幽暮,輒申述一二,列諸墓石。行路樵牧,期無毀傷。

太歲在旃蒙赤奮若九月之吉。[5]

【注】

民國十四年九月,鎮海人葉璋(1782—1924)下葬于東管鄉之原,馮君木應邀爲作《清誥授通議大夫三品銜候選同知葉君墓表》(據孔夫子舊書網,可知"上海黃浦書店的書攤"有藏)。1927年8月,該文又以《葉又新君墓表》爲題,發表在《寧波旅滬同鄉會月刊》第49期,但文字有所出入。

【校】

[1]原諱貽銘：據《葉又新君墓表》補。

[2]抑損：《葉又新君墓表》作"把損"。

[3]某歲亡其一弟：《葉又新君墓表》作"某歲亡其弟五弟"。

[4]誥授通議大夫、三品銜、候選同知。卒于共和十二年癸亥十月二十三日：《葉又新君墓表》作"誥授通議大夫、三品銜、賞戴花翎、候選同知、商部五等議員，卒于遜國後十三年癸亥十月二十三日"。

[5]太歲在旃蒙赤奮若九月之吉：原無，茲據《葉又新君墓表》補。

鎮海方君墓表

君諱積球，字彭年，鎮海方氏。方故鎮海右姓，聚族柏邨，蔚起佳勝。君以名家後進，領袖英絕，清規映拔，門行彌箸。弱年隸籍學官，遭時板蕩，不求聞達，鄉居底厲，務以精進，彊執左右，風政義之所在，冒難赴之。意所不慨，持而折之。始領鄉約，尋長自治，候民病利，用準張弛。摧彊扶弱，匪威是愓。嚴以辨類，毅以裁事，明以審幾，定以御變。州史章其功言，令長以爲矜式。通方開敏，動中倫慮，彬彬乎群流之上識，而邦間之公士也已。家素高訾，累世埛鬻，艐舶四出，建標列肆，充牣都市。革政而後，驟致折閱，或勸稍稍蓋匿，徐圖恢復，君笑而謝："財賄流轉，譬若水然，久遏一家，無是理也。"料覆簿錄，錙銖必直，凡所逋負，一夕盡償。曰："負累猶可，負心奈何！蓄儲雖罄，寤寐斯寧，所獲不既豐乎？"寢尋中歲，洊更憂患，公私填委，不有其躬，遂以民國三年甲寅正月十八日病殁家次,得年四十有四。凶告既布,吊者累千,薦紳鳴邑,婦孺流涕,昊天難諶,殲我國紀,吁其悕矣!曾祖亨吟,祖喬,父桂,母葛夫人。夫人有姪,爲君元配,愔嫕淑慎,流譽三鄰。自君之殁,綢繆牖戶,形茹神惢,蒸蒸家問,恃以弗隊,蕉萃七載,從歸大暮。是生三子:善堯、善堃、善堉。十五年丙寅,合葬慈谿汶溪之西隩。輒述宰較,勒石墓兆,不誣不溢,庶昭無止。

【注】

民國十五年(1926),鎮海方積球(1871—1914)夫婦擇日合葬於慈谿汶溪之西隩。馮君木爲作墓表,是爲《鎮海方君墓表》。

林君墓表

君諱塄,字望山,姓林氏。其先蓋出於閩,宋時有保者,扈從高宗南渡,始自福清遷鄞。保子樸,復由鄞遷慈溪,遂世爲慈谿人。曾祖廷昌,祖玉亭,皆贈朝議大夫。父冠千,授朝議大夫。母馮恭人,有子三人,君其季也。幼而英發,讀書具神解,七歲就傅,見器耆宿。既通諸經,命筆纚纚,動多振奇。每應童試,坐文字不中律令,屢遭擯落。父師戒之,則曰:"削趾就屨,痛其可忍?人生寧必以科第顯乎!"嘗被聘新陽錢知縣某某,佐其治,行文移牋牘,率倚辦君,豐辭瑋論,隱動僚寀,既而不樂,引歸。端居穆清,弗豫外事,蕭晨芳節,恒與二三朋舊,周旋尊俎,諧笑作適。如是者久之,而君乃翛然老矣。君天懷澹定,紛華靡麗,夙所弗尚。先世故有遺業在上海,歲入饒給,絕不以自恣侈,然能急人之急,噓寒贍乏,累斥巨貲無吝,物情歸附,稱爲長者。君以國子監生輸粟,授奉政大夫，賞戴藍翎。光緒三十一年乙巳六月二十六日卒，春秋五十有九。聘室馮，元配鄭，繼配鄭、李。子一：志堅，繼配鄭所出也。女六：適朱，適馮，適陳，適秦，適應，適錢。孫五：曾詒、曾謀、曾訓、曾論、曾詳。君卒後二十一年丙寅，志堅治塋於縣東鄮嶴。初，元配鄭之歿，當光緒元年乙亥，歲久厎壞，先營兆李家陝，既下窆矣，懼動體魄，不敢播遷，志堅乃奉馮及所生母鄭、繼母李與君合葬，而別以其亡婦馮從葬前母。亡禮之禮，庶彌欹憾，並書墓石，以告後來。

【注】

民國十五年（1926），慈谿人林志堅在乃父林塏（1847—1905）去世 21 年後，合葬其父母于縣東鄮嶴。馮君木爲作墓表，是爲《林君墓表》。

清故奉政大夫董君墓志銘

君諱禮隆，字午卿，姓董氏，以國子生輸饟授職府同知。先世自鎮海徙鄞，遂著籍焉。曾祖炳乾，祖詩墅，父思曾，母婁宜人。兄弟二人，君實居長。材知深美，弱齡能文，心誦手書，動能振宕，長老歎爲俊才，輩流服其英絕，清聞茂譽立於州閭。邁會舛午，溫溫不試，杜門幽討，惟以名器象數之學豐其蘊蓄，求爲可知不知，亦已外內通介，邈哉晞矣！君天性敦摯，孝於事親，既以父衰暮不任家政，受命綜攝，服勞無斁，事無擅爲，行無獨成，賓祭有經，出內有序，是曰家督，嚴君賴之。春秋二十有九，以宣統二年庚戌四月二日病殁家衖。盛年無禄，遽凋華采。念蓄我之不卒，棄家人而大去，彌留悽愴，目不瞑已。配袁宜人，後君八年殁。子一：景謙。女三：

長適陳,次未字,次適吳。君殁十有五年,歲在丙寅,景謙奉祖父命,葬君夫婦於鄞東前堰梨花山之麓。穆行永閟,匪文曷彰?是用鑴銘墓石,昭諗來許。

有飛而隊,有濟不既,有睎不遂,藏熱厚地。身雖逝矣,而子克繼。

克竟君孝,君心庶慰。梨花鬱葱,昭君風概。前沈後揚,百世可示。

【注】

民國十五年(1926),鄞縣人董景謙葬其父母於前堰梨花山麓,馮君木爲作墓志銘,是爲《清故奉政大夫董君墓志銘》。

余君墓表

君諱志伊,字覺先,一字華三,鎮海余氏。祖賢濱,父立槐,母鄭,兄弟六人,君班在四。君祖、父用商起家,迄君三世,皆從事廢箸,簡樸奉法,不苟立同異,一家俊俊,蔚爲門風。君性韻疏峻,獨以局力自見,鬻財江浙間,諸所營赴,動多踔遠,接搆非人,馴致折閱,君無懟色,曰:"吾雖亡訾,未至罄匱,小節用度,猶敷贍生,但以此累同產,則可念耳。"及議異財,即自居湫隘,而以新屋讓諸兄弟,諸兄弟勿欲,君曰:"毋以爲也,兄弟誠愛我,安吾身,毋寧寧吾心乎!"卒讓焉。君雖治商業,雅不屑與時徵逐,輕財尚氣,泛交疏屬,多所將助。中年好酒,酒酣以往,忽歌忽哭,如有甚不得已者。自異財後,益漫爲亡訾。省黠者伺其有酒所,詭詞哀之,或長跽泣下,君略不誰何,輒傾所有以濟,累受欺紿,懛焉自適。坐是,業益落,境益困,遂終其身。年四十有七,以光緒某年某月某日殁。配俞，繼配劉。子五：巖、允、采、崑嶠、霖；女一，適鄭；皆劉出也。君殁，諸孤幼，窮空不能自存，劉忍死撫孤，孤皆成立。巖長有文行，見重鄉先達，被資給，遊日本，或以道遠尼其行，劉毅然遣之。迨巖歸省，復挾幼弟霖以出，又有尼之者，劉又遣之。辛亥革政，巖學成歸國，有所圖，赴陝西，遇盜，虜之去，劉聞，夷然曰："吾兒能愛人，必無害。"既而果得歸。劉以民國元年壬子某月某日殁，年五十有九。孫五：本年、埏年、申年、鑫年、益年。十六年丁卯某月，合葬於縣北鹿山之麓。餘杭章炳麟銘其幽，慈谿馮开復次其行義，揭之於阡，用詒行道君子。

【注】

　　鎮海人余志伊雖則業商，但終身踐行儒學，其妻劉氏更是忍死撫孤，獨力支撐門戶。故此，不僅章炳麟爲作墓志銘，馮君木也欣然於民國十六年（1927）撰寫墓表，是即《余君墓表》。

清故通議大夫三品銜浙江補用知府況君墓志銘

　　君諱周儀，以避國諱，更儀爲頤，字夔笙，臨桂況氏，明蘇州知府鍾之裔孫也。鍾籍江西靖安，數傳，徙湖南寶慶。明末有一幾者，復由寶慶遷廣西，是爲君之七世祖。曾祖世榮，祖祥麟，嘉慶五年舉人，並封通議大夫。父洵，道光二年進士，官河南按察使，授通議大夫。母許淑人，生母李淑人。君受天雅性，髫齔媚學，神解超朗，目所染著，胸即儲之，心所披豁，手即隨之。十一歲成諸生，文采琦瑋，辟易曹耦，學使者榜書矜異，目爲瓌寶。年十八，充優貢生。二十一，中式光緒五年鄉試。遵例，官內閣中書，遭迴京曹，靡所抒渫。尋以會典館纂修敘勞，用知府，分發浙江，並加三品銜。不慨於懷，浮湛而已。南皮張文襄公之洞督湖廣，瀋陽托活洛忠敏公端方督兩江，欽君才望，先後禮聘，署之賓職，文移牋奏，率與參懷。君從容贊畫，動中倫脊，嘗爲忠敏斠訂金石，零文隊簡，多所諟正，旁籀博稽，莫不贍舉。夙昔尤精聲律，官京曹日，益與同里王給事鵬運，以詞學相摩揪，托音閑寫，互有述造，閎約要眇，悉協分刌，伶倫播其芳逸，文流以爲職志，清尚高致，靡得而睎已。辛亥而後，棲遲海濱，憂生念亂，但有唶息。性故豪曠，酒歌合邅，放於所好，邁會輈張，寢斂恒度，察言避色，恐恐若浼。盛會稠坐，樂笑喧豗，往往仰屋卷舌，不屢一詞。執謙自詭，益巽益激。內鑠於孤憤，而夷坦以窮年，茲可謂憂心悄悄，危行言孫者也。春秋六十有八，以民國十五年丙寅七月十八日病歿上海寓次。配趙淑人，繼配周淑人、卜淑人。子二：維琦、維璟。女二：長適平湖陳罣，次字慈谿馮貞用，皆卜出。君生母李，前葬湖州道場山，君歿一年所，維琦、維璟用遺命，奉君柩與周、卜二淑人祔葬焉。側室施，歸君數月而君歿，施銜哀矢志，克葆端操，貞疾侵尋，馴至奄忽，距君歿未一稘，隨瘞塋左，從其志也。法宜附書。其銘曰：

　　有瑋者況，菀於桂林。曾曾縵緩，滂澤下覃。誕育夫子，玉質金心。

　　弱年發藻，卓犖北南。京華孤宦，委蛇微省。隨牒南圖，蹙蹙靡騁。

　　質龕文肆，天假之鳴。珠玉脫吭，瓏玲其聲。匪曰昌辭，究極墳典。

意林説苑，蔚其述撰。晞髪海濱，高餓自顯。惜誦致愍，反真踠晚。

道場鬱鬱，永閟通才。谷音於邑，萬古造哀。

【注】

民國十六年（1927）夏秋之際，臨桂況周頤（1859—1926）在去世一年後，窆封於湖州道場山，馮君木應邀爲作墓志銘。此文又見録於《民國人物碑傳集》及《上海畫報》第 339 期（1928 年出版，題曰"故詞宗況蕙風先生墓志銘"）。又，陳三立《挽況蕙風舍人》云："幾然劫燼鑄詞人，江海流離去國身。才並半塘相繼盡，老餘漚尹更誰親。賣文爲活孤芳，抱古何求万恨真。儻起陶公詠貧士，垂名成就甑生塵。"①

洪君墓表

君諱德生，字益三，慈谿洪氏。宋南渡時，龍圖閣學士光祖自新安遷明州，仲子遷官明州刺史，始卜居今慈谿之漢塘，子姓蕃衍，周塘而聚族，逮於君二十六世矣。曾祖某，祖某，父某，母謝。君生而沖異，幼而耽書不倦。家世商也，稍長，從父游上海，益研討輕重計數之學，見器蓄賈，俾領錢肆。錢肆者，與群商爲錢通，會合貨幣，稱貸而徵其息，諸貨殖者藉焉。君操制贏縮，壹切必準之平，恥以詐諼取羨。遭迴三十年所，商聞洋洋，溢海上矣。天性尚義，務既其實，雅不樂爲名高。光緒庚辛之難，關中薦饑，君集十餘萬金振之。無何，淮徐大水，又振之如前。大吏高其義，議於朝，獎其子舉人，

---

① 《散原精舍詩文集》下册，第 650 頁。

卒辭不受。① 君雖游於商，而襟情高勝，有士君子之風。中歲喪偶，宿儒梅先生調鼎以女妻之。先生孤介忤俗，工書矜重，不輕爲人役，獨謂君佳士。天晴日朗，往往就君作適，談諧悅喜，下筆數十紙立盡，君得之以爲瓌寶也。五十已後，居鄉隱約，②不復與聞外事，顧好義勿衰，浚河渠，治梁道，立橫舍，鄉政興革，率引自任。嘗語其徒："公者，私之積。積人成家，積家成鄉。鄉之不治，家於何有？吾非公是，先亦顧其私耳。急公之名，所不敢冒也。"其篤誠不欺如此。春秋六十有二，以民國十年辛酉二月八日卒。元配葛，繼配梅。子承祥、承祁、承袚。承祁後君一年卒。③ 孫丕烈、丕然、丕熙、丕明。越七年，戊辰，承祥、承袚葬君於所居鄉之西原。輒次行義，劚石墓道，不誣不飾，以諗行路君子。

【注】

　　茲據文末"戊辰，承祥、承袚葬君於所居鄉之西原"云云，斷定《洪君墓表》作於1928年。

　　又，《僧孚日錄》辛酉九月十八日（1921.10.18）條："聞人言有洪某者，以七百金求章太炎撰其父墓志。今其原稿在東門外裝潢匠所，因走觀之，方橫黏壁上，殊不易讀，久之，始畢。文辭高雅，固非馬、王

---

① 陳訓正《贈洪君序》云："當光緒二十七年，關中大饑，淮徐又被水流，骸骶戢相藉。時余適以事過滬，滬之人曰：'子鄉人有洪某者，誠俠士也。今釀金二十余萬，振災兩省，無希微德色。例捐金十萬以上，得以二子賜舉人。當道爲之請，洪君曰：余之務此，豈爲子孫地耶？力辭不受。'余當時尚未識君，謂其人曰：'若然，洪氏其大乎！'"詳參《天嬰室叢稿》之三《無邪雜著》，（臺灣）文海出版社1972年版，第173—174頁。

② 陳康瑞《睫巢詩鈔·贈洪益三代作》："海上精華聚，舟航萬國通。金銀權子母，籌策仗英雄。舊業恢兒輩，奇才有父風。婆娑閒歲月，歸去問田翁。"

③ 張原煒《蓺里賸稿·洪承祁傳》云："承祁以民國十一年二月二十八日卒，年三十又三。"

諸老所及。然余獨心美錢神之力,竟亦可以致章氏之文耶。章太炎生平似不泛作諛墓之文,《文錄》中獨有黃季剛母及黃克強二篇而已,故洪氏此文足寶貴也。章太炎爲人撰墓志,命題不曰墓志銘,但曰銘,《文錄》中有《蘄黃母銘》,今所見曰《慈谿洪君銘》,惟黃克強一首,仍曰墓志銘。"①

又,《僧孚日錄》辛酉九月十九日(1921.10.19)條:"昨爲吳公阜言章太炎《洪君銘》,公阜遂走往放寫一通以歸,今來視余。字盡歷落古拙,恍若真迹。余亦鈔錄一過,錄已誦之,淵雅峻茂,如讀漢碑也。洪某不過一賈人,並未有奇節,章氏此文雖亦酬應之作,然大家筆墨,故自不落凡響也。"②

除馮君木、章太炎分別爲洪德生(1860—1921)撰寫《墓表》《墓志銘》外,張讓三也曾在1921年9月14日致信朱復戡,令捉刀作輓聯:"百行文覽,函悉。洪益老必送對聯,刻即擬定,明日寄出。"③

朱君墓表

君諱人儀,字虞廷,姓朱氏。先世德清人,明季遷鄞,曾祖士傳又自鄞遷奉化,遂隸籍焉。祖振芳。父遠謨,爲縣司征吏,奉公謹厚,從不以一介擾人。加賦議起,鄉民遷怒縣吏,群聚叫囂,迭毀屋廬,顧相戒勿侵朱翁家,曰:"朱翁長者,無與若事也。"君夙承庭教,慈祥惻隱,穆若性成。鄉鄰急難、

---

① 《沙孟海全集·日記卷》,洪廷彥主編,第235—236頁。《慈谿洪君銘》,餘杭章炳麟撰文,慈谿錢罕書丹,寧鄉程頌萬篆蓋,寧波天一閣藏有其拓片,蓋高49釐米,寬47釐米,志高55釐米,寬52釐米,志文正書,共26行,滿行27字。此外,章太炎先生尚作有《洪益生六十壽序》,詳參《章太炎全集》之《太炎文錄續編》,上海人民出版社2014年,第176—177頁。

② 《沙孟海全集·日記卷》,洪廷彥主編,第237頁。

③ 《張美翊手札考釋註評》上册,侯學書編著,文物出版社2020年版,第260頁。

州里義善之舉,苟力所逮,靡不傾囊橐以赴。每值饑歲,輒募巨貲移糴他郡粟,而以常值鬻諸人,罄即復之,所全濟無算。嘗董育嬰堂事,堂設規條備,然主保育者多庸窳不稱任,君婉篤勸喻,提攜撫字,務既其實,嬰稚果腹而嬉,終日罕聞嬰呢聲。貧丁弱媼,幸其兒女之得所,竊竊私慰者,戶相望也。奉化地寫僻,士不說學,溺於科舉媆陋之習,取足媚世而止。君患民智之錮蔽,與二三耆舊創立鄉學,禮聘大師,經史而外,兼以名物象數牖導風氣。績效既著,踵而起者如林,君每自憾作始簡,承學日衆,舍隘將弗能以容,謀拓地益建橫舍,用廣造就,料材賦匠,旦晝顓顓,功緒未汔而病俄作。病中旁皇床第,猶時時考問工役,令無中輟。明年,病小損,復彊起,董其成,神惢形茹,卒以勞殉。赴布之日,遐邇悼傷,僉曰:"胡天之酷也,孰是人斯而奄忽無祿也。嗚呼,是可悲已。"君卒以光緒二十五年己亥某月某日,春秋四十有七。前夫人呂,後夫人呂方汪。子一:文炯。女一,適同縣張澄。孫二:兆基、兆業。君卒後三十年,文炯始葬君於縣北郊之原。維君沖懷淵量,畢生黽勉,惟義之執。內美淳備,宜享遐紀,曾不五十,而倏焉告終,隆施嗇報,爲善曷勸,是用撰次行義,勒石墓道,並聲之銘詩,以式鄉里而詒無極。銘之詞曰:

　　粵有善士,智公神清。開其戶牖,抱義獨行。
　　綿綿先德,華實草莽。繼志述事,風氣日上。
　　居鄉隱約,不爲名高。慰枯問瘵,沃以脂膏。
　　珠米千囷,玉乳百道,群氓衆稚,克完克保。
　　哀我顓蒙,漫漫待曉。孰提星辰,與爲光皎。
　　精廬卓犖,妙選師資。騏驥先路,來吾導之。

赢糧景從，十百其徒。云誰之廡，夏屋渠渠。
乃營爽塏，乃興版築。綢繆拮据，勞其杅柚。
勉力務之，匪勞伊病。齎志九幽，遂櫟大命。
已乎朱君，有蘊弗宣。瞻望板板，胡然而天。
闕寄於天，藏熱在地。子孫引延，以俟百世。

【注】

文末既稱"君卒以光緒二十五年己亥某月某日，春秋四十有七"，又謂"君卒後三十年，（其子）文炯始葬君於縣北郊之原"，則可推知此文作於1929年。

陳君墓表

君諱綱，字載誠，一字笠安，姓陳氏。先世籍樂清，明初，諱石盤者，始自溫州遷餘姚，十四傳而至君。曾祖某，祖某，父贊宸，母某氏，累世清德，趾美家牒。兄弟六人，君次在四，幼漸庭訓，造次顛沛，必於禮法，長老悅喜，稱爲家寶。嘗游海濱，猝有寇警，衆皆犇竄，君獨奉其父母，指麾臧獲，從容整暇，神色彌定，雖在弱齡，端序則見。生平自奉至約，不裘不肉，以終其身，顧樂施與，居鄉任恤，散財弗遴，饑饉之粟，寒周之纊，嫠孤煢獨，多所將護。遠邇播其仁聞，里党以爲長者。天懷超澹，無意聞達，一應都試，遂從嘉遯。劬學媚古，懌焉自適。誦習之暇，尤耽藝事，繪畫絲竹，靡弗精審，書勢遒勁，求者踵屬，榜題券册，日給不贍。每語其徒："人生材智，要有所渫。致勤小物，無虞橫決。吾非好勞，庶期寡過而已。"六十已後，率性律物，日進益嚴，每刺取史書故事可資勸懲者，排類好寫，箸爲家誥。如此則善，如彼則否，子姓觀感相戒,不敢爲非,一門彬彬嚮風矣。民國七年戊午九月十日告終家衖,春秋七十有一。配葉氏,繼配楊氏、羅氏。男子子二:愛珍、迎祉。女子子三,邵某、胡某、徐某,其婿也。孫男三:繼美、繼華、賡枏。以十八年某月,與三夫人合葬本縣石堰伏虎山之麓。姱脩淑問,不闡曷章?是用表石墓兆,下諗無極。

【注】

民國十八年(1929),餘姚人陳綱(1848—1918)在卒後十一年,與其三夫人被合葬於餘姚縣石堰伏虎山麓。馮君木爲作墓表。

安吉吳先生墓表

先生諱俊卿,字昌碩,晚以字行,安吉吳氏。世居縣西鄣吳村,明宏治中析置孝豐縣,村隸孝豐,籍仍其舊。潛德懋學,嬗聞家牒。粵寇之難,鄣吳舉村被屠,祖母嚴、母萬、聘妻章[1]及弟妹,並就夷殱,吳氏不絕,裁比縣髮。先生奉父流轉,饑餓窮谷,①幸脫於死。亂定,成諸生,追惟家難,趑若在疚,紛華之念,消沮幾盡。偃蹇中歲,貧不自周,不得已試吏江蘇,敍勞累轉至直隸州知州。守宰安東,一月謝去,捐勢削迹,自此遠矣。夙耽文藝,兼擅治印,盤盂鼎碣,沈浸追琢,恢恢游刃,冥合秦漢,孤文小石,獲者矜異,等於璆璧。先生之書,入方出員,肅若栗若,籒篆隸草,靡不賅贍;先生之畫,渾噩詼詭,獨辟隅奧,千紾萬變,無跡可躡。既反初服,徘回吳越間,齎金求索,踵趾遝集,森然起例。義取無忸,親戚義故,

---

① 鄭逸梅云:"吳昌碩幼時,適逢洪楊之役,避難他方,以樹皮樹葉果腹,嘗謂人曰:'樹皮樹葉,榆較適口,非他樹可及。青草有細芒,不堪下咽。'"詳參氏著《藝林散葉》(修訂版)第73頁。

推膽指肘。七十而後，光名彌箸，東瀛僑士，欽其才品，爲冶金造象龕，置西湖孤山之麓，過其下者，留連嗟慕，增成故實。先生器情寬博，不有其能，深執謙退，與物無競。自更國變，逡遁辟地，惟與流人野老春容瞻接，時政升降，略不挂口。屬病重聽，樂於自晦，雖賓坐舟旋，小乖應對，而意色沖然，莫測所蘊。生平感慨，一抒於詩，幽搜孤造，深入其阻。晚年屬思益勞，片辭涵揉，恒至申旦，家人微止之，即曰："非鬱胡申，非茹胡吐。吾自濼所不甘，何云苦也！"春秋八十有四，丁卯十一月六日告終上海寓邸。哀聞乍布，遐邇悼歎，及門弟子，咨度典則，相與著諡曰"貞逸先生"。含章抱節，騫然遐舉，彰德旌行，不亦審乎。所箸詩歌序跋，綜爲《缶廬詩》若干卷、外集若干卷。[2]曾祖芳南，國子監生。祖淵，舉人，海鹽教諭。父辛甲，舉人，截取知縣。配施恭人，簡靖率素，有高世之志，金石證䌷，同心黽勉，式好偕隱，華首不渝，先十年卒。男子子三：曰育，殤；曰涵，出後從父；曰邁。女子子一，歸烏程邱培涵。先生卒前數月，嘗游唐棲超山，玆地有唐玉潛之遺風，巖棲谷汲，民物隱秀，先生樂其高勝，夷猶林皐，憺焉忘反。邁敬承先旨，謀玆靈宅，旋得吉卜，兆域斯定。粵以辛未之冬，下窆封隧，永寧體魄。是用甄述景行，鐫石塋表，上質有昊，下諓無紀。慈谿馮开表。[3]

【注】

　　此文曾發表於《申報》1931年1月18日第19版。① 袁惠常《馮回風先生事略》云："況、吳前卒，咸遺言必先生志其墓。義寧陳散原先生見先生所作《況君墓志銘》，稱爲'並世諸子惟餘杭章君能爲之'。

---

　　① 《申報影印本》第278册，上海書店1983年版，第273頁。

吴君《墓表》甫具藁草而殁,成絶筆矣!年五十有九,時中華民國二十年五月十八日也。"①

又,王个簃《吴先生行述》;"先生諱俊卿,字昌碩,晚以字行。姓吴氏。世居浙江安吉郵吴邨。……曾祖諱芳南,國學生。祖諱淵,舉人,浙江海鹽縣學教諭。……考諱辛甲,舉人……先生以道光二十四年八月一日生……人謂先生書過於畫,詩過於書,篆刻過於詩,德性尤過於篆刻,蓋有五絶焉,識者以爲實録云。春秋八十有四,以丁卯十一月六日卒,門弟子上私諡曰貞逸。"②

又,《申報》1948年9月24日第8版陳左高《吴缶廬遺事》云:"安吉吴缶廬先生,夙以詩書畫篆刻名世,爲人詼諧。予得自聽聞,多世傳軼事所關,爰摭述一二,倘亦補遺云爾。……先生晚苦重聽,納妾而遁,晏如也,曰:一吾情深,他一往。一時閉門卻掃,罕所瞻接,僅與遺流況蕙風、朱彊村、馮君木輩相往還,口不涉時政,感慨一抒於詩。乙丑冬,經步林屋之介,偕況、朱兩丈,三人共在蕙風處,録潘雪艷爲義女,即席蕙翁填詞,彊老撰聯,先生年逾八十,豪興猶昔,賦七古一首,載當初林屋主編之大報。越三祀,遽殁海上寓廬,馮丈爲撰墓志銘,春秋正八十有四,民國十六年冬也。……其詩宗錢籜石,書擅石鼓文,書法李復堂,治印初仿吴讓之,後參鐵印暨陶器,筆勢渾厚,大氣磅礴,書畫印三端,周不成家,而予於渠畫,尤癖嗜痂,良由趣性使然。"③

【校】

[1] 聘妻章:《申報》引作"聘妻楊"。

[2] 綜爲《缶廬詩》若干卷、外集若干卷:《申報》引作"綜爲《缶廬詩》十□卷、外集□卷"。

[3] 慈谿馮开表:原無,兹據《申報》補。

---

① 《雪野堂文稿》卷上,1949年鉛印本。
② 《西泠印社》總第四十二輯《紀念吴昌碩誕辰一百七十周年西泠印社甲午春季雅集》,西泠印社出版社2014年版,第5頁。
③ 《申報影印本》第398册,上海書店1983年版,第678頁。

《回風堂文》卷五

保黎醫院題名記

　　吾邑之有醫院也，自保黎醫會始也。戊己之際，邑中疫作，罹患死者相屬，鄉人有戒心，豫謀爲之備，於是乎有醫會之集，哀貲立醫院城東南隅，而被以會之名，聘鄞吴君欣瑺主之。吴君善良士，受酬至菲，能懇懇不辭辛悴，病著手，十九瘳，鄉人大悦，造治者如歸市，院隘至弗能以容。先是，院故僦吾馮氏廢塾爲之，因其陋，粗加髹飾，取足集事而已。效既著，乃鬻而隸諸會，復次弟券納前後左右曠地，基稍稍立矣，以鳩財之不易，構作之不可以緩，則益推大醫會，冀合衆力以濟，先後署名會籍者若干人，以輸以募，佐以歲出納所羨，而土木僅乃克舉。吴君彊毅宏忍，兼得諸君子之協贊，程功度用，持之以歲月。五六年間，役凡四攻，迄於今日，廊廡闌楯，虚明高曠，養疴之室，游翔之所，衺亙錯列，規模粲焉具備，此固非諸君子始願之所及，抑吴君矢志殫勞以利吾鄉之人者，其意爲彌可感也。

　　居恒竊謂中西醫術互異，其所執持，率畫然不得相比傅，然海陸溝合，耆欲日新，彼邦之服物、飲食，舉不能無所濡染，形氣盈虚，與時消息，尊生之道，宜何所從也。吴君以至誠盡人性，鄉人之信之也既堅，而諸君子復克相厥成，不幸患作，乃不至輕委性命於人，而灑然有以遂其生。追惟七年以前，荒榛寂寥，人跡之所罕到，曾幾何時，崇墉峻宇，輿轎填咽，而墟落之氣昌矣。一鄉景從之速，斯後此之歲儲月累，所以恢拓而光大之者，蓋章章可逆億也。然則今茲之成功，吾猶以爲造端焉耳矣。共和五年九月，院成，吳君援漢碑書出錢人例，而題會員之名於壁，屬馮开記之，輒發其凡，用諗方來。

【注】

　　1916年9月，慈城保黎醫院成功擴建。馮君木受托，爲撰《保黎醫院題名記》，不但大力表彰吳欣璜諸人擴建醫院之功，更建議消除對西醫的偏見。

陳君造橋碑記

　　君姓陳氏，名罄裁，鄞人。體蹈勤慎，起家梓人，周弛任恤，[1]赴義若渴，仁心爲質，誰昔然矣。縣東大咸之鄉，梅谿之上，爰有石橋，當鄞、奉化往來[2]孔道，秋潦放溢，戕杠發梁，三建三圮，物力罷劬，行者病涉，臨流震掉。君聞而閔之，語其人曰："石理磽确，綿（傅）[傳]實難，迅湍所激，動致靡侈。歐西水泥之工，冶鐵爲幹，表裏堅牢，潺湲氾濫，不爛不泐，潰成救敗，舍是奚屬？"斥萬三千金，鳩集徒衆，刻日作治，經始民國十年辛酉十二月，明年壬戌六月工訖。[3]其秋大水三至，道路隉阢，所在漂蕩，橋身巋然，卒用勿壞。鄉人念其成勞，僉曰："微陳君，孰與竟斯役乎？"題名旌寵，命曰罄裁，輿誦洋洋，以永風譽。昔兗州通渠，標[4]惠薛公；凡亭曠陂，著稱[5]樊氏。君世籍南鄙，匪涉疆界，齊民超舉，在位靡責，而聞難踔奮，取懷相恤，善推饑溺之私，克成溱洧之濟，任德果行，彌可誦[6]已，遂爲之詞，曰：

相彼崇梁,於梅之溪。曷[7]墮其成,昊天疾威。
民亦勞止,有荒不治。漸裳濡軌,惟曰怨咨。
一夫興仁,百頹具舉。徵材[8]殊域,藉固吾圉。
相歌孔揚,前邪後許。椓椓橐橐,[9]大浸攸禦。
秩秩斯干,克利頎武。我徒我御,爰得我所。
西狹通道,石門啓鑰。孰綱維是,舉足無忘。
令聞穆穆,溪流湯湯,表績貞石,永播芬芳。

中華民國十二年歲在癸亥二月,慈谿馮开拜撰,慈谿錢罕書。[10]

是役也,鄉人童中蓮實創之,懼力不繼,簡於作始,藉君宏濟,遂畢鉅績。集事於陳,而造端於童,成務開物,厥功均也。敢援《漢綏民校尉熊君碑》例,兼著其緒,用詒後來。

【注】

《僧孚日錄》癸亥:"(九月八日)《澹災碑》尚未脫稿,邑人趙君介十四叔請作《醫方類編序》,師亦命代作《陳君造橋碑》。……(十月廿九日晚)代師作《陳君造橋碑》,僅得一段也。……(十一月廿六日)夜作《陳君造橋碑》,成之。……譚仲儲有《葉君修橋碑》,今作《陳君造橋碑》,仿其例也。"①是知此文乃沙孟海代作,沙氏《陳君造橋碑》始作於1923年10月17日,定稿於1924年1月2日,而後被馮君木改寫爲《陳君造橋碑記》。②

【校】

[1]周弛任恤:天一閣博物院所藏《陳君造橋碑記》拓片作"周施

---

① 《沙孟海全集·日記卷》,洪廷彥主編,第500、531—532、547頁。
② 兩相比較,不但文名不同,且其內容也有所差別。例如沙氏稱《陳君造橋碑》以《葉君修橋碑》爲藍本,而馮氏則稱《陳君造橋碑記》乃參照《漢綏民校尉熊君碑》之例而成。

仁恤"。①

[2] 往來：天一閣博物院所藏《陳君造橋碑記》拓片脱此兩字。

[3] 明年壬戌六月工訖：天一閣博物院所藏《陳君造橋碑記》拓片作"明季壬戌六月工汔"。

[4] 標：天一閣博物院所藏《陳君造橋碑記》拓片作"摽"。

[5] 著稱：天一閣博物院所藏《陳君造橋碑記》拓片作"箸偁"。

[6] 誦：天一閣博物院所藏《陳君造橋碑記》拓片作"頌"。

[7] 曷：天一閣博物院所藏《陳君造橋碑記》拓片作"疇"。

[8] 材：天一閣博物院所藏《陳君造橋碑記》拓片作"財"。

[9] 桼桼橐橐：天一閣博物院所藏《陳君造橋碑記》拓片作"桼之橐橐"。

[10] 中華民國十二年，歲在癸亥二月，慈谿馮开拜撰，慈谿錢罕書：原無，兹據天一閣博物院所藏《陳君造橋碑記》拓片補入。

重修鎮海後海塘碑記

鎮海故名定海，清康熙間遷定海於昌國，而更舊治曰鎮海。治故有城，城北濱海，關門東西南而北缺焉。其下爲塘，自候濤山迤邐委宛以抵於伏龍山，東西衡亘十許里，海水汩勃，塘實當其衝。城負塘而築，塘不固，城亦不立。攷之方志，城之築，蓋當唐昭宗乾寧四年；塘雖不詳所始，要其治之前於城也晰矣。千餘年來，嬰圮嬰復，兀然爲縣北屏蔽，盡一縣之境，人民安居樂業，坦坦焉無復知有墊隘沈溺之苦者，繄塘之力是恃。民國十年辛酉之秋，厲風自東北

---

① 《寧波古橋碑刻集》附一《天一閣博物院部分舊藏拓片》，朱永寧編著，寧波出版社 2021 年版，第 588—589 頁。

來，海浪受風衝激，齧土擣石，塘岌岌將没，父老咨嗟，以爲大戚。縣知事盛君鴻燾，謀所以繕完之，苦物力凋敝無以作，始乃合縣人傅宗耀、盛炳紀、李徵五等爲塘工協會，牒大吏，賦其役，汔不得請。會是歲被災廣，人民流離蕩析者遍東南，中西人士籌振上海，所募集不訾，宗耀奔走呼籲，冀分餘澤以佐材費，而會稽道尹黃君慶瀾亦以爲請。黄君號爲有仁心，所言尤取重寰萌，於是浙海關稅務司安德生贊其議，卒籍振餘得銀幣十餘萬版，事克用集。經始壬戌二月，土木工役窮日夜不息，雖六七月間迭遘風災，隳其版築，而衛難補敗，衆志益奮，式砥式遏，狂流卒以畢恬。翌歲八月，遂告成功，烝徒謳歌，婦孺呼抃，保障生聚之勞，非諸君子，其疇尸之矣！是役也，凡修塘若干丈，用幣若千版。盛、傅二君倡之，盛、李諸君和之，黃、安二君贊助之。董役者，朱彬繩、李耘青、陳子常、江在田、劉岳峻、余潤泉。履勘者，西人甘福德也。功既汔，並建二亭於塘上，一曰安瀾，取稅司及道尹之名名之；一曰鴻福，取知事及履勘者之名名之。以示旌異，以諰後來。

【注】

據文意，可知鎮海後海塘重修工程告竣於癸亥(1923)八月。又，《僧孚日録》明確記載馮君木曾於該年9月15日，代蔡明存撰成會稽道尹黃慶瀾(1875—1961)亡妻的誄文。① 根據常理推斷，《重修鎮海後海塘碑記》當作於1923年9月15日誄文定稿之後。

----

① 按，《僧孚日録》癸亥八月五日："得師手劄，爲明存代作黃道尹之妻張氏誄詞已成，余爲書之。"詳參《沙孟海全集·日記卷》，洪廷彦主編，第476頁。

上海北市錢業會館碑記

　　上海當華裔南北要會,廛市駢闐,貨別隧分,僑商客賈,四至而集,廢箸鷺財者,率趨重於是,就時赴機,歸於富厚,羨靡所貯,欹靡所彌,均之失也,備豫不虞,而錢肆之效乃著。錢肆者,與諸商為錢通,合會錢幣,稱貸而徵其息,其制比於唐之飛錢,其例蓋肇於漢人所謂子錢家者,導源清初,至光緒間而流益大,委輸挹注,秉壹切貨殖之樞。揚雄氏有言:"一閧之市,必立之平。"錢業之所以立市平者,要非苟而已也。先是乾隆間,錢商就上海城隍廟內園,立錢市總公所。互市以還,業稍稍北漸,初與南對峙,繼軼南而上之,櫛比鱗次,無慮數十百家,發徵期會,不能無所取準,於是復造北市會館統焉。楹桷煥赫,首妥神靈,昭其敬也。西為聽事,群萃州處,整齊利道之議出焉,致其慎也。其後先董祠,祀耆舊鉅子之有成勞於斯業者,以報功也。後養痾院,徒旅疾痰,猝無所歸,醫於斯,藥於斯,以惠眾也。它若職司所居,庖湢所在,簿籍器物之所庋,閣房、宧寮、廡畢、合畢、完館之外,營構列屋,用給賃戶,歲賦其賃所入,凡同業之倦休者,與其孤嫠之窮無告者,得沾被焉。繚垣為巷,署曰懷安。資出有經,而緩急藉以不匱,何其蓄念之綿邈顧至歟! 自商政失修,市師、賈師之職,曠絕無聞,閭闠之地,散無友紀,而錢業諸君子獨懇懇務尚同群,諮眾力以集是舉,大而徵貴徵賤,展成奠賈之則,小而相通相助,講信修睦之為,胥賴是以要其成,既均既安,百渙咸附,迄於今日。修葺有常,啟閉有時,張皇周浹,亙三十餘年,而輪奐之美,猶昔高明悠久,有基弗拔,然則斯業之日新而光大，其氣象可睹也。秦君祖澤屬余爲記，遂揭其概於石。館占地十六畝强，經始光緒十五年己丑，訖功十七年辛卯，自券地至落成，都費銀十萬版有奇。創事者某某，董役者某某某某，例得附書。

【注】

《僧孚日錄》乙丑八月廿三日(1925.10.10)條：“秦潤卿、盛筱珊、謝弢父皆錢業會董置酒内園，與社中諸子赴飲。内園在城隍廟側……故有東西二園，西園即明潘恭定豫園，今惟存玉玲瓏三峰，僅存東園即内園也。乾隆間，錢業同人購得之，以爲南北市總公所。中更兵燹，辛酉重修，有碑記，況蕙翁撰，朱彊翁書之。”①準此，並據文末“館占地十六畝强，經始光緒十五年己丑，訖功十七年辛卯”“修葺有常，啓閉有時，張皇周浹，亘三十餘年”，以及“秦君祖澤屬余爲記”云云，足以認定《上海北市錢業會館記》乃馮君木應錢業公會會長秦潤卿(1877—1966)之請，而作於乙丑八月廿三日稍後。

鄭君遇害碑記

人孰無一死，死而志白名立，其精神意氣，旁薄鬱結乎人心者，積歲累月而靡有已，識與不識，咨嗟稱誦，猶若旦暮指顧間，事時不得而刓，地不得而閟，恩怨不得而混淆，以身爲人，遺生行義若是者，雖死不死。鎮海鄭君望枚，以學人居鄉，羅鄉人子弟而教誨之，形勞自苦，强聒不舍，有宋鈃、墨翟、禽滑釐之風，辟精盧，立科條，贏糧景從者無慮數十百人。不諒於衆，學舍被毁，身以强死。君故用毅直，著聞鄉里，既自任興學，益以紾變經俗爲亟務，諸生服習教旨，往往舍其舊

---

① 《沙孟海全集·日記卷》，洪廷彥主編，第884頁。

而新是謀。鄉之甿庶,安於錮蔽,交疑互沮,時時爲訛言中傷君。自治制行,君與聞其政,屬有興革,鄉衆四至抗言。群不逞者乘之,即闐然劫君以去,至野次,歷撼不經之言詰君。君壹不置辨,但曰"荷荷"。衆益囂,褫君衣,聚齘之,旋投君於涵,提巨石築其顙。有司聞變,馳至,君則既死矣。嗚呼,何其酷也!遜清末造,橫塾布於鄉鄙,以風會之閉塞,頑梗之不可以理喻,掌學之士,橫被陵轢,乃至焚燬屋廬,一發而不可猝制者,所在多有,要未有遘難之慘,如君其至者。智以牖一鄉而不能取信於家戶,道以拯時變而終且自會於禍殃,然則爲德者,又何所恃而不兢兢哉?

君諱師僑,縣之東緒鄉人,性孤耿,食貧自厲,一介不苟取,守死善道,其所操然也。君死以清宣統三年七月四日,越十有七年,君之義故後進,感於君之以死勤事,爲立石君死所,屬慈谿馮开記之,以昭遺蹟,以永承學耿耿之思。乃爲之銘曰:

將恦皎,燭萬薈。衆罔察,怒以馮。行踽踽,中路躓。

人之淑,死不悔。息暫窒,名則章。綴昌辭,誶茫茫。

【注】

據文末"君死以清宣統三年七月四日,越十有七年,君之義故後進,感於君之以死勤事,爲立石君死所,屬慈谿馮开記之"云云,足以斷定該文作於1928年。

又,洪允祥《悲華經舍文存》卷二《鄭望枚墓志銘》:"民國元年之七月,鄭望枚先生之友相與謀曰:'鄭先生之死,距今已一年。母老而子弱,懼不克葬。先生不惜以身殉道,不葬何損?第無以爲善者勸,而貽後死者羞。'乃請之先生之母,而葬之龍山所城東門之外,且屬允祥爲之銘。……先生諱師僑,字望枚,世爲鎮海東緒鄉人。父諱開泉,先生生一月而父卒。母李氏,家貧甚,守志撫先生。先生長而遊學省中,既而以念母歸,思以其學淑其鄉,所創學校凡數所,鄉之青年受其教者數百人。譽望日隆,聲氣遍於郡邑,而其貧如故。性耿介,不妄受人一錢,以此自信而任事益銳。有或誣詆之,夷然不屑辯也,卒以此故,至年三十八歲,而死於非命。時民國建元前一年七月四日也。妻董氏。長子延芬早死;次子延芳,先生死時,年十三歲。越年,先生之友乃克葬先生於茲土,長子延芬坿焉。"

五十生日前告誡貞胥貞用

生日慶祝,古無此例。六朝以前,江南風俗,兒生一期,父母為具弓矢紙筆及一切珍寶服玩,置之兒前,觀其所取,以驗品性,謂之試兒。親戚聚集,讌享爲樂。自兹以後,二親若在,每至是日,輒有酒食之事;若孤露餘生,方當感傷哭泣之不暇,何事稱觴受賀爲也。吾十六失怙,生又羸弱,先孺人劬勞憂閔,無復寧帖之日。迨六十生日,不肖謀集親屬,稱觴於家,用爲歡笑。尋以不肖病腹,孺人殷憂成疾,汔用不果。越歲,疾寢篤,纏綿半載,馴至大故,慶未集也而哀會焉。每念先孺人食貧茹辛,再造家室,比其老也,疾疢憔悴,至欲謀一日之樂而不可得,母氏勞苦之痛,所由沒齒不忘者也。今吾年五十矣,脩名未立,而始滿之期忽焉已至,隱微疚恨,所懷萬耑。微聞汝曹狃於風習,將有生日燕集之舉,是重傷吾心也。夫欲博朝夕之歡,而轉蹙蹙焉以傷其心,斯亦不可以已乎?成事不說,是用豫戒,小子識之。素士之家,無高會之樂;鮮民之生,有終身之憂。天不我息,倘緩須臾,六十七十,猶斯志矣。

【注】

在十一月十九日五十壽誕(1923.1.5)到來之前,馮君木聽說其兩子正暗中操辦壽筵,特作《五十生日前告誡貞胥貞用》加以拒絕,並述及反對舉辦生日慶祝會的內因外緣。該文曾經發表在由章太炎先生主編的《華國月刊》第2期第11册(1926年1月出版)。①

祭鄭念若文

璜璜鄭君,珠規玉矩。文儒瑋重,皋牢今古。外樸中瑩,有爲有守。不爲威惕,不爲利誘。舉俗汶汶,一士諤諤。輦金如山,莫售厥諾。荆棘市地,行路大難。思以獨掌,堙此狂瀾。有志無時,命也何咎。埋頭沮舍,孰發其蔀。史公有言,不困惡激。鑽力樸學,益閎以實。横經慈湖,密理隊緒。矹矹窮朝,靡曠亥午。鉤幽縋窅,旁徵博引。列席學子,若渴得飲。君之懷抱,沖夸超曠。一蹶不振,奮而自放。戴天非高,跼地非厚。何以解憂?有酒有酒。中聖徐邈,醒狂次公。肉食媞媞,視猶蜾蟲。朝湛夕湎,伐肝戕肺。不爲跖生,寧從回死。塗炭濁世,逝將去汝。僚幽長畢,知君無苦。繄我與君,意氣日同。里閈跧伏,互慰厄窮。窮則在天,不窮在我。豈無文章,平其坎坷。涕淚濕沫,相呴相濡。靳不余畀,并此區區。十年摯誼,索然遂盡。哀痛蒼天,疇云可問。斷手折足,此恨何極?哭君一言,聞君太息。嗚呼哀哉,尚饗。

---

① 今可見《華國月刊》(民國期刊集成)第8册,上海書店出版社2017年版,第217—218頁。

【注】

　　陳訓正《哭剡山》(其三)明言"正月哭鄭生,八月君又死",詩末所附陳氏自述,又云"剡山之死,在戊申八月"①。馮氏此文當作於戊申正月鄭念若(？—1908)卒後不久。

祭陳晉卿文

　　嗚呼陳君,望秋而隕。埃塵風燭,英靈頓盡。維我陳君,臧臧絕倫。今有茂士,古之俊民。履道敦學,闇然屢守。克與利忘,不爲貧疚。布衣廩廩,躬耕教授。沖矜淵抱,在涅無垢。君雖澹退,實負俠腸。趨義若渴,戀涘不遑。鄉學朋興,君爲之贊。孜孜敦誨,勿間晨旰。地方自治,以懲以勸。君勸厥成,無恤勞怨。深湛瑋量,不立岸厓。興衷悅喜,有聞如雷。君嫺文辭,吐奇茹偶。卷葹謨觿,夫有所受。澹雅醇古,不爲恢張。群兒籍湜,汗流走僵。天挺軼才,沈淪可惜。會城人海,庶紓心臆。旅泊憔悴,病訌於中。振翼欲上,乃隕疾風。嗚呼哀哉！天目之山,埋憂無土。漸江之水,長逝終古。沈珠於淵,蹂蘭於路。脩德不報,爲善其懼。高高閶闔,疇云堪訴。已乎陳君,魂招不來。幽冥異路,人間可哀。櫕無完衣,廩無繼粟。病妻弱子,吞聲而哭。後死之責,是在故人。斯言不食,敢告鬼神。嗚呼哀哉,尚饗。

【注】

　　陳訓正《哭剡山五首》之三:"正月哭鄭生,八月君又死。"而詩末陳訓正自述則又明言:"剡山之死,在戊申八月,距其生之年四十有二。……剡山名鏡堂,字晉卿,一字山密,姓陳氏。"馮氏此文當作於

---

①　《天嬰室叢稿》之一《無邪詩存》,第14—15頁。

戊申八月陳晉卿(1867—1908)卒後不久。

八世族祖簟溪府君墓祭文

　　維中華民國三年三宫十有五日，實思陵殉國後二十七十年，夏曆閼逢攝提格之歲二月庚子也。慈谿馮氏福聚本支族仍孫毓孳、开，族雲孫貞群，謹具牲醴之儀，詣鄞北郊馬公橋，奉奠明督師兵部侍郎都察院右僉都御史謚忠隱顯十四世族祖、京十六簟溪府君，兼奠明督師兵部侍郎都察院右僉都御史餘姚寓賢慈谿篤庵王公、明兵科給事中鄞幼安董公之墓前曰：[1]

　　赫赫朱明，忽焉已亡。一成中興，疇爲少康。明德維馨，周禮在魯。畫江申守，大啓爾宇。有偉馮公，[2]踔起甬東。虞淵鈎日，期使再中。惟西王公，同扶頹運。四明之山，忠義輝映。士各有志，[3]願爲殷頑。獨掌堙河，亦知其難。精誠耿耿，知難寧退。崎嶇山海，九死靡悔。宛宛骨肉，盡室遭捕。男兒死耳，義不返顧。虞則不臘，魯其無鳩。昊天難諶，莫壯其猶。翳巡與遠，成仁先後。白首同歸，久要無負。先軫歸元，王諒斷臂。鬱鬱后土，佳哉斯氣。珠申末造，彼日而微。夐然中國，天實厭之。匪天之厭，[4]惟靈克相。黄龍痛飲，九原神王。顧瞻遺壟，鞠爲荆榛。崇封表石，責在後人。豈況某等，與於族裔。[5]妥靈地下，其敢他諉？馬鬣之修，幸董厥成。煌煌漢官，署爲光榮。吉日良辰，會祭墓下。靈旂天半，仿佛來迓。亦有董公，是長六狂。安神兹土，照臨在旁。與西王公，左右相並。曠野咫尺，大名鼎鼎。胡塵既蕩，炎德重光。[6]懿歟三忠，來格來嘗。尚饗。

【注】

《八世族祖篔溪府君墓祭文》,馮貞群《馮王兩侍郎墓録》引作《祭三忠墓文》①,又明言該文作於民國三年二月庚子(1914.3.15)。

【校】

[1] 原無此序,兹據《馮王兩侍郎墓録》補。

[2] 有偉馮公:《馮王兩侍郎墓録》引作"偉哉我公"。

[3] 士各有志:原作"徒戎無策",此從《馮王兩侍郎墓録》。

[4] 怠然中國,天實厭之。匪天之厭:《馮王兩侍郎墓録》引作"漢京宏我,天實爲之。匪天之爲"。

[5] 崇封表石,責在後人。豈況某等,與於族裔:《馮王兩侍郎墓録》引作"崇封三尺,疇祔貞珉。行道猶傷,況在族裔"。

[6] 胡塵既蕩,炎德重光:《馮王兩侍郎墓録》引作"英靈庶慰,日月重光"。

祭汲蒙文

悠悠昊天,孰循厥理?有萬其生,獨令君死。以君倔强,死則死耳。有不死者,悲曷能已。君之肝膽,照人堂堂。妙詞俊辯,出口芬芳。持己尺寸,絜世短長。公非公是,朗朗否臧。談言微中,佐以諧笑。紛則未解,而怨斯召。憎兹多口,有謗如雷。舊鄉臨眺,蜷局徘徊。謠諑蛾眉,焉忍終古。余情信芳,寧懷故宇。年歲未晏,逝將去汝。北方佳人,庶知我者。京華冠蓋,憔悴不逢。孰拔而起,孰紓其窮?辟書乍貢,窒極漸通。鬼伯催促,遽札厥躬。嗚呼哀哉,由來直道,取忌凡庸。胡天之毒,亦不子容。我聞在昔,天咫密邇。人之小

---

① 《四明叢書》第六册,廣陵書社 2006 年影印本,第 3406 頁。

人,天之君子。胡今之天,與衆從違。衆毀所集,天亦尼之。豈其耄老,不明不聰。曾是天道,亦有汙隆。以君毅魄,飄忽太空。乘雲直上,盍叩蒼穹。嗚呼哀哉!尚享。

【注】

《鄞縣通志·文獻志》云:"馮毓孳,字汲蒙,一字冰子,慈谿人,清舉人,曾供職京師。性高朗,通經術掌故,然志驁氣盛,好輕詆人,以是中人忌,不得志而歸。入民國,教授子弟近十年,最稱老師。晚年益侘傺無俚,居甬尚,講學惕園,恃脩脯自給。有同縣素識顯宦招之京,爲掌書牘,會歲大寒,不能具鑪鐺,遂旅死。族弟开博識多文,毓孳服其才,下之,雖遭指斥,不以爲忤,人尤難之。"①

祭虞含章文

嗚呼含章,遂至於此。平生風義,今則已矣。自我識君,於惕之園。論文談藝,啞啞笑言。君之文章,澹蕩自喜,豐詞偉采,唾猶泥滓。夙昔執持,各異趣旨,不我謂藏,反繩其子。宛宛弱子,實從君游,君笑語我,勿爲楚咻,是非斷斷,迭訟交嘲,冰炭之格,不礙漆膠。一從北學,忽拓其軌。屬詞淵淵,遂參異己。空水淪漣,日趨渺瀰。波瀾之成,曰自今始。老馬爲駒,一日千里,秀而不實,未見其止。嗚呼哀哉!去歲臘尾,我游滬濱,君聞我至,驅車相看,歸裝既戒,不得盤桓,豈意一別,永隔人天。方君病亟,我亦在牀。我猶視息,而君則亡。冥冥太空,君脫綱羅。涼涼斯世,我獨奈何。嗚呼哀哉,尚享。

【注】

《僧孚日錄》辛酉四月初三日(1921.5.10)條:"今日得一惡消息,

---

① 《鄞縣通志》第四《文獻志》甲編上《人物(一)》,第414頁。

含章先生近因脩縣志事回鄉,三十之夕,遽以肺炎告終家術。先生身體素健,今歲方刻文集,事未竟而卒,天之嫉文人,可謂極矣!"①而馮君木《虞君述》則稱虞氏卒於四月一日:"君諱輝祖,字含章……晚就山東省長署秘書,既而不樂,罷去。明年被辟爲公府諮議官,會鎮海人士以纂修方志事見屬,即便引歸。歸不一月,遽卒,春秋五十有七,民國十年辛酉四月一日也。"此從《僧孚日錄》。《祭虞含章文》當作於1921年5月中上旬。

祭錢仲濟文

　　民國十一年,歲在壬戌,三月乙未朔,越二十六日庚申,故人馮开遣從子貞群,謹以庶羞、清酒之儀,致祭於錢君仲濟之靈,曰:

　　念若大去,山密繼之,叔申、汲蒙,接踵而馳,黃臺之瓜,其實離離,三摘四摘,微乎式微。荏苒中年,故人有幾?胡命之厄,又及吾子。吾子卓卓,天下之好,於學於行,有聞斯邵,令聞廣譽,没世勿衰,不暇述德,衹哭其私。自吾交子,垂三十載,款款之誠,久而勿背,吾以逐食,卜居於鄞,跡雖稍間,情則彌殷,吾每旋里,必子是依,子或肯來,則不我遺,深言覈論,成是去非,意所不慨,雖面必違,多聞直諒,實吾所畏,豈無它人,孰不子媿。如何疢疢,戕賊德慧。在抱芬芳,忽焉憔悴。死灰槁木,耳目都廢。養生有主,終於無濟。去年臘尾,省子病狀,子笑語我:"他非所望,得如君輩,話言相向,吾臥聽之,庶解鬱快。"我聞茲語,愈益淒戀,亦知爾我,無幾相見,約以歲首,襆被來斯,與共晨夕,十日爲期。子曰幸甚,必踐

---

① 《沙孟海全集·日記卷》,洪廷彦主編,第138頁。

是約,忍死待君,期毋爽諾。豈意別後,病勢日厲,謀面一二,但有流涕。交期既盡,欲延匪易。并此區區,亦不余畀。嗚呼哀哉!吾自子逝,忽忽若亡,哽淚於臆,欲灑無方,執紼有日,而病在牀。平生慚負,撫枕旁皇,遣我猶子,薦子一觴。甬江帶水,幽明相望。嗚呼哀哉,尚享。

【注】

民國十一年三月二十六日(1922.4.22),馮君木委托其從子馮貞群致祭于錢仲濟之靈,其祭文當作於該日之前。

濠上樓題壁

鄞城靈橋門,當市集繁盛處。城外爲濠,濠之外,甬江也。修堤介濠江間,循隄而南,人煙漸稀,江漸荒。張君于相於其地,僦小樓以居。樓負濠而面江,清虛壙埌,人迹之所罕至。余樂其僻左,[1]時時就[2]之。于相爲省議士,爲學校教授,恒戚戚不得間,間則讀書樓上,竟日夕無倦。嘗從容語余:"吾曹厄於窮空,不能不與人事接構,[3]顧心實戚焉!人世歲月,若都非我之有,獨此荒江窮處,展卷一息之頃,超然有以自遂,而神明僅乃得復,然且不可常得。人之生斯世者,何樂也!"于相文辭[4]宗歸、方,其持論與余殊;然有所作,必互相質證,騎辭單調,反復鐫繩,[5]終且交驟[6]迭服,通於冥契。若行道然,異其所出,同其所赴,其間離合曲折之故微矣!余既婁造[7]于相,久之,積與其家人習。于相故家西鄉,惟以妾沈姑、子辟方自隨。日者吾兩人坐樓上,江空沉漻,回風冉冉,飄市聲至,乍喧乍寂,心漶焉若與爲沈浮。姑夆户入,唶曰:"吾疑無人久矣,乃嘿嘿耶!"余與于相相視微笑,不自知意念之忽怳也。會于相將之[8]杭州，感聚散之靡有定，遂取吾心所欲寫者，著之樓壁間，以寄吾無涯之思。其諸于相，亦不忘於是歟！

【注】

　　《智識》第 1 卷第 5 期（澄衷中學校知識社 1925 年 10 月 16 日刊行，署名馮君木）刊出此文，並明確交代作於"己未八月"，即 1919 年農曆八月。

【校】

　　[1] 僻左：《智識》作"僻静"。

　　[2] 就：《智識》作"造"。

　　[3] 接構：《智識》作"遘會"。

　　[4] 辭：《智識》脱。

　　[5] 鐫繩：《智識》作"糾繩"。

　　[6] 驩：《智識》作"慰"。

　　[7] 造：《智識》作"詣"。

　　[8] 之：《智識》作"赴"。

蔡氏蒙養院壁記

　　民國七年，鄞蔡君同常始構蒙養院於其居西偏，良師慈保，夙夜隆就，恩斯勤斯，用牗孺稚，甚盛至也。逮周一歲，端序則見，小藝小節，既游既習，群幼婠妠，苛疹不生，父母戚屬，抃樂俪誦，尸善蔡君，洋洋載道。蔡君瞿然曰："此吾母夫人之教也，同常何德之有！"夫人慈谿董氏，十七歸蔡，三年而喪其夫。蔡故巨家，仍世博施，漸耗其訾，夫人抱節端處，從容摶省，服食器皿，取足周用，交親饋問，壹准之禮。温恭柔淑，儉而不吝，不二十年，門業大復。年財四十，授秉其子，且詔之曰："吾以婦人負荷艱鉅，審分循涯，時虞隕越，任恤之事，自分多闕。顧念先德，若有所疚，彌吾憾者，非汝而誰？"蔡君承命兢兢，首理先緒，義莊族學，歲久頹弛，稽田築室，次第贍舉，荏苒十載，而是院又以落成，幼幼及人，是曰養志，夫人顧之而後，喜可知也。

　　於是馮开作而歎曰：昔蜀清以丹穴自衛，不見侵犯。嬴政客之，目爲貞婦，懷清一臺，著聞天下。彼特能守其先業耳。夫人弱年矢志，再造蔡室，不遠而復，寧獨能守，植柢既固，有子克家。遂乃以隆枝茂幹，芘覆後進，髫丱嬰呪，靡澤不溥。於行爲義，於德爲仁，坤之象曰："坤厚載物，德合無疆。"其文言曰："積善之家，必有餘慶。"君子於此，有以覘蔡氏之日昌焉。遂書其事，著之院壁，以勗蔡君，兼告童蒙。

【注】

　　創辦于民國七年（1918）的蔡氏蒙養院，運轉近一年來，深獲好評。馮君木撰作壁記，加以表彰。

記梅墟丐

　　梅墟富室某，遣其庸自鄞城齎百金歸。庸休於亭，金遺焉。抵家而後覺，亟追求之，無所得。旁皇將返矣，見一丐卧亭下，聊試問之，丐詰其數與封識甚審，曰："吾守若久矣。"舉所拾金予庸。庸德丐甚，稍稍分金報之。丐曰："吾誠利若金，何以是戔戔者爲！"卒弗受。或曰："丐其畏禍歟？丐得金，必無所蓋藏，卒遇徼巡而敗，金且入諸官，無奈何，斯返之矣。"嗚呼！是謂丐之必不廉，而特出於計較之私也。廉，吾不得而見之矣；然世顧有見利而計較者邪？且其不受報者又何也？

【注】

　　該文曾以《書梅墟匄》爲題，刊載於《智識》雜誌第 1 卷第 9 期（1926 年發行），猶如同期所刊之《書賣餅者》，通過敘述乞丐、賣餅者拾金不昧的高尚品德，駁斥社會輿論對底層平民的偏見和歧視。

記賣餅者

　　吾友姚君，嘗行市廛間，見有賣餅者，就之食餅。暄甚解衣，倉卒間遺其帶。帶鉤，金也。明日，途遇賣餅者，熟視姚，呼曰："君昨有所遺耶？"曰："然，帶也。"曰："是矣。"出諸懷，以授姚。姚心動，酬之錢。不受，曰："君遺之，吾拾之，而返之，宜也。報何爲！"姚益奇，曰："請以是易餅若何？"曰："吾固業是，買否唯命耳。"姚乃盡以所酬市餅歸。夫業至於賣餅者[1]，窮矣，然且見利弗[2]取，必返之主者乃安，以酬則不受，以易則受之，其審於取與何如也？吁！今世而有若人，又如之何而不窮也！

【注】

　　該文曾以《書賣餅者》爲題，刊載於《智识》杂志第 1 卷第 9 期（1926 年出版）。

【校】

　　[1] 者：《智識》無"者"字。
　　[2] 弗：原作"勿"，此從《智識》。

書錢肆之傭

　　上海錢肆櫛比，凡錢幣出納付度，肆必有庸作給，奔走往復,所齎動以累萬計,雖細人而責至重,主者慎其選,率以老成謹願者屬之,他雜業亦如是。市中稱役是者,曰老司務。司務者,江浙間目傭保之恒言,猶言管事云爾。其後業益廣,徵發益繁,老者不足贍役,則壯碩之夫預焉,年少也,亦老之矣。

　　張潤生者,鄞人,上海某錢肆之老司務也。一日,自他肆齎鈔引八千金,蒙布其外,肘挾以歸。中途,覺有人躡其後,張止亦止,張行亦行,張審爲盜,疾奔,盜追之。張懼,趨匿一肆中,盜躍入,遽出短銃,擬張曰:"速授我所挾,不則死。"張不可,彈發,洞其左肘。肆人大駭,恐彈及,紛紛遏地卧。盜前紾張臂,張力持勿釋,盜怒,連發二彈,一彈中要害,立仆,盜盡掠所有去。肆人逡巡起,張創甚,函胡述所遭,語未畢,絕,年財三十有一。秦君潤卿爲余言其事,余感而書之,以見今日之日,猶有忠於其職,舍命不渝,如老司務張潤生其人者。

回風堂詩文集跋[1]

海門王賢

　　先師回風先生既歾，長君都良哀次遺稿，攜就陳天嬰先生審去取，都得文八十首、詩五百四十六首，裁及全稿十之四五。歲月逡巡，未遽付槧。先是，同門諸子創回風社，以時致祭，有議集資以利剞劂者，承風輸將，頗不乏人。任君士剛，籍其成數，經紀貯息，歷日稍裕，則屬沙君孟海謀刊文於南京，而蕭山朱君贊卿方以刊詩自任，期分別鐫印，而彙葳其事。寫刻甫竣，兵亂俄作，斯役遂以中輟。任君等懼前刻之散佚，末由釐訂也，力促都良檢出原稿，重加錄定。故友洪君通叔，襄厥勤勞，用能副速，幾經咨度，諸緒咸就。辛巳四月，始授中華書局以仿宋字模排印之。賢忝領其事，悚惕彌殷，督過有人，幸免隕越。校勘之責，則由何君蒼回任之。計全集，《詩》九卷，《文》五卷，《婦學齋遺稿》一卷。別有《回風詞》一卷，已輯入《彊邨詞選》，玆不復刊。先生在日，嘗言集後宜附錄友人應叔申、弟子朱君炎復遺著若干篇，幽草寒瓊，無俾湮沒。各稿經亂，猝難檢集，用付闕如爾。民國三十年辛巳五月，弟子海門王賢謹跋。

【校】

　　[1] 回風堂詩文集跋：原僅作"跋"。

秋辛詞

目　　錄

秋辛詞

南歌子 戊子 …… 400
江南好 …… 400
柳梢青 松江留別六兄蓮青　庚寅 …… 400
浣溪沙 …… 401
齊天樂 題應叔申啓壎詞卷，即送其之郡 …… 401
好事近 癸巳 …… 401
蝶戀花 示叔申 …… 401
湘月 甲午 …… 402
百字令 落葉　乙未 …… 402
減蘭 夜飲王佩蘭校書家，佩蘭索詞，占此爲贈 …… 403
更漏子 白蓮 …… 403
壽樓春 上海寄魏端夷 …… 404
清平樂 爲楊芬女郎題《白蓮圖》　丙申 …… 404
暗　香 …… 404
浣溪沙 …… 405
齊天樂 …… 405
洞仙歌 …… 405
祝英臺近 …… 405
祝英臺近 …… 406
祝英臺近 …… 406
祝英臺近 …… 406

小重山 丁酉 407
點絳唇 407
百字令 擬龔定盦 407
買陂塘 407
青玉案 內子以詞見寄，倚此答之 408
蘇幕遮 408
鷓鴣天 408
山花子 擬晏小山 409
山花子 409
秋波媚 寄季則 410
蝶戀花 410
菩薩蠻 410
菩薩蠻 410
菩薩蠻 411
菩薩蠻 411
菩薩蠻 411
菩薩蠻 411
浪淘沙 412
蝶戀花 413
點絳唇 草用林君復韻，同寄則作 413
點絳唇 414
臨江仙 都門寄內 戊戌 414
河傳 415
蘭陵王 送屬虞卿同年玉夔南歸，用片玉韻 415
八聲甘州 用屯田韻 416
臨江仙 417
徵招 酬葉子川侍御慶增 417
賣花聲 418

憶少年 題唐郎采秋墨蘭畫扇，即以寄之	418
相見歡	418
琵琶仙	419
蝶戀花 戊戌八月紀事	419
蝶戀花	419
蝶戀花	420
蝶戀花	420

《秋辛詞》一卷,始於戊子,止於戊戌,蓋余二十前後迴腸蕩氣時作也。自是厥後,耗心憂患,神思都索,扼吭不飛,引衷靡緒。譬彼眢井,瀾則涸矣,繙眂舊箸,心靈忽動。少日光景,若在天際,若在眼前,輒比而寫之,追逝風、拾隊塵,亦以自傷老大焉尔。宣統紀元六月,馮开。

予自童年即溺詞章,詩賦以外,兼耽填詞。初嗜《花間》一集,繼厭薄之。以爲詞者,樂府之餘也,溫柔敦厚,無取謡哇。於是問途於碧山,取裁于清真,由南宋而上窺北宋,斐然有作,托體亦匪庳矣。

【注】

徐珂《大受堂札記》卷五云:"慈谿馮君木廣文开,自號木居士,博學絕倫,工詩、古文辭。文淵雅肅穆,詩冷峭,李審言贈詩有云:'君文不染桐城習,色澤堅光清可挹。廉藺生氣凜然存,李志曹蛉敢乎揖。詩篇健舉胸潭潭,洞庭霜橘參餘甘。遠者既唾吳蘭雪,俗好亦屏龔定庵。'其《秋辛詞》爲光緒戊戌前作。《菩薩蠻》諸闋,珠玉、六一之遺。……珂旅北有年,是歲秋,乃以事乞假南歸,讀是詞,俯仰身世,黯然久之。"①

又,《僧孚日錄》辛酉十一月四日條:"師自戊戌始戒詞不爲,至今二十餘年,近因改刪《葉霓仙詞》,又自作一詞題其卷耑。師謂既破戒,則當賡續爲之,多作幾首,異日別爲一卷,不與前作《秋辛詞》混合。並謂可刻一印曰'老玄填詞'。"②

---

① 《大受堂札記》卷五,徐珂撰,《心園叢刻一集》,1925年杭縣徐氏聚珍仿宋版,第1—2頁。

② 《沙孟海全集・日記卷》,洪廷彦主編,第267頁。

又，沈燕紅等《晚清民初學者馮开及其未刊抄本〈秋辛詞〉》："《秋辛詞》一卷共 11 頁（正反兩面爲 1 頁），不是獨立成册的抄本……合訂本爲綫裝本，大紙張抄本，高 30.7 釐米，寬 21.5 釐米。書衣是樹皮色紙，上面無字。書衣後襯 4 張空白紙和 10 張無字的藍格稿紙。空白紙間夾有書簽：編號 2986。"①

南歌子 戊子

户揢蛛絲細，梁虛燕尾輕。陌上草青青，一從君去後，不曾生。

【注】

光緒十四年（1888），其父允騏病卒，馮君木扶櫬自松江歸慈城，該詞當作於允騏病卒後。其生世飄零之狀，躍然紙上。

江南好

殘妝罷，脈脈下簾櫳。螺子嬋娟眉月瘦，菱花窈窕鬢雲鬆，無意向春風。

柳梢青 松江留别六兄蓮青　庚寅

作别他鄉，離尊淚眼，無限淒涼。衰柳寒楓，斷鴉零雁，如此斜陽。　　天涯兄弟情長，且各盡、歧亭一觴。送我今朝，思君明日，一樣心腸？

---

① 《浙江社會科學》2017 年第 2 期，第 142 頁。經核對，其索書號爲"馮2986"。

【注】

光緒十六年(1890)春冬之際,應馮鴻薰之邀,馮君木曾遷居松江,後以"思母歸"。該詞當作於光緒十六年冬馮君木"思母歸"時。

浣溪沙

別院深深隔莫雲,疏燈殘夜雨如塵,夢中樓閣意中人。王鏡神光離後合,金釵絮約假還真,没思量坐過黄昏。

齊天樂 題應叔申啓墀詞卷,即送其之郡

越吟嗚咽年年聽,淚痕卷中無數。玉柱絃秋,銅蕭絮夢,都是傷心言語。墜歡憶否?在楊柳官隄,夫容舊渡。月曉風殘,雙鬟争唱斷腸句。　禪心一例冰雪,只口頭文字,同證同賦。蹋葉呼尊,坐花説劍,要算妙年俊侶。無端別去。問淒絕今宵,酒醒何處?煙水漫漫,離心寒著雨。

好事近 癸巳

叔申約余讀書綠梅館,以事不果,悵然賦此。

小小石闌干,可可梅花開了。相約攜尊來就,便雨晴都好。　商量偏又没商量,心計恁顛倒。不怕故人怪我,怕梅花冷笑。

蝶戀花 示叔申

一日新晴三日雨。寒食清明,只是尋常度。孤負惜花心

事苦,亂紅只逐東流去。　　眼底韶光容易誤。獨抱箜篌,有恨和誰訴?酒醒高樓天未暮,斜陽猶在深深樹。

【注】

馮氏此詞作於光緒十九年(1893),後又被《回風堂詞》列入卷首。

湘月 甲午

暮過湘梅閣,有感影事,倚此誌悵。箏尾閣涕,盃心盪愁,濛濛花月,不知今夕何夕也。

一尊一笛,坐煙蕪寒倚,暮花殘酒。劃壁赬藤,眉月細、不照闌干翠袖。鏡菡分銅,枕欸貽玉,嫩約雙鴛瘦。鈿車去也,夢中唱折楊柳。　　曾記蹋葉人來,籠鸚呼茗,篁雹廊雲晝。一醉東風,消息冷、負了華年豆蔻。紅藥珊欄,綠楠粉閣,值得荒蛛走。相思滋味,夜燈緩緩消受。

【注】

馮氏此詞作於光緒二十年(1894),爾後見刊於《字林滬報》1896年9月13日第4版(但文字有所出入)。而《字林滬報》在發表馮君木此詞的同時,又刊載了馮汲蒙的唱和之作《過湘梅閣有感,次君木〈湘月〉詞原均,兼示叔申》。

百字令 落葉 乙未

是愁是淚,怎一宵瘦得,青山如許。已被荒沙收拾了,更被回波卷去。帶尾風乾,屐牙雲碎,寂莫蘼蕪路。秋心貼地,夕陽紅上無數。　　曾記煙景濃春,纖陰如夢,綠到濛濛處。今日西風都不管,祇有銅笳送汝。簾外天低,酒邊人遠,月黯重樓雨。哀蟬老也,昏燈一笛無語。

是詞出,陸鎮亭太史詫爲秦、柳復生,百計羅致余,欲箸之門籍。余年少氣盛,不屑往也,然文章知己之感,亦有不能忘者。今距作詞時十五年矣,掇拾前塵,如夢如夢,因書此誌感,己亥六月記。

【注】

《僧孚日錄》庚申九月十七日(1920.10.28)條小字自注,既全文載錄了《百字令・落葉》,又引馮君木憶語云:"年二十三時,作《落葉詞》,爲陸鎮亭太史廷黼所賞識,專招我至其家讀。余以太史時方豪盛,未往。"①此後,該詞被略作改動,以《念奴嬌・落葉》爲題,收錄於《回風堂詞》。

減蘭 夜飲王佩蘭校書家,佩蘭索詞,占此爲贈

銀雲吹燭。夕箭靈虬鏘凍玉。帳葉兜芙。簫局香停一掌梟。　瓊人睡醒。斑閣星涼匼月暝。背鬐攏絲。幺鳥雙翎蹋折枝。

更漏子 白蓮

葉瓏瓏,花帖帖,睡泥纖纖幺蝶。雲澹碧,月微黃,淚絲彈夢涼。　星了了,零玱悄,可有蹋波人到?箏語細,酒風停,玉河秋外明。

【注】

該詞作於光緒二十一年(1895),後又被收錄在《回風堂詞》,但文字小異。

---

① 《沙孟海全集・日記卷》,洪廷彥主編,第37頁。

壽樓春 上海寄魏端夷

迢迢春波長。況天涯芳草,極目斜陽。日日離憂顇顇,獨吟江鄉。搴蕙茝,懷馨香。倚酒尊、高樓蒼茫。只孔雀東南,浮雲西北,脈脈永相望。　　江南好,歡無央。任金笳玉管,觸耳鏘洋。但有哀時涕淚,滿襟浪浪。思故國,嗟年光。望海東、烽煙悲涼。聽一概軍聲,懷歸不歸空斷腸。

【注】

該詞作於光緒二十一年(1895),後又被收錄在《回風堂詞》,但文字小異。

清平樂 爲楊芬女郎題《白蓮圖》　丙申

銀雲縹緲,夢醒陂塘曉。煙水微茫人不到,約略佩環聲悄。　　愁心宛轉方開,淚珠的的初胎。祇恐闌干月墮,誤他鷗鷺飛來。

暗　香

露涼月細。正燭絲籠夢,躡葉尋去。小小紅樓,小小春鶯隔紗語。一晌背窗偷看,還一晌、背人延佇。但寥寥、彈指聲中,花影動簾戶。　　相遇。且小住。便細絮短長,擁髻濃汝。淚花楚楚,一鏡紅梨罨殘雨。拚把琴心懺盡,商略聽、戒鐘悲鼓。倘萬劫、千轉後,夗央脩取。

浣溪沙

攜手紅闌六曲陰,略無言語祇沈吟,此情不爲別來深。　小小悲歡都在意,輕輕寒暖也關心,記從相見到而今。

【注】

馮氏此詞作於光緒二十二年(1896),後又被收錄於《回風堂詞》。

齊天樂

人天又是今宵也,深情一往淒絕。帳葉沈萸,枕花凍粟,飄斷夢雲一尺。千翻萬側。怎聽盡雞聲,紙窗還黑。燭尾銀殘,濛濛愁思暗紅壁。　朱樓何處天半,奈風盲雨怪,恨也何益。水蜮含沙,金蠶吹蠱,説甚零消賸息。安排無力。想憔悴如伊,那能禁得。淚涸心枯,朦朧還苦憶。

洞仙歌

初更月上,在綠苔小院。細語零星説恩怨。道渠儂心性、好似楊花,一陣陣,祇是漸吹漸遠。　紅闌攜手倚,嚬笑無端,一霎羅巾淚痕滿。微嚏隔花聞,知道郎寒,親覆與、稱身衣暖。但消得卿卿此時情,便立盡黃昏也都情願。

祝英臺近

月明明,星了了,城鼓二更起。籠燭尋來,睡也未曾睡。

分明朱藥闌邊,紅茶花下,原不是、相逢夢裏。　　夜深矣。不管花底清寒,羅衣瘦如紙。鬢亂釵低,越病越憔悴。也知命薄如他,無心珍重,須莫負、別來深意。

祝英臺近

叩銅鋪,擡玉押,今日算重到。瘦骨支牀,見著總煩惱。誰知別後傷心,千磨萬折,渾不許、檀郎知道。　　綠窗悄。但得一刻纏綿,無言也都好。往事思量,提起沒頭腦。明知缺月難圓,歡情有限,還忍著、淚珠伴笑。

祝英臺近

漏聲殘,爐篆細,擁髻正濃汝。小小銀釭,小小一花吐。算來今夕相逢,大家難得,再莫要、淒淒楚楚。　　鎮無緒。知他生性多愁,刻意博歡趣。捱坐紗幮,教讀比紅句。無端兩語三言,偶然觸著,又惹得、淚花如雨。

祝英臺近

敞犀簾,開粉檻,攜鏡綠紗下。兩筆眉痕,畫了又重畫。憐他心性聰明,生來愛好,卻贏得、鶯嘲燕罵。　　那能捨。可奈黃月無情,催人欲歸也。來便將離,還是不來罷。可憐倚袂匆匆,幾聲絮囑,都做了、傷心閑話。

小重山 丁酉

畫閣沈沈月子黄。嫁期親説與、太淒涼。鈿釵絮約只尋常。籠燈坐、相對没商量。　　離恨總荒唐。淚巾親解與、莫相忘。別君今夜下江鄉。孤篷底、料理舊迴腸。

【注】

馮氏此詞作於光緒二十三年(1897)，後又被收録在《回風堂詞》。

點絳唇

掩上重門，沈沈月子花梢墮。淒涼燈火，著個飄零我。　　拚不思量，偏又思量顆。眠還坐，都無一可，今夜如何過？

百字令 擬龔定盦

荒唐呵壁，是蒼天，誤盡美人名士。十萬離鸞，齊下泣，不是尋常恨事。琴尾量愁，簫心吹怨，咄咄成憔悴。蘭焚蕙拔，傷心如是如是。　　便道哀樂中年，酒尊歌哭陶，寫都非計。我是越吟，生小聽、二十頭顱無幾。兩漢才華，六朝懷抱值，得平生淚。還君玉佩，男兒不為情死。

買陂塘

來鶴山房為扶鸞之戲，乩仙有自稱夜月女子者，賦四詩，絶訣麗，因紀此詞。

敞晶屏、月高星碧,人間正好良夜。簷風一尺低低颭,鈴語泠泠細瀉。簾半挂。若有美人兮,冉冉而來下。是耶非也。但槃蕊雙紅,爐雲四綠,彈指即蘭麝。　　茶煙颺。仙心半空愁寫。墨香約略如灑。瓔房瓊室零星事,都做水天閑話。閑話罷。早三十三天,花雨濛濛謝。彩雲倘借。問縹緲銀河,乘風歸去,可有白鸞迓。

青玉案　內子以詞見寄,倚此答之

橫江一夜薲花雨,忽吹到、相思句。爭怪玉人詞筆苦,三分是墨,七分是淚,黯黯秋絃語。　　思量不合天涯住,便夢徧家山也無。何日明窗相爾汝?兩行銀燭,兩枝瓊管,倚鏡脩簫譜。

【附錄】

蘇幕遮

俞　因

柳如絲,花似織。一院東風,盡是傷心色。簾外天低雲更黑。細雨濛濛,又作清明節。　　病懨懨,情脈脈。黯黯層樓,隔斷春消息。別後天涯應苦憶。憔悴如今,卻有誰知得。

鷓鴣天

惻惻輕風到鬢殘,青春憔悴百花闌。鶯啼燕語渾無賴,種得幽蘭祇自看。　　羅帶減,酒盃寬,參差吹罷倚闌干。美人環佩無消息,暮雨空江生薄寒。

【注】

馮氏此詞作於光緒二十三年(1897),後又被收錄在《回風堂詞》。《申報》1925年3月18日第17版蕙風《餐櫻廡漫筆》:"君木戊戌已前舊箸,曰《秋辛詞》。卷中佳勝,雅近南渡群賢風格,間亦涉筆花閒。比歲專力於(詞)[詩],不常填詞,詞固卓然名家也。《鷓鴣天》云:'惻惻輕風到鬢殘,青春憔悴百花殘。鶯啼燕語渾無賴,種得幽蘭祇自看。　　羅帶減,酒杯寬,參差吹罷倚闌干。美人環佩無消息,暮雨空江生薄寒。'"①

山花子　擬晏小山

六曲屏山畫折枝,玉臺攜手説心期。除是紅梨花上燕,沒人知。　　珠箔飄燈人去後,畫樓殘笛酒醒時。夢裏朱顏渾不似,自尋思。

山花子

惻惻輕風透碧紗,錦屏殘夜月西斜。照見舊時襟上淚,似桃花。　　殢枕蘅蕪迷睡蝶,隔牆楊柳有啼鴉。一夕小窗橫燭坐,忽天涯。

【注】

馮氏此兩詞,作於光緒二十三年(1897),後又皆見録於《回風堂詞》。

---

① 《申報影印本》第210册,上海書店1983年版,第343頁。

秋波媚 寄季則

金鋪雙掩夜迢迢,無夢到屏綃。一闌疏雨,半窗殘葉,值得魂銷。　香消被冷人何在?憶著總無憀。故鄉刀尺,他鄉燈火,一樣今宵。

【注】

馮氏此詞,作於光緒二十三年(1897),後又見錄於《回風堂詞》,但文字略有出入。

蝶戀花

內子手錄唐宋五代詞二冊,曰《古詞錄》,寫定寄余,爲題此詞。

日暮江亭煙水細。滿卷離心,勞汝迢迢寄。減字偷聲渾不意,看來只是相思淚。　莫問征夫歸也未?詞賦江關,憔悴真非計。低唱淺斟誰料理,一枝殘笛愁吹起。

菩薩蠻

黃蜂紫蝶閑庭院。闌干寂莫蘼蕪滿。不惜卷羅幃。東風無是非。　馨香懷袖裏。珍重千金意。落日碧天雲。高樓思殺人。

菩薩蠻

東西日暮飛勞燕。門前烏桕陰陰見。脈脈惜芳華。橫塘雨又斜。　　鈿車南陌路。薜苙同心侶。欲贈繡羅襦。羅敷自有夫。

菩薩蠻

綿綿遠道生青草。別君三歲朱顏老。無語憶華年。秋風九月天。　　夫容天末遠。采采愁深淺。木落洞庭波。嬋媛太息多。

菩薩蠻

華燈紅壁聞簫鼓。雄龍雌鳳遥相語。抱得七絃琴。無人知此心。　　髮絲憐曲局。無意調膏沐。溝水日西東。君心同不同？

菩薩蠻

繽紛佩飾爲誰好。愔愔蘭氣舒清嘯。打疊縷金裳。嫁時有故箱。　　熒熒雙白兔。東走還西顧。郎自不還家。長安多狹斜。

菩薩蠻

桑根三宿渾無據。春時秋月尋常度。單枕不成雙。夢爲金鳳皇。　　真成瓶落井。消息年年冷。蕙草自芳菲。悅君君不知。

【注】

　　這六首《菩薩蠻》中的第一、二、四、六，後又被收錄於《回風堂詞》。第五首雖亦見錄，但上闋被改爲"繽紛佩飾誰言好。別君三歲朱顔老。打疊縷金箱。無心理故裳"。

　　馮君木此詞，深得況周頤的認可，《申報》1925 年 3 月 18 日第 17 版蕙風《餐櫻廡漫筆》云："君木戊戌己前舊箸，曰《秋辛詞》。卷中佳勝，雅近南渡群賢風格，間亦涉筆花閒。比歲專力於（詞）[詩]，不常填詞，詞固卓然名家也。……《菩薩蠻》云：'黃蜂紫蝶閒庭院，闌干寂寞藶蕪滿。不惜卷羅幃。東風無是非。　　馨香懷袖裹。珍重千金意。落日碧天雲。高樓思殺人。'又，'東西日暮飛勞燕。門前烏桕陰陰見。脈脈惜芳華。橫塘雨又斜。　　鈿車南陌路。薜荔同心侶。欲贈繡羅襦。羅敷自有夫。'又，'綿綿遠道生青草。別君三歲朱顔老。無語憶華年。秋風九月天。　　夫容天末遠。采采愁深淺。木落洞庭波。嬋媛太息多。'又，'華燈紅壁聞簫鼓。雄龍雌鳳遥相語。抱得七絃琴。無人知此心。　　髮絲憐曲局。無意調膏沐。溝水日西東。君心同不同？'又，'桑根三宿渾無據。春時秋月尋常度。單枕不成雙。夢爲金鳳皇。　　真成瓶落井。消息年年冷。蕙草自芳菲。悅君君不知。'"①

浪淘沙

　　風雨自年年，春夢闌珊。星星愁鬢欲吹殘。一夜高樓花落盡，如此人間。　　兀自掩重關，涕泗無端。更無人處一憑闌。紙閣蘆簾依舊是，祇是荒寒。

【注】

　　馮君木此詞，既曾被收錄於《回風堂詞》，又深得況周頤的認可，

---

①　《申報影印本》第 210 册，第 343 頁。

《申報》1925年3月18日第17版蕙風《餐櫻廡漫筆》云："君木戊戌己前舊箸，曰《秋辛詞》。卷中佳勝，雅近南渡群賢風格，間亦涉筆花閒。比歲專力於（詞）[詩]，不常填詞，詞固卓然名家也。……《浪淘沙》云：'風雨自年年，春夢闌珊。星星愁鬢欲吹殘。一夜高樓花落盡，如此人間。兀自掩重關，涕泗無端。更無人處一憑闌。紙閣蘆簾依舊是，只是荒寒。'"①

蝶戀花

牆角稚桃一株，高亭亭如十四五女郎。春來作花，娟楚可念；一度風雨，玉骨遂委泥土，瘦蜂病蝶，依依其下。對花長大息，以可憐之辭吊之。

玉骨冰膚真楚楚，十五雛鬟，淖約渾憐汝。一夕淒風兼冷雨，牆陰夢斷無尋處。　　浪蝶游蜂徒自苦，涕淚飄來，滴滴埋黃土。月墜空階聞細語，夜深應有魂來去。

點絳唇 草用林君復韻，同寄則作

拾佩歸來，東風冉冉春無主。美人何處，門掩瀟湘雨。　　欲寄瑤華，祇是悲遲暮。青驄去，芳菲無數，窈窕空山路。

---

① 《申報影印本》第210冊，第343頁。

【附録】

點絳唇

俞　因

　　春淺春深，離亭一片渾無主。故人何處，日日風和雨。　　行色匆匆，又是春將暮。征車去，離愁無數，綠徧天涯路。

【注】

　　沈其光《瓶粟齋詩話》云："俞因字季則，女詞家也。慈谿馮君木妻。《點絳唇·詠草用林君復韻》云：'春淺春深，離亭一片渾無主。故人何處，日日風和雨。　　行色匆匆，又是春將暮。征車去，閑愁無數，綠遍天涯路。'況蕙風先生極賞之，謂之渾成而淡，的的是宋人詞。余謂其詩亦多含有詞味。《秋日病起》云：'細風吹雨濕蒼苔，鎮日重門掩不開。十二欄干人寂寂，秋陰都上畫簾來。'《君木以詩見寄，即次其韻》云：'寂寥無語倚香篝，憶着前塵總是愁。幺鳥踏枝棲不穩，涼雲吹散一簾秋。'兩寫秋簾，與石帚'西山外，晚來還捲，一簾秋霽'異曲同工。"①

臨江仙　都門寄内　戊戌

　　睡起珠簾慵不卷，小庭嫩日初斜。紅芳宛宛映窗紗，十分顏色，不是故鄉花。　　霧露裳衣誰復問，客中怊悵無家。知君念遠極天涯，銀燈羅帳，夜夜夢京華。

①　《瓶粟齋詩話》五編上卷，沈其光撰，楊焄校點，可見《民國詩話叢編》（五），第762頁。

【注】

《回風堂文》卷一《葉蛻仙遺稿序》云:"余與君年輩差懸,戊戌客京師,逆旅盤桓,朝夕奉手,文字密合,遂結忘年之契。"馮氏此詞,當作於1898年去京師公幹期間,乃其思妻之作。

河　傳

遙望,塘上,藕花秋。花外盈盈,畫樓,美人似花樓上頭。筌筴,隔簾生暮愁。　簾底容光天樣遠,長不倦,肯許游人見。倚花枝明月時,相思,知君知不知?

【注】

《申報》1925年3月18日第17版蕙風《餐櫻廡漫筆》:"君木戊戌已前舊箸,曰《秋辛詞》。卷中佳勝,雅近南渡群賢風格,間亦涉筆花閒。比歲專力於(詞)[詩],不常填詞,詞固卓然名家也。……《河傳》云:'遙望,塘上,藕花秋。花外盈盈,畫樓,美人似花樓上頭。筌筴,隔簾生暮愁。　簾底容光天樣遠,長不卷,肯許游人見。倚花枝明月時,相思,知君知不知?'"①

馮氏此詞,後又被收錄於《回風堂詞》,但文字略有變動。這其中的"長不卷,肯許游人見",《回風堂詞》作"塘水滿,無計量深淺"。

蘭陵王　送厲虞卿同年玉夔南歸,用片玉韻

野煙直,疏柳依依弄碧。長亭路、尊酒送君,席帽黃塵黯行色。回頭念故國,蕉萃長安倦客。蘆花外,秋水自生,一夜愁心抵千尺。　前歡墜無迹,祇舊日斜陽,紅上離席。一

---

① 《申報影印本》第210册,第343頁。

聲珍重調眠食。看玉琖未釂,錦車何在？漫天煙草失故驛,隔形影南北。　心惻,淚痕積！歡送客天涯,如此岑寂,飄零俊侶愁無極。臘日暮窮巷,幾聲風笛。黃昏殘雨,欲又向,夢裏滴。

【注】

　　《四明清詩略續稿》卷六:"屬玉夔,字虞卿,定海人。……光緒丁酉拔貢。"並録其《擬東坡荔支歎有序》《淮陰釣台》兩詩。

　　馮君木此詞,深得況周頤的認可,《申報》1925年3月18日第17版蕙風《餐櫻廡漫筆》云:"君木戊戌己前舊箸,曰《秋辛詞》。卷中佳勝,雅近南渡群賢風格,間亦涉筆花間。比歲專力於(詞)[詩],不常填詞,詞固卓然名家也。……《蘭陵王送屬虞卿同年玉夔南歸,用片玉韻》云:'野煙直、疏柳依依弄碧。長亭路、尊酒送君,席帽黃塵黯行色。回頭念故國,蕉萃長安倦客。蘆花外,秋水自生,一夜愁心抵千尺。''前歡墜無迹,只舊日斜陽,紅上離席。一聲珍重調眠食。看玉琖未釂,錦車何在？漫天煙草失故驛,隔形影南北。''心惻,淚痕積！歡送客天涯,如此岑寂,飄零俊侶愁無極。臘日暮窮巷,幾聲風笛。黃昏殘雨,欲又向,夢裏滴。'"①

八聲甘州 用屯田韻

　　看一輪明月照中天,風色正清秋。悵關河木落,空尊獨倚,斜漢當樓。一望江山如此,冉冉物華休。回首中原事,涕泗交流。　況是故鄉不見,望南雲迢遞,離思難收。歎京華塵土,奚事苦淹留。念蒼茫、杜陵家室,定有人、日日盼歸舟。歸何日、橫流遍地,處處生愁。

---

① 《申報影印本》第210册,第343頁。

臨江仙

乳燕鳴鳩寒食近，大隄楊柳初條。自攜桂檝下江皋，綠波春水，回首雨瀟瀟。　　亦有明璫難寄與，淚珠的的瓊綃。星辰天上望迢遥，高樓燈火，腸斷又今宵。

徵招　酬葉子川侍御慶增

江關詞賦飄零久，征塵素衣難掃。揭揭復驅車，上長安大道。勞人真草草，渾不似、五陵年少。尊酒天涯，憂生念亂，是何懷抱？　　耆舊見斯人，風埃外、蕭然閉門孤獻。投我玉琅玕，有靈芬縹緲。先生今未老，看跌宕、精神還好。願他日、笠屐追尋，伴故山猨鳥。

【注】

《四明清詩略續稿》卷三："葉慶增，字至川，號蓮舫，慈谿人。同治癸酉舉人，光緒丙子進士。官江西南康知府。著有《留香居詩文集》。王仁元撰《傳略》：先生博學工文，爲邑大師。通籍後，觀政吏部，由主事擢員外郎、郎中，補監察御史，居官能盡言責，張肖莽給諫心折之。光緒己亥出守南康，愛民省事，培植士類，有古循吏風，在任八年，引疾歸。先後主台州東湖、奉化錦溪，暨月湖、慈湖各書院講席，日唯手一編。以表彰先哲、裁成後進爲己任，絕不預外事云。"

王榮商《送葉至川侍御史南歸序慶增》："余居京師七八年，雖同年而同官者猶未能徧識之，獨與同郡諸公，時時以土音相酬對爲樂，人少而時久，故性情術業皆有以知其詳。而慈谿葉侍御又余所師事者，故知之尤其詳焉。侍御貌古而體癯，深居而簡出。視其外，粥粥若無能者；聽其言，吶然如不出諸口者。適然而値之，則以爲常人已耳；徐而察之，經史百家之言無所不通，星相醫卜之技無所不習，至於朝廟之掌故，軍國之利病，山川之險要，並世人物之臧否，海外各國之情狀，耳目所涉，不遺於心。引其緒，綿綿而不絕也；窺其涘，汪汪乎其不可窮也。蓋世之所謂博學多能者，吾必以侍御當之焉。然則人之相值，其可以輕量乎哉！今年夏，侍御告歸省墓，同人咸惜其去。而余早衰多病，得侍御調治輒愈，故於其去也，尤深惜之。"①

賣花聲

泊舟之罘，煙水合沓，甚有遠思，賦視王伯諧_{韶九}、柴予平_{正衡}兩同年。

岸闊暮潮寒，畫角初殘。天涯光景一憑欄。衰柳昏鴉斜日裏，滿目江山。　　風緊客衣單，秋思闌珊，北來鴻雁指君看。煙水荒荒天四合，何處長安？

憶少年　題唐郎采秋墨蘭畫扇，即以寄之

疏疏密密，斜斜整整，長長短短。淒淒幾鉤葉，有萬愁千怨。　　紉佩心期空宛轉，憶京華、水長山遠。美人已憔悴，況秋風團扇！

相見歡

微颶不隔庭柯，動秋羅。祇覺碧闌干外晚涼多。　　花陰轉，漏聲斷，夜如何。自卷水精簾子看明河。

―――――――
① 《容膝軒文集》卷三，王榮商撰，《四明叢書》第30冊，第19393—19394頁。

琵琶仙

日暮倚秋辛閣,聞隔院弄玉笙聲,忽觸宿感,用白石自度腔韻寫之,曼吟淒然,若有秋風嫋嫋出心腑也。

楊柳高樓,早憔悴、舊日煙條雲葉。離恨吹入參差,秋風正淒絕。芳草外、斜陽有限,甚啼到空山鷓鴣。十載心期,香消酒冷,彈指能説。　　又何事、泊鳳飄鸞,漫孤負、青春好時節。空把一襟零淚,與荒階苔莢。休更盼、團團鏡約,恐玉人、兩鬢都雪。總悔珠箔飄燈,那時輕別。

蝶戀花　戊戌八月紀事

六曲文窗閑了鳥。綠暗紅稀不覺春光好。人自飄零花自老,夕陽滿地生青草。　　無語思君情悄悄。萬水千山,兀自縈懷抱。夜夜夜烏啼到曉,夢中忘卻長安道。

【注】

俞因《婦學齋遺稿》及應叔申《悔復堂詩》皆録有《蝶戀花戊戌八月紀事》,疑係同時所作。

蝶戀花

日午殘妝渾不理。鬢亂釵低,總爲郎憔悴。生怕楊花無避忌,東風故故吹簾起。　　昨日清明今上已。複帳沈沈,祇是春寒細。多爲別來珍重意,自添蘭子熏鴛被。

蝶戀花

　　惻惻輕陰三月暮。薄晚開簾,霽色生庭樹。眼底春陽能幾許,黃昏又下淒淒雨。　　極目行雲何處去?獨上層樓,忉悵年華誤。寂莫鈿車南陌路,梨花飄盡鶯無語。

【注】

　　徐珂《大受堂札記》卷一云:"《蝶戀花感事,次馮君木廣文韻》:名開,慈谿人,所著《回風堂集》,文、詩、詞皆卓然名家。柳外斜陽春欲去。過雨池塘,密霧生庭樹。翦燭西窗前夜雨,知誰解倩鵑聲住。　　中酒飄歌三月暮,飛絮撩人,別館花深處。淚眼看花花隔霧,亂紅叢碧迷歧路。"兩相比對,足以認定馮君木的這首《蝶戀花》,就是徐珂《蝶戀花感事,次馮君木廣文韻》的唱和對象。

蝶戀花

　　鵾鳩一聲春事了。鏡裏容顏,寂莫憐非少。生怪柳邊新月早,匆匆催送斜陽老。　　門掩荒苔人不到。匝地殘紅,歷亂難爲掃。燕子歸來應懊惱,畫梁不似當時好。

回風堂詞

目　　錄

回風堂詞 *

蝶戀花　示叔申	425
念奴嬌　落葉	425
更漏子　白蓮	425
壽樓春　上海寄魏端夷	426
浣溪沙	426
小重山	426
鷓鴣天	426
山花子	427
秋波媚　寄内子季則	427
菩薩蠻	427
浪淘沙	428
河傳	428
蘭陵王　送厲虞卿南歸，用清真韻	429
浪淘沙　泊舟之罘，煙水合沓，甚有遠思。賦示王伯諧、柴子平	429
相見歡	430
琵琶仙	430
蝶戀花	430

---

　　* 王雷《慈城書話》之五："《回風堂詞》一卷，慈谿馮君木撰，民國二十二年（1933）刻《彊村遺書》本。回風馮君木先生，亦浙東積學能文之士。……其《回風堂詞》朱古微輯入《滄海遺音集》中，後以《彊村遺書》雕版行世。回風詞出入於清真、夢窗，語多蕭曠高寒。"詳參《古鎮慈城合訂本》（21—40期）下册，第99頁。

玲瓏四犯 題《葉霓仙遺詞》兼寄其弟琴西	431
青玉案 次賀方回韻	432
蝶戀花 次天嬰韻,示蕙風	432
浪淘沙	433
蝶戀花 感事連句,次六一韻	435
浣溪沙	436
鷓鴣天 題徐仲可《純飛館詞卷》	437
夢芙蓉	437
疏影	438
東坡引 庚午除夕和彊邨	440
浣溪沙 辛未元夕再和	441

蝶戀花 示叔申

一日新晴三日雨。寒食清明,只是尋常度。孤負惜花心事苦,亂紅都逐東流去。　眼底韶光容易誤。獨抱箜篌,有恨和誰訴?酒醒高樓天未暮,斜陽猶在深深樹。

念奴嬌 落葉

哀蟬唱斷,甚一宵瘦得,青山如許。已被荒沙收拾了,更被回波卷去。玉樹歌殘,銅溝夢短,寒色淹平楚。秋心滿地,夕陽紅上無數。　曾記煙景濃春,驕驄歸晚,綠徧江南路。今日西風都不管,只有淒筇送汝。簾外天低,酒邊人遠,月黯重樓雨。秋魂冷未,昏燈一笛無語。

【注】

楊玉銜《抱香詞》錄有其所填《念奴嬌落葉,追和馮君木》詞:"洞庭波闊,問悲秋宋玉,賦情何許。見說紅衣南岸客,坐受西風老去。殘畫滄洲,餘程水驛,頭尾連吳楚。林疏露出,瘦山江上無數。　時節煙景江南,陰陰濃綠,指點春歸路。一碧無情千樹冷,今賸昏鴉爾汝。客夢燈殘,蛩聲笛冷,又咽重陽雨。宮溝何處,題紅枉費情語。"[①]

更漏子 白蓮

葉瓏瓏,花帖帖,睡泥纖纖幺蝶。雲澹碧,月微黃,淚絲

[①]《葉恭綽詞學文集》,彭玉平、姜波整理,《民國詩詞學文獻珍本整理與研究》(46),河南文藝出版社 2016 年版,第 301—302 頁。

彈夢涼。　　紅衣渺,零璫悄,可有蹋波人到? 箏語細,酒風停,玉河秋外明。

壽樓春　上海寄魏端夷

嗟春波何長。況天涯芳草,極目斜陽。日日離憂憔悴,獨吟江鄉。搴蕙茝,懷馨香。倚酒尊、高樓蒼茫。只孔雀東南,浮雲西北,脈脈永相望。　　江南好,歡無央。任金笳玉管,觸耳鏘洋。但有哀時涕淚,滿襟浪浪。思故國,傷年光。望海東、烽煙悲涼。聽一概軍聲,蕭條萬方空斷腸。

浣溪沙

攜手紅闌六曲陰,略無言語只沈吟,此情不爲別來深。　　小小悲歡都在意,輕輕寒暖也關心,記從相見到而今。

小重山

畫閣沈沈月子黃。嫁期親説與、太淒涼。鈿釵絮約只尋常。籠燈坐、相對没商量。　　離恨總荒唐。淚巾親解與、莫相忘。別君今夜下江鄉。孤篷底、料理舊迴腸。

鷓鴣天

惻惻輕風到鬢殘,青春憔悴百花闌。鶯啼燕語渾無賴,種得幽蘭只自看。　　羅帶減，酒杯寬，參差吹罷倚闌干。美人環佩無消息，暮雨空江生薄寒。

山花子

六曲屏山畫折枝，玉臺攜手說心期。除是紅梨花上燕，沒人知。　　珠箔飄燈人去後，畫樓殘笛酒醒時。夢裏朱顏渾不似，自尋思。

惻惻輕風透碧紗，小屏殘夜月西斜。照見舊時襟上淚，似桃花。　　殢枕蘼蕪迷睡蝶，隔牆楊柳有啼鴉。一夕疏窗橫燭坐，忽天涯。

秋波媚 _{寄內子季則}

金鋪雙掩夜迢迢，無夢到屏綃。一簾疏雨，半窗殘葉，禁得魂銷。　　香殘被冷人何在？堅坐總無憀。故鄉刀尺，他鄉燈火，一樣今宵。

菩薩蠻

黃蜂紫蝶閑庭院。闌干寂寞蘼蕪滿。不惜捲羅幬。東風無是非。　　馨香懷袖裏。珍重千金意。落日碧天雲。高樓思殺人。

東西日暮飛勞燕。門前烏桕陰陰見。脈脈惜芳華。橫塘雨又斜。　　鈿車南陌路。邂逅同心侶。欲贈繡羅襦。羅敷自有夫。

繽紛佩飾誰言好。別君三歲朱顏老。打疊縷金箱。無心理故裳。　　煢煢雙白兔。東走還西顧。郎自不還家。長安多狹斜。

華燈紅壁聞簫鼓。雄龍雌鳳遙相語。抱得七絃琴。無人知此心。　　鬢絲憐曲局。無意調膏沐。溝水日西東。君心同不同？

桑根三宿渾無據。春風秋月尋常度。單枕不成雙。夢爲金鳳凰。　　真成瓶落井。消息年年冷。蕙草自芳菲。悅君君不知。

浪淘沙

風雨自年年，春夢闌珊，星星愁鬢欲吹殘。一夜高樓花落盡，如此人間。　　兀自掩重關，涕泗無端，更無人處一憑闌。畫閣珠簾依舊是，只是荒寒。

河　傳

遥望，塘上，藕花秋。花外盈盈，畫樓，美人似花樓上頭。箜篌，隔簾生暮愁。　　簾底容光天樣遠，塘水滿，無計量深淺。倚花枝明月時，相思，知君知不知？

蘭陵王 送厲虞卿南歸,用清真韻

野煙直,疏柳依依弄碧。長亭路、尊酒送君,席帽黃塵黯行色。回頭念故國,憔悴長安倦客。蘆花外,秋水自生,一夜愁心抵千尺。　前歡墜無迹,只舊日斜陽,紅上離席。一聲珍重調眠食。看玉琖未釂,錦車何在?漫天煙草失故驛,隔形影南北。　心惻,淚痕積!歎送客天涯,如此岑寂,飄零俊侶愁無極。臘日暮窮蒼,幾聲風笛。黃昏殘雨,欲又向,夢裏滴。

浪淘沙 泊舟之罘,煙水合沓,甚有遠思。賦示王伯諧、柴子平

岸闊暮潮寒,畫角初殘,天涯光景一憑闌。衰柳昏鴉斜日裏,滿目江山。　風緊客衣單,秋思闌珊,北來鴻雁指君看。煙水荒荒天四合,何處長安?

【注】

　　馮君木此詞深得況周頤的認可,《申報》1925 年 3 月 18 日第 17 版蕙風《餐櫻廡漫筆》:"君木戊戌己前舊箸,曰《秋辛詞》。卷中佳勝,雅近南渡群賢風格,間亦涉筆花閒。比歲專力於(詞)[詩],不常填詞,詞固卓然名家也。……《浪淘沙泊舟之罘,煙水合沓,甚有遠思。賦示王伯諧(韶九)、柴子平(正衡)》云:'岸闊暮潮寒,畫角初殘,天涯光景一憑闌。衰柳昏鴉斜日裏,滿目江山。風緊客衣單,秋思闌珊,北來鴻雁指君看。煙水荒荒天四合,何處長安?'"①

――――――――

① 《申報影印本》第 210 冊,第 343 頁。

相見歡

微颶不隔庭柯,動秋羅。只覺碧闌干外晚涼多。　花陰轉,漏聲斷,夜如何。自捲水精簾子看明河。

琵琶仙

日暮倚秋辛閣,聞隔院玉笙聲,忽觸宿感,用白石自度腔韻寫之。

楊柳高樓,早憔悴、舊日煙條雲葉。離恨吹入參差,秋風正淒絕。芳草外、斜陽有限,甚啼到空山鶗鴂。十載心期,香消酒冷,彈指能說。　又何事、泊鳳飄鸞,漫孤負、青春好時節。空把一襟零淚,與荒階苔莢。休更盼、團圞鏡約,恐玉人、兩鬢都雪。總悔珠箔飄燈,那時輕別。

蝶戀花

六曲文窗閑了鳥。玉几金牀,不覺春光好。人自飄零花自老,夕陽滿地生青草。　無語思君情悄悄。萬水千山,兀自縈懷抱。夜夜夜烏啼到曉,夢中忘卻長安道。

日午殘妝渾不理。鬢亂釵低,總爲郎憔悴。生怕楊花無避忌,東風故故吹簾起。　昨日清明今上巳。複帳沈沈,只是春寒細。多爲別來珍重意,自添蘭子熏鴛被。

惻惻輕陰三月暮。薄晚開簾,霽色生庭樹。眼底春陽能幾許,黃昏又下淒淒雨。　　極目行雲何處去？獨上層樓,惆悵年華誤。寂寞鈿車南陌路,梨花飄盡鶯無語。

鵾鳩一聲春事了。鏡裏容顏,寂寞憐非少。生怪柳邊新月早,恩恩催送斜陽老。　　門掩荒苔人不到。币地殘紅,歷亂難爲掃。燕子歸來應懊惱,畫梁不似當時好。

玲瓏四犯 題《葉霓仙遺詞》兼寄其弟琴西

篁孔引悽,桐絲流恨,秋聲綿渺無際。吹花彈淚澀,滴粉搓愁細。沈吟酒邊心事。甚華年、只成憔悴。玉笴雲蘸[1],金匳[2]月冷,寂寞[3]舊風味。　　天涯杜陵兄弟。念京華冠蓋,飄泊非計。微官歸不得,息影車塵底。俊游轉眼餘蕭瑟,怕低唱、淺斟都廢。空雪涕。斜陽外、暮鴉啼起。

【注】

《題〈葉霓仙遺詞〉兼寄其弟琴西》,《霓仙遺稿》作《題〈葉霓仙遺詞〉並寄琴西同年》。《霓仙遺稿》尚錄有沙孟海壬戌(1922)三月所書、張原煒所作的《蝶戀花・題葉丈〈霓仙遺詞〉並示伯允叔眉季純》。

《僧孚日錄》辛酉十一月十日(1921.12.8)條:"師題《葉霓仙遺詞》並寄琴仙同年《玲瓏四犯》一解,前半闋云:'篁孔助悽,桐絲流恨,秋聲綿眇無際。吹花彈淚澀,摘粉搓愁細。沈吟酒邊心事。甚華年、祇成憔悴。玉笴雲靆,石牀月冷,寂莫舊風味。'後半闋云:'天涯杜陵兄弟。念京華冠蓋,飄泊非計。微官歸不得,息影車塵底。俊游轉眼餘蕭瑟,怕低唱、淺斟都廢。空雪涕。斜陽外、暮鴉啼起。'後半闋本作:'京華舊游能記。問人間蕭瑟,今是何世。九原如可作,應雪哀時涕。江關詞賦飄零久,只麈尾、隱囊都廢。君憶未。櫻桃館、醉中夢裏。'後易作'天涯杜陵'云云。自記謂此詞燒盡兩黃昏燈油而成。又代張于師題《蝶戀花》一解,前半闋云:'噫氣刁刁號萬竅,鳳泣鸞啼,自製蒼涼調。天籟不如人籟好,山阿窈窕留清嘯。'後半闋云:'隔世餘音猶嫋嫋,子軫單絃,誰把遺琴抱。樂府流傳須趁早,白雲飛出山中稿。'"①

《申報》1925年1月30日第12版蕙風《餐櫻廡漫筆》:"馮君木以其同縣葉君(同春)《霓仙遺稿》印本貽余。葉君光緒己卯舉人,官國子監學正,其遺稿君木為之序……霓仙詞意境沈著,間近質樸,得力於南渡群賢,於常州詞派為近。撰錄卷中佳勝如右,質之君木,未卜當否。"②

【校】

[1] 雲靆:《霓仙遺稿》作"雲霾"。

[2] 金匱:《霓仙遺稿》作"石牀"。

[3] 寂寞:《霓仙遺稿》作"寂莫"。

青玉案 次賀方回韻

屏山隔斷春來路。只目送、斜陽去。逝水年光愁裏度。飄歌闌榭,凝香簾戶,依約無尋處。　鬢絲冉冉成衰暮。苦憶尊前舊詞句。剗地芳華能幾許。小燈殘爐,短衾單絮,獨聽江南雨。

蝶戀花 次天嬰韻,示蕙風

畫閣悁悁春已去。一寸斜陽,猶挂屏山樹。苦憶剪燈深夜語,梨花門巷尋常住。　徙倚闌干愁日暮。中酒情懷,

---

① 《沙孟海全集・日記卷》,洪廷彥主編,第274—275頁。
② 《申報影印本》第209冊,第424頁。

欲遣渾無處。花外青山山外霧，分明不是來時路。

【注】

《申報》1925年3月29日第17版蕙風《餐櫻廡漫筆》："天嬰自滬之杭，賦詞寄貽，調《蝶戀花》云：'寥落天涯人自去。偏又東風，吹綠天涯樹。燕子迎人頻送語，無端聽徹聲聲住。　野色苕苕愁日暮。燈火江南，漸墮空濛處。客裏看春如坐霧，回頭不辨來時路。'君木次韻云：'畫閣愔愔春已去。一寸斜陽，猶挂屏山樹。苦憶翦燈深夜雨，梨花門巷尋常住。　徒倚闌干愁日暮。中酒情懷，欲遣渾無處。珍重夕熏香作霧，爲誰縈徧相思路。'蕙風次韻云：'少日年芳何處去，極目江潭，總是傷心樹。愁到今年誰與語，十年飄泊愁邊住。　杜宇聲聲朝復暮，未必天涯，只有春歸處。往事如塵吹作霧，漂搖獨活悲歧路。'"①考陳訓正《末麗詞》序："今年春，遊海上，始獲交臨桂況蕙風太守、歸安朱彊邨侍郎。二先生者，挽近海內詞學大家也。明珠出海，枯岸借輝，餘請益焉。……乙丑八月，玄翁識於滬北庸海廔。"準此，足以確定《蝶戀花次天嬰韻，示蕙風》作於民國十四年春。

浪淘沙

蕙風翁《天春樓漫筆》有記螳螂一則，言藤本花有曰夜來香者，其葉下必有一二小螳螂棲集，纖碧與葉同色，若相依爲命者。曩寓金陵，歲買是花，罔或爽也。詞人體物之微，即小可以見大。余笑語翁："若倣'玉桐花'句例，當云'妾是夜來香，郎是螳螂'矣。"翁深賞是語，謂天然《浪淘沙》佳句也，聯詠足成一解。

風雨黯橫塘，著意悲涼，殘荷身世誤鴛鴦。花國蟲天何

---

① 《申報影印本》第210冊，第557頁。這其中，陳訓正所謂乃《蝶恋花春江道上賦寄蕙風、木公》，載氏著《天嬰室叢稿第二輯》之三《末麗詞》，1934年鉛印本，寧波天一閣博物院藏，索書號"朱7885"。至於況蕙風所作，則可見《況周頤詞集校注》，上海古籍出版社2013年版，第467頁。

處所,猶説情芳。蕙風　　妾是夜來香,郎是螳螂,花花葉葉自相當。莫向秋邊尋夢去,容易繁霜。君木

【注】

况周頤《浪淘沙》:"曩歲辛酉撰《天春樓漫筆》,記夜來香螳螂事。君木見而喜之,得'妾是夜來香,郎是螳螂'二句,因成《浪淘沙》後段,屬蕙風補前段,成全闋。"①

又,《申報》1925年3月13日第12版蕙風《餐櫻廡漫筆》:"曩歲辛酉撰《天春樓漫筆》,有云:夜來香,閩廣産,每歲春初,估客捆載其藤至,長六七尺許,色繡,近本處壯如指。春分前,植之盎,圈蔑爲架,盤博其上。約十日,勿經日曬,洎見日,輒萌動。四月半後作花,花亦不必以夜香,較茉莉韻也。方萌動間,必有一二小螳螂,棲集葉底,僅如蚊之巨者,與葉同色,迨花時,則長數分矣,玲瓏纖碧,絶可愛玩。雜置夜來香於衆花之間,他花殊茂密,夜來香蔭疏,而螳螂不集他花也。夜來香性畏寒,八九月間,螳螂長及二寸,則飛去不知所之,夜來香亦凋零垂盡,一經霜降,並葉而無之矣。留其藤,未久輒枯槁,調護不得法也。螳螂之與夜來香爲緣,其殆緑毛玄鳳、桐花鳳之流亞乎。十年前,余寓金陵,每年必購夜來香,每年必有螳螂。花可愛,螳螂尤可愛。螳螂者,夜來香之寄生也。是説未經記載,試種夜來香,當知余非□言。前《漫筆》止此,不具録。君木見而喜之,得'妾是夜來香,郎是螳螂'二句,因成《浪淘沙》後段,屬蕙風補前段,成全闋如左。"②

又,《回風堂詞·浪淘沙》小字自注:"蕙風翁《天春樓漫筆》有記螳螂一則,言藤本花有曰夜來香者,其葉下必有一二小螳螂棲集,纖碧與葉同色,若相依爲命者。曩寓金陵,歲買是花,罔或爽也。詞人體物之微,即小可以見大。余笑語翁:'若仿王桐花句例,當雲妾是夜來香,郎是螳螂矣。'翁深賞是語,謂天然《浪淘沙》佳句也,聯詠足成

---

① 《况周頤詞集校注》,况周頤著,秦瑋鴻校注,第463頁。
② 《申報影印本》第210册,第242頁。

一解。"①

又,《僧孚日錄》乙丑二月三日條:"蕙風先生《餐櫻廡漫筆》謂夜來香開時必有堂蜋集其下,屢試不爽,之二物一若相依爲命者。一夕,吾師語蕙風先生曰:'若放王桐花句例,則當云妾是夜來香,郎是堂蜋矣。'後先生與吾師連句,得《浪淘沙》一解,其詞云:'風雨黯橫塘,著意悲涼。殘荷身世誤鴛鴦。花國蟲天回首憶,猶説情芳。蕙妾是夜來香,郎是堂蜋。花花葉葉自相當。容易秋邊尋夢去,點鬢繁霜。木'"②

蝶戀花 感事連句,次六一韻

剗地殘紅深幾許。彈指東風,暗把流光數。君木一夜鄉心無著處,濛濛煙雨蘼蕪路。天嬰　天際輕陰成日暮。舊壘紅襟,婉娩和春住。蕙風珍重玳梁千萬語,夢魂莫向江南去。君木

芳草天涯離別久。襟上愁痕,點檢新兼舊。天嬰春色已看濃似酒,卻教人在春前瘦。蕙風　天末春青都上柳。著意低回,消息尋常有。君木綠意紅情擕滿袖,玉簫聲裏斜陽後。天嬰

---

① 鄞縣人陳寧士曾爲此事題詩一首:"馮螳螂與況螳螂,留與詞壇作典章。沙子片岷成劇蹟,朱家什襲付珍藏。清詞足比桐花鳳,遺跡誰尋草樹岡。不學争墩能讓號,二風高致勝貛郎。"詳參夏敬觀《忍古樓詞話》"陳寧士"條,《詞話叢編》第五册,唐圭璋編,中華書局1986年版,第4813—4814頁。又,《僧孚日錄》乙丑二月十日條:"以所刻'妾是桐花'一印拓片贈巨來,師爲記其事之始末。余復録入《浪淘沙原詞》,並題其下云:'君木師以蕙風先生體物之詠和之況堂蜋。蕙風則曰:就詞句言,當稱爲馮堂蜋矣。我屋公墩,究將誰屬?'姑志二先生之言于此。"

② 《沙孟海全集·日記卷》,洪廷彦主編,第774—775頁。

容易華筵歌管歇。頓語溫馨,無那情親切。蕙風酒盡香消寒又徹,他時總悔輕輕別。君木　　惱亂迴腸成百結。鵾鳩聲聲,孤負芳菲節。天嬰　滿地落花無可説,憑闌獨看花梢月。君木

浣溪沙

夜夢夔老過存,出一刺,署曰況曲瓊,醒以告夔老,爲賦《蝶戀花》一解,淒清蕭槭,深寓悼亡之意,感物造端,其哀深矣。踵賦一詞解之。

聽到瓊鉤亦斷腸,疏疏風片作淒涼,夢魂吹墮吉丁當。　　珠箔飄燈成惝怳,畫簾垂雨正昏黃,不知今夜爲誰長。

【注】

乙丑二月下旬,馮君木夢見況周頤自署"曲瓊"。況氏因賦《蝶戀花》,君木又答以《浣溪沙》。事詳《僧孚日錄》乙丑二月二十四日(1925.3.18)條,其詞云:"師夢蕙風先生見過,刺上署名曰況曲瓊。曲瓊,簾鉤也,見《楚辭·招魂》。先生因賦《蝶戀花》云:'庭院陰陰風雨過,人去簾垂,生受淒涼我。欲斷旌懸何日可?輸他銀押偏寧妥。牽挂早知成日課,瘦影寒宵,愁共纖蟾墮。更夏花風驚夢破,吉丁當是招魂些。'音節哀惻,深寓悼亡之意。師繼賦《浣溪沙》解之,云:'聽到瓊鉤亦斷腸,疏疏風片作淒涼,夢魂吹墮吉丁當。珠箔飄燈成惝怳,畫簾垂雨正昏黃,不知今夜爲誰長。'"①

又,《申報》1925年5月1日第17版蕙風《餐櫻廡漫筆》:"君木夢中字余曰'曲瓊',余賦《蝶戀花》云云見前。君木和答,調《浣溪沙》云:

---

① 《沙孟海全集·日記卷》,洪廷彥主編,第787頁。

'聽到瓊鉤亦斷腸,疏疏風片作淒涼,夢魂吹墜吉丁當。　珠箔飄燈成惝怳,畫蘭垂雨正昏黃,不知今夜爲誰長。'換頭垂字精鍊,關合曲瓊,得不粘不脫之妙。"①

鷓鴣天 題徐仲可《純飛館詞卷》

負此高寒絕代姿,山阿窈窕一凝思。修蛇歲月愁無盡,野馬塵埃夢有涯。　將怨緒,托微詞,回黃轉綠又經時。金笳玉管紛盈耳,獨理琴絲欲訴誰。

夢芙蓉

題隋《董美人誌》。《誌》署開皇十七年,爲蜀王秀悼其宮人之作。據《隋書》,是歲五月蜀王來朝,故美人以七月終於仁壽宮。誌石當道光初,陸劍庵得之關中,最後歸上海徐氏春暉堂。咸豐間,石毀於兵火。翠墨流傳,稀若星鳳。吳醜簃有初拓本,屬余題之。

年芳沈夢綺。有凝雲空白,掌中飄墜。片瓊寒色,零落賸幽翠。瘞花銘帝子。餘芬猶綴彤史。石墨纏綿,看中央四角,無盡斷腸意。　想見扶鬟乍起。興疾恩恩,一夕春紅碎。佩環歸否,魂散杜鵑外。斷絃難再理。千琴枉費清製。淺印苔華,將重泉密愛,消與故年淚。

【注】

《襲美集》吳湖帆自序:"丁卯之夏,獲上海徐氏寒木春華館所拓《隋美人董氏墓志》原石本,蟬翼籠紗,明光瑩潤,歎爲得未曾覯。前有嘉定錢紅稻繹署眉及二跋。曩余家傳有金氏冬心齋舊藏《隋滎澤

---

① 《申報影印本》第212册,第17頁。

令常醜奴墓志》,①因合裝一函,題曰'既醜且美'。並徵近人六十家題詞,一以和之,合一百廿首。爲仿稼軒《秋水篇》括體例制《哨遍》詞卷前,又集宋人詞句調《金縷曲》於卷後,並題《洞仙歌》爲殿尾。時余初習倚聲,本不足存,聊以自玩而已。並將原作録入,名曰《襲美》,正不獨于有襲董美人也。"馮君木此首《夢芙蓉》,即因此而作。

此後,陳訓正應邀題詞而作《夢夫容題吳醜簃所藏〈隋董美人誌〉原拓本,和木公韻》:"閒情難懺綺。認前朝,片石玉魂曾墜。好花春短,空見墨流翠。故山辭帝子。鵑啼聲是愁史。斷語淒凉,便繭黃蠟盡,中貯萬千意。　漫道重淵可起。一落人間,總共春魂碎。美人黃土,一例豔陽外。賸寒誰與理?惜芳怕聽新製。好事吳郎,還欺蘭悼蕙,消得幾多淚。"②

此外,程頌萬亦嘗作《西河》詞,其題爲:"題隋開皇十七年《董美人墓志》。誌石出道光中,爲上海陸耳山藏,後歸徐紫珊。咸豐癸丑,石毀於兵燹。吳湖帆得元拓本,屬題,和文叔文韻。"③是知程頌萬亦嘗應吳湖帆之請,題詞於《董美人墓志》拓本之上。此外,趙尊岳亦嘗應邀題詞,而作《遙天奉翠華引·湖帆屬題所藏董美人墓志》。④

疏　影

爲吳湖帆、潘靜淑夫婦題宋刻《梅花喜神譜》。是書蓋百宋一廛

---

①　鄭逸梅《藝林散葉》(修訂版):"吳湖帆一署醜簃,因藏隋《常醜奴墓志》以自喜。該本爲金冬心舊物,後爲湖帆外祖沈韻初所得,由韻初而歸吳大澂,湖帆六歲就學,大澂以之獎給湖帆。"(第93頁)

②　《天嬰室叢稿第二輯》之六《吉留詞》,1934年鉛印本(天一閣博物院藏,索書號"朱7885")。

③　《程頌萬詩詞集》,程頌萬著,徐哲兮校點,湖南人民出版社2009年版,第565頁。

④　《珍重閣詞集·近知詞》,可見陳水雲、黎曉蓮整理的《趙尊岳集》,第274頁。

故物,其後展轉歸吳縣潘氏。湖帆爲文勤公從女壻,辛酉正月潘夫人三十生日,其家以是書貽之。湖帆謀付影印,乞余題詞。

　　花身百億。趁故家粉本。飛現香國。六百年來,拋劫春風,冰魂猶戀吟筆。苔枝玉樣玲瓏影,合置近、金匱書尺。想曉妝、鸞鏡開看,仿佛舊時月色。　　聞道蘭閨帨底,縹函對展處,芳靨瑤席。細蕾疏英,圖譜翻新,不是尋常標格。郎君畫手調鉛慣,試點取、含章宫額。擁紺雲同夢羅浮,待覓翠禽消息。

【注】

　　李審言《媿生叢録》卷一云:"宋刻《梅花喜神譜》,黄氏士禮居舊藏。《百宋一廛賦》載之。黄氏之書展轉數手,售於楊至堂河帥。余友文登于彤侯之先德,官南清河日,爲之平章,其人以是書及宋版《蘇老泉集》相贈,傳至彤侯,復轉售於潘伯寅尚書(彤侯親爲余言),此譜海内無二本也。"①

　　又,《僧孚日録》丙寅十月一日條:"(陳)巨來攜示《化度寺碑》,爲唐石宋搨章豁《跋》尾謂是宋翻刻本,人皆以爲千慮一失,神韻盎然,人間尤物也。倫敦、巴黎所藏敦煌石室唐拓本,轉當遜席矣!此本舊爲商丘陳伯恭所藏,後入成親王詒晉齋中,又轉入其兄子榮郡王南韻齋中。洪、楊後,沈韻初得之,以贈潘伯寅,今爲吴湖帆萬藏。湖帆,愙齋中丞之孫,潘文勤之姪壻也。此碑爲其妻之裝縢;其妻三十歲時,母家以宋版《梅花喜神譜》爲贈。"②

　　又,鄭逸梅《藝林散葉》云:"吴湖帆夫人潘静淑,三十歲生日,其父仲午以家藏宋版孤本宋器之所作《梅花喜神譜》二册給與之,湖帆

---

① 《李審言全集》,李詳著,李稚甫編校,江蘇古籍出版社1989年版,第435—436頁。

② 《沙孟海全集·日記卷》,洪廷彦主編,第1105頁。

遂署其齋爲'梅景書屋'。"①

又,《吴湖帆年譜》1921年條:"正月十三日(2月20日),潘静淑三十歲初度。歲逢辛酉,與宋景定刻《梅花喜神譜》干支相合,其父潘祖年即以所藏《梅花喜神譜》二册爲壽。吴湖帆遂額其寓曰'梅景書屋',並邀諸師友爲之題簽及跋。……《梅花喜神譜》上卷題跋主要有:……(十五)馮開題云:花身百億。……待覓翠禽消息。湖帆静淑伉儷屬題宋刻《梅花喜神譜》,爰賦《疏景》一首乞教。馮開。"②

又,趙尊岳亦嘗應吴湖帆之邀,題作《疏影·吴湖帆屬題所藏宋刻〈梅花喜神譜〉,爲閨中畣物》。③

又,王雙强《民國來信及百年名人墨跡》云:"馮開的這首《疏影》詞,給歷史上冰魂雪魄、傲霜鬥雪的梅花精神,賦予了粉艷琳瑯的曼妙温情。"④

東坡引 庚午除夕和彊邨

樓臺飄急霰,年芳轉頭换。窗光分寸資珍遣。宵寒猶苦戀。宵寒猶苦戀。　　桃符罷帖,春旛停翦。甚歲序、驚心變,還將詩祭酬私願。清尊聊作健,清尊聊作健。

【注】

庚午除夕(1931.2.16),朱祖謀先生作《東坡引 庚午歲除》詞:"拖筇慳雪霽。探梅誤年例。一爐商閒窗底。懵騰惟有睡。懵騰惟有

---

① 《藝林散葉》(修訂版),鄭逸梅著,第93頁。
② 《吴湖帆年譜》,王叔重、陳含素編著,東方出版中心2017年版,第23、27頁。
③ 《珍重閣詞集·近知詞》,可見陳水雲、黎曉蓮整理的《趙尊岳集》,第266頁。
④ 《民國來信及百年名人墨跡》,王雙强著,學林出版社2015年版,第93—95頁。

睡。　　椒花罷頌,屠蘇無味。更禁斷、宜春字。鄉兒解叩承平事。新年明日是。新年明日是。"①馮君木和之。

浣溪沙 辛未元夕再和

廣陌嬌雲轉夕陰,夢回清恨壓孤衾,小明簾户峭寒侵。　　火樹闌珊花外市,酒杯惱亂病中心,暗塵籠夜月沈沈。

【注】

辛未正月初一(1931.2.17)晚,朱祖謀先生作《浣溪沙元夕枕上作》詞:"連夕東風結苦陰。通明簾幕卻偎衾。病軀無復灑懷侵。　　止藥強名今日愈,探芳越減去年心。月華人意兩冥沈。"②馮君木和之。

---

① 《彊村語業箋注》,[清]朱孝臧著,白敦仁箋注,浙江古籍出版社2016年版,第501頁。

② 《彊村語業箋注》,[清]朱孝臧著,白敦仁箋注,第502頁。

詩文補遺

目　　錄

詩文補遺

小園　丁亥 ……………………………………… 449
題畫 …………………………………………… 449
別思 …………………………………………… 449
春閨　戊子 …………………………………… 449
得上海書，報從子亨病殂，驚悼成詩 ………… 449
咄咄 …………………………………………… 450
與族兄汲蒙毓葦登石刺嶺 …………………… 450
《游仙詩》用郭景純韻 ………………………… 450
懷汲蒙 ………………………………………… 451
不見 …………………………………………… 452
春日郊外書所見 ……………………………… 452
雪後同貞伯登北山 …………………………… 452
縉雲道中 ……………………………………… 452
題人小影 ……………………………………… 452
孫和叔广文樹禮以詩贈別，賦此奉酬 ………… 453
贈包繩孫广文　祖蔭 ………………………… 453
雜感 …………………………………………… 453
題某君之父遺畫 ……………………………… 454
與廖陽夜話 …………………………………… 454
天嬰約余游天童山，辭以病，疊前韻　己酉 …… 454
同游北山，與叔申有結鄰之約，再疊前韻 …… 454

與叔申、石鬘過訪王仲邕和之，其老母爲置酒飲客，感傷賦詩，
　　四疊前韻 455
寄答叔申 455
《倩魂曲》爲某君悼蜀姬 455
留俞室雜憶詩 455
後悼亡詞 癸丑 456
洞房 457
病久疊前韻 458
養疴保黎醫院，喜句羽至，時句羽以病足。再疊謝餉茶韻 458
應醉吾傳 458
先兄蓮青先生事略 乙未 459
賦得五雀六燕，得均字五言八韻 462
無欲速無見小利 462
不挾長，不挾貴，不挾兄弟而友。友也者，友其德也，不可以有
　　挾也 463
含黄伯傳 甲午 465
馮母秦太宜人八十壽詩敘 己亥 466
三巖遊記 468
馮母董夫人六十壽敘 庚子 469
《麟洲詩草》跋 471
致應叔申書 471
《輖翁集錦》序 473
與錢太希 癸丑 473
與朱炎父 甲寅 474
夫須詩話 475
夫須閣隨筆 487
寄答叔申 492
回風堂胜記 492

和《述懷》，步《秋興》韻	494
與王龜山 戊午	496
與姜可生 己未	498
奉題張母戴孺人《旌節錄》	499
《無邪詩存》序	500
與宓生如卓 辛酉	502
趙君占綬四十壽序	504
與葛甥夷谷 壬戌	506
題《僧孚袁集師友尺牘》	507
《寒莊文外編》序	508
趙撝叔手札跋	510
一飯難	511
與徐仲可（一）	513
與徐仲可（二）	514
與徐仲可（三）	514
沈母夏淑人誄	516
張澄賢先生祠堂碑記	517
烏母張孺人七十壽序	519
若榴花屋師友札存·馮开信札	521
董君杏生五十壽序	523
周君亭蓀四十贈言	525
陳子壎君母余太夫人八十壽言	527
孫君義行碑	529
劉母陳太君誄詞	532
魏伯楨先生五十壽敘	533
題識雜言	535
梅报翁傳	537

回風堂脞記 538

雜論諸子之詩 539

論詩二則 541

小　園 丁亥

春風來小園,衆彙皆欣欣。庭草滋生意,林葩吐幽芬。
尊酒就微醉,一鳥清更聞。游心到物初,世慕徒紛紜。

題　畫

隔林牧兒牝犢聲,平疇如掌正好耕。
山村一雨万樹淨,人在緑濛濛裏行。

別　思

明月何皎皎,流輝照階庭。青苔滋幽露,紅蘭發微馨。
清怨托瑶軫,羅袂秋風生。作爲思歸引,掩抑不可聽。
棄置勿復彈,仰視天上星。銀河隔牛女,明光雙熒熒。

春　閨 戊子

凝妝無語倚高樓,如水芳華日日流。
莫向陌頭蹋青去,有楊柳處有春愁。

得上海書,報從子享病殤,驚悼成詩

自與吾兄別,淒淒淚未乾。幸憐雙穉在,稍博兩親歡。
昨得江南信,傷心不可看。如何弱一個,天意太漫漫。

平居時入抱,聽我讀書聲。弱小不好弄,聰明望爾成。
可堪門祚薄,徒此感悲並。地下憑誰慰,茫茫隔死生。

咄咄

咄咄亂離瘼,荒荒感慨真。海邦多難日,遠道來歸人。
境迫無長策,時危況老親。遥憐哀百夢,夜繞滬江濱。

與族兄汲蒙_{毓孽}登石刺嶺

褰裳登北山,山高何巉嵯。石危怪豹蹲,徑狹靈虵縮。
峰密巒競上,下嵐霧紛屚。回皇萬象中,一豁塵上眼。
吾輩生貧薄,犇走無定限。故山屢拋棄,相顧顏爲赧。
何當攜茅屋,世故來容簡。底須長惑惑,山靈應一莞。

《游仙詩》用郭景純韻

夙昔厭塵俗,委懷在遐棲。人生信朝霧,一眴薶蒿萊。
□服圓邱樹,夕餐鍾山黄。遠想越宏域,胡取淩虛梯。
土□眠纓紱,秕糠輕拏妻。愁作曳尾龜,無爲觸藩羝。
苕苕冥荃外,年壽金石齊。

玄鶴何翩翩,上跨羽衣士。衝風戲八埏,忽降白雲裏。
左招黄石公,右揖赤松子。縱談析圭旨,嘉言悦心耳。
長風自西來,吹我曾雲起。曾城十二樓,遥遥見鱗齒。
溘埃將上征,豐隆不可使。

瑤林屯紫雲，燭耀光輝鮮。借問此何地，云是巒雄山。
道人白髮姿，焚香理玉絃。丹厓被華藻，白石鳴流泉。
太君乘萬龍，靈圍從如煙。素女無繁塵，青絲拂兩肩。
山中一日酒，塵世已千年。

大風散微塵，時運浩徂謝。晦更復循朔，春去忽又夏。
平心觀物理，擾擾紛幻化。迅速望舒御，浩蕩羲和駕。
富貴猶草露，役役應可舍。願言采真游，勿復增歎吒。

九區不足步，消搖天外游。蹈騰霄霓野，元氣以爲舟。
縱情在獨往，言從閶闔投。朱凰使先導，羽翼翔秋秋。
頮眠四瀆水，一滴蹄涔流。幸酒可延壽，渼水可彌寶。
神仙在何所，毋乃在蓬萊。嶙嶸昆侖宮，峩峩縣圃臺。
浮立挹芳醳，方朔進瓊杯。列坐王母堂，歡咍何頤頤。
淩飇舒清歡，逸響流八垓。坎離斡中氣，華芒生桃孩。
秦政與漢徹，陸陸非仙才。

浮湛塵海中，營營守魂魄。昨見容顏朱，今悲鬢須白。
嚴霜賈陵苕，決流戕隩柏。鼎鼎百年內，時時如朝夕。
饑噉淮南丹，渴飲明星液。浩歌招羨門，相期煮白石。
排雲至帝鄉，長謝風塵客。

懷汲蒙

風雨瀟瀟晦夜晨，思君迢遞隔城闉。十年知己文章重，同姓交期骨肉真。眠食空山吾自病，笑談尊酒孰爲親。何年各各塵勞息,石剌山中共結鄰。

不　見

不見阿兄久,夢魂胡太難。人間此何世,地下倘平安。無語自淒絶,孤燈坐夜闌。浪浪襟袖淚,惻惻未能乾。

春日郊外書所見

有雉淩風振弱翰,飛飛下上亦堪歎。羽毛雖好何人惜,日暮空山覓食難。斜日荒塍長緑蕪,東風零落菜花枯。民生憔悴都非昔,并恐他年此色無。

雪後同貞伯登北山

朔風瑟瑟逼衣生,笠屐吾儕方野行。平楚寒陰橫積雪,浮雲暮色上荒城。空濛參照寫邊盡,明白數峰天外晴。且訪梅花消息去,人間歲事任峥嶸。

縉雲道中

窈窕此深谷,車應十日停。水沈琴筑韻,山有瓊瑶青。巖竹生秋雨,厓花扇午聲。黄靈倘來下,仙語叩冥冥。

題人小影

棗花簾外春陰重,冉冉桐雲語么鳳。

頹闌六尺茶煙低，一卷離騷破殘夢。
蘭啼蕙笑無邊春，汀洲要眇懷芳芬。
好脩別有瓊瑤思，莫問湘纍卷裏人。

孫和叔广文樹禮以詩贈別，賦此奉酬

籍甚孫夫子，襟期故灑然。微官閑自好，佳句老能傳。
文采歸高澹，芬芳足歲年。知者何限感，在瑟願爲絃。

贈包繩孫广文 祖蔭

滿目悠悠者，如君信絶倫。瀟情橫六羃，白眼照千春。
荆棘今何世，龍虵惜此身。醉中歌哭意，端不爲清貧。

雜　感

焦明折其翼，橫邁燕雀侮。長風九萬里，負此好毛羽。
穢墟有日月，群蛆長擾擾。明珠畀蛣蜣，不如泥丸好。
蕭艾橫當路，昔日是芳草。春風來無根，馨香詎爲寶。
白日薄崦嵫，惛惛漸無采。斗大人間世，笙歌正如海。

題某君之父遺畫

誦詩已把蓼莪刪,手澤模胡賸墨斑。十載煙雲虛供養,知君揮淚對青山。先子平生亦畫師,粉縑零落吁無遺。還君此畫三嘆息,同是人間失父兒。

【注】

此上諸詩,皆見錄於寧波天一閣博物院所藏兩卷本《回風堂詩》卷一,索書號"馮2986"。

與寥陽夜話

闌珊更鼓動荒城,夜久星河入戶明。
一寸高樓殘燭短,匆匆尊酒話平生。

天嬰約余游天童山,辭以病,叠前韻 己酉

天嬰約我天童行,乍可新年快雪晴。雙耳已生百泉響,寸心忽照萬山明。婆娑老子非無興,造化小兒真不情。僕病未能踐一諾,但憑咳唾放春聲。

同游北山,與叔申有結鄰之約,再叠前韻

行行出郭重行行,刺眼林巒媚晚晴。溪煙上浮樹色斷,落日下引川光明。袖中白石有常誓,方外亂山無世情。徑欲誅茅佳處住,與君塞耳逃虛聲。

與叔申、石蠶過訪王仲邕和之，其老母爲置酒飲客，感傷賦詩，四疊前韻

出郭尋君得得行，小園花木十分晴。相逢盃酒話言暖，乍見白頭心眼明。汲汲春暉頻顧影，哀哀孤子獨傷情。枯魚銜觸平生痛，莫怪當筵有歡聲。

寄答叔申

別汝未三月，閉門餘六旬。頻頻勞慰問，各各惜沈淪。倘緩須臾死，都成旦暮人。相憐同病意，千里接呻吟。

《倩魂曲》爲某君悼蜀姬

瓊妃踏鳳歸瑤天，倩魂蕩作春空煙。怨歌掩抑淚不止，二十五絃瑟聲死。巫山高愁猨日暮，蕭蕭再歌蜀道難。子規叫裂青琅玕，佩環苓落花如雪。是邪非邪招不得，畫簾寂寂聞太息，月底湘桃黯無色。

留俞室雜憶詩

婦俞之歿，匆匆一年。緣情宅哀，隕心尟樂。顧瞻帷屏，寂漻愴悅。緬想所歷，都如夢寐。漢人詩曰，星留俞，塞隕光。輒剌其文，用題故房，蓋即曩所謂婦學齋也。潘黃門有言："念此如昨日，誰知已卒歲。"流芳隊韻髣髴在。噭噭之

哭,其安能已?拾而書之,以爲悼痛云爾。

後悼亡詞 癸丑

續竹復斷竹,意念多煩冤。人生非金石,何能不摧殘。
念我陳氏婦,其人慧且賢。弱齡失所恃,銜恤長無諼。
小心撫弟妹,姥媼稱其仁。庭幃生虺蜴,骨肉成熬煎。
結轖心內傷,薀此羸病根。根深弗可拔,卒以隕厥身。
昔者吾喪耦,離家稱羇鰥。而翁夙稔我,知我當圖婚。
云有弟二女,願言締戚婣。季秋九月中,婦也來入門。
嘉禮幸獲展,永結爲弟昆。新知樂莫樂,胡我獨鬱堙。
□房密邇地,昔昔聞呻吟。一從故人逝,家政紛委填。
責效到厮體,焉克承仔肩。維婦實愛好,齧舌矢勞勚。
燈火匪不光,奈此膏油乾。婦曰我累子,娶我何有焉。
苦語躬自悼,聞之摧脾肝。沈緜歷時日,篤瘵無由痊。
支離牀褥際,慼慼惟憂歎。三月爲君婦,一卧經冬春。
戚畹有存問,何以施容顏。家有親弟妹,宛宛堪槃桓。
那得暫還家,偃息使心安。淒然語聲咽,入耳生哀憐。
其弟亦來迓,遂以輿篋還。寧知此一去,不復返家園。
青苔没履迹,步步無回旋。婦去來云久,急足俄來奔。
聞婦病驟亟,慘怛驚心魂。蒼黃出城去,心急行不前。
及我至其家,其家議紛紜。徑欲迎之歸,途路苦多艱。
喘發氣不屬,那復禁頻顛。母家非異方,幸有骨肉親。
彌留得其所,作計良亦便。父妾得聞之,哮口争斷斷。
女是他人婦,留此欲何云。便可速遣去,去去毋俄延。
弟妹泣相向,欲留難自專。迫切白阿父,阿父默無言。

性命在俄頃,不得計周全。
是日雨如注,簷瓦鳴潺湲。
空屋少人氣,土菌長闌干。
臨命入處此,觸目真心酸。
服勞到牀第,勿復憚苦辛。
四妹躬撫摩,叠掌施溫存。
亦有好弟婦,給事相更番。
一日十省視,蹀躞無昏晨。
所悲汝命薄,不獲承親恩。
鬼伯苦催促,無術用挽牽。
回風颯以起,奄忽歸黃泉。
懷芳不見□,郁烈終自焚。
靡瞻之匪父,汝生良不辰。
訣絕復訣絕,惻愴那可論。
雖則心無歡,室家期苟完。
白日何短短,恩愛徒虛緣。
墳草方未宿,汝又於此眠。
新悲間舊痛,復沓如循環。
申哀竟遥夕,輟翰以汍瀾。

忍令掌上珠,棄擲等草菅。
但於大門外,草草受一廛。
冒雨昇之出,頃刻成播遷。
壁繭周四壁,錯落如青錢。
獨賴諸弱妹,相從致拳拳。
三妹抱姊臥,屈體衾枕間。
五妹役奔走,六妹供粥饘。
阿弟何懇懇,手足情彌敦。
暗室漏天光,較然見人倫。
天之雲陰陰,鴇鷗啼屋山。
張眼呼負負,氣絕聲暗吞。
彼茁者香草,亭亭日以蘭。
胡天昇汝德,而不豐汝年。
厲階孰爲梗,殺汝自有人。
與子爲夫婦,百日心無歡。
人事有乖忤,中道復棄捐。
窅窅石刺山,下有故人墳。
我命若行邁,詰屈靡所臻。
吁嗟命之哀,棄置勿復陳。

洞　房

一片簫箏隔畫樓,廿年獨撥舊閑愁。
洞房三度如椽燭,照我如何不白頭。

病久疊前韻

破帽入夏頭猶籠,披裘五月將毋同。生涯但有壁立四,年命真成日昃中。何物妻孥徒挂眼,欲追鸞鶴與排空。精神出世魄入地,物化惟應竟厥功。

養疴保黎醫院,喜句羽至,時句羽以病足。再疊謝餉茶韻

如獸在牢鳥在籠,相憐有病不妨同。
非關逃暑到人外,差喜移山來眼中。
肉體那能忘苦痛,足音聊復破虛空。
隔牕喚起應叔子,為報新詩已奏功。_{時叔申亦以病肺入院。}

【注】
　　此上諸詩,皆見錄於寧波天一閣博物院所藏兩卷本《回風堂詩》卷二,索書號"馮2986"。

應醉吾傳

應寄仙,名清瑞,慈谿人,以善飲,自字曰醉吾。醉吾負奇氣,好讀書,尤好諸子雜家言。能文章,歷落自喜,顧不中有司尺度,小試十餘戰,不能得一衿,家故不貲,至是益落。

醉吾既不得志于時,則縱酒自放。一切侘傺不自聊之氣,悉托之酒,酒酣以往,或歌或笑弗省也。已而病顛,裸體走通衢,其家扶之歸,引一樓中,反扃其戶,勿使出。醉吾則

據窗疾呼曰："下下。"一躍墮地，股幾折。數載病間，縱飲益豪，入酒家，數十百觥立盡，以是得嘔血疾。醉輒嘔，嘔輒淋淋然不得止，而其縱飲如故。

里有娶婦者，賓客座上甚盛，醉吾乃衣新婦衣，僞爲新婦也者，命輿夫舁之往，至則賓客皆離座出觀，醉吾探首輿外，徐曰："盍以酒酌新婦？"一座驚笑。其玩世不恭，率多類此。未幾死。死之年，二十有八。

馮鴻墀曰：余十一歲時，始識醉吾於舅氏俞君處，今十年矣。醉吾性忼直，處世多所不合，顧謂余善，時以詩篇相質證。尤工詞，得意處往往奪北宋人席，而卒以偃蹇死。於戲！

【注】

見錄於《清文匯》丁集卷一九。兹據文末"余十一歲時，始識醉吾於舅氏俞君處，今十年矣"云云，同時根據馮君木生卒年加以推算，足以確定《應醉吾傳》作於光緒十九年(1893)。

先兄蓮青先生事略 乙未

君諱鴻熏，字蓮青，仲父谿橋公之子。兄弟三人，伯仲早卒，君其季也。十歲喪母，事繼母錢恭人，如所生，故仲父愛之。稍長，入松江府幕中，佐其師治度支，爲郡太守某公所器重。年二十四，始事科舉業。未三載，即補寧波府學生。天性亮直，意所不可，辭色不少假，往往面折人過，顧以至誠待人，以是人或始尤之，終亦未嘗不感之。尤謹禮法，生平足跡，未始近女閒。同人有招游狹斜者，輒正色拒之。人笑其迂，弗顧也。好讀書，精力絕人，一目數行俱下。務爲深湛之思，或遇疑義，不憚旁籀博攷，以折衷至當而後已。橫臚群籍，當所坐處，左右前後恒滿。嘗謂鴻墀曰："銘說山川，刻畫金石，吾不如弟；稽文字之同異，證古今之得失，實事求是，則吾有一日之長焉。"既爲諸生，益銳乎有上進之志。爲文喜敷陳古義，不屑屑斧藻之末，坐是累試不得志。癸巳赴秋試，病歸遂卒。人咸惜之。

君內行淳篤，事親婉娩得歡心。家庭內外，不分町域，以敬以和，以事諸父，以及於羣從昆弟，與鴻墀尤相愛甚。鴻墀十六而孤，君所以勗之學者甚苦，嘗因春時朋曹讌會，婁曠程課，君則大戚："叔父之卒也，以弟屬之兄曰：'以付汝，成否惟汝責矣。'今弟不務實學，而於是優游觴詠，以唐喪往日，遺命之謂何，其忍背之也。"鴻墀泣，君亦泣，由是鴻墀痛自繩克不敢懈。鴻墀體素羸，君愛憐之彌甚，飲食寒暖，體察於慈母，旬日不見，即悁悁不自得。君之赴試也，鴻墀與之偕。君既病，或勸君歸，君不欲曰："弟一人在此可念。"鴻墀察君意，遂不入試，同君歸。蓋君於鴻墀雖爲從兄弟，而友愛之篤、關注之深摯，以視同氣，殆有過之。猶憶君病既亟，鴻墀侵晨入視，君握墀手覺冷，猶微語曰："弟意得毋單乎？"及彌留已不能言矣，墀入痛苦呼阿兄，君猶盡力一應之。嗚呼，傷哉！

君長於鴻墀九年，自少隨仲父居松江。久之，以續娶歸慈谿，是時鴻墀年十一矣，君一見即喜之，時與同臥起，兩月後別去。及鴻墀年十三，侍先君子出松，始時時從君讀書。旋遭大故，匍匐扶櫬歸。其間別君者又一年所，已而君又招墀往。未幾，墀又以思母歸。最後仲父移家回甬上，於是始得與君終歲相聚處，然不三年而君遽以卒。嗚呼！墀與君爲兄弟者二十年耳，此二十年中，離別間之，人事又奪之，其得實以有兄弟之樂者，先後六七年而已。夫以墀與君兄弟之情，如彼其深也，而爲日顧如此其淺，悲夫，悲夫，豈非人生之至痛，而天道之不可問者乎。

君卒於光緒十九年八月二十七日，春秋三十。曾祖諱應鬵；本生曾祖應翱，廩生。祖諱夢香，父名允駿，誥授朝議大夫，封贈先世如例。母俞氏，繼母錢氏。吾馮氏自高祖以上數世，讀書多清德而皆不顯，逮本生曾祖白於公，以諸生爲一邑大師，其文章尤有名，而亦以不遇終。其後吾祖若父輩，皆以家貧習貿遷術，家學寖微矣。至君與鴻墀，乃復稍稍以讀書著，以爲先人未竟之緒，庶幾自吾兄弟振之。今不幸而君又死，君則誠已矣，而鴻墀之獨學憂傷，其將何所挾以自壯耶？嗚呼，亦其命矣夫！

君娶朱氏，繼娶錢氏。子二：崇福，崇禄。崇禄又以君卒之次年殤。崇福初爲伯兄後，至是仲父乃命兼以後君，禮律所謂"一子承兩祧"者也。女二，均字徐。君不喜著書，有所考覈，都不纂述，心知其意而已，卒後僅存詩文稿二卷。君卒之二年，鴻墀始摭君之志行，略述一二，俾崇福長而有所觀法，亦以致吾之哀焉。光緒二十一年乙未十月，從弟鴻墀謹述。

【注】

該文見載於《清文匯》丁集卷一九，其文末明確交代作於光緒二十一年(1895)十月。

賦得五雀六燕，得均字五言八韻

雀燕衡銖兩，由來算法新。重輕憑較度，五六恰平均。
字吐雲篇麗，花分雪尾勻。樓宜偕鳳造，御合逐龍巡。
絃豈飛鴻送，簾疑退鷁瞋。角張光指夜，堂廈暖生春。
廣畝爭枝好，迴闌掠雨頻。參微傳秘術，聖世錄疇人。

無欲速無見小利

　　充賢者爲政之量，道在戒其躁隘而已。夫爲政，何嘗不貴乎速與利哉，欲速而見小，斯謹守者之弊矣。子故因子夏之問而戒之歟。今夫爲政者，不能權其緩急，核其名實，而惟是屑屑然冀一效、矜一得焉，此瘠見也。夫古人治臻上理，其轉移之神、補救之宏，要皆有自然，本量以運乎其中，而非可以卞隘之心槪，欲舉天下不必然之時勢、不必圖之功名，而一一強起求獲也。商問政乎，商亦知爲政者之必先去其弊乎？惵惵黔黎，求哀無地矣。如天之福，起吾黨而藉手其間，慰大旱以雲霓，知必有急於一溉者也，而坐嘯誤焉，奈歲月何？荒荒下邑，恒産爲難耳，如民之私得，儒者以相助爲理，譬良工於麴糵，知必有妙於一蔭者也，而廓落置之，奈戶口何？然則爲政者，何嘗不期乎速與利哉。雖然，而欲焉見焉，胡爲也？其始有憚夫蝟至沓來者之不能猝應也，以爲安得竭一日之力而爲之一一廓清也。此念一動而躁心中之矣，泊乎迫不及待，遂若民隱可以瘳寐，求興情可以立談，治浹肌淪髓之感可以頃刻徧，而神若爲之往，而情若爲之奪也。此欲之說也，其始有樂。夫補苴掇拾者之足以權從也，以爲玆雖僅一時之便，而要可漸漸擴充也。此念一動而鄙心據之矣，殆至牢不可破，遂謂涓滴可以積江河，穅秕可以累山陵，分咫豪末之細，可以實府庫，而色若或授之，而目若或營之也，此見之說也。欲速也，見小利也。商其斷斷無之哉。王者以全力策天下，舉凡風俗之端、人心之正、法令制度之變移、精神所灌輸，率皆雷厲風行，不崇朝而灑灑焉無餘蘊。觀化者震其功業，服其神奇，意其駕馭必有大過人處，不然而何爲奇絕變化乃爾耶？及進而察其平時宮府之中，經營擘畫者幾何年，從容坐鎮者幾何年，操縵安絃，迄數十寒暑無閑晷焉，乃知以彼之呼咤立應者，要皆從千辛萬艱所盤鬱而來，而非局其候於一朝一夕間也。王道無近功，商亦少安毋躁而已矣。王者以小心周天下，舉凡繭絲所入，魚鹽所出，蘆葦茶礬所產著，財貨之充牣，莫不銖最塵累，盡斯民而汸汸焉。有餘盈彼，澤者樂其便宜，感其昫覆，意其體察，不知若何罔間因而遂，且以躬親細務美之矣，及從而覘其平日政府之地，或綜兵農之要者若而端，或括禮樂之精者若而端，振裘挈領，惟一二統紀系隱念焉，乃知以彼之纖悉畢具者，要皆從民生國計所吁荼而出，而非囿其量於得尺得寸已也。當務之爲急，商亦擇善而從，斯可哉。

不挾長，不挾貴，不挾兄弟而友。友也者，友其德也，不可以有挾也

以不挾端交道，知友德而自無所用其挾焉。夫長與貴與兄弟，其不能有加於德也明矣，從而友之，顧從而挾之，幾何

不爲有德者所擯棄哉！今以窮閻一介倓然，而耇碩之與居，紳佩貴游之與徒，固知淵衷謐氣，其所以分挹乎曹耦者，爲甚閎矣。蓋項托髫卯，尼聖傾衿；越石幽係，齊相折節。惟其敦飭道素，相照以忱，齒爵之穹庳，誠何足概懷焉。嗟佳人之永都，解佩纕以要之，苟導言之不固，孰信修而慕之也。今夫子絃不能達韶夏之音，隻色不能發袞章之采，單木不能敷序廉之構，盍簪之筮，在豫之四，獨寐寤歌，君子營之。惟是時，鼎摽季伐木道消，汎瓢輕訬之士，叠肩而駢蹠，飲魁博帥，游戲徵逐者，弗論已。若夫縶仰儔流，托款偉彥，翕羽之雅，庶或貞之。顧迺大樸貢圯，不心而面，金沈羽浮，操尚卒斃，嘉穀不實，黍其慾矣，揆厥流弊，可得而言。若其歲紀曠隔，行輩後先，少友之契，謬相引重。譽其英發，必云後生可畏；即愧荒落，亦曰老夫既耄。禮非養老，時復引年，地非鄉鄘，動且尚齒，是曰挾長，其流一也。高門鼎貴，聲勢熱烈，繹駔聯騎，普爲締攬，欲使蕙茝清芬，扇我飆熛。鸑鳳祥羽，攀其翼尾，雖文儷言卜，學班淵騫，呉言諕咤，不爲賓敬，是曰挾貴，其流二也。右族華僑，命家貴介，薄閥籍甚，輝映士儔，迺至播類，飲會動溯，通家廣坐，氾論輒衒，門第憑社而貴，自謂融懿，平視寒畯，渺同埃芥，是曰挾兄弟，其流三也。大雅不作，清風苕然，奸誠飫僞，厥弊維均。且夫明鏡舉而傾冠見，華炬燭而曲影覺，絲以染而麗，味以調而和，雕鍛鑛璞，礱鍊屯鈍，金蘭之貺，我抑豈不孔多焉。是以古之相交，温不增華，寒不改葉，翹懃勝引，緣義有類。秀攉後起，老宿爲之抗手；道在傭隸，纓綏可以執鞭。以箴言爲投贈，以性情爲幽贄，要使及群孟晉。取揆宏襟，假其輿馬，以漸抵於千里焉。仰德不暇，自顧何有,蹶張波蕩,祇益齟耳。《周雅》有言:"朋友攸攝,攝以威儀。"爲是詩者,其知道乎?

【注】

此上三文,皆見載於《清代硃卷集成》光緒丁酉科貢卷。考沙孟海《慈谿馮先生行狀》云:"光緒二十三年,選拔貢生,朝考二等,吏部詢問,願就教職。補用教諭,出爲麗水縣學訓導。"準此,《賦得五雀六燕,得均字五言八韻》《無欲速無見小利》《不挾長,不挾貴,不挾兄弟而友。友也者,友其德也,不可以有挾也》皆當作於光緒二十三年(1897)。

含黃伯傳 甲午

含黃伯郭姓,名索,字介士。其先蓋自黃帝時,甲族繁盛,散處江湖間。索生而棱角峭厲,少時有相者見之詫曰:"此子異日當橫行一世,非泥塗中物也。"及長好擊劍,甲冑森然,常以讀書自衛,顧能文章,金相玉質,腹便便如也。吏部畢卓嘗謂之曰:"若得左手持酒杯,右手持君臂,醺醺咀嚼,便足了一生矣。"族有彭蜞者,貌類索而弗如索遠甚。蔡謨初度江見之,以爲索也,則大喜,與之言,格格不相入,已而知爲蜞,乃嘆曰:"吾固知郭生之不如是也。"其見重于時如此。

煬帝幸江都,索以術干上,上以鼎鼐任之,每召見,未嘗不嘖嘖稱美,嘗賜索以鏤金龍鳳花。一日上方食,索侍,爲借箸籌事,坦腹無隱情。上曰:"卿可謂黃中通理者矣。"因封索爲含黃伯。索雖見知于上,顧爲人孤僻無熱腸,每見上,輒以冷語諷。上亦微厭之,而同時有姜先生者,嘗謂侍臣曰:"郭索言語冷僻,朕不耐與久對。"嗣後召索,其必與姜先生俱,二人實相濟也。未幾,索以醉死,而姜先生年老日就拳曲,上亦不復召云。

野史氏曰:當時有無腸公子者,以戈矛縱橫天下,索豈其族耶?抑吾聞索慕司馬相如之爲人,故又自號長卿,則索亦翩翩佳公子也。無腸公子殆即索之別稱邪?然索之名,至今猶籍籍人齒頰間也。①

【注】

該文見錄於《清文匯》丁集卷一九,且自我交代作於甲午年(1898)。虛構於甲午戰爭背景下的《含黃伯傳》,看似荒誕不經,卻洋溢著對清軍外強中乾的辛辣諷刺和對國家前途命運的無盡憂慮。

馮母秦太宜人八十壽詩敘 己亥

余年十七,讀書吾宗錦成家,與錦成、新成、德成兄弟,同受業於魏先生之門。當是時,錦成之大母秦太宜人年七十矣。譚藝餘暇,或游内庭,見其閨門端肅,規矩秩然,心慕太宜人家法之嚴,與夫錦成諸母事親之謹,以爲世家風範,理或當然。既而錦成備述太宜人守節撫孤,歷世不忒,乃以歎太宜人苦節艱貞,身教有素,而帷帟之順,内外之肅穆,其承教爲已久也。

錦成之言曰:"太宜人年十八來歸吾祖,歸十年而吾祖卒。方是時,吾曾祖、曾祖妣猶在堂,而吾父及吾叔父未成立也。太宜人上事二人,下撫遺孤,茹辛含苦者幾二十年,於是吾父以文行爲邑諸生,與吾叔父盤匜菽水,色養婉婉,含飴啜

---

① 《清文匯》丁集卷十九馮开《含黃伯傳甲午》,第 3119—3120 頁。

粟,諸孫繞膝。太宜人顧而樂之,以爲庶幾得息肩於是也。何意昊天不弔,鞠凶薦降,吾父及吾叔父一年中先後逝世,宜章等煢煢藐孤,吾母及吾叔母又方盛年,皆號慟欲以身殉。太宜人流涕告誡,率吾母輩撫孤守節,一如吾祖逝世時,如是者又二十年。蓋太宜人雖席豐厚之境,無衣食之憂,而夫死教子,子死又撫孫,三四十年來冰霜之寒、荼蘗之苦,備以一身嘗之,卒百折而無所於損,岌岌衰宗,籍以再造。而宜章等以不肖之軀,重累白髮衰親,黽勉訓敕,累試郡縣,僅乃得青一衿,勿克稍稍振厥家聲,以上酬太宜人苦志萬一,言之可爲累欷。顧惟太宜人夙昔教人,諄諄以知禮義、明節儉爲本,宜章等亦惟上侍諸母、下率妻子,壹意修明內行,使家庭之地,雍穆而無間言,以勿敢稍墜太宜人之教而已。"

錦成之言如此。余因思夫汪中氏之言曰:"爲寡婦者必壽,其子苟成也,則家必昌,雖貧也必孝。"此天道之可知者。今太宜人以嫠室之貞,千辛百艱,撫孤以至成立,而中道壯盛,先後摧折,子則不成,昌於何有?壹似天道可知而不可知也。然兩遭大故,心力俱瘁,卒能綿其天年,重撫諸孫,以再光其門閭,而諸孫輩亦復承教敕屬,克盡厥孝,曾孫林立,怡怡爲太母歡,使至苦之境,反爲至甘,於以知節母之穫報,要自無窮。而向之所謂天道之不可知者,則終可知也。

己亥四月某日,爲太宜人八十壽辰。同人之獲私於錦成兄弟者,皆以一詩爲太宜人壽,而屬鴻墀敘其端。余故爲述昔之所聞於錦成者,以推明其致壽之由,而不復以頌禱諛飾之辭進。世有君子,以覽觀焉。

【注】

文載《清文匯》丁集卷一九。據文末"己亥四月某日,爲太宜人八十壽辰。同人之獲私於錦成兄弟者,皆以一詩爲太宜人壽,而屬鴻墀敘其端"云云,大抵可以確定該文作於光緒二十五年(1899)四月。

三巖遊記

三巖在麗水西北,清寥高峻,翛然人境之外。宋李堯俞表其右曰清虛,中曰白雲,左曰朝曦。庚子四月,予與俞君仲魯游焉。清虛形盎然,若剖大員罊而半之。雲物開朗,無洞壑陰森之氣。其外修竹彌望,日光回照巖壁,霏霏有黛色。旁有石谽谺如門,循門而左,則白雲巖也。白雲最深而迴,四壁鴻洞如大宮高屋。其前巉厓倒懸,有瀑自空際下,峭石激之,終古潀潀有聲。石下別出一潭,雜花木三兩,叢蔽其上。天光水色,滉瀁於乍明乍暗中,使人俙然有無窮之思焉。其南有朝曦巖,巖頂大石斗絕,積翠百叠,陰陰壓眉額。巖中空而上隊,虛籟內翕,咳唾皆鏗然。夏颷凌寒,石氣逼人欲嚔。去清虛僅咫尺,而寒暄之變,殆類春冬。其後石壁如穴,暗水出其罅,鑿小池止之。渟渟一尺,窈暗中虛明湛然,掬以手,涼泠如濯冰雪,是名丹泉,亢旱不涸。巖之南,蹬道槃折,上有巖如小閣,寬僅容一席,予偃卧其上,聽中巖瀑布聲,蕭條曠絕,仿佛篝燈小樓,夜深聽春雨時也。其北有石谷,黝然以黑,深邃殆不可測。予謂其中當有佳境,然不能入也。

【注】

文載《清文匯》丁集卷一九,據其文意,可知作於光緒二十六年(1900)四月。

馮母董夫人六十壽敘 庚子

壽文何昉乎？自南宋傳《名臣獻壽》一集，而宋濂、陶安、羅玘諸君子，且以壽言著錄別集。踵爲之者，大率諛辭祝頌，累簡不休，雖以歸太僕、方侍郎之謹嚴文體，亦不能稍稍湔厥陋習。豈以其所由來者久，有舉而莫廢耶？既而思之，君子之於其親也，雖不敢溢稱以誣其親，苟其親有可稱述一二者，未有不欲及親之身而爲之顯揚者也。故托諸生日稱慶，因事致敬之義，以丐立言者之一言，是亦古人述德之遺意，而非僅善頌善禱之謂已也。

光緒庚子九月，族子保謙以其母氏董夫人六十生辰，謀所以稱觴者，而以壽言見屬。且曰："方今乘輿播遷，北都板蕩，吾儕幸生東南，其敢以燕樂干大戾，惟是吾母劬躬熹後，歷四十年，當此周甲之歲，戚鄰咸集，苟無以道敉褘嬿，而使半世勞苦，寂寂一無表見，則小子之滋罪益深。吾子夙號知言，幸爲述吾母平素實行，俾方倈子姓，得以永永稱誦，而保謙亦得藉此以博老人歡。其可乎？"余曰："可哉。"乃述之曰：

夫人爲邑西董伴雲先生女，自幼婉娩稟姆訓。年十八，歸吾族兄觀察先生。觀察君早失怙恃，其嫂秦宜人撫之成立。秦盛年守節，動止必於禮法，夫人事娣如姑，家事無鉅細必諮度而後行，宛若之間，訢合無間言。觀察君慷慨好施與，座上賓客恆滿，有以空無告，輒立應。夫人無遴惜意，時或爲之焚其券，謂觀察君曰："吾以成君義也。"其相夫爲善多類此。

夫人年四十，所生子保中殤，觀察君哭之慟，夫人爲之飾籯侍以進，未及生子而觀察君以疾卒。夫人涕泣告廟，立族人子爲後，即保謙也。夫人躬行節儉，練裙練帳，處之怡然。治家勤竺無倦容。自賓祭昏嫁，下至瀚紉煩擱蘋紫饎爨諸璅務，罔不匡救有條例，千端萬緒，靁靁孜孜，雖生長富盛，其劬瘁殆有過寒素者。家法峻整，甬侮臧獲，咸秩然知所遵循。廳屏内外，肅穆若朝典，過其門者，終日不聞謼咳聲。其撫保謙也，學有輟督之，出入詢之，友朋往來窺察之，以翼以教，勿納於邪。嘗謂保謙曰："士君子第一當修明内行，文章其次也。功名之事，有天有人。汝但盡其在我而已，得失不足道也。"以故保謙鈎録謹慎，恂恂矩步，年近三十，而無紈綺輕誂之習，蓋其涵濡母教者，非一日矣。

　　於是鴻墀作而歎曰：甚哉夫人之賢也。以觀察君中道捐館，存亡絶續，岌岌可危，夫人從容忍死，卒定大事，立繼嗣，擠門户，十年以來，諸孫林立，衰宗藉以再造，門庭於以大光，宜若可以息肩於是矣，而勞心瘁志，迄未少弛者，誠以保謙之學未成、名未立，不欲以米鹽關白，使其心以謀家事亂也。夫以夫人支持之艱、後顧之切，爲之子者，宜若何刻鏤自力，以期無負乎堂上之望哉！董子有云："壽者，醻也。"自行可久之道，其壽醻於久。今夫人相夫教子，始終如一，非所謂行可教之道者耶？壽醻於久，又何疑耶！惟願保謙履道敦學，勉益加勉，使他日學成有聞於世。鄉人咸曰："有子如此，惟其母之教以至於是。"則所以壽親之令名者爲無窮，而顯揚之道，莫大乎是矣。

　　余既承保謙之屬，因爲敘其崖略，而又推明善則歸親之義，以爲保謙勖，庶无斁古人"頌不忘規"之意云。

【注】

文載《清文匯》丁集卷一九。馮君木此文乃應族子馮保謙之請，爲其母六十壽誕而作於光緒二十六年（1900）九月。

《麟洲詩草》跋

張麟洲先生《見山樓詩》四卷，爲先生晚年所自定。其弟子王縵雲孝廉曾欲刻之而未果。寫本四册，今藏於家。先生妻眂爲瓌寶，珍密不肯輕示人。丙申夏日，余百計請丐，始得暫假一日，竭數手之力，僅乃遴鈔十之四五，而原本已被索矣。是册爲先生手寫本，中皆喪亂之音，字句多與《見山樓》不同，蓋少作之未定者。余年十七時得自舊家以視。先兄蓮青兄死，遂乃失之。越十餘年，兄子曼孺復得之故紙堆中，爲之劇喜，裝訂既完，輒題册耑。丁未春日，馮开。

【注】

馮氏此文見載於天一閣博物院所藏《麟洲詩草》（索書號"馮善2892"），標題乃筆者所加。其文末明言作於丁未春，即光緒三十二年（1906）春。

致應叔申書

叔申足下：頃展來函，知所患已瘳太半，爲之劇喜。回憶春尾足下咯血，秋間弟又病内熱，憐卿憐我，自分已矣。豈料將槁之木，未絶生機，逡巡至於今日，而明山、淞水間，猶有吾兩人手迹相往來。可知生固無味，死亦大難。委心任運，正不必參悲懽忻戚於其間也。弟於十八日，將三尺煩惱絲剗除净盡，兒子燮及外甥文俌，亦皆一律翦去。其時城中尚無一人翦髮者，弟之毅然爲此，初非欲自附於新黨也，實以翦髮時機已將成熟，煌煌諭旨，旦夕當下。回念二百餘年前薙髮令下，吾輩先人爲此幾根頭髮嘔氣者何限，今日實不願再爲功令之奴隸，以至無一髮自主權也，毋寧趁上諭未降以前，先自截之，以稍雪吾祖若宗當時遵旨薙髮之恥爾。聞天嬰、佛矢亦皆翦去，未審公與君晦又當如何？豈必欲待上諭下後，再拜稽首，向北謝恩，三薰三沐而翦之耶？不然，鰓鰓焉留此髮，暫延旦夕之命者，又何爲也！昨日，微齋、謙父亦一律除去，孝同與馮崇岳，且與弟同日解脱，不謀而合。吾深願公與君晦歸來時，勿復以豚尾奴故態相見，斯幸甚耳。君誨到申後，一鳴驚人，遂與天仇、慘佛成鼎足之勢。昨見其《僧忠親王軼事》一篇，敘次尤遒逸密栗，與其從前之清絶滔滔者，迥不相侔。弟已裁下，令東城女學生録之。此文公必見過，以爲何如也？

【注】

　　文載《民權素》第十三集(1915.12.15 出版)，其名原本誤作《致應申叔書》，兹逕改爲《致應叔申書》。考陳訓正《告髮》《薦髮》兩詩自序云：“庚戌十一月十一日(1910.12.12)，余將去髮……不可無辭，爰賦詩以告之。……余既告髮，明日同郡趙八、湖州戴季爲余落之。越三日，復成《薦髮》辭。”① 又據《致應叔申書》文意，大體可確定該文作於 1910 年 11 月 18 日稍後。

---

① 《天嬰室叢稿》之二《無邪詩旁篇》，第 61—62 頁。

《赧翁集錦》序

梅赧翁書，其用筆之妙，近世書家殆無有能及之者。清代書家當推劉文清，然以較梅先生，正復有逕庭之判。餘子碌碌，更無足數矣。特梅先生孤僻冷落，不屑與士大夫通問訊聲，自甘埋没，百世而下，坐令鐵保、梁同書輩流譽書林，此可爲累欷者爾。士林不平至多，豈獨書法？！

【注】

馮氏此文見載於《赧翁集錦》（民國三十二年十一月版）扉頁，今可見鄔向東主編《20世紀寧波書壇回顧——論文史料選輯》（文字略有差異）。① 據文內"清代書家"云云，足以認定該文作於清亡後。

與錢太希 癸丑

在甬時，目睹足下揮毫之灑落，令我爽然若有所失。前書所進凝重之説，信乎其爲穴隙之見，不足熒大方家之聽矣。然主張太過，如書與炎復、悔予之二聯，蒙則終未敢以爲然也。南派大字，《鶴銘》尚已，亦復無此玄眇。推足下自恣之意，充類至盡，直將使後人於無字處求之，毋亦太甚矣乎？且足下之工力，自謂視梅赧翁何如哉？赧翁晚年，入化境矣，然如《何氏墓記》《西王母傳》，與夫信筆揮灑之屏牓，亦何嘗絶去棱角，專以無町畦爲上烈。足下齒未及強，已能悟徹古人勝境，得天之優，雖梅老亦當退舍；與年俱進，而至梅老書《何

---

① 《20世紀寧波書壇回顧——論文史料選輯》，鄔向東主編，寧波出版社1999年版，第81頁。

氏墓記》、書《西王母傳》之年，誠不知位置足下當在何等！若恃其絕足，一往犇放，未極變化之詣，即欲取古人所罕有之境界，以一彈指頃現之，墨豬之誚，誠知免矣。抑于古人書理之微妙，得無有所未盡者乎？惲南田與王石谷論書畫，謂書畫習氣，由于用力之過，不能適補其本分之不足，而轉增其氣力之有餘，是以藝成而習亦隨之。足下用力于不用力處，不用力之過，即其用力之過，吾恐有無習之習之隨其後也。吾愛足下篤，不欲以泛泛諛詞進，心有所嗛，輒一吐之以爲快，足下其謂何？有以語我，幸甚幸甚！

【注】

　　文載王文濡《當代名人尺牘》下卷（文明書局 1926 年 5 月出版），且編者明言該文作於癸丑年（1913）。

與朱炎父 甲寅

　　炎復足下：婁以文眂，極欲爲足下罋發之，牽于人事，逡遁未果。昨見所作《候濤山游記》，未嘗不斐然可誦，然于鄙人期許足下之意，猶相左也。文章之事，篤厇爲上，虛鋒騰趠，易墮下乘。所謂虛鋒者，言之無物，徒以間架波磔取勝也。此習昌黎最深，裴晉公所謂"恃其絕足，一往奔放，殆于以文爲戲者"。柳州以下，類多蹈之。特古人筆力堅勞，能自使人不覺。此習柳較少于韓，觀于書牘文字，尤顯而易見。不善學之，百病叢生矣。徵之近者，黎洲學之而瘉，軼石、壯悔學之而俗，芍庭、青門學之而滑，簡齋學之而偯，凡此皆下駟也。桐城一派，流別差正，謹嚴簡質，自推望溪，他若惜抱之和、伯言之密、湘鄉之閎實，類皆有以自立。而湘鄉弟子吳君摯父，略參異己之長，尤復精能淵懋，一望可貴。要之文境較高者，其虛鋒必較少，方、姚、梅、曾諸家所持以勝人者，泰半蓋由此。然猶恨其未能盡職者，則八家之習尚爲之也。故善學文者必溯其源，毋顓顓爲八家藩籬所域，不立古文名稱，而文章乃愈趨于古。奇偶互發，匪曰重儓，文而已矣，何分駢散，誠能效法齊梁，折衷漢魏，辭氣淵雅，文質相宣，斯爲美也。就使意主單行，不爲偶語，而取徑既高，酌體斯雅，潛氣內轉，無藉恢張，鄙倍之辭，勿汰自遠。索之近古，則亦有人，若黃石齋道周，若王芥子太岳，若汪容甫中，若周止菴濟，若李申耆，兆能《申耆誌銘哀誄》："顓學中郎，最爲高簡。至于他文，未能一律俱稱。蓋其文集爲門下士所刻，淘汰未嚴也。"皆是物也。最近則譚仲修獻、王壬秋闓運、章太炎絳，亦卓著者。文章真境，乃在于是。桐城眂之，瞠乎後矣。足下劬學媚古，鍥而勿舍，必當有成。相愛有素，故敢布其胸肊，願足下勉之而已。

【注】

文載王文濡《當代名人尺牘》下卷（文明書局1926年5月出版），且編者明言該文作於甲寅年（1914）。

夫須詩話

閩縣鄭太夷京卿孝胥《海藏樓詩》，茹藻而不露，斂才而不放，精能之至，迺見平澹，蕭寥高曠，一語百折，唐之姚武功、宋之陳去非，往往有此意境。同時通州范無錯明經當世亦主張："宋人者，思想筆力亦復空世所有，然以較海藏，則猶不逮。無他，一則極其才思而才思極，一則不極其才思而才思亦自無不極也。"

《海藏樓詩》風骨高絕，一篇之中往往無精語可見，而氣韻自爾不凡，此最難到。其最足指目者，如《微月》云："殘霞紅滿天，微月澹不耀。豈知人定後，耿耿方相照。"《盟鷗榭雨夜獨坐二首》云："江聲定奇絕，氣涌如排山。忍寒吹燈坐，得意風濤間。""風江已自豪，妙雜秋雨響。沈寥不可名，閉目試一往。"《霜夜》云："酒薄纔堪助斷魂，燈清猶自伴微溫。窗前天共邊愁闊，莫傍星河望故園。"《望月懷沈子培》云："天風海色颯成圍，倚倚三更萬籟稀。不覺肺肝生白露，空憐河漢失流暉。東溟自竄誰還憶，北斗孤懸詎可依？今夕太虛便相見，屋梁留照夢中歸。"《入山》云："雲白山青青，望可數百里。我從山背來，對境心數起。"《待月二首》云："峰明月未上，流碧滿庭除。空山獨吟人，百蟲來和余。""夜色不可畫，畫之以殘月。幽人偶一見，復隨清景沒。"

　昔歲在都門，有友人視余一詩，紀嚴氏婦殺奴事，云錄之近人某某集中，其名氏久已忘之，其詩則猶在匧衍中也，奡盪奇崛，遠在黃兩當①之上，急錄之以實我《詩話》：琉璃廠邊殘月白，沙土園中血流赤。兩兒手刃色不動，是何女子智且勇！婦嚴氏，吳縣人，兵部司務清泰女，幼隨父宦居都門。夫張鈺，同鄉士，客京師，業商賈。有張八者鈺肆傭，鈺家梁嫗潛與通。婦覺議遣嫗，以鈺外出姑含容。嫗心忐忑事恐洩，計塞婦口敗婦節。辛丑閏月十九夜，②鈺往三河未回轍，婦獨與

---

①　即黃仲則(1749—1783)，其所著《兩當軒集》，今有李國章校點本(上海古籍出版社1983年版)。蓋因此故，《克雷斯》1931年6月3日第2版平子《馮君木君軼事》云："其作品以散文為最佳，直逮漢室，能泣鬼神，詩則宗兩當軒，詞在坡老、白石之間，偶爾興至，撰遊戲文，又喜笑怒罵，詼諧盡致。"

②　即道光二十一年閏三月十九(1841.5.9)夜。

兒眠左房，嫗納所歡給婦出，婦見八，心驚猜，厲色叱問爾何爲？八已被酒睍而哈：「奴來與主相歡諧。」直前擁婦婦力拒，詈聲哭聲徹鄰宇。嫗搖手言奈何許，八捉廚刀指婦語：「若不予從若安逃，若兒請先餐吾刀。」撩衣作勢闞如虎，嫗前奪刀以身阻。謂八勿用強，謂婦勿聲張，聲張醜難濯，不若相從且謀樂，婦默久之應曰諾。八欲入婦房，婦曰兒在床。嫗攔婦入右房坐，八眼眈眈出饞火。嫗去外廂八身裸，促婦登床婦不可。汝但先寢無吾摧，吾視兒去當即來。殘燈欲熰兒未寤，緊束衣襦縛窮袴。膾刀佩刀身挾藏，願以妾命酬寒鋩。從容秉燭還右房，手酌秌酒勸八嘗。八就婦手累盡觴，頹然昏睡鼾大作。婦出膾刀項邊斫，夢中疾呼格刀落。鯽魚翻身陂池躍，燈光一閃屍壓衾，佩刀陡插狂奴心。嫗叩閨，喚張八，何太嬉，而吅䛃？婦徐懷刀開戶延，嫗入含笑牀幃搴。赫然死人赤體眠，嫗出不意魂飛天。乘嫗魄褫刃之斃，艾豭夔豬死猶侶。鈺聞遽歸心膽寒，婦曰無憂妾詣官，詣官自首呈血刃，殺所當殺律勿問。楊君請作紀事詩，我詩徵實憑讞辭。嗚呼！今夏海疆寇氛逼，棄城撤防走何亟。纖纖之手能殺賊，嗟爾鬚眉愧巾幗。

　　寄禪和尚敬安，詩名滿天下，住錫吾郡太白山。戊申之歲，創立僧教育會。文書旁午，仍復不廢吟詠。所著《八指頭陀詩集》，湘潭王湘綺先生爲之敘。其五言古詩，大抵出入於六朝、初唐間，風格最高。近體亦清圓流利，余最愛其詠梅二語云「偶從谿上過，忽見竹邊明」，真足與逋老「雪後園林」一聯抗手也。

　　古今詠梅詩多矣，然超遠得神之作，正復不能多覯。蘇苑傳誦者，若逋老之"疏影暗香"一聯，雖體儗入微，然未離色相，要是下乘俴語；至若高季迪之"雪滿山中""月明林下"二語，傖俚之氣，直不可耐，吠聲聒耳，夫何爲哉！惟逋老"雪後園林"二語及東坡"竹外一枝"七字，庶足稱傳神妙品。余尤賞者，則老杜之"幸不折來傷歲暮，若爲看去亂鄉愁"二語，①空靈窈澹，又出林、蘇之右，信乎詩聖吐屬之不凡也。然後人亦有迥出者。明宋其武之繩云："於人疏落似無意，寫爾高空正自難。"近時林暾谷旭云："芳波照影知誰見，斜日攀條卻獨來。"吾友應叔申启墀云："失喜橫波一枝見，蕭然照眼數花明。"皆所謂神出古異、澹不可收者，亦安見古今人之果不相及邪！②

余與應君叔申訂交最早，憶戊子九月自松江移家歸，時予方在髫歲，二三中表以外，無與往還者。一日，叔申於表兄姚貞伯所見予詩卷，極口推服，遂介貞伯而相見於姚氏。由是朝酬夕唱，無二三日不會面者。叔申長予一歲，予兄之，叔申亦弟畜予也。初遇時，叔申賦《相逢行》，予賦《締交篇》，幼年吐屬，無當風雅，姑寫存之，以爲我兩人訂交之一紀念焉。叔申《相逢行》云："長風刮天塵沙紅，青膚澀盡雙夫容。白日漉酒悲填胸，朝擊燕市筑，夕鼓龍門桐。荆卿已瘖中郎聾，十

---

① 出自杜甫《和裴迪登蜀州東亭送客逢早梅相憶見寄》："東閣官梅動詩興，還如何遜在揚州。此時對雪遥相憶，送客逢春可自由。幸不折來傷歲暮，若爲看去亂鄉愁。江邊一樹垂青發，朝夕催人自白頭。"

② 據考，《夫須詩話》此段文字後爲劉雲若《梅花詩話》所抄襲，詳參張元卿所著《望雲談屑》，天津古籍出版社2014年版，第151—153頁。1936年5月13日，姚壽祁在《申報》第17版發表《〈慈湖聯吟圖〉爲俞季調作》詩四首，其第三首就述及應叔申此詩："故園殘破已無家，落拓詞場感歲華。留得橫波照眼句，至今不敢對梅花。"

年歌哭無人同,而乃眼前突兀見是公。"予《締交篇》云:"《大易》筮盍簪,《小疋》賡《伐木》。人生重交道,甯論骨與肉。髫髮涉學林,汲汲求其族。嚶鳴豈不聞,鳧雀紛追逐。粲粲窈窕子,媞媞潔修沐。鬱鬱蕙蘭抱,隨風揚清馥。大海吹浮萍,薜苕城西屋。揖我謂我臧,燕婉展昏夙。嘿契照淵衷,嘉言抒深蓄。臭味良有爾,各各自歡足。稏歲同里閈,行止夙乖局。三年淞水行,涂軌間川陸。玄鶴矯層雲,丹鸞棲穹谷。光儀亦非遠,脈脈感靈獨。幸兹接款睇,繾綣托心腹。贈我瑤華枝,報之瓊茅束。河水何盤盤,山石何矗矗。相期永勿諼,努力保金玉。"

鄞縣陸藍卿廣文智衍,以優貢選爲青田校官。予於庚子冬日道經青田,曾賦一詩贈之。辛丑夏,藍卿以試事至郡城,亦贈予以詩,時君已病,右手不良於書,僅爲予口誦之,既別一月,遽卒於青田,才不勝命,可惜也。贈予詩云:"才調如君亦轗軻,微官憔悴托山河。胸中朗朗生明月,筆底蒼蒼起大波。裙屐三河年正少,文章十載恨偏多。相逢欲作同聲哭,奈此人前涕淚何!"予贈藍卿詩亦錄於此:"税駕芝田已夕陽,孤城風景自荒涼。眼中突兀見吾子,天末琴尊非故鄉。衰世官貧餘涕淚,空山歲晚惜芬芳。十年忽觸平生感,不爲君悲亦自傷。"藍卿讀至結句,爲長歎者再。

楊君石籩,舊交也。自其稚年,即喜從事於詩,時復賦一二章相質證,自然絕去塵俗。余就其性之所近,因以白香山詩進之。所詣漸進,每有所作,必就余商可否,余痛繩之,石籩勿忤也。己亥冬日,手寫《石籩詩草》一卷見視,予爲嚴加刪薙,僅存百餘首,篇章不多而體氣清妙,自非庸手可及。兹錄其佳句："沙路尋詩拈落葉，石泉煮茗對寒花。""高樓清酒琴邊綠，疏雨孤燈劍外青。""竹簾高捲橫琴坐，三兩蟬聲正夕陽。"又《爲人題墨筆荷花》云："星星蓮蕊泥金點，瑟瑟荷衣水墨成。略有幾分秋意思，便無風雨亦涼生。"皆有疏秀之致。

吾黨中詩才奇譎，當推陳君皇童。① 己亥冬日，同人舉歲寒小集，天嬰有《歲暮雜詩》六章，爲一時傳誦，兹采其尤佳者四章於此，鬱憤之思，以空靈窈折出之，洵古之傷心人語也。其一："靈埃高萬丈，日暮起焦思。少壯足可惜，開矜懷嘉時。空山縶筑坐，一室盡睢睢。斗酒雖云樂，歡華不上頤。醴泉瘉痼疾，眇寒終遠宜。驊騮遭曲艱，鐵輪爲之隳。世亂無壯夫，語高天不知。矯首以徇飛，何如循其雌。"其二："揚粿以弭塵，天末風還起。虯龍盤大澤，道路無君子。匪謂行路難，恐遭靈芬棄。世憐廬屋妾，能爲逢蒙視。嚅呢非我顧，蒼茫將安止。脱我腰中劍，嬉嬉吾老矣。"其四："富媪抱坤維，籲靈泣不已。昔日卯金豐，六龍五龍死。一龍浴陰血，沸火燒其尾。穹居況無主，赤飇喧塵起。我欲拔天槍，蹋天救龍子。明河不可度，誰云天尺咫？再拜祝招摇，顧言回斗指。"其六："蒼鴣落九天，日食枳籬鳥。伏虩辭林莽，殺人如殺草。乾坤多厲氣，盲風應時到。赫赫桑大夫，八駬馳郊道。關梁有常征，何事勞重考。貨賄上官腴，形骸下民槁。平時輸租賦，常憂蘇其少。何況十年來，八九遭旱潦。吁嗟使者息，慎勿載金寶。願爲《流民圖》，托子獻穹昊。"

叔申好苦吟，一字未安，恒至申旦不寐，奇辭單調，雅自

---

① 考《僧孚日錄》乙丑閏四月三十日條云："晨起，爲玄丈刻'皇童山民'印。"（《沙孟海全集·日記卷》）由此可知，陳訓正曾經自號"皇童山民"。

矜惜。嘗夸語余："文章之事,當質千秋,得失寸心,無庚毫黍,與爲枚速,甯爲馬遲,飛華騁藻,惟群子能,余勿爲也。"故其所作,張皇幽眇,窮極微芒,選聲結體,分刌悉協,時流洪筆,誠走且僵矣。兹録數章,以實余言:"經亂吾曹生事微,山城伏處意多違。吟詩白日堂堂去,攬髻秋霜稍稍飛。厭世寧愁衰獨早,能聞轉喜病相依。凝塵寂歷生齋閣,别後何因足跡稀。"《寄陳天嬰》①"肯來就予宿,寂寞對蓬蒿。話病苦無健,吟詩猶作豪。何驅塵土走,爲夢雨風勞。轉憶明燈夜,餘生定幾遭。"《天嬰過宿齋中别後賦寄》②"久要不忘姚貞伯,今日論交倍汝親。千里一書能念我,十生九死尚爲人。將來那不肝腸絶,看去渾餘涕泗新。力疾吟成憑寄與,毋令天末獨傷神。"尾注:"余秋初患作,貞伯馳書君木來問狀,語多可悲者。及余病少間,君木出書視余。余感其意,因疾成此一首,付君木寄去。"③

天嬰詩才,莽蒼奇古,不主故常,宿昔偏長古體,於五七律詩不甚措意,雖間有所作,往往離背繩尺,余嘗以才多爲天嬰患,天嬰亦頷之。戊申秋日,忽出視《過鵬山》一律曰:"卻來游宿地,蕭瑟對秋光。被路有荒葛,照人但夕陽。微吟条寂寞,愁思赴蒼茫。一堉看看在,吾生底事忙。"未幾,與余同舟,又賦一律云:"歸途吾與子,薄莫發江洲。來日知何地,餘生共此舟。情多雜今昔,迹有但歡愁。一霎都無話,相看月

———
① 應叔申《悔復堂詩》題作《酬天嬰見懷》,且明確交代該詩作於戊申年。
② 《悔復堂詩》題作《陳天嬰訓正過宿齋中,明日即赴郡,别後賦寄》,且明確交代該詩作於戊申年。
③ 《悔復堂詩》將此"尾注"改作詩題《姚貞伯壽祁聞余咯血,自海上馳書君木問狀,危言苦語,多可涕者。余病小間,君木出書見視,余感其意,輒力疾成此一首,付君木寄去》。

滿頭。"余大驚,自此所作必以律,是歲凡得五、七律數十篇,高運簡澹,無篇不佳,録其尤超雋者於此。《歲莫寄中弟》云:"朔風生道路,吾弟近何如?爲寄數行淚,相憐一尺書。意將依汝老,跡漸與人疏。無限窮居況,蕭條逼歲除。"《過大寶山》云:"是何感慨悲涼地,六十年間問刼灰。行路至今有餘痛,談兵從古失奇才。荒荒歲月天俱老,歷歷山川我獨來。一角叢祠遺恨在,夕陽無語下蒿萊。"《寄禪和尚將招要吾黨爲詩社,首賦一詩視君木》云:"光景流連憶少年,而今人事各紛然。能窮日月争東野,可老心情得大顛。相約吟詩聊作懺,不成學佛卻逃禪。爾來身世都無著,祇覺蒼茫赴眼前。"真王介甫、陳後山一輩吐屬也。

己酉正月,與叔申、石蠱日作近山之遊,相約賦詩以紀,石蠱與余詩各成數章,而叔申猶未得一字也,累日敦迫,輒復枝梧,余戲疊均嘲之云:"應生健者孰抗行,一語能令天雨晴。筆下有神雜奇怪,目中無宋況元明。岩岩故佇停雲興,兀兀深矜唾地情。蛙吹蠱鳴徒聒耳,最難衰世鳳皇聲。"

歸安楊見山先生峴《遲鴻軒詩存》,僅百餘篇,凝謐跌宕,篇篇警絶,以視累尺浮詞,誠有雖多奚爲之歎。集中有《長白山》一首,仿《焦仲卿妻》詩,可與鳳洲《鈐山高》樂府相抗行,予最愛其《聞雁寄内》絶句,云:"蘆花似雪雁來天,失侶孤鴻劇可憐。昨夜西風吹客夢,與渠同是不曾眠。"又有《舟泊大勝關》一絶云:"大勝關上鳥啞啞,大勝關下客舟譁。夜深風雨不見月,對岸殺人如瓝瓜。"

洪稚存取汪墨莊詩"斟酌橋西舊酒樓,樓中夜夜唱梁州。棗花簾外初圓月,一度銷魂便白頭"一絶,以爲足與張夢晉

"高樓明月清歌夜,此是人生第幾回"相抗衡。頃讀漁洋《感舊集》,有徐伯調緘《流螢篇》云:"井幹新螢數點流,美人腰細不禁秋。水晶簾外梧桐月,幾度黃昏便白頭。"汪詩殆脱胎於此,然而青勝於藍矣。

往見西湖畫舫中有聯云:"雙槳來時,有人似桃根桃葉;畫船歸去,餘情付湖水湖煙。"蓋集姜夔、俞國寶詞句,而少加裁翦者也。爲譚復堂手筆。

吾邑王縵雲孝廉定祥,世居城西妙灣,家有坦園,① 略具池亭竹石之勝。孝廉十三入學,有俊童之目。少從張麟洲大令翊儁游,大令故邑名士,孝廉因是得肆力於文學。性好藏書,所得册籍,靡不目治手校,矻矻不勌,細書密題,羅滿卷端,書雖不多,而精采絶倫,映紅樓群籍,吾邑稱善本焉。光緒十四年省試畢,邁痾甚劇,忽忽扶病歸,迨捷報至而孝廉已捐館矣,年纔三十四。有才無命,一時悲之。孝廉詩,初學"明七子",繼乃一軌於杜。既而交梅赧翁調鼎,梅論詩有僻性,好持苛論,孝廉心折其説,亦頗參異己之長,於是才斂而不敢放。一字未安,苦吟達旦,文采剥落,而其時乃日趨於簡淡矣。晚年入瑞安黄侍郎江蘇學政幕,頗與通州范肯堂當世、仲林鐘兄弟、泰興朱曼君盤諸名流相契合,至是詩學益駸駸日上,乃天慗厥成,一棺遽戢,鐵肝銾腎,所得止此,此則孝廉所爲傷心短氣,歿而猶視者也。《映紅樓遺詩》,童廣文廣年曾爲刻之,然非全本,蓋據楊遜齋孝廉敏曾所選者。縵雲詩長於近體,予最喜其《七夕泊常州城外》一律,云:"遥夜扁

---

① 坦園始建于嘉慶、道光之際,占地1.5畝。詳參王端《百年滄桑話坦園》,原載《古鎮慈城》第8期,可見《古鎮慈城合訂本》上册,第179—180頁。

舟夢不成，起看纖月照孤城。一宵楚尾吳頭客，萬古人間天上情。入世自知心計拙，浪游真悔別離輕。誰憐此夕毗陵道，獨聽荒江戍鼓聲。"字字稱量而出。"入世"一聯，運用七夕故實，不著痕跡，調高律細，集中壓卷之作。

寄禪上人敬安，今之皎然、貫休也，道韻淵沖，挹之無盡。余初識上人，在吾邑飯佛禪院。是日爲重陽前二日，風雨颯沓中，相見一握手，即汩汩談詩不勦，至夜分始別。上人詩初學陶、謝，五古多沖夷安雅之音。近歲又喜孟東野，所詣益超。嘗有句云："袖底白生知海色，眉端青壓是天痕。"又云："天痕青作笠，雲氣白爲衣。"王葵園祭酒極賞之，稱爲"天痕和上"。上人口吃，又不工書，每字點畫，輒隨己意爲增損。然余則酷愛之，以爲古拙有漢人遺意，勝於近今書家萬萬也。上人自撰二語云："字不欲工，略存寫意；語不欲明，略存話意。"其風趣可想。

梁節庵廉訪鼎芬，詩筆超曠，十年前曾於孫和叔廣文樹禮處，見其所書近作。中有《洗肝亭雜詩》二首，尤淵微有氣韻，茲憶而錄之："說食與夢飽，厥後同一無。何以口腹事，可縛人間姝？吾神貴自然，潛乃達之徒。願拂衣上塵，迴念心地初。""意質非神仙，勇退亦可敬。誰謂養生賢，世網不全命。歷塊易一蹶，萬里我不慶。深深隱淪者，天下以爲柄。"

侯官陳叔伊衍，與鄭太夷齊名，近見其《石遺室詩》，疏宕湛雋，無惡作者，爲錄近體數篇："辛苦撐來四品官，兩番乞外益時艱。嗟余楚漢方流落，喜汝江船屢往還。除夕輕過名士賤，宦途未入歲朝間。十年心事依然否，知我無如翼際山。"《視蘇龕》"此雨宜封萬户侯，能將全暑一時收。未知太華如何碧,想見洞庭無限秋。詞客晚來偏隔水,故人天末又登樓。土風莫奏詩休詠,守分安心作楚囚。"《雨後同子培、子封對月懷蘇龕,兼寄琴南》"山邱零落盡顔回,華表誰知化鶴來。五載關河拚死別,極天兵火助詩才。對眠恰聽浪浪雨,不飲真成兀兀杯。博得北樓圓月上,西風來雁任清哀。"《次伯兄韻》"九方相馬已無傳,山水知音亦偶然。果爾酸鹹殊嗜好,不應今昨判媸妍。梁鴻下筆思千古,鄭谷論詩近廿年。就裏異同離合處,可能摸索識翩翩。"《游琴臺歸,再作二律,視節庵太夷》(錄一)

詩僧寄禪,吐屬風雅,余嘗以近箸視之,讀畢,忽掀髯而欷,余問何欷,則曰:"讀君詩不能無和章,又須撚斷幾莖鬚,吾爲吾鬢致惜,是以欷耳。"嘗言昔年爲育王寺知客時,有武弁數人聯騎入山,坐寺中秋水間房,絮絮論文,狀頗自負。寄禪與之語,落落不甚酬答,若甚蔑視者。日暮將行,一衣狐裘者,作湖南鄉音曰:"余等且漫漫佘乎。""佘",土懇切。"漫漫佘",猶言緩緩行也,遂吟云"一步一步佘"。其一人云:"佘過育王嶺。"相與大笑。寄禪在旁應聲續云:"夕陽在寒山,馬蹄踏人影。"武弁皆驚絕,即長揖曰:"頃者肉眼不識聖僧,知爲師所哂多矣。師必由儒而逃於佛者,不然,何出語之神耶!"因堅問生平,寄禪曰:"過去已過,去何必問。"又問在寧波住何寺?寄禪曰:"孤雲野鶴,安有定所?"拂袖遂去。武弁皆瞠然,終莫測其所由來。余於十年前曾聞人道此,而不知其即爲寄公也。

寄禪詩善用"影"字。在長沙時,有以《寒江釣雪圖》索題者,寄禪題云:"垂釣板橋東,雪壓簑衣冷。江寒水不流,魚嚼梅花影。"又與人游嶽麓山,分韻賦詩,寄禪得"領""影"二字,援筆吟云："意行隨所適，佳處輒心領。林深闃無人，清溪鑒孤影。"湘人以其前曾有"馬蹄踏人影"句，呼爲"三影和尚"。後與易實甫_{順鼎}有《僧道鬭影卷子》絶句百餘首，江建霞_標、黃公度_{遵憲}輩皆有題詞。① 又與實甫同宿山寺，實甫賦詩云："山鬼聽談詩，窺窗微有影。"寄禪笑謂實甫曰："君寫鬼影未工。吾意易爲'孤燈生緑影'，何如？"實甫詫曰："摩詰詩中有畫，寄禪則詩中有鬼矣。"寄禪又有《麓山看紅葉》詩云："日暮蒼翠外，霜楓紅轉浄。夕陽如畫工，畫出秋山影。"實甫亟賞之，欲以百金易爲己有，寄禪謝之曰："黃金易盡，佳句難得。窮和尚甘以窮餓死，舉卻阿堵物，勿溷乃公詩興也。"實甫大笑。

濟源李伯元仁元有《雨夜》一絶云："燭燼寒房漸五更，暗風吹雨遍山城。十年前夜秋千院，闌外瀟瀟是此聲。"伯元道光丁未進士，官江西樂平縣知縣，權鄱陽，寇至，力戰死，一家盡死寇難。王湘綺與伯元夙交，曾爲撰傳，固烈士也。而此詩顧纏綿婉篤若是，知從古無無情之英雄也。伯元又有《中嶽廟》一詩云："嵯峨納群碧，莽莽見宮闕。二室接昏曉，萬象共突兀。杳冥山氣含，訣蕩地靈結。樓觀敞肅穆，沈沈動日月。穹碑立無語，曾戴漢時雪。"

【注】

該文見載於《民權素》第五集（1915.3.22 出版），今可見《校輯民權素詩話廿一種》。② 張元卿《〈梅花詩話〉與馮君木》云："劉雲若在《梅花詩話》（刊於 1932 年 1 月 18 日《天風報》）中説，'友人惠紅梅兩

---

① 據考，《夫須詩話》此段文字後爲劉雲若《梅花詩話》所抄襲，詳參張元卿所著《望雲談屑》，天津古籍出版社 2014 年版，第 154—155 頁。

② 《校輯民權素詩話廿一種》，王培軍、莊際虹校輯，第 129—137 頁。

盆','欲吟幾句新詩,可憐才短,偶憶古人佳句,説來話長',遂作起《梅花詩話》來。初讀此文,甚佩雲若之博學,後偶讀馮君木《夫須詩話》,發現雲若詩話並非'偶憶'所得。……馮開(1873—1931),初名鴻墀,字階青,又字君木,別署夫須閣主。……《夫須詩話》爲其早年作品,初刊於1915年《民權素》第五集,1926年收入蔣箸超輯《民權素粹編》第二卷。對比上面兩段文字,很容易發現是劉雲若抄襲馮君木。……劉雲若發表《梅花詩話》時正主編《天風報》副刊《黑旋風》,副刊連載著他的《垃圾集》,《梅花詩話》是《垃圾集(28)》。雲若雜文多以嬉笑怒罵之筆寫自家懷抱,此前尚未發現抄襲,這次也許是爲編務所累偶一爲之,但細想又不儘然,因《垃圾集》中多是直抒胸臆之文,没必要非引經據典,可《梅花詩話》是詩話,少不了要摘録詩句,這便不能臆造,一旦手頭缺少參考資料,也只能靠記憶來寫,但記憶人自不同,如果自家的記憶内容連順序都和別人一樣,勢難撇清抄襲之嫌疑。可見即便才高如雲若,在需要徵引文獻來作文時,亦難免捉襟見肘,竟至暗請外援,以壯聲色。故紙堆裏藏著雲若隔世的狡黠,春夜重温,恨無紅梅相對。"①

夫須閣隨筆

人鬼之雄,受人崇敬者,莫如關壯繆。壯繆生平,陳壽所謂"剛而自矜,以短取敗,理之常也"。自《三國演義》盛行,壯繆之靈,赫然照人心目,至本朝而崇奉之者益盛。實則古今名將如壯繆者非一人,不學之人,誤於《演義》,撰爲碑記、聯語,多可笑者,故非大雅所樂道也。奉化孫玉仙鏘,以進士宰蜀中某邑,曾上書大府,請奏停壯繆祀。大府斥其謬妄,竟褫

---

① 《望雲談屑》,張雲卿著,天津古籍出版社2014年版,第151—156頁。

其職。此所謂狂者以不狂者爲狂也。嘗憶明季大亂，鹿忠節撰《壯繆廟聯語》，其對句云："内有奸，外有寇，中原有賊，大將軍何以禦之。"人皆傳誦，以吾觀之，所謂"國將亡，聽於神"耳，孫先生之識，過於鹿忠節遠矣。

孔北海曰："今之少年，喜謗前輩。"蓋輕薄之習，漢時已然。至唐代，文人則有造作語言，誣詆先達。如謂昌黎闖妄，老服丹沙；杜老憂時，死飽牛肉，皆事之必無者。降及宋代，人心益壞，誣及帷薄，欲辨無從。永叔盜甥，紫陽狎尼，較之梅聖俞之《碧雲騢》，蓋尤甚焉。近人爲小說者，如《孽海花》，如《官場現形記》，謂端方之不識丁字，謂張佩綸以空城計禦法人，皆毁之已甚。其他多類此。某氏筆記，至謂張文襄好淫縱俊童私婢，自以醜語詬之，不知文襄生平雖未脱書生氣習，其内行清肅，不至有此等事，斷斷然也。市井小人好打誑語，亦人道之憂矣。

明季史閣部可法，盡瘁王事，死難揚州，一代忠臣，無敢疵瑕矣。然其才非將將，短於應變，則亦無可諱者。吴梅村《揚州詩》云："將軍甲第橐弓卧，丞相中原拜表行。"比以武侯，心則同之。繼之曰："白面談邊都入幕，赤眉求印卻翻城。"則史公之經略可知矣。他詩又云："東來處仲無他志，北去深源有盛名。"蓋比史公於殷浩。梅村詩人，乃不滿意於史公，彼其胸中，自有見解也。夏允彝《幸存録》謂："馬士英爲小人中君子，久歷戎行，才略恢廓。使史公在内，士英在外，如韓贊周之策，南都或不至遽亡。"蓋當時四鎮粗才，皆樂爲馬用，不樂爲史用也。然則爲國家大計者，其必有駕馭之才，而毋斤斤於君子、小人之成見也哉！

瑞安孫仲頌先生，以經學名海內，篤守乾嘉諸老師法。近人有恢張今文學者，奉公羊氏爲初祖，俎豆董何，盡擯諸儒，先生猶然笑之。顧先生所學沉博，思議所到，不同鄙儒。嘗有詩曰："陶陵祭器尚流傳，大禮尊親濮議前。丁傅凋零元后壽，鼎彝流落二千年。"爲此詩時，蓋在光緒戊戌、庚子之間。先生晚年，談譯文西書，談憲政，娓娓可聽。有子年十五，即令其入學堂肄業，未及授以家學而先生卒。或言吳摯父自日本歸來，病劇，不肯服中醫藥。通人之見，大都如茲。

"狂禪闢盡禮天台，掉臂琉璃屏上回。不是瓶笙花影夕，鳩摩枉譯此經來。"此定盦詩也。蓋定公主天台宗，而極詆禪宗，此見極是。佛學至禪宗而大壞，捕風捉影，令人無著手處。若如台宗之依教起觀，雖有鈍根，亦可循塗而進，苟不退轉，必有解脫之一日。初學者但取大小《止觀》等書，依法修行，必有入處，正不必吃趙州之茶，畫雲門之杖也。或問淨土宗何如？應之曰："淨土宗欲人念念在淨土，結念既久，淨土自現。"此亦觀之一種耳。

《三國志》（斐）[裴]注言蜀宮有玉人，高數尺，先主珍之。宮嬪妒甘后者，並妒玉人，是甘后有美色可知。劉瑁之妻，璋之媳也，卒爲先主所奪，較之曹丕奪袁紹之媳甄氏，罪尤甚焉。所謂欲伸大義於天下者，不過如此。關壯繆隨曹操侵呂布，布敗，其將秦宜祿有妻美，壯繆欲得之，請於操，操不肯，自納之。操也，先主也，壯繆也，皆所謂英雄人也，皆好色者也。然則羅馬大將鶯吞理戀埃及女王，法帝拿破崙棄其故妃而娶奧國公主，馴至破國亡身，又何責焉。

某道受某撫知，事之惟謹。一日，某道方與其狎友飲博，有僕白言："聞撫署某姨暴卒。"某道色然，駭曰："取衣若冠來，吾即趨吊。"少時僕又來白："聞其太夫人老斃耳。"某道笑曰："是將丁憂開缺，何亟亟爲！"移時，僕又來白："實則撫臺中風死耳。"某道不語，飲博如故。人情之薄如此，然非今日始也。寒山大士詩云："城北仲翁翁，渠家多酒肉。仲翁婦死時，吊客滿堂室。仲翁自身亡，能無一人哭。吃他杯饟者，何太冷心腹。"蓋唐時風尚，澆漓已極，大士出世，亦救不得。至於今日，且以爲時務應爾。嗚呼！此其所以爲末法之世界歟。

明季，福藩立於南都。時有兩奇案，一偽太子案，一偽妃童氏案也。夫偽爲太子，以冀富貴，漢昭帝時已有之。蓋皇儲尊貴，非人所共識，亂難之後，真偽莫辨，猶有說也。故顧亭林論此事，謂："置之於獄，不加殺虐，處之頗爲得體，未可以其爲亡國之君臣而輕議之。然左良玉率兵內犯，蓋以此事藉口，其是非至今莫能明也。"若偽妃案則尤奇。童氏自云久嬪福藩，生有二子，則其爲夫婦也舊矣，苟無曖昧之情節，豈有自謂人婦之女子哉。此殆福王薄倖耳。或曰非王妃之偽也，而福王偽。福王之偽，左良玉檄文曾以異人奇貨斥之，而全謝山集論之極詳。

日本大水，爲災至酷。而其政府，併吞朝鮮，經營南滿，不遺餘力，豈復可以儒生隻眼論之。然其國民對其政府，亦有不能無恨恨者。某雜誌評林有云："水災如此古來稀，輩穀蒼生泣凍飢。屋舍漂流田隴壞，倉無米粟著無衣。"又云："別業新成此養真，何知洪水最傷神。太平宰相風流甚，不夢窮民夢美人。"嗚呼！日人以一日之強，蝕其同種同文之國,舉鼎絕臏,異日或如黃公度所言,未可知也。今已有其朕矣。

滿清儒生,學問崇尚攷據,名公巨卿,多從此中出,相與提倡,至同光之際,未盡衰也。張文襄張皇經學,亦沿攷據舊習,所謂宏獎風流者,其初不過如此。觀《輶軒語》及《書目答問》二書可知矣。且《輶軒語》直鈔江藩《經解入門》一書者,至十分之八九,而文襄自敘云:"稱心而談,一無勦襲。"事至可怪,豈江書爲近人僞爲者耶。然文襄晚年,亦知舊學之誤人,有詩曰:"伯厚多聞鄭校讎,金興元滅兩無憂。文儒冗散姑消日,誤盡才人到白頭。"

何心隱以布衣遊燕京,遇張江陵於僧舍。時江陵方爲司業,心隱率爾曰:"公居太學,知太學道乎?"江陵爲弗聞也者,目攝之,曰:"爾意時時欲飛,卻飛不去也。"江陵去,心隱撫然若喪,曰:"夫夫也,異日必當國,當國必殺我。"及江陵爲相,心隱在孝感講學,果令楚撫王之垣致之獄。心隱謂王之垣曰:"公安敢殺我,亦安所殺我;殺我者,張居正也。"竟死獄中。李卓吾極尊心隱,至云:"世無真談道者,公死而斯文遂喪。"然卓吾亦不非江陵,他日又曰:"江陵與心隱,皆所謂英雄,不肯相下耳。何公,布衣之傑也,故有殺身之禍;江陵,宰相之雄也,故有身後之辱。不論其敗而論其成,不追其跡而原其心,不責其過而賞其功,則二老者,皆吾師也。"卓吾持論,明通如此,而當世以爲妖,何哉?

《明史》不爲李卓吾贅立傳,僅附見《耿天臺傳》後,貶之曰:"贅小有才,專崇釋氏,卑侮孔孟。"黃梨洲爲《明儒學案》,亦不取卓吾。顧亭林《日知錄》訾之尤甚。吾遊日本,見日人之講陽明學者，則多崇拜卓吾其説。以爲："陽明之學得卓吾而大成，卓吾死而王學衰，而活潑有用之學，東趨於日本，此支那人之所以鮮成事也。"（見建都邂吾所著《哲學大觀》）吾觀卓吾之學，以信心爲體，以因時爲用，其所是非，非復鄙拘小儒所曉，然其真髓所在，亙古不朽。錢牧齋云"卓吾非可浪訾"，亦有所見者哉。

【注】

該文見刊於《民權素》第十一集（1915年10月15日出版）。

寄答叔申

別汝未三月，閉門餘六旬。頻頻勞慰問，頗頗惜沉淪。
倘緩須臾死，終成旦暮人。淒涼同病感，千里接吟呻。

【注】

該詩見刊於《民權素》第十三集（1915年12月15日出版）。

回風堂脞記

余既編定叔申遺集，復得其聯語數十耦，不忍棄之，擇其尤，錄入《脞記》中。

爲人挽中表兄云："數中表弟兄祇兩三人，今且老，那堪又弱一個；看君家兒女纔七八歲，都還小，何不多活十年。"挽聘妻楊云："魂兮何歸，便上九天下九淵都難尋覓；靈如不昧，在水之邊花之外倘許相逢。"挽繼妻王云："上窮碧落，下極黃泉，終古嬋娟，哀哉一哭；左顧孺人，右弄稚子，平生福分，盡此三年。"挽姚貞伯妻云："貞伯妻楊，余聘室姊也。余既娶王氏，楊夫人妹畜之。王先楊夫人一年殁。吁嗟吾姨,年時骨肉摧殘,盼得姊妹團員,已傷短命,雖則桃僵李代,慰情聊勝,可奈此風花身世,略爭遲早,一樣飄零,舊恨迸新悲,月没星沈,曷禁地下,尹邢共作,抱頭十日哭;嗚呼貞伯,爾我家門單薄,全賴糟糠扶助,少解牢愁,如何鏡破鸞分,同病相憐,卻成了勞燕生涯,各自東西,都難會和,倡予復和汝,哀蟬落葉,悽絶人間,劉阮不堪,揮淚四絃秋。"爲貞伯挽妻云:"曷勿替我想,寡叔伯,鮮兄弟,遺下那一雙幼稚,即使有寄托,已不免破家,離别真可憐者番,悵惘出門,直恐此身爲客老;何以慰君心,素患難,長貧賤,受足了幾多苦辛,財得少安樂,便未許共享,棄置弗復道除是,窅冥同穴,更無握手細談時。"贈某移居兼三十生日云:"終日坎壈纏其身,幸是壯年堪努力。眼前突兀見此屋,雖非廣廈亦歡顏。"爲人挽姊云:"聞之摧心肝,其夢耶,其真耶,隔數百里,冀阿姊未死;哀哉小兒女,有提者,有抱者,都七八輩,知爲父大難。"贈某君母七十壽云:生日爲九月朔。"百年曰期頤,於古猶稀,知阿母且無量壽;九月哉生魄,惟家之慶,願天下亦大有秋。"贈某君七十壽云:生日爲九月六日。"再卅年,乃期頤,幸努力,加餐飯;後三日,當重九,待呼取,盡餘杯。"挽馮君木妻俞云:"疾十九不治,與其受諸痛苦,無寧早解脱,惟我故人开,正爾許奇窮,全仗内助賢,又復摧折之,將安所措手足;死萬一有知,既已得所歸宿,當能作達觀,獨念小子胥,所賴以存活,僅此病父在,多可顧慮者,則難免傷心魂。"

　　叔申天才俊發,二十以前,尤喜填詞,後頗自慊,謂非高格,決不欲存。頃檢匲衍,讀其所爲《靈玗室詞》,零章斷句,雅有俊思,輒裁録十一於是。《探春・詠簾》云:"清曉梳頭處，只隱隱、隔煙人語。有時低傍闌干，一半被他遮住。"《疏影·簾影》云："斜陽逼近紅墙畔，更不許、那人扶起。乍疏風、飄到闌干，劃碎半階卍字。"《好事近》云："一月一圓黄，月又玉梅花下。"《疏影》云："黄昏一陣桫欏雨，卻倚著、隱囊自聽。但風螢人外吹來，照破夕天花暝。"是皆叔申十七八歲時吐屬，其雋穎已若此。沈淪困陋，中年遽隕，天之生才，果何爲也！

【注】

　　乙卯(1915)八月，馮君木將亡友應叔申遺作整理成《悔復堂集》二卷。爾後，又將其部分"聯語"與詞選入《脞記》。時當1941年餘姚黄立鈞出資刊印《悔復堂詩》，遂將《脞記》置於書末。

和《述懷》，步《秋興》韻

　　家山莕耳已成林，宦海歸來氣鬱森。對酒時時念燕趙，矢詩往往似何陰。白頭猶礪蒼茫膽，亂世誰哀窈窕心。春酒囊雲耆老盡，商音迢遞發孤砧。

　　官奴城郭夕陽斜，甲子銷沈感歲華。卅載觚稜通夢寐，九關虎豹阻車槎。横行但有三千甲，舊拍難聞十八笳。玉楝金鰲久寥落，可能重問上林花。

　　悁悁家國付殘暉，憔悴南冠托迹微。遍地横流甘獨往，刺天海水痛群飛。排雲窮石心寧死，攀日虞淵願總違。眼底熊蛙都不食，由來遯世亦能肥。

　　世事紛紜似亂棋，一編聊復寄深悲。中州耆舊題名日，秀野衣冠入夢時。幸有遺書傳伏勝，端須采筆贈邱遲。琵琶彈出誰能聽，今日真成虎拍思。[1]

松菊葱蘢遍故山，置身材與不材間。名心冷似飛狐雪，世路艱於倒馬關。逐鹿任人鬥蝸角，采芝有夢到商顏。京華回首堪流涕，敢道郎曹是末班。

霜雪蕭疏漸上頭，蟪蛄那復計春秋。韓非去國成孤憤，平子歸田有四愁。政傾得官從口舌，誰知騰笑到鳧鷗。可哀唱罷人間曲，霧塞煙昏四百州。

筆力能争造化功，奇書坐擁百城中。胸羅上下縱橫史，詩有東西南北風。老去交親關涕哭，眼前兒女自青紅。斜川家學堪娛晚，儘許癡聾作阿翁。

與君識面太逶迤，岑氏風流隔溴陂。苦索巴人酬白雪，真成槁木倚瓊枝。酒樽各有千秋感，詩律難將一時移。絕憶嗣宗好才調，詠懷微旨到今垂。

【校】

[1] 小字自注："君方謀校刊謝山《續耆舊詩》，是書當日未有刊本，各本傳鈔互有同異，流傳尚緒，難於尋究。吾師鎮亭先生寫定本，可付教青君，折衷陸本，復參他本，以爲增損。異日書成，信雙韭之功臣矣。"

【注】

詩載《棠陰詩社初集》卷一，① 乃唱和梁秉年《述懷，次少陵〈秋

① 《清末民國舊體詩詞結社文獻彙編》第 11 册，南江濤編選，國家圖書館 2013 年版，第 199—201 頁。

興〉韻》之作。同時予以唱和者,尚有范文甫、李廷翰、高振霄、鄧梫、李蠡、謝疊、盧愷、水顏屛、李商山、張天錫,共計11人,其詩皆見錄於張天錫所編《棠陰詩社初集》卷一。

考梁秉年《續甬上耆舊詩·原序》云:"吾鄉全紹衣先生以浙東碩學,任一代文獻之重。是編輯於晚年,係續杲堂李氏《耆舊集》而作,自隆、萬迄明季,得詩八十卷,國朝順、康間,得詩四十卷,總凡六百家,選錄古今體詩一萬五千九百餘首,其小傳多載遺聞軼事,爲野乘所未見,習鑿齒《襄陽記》、元裕之《中州集》二者兼之矣。稿甫成而先生歿,……蓋吾鄉藏是書者,以謝、陸兩本爲最完備,而谿上馮貞群孟顒留心掌故,所蒐儲舊本又不止一家。年來時局變更,余垂垂老去,深恐長此沉霾,無以竟後死者之責,爰發大願,謀刊斯編,出所藏靈蕤館本,假陸氏本重加校勘,復得馮君隨時考訂,余率瓚兒躬預校字之役。卷多費鉅,則集同人函請邑長平陽王君理孚,酌撥地方餘款,藉資開始,而以將來售書所入,彌補刷印之貲。始事丁巳仲秋,竣工戊午歲杪,蓋成書之難如此。……戊午季冬月,邑後學梁秉年識。"①準此,並旁參"霜雪蕭疏漸上頭"之詩句及小字自注"君方謀校刊謝山《續耆舊詩》"云云,似可確定馮君木此詩作於1917年冬。

與王龜山 戊午

頃者省議員選舉運動之烈、票價之高,有非計慮所及者。若輩但求當選,無復訾省。計當選者一人,所耗自三四千至五六千金不等,甚有至八九千金者。議員是何物事,而眈逐之若是?厥意安在?下走懷疑久矣。要其歸宿,殆不出利名兩途。使其爲利乎,則三年薪水所得,出入正不能相抵,勢不

---

① 《續甬上耆舊詩》,[清]全祖望輯選,方祖猷等點校,杭州出版社2003年版,第9頁。

能不別出手眼，以圖贏餘。出席也，缺席也，通過也，否決也，提出議案也，提出質問也，打銷質問也，以身發財，視爲捷徑。譬之博進，出手得盧，利市夥頤，何止三倍。然節度開門，將軍有令，孰逆其耳？孰批其鱗？以武庫之戈矛，制迂儒之唇舌，將不翅車載仗馬、斗量寒蟬矣！雖今日審查，明日付讀，小言詹詹，何關人事。若使論斤稱賣，正恐不值一錢耳。就令廣施招徠，小有弋獲，而所得者豪末，所失者邱山。以市道論，其折閱亦泰甚矣！輦金營產，適獲石田，沈璧求泉，徒成瞽井，不其左歟？或曰是其猶捐納出身焉爾。既取得議員資格，則美官劇授，攸往咸宜。一踏省門，即同需次，生財大道，後望無窮，不猶愈于老死牖下乎？不知貪風橫恣，政以賄成，長官悉是市曹，當軸胥稱債帥，果使集千狐之腋，載寶而朝，餽一盤之飧，寘璧以獻，斯爛羊都尉、寵養中郎，白望素流，一朝平進；不然，縱有階級，天可升乎？一杯之羹，疇能分汝？奈何望長安而東笑，適南越而北轅。徒揮詫女之錢，無補貨郎之實。擲黃金于虛牝，而顧欲以口舌得官耶。或曰爲官不成，退而爲紳，里雄土霸，亦足以豪。準是非以片言，納苞苴于暮夜。佳驢好馬，充廄盈門，如此生涯，正乃不惡。然此諸議員者，初非無此資地者也，即使無之，而共和之世，不論門閥，州閭要政，待舉孔亟，誠能不吝金貲，小加點綴，婆娑府縣，偃塞里門，縱起自孤生，辱在皂隸，亦儼然鄉祭酒矣！迨至養望稍優，盤根漸固，城狐社鼠，得所憑依，然後磨元禮之牙，張胡毋之橐，予取予求，疵汝誰敢。何乃不量難易，不劑重輕，橫輸潤屋之巨資，僅作居鄉之大老，得勿令舉人絕倒、進士胡盧耶？或曰金箱錢籠，易啓覬覦，官吏生心，豪強流睨，甚可危也；議員聲價，藉作護符，刀俎在旁，庶免魚肉，斯又不然也。夫諸議員太半寒素耳，買票之資，多由丐貸，豈真人人金谷、戶戶銅山哉！縱令韋布之間非無紈絝，儒冠之下亦有金夫，然今日世風，非復昔比，金錢勢力，左右風尚，正使馬牛量谷、金玉滿堂，則蠢豕癡牛，神麟亦願與通譜。寸鮪尺鱷，靈虯其爲之揚波。高明之家，聲氣斯廣，鬼寧敢噉，鳩亦不居。樊籬之固，奚必須此，則將爲名乎？夫求名亦多術矣，徵之于昔，歙之鮑廷博，南海之伍崇曜，皆以刻書名者也；徵之于今，鎮海之葉澄衷，上海之楊斯盛，皆以興學名者也。于人有濟，名我固當，三代而後，得此蓋寡。使此諸議員者，誠能以泥沙無度之費，供民萌有益之需，津逮方來，裁成後進。梨棗發二酉謨觴之秘，教育輔黨庠鄉序而行，夢裏衣冠，猶當下拜，人間子弟，疇不傾心？遠則流問百年，近亦著稱奕世。虛榮爝火，胡不憚煩，況金鳳扇地，銅臭熏天，市人且掩鼻而過，里豎亦掉頭不顧，又並不得謂之虛榮也哉！牟利既左，驚名亦非，何究何圖，必此之執。足下在莊嶽之間，處衆咻之地，奧窔所在，或測一二；有喙三尺，幸毋我秘。某頓首。

【注】

文載王文濡《當代名人尺牘》下卷（文明書局1926年5月出版），且編者明言該文作於戊午（1918）。

與姜可生 己未

可生足下：昨損手畢，兼賸清詞，櫻桃傳舍，觸撥秋心，青楊舊宅，遂勞嘅嘆，雖軫同病之情，彌切憐才之意。懷人天末，感逝地下，執簡循誦，唏其傷已。世變日亟，琦言讇起，高憭之士,府過文屨,持之有故,發之稍激,而佞夫儇子,變本加厲,户舥馬班,家訶任沈。俳言顜説,衒售自豪,名流媜氐,等視仇寇,固不特孔融所云"今之少年,喜謗前輩"已也。夫有所利而爲之,與無所利而爲之,用意高下,寧堪絜量。吾曹幽覷瞑寫,曼衍窮年,哀歌子桑之門,呻吟裘氏之地,群飛横刺,開徑獨行,風雨如晦,雞鳴不已。無用之用,適性悦魂,要須葆其貞固,永符斯契,霜降木落,以爲慰薦耳。詞雖小道,導源樂府,意内言外,掔尋非易。僕少溺此,差别流變,緣情造耑,頗縻日力;壯歲自嗛,不復繳繞,逡巡廿載,此事遂廢。頃被新構,宛孌孤吟,亦欲按蕢洲之笛譜,償東澤之語債,而華辭綺思,蹇産不屬。郢中商羽,靳調下里之音;蓋山絃歌,莫涌舒姑之浪。意念蕭索,如何如何? 道里阻隔,思君湛湛。單車東出,幸辱左顧。秋氣彌厲,爲道自愛。

【注】

文載王文濡《當代名人尺牘》下卷(文明書局 1926 年 5 月出版),且編者明言該文作於乙未年(1919)。兹據文末"秋氣彌厲"云云,可進一步確認該文作於 1919 年秋。

奉題張母戴孺人《旌節録》

菀枯原不異春冬,風烈昭昭到管彤。年少貞心冰與雪,歲寒苦節柏兼松。

國風窈窕詩稱教,家學芬芳禮可宗。今日九原應笑慰,一門孫子盡麟龍。

【注】

詩載味芹堂《甬上青石張氏家譜》卷三。受邀爲戴孺人《旌節録》

題辭者，尚有陳瑞康《題張節母戴孺人〈旌節録〉》、況周頤《張母戴太夫人〈旌節録〉題辭》、楊敏曾《鄞縣張君涵莊爲其祖母戴孺人輯〈旌節録〉》、陳訓正《書張氏〈旌節録〉》等。考該書卷四《古蹟》云："'志潔行芳'，大總統題褒張戴氏，民國九年十二月頒。"準此，馮開《奉題張母戴孺人〈旌節録〉》當作於民國九年十二月或稍後。

　　陳訓正《書張氏〈旌節録〉》："鄞張生延章，年少而有孝思，念其祖母戴太孺人苦志守節四十餘年，生既盡其養，歿又爲之請旌如例，並求當世之能文者歌詠其事，裒而爲《旌節録》，其所用心，異於今之青年之所爲，踔踔乎古之疇也！余喜而遂書其耑如此。至太孺人之行誼，則其宗人讓三先生所爲《傳》詳矣，余可不贅。"①又，張讓三《族曾祖母戴孺人家傳》："吾甬上青石張氏……四傳至海圖府君諱宗潮，洊經喪亂，家以中落。孺人戴氏爲同邑傅鐘翁女，幼端敏，嫻姆教，年十六，歸海圖府君，安貧習賤，朝夕勤苦，年二十三而府君即世。時所生二女及子啓廣皆幼稚，孺人以鍼業所入供教養。……歲在己未十月二十一日卒，距生咸豐三年癸丑九月二十六日，壽六十有七，蓋守節四十四年矣。子一：啓廣。孫四：延章、延立、延端、延靖。……延章客海上，經商而有士行，奉其父命，爲祖母請旌表如例，將求當代碩學鴻文表章懿美，垂示子孫。因據行略，先爲《家傳》。"②

《無邪詩存》序

　　玄父詩，不患其不奇，而患其不馴。昌黎云："文從字順，各識職。""識""職"二字，即"馴"字註脚。凡詩文，無論清奇濃淡，必須臻"馴"字境界，方爲成就。玄父似猶有待也。

---

① 《甬上青石張氏家譜》卷三《贈言》，味芹堂1925年鉛印本，第79—80頁。
② 《甬上青石張氏家譜》卷三《家傳》，第20頁。

【注】
　　文載陳訓正《天嬰室叢稿》卷首《諸家評議》，文題乃整理者所加。除馮君木此論外，尚有鄭孝胥、虞輝祖等人的評議（詳參下表）。考《天嬰室叢稿》之二《無邪詩旁篇》卷首云："居白衣恤孤院二年，院主事若嚴爲余裒詩得一百四十六首，題曰《無邪詩存》。既又搜得筐衍蟬蟫牘尾，尚留百五十首，年時錯出，不能次第，因爲《詩旁篇》。火之不忍，將以災木，此戔戔者，化魚所棄吐，尚欲流視人間耶。己未春，玄嬰識。"①是知馮君木此序作于1919年春之前。

【附錄】

《天嬰室叢稿·諸家評議》

評議者	内　　容
應啓墀	天嬰詩，五古最有功夫，樂府亦剗剗出光氣，奇警而幾於自然，皆足以虎睨一時。次爲七律，又次爲五律。七絕、七古最下，七絕往往失之佻率，七古往往失之散漫。吾願天嬰益努力也。
徐　韜	天嬰自謂三十以前未嘗學律，五古、樂府得力於風謠；讀其擬古之作，信之矣！近作稍入宋人具茨、陵陽、眉山（即晁冲之、牟巘、蘇軾）諸家。天嬰又言"平生實未讀宋人詩"，此欺耳，余不敢信。
鄭孝胥	愛奇嗜古，不作凡響，此必使哀樂過人、性情絶俗，乃堪相稱。工夫自在詩外，不足爲尋章摘句者道矣！
陳三立	慘輝妙旨，成嵯峨儵詭之觀。神血湛湛，殆欲分液郊賀。
喻兆蕃	荒忽幼眇，跌宕光怪，如《搜神記》，如秦漢童謡。十年不見君，幽憂沈鬱，乃至於此邪！噫！
釋太虛	噫作靈飆，將搆其變；液勻神雪，將撐其質。騫古路而動容，擊寒旻以流響。
陳訓正	余詩可以觀，可以怨。若夫興群之義，尚竢之異日。

---

① 《天嬰室叢稿》之二《無邪詩旁篇》，第57頁。

與宓生如卓 辛酉

前接來書，纏纏千百言，具見意志之篤實、心眼之曠遠。申紙低回，懽喜何量。今日學子揭櫫"文化運動"四字，空言囂張，適爲不悅學者藏身之窟。新道德未有耑緒，舊道德已全衝決，橫流稽天，未知所屆。而先進宿士，袖手旁睨，大率持兩種態度：一則絕對排斥，視之爲洪水猛獸；一則極端迎合，奉之爲玉律金科。要之，楚固失矣，而齊亦未爲得也。竊思文化新潮，溯湃及于全球，固萬不容膠執成見，橫施阻遏，然青年學力未充、意識未塙，要須有整齊利導之者。而但有聳動，絕無箴規，坐令多數學子中風狂趍，無復有沈潛覃討之意，氣燄則日長而日高，問學則愈趨而愈下。噫，是孰使之然歟？

鄙人深矉熟眂，殷憂無窮，忝以一日之長，不欲自捫其舌。嘗謂今之青年有七大惡德，試爲足下發之。一曰誇大。改造社會，提倡文化，大言炎炎，自命先覺，標高揭己，目空一世，心得淺淺，不復内省。二曰偷惰。厭文學之深博，斥之爲陳死；畏科學之精實，詆之曰物質。自由思想，不學驕人，清談誤國，今豈異古！三曰淺躁。但逞血氣，不問理解。以急激見鋒穎，目審慎爲畏葸。甚囂塵上，動輒盲從。四曰專愎。解放改造，奮鬭覺悟，勞工神聖，戀愛自由，語有定譜，句有定式，文有定符號，論有定主議。千言霧塞，萬喙雷同，小持異議，便遭抨擊，深閉固拒，不容調和。五曰誕妄。新舊牴牾，匪伊夕朝，誠意感乎，庶收厥效。乃危言激論，好爲欺詐，或肆口污衊，或深文周内，故甚其詞，冀相鼓動。習慣即成，信用斯失。六曰輕薄。主張不同，言論自異，往復辯難，學者恒事。乃惡言傷人，無復蘊蓄。冷嘲刻罵，盈篇纍簡。類市兒之交鬨，等村嫗之勃谿。意量之隘，貽譏大雅。七曰殘忍。主義則趨于破壞，議論則敢于推翻。訐人陰私以逞詞鋒，毀人名譽以彰直道，甚至父子革命、夫婦離婚。但期立異，無難實踐。割恩絕愛，恬不爲疚。忠厚之性，喪失盡矣。

綜是七者，要以一言括之，曰趨時自衒而已。惟趨時也，固徇人而不克己；惟自衒也，故好名而不務實。操是術也以往，吾恐數十年後，中國將無人才之可言，而學問道德之途，或幾于萟絕矣。夫以我國學説之迂，心習之陋，丁此新運，寧容屢守。年華鼎盛，朝氣方昌，誠宜廓其心量，廣儲博籍，用供異日入世之需。憚於精密之探索，而惟是虛掠光影，以嘩世而取寵，抑其自待不既薄乎？

吾弟嚴于思考，不爲苟同，實事求是，孳孳無已。前所云云，萬不至墮其波流，特以沈憂填膺，不吐不快，聊復爲吾弟一舒寫耳。愛之也深，不覺言之也盡；望之也殷，不覺責之也厚。諸青年或當聞而見諒耶。《儒林外史》，頃讀畢否？繼有論列，極盼寫寄。春寒颰沓，惟爲學珍重。开白。①

【注】

文載王文濡《當代名人尺牘》下卷，且編者明言該文作於辛酉年（1921）。兹據文末"春寒颰沓"云云，可進一步確認該文作於 1921 年春。在侯學書看來，《與宓生如卓》正是馮君木堅守傳統文化的具體

---

① 《當代名人尺牘》下卷，王文濡選輯，文明書局 1926 年 5 月版，第 61—63 頁。

例證。① 這種理解大抵無誤，不然，其弟子沙孟海也絕不至於如此宣稱："南京高等師範有《學術雜志》刊行，月出一册，翔集中西古今之學說，論議平允，文筆亦近雅，力排近時新文藝、新教育之妄謬。舉世非之，獨立不撓。雖未必盡美，亦可謂'雞鳴風雨、砥柱中流'者矣。此志出後，各處報紙多非議之，以爲頑舊，不隨潮流，吾誠不解若輩順應潮流者，果何裨於社會也。……我國今日談新文化者，動引西方邪説，閧執衆口，此志多以西方學說來相駁責，侃侃而談，最爲痛快。囂囂之徒，可以休也。"②

趙君占綬四十壽序

壽序之作，南宋以後始有之。虞伯生導其源，歸熙甫揚其流，風尚所趨，至今彌盛。中人之家，盤飱餽給，其生日也，必索文士一言以爲侑爵之辭，初猶施之於高年遐壽爾，馴而于壯彊者亦爲之，往往有三十、四十而即以壽言浼人者。操筆者以爲病，余曰無病也，亦視其爲人如何耳！今世風日澆，人習利己，務懇懇身是謀而不他之恤。于此有人焉，卓然以仁俠自見，澤及乎鄉里，功暨乎州閭，雖在中年，固將有以張之矣。彼黃耉眉壽者，漠無被于人，吾乃爲之揚功頌德，一切以諛詞相藻飾，于年雖稱，于行則不足道也。是故操筆者，但當論其人之不愧吾言與否，不必問吾文之果稱其壽否也。

趙君占綬四十初度，其子安浩來索序，述君之行義甚備。安浩之言曰："家君生而徇齊，爲先王父所鐘愛。九歲失怙，

---

① 《張美翊手札考釋註評》下册，侯學書編著，文物出版社 2020 年版，第 346—348 頁。

② 《沙孟海全集·日記卷》，洪廷彦主編，第 326 頁。

先王母之施孺人，撫之以長。纔逾弱年，即秉家政，吾家素不瘠，事務繁劇，家君以少年驟當重寄，益兢兢不願自暇逸，內而米鹽凌雜，外而簿計鞅掌，一身筦攝，莫不犂然得當，經營數歲，資產殖，人以是服其能。平日最敦族誼，祠宇有垂圮者，斥千金葺治之，程役既興，則躬與督率，奔走往復，不辭辛悴。又儲巨資爲高祖營祀事，歲以息所入，俾子姓更番承祭，曰'如是庶免後人推諉之弊'，其篤念先世類如此。天性純孝，事母施孺人維謹，孺人病，親侍湯藥，衣不解帶者，累閱月，既歿而哀毁逾恒人。尤樂施舍，見義奮爲，凡濟人裨衆之舉，輒以身爲倡導。吾鄞屢遭歲儉，米穀大翔，家君出資糶米廉糶，諸衆蒙其惠者無算。某歲鎮海會賽，鄞人群附舟以往，人多，舟不勝載，覆而死者三百人，家君則大戚，首解橐募夫役，起溺屍，具棺收殮，半月始畢；復以前事爲懲，于江中置小艇若干艘，用備倉卒援溺之需；溺而不可生者，即棺殮之，醵集多金，以永其事。他若恤嫠以養節，贍孤以字幼，葺監獄以惠囚，乃至市政公所、澤仁公會等之設立，家君靡不慷慨輸助，未嘗有所規避，樂善之性，誠有非常人所得幾者。今年四月二十三日，爲家君四十生辰，安浩不肖，無以致祝，敢乞一言爲家君壽，可乎？"

余聞安浩言，益穆然有意于君之爲人也。嘗讀莊周之書曰："無勞汝形，無搖汝精，乃可以長生。"夫形何以勞？勞于自利也。精何以搖？搖于自私也。人生不過數十寒暑，顧乃自私自利以戕賊其天年，何愚之甚耶！君以大公無我之心，應物付物，坦坦焉惟利自他人之是務，形神既恬，而年壽乃與爲無涯，不期利己，而己亦無不利。長生久視之方，固有可以操券致者。遂發斯旨，著之于篇，可以見吾文之果無愧詞也。

【注】

文載《寧波旅滬同鄉會月刊》第89期(1930年12月)。考陳訓正《趙占綬先生五十壽辭》云："民國二十年四月，趙君占綬五十舉慶。其哲嗣安浩昆季，狀君生平嘉德，介而來請辭。"①準此，并據《趙君占綬四十壽序》"今年四月二十三日，爲家君四十生辰"云云，足以斷定民國十年(1921)四月二十三日乃趙占綬四十歲生日，而該文亦當作於此前。在此序中，馮君木既簡單追述了壽序的歷史，更明確交代了壽序的適用範圍。

與葛甥夷谷 壬戌

夷甥覽：吾於十七日到杭，留此五日，日日作湖上游。蓋自乙巳迄今，十八年不到杭州矣。湖山光景，迥異疇曩。林亭多作西裝，堤徑闢爲馬路。昔之名流雅士，亭榜樓額，凡可以爲佳勝點綴者，大都改易面目，代以惡札。以西湖比西子，西子蒙不潔矣！吾嘗謂一鄉名勝所在，其間聯額題署，最足覘察是鄉之人文。入境者一覽即得，不待交其人士而知之。今以都會之盛，湖山之勝，而心目所接觸者，乃若是，可見浙西人文之衰落，遠非昔比矣。世變所關，正非細故。湖濱躑躅，所由慨息彌襟也。

吾明日即當赴申，在申尚須小作句留。聞蹇叟又在（復）

---

① 《寧波旅滬同鄉會月刊》第100期(1931年11月)，第90—92頁。此外，象山人陳漢章(1864—1938)也曾應邀爲作《趙占綬五十壽序》；其文見載於《寧波旅滬同鄉會月刊》第97期(1931年8月)，後又被收錄于《陳漢章全集》第17冊(文字略有出入)，浙江古籍出版社2014年版，第794—796頁。

［後］樂園養疴，甥與僧孚須時時親近之。前輩學問之氣，最宜陶冶性質，小小談吐，亦異庸流，耳濡目染，熏習極深，不但請業之益已也！

甥近治何書？《三國志》卒業否？暄涼無定，惟爲自愛。

【注】

文載王文濡《當代名人尺牘》下卷（文明書局1926年5月出版），且編者明言該文作於壬戌年（1922）。據文内"吾於十七日到杭，留此五日，日日作湖上游。蓋自乙巳迄今，十八年不到杭州矣"云云，旁參《回風堂詩》卷五所録《夜至湖上》《與李霞城鏡第、趙芝室家蓀、陳玄嬰、葉叔眉秉良、胡君誨良箴、何秋荼、家仲肩堪、王幼度程之會飲湖上西泠印社，林亭水石，佈置絶勝，賦詩紀之》《遊靈峰，登來鶴亭，山僧出陸小石〈探梅畫卷〉見視，中多咸豐諸老題字，感賦二絶》《湖上書所見》四詩，足以斷定該文作於1922年3月15日至19日間。

題《僧孚裒集師友尺牘》

僧孚裒集師友尺牘爲一册，頃以見示。册中人大都吾所熟稔者，寒老之疏宕灑落無論已，如童次布，如楊菊庭，平日皆不以書名，楊則渾樸如魯公，童則淡宕如倪迂。書藝雖微，要關懷抱。彼愫神囧而離黑女者，但堪岡市利耳。不藉書卷爲灌溉，而惟以能至多金自豪，其書品蓋可想見。吾願僧孚、夷父自澤於古，勿與海上鬻書時流競一日之短長也。翻閲是册，意有所感，遂書之，以爲僧孚勖，兼勖夷父。壬戌五月木居士題。僧孚方與夷父同處，故並及之。

【注】

該文轉録自《張美翊手札考釋注評》上册，其文末明確交代"壬戌五月木居士題"，即作於民國十一年（1922）五月。又，張美翊亦嘗題沙孟海所輯《僧孚裒集師友尺牘》，其詞云："漢晉人崇尚牋奏，《文選》所録可考也。曾文正《經史百家襍鈔》乃采右軍書。古近叢帖，率以書簡爲多。以筆札通情愫，致足尚矣。吾鄉范莪亭先生好收名人尺牘，今歸慈谿嚴氏。《小長蘆館集帖》有季野、謝山諸先生牋字，不以書名，而字獨古雅，讀書多故耳。沙君孟海聚師友函成册，乃有老朽惡札濫廁其間，甚媿，甚媿。生平頗好推獎氣類，與人爲善，尤喜長牋言事，手自書之。今年老手顫，無能爲矣。披閱一過，惘然久之。壬戌五月望，寒叟題，時年六十有六。"①

又，《僧孚日録》丙寅十月一日（1926.11.5）條："范文父藏松雪書《左太沖詠詩真蹟》，亦復美秀可翫。此册舊爲范莪亭永祺所藏，有梁山舟、錢竹初跋。吾師亦有跋語，謂嘗見竹初與莪亭札云：'所示趙書俱贗本，將來當求左詩真蹟細翫。'然則此册爲真蹟無疑。"②

《寒莊文外編》序

寒莊既遴棌所爲文，甫汔工而遽殁。臨殁，顧言以遺文付开删次，別爲外集。③承命悲唏，憚于發廞，因循三載，始克措手。旋取旋舍，旋舍旋取，反復審覈，厪得文二十首，寫定一卷，題曰《寒莊文外編》。夙昔持論，蘄嚮互別，循逝者之恉，取定文之準，九原可作，庶曰相矛。癸亥十一月，馮开。

---

① 《張美翊手札考釋註評》上册，侯學書編著，文物出版社2020年版，第397頁。
② 《沙孟海全集·日記卷》，洪廷彥主編，第1106頁。
③ 馮开《虞君述》云："病革，語諸子曰：'吾死都無所恨，獨年畢生微尚，縛在文字。天戹之年，不克極其所詣，此可慨嘆耳。'君自定《寒莊文編》二册，王樹枏序之，棌印甫竟而君殁，未棌者尚數十首。臨殁，戒其子付开删次爲外集云。"

【附録】

《寒莊文外編》目録及作年

作 年	篇 名
不詳	1. 六公家傳；2. 虞君贊堯墓表；3. 眷女哀辭；4. 虞敦甫先生墓表；5. 虞君晴溪生壙志銘；6. 跋亡弟厚甫所讀書；7. 王君巨材墓表；8. 紫石廟記；9. 曹君九疇權厝志
甲寅 1914	1. 周君振令墓表；2. 鍾太孺人七十壽序
乙卯 1915	1. 與梁式堂道尹書；2. 李氏譜序；3. 虞君希曾墓表
丙辰 1916	1. 樊君時勛行述；2. 孫君昭水家傳
己未 1919	1. 重修閔子墓記代；2. 西園記代；3. 山左防疫彙編序代；4. 龍口商步紀事序代

【注】

　　沙孟海《僧孚日録》癸亥十一月十九日(1923.12.26)條："師留蔡氏，編定《寒莊文外編》。"①又，《僧孚日録》甲子十一月廿一日(1924.12.17)條："《寒莊文外編》，虞先生臨歿，顧言屬吾師爲之編次。去歲十一月，師養疴明存閣，始爲刪次，訖今已刊印告竣。師以一册見貽。……(廿二日)張君伯巖之銘見過，以《寒莊文編外編》合刻本一册見贈。刻是集，張君實主其事。"②是知《寒莊文外編》序當作於 1923 年 12 月 26 日馮君木編定《寒莊文外編》時。

　　在此前後，陳訓正應虞和育之請，爲《寒莊文外編》作跋："嗚呼，此亡友虞君桐峰之遺文也。……君卒後三年，馮君君木釐定君未刊文爲《寒莊文外編》，將付刊，君子和育果持以來請，余欲增益之，而懼非君之志也。……今君既歿矣，讀君文者，顧疑君爲乾嘉間人，非近

---

① 《沙孟海全集·日記卷》，洪廷彦主編，第 547 頁。
② 《沙孟海全集·日記卷》，洪廷彦主編，第 736 頁。

世有，何也？事固有詘於近而信於遠者！君之所成就卓已，然猶藉此落落數十篇者，收名聲於身後，或曰君之幸。夫吾烏知君之幸不幸哉，讀君文，彌不能不憮然於君昔日之言也。"大約次年三月間，陳訓正將《寒莊文外編·跋》略作修改，並易名爲《書桐峰遺文》，編入《天嬰室叢稿》之九《閼逢困敦集》中。

趙撝叔手札跋

會稽趙益甫大令之謙書融治南北，妙躡自然，眠邇日書流削圜成觚、詘曲耳勢者，氣象迥殊，庶所謂瀟灑流落、翰逸神飛者已。光緒初年，與鄞董覺軒先生沛同官江右，書疏往復，不日則月。先生即世，家人檢其医衍，得大令書劄盈束。二十年後，先生族人茹生翔遂以重金收之，都手書百十餘通。凋疏跌宕，彌復有晉人散髻斜簪意度。書中類多瘦詞隱語，棲遲下位，涉筆觸諱，其抑塞磊砢之概，尤足爲才人不得志者發涕也。會董氏將付景印，輒題其尾。甲子五月，馮開。

大令又爲覺翁作篆隸真草四巨幅，字大皆數寸，混茫飛動，神采照眼，彌可寶也。茹生翔遂謀併付影印，附記於此。[①]

【注】

原載民國二十三年(1934)上海有正書局石印本《趙撝叔手札》，其文末明言作於甲子(1924)五月。

————

① 《清代名人尺牘選粹》附錄二《序跋題辭》，于浩編，國家圖書館2017年版，第1267頁。

一飯難

天凝地凍，斜陽半死。老鳥尾畢逋，伏木末，噤不得發吻；小鳥銜枯魚，口以哺，鏖寒啼鳴鳴，其聲淒斷。

道周冰沙沙，一老叟龍鍾踏冰行，破衣決踵，脚瑟縮且凍。脚凍猶可，腹空奈何！

無何，抵一家，門墻堊粉皎若雪，銅鋪半掩，老叟側身入。既入，不升堂，不由房，足趄趄，徑向竈屋趨。

竈門火殷然，竈瓠飯香翕然，竈右楝柱間，火腿魚臘林林然，竈後複室中，有少婦，衣重裘，袖手擁爐坐，口蚩蚩猶呼冷。回面見叟面，面立沉。

"嘻，汝又來！汝奈何又來？來此無益汝。汝不如早去休。"

叟拄杖傴僂立，兜其頷，簌簌顫，瞪目注少婦，欲語氣先咽。

"唉，我亦知無益。顧天寒，腹中空，不凍死，亦餓死。匪汝求，將求誰？"

少婦色若動，以目目廚娘，亭亭入房去。廚娘盛飯訖，揚手招叟前。

"來，姑與汝一盌飯。汝其急急食，急急去；緩則主人歸，汝必無幸。"

叟得飯，有喜色，目眶冉冉動，先出十僵指捧飯盌，熨手令柔，然後以左手擎飯盌，執箸右手，霍霍爬入口。齒禿勿能嚼，則盤旋其舌咀以嚥。嚥時聲澌泪，若與饑腸雷鳴聲相應和。

飯方半，窗前履橐橐，一裘服少年自外入。憑窗語廚娘，令晚飯時備火鍋。回面見叟面,面立沉。

"咄,汝又來。誰遣汝在此飯?此地豈有汝坐位!速去,毋淹留。"叟不語,俯首盌中,振其箸不少停,若深惜此半盌飯,將不得爲己腹中物,猶冀多食一口,得多延一刻飽者。張頤鼓吻,乃不暇答少年語。

少年躁恚,遽入,逼近叟前,怒目直視叟,勢齦齦若欲奪叟盌。叟有懼色,但力把其盌勿失,口中猶潏泪作聲,亦以目睨少年面。

"唉,汝毋然。我今日盡此飯,後必不復來。汝怒目向我,又胡爲者!"

"咦,我怒目汝,汝便奈何?我有飯,寧餧狗,決不許汝舌舐我盌,決不許汝口銜我箸。汝便奈何?汝便奈何!"

少年語罷,即紾叟臂,奪叟盌若箸,折箸成四段,覆餘飯地上,饜口呼狗食之盡。狗得食,揚尾大噑,目閃閃視叟。叟面色若死灰,淚熒然緣頰下,哽食喉底,欲吐不得吐,惟伏身椅之背,以手摩其腹。少年戟指指叟額,咆哮作狗聲申申罵。

"誰耐煩看汝死模樣,速去速去!"

立搚叟腕,掖叟走。叟憤懣相撐距,過檐下,遽騰一臂挾檐柱,跇跁勿前。少年怒,挈其臂搚之,臂瘠如枯柴,被搚格格作響。叟負痛釋柱,以膝若踝委地,蜷局而行。叟似鼠,少年似貓;叟似羊,少年似屠者;叟似死麕,少年似猛虎。牽出門,力摔叟胡投之地,叟仆道上,少年猶悻悻,意似欲踐蹂之以洩忿者。忽見一小兒蹣跚出,牽少年衣呼阿父,少年眉立展,手撫小兒頂,攬而抱之懷,闔户竟入。

識者曰:"少年是子,老叟是父。"

識者又曰："少年是教員。"

木居士曰：此吾慈谿事，篇中所摹寫，皆實狀，無虛構者。慈谿以孝鄉稱，不幸學界中產此梟獍。吾草此篇，吾心痛。

鐵頭陀曰："小兒已得好榜樣。"

【注】

該文始則署名君木，見刊於《民權素》第八集，爾後又署名馮君木，發表在《精武雜誌》第 46 期(1924 年 12 月 15 日發行)。她以春秋筆法，嚴属抨擊當時慈谿學界個別學者忘恩負義、欺師滅祖的惡劣行徑。

與徐仲可(一)

仲可先生惠鑒：昨從李君拔可許托遞一函，計達左右。並附《感事》七律五首。頃朱炎父見貽手章，兼附大箸兩首，具審芳躅近在滬郊。莽蒼之適，不待春糧，所惜江路驅車，都難就熟，室邇人遠，我勞如何！大箸《祭羅瘦公文》，悽摯婉篤，讀之使人惘然。篇尾微惜氣促，輒復擅增數語。效敬禮之定文，恃惠子之知我。愚者千慮，恐未必有一得耳。兵事結束，會晤匪遥，佇望光儀，庶慰饑渴。肅此敬候興居。

【注】

文載王文濡《當代名人尺牘》下卷(文明書局 1926 年出版)，原題《與徐仲可》，兹爲區別後兩文而後綴以(一)。考《僧孚日録》甲子九月廿二日(1924.10.20)條云："甬自治軍一合再合，其人雖前後有所出入，要皆共職無聊之徒，乘機猝起，初無家國之慮。吾師近作《感事》五首，所謂'小姑居處本無郎，療妒翻尋海外方'也。"① 據此，足以

---

① 《沙孟海全集・日記卷》，洪廷彦主編，第 708 頁。

推定馮君木此信作於1924年10月底或11月初。彼時，兩人皆身處上海。

與徐仲可（二）

仲可先生執事：前辱手章，並袁、陳兩君傳誌文，具審一切。袁君文精卓簡練，不媿名手。陳君初稿，微嫌近於酬贈之序，不類傳狀。幵爾時會語友人，謂將發耑語移置末端，便合體裁。又文中有"研田"二字，似亦傷格。及讀更定之作，則移易悉如鄙意，即又持示友人，爲之相視而笑。刻苦烹練，歸於恬適，彌見陳君用意之深切矣。幵自前月返甬，始而內熱，繼而耳疾，頃又病兩膝攣痛，總之病在神經，衹可聽其自來自去，非藥石得能奏效耳。

先公《家傳》初擬，病愈後執筆，今則遲之無可再遲，決於日內力疾爲之。一誤半載，訖未克踐，死罪。幵擬初十日來申，聞蕙風忽然移寓吳門，真出於意計之外。在申時曾力尼之，終於靡效。傷心人別有懷抱，益以見其孤憤疾俗之槪矣。

承索先兄《墓志》，幵來申時，當隨身帶來。累日風雨甚驟，秋氣颯然，乍涼乍暄，調攝不易，惟加意珍衛萬萬！

【注】

文載王文濡《當代名人尺牘》下卷（文明書局1926年出版）。原題《與徐仲可》，茲爲區別後前後兩文而後綴以（二）。

與徐仲可（三）

仲可先生大鑒：辱兩損書，並大箸《札記》數葉，所以矜寵題拂之者甚至。飾蜥蜴爲靈虯，列艾蕭於蘭芷，申楮循省，慚悚曷已！先公《家傳》，至今未能屬草，緣有志銘壽序五六事，期限已迫，無由展緩，不能不先了之。務望約定刊工，俾少停頓，俟諸篇廓清，即當努力脫稿，兩旬之內，必以報命也。

頃吳缶翁來，便將《純飛館塡詞圖》匃題，缶已袖之而去。缶翁並贈公所刻《家集》及其自箸《缶翁詩》都四種，兹特奉呈，望爲檢納。承示近作《水龍吟》二首，圓潤婉篤，憶雲鹿潭之遺，文債困人，無緣屬和，恨恨如何。

舍甥葛暘請趙叔孺作《慈勞室圖》，用著母氏勞苦之績，影印多紙，藉徵名流題詠，兹附寄一紙，務希先生有以教之。暘字夷父，頗能文事，於書藝較有心得。其母吾從姊也，年四十喪夫，既而又喪其長子，時暘纔八九歲。家姊上事邁姑，下教幼兒，其勞悴殆有非常人所堪者。今年六十歲，已抱兩孫，暘亦稍能自立，差足慰耳。家姊事姑最孝，臥起同一室。姑衰邁，動止需人，家姊事事身任，旦夕不離，身已爲人姑，而其事姑也，曲盡子婦之道，不異其爲新婦也。姑婦相依，幾四十年。姑年八十卒，時家姊已五十餘矣。《札記》數葉，已遵命郵遞與袁伯夔。伯夔文如脫稿，幸乞寄示。

蕙風先生於廿一日赴吳門，大約五六日即歸，並以附告。肅此敬承興居。

【注】

文載王文濡《當代名人尺牘》下卷（文明書局 1926 年 5 月出版）。原題《與徐仲可》，兹爲區別前兩文而後綴以（三）。況蕙風於乙丑年六月二十七日（1925.8.16）移居蘇州，詳參《沙孟海全集·日記卷》。

沈母夏淑人誄①

　　民國十四年九月十一日,定海沈母夏淑人疾終上海客邸,春秋七十有九,嗚呼哀哉!淑人,衆議員沈君椿年之母,而故清贈中議大夫諱觀字用賓之配也。盛年失耦,矢志撫孤,節操較然,著誦鄉國。椿年長才閎辯,克協人和,革政之初,麗名里選,南北奔走,匡飭風政。魯連義不帝秦,儒仲寧甘仕莽,邅回逾紀,聲施灼爛。不知者以爲重修能於內美,無改其初;其知者以爲服聖善於中閨。夫有所受,王安國之無二,徐元直之堅貞,並以母教壹其蘄向。淑人之於沈君,何多讓焉!芳風懋范,今也則亡,敢表素旐,用章彤管。誄曰:

　　允矣淑人,諸夏之彥。鄉有禮宗,家稱祥媛。懋齡獨處,含艱咽辛。以育以教,保其嗣人。粲粲三子,伯尤魁異。才略蹟踔,蓋其曹輩。服習母訓,取信民萌。公錫喉舌,俾假之鳴。出入風議,不以其私。官邪政懸,則必觸之。豶羊戴威,帝制是竊。頌德勸進,千詭萬譎。淑人曰嘻,人紐其絶。董戒伯子,毋屈而節。甲蹶乙興,是長巨憝。市曹債帥,亦覬天位。投鉺都市,白金五千。議民似蟻,集而慕羶。佼佼伯子,掩耳南走。豈不畏禍,思負阿母。維時阿母,滯留都門。威惕利誘,漠若不聞。逡巡托病,卒脫羅網。是母是子,萬流歸仰。彼昏日醉,腥聞徹天。千夫所指,亡也忽焉。温温淑人,

---

① 萬湘容等《民國時期寧波文獻總目提要》;"《沈母夏淑人行述傳誄墓志銘》,陳訓正撰,張原煒撰傳,馮开撰誄,民國間印本。本文敍述與沈母夏淑人的生平概略。含……馮开撰《沈母夏淑人誄》、袁思亮撰《沈母夏淑人墓志銘》。沈母夏淑人(1870—1949),沈觀妻,沈椿年母。(甬圖)"

悦喜可知。頤性養壽，當享耄期。胡天不弔，貞儀遽隕。匪直閨闈，喪其維準。麻衣慘慘，棘人欒欒。邦族哓悼，道路汍瀾。繄母之行，宜列惇史。導揚懿美，敢諗無止。嗚呼哀哉！

【注】

　　文載《沈母夏淑人行述》，民國石印本，寧波圖書館藏，索書號"M21017"。茲據篇首"民國十四年九月十一日"云云，可認定該文作於1925年9月中旬或稍後。

張澄賢先生祠堂碑記

　　滬甬相去僅數百里，遵海命航，一昔而至。甬人以好遊名，集于滬者尤夥，自薦紳碩賈下至負販雜技，曹進曹退，紛若歸市，蓋居通市僑人什之三四焉。聯誼集謀，乃爲思次，命曰寧波旅滬同鄉會，用舊府稱，取其該也。

　　鄞縣張君，晚謝官政，來長斯會，其紾變經俗，懷保氣類，汲汲焉，皇皇焉，若饑渴之于飲食，而手足之衛其頭目也。君赴事敏捷，洞察物情，駕頤御鯀，卒中肯綮。頑頓無知，不循理紀，風之以言，帖然感乎。是故有所汨作，麾手而事集；有所爭競，片言而平息。單貧孤子，莫我敢侮；民生百業，得以維系。中外人士，無不知有寧波同鄉會者，蓋君料理之力居多。

　　君歿且三年，鄉人慕思益勤，既擇日設位，奠於會所，並議所以易其名者，因私諡曰澄賢先生。又有建議者曰："君福我鄉人，亦既沃矣，不有祠祀，何永大惠？"眾應如響，遂度地於滬北虹鎮，數月落成。聲詩伐石，諉之馮开。自世衰亂，吏治廢缺，憲度不修，民漠益深。賢者負經世志，未獲大用，退隱市里，以道整俗，其平易近人，情亡隔閡，較之親民之官，收效彌大。夫使方六七十，無一夫不得其所，是亦爲政。奚其爲爲政，昔陳仲弓懸車邱山，人高重其德，於公相繫，我張公其若人之儔乎？

君諱美翊，字讓三。以副貢生兩舉經濟特科，直隸（侯）[候]補直隸州知州，歷充出使英法義比四國隨員、南洋公學總理、南洋大臣顧問官、憲政編查館諮議官、度支部諮議官、浙江諮議局議員，及佐浙江、江西巡撫幕府。文章風節，海內人士，多能道之，茲不具箸，箸其施于鄉人者，並系之以詩。詩曰：

於惟我君，邦之碩士，懷文抱質，爲時模楷。
滬市海大，僑者萬曹，有渙不集，疇恤我勞。
爰作邸舍，式厘百度，冥行方痡，載以棧輿。
君施猶昨，君身已邈，雖則已邈，祠祀有恪。
滬水湯湯，魂來無方，鄉人之思，邦家之光。

【注】

　　文載《寧波旅滬同鄉會月刊》第73期（1929年8月出版，第50—51頁）。考《申報》1924年8月13日《名宿張讓三逝世》云："鄞縣張讓三先生，現年六十八歲，前清時曾爲薛福成隨員，遊歷歐洲各國。回國後，曾充上海南洋公學提調及寧波旅滬同鄉會會長，熱心公益，爲時人所重。忽於本月十日下午四時逝世，甬人多聞而惜之。"又據《張澄賢先生祠堂碑記》"君殁且三年"云云，是知張讓三卒於1924年8月10日，而《張澄賢先生祠堂碑記》約作於1926年8月初，用以表達寧波旅滬同鄉對張讓三先生的敬重和懷念。

　　《寧波旅滬同鄉會月刊》第73期同時刊載錢品芳《澄賢學校新舍落成祝辭》："彤彤文府，位申之滸。己巳孟秋，禮成新宇。……吾郡張公，仁而多智。……校之興也，賴公而治。……移校之名，作公之謚。……嗚呼公之賢，校之堅，其與我黨國共不朽於億萬斯年。"由此可知，"澄賢"原本是張讓三興建於上海虹鎮的學校之名，今則被用作先生的謚號。

《寧波旅滬同鄉會月刊》第74期《虹鎮澄賢義務學校舉行落成禮》："鄞縣張讓三先生文章風範傾動一時，東南達官奉爲上賓。性喜交游，頗多知名之士。又喜提攜後進，一善之長，譽不絶口，故一般青年咸尊禮若師。素抱平民主義，對貧苦之人愛恤備至，故殁後而人思之。有王瑞龍者，先生之同鄉也，以先生在滬組織寧波旅滬同鄉會，仗義助人，深得各方同情，於去年春間號召各團體在同鄉會開追悼大會，又於（棧）[錢]業公會內奉祀先生，以資景仰鄉賢之意，而私謚之曰'澄賢先生'。馮君君木爲之撰記勒碑。又體先生提倡教育之意，與航海公會合力創辦澄賢義務學校，在虹鎮地方新建校舍，需費萬金。層樓高聳，氣象雄壯。八月十日，行落成禮。"①

烏母張孺人七十壽序

每覽曩史，名流俊髦之得力於母教者，其所造必深，其所持必固，其所抒渫而表襮者，必有貞靜寧澹之風，此何以故？慈母之愛子，心顓而神凝，其於子之一舉一動，莫不肅然納之軌範，而不使幾微之或蹈於非。戒慎匡飭，靡隱不燭，父以剛克，母以柔克，其所淪浹於子之心體中者，宜有殊爾也。汪中氏有言："爲寡婦者，必壽其子，苟成也則家必昌，雖貧也必孝，此天道之可知者。"吾以爲母德所被，實足以養童蒙良知良能之正，少成若性，異日之克家報本，即何一非造端於人

---

① 《寧波旅滬同鄉會月刊》第74期，1929年9月出版，第25頁。

事，固無俟取證天道爲也。

　　鎮海烏君崖琴，以孤兒踔起，累長小學。嘗遊上海，會吾寧波人之旅上海者謀立寧波公學，即以其事屬崖琴。崖琴殫智竭慮，規䕶萬端，起橫舍，立科條，簡師儒，定程課，凡先後董成公學八所，規模閎遠，成績斐然，比及數年，聲聞份份箸儒林矣。

　　一日，崖琴造余，稱其母張孺人年已七十，欲得余一言爲壽。因具道孺人夙昔貞苦之行，與其所以教孤子者，蓋慼然不能盡其詞也。崖琴之言曰："孺人年十七，歸我先府君爲繼配。越二十年而先府君歿，孺人僅四十許耳。遺孤三人，長曰人堦，才弱歲；次人圻，方幼讀；人㙯爲最稚，猶藐焉未離懷抱也。孺人哀號摧慟，幾幾欲以身殉，即嘿自念府君用力田自給，艱難辛苦，以有厥家，不幸無祿，當有承其責者，未亡人奈何以一死自貸乎？遂彊力自支厲，早起晏息，井臼操作而外，尤狠狠以教督諸子爲亟務。嘗語人堦、人圻曰：'吾可以死而不死者（者），爲兒輩也。兒輩若不自策，匪特無以慰我，亦使我無以見汝父於地下耳。兒輩識之，處事宜勤，立身宜謹，家門盛衰，係於若曹，其毋使我樂死而惡生也。'回顧人㙯方嬉於側，即攬而寘諸膝，摩其面曰：'傷哉，兒今爲無父之人矣。'孺人泣，人㙯不省所謂，亦隨之泣。既而問人㙯：'兒何所好乎？'人㙯率爾應曰：'好讀書。'孺人有喜色，曰：'兒誠好學者，吾雖勞，其又奚恤？'乃取飴果啗人㙯，若用此爲鼓厲者。人㙯微喻母旨，既就傅，遂不敢自怠棄，每見母嘿坐不語，即抗聲朗朗誦四子書，冀以是殺母悲，母亦爲之一破顏也。人㙯年十七，孺人命入師範學校。肄業時，校師爲毛介臣、陳屺懷、張申之諸先生。孺人審諸先生皆賢者，每休沐歸，輒勉人垚曰：'汝幸得從毛、陳諸先生游，寧獨學諸先生之學，益當法諸先生之行，庶無負耳。'乃卒業，又詔之曰：'汝今而後將爲人師矣。爲師之道，敦品行，立名節，端舉止，慎話言，其首要也。無學不足以教人，無德尤不足以服人。汝其益兢兢焉，而不惟囂競之風尚是趨，則吾心安矣。'"崖琴所述如此，而知崖琴之賢之其來有自也。

吾聞之：君子事親，養則致樂，養體非孝，養志爲孝，必覘察夫親意之所屬，深求曲體，俾犁然當於親心，而後顧之憂俱釋，斯爲盡養之道焉。高會燕業，苟爲侈張，是直養體而已耳。然則崖琴之所以養孺人之志而致其樂者，吾知孺人臨觴笑懽之情，將在彼而不在此也。崖琴勉乎哉！

【注】

文載《寧波旅滬同鄉會月刊》第 52 期（1927 年 11 月出版），乃應鎮海人烏崖琴之請而作。該文在祝壽的同時，論及"母教"的作用和"事親"的方向。

烏崖琴(1889—1981)，名人垚，鎮海鄔隘人。1911年以最優等成績畢業于寧波師範學堂，先任教于鎮海尚志小學，半年後入學於江蘇教育總會單級教授法傳習所。1913年學成返甬，籌辦模範單級小學。1915年、1918年相繼受聘爲鎮海城立小學、縣立高等小學校長。1921年應聘爲上海寧波旅滬同鄉會學務主任，總理學務20餘年，使同鄉會小學從3所發展至10所。

若榴花屋師友札存·馮开信札

孟海足下：省書，知在杭，頗爲窮所困，月薪不能領，飢腸轆轆，但□飽餐西湖山色耳。陳君誄詞及聯語均合度，負此藝能，給用有餘矣！所要況夔老墓銘稿，嬾於鈔寫，過彊邨處，一通交還，便以付郵寄去。是文屬草深速，惟摹寫況老意態一段，頗費思力。脱稿以視彊邨，彊邨所擊賞者，果在此段。雌蜺之讀，適得會心，亦論文之一樂也。試持貌玄嬰，以爲如何？

徐君仲可忽於十一日逝世，吾與程子大、陳蒙安同往視斂，惻愴殆不可爲懷。前年哭夔老，去年哭缶老，今改歲未及兩月，又少仲可矣！昌黎有言："人欲久不死，而觀居此世者，何也？"真傷心刺骨之言矣。林鐵尊與玄老填詞唱和，曾以其近詞，寄視彊老，彊老語我："鐵尊詞未嘗無功力，苦爲應酬所累，其病正與況老相同。"人生爲貧所困，不能屏絶人事，甚至文章亦受其累，傷哉貧也，吾未如之何也，已矣！

王啟之數日不來，吾甚念之。此君匪特多能，乃其沈竺惋摯之情，尤爲今世少年中不可多覯之人物。吾每見之，輒覺有惜惜竟夕之思。缶老晚年得此好弟子，鳳雛麟子，不足貴重。

爾以後有書抵我，勿用時髦式牋楮，令我对之作惡，千千萬萬。春寒，珍重。开白，十六夕。①

【注】

據夏劍丞《徐仲可墓志銘》，可知徐氏歿於"戊辰二月十一日"；②據此推算，足以確定馮君木此信作於戊辰二月十六日（1928.3.7）晚。

① 《若榴花屋師友札存》之《馮开信札》，西泠印社2002年版，第7—1頁。
② 《光宣以來詩壇旁記》，汪闢疆著，遼寧教育出版社1998年版，第99頁。

董君杏生五十壽序

今之言民生者，以資本制度爲未善，務思有以調節之。豈不以天地生財，止此數量，鶩財者不圖運行流轉以劑之平，而惟以左右壟斷者，罔不訾之巨利，偏壅之勢成。此貧民一手一足之力，在在爲巨商所操制，而一家之餘布羨粟，適以促成舉世之饑寒。肥者愈肥，瘠者愈瘠，兩端相消，匪特受壓迫者岌岌不可終日，即富室亦詎能久焉。是故善殖財者，不惟其一身一姓是私，兼推其所利以暨於衆。取焉而能與，聚焉而能散，始於養己，終於養人。雖未必貫徹平均之理，抑其所補苴而彌縫者，亦庶足以平其不平焉矣。太史公撰《貨殖》，必歸美於賢人之富，而所謂賢人者，必推本於好行其德，諒哉，何其言之深切著明也！

鎮海董君杏生，太史公所稱爲賢人者也。其父茂衡翁，故以商業著名上海，壎鬻所入，動資任恤，解紛排難，千金弗遜。比其老也，卒蕭然無以遺沒。嗣君豪情淵量，禀自先人，束髮受書，即不屑章句之學。年十四，棄書游上海。數歲遭父喪，益發憤治域外文字。久之，盡通其語言術數，外商舟舶往復，率倚君爲先導。既而歎曰："南北沿海岸數千里，乃獨令遠西商船出没於濤浪沙綫之間，而我國之貿遷輸送、商賈行旅，轉相率委重賈胡，而兀然不能以自運，夫誰之恥乎？"遂捨曩所業，與諸商人集資立商業輪船公司，尋復與鄉人倡行寧紹商輪。由是業彌盛，營度彌廣，誠信卓著，遐邇傾嚮，不二十載，家以大殖。

每念太翁生平尚義，見囷物量，末由稱其施與心，今日幸致兼贏，而畜我不卒，曾不得稍展尺寸之懷抱，間與家人道及此，未嘗不爲之淒愴泣下也。於是益務弛捨，兼申先人未竟之志，交親丐貸，鄉鄰緩急，靡不量力以濟。立鄉序，建病院，浚河塘，治梁道，二十年來，族黨州里，教養畢給，而遠近之水旱兵燹、天災人禍，復不惜斥重貲赴之，俾解倒懸而蘇民困。前後所費，蓋累大萬。前大總統頒給"敷教勸學"額，兼授一等金嘉祥章，以爲旌寵。嘗一再當選爲上海總商會董事，又任總商會接收兵工廠委員。又嘗參加中華赴日本實業觀光團。迨國民政府定都江寧，復任上海總商會執行委員，旋又被推爲租界納稅華人會執行委員。凡國中義善之舉，及夫市重要之政，無不資君之力以行，聲聞洋洋溢中外矣。君顧欿然不以自慊，嘗倡教養遊民與移民實邊之議，著爲論說，冀動當事之聽，卒以頻年兵戰，日不暇給，議寢不行。君悒悒以爲恨，每語人曰："吾國實業之未興者幾何，荒地之未辟者幾何，冗散之不得食者又幾何，使吾謀而行者，以其有餘，彌其不足，所全濟可量耶。"其有志兼濟蓋如此。

戊辰十月，爲君五十生辰，習於君者，謀得余言爲壽，並以君族人所次年譜見視。嘉言懋行，殆非一文所能賅，余故取其犖犖大者，著於篇。竊念君於取與聚散，類能兼籌並顧，而畸輕畸重之弊，不戢而自消，視世之顓顓用資本自封者，爲道固不侔矣。而仁德暨被，更能本平準原理，以扶傾而益寡。孔子稱"仁者壽"，又稱"大德必壽"，質性之所固定，又何俟引年祝延之佗佗藉藉爲也！吾言非誣，百爾賓朋，以覽觀焉。

【注】

文載《寧波旅滬同鄉會月刊》第64期(1928年11月出版)。鎮海人董杏生不但縱橫商海二十年，更長期致力於慈善事業，因而在民國十七年（1928）十月年將五十之際，馮君木受邀爲作壽序。

周君亭蓀四十贈言

自周官置挈壺氏，而漏刻之制日精以密，測辰揆景，俾無曠時，用至閎也。海通已還，殊方奇巧，畢貢於我，時辰鐘若表，幾於家需而户要。時刻分秒，不忒累黍，其機彌深而其度彌準。陸士衡云："形微獨繭之絲，逝若垂天之電。"陸佐公云："儵往忽來，鬼出神入，耳不輟音，眼無留眄。"凡所以體狀漏刻者，施之鐘若表而益形其適，於是古之漏刻，卒乃退處於無權，而鐘表遂操司時之令焉。夫世變日亟，人事日繁，過隙之景光，方汲汲焉不暇以給。謹其運行，辨其度數，方針所指，不使有須臾之舛午，以視夫金水吐納，僅著晷刻升降之節者，固不侔矣。以授人時，以前民用，時中之君子，宜可適而從也。

鄞（孫）周君亭蓀，操鐘表業者幾三十年矣。君年十四失恃，三十二失怙，幼歲即走上海，從孫君梅堂游。孫君故鐘表巨商也，夙習歐美人士。歐美鐘表之所輸入，其道必由孫君，運行流轉，惟孫君是準。孫君尋執全國鐘表貿易之權，設總樞上海，分其支於四方，廣播博衍，規模益廓。君黽勉服勞，所以贊輔孫君者，甚周且至。孫君重其幹局，舉凡稽核營運諸務，壹切倚君以辦。君感其師題拂之慇、諉諈之重，益兢兢不敢自息，朝斯夕斯，維職守之是惕。年未三十，遂綜肆務。孫君好勤遠略，君以慎密佐之。二十年來，由上海分衍之支肆，無慮二十餘所。黃河、長江、珠江三流域之南北上下，名都要會，建標列廛相望也。家無貧富，人無老少男女，几者，壁者，臂纏而襟珮者，蓋莫不取給焉。一業之漸，而蕃殖乃及十數行省。匪特見孫君操制之神,抑君之所爲後先疏附者,其精力亦過絶人矣。

君性情伉爽,交友重然諾,不屑爲詭欺詐諼之行。交親有緩急,輒量力伙助,雖重貨不責償,識君者罔不誦君之義。尤敦内行,既爲其伯父(瑩)[營]葬,復出貲督造家廟。居鄉頯頯,惟以崇尚族誼爲亟務。曰:"孰非吾祖吾宗一本之所出,幸有餘力,不稍稍圖自靖,而專爲吾身封殖計,他日何以持顔見面先人耶。"

君有兄二人,姊二人,自少友愛甚篤。姊早寡而貧,君招之同居,戒其妻時時慰薦之,(母)[毋]使毫釐傷吾姊心。妻亦賢淑,能曲將君意;姊處之泰然,若忘其依人也。君夙昔最服膺孫君,嘗語人曰:"吾侍吾師久,覺吾師之德性行義,在在足爲吾衿式。吾游海上二十餘年,處世行己,幸得不至於隕越者,微吾師,其又安能幾此哉!"其謹厚不忘本如此。

己巳某月爲君四十生日,君之交舊,謀爲君置酒,而介洪生太完乞言於余。太完微示君旨,以君所執爲鐘表業,自少迄今,追隨孫君,初無旁騖,欲以此著貞一之操,明久要之義,乃就君惓惓所蘄嚮者,推衍闡發,以見君生平立身之有定,異日由強而艾而耆而老耄壽耇,此亦其見端也。太完試持是以質諸君,君其爲我醻一觴也歟。①

【注】

文載《寧波旅滬同鄉會月刊》第 111 期(1932 年 10 月)。據文末"己巳某月爲君四十生日",足以確定該文作於 1928 年。

---

① 洪璞,原名完,字荆山,號太完,慈谿人。嘗住上海福州路杏花村菜館隔壁弄堂。

陳子壎君母余太夫人八十壽言

鄞陳氏壽母曰余太夫人，戊辰之歲，年八十矣。有子四人，伯俊謙子秀，仲俊伯子塤，叔俊三子鼎，季震祜子實。有孫十六人，有曾孫十四人。他若女子子、女子孫、曾孫女，乃至女壻、孫女壻、外孫、外孫女，乃至子婦、孫婦，外孫婦，綜一本之所出所繫屬者，都一百一十餘人。生年而至耄耋，耄耋而又獲嘉福，夫豈時之所常覯者。於家爲慶，於鄉爲瑞，此誠載筆者所歡欣鼓抃，而不能已於言者也。

吾聞之《易象》"坤厚載物，德合無疆"；又聞之《蒙莊》"水之積也不厚，則其負大舟也無力"。太夫人堅貞疆固，舉人世不易妄冀、不可倖致之，邁壽碩福，灑焉以一身負之載之而有餘，若非有厚積於先者，縱有德與力，其必不能從容負載、勝任愉快若是也。導敫懿美，以徵夙昔所積之厚，以見今日所載所負之不虛，倘亦君子之所樂聞歟！

太夫人爲鄞余翁品五女，陳翁竹齋之元配也。歸陳時，舅姑均在堂，太夫人婉娩將事，一惟尊章之命是循。處築里間，和順輯睦，勞任劇使，率攬以自赴，未嘗稍有所推諉。陳氏故有賣藥之肆，曰回春堂，歲賴所贏以資贍給。自太夫人來歸，益相助爲理，躬給合劑和擣之役，物力既簡，獲利彌豐。舅鳳山翁嘗語人曰："吾兒得此健婦，不虞貧矣。"鳳山翁病殁，太夫人事其姑郭太夫人益虔，起居飲食，惟恐不適。姑指竹齋翁行商蒙古，道途間阻，書問恒不時至，太夫人懼貽姑憂，輒詭托佳訊，用爲慰薦。食指繁盛，持家匪易，往往陰脫簪珥，以濟緩急。頻戒其子婦，毋使郭太夫人得聞知也。戊戌閏三月，竹齋翁遽捐館舍，太夫人重傷邁姑心，制情飾貌，轉相解釋，退歸燕寢，悲泣至於達旦。是時太夫人年已五十，子婦滿前，而守禮之篤、持服之嚴，莫不蘧然以未亡人自處，孝思不匱，苦節可貞，太夫人誠加於人一等矣。

太夫人天性澹定，不以紛華措意。四子既用商業起家，太夫人自奉簡嗇，無改常度，恒訓諸子曰："人生凶德，莫大於奢，因奢生貪，緣貪致吝，循環往復，戕賊天和，此危道也，汝曹勉之。暖衣飽食，盡足自怡。節侈靡耗費之資，爲任恤施捨之擧，無損於己，有益於人，心安理得，所獲多矣。幾見有縱恣刻薄，而可以保家長世者乎？"諸子習聞慈訓，率皆敦厚尚義，聚財能散，不屑頊頊焉自封殖。一門樂善，物情歸嚮，家風益恢廓矣。

是歲十二月二十四日爲太夫人誕降之辰。子秀、子壎、子鼎、子實夫婦，大抵四五十歲以上人，下暨壯男、淑娟、慧童、俊女、長者、少者、幼稚者，在室滿室，在堂滿堂，成融融焉，擁護於鳩杖之左右前後。華封人所謂"三多"者，太夫人皆若固有之，而無俟乎賓朋之申說也。夫太夫人之壽之福之厚，固太夫人平生之所自積也。今者子秀、子壎兄弟更推大母教，而與爲積之，而與爲益之，二十年後，期頤百歲，爾時子秀兄弟夫婦亦皆七八十歲，曾玄來仍輩之擁護於左右前後者，或且數倍於今日，邁壽碩福，母若子當同載而同負焉。期則徵之太夫人教子之訓，與夫子秀兄弟承教赴善之行，要有可以操券致者，質諸賓朋，或不以吾爲讕言也。

【注】

文載《錢業月報》1928年第8卷第9期。據文內"戊辰之歲，年八十矣""是歲十二月二十四日，爲太夫人誕降之辰"云云，大體可確定該文作於 1928 年年底之前。

又,民國十三年十二月,陳訓正曾作《陳君子塤五十生日贈序》,內稱:"惟我陳君子塤,少漸義方,長益通敏。……欵言其異,盖有三焉。……綜此三異,原夫一德。眼不作青白,所照自發光明;足不擇險夷,所蹈乃無荆棘。行不疑今,言能澤古。圭經蠡策,始登經世之編;隸首周髀,要是齊民有術。是故問晏子之居,願近于市;奮子雲之筆,應載其名。匪直因事而致敬,敢同緣飾以崇詞。坡公義法,美不忘箴;吏部文章,辭豈掩質!請張座右,用表人倫。"①而章太炎先生亦嘗作《陳子塤五十壽序》,內稱"陳子年五十,夏正十二月則其生"。②

又,忻江明《陳氏涵養山莊記》:"陳君子塤,既營生壙於縣西八馬橋,其祖塋在芝山之麓,相距不百步也。歲丁卯,構山莊若干楹,有堂,有廳事,門廡翼然,庖湢咸具。堂中奉祖若妣,而虛其下,爲他日棲神之所。既成,額以'涵養'。……語曰:'親親而仁民,仁民而愛物。'謂孝友爲仁愛之本也。君誠知本者,其推曁於民物固自易易。故因記斯莊也,而輒援古誼以爲言。"③

孫君義行碑

孫君遵瀘,字衡甫。其先鄞籍,二十世祖味蓴徙居慈谿南鄉鸛浦村,遂爲慈谿人。君經商著遠略,中歲躓踔,累致兼贏。既起其家,欲不自有,每念著籍,新食其土之宜而匪本之報,是爲吾慚德。嘗語其徒:"吾馮依兹土已二世矣,微天之幸,從容作業,得比於素封。繕治居室亦既有年,而川渠之阻

---

① 《天嬰室叢稿》之九《閼逢困敦集》,第 375—378 頁。
② 《章太炎全集》之《太炎文錄續編》,上海人民出版社 2014 年版,第 180—181 頁。
③ 《鶴巢詩文存》,忻江明原著,忻鼎永登整理,黃山書社 2016 年版,第 186—187 頁。

塞，與夫杠梁徑塗之妨於步武者顧闕焉，不爲之所，夫非與吾同鄉井者乎？人皆集於枯，我獨集於菀，父老縱不我責，我其奚所諉而不戚戚焉？"詢謀於衆，衆議悉協。

首治路，鸛之村縱橫五里許，北抵縣城十里，東訖小西壩五里，敷土甓石，皆坦坦成大道。次浚港浦，支流凡六，都一千三百七十丈，居户飲若漑取給焉，歲久填閼，至是一一宣渫之。餘力所暨，靡廢不舉，固圮岸，扶頹梁，脩津步，益造屋步次爲行人候渡之所。凡以資利濟者，畢完畢復，於是行者、居者、耕作者幸其往反之便，而飲汲灌輸之備以饒也。無小無大，莫不歸其績孫君，輿誦洋洋載道矣。

軍興以來，供億煩費，吾鄉人民咸疾首蹙額於救死之不贍，衢塗傾陊，葑茭充溝洫，幾無有過而問者。君以齊民居鄉，初非有疆土之責，赴義奮勇，獨能舉其鄉之路政水利，以一身負之而趨，非爲名高也。殖利於一家，而環吾家者舉蕭然不獲蒙其利。此宜仁人長者之所不忍而亟圖有以自靖者矣。是役也，經始民國十五年丙寅十月，十六年丁卯十月訖功，先後費銀幣四萬版有奇。鄉之耆老感君風義，謀立石道周，屬余爲文刊之，以永鄉人無窮之思。余取其犖犖大者著於篇，後之過者，式是石焉，可也。

十八年己巳二月，縣人馮开記。衡陽曾熙書。半浦同志公益會同人立。吴郡孫仲淵刻石。

【注】

文載《慈溪碑碣墓志彙編（清代民國卷）》，① 作於民國十年

---

① 浙江古籍出版社 2017 年版，第 661—662 頁。碑在寧波市江北區慈城鎮半浦村半浦小學舊址。碑文正書，共 18 行，滿行 33 字。

(1929)二月。

又,1934年3月,章太炎先生作《孫衡甫六十壽序》云:"孫子衡甫者……先世本吴人,宋末徙鄞,又乃世有宅鄞之章谿者,始著名字。清末遷慈谿半浦郏者,實生衡甫,自童芔已多智略,莊從父貫杭州,其後拔起海上,以四明銀行著業稱鉅子矣。……於是奉章谿始遷者爲鼻祖而禰祀,其所生寢廟具矣。頃之,即治半浦水道,其川流湫底者浚之,其(槁)[橋]梁傾亞、道路蕪梗者平之。凡斥銀幣四萬,版作一歲,功就。鄉人感慕,爲立石道上。頃之,即立半浦學校,又斥銀幣萬餘,親之里之子弟盡嚮學矣。三者既具,曰:吾不可以無所歸。倚趙邠卿故事,營生壙於縣之大隱姜岱郏長命山麓……初,衡甫治水道也,其鄉之學生馮开爲刻石記之。營生壙也,義寧陳公爲銘之。民國二十三年三月十四日,於夏正,直衡甫生六十周,其故舊又屬辭於余。……或曰:衡甫得民譽以忠信,故且嘗冒禁以庇其鄉之亡將,宜若有陰德者。即如是愛其鄰里,亦猶行羿之志也。陰德之説,儒者不敢道,願德與齒俱邁而已矣。"①

又,陳三立《孫君衡甫壙志銘》:"君名遵灃,衡甫其字也。先世自蘇遷鄞,始南宋之季。其分居鄞之章溪爲君本支,始遷祖者曰文燦,而最後徙慈谿半浦村者,則君考也。考諱銓階,妣林;祖諱晉址,妣丁;曾祖諱學煥,妣李。君國變前嘗以貲得某官,晉二品衔,得封考以上三世皆資政大夫,妣皆夫人。兄弟五人,君次第四。考業商,故君亦學爲商。饒智略,考奇之曰:'他日繼吾志事且大吾門者必是兒也。'元配桂,生子二:宗模、宗懋,宗懋幼殤。繼配洪,側室向氏、潘氏、張氏。孫二:惟炫、惟耀。"②

---

① 《章太炎全集·太炎文録補編》,上海人民出版社編,馬勇整理,上海人民出版社2017年版,第877—878頁。

② 王雷:《慈城書話十六——〈孫君衡甫生壙志銘〉》,《古鎮慈城》合刊本第2册,第123頁。

劉母陳太君誄詞

民國十八年,歲在己巳,五月二十一日,定海劉母陳太君,病歿里第,春秋八十有七。嗚呼哀哉,邦失禮宗,家實慈蔭!子舍之愁雲黯黮,瞻狁靡依;孫枝之西日摧頹,報劉無望。孤寒遏地,千家之野哭頻聞;濤浪春天,十里之衢歌同咽。寧直帟幬之痛,亦深亦閭巷之悲。引領海濱,胡能不嘆,敬濡彤管,用表素旟。誄曰:

懿矣太君,潁川之秀。作嬪於劉,有嘉其耦。舟山列島,曰沈家門。蘭芬蕙郁,用植而根。蹋波蒞止,海雲滔天。阢焉靡倚,綢繆拮据。築室樓遲,始有少有。勤斯瘁斯,立肆建標。漁户悅喜,是家誠信。從之如市。夫淬婦礪,猶干於邪,相助為理,遂昌其家。夫子既老,一日放臂。孰綜厥煩,匪母曷寄?躬攬百度,不暇以悲。家督雖逝,有孫承之。有孫有子,並鼓其翼。微母之提,於何能立。母曰既耄,春暉正長。噴欱朝氣,百卉芬芳。母曰不競,保障斯鞏。援枹策進,後起彌勇。惟天所相,幸脱困貧。乃脩乃積,務利嗣人。惟利伊何,匪以其富。懷仁輔義,靡薄不厚。太君曰咨,行路實難。斥滷彌望,孰潤渴乾。乃鑿斯池,乃闢斯道。跬步胥寧,口脣不燥。太君曰咨,病黎孔多。病身猶可,病智則那。乃立醫院,藥之療之。延師設學,聚而教之。其他義舉,舉無漏遺。書其大者,小則可知。鄉被其蔭,里蒙其德。仁者之壽,胡寧有極。昊穹不淑,光儀遽隕。匪直邦媛,喪厥維準。千涕交墮,萬喙齊號。海水汩渤,助其鬱陶。繄母之行,宜著史乘。書之靈旟,敬告無竟。嗚呼哀哉!

【注】

　　文載《寧波旅滬同鄉會月刊》第78期（1930年1月出版），開篇便明確交代劉母卒於己巳五月二十一日（1929.6.27），則其寫作時間當在該日稍後。

魏伯楨先生五十壽敘

　　余識伯楨十餘年，伯楨治法律學久，處己接物，一惟軌度是循，博探深究，視世事若靡足概其意者，顧獨篤好余，每有所討論，恒就余取可否。余于法理矕不之曉，徒以牿解爲文，抑揚相背，淑資商榷，而伯楨即引以爲可語，殷殷焉不恤舍其所執而曲徇之，不有其能，不恥于下問，斯其意量固已遠矣。

　　初伯楨以院試第一成諸生，感士習之委瑣，即發憤東渡日本，窣繹數歲，卒得法學士位以歸。歸而嬗其學于後進，精廬講習，窮日夜弗倦。會武昌軍興，東南響應，君與鄉人士創立保安會，陰結防營新軍，而自統民團爲聲援。寧波率先光復，市塵無驚，人民安堵如故，君與有力焉。無何，被任爲永嘉檢察廳廳長。民國五年，又任諸暨縣知事，用法廉平，有古循吏風，既而以避籍引退。十五年秋，北伐軍出長岳，定武漢，兵鋒所指，海內震慴，是時人民苦爭戰，江浙父老，顒免兵禍，舉君與張君一麐、蔣君尊簋等，爲民請命。君間道抵軍中，冒險犯難，奔走跋涉千餘里，書問往復，至藉飛機以達，雖和議中梗，而君之勞悴，則彌可念矣。明年，民軍入浙，君以物望所屬，受任浙江省政府政務委員，兼司法科科長，在任僅兩月，而浙江之司法行政，皆有稠適上遂之勢。君治事嚴，凡所改革，務規其大；所委任各屬理官，率精通法學、廉明自飭之士。自君中道解職去,而浙人士談法治者,至今猶爲君誦得人也。君嘗語余:"謀國之道,首重法治,官吏之舞知,民俗之不循正軌,由無法以準之也。古稱廷尉天下之平,寧特刑法而已,舉一切宏網纖目胥當納于法意之中,庶有以平其不平耳。人謂有治人無治法,吾則以爲有治法無治人也。"其持論通覈類如此。君天性鯁直,不可于意,輒斷斷力争,恥以委阿取容。既罷官歸,棲遲上海,操業爲律師,①顧不肯爲人先,務爲被訐者申理,解紛排難,俾無害于法而不爲法所害乃已,猶曩之志也。

乙巳六月,爲君五十生日,長君嵒壽,率其弟若妹,謀爲稱壽,君堅不許。嵒壽乃走私于余曰:"知家君者,唯夙先生。願得一文,用爲臨觴慰薦之資,其可乎?"遂就平昔所稔者歷歷書之。董子有言:"壽者醻也,行可久之道。"其壽醻于久,試一校其生平行義,而伯楨之所以獲醻者,則可知已矣。是歲六月十九,前伯楨誕生七日。慈谿馮開。

【注】

文載《寧波旅滬同鄉會月刊》第 74 期(1929 年 9 月出版),乃民國十八年六月十九日(1929.7.25),馮君木應魏伯楨(1877—1929)長子嵒壽之請而作。發表時,題作"前題",亦即與前文陳訓正《魏伯楨先生五十壽敘》同題。

陳訓正《魏伯楨先生五十壽敘》云:"魏君伯楨,治法律學有聲。前年奉委提舉浙江司法,選屬敘官,以不嗜殺人者爲歸。既罷政,游滬,出其所素學,爲人理訟事。凡有陳乞于君者不概受,惟好爲被訴

---

① 《僧孚日錄》甲子四月十六日條:"爲魏伯楨刻象牙印,文曰'律師'。魏炯必欲用'律師'字,便於公文書中施用。"詳參《沙孟海全集·日記卷》,洪廷彦主編,第 630 頁。

者承其事。其言曰:'吾不忍以法殺人也。夫殺人,豈必勤刀鋸哉!情實之不比,則以枉殺;是非之不直,則以曲殺;輕重出入之不審,則以過殺。殺之道不一,喪命損利皆殺也。然天下有可殺人之法,而無不可生人之仁。仁者之于法也,罪原于其所自起,讞決于其所自成,吾終不以其成罪而遂謂無法以生之也。且人孰不畏死,彼[舍]其有生之望,而就于必死之途,果何爲也耶?吾力不能于法之外多予人以可生之機,吾心詎可不于法之中一求人以無死之法?求人無死而不得,則無憾于意。吾責吾心之無憾而已,何忍剡剡扺人爲也!'其友陳訓正聞君言,竦然而起曰:'此不忍人之心也。有不忍人之心,斯有不忍人之政。使魏君而爲政,竟其所仁施,將見天下無不可生之物,而惜乎其以讒廢也。'因述其言而書于君之艁象,俾見君之貌者,並以見君之心云。十八年六月。"①此文後被陳氏收録於《天嬰室叢稿第二輯》之九《纜石幸草》,並易名爲《書魏伯楨五十小象》。

又,朱鄭卿《壽魏伯楨五十》云:"治人與治法,二者果孰要?所重在治人,荀子有往教。君獨謂不然,法治乃見效。唯法以爲準,綱目得款竅。庶政納正軌,昌明若光曜。我嘗研法意,竊嘆君言妙。所見略相同,願附於同調。君今五十年,德業信皦皦。聊書平生言,稱觴博一笑。"②

題識雜言

宋時試畫士,類取古人詩句命題,如"竹鎖橋邊賣酒家""踢花歸去馬蹄香"之類,皆足以覘取畫人之匠心。若由畫者自擇古人詩詞以立畫意,既使下筆時胸有成竹,得一道經營

---

① 陳屺懷:《魏伯楨先生五十壽敘》,《寧波旅滬同鄉會月刊》第74期,1929年9月發行,第53—54頁。
② 《寧波旅滬同鄉會月刊》第78期,1930年1月出版,第60頁。

憯澹，而免旁皇外騖之苦，兼可藉詩詞之意，以達微妙之畫理，使題與畫互相映發，而畫境亦與之增高，此誠畫前經營之妙訣也。曾記少年時與吾鄉梅赧翁談詩，赧翁舉似唐人"碧闌干外繡簾垂，猩色屏風畫折枝，八尺龍鬚方錦褥，已涼天氣未寒時"一絕見閱，曰君知是詩構思時，作者立於何地邪？蓋立於繡簾以外，由簾外層層內窺而得之者也。由簾外而見簾內之闌干，由闌干外而見闌干內之屏風，由屏風外而見屏風內之席與褥，至此但以"已涼天氣"。至此但以"已涼天氣"七字作結，不必明言，而一種綺麗艷冶之思，自然於言外見之。宋李易安偷其意入詞，曰"笑語擅郎，今夜紗櫥枕簟涼"，便不及牧之之含蓄矣。此雖説詩之妙，儘可推之以及於畫。假取是詩使陳老蓮改七香輦畫之，外界一簾，將碧闌、畫屏、然須、錦褥一切陳設，用細筆層層消納於簾紋之中，簾外則略寫秋花一角，以點綴已涼天氣景象，吾人試合眼一思此畫之意境，其妙奇爲何等也。昔鎮海姚梅伯雜取宋元詞句，屬任渭長作《仕女册》，中有一幀，寫室中陳設如矮几、瓶、爐之屬，而於右側稍低處畫一紗窗，紗窗外畫花樹一角，其旁央寫一半身背髻女郎，皆以淺脂淡墨爲之，以逼取隔紗神理，上題蔣竹山詞二句，曰"人影窗紗，是誰來折花"，詞語固雋，畫境彌復澹逸，使無是語以發之，則亦未必涉想及此耳。綜前二説言之，一自外及內，一自內及外，其畫境胥由詩詞成句造成之，由是以觀，則詩詞成句之有助於畫也，不綦重歟！

【注】

馮氏此文，見載於《蜜蜂》1930年第1卷第10期，縱論題識與繪畫相得益彰之理。

梅赧翁傳

　　先生諱調鼎，字友竹，號赧翁，慈谿人，廩貢生。早喪父母，其姑某氏，鞠之成立。天性好書，自幼就塾，日不誦書，惟習字是務。紙不足，竊人紙以繼，師怒撻之，雖見血，終不改。長而益精，蒐羅碑版，靡弗研究，尤善行書，原本王右軍《蘭亭帖》《聖教序》，瀟洒流落，翰逸神飛，求者肩相摩于門，遂以書震一時。中年以往，益自勉勵，凡作榜書，必預寫百餘通，擇精者存之。爲人恬静，不騖聲華，恒從貧士山僧游，不喜與俗孺伍。晚歲遊海上，值嚴筱舫信厚方貴顯，慕先生名，往謁之，固拒勿見。或相詢，笑謝曰："彼視我如骨董器，余猶三代以上陶器也。今初出土，故相愛，苟一旦勿貴于時，必爲所却矣！"卒不就。其耿介如此。作書之暇，好詠詩，跌宕老健，有白香山遺風。著有詩稿若干卷。清光緒三十二年卒，年六十有七。子一人：一枝，亦能書。

　　馮昭適曰：作書以行書爲最難，此王右軍《蘭亭帖》所以一時興，至其後不可復加也。而（否）[鄞]鄉自姜西溟（論）編修，以行書名世，其後繼起者，大抵經挺不遒，掘强無潤，多不足觀。先生獨卓然先覺，專心抑志，習字先重行書，摹仿數十年，心不厭精，手不忘熟，終成書家，豈能篤學而不牽于衆好耶！鄭海藏徵君，嘗謂其書"倜儻雄俊，如唐法帖。有清一代，三百年中，無此作矣"。識者歎爲非過詞。嗟乎，以先生之學而卒弗遇於時，窮扼以終，惜哉！

　　太淵按此傳爲慈谿馮君木丈所作，丈與赧翁爲文字神交,故傳中所書䞷翁事甚詳,而外間未經見是稿。余偶過齋中,録之以實《字學雜誌》。

【注】

該文作爲葉伯宣(太淵甫山陰葉□齋)《寒泉盦隨筆》之一則,見刊於《字學雜誌》第 2 期(1930 年 10 月 30 日發行),不但文末宣稱"此傳爲慈谿馮君木丈所作",且《寒泉盦隨筆》明確交代《梅䞷翁傳》録自"君木文集"。馮君木素有將某一時段作品整理成册的習慣,此"君木文集",顯然並非中華書局倣宋字鉛印本《回風堂詩文集》,而是馮氏某一階段的作品集。

回風堂脞記

吾邑梅友竹先生以書藝名浙東,用筆得古人不傳之奥。嘗客上海,爲某肆出納册書眉,秀水沈蒙叔景修見而詫曰:"此何等筆勢,今人乃有是耶!"

先生於古人書無所不學。少日顓致力二王,中年以往,參酌南北,歸於恬適,晚年益渾渾有拙致入化境矣。生平論書至苛,並世書家無一足當其盼睞者。顧於教誨後生,則懇懇靡有倦容。其言曰:"用筆之妙,捨能圓能斷,外無他道也。"一時稱爲造微之論。

讀書精審絶倫,凡六經中之奇詞奥句、詰屈不可通者,經先生曼聲諷誦,輒復怡然理順。先生恒謂"讀書萬遍,其義自見",故其治經不據傳疏,一以涵泳咀味出之。屬上屬下,應斷應連,其於句讀之學,蓋往往有創獲云。

性孤僻,視薦紳若仇寇。達官鉅公丏其書不得,或反從野老蕘豎得之。同縣唯與徐南暉杲、王縵雲定祥、王瑶尊家振、①何條卿其枚最善。

先生殁後數年,條卿謀爲先生置筆冢於夢墨峰下,而屬余銘之,逡遁未果。瑶尊嘗以先生遺詩一束見視,其詩喜爲質直樸塞之言,平素服膺東坡,乃其所作多有類鄭板橋者。朋曹頗張之,余未敢附和也。

【注】

馮氏此文,見載於忻江明《四明清詩略續稿》卷四。②考忻江明《四明清詩略序》云:"外舅董孟如先生編輯郡人詩,起清初,訖光緒中葉,凡一千六百餘家……江明每撫手澤,慨焉興歎,思欲校補録副,而逡巡未果。友人胡文學璠、毛茂才雍祥輒慫恿付梓,且任行銷之責。……於是延耆宿,置寫官,广徵博採,得稿近千家,闕疑者補之,訛脱者訂正之,近三十餘年中之詩別存之。……續稿之輯,搜採未備,遺漏滋多,所存或非其至者,竊擬庋藏,以待增補。……上章敦牂之歲,冬十有一月忻江明謹識。"準此,則知馮氏此文必作於庚午(1930)十一月之前。

雜論諸子之詩

王介甫古詩句法最峭秀,如《元豐行》云:"旱禾秀發埋牛尻,豆死更蘇肥莢毛。倒持龍骨挂屋敖,買酒澆客追前勞。"《賦鬼詩》云:"以組系首黿穿繩。"黿,龜甲邊也。此亦退之"春與猿吟兮秋鶴與飛"的句法。《寄楊德逢》云:"遥聞青秧

---

① "家振"二字原脱,兹據葉伯允《赧翁小傳》補入。葉伯允《赧翁小傳》,收入《二十世紀寧波書壇回顧·書法論文史料選輯》,鄔向東主編,寧波出版社1999年版,第79—80頁。

② 《四明清詩略》,[清]董沛、忻江明輯,袁元龍點校,寧波出版社2015年版,第2033—2034頁。

底，復作黿兆坼。"後山賞此句，謂前人所未道。《洿亭》云："衆山若怨思，慘澹長眉青。"《寄蔡氏女子》云："積李兮縞夜，崇桃兮炫晝。"此二句爲東坡所喜，謂自屈、宋後千餘年無復《離騷》句法，今乃見之。見《西清詩話》《法雲》云："汲泉養之花不老，花底幽人自衰槁。"《彎碕》云："伐翳作清曠，培芳衛岑寂。"《移桃花示秀老》云："舍南舍北皆種桃，東風一吹數尺高。"《車載板》云："楚人既憎汝，彈射將汝利。且長隨我遊，吾不汝羹胾。"《秋熱》云："屋窄無所逃吾骸。"又云："怨陽陵秋更暴橫，燉我欲作昆明灰。"

介甫《擬寒山拾得》二十首，勝於原作，蓋原作説理自妙，往往過於頽唐。介甫參以戌削，遂爾別成阡陌。其第四云："風吹瓦墮屋，正打破我頭。瓦亦自破碎，豈但我血流。我終不嗔渠，此瓦不自由。"較之《莊子》"有忮心者不怨飄瓦"更深一層，此是何等心量。《幽谷引》極摹仿退之《羅池廟記歌辭》。《虎圖》詩，前人所謂仿杜陵《畫鶻行》者，少陵點睛處曰："乃知畫師妙，功刮造化窟。寫此神俊姿，充君眼中物。"介甫則曰："固知畫者巧爲此，此物安肯來庭除。"跌宕飛動，筆力真不讓人，惜其落句云："山牆野壁黃昏後，馮婦遥看亦下車。"則小兒語矣。以視少陵之"吾今意何傷，顧步獨紆鬱"二語，何啻霄壤之別。《虎圖》詩結句之俗，不類介甫口吻，蓋此詩固與永叔、聖俞等坐上分題而作者。介甫詩最先成，或一時斬捷，但取動目，不暇爲後日流傳計耶。所謂可以驚四筵而不可以適獨坐者，此類是也。

《結屋山澗曲》詩："止我爲爾歌，不如恣其然。"上句用"居吾語女"句法，"止"字當讀是，亦創格。吾嘗謂樓宣獻"久之不動，方知是一搭涅雲寒不飛"，以四字十字綴兩句，文湖州"問之曰，去歲此地遭凶饑"，以二字一字七字綴成兩句。又"讀之，乃二世元年所刻詔"，以二字八字綴成兩句。此等變化句法，實始於少陵、昌黎也。少陵"杖藜者誰子"，昌黎"母從子走者為誰"，皆上五下二，句脈迥別。昌黎詩，如"落以斧引以縆""雖欲悔舌不可捫""子去矣時若發機"，皆一句中上三下四也，介甫示蔡天啓、葉致遠等詩三首，五言長古，皆用葉洽韻，韻險而穩，語語如危崖轉石而下。贈葉致遠一詩，中敘棋勢，連下十二"或"字，學昌黎《南山》詩也。《南山》怪怪奇奇，形險萬狀，介甫乃以賦棋效其體，誠具齊物之圓智矣。中有二語云："諱輸寧斷頭，悔誤乃批頰。"其卞急之狀可笑，《遁齋閑覽》稱荊公棋品殊下，每與人對局，未嘗致思，隨手疾應，覺其勢將敗，便斂之，曰："本圖適性忘慮，反苦思勞神，不如且已。"與葉致遠敵手，嘗贈葉詩云云。觀此，亦可見介甫護前之素性矣。

【注】

文刊徐珂《聞見日抄》一八三"夏劍丞馮君木論詩"條。①

論詩二則

君木嘗曰：吾錄陳簡齋詩，顓取其簡質有意境者，遂覺面目一變，非復世人心眼中之陳簡齋矣。吾嘗謂南渡以後，簡齋、放翁皆有獨到處，簡齋以簡質，放翁以樸健，雖不能與後山、魯直抗衡，要非石湖、誠齋所及。而諸制家顧專錄其卑無

① 《康居筆記匯函》，徐珂著，孫安邦、路建宏點校，山西古籍出版社1997年版，第384—386頁。

高論之作，于簡齋則取《客子光陰》詩卷裏"杏花消息雨聲中""客裏賴詩增意氣""老來唯懶是工夫"等句，于放翁則取"重簾不捲留香久""古硯微凹聚墨多""得劍渾如添舊僕""忘書久以憶良朋"等句，甜熟諧媚，千篇一律款，使不睹二家別集，將謂二家之面目止此矣。所摘簡齋之句，五言如《酴醾》云："青天映妙質，白日照繁香。"又五言之"日落澤照樹，川明風動花"一聯，"微雨洗春色，諸峰生晚寒"一聯，皆平生所最心賞者。又曰：簡齋有一律云"北風日日吹茅屋，幽子朝朝只地爐"，起句何等簡蓄，下接云"客裏賴詩增意氣，老來惟懶是工夫"，則太直率無餘味矣。簡齋詩類多簡澹之作，所以不及後山者，一深而一淺耳。簡齋詩有云："忽有好詩生眼底，安排句法已難尋。"深得吟詩甘苦，惜句太率直耳。使後山爲之，必有不盡之致，其"百世窗明窗暗裏，題詩不用著工夫"一聯，則不露矣。

君木云："詩境最難是一馴字，介甫、山谷皆以骨格取勝，然而山谷不及介甫者，一則奇而盡馴，一則有馴有不馴。"

君木曰："唐子西古詩蒼渾簡俊，思筆俱勝，劉後村謂其出稍後，使及坡門，當不在秦、晁下，誠哉是言也。子西《白鷺》詩：'諸君有意除鉤黨，甲乙推求恐到君。'意非不新，究傷激直，子西爲張商英所薦，商英罷相，子西坐貶，安置惠州，此詩在惠州作，未免悻悻矣。"

君木曰："樓宣獻有句云：'水真綠净不可唾，魚若空行無所依。'用蘇詩柳文語，妙絶。"

君木曰："晁叔用'欲問桃花借顏色，未甘著笑向春風'，棲遁具茨之志如見。"

君木曰:"予少日有《春閨》詩云:'莫向陌頭踏青去,有楊柳處有春愁。'①自謂句法甚新,後見洪北江'有花枝處有秋千'句,爽然自失矣。而劉後村有'不論驛亭僧壁裏,有山水處有君詩',則又與北江句法相合。"

君木曰:"近人盛稱四靈,吾嘗研涉之,直不曉其佳處安在也。大抵流連光景,千首一律,不過時時有蔬筍氣耳。"

君木曰:"吾嘗取具茨、無咎、逢原、聖俞、泰伯、子蒼、子西、去非諸家古詩合錄之,以爲介甫、山谷、後山之輔,自成一蕭遠寂寥之境界,與韋縠《才調集》正立於反對地位,然與江西派又微有不同。此吾近歲理想中之詩境,欲自發之,恒苦言不稱意,但恨假途古人以自見耳。"

君木曰:"'數分紅色上黃葉,一瞬曙光成夕陽。'李泰伯句也。寫秋日之短,古未經道。"

君木曰:"子西曰:'歲云莫矣無雙雁,我所思兮在五羊。'偶一爲之,亦復可喜,若方秋厓,則傷巧矣。"

君木曰:"'有時俗事不稱意,無限好山都上心。'俞秀老(紫芝)句也。荆公書之於扇。"

【注】

文刊徐珂《聞見日抄》一八五"馮君木論詩二則"條。②

---

① 《僧孚日錄》庚申十月十日(1920.11.19)條云:"師爲吾輩言,詩有詩脈,其奇特者如吾少作'有楊柳處有春愁'之句,'楊柳'字相連而用之,一上屬,一下屬,讀之若甚礙口者,甚有全首如是者。"

② 《康居筆記匯函》,徐珂著,孫安邦、路建宏點校,第387—389頁。

附錄一　傳記資料

目　　錄

傳記資料

聞馮君木病	551
夫須閣詩敘	551
君木病中以詩見寄，作此問詢，兼柬慘佛、天仇	552
君木養疴上海，寄詩問訊	553
與馮君木書	553
寄君木	555
訪君木	555
次韻君木見懷	555
仲夏甬濱述怀，寄陳屺懷、冯君木四十四韵	556
偶述寄君木	557
贈君木	557
觀君木寄天嬰詩，即次其韻	558
就屺懷飲酒憶君木	558
聞君木有疾	558
贈器伯兼簡君木	559
馮君木詩序	559
寄君木	560
題君木坐禪小影	561
與馮君木書	562
寄馮君木	563
吊回風夫子	563

哭馮君木師	564
記馮君木先生	565
慈谿馮先生述	566
哭君木師	568
馮先生不朽	569
馮君木先生行狀	571
慈谿馮君墓志銘	573
招都梁過玉暉樓，謀編刊《回風集》。時直深秋，俯伏多感，既傷逝者，行復自念，喟然賦此 都梁，貞骨號也。年少而材，能承家學，回風有後矣	574
哭木公 六首	575
馮君木先生傳	577
過宋詩人孫花翁墓，有懷木公	579
南山桂發，客來競談滿覺隴之勝。憶昔年曾偕木公及弟子次布、孟海輩，自赤山埠步行至煙霞洞，訪碑經壟，憩叢桂下，木公舉小山故事，用相嘲謔，雅尚佳致，至今猶優然山水間，而清言不可復聞矣！追感成詠，並示當日同游諸子	579
見落葉，追念回風亭長	580
述夢 三首	581
十月廿二夕，宿玉暉樓，夢見木公爲人書扇，中有《蝶戀華》詞，云是近作。覺時尚能記誦，比明追錄，僅憶五韻，因補綴成之	582
旅夕不寐，起坐待旦，冥想時及故人 二首	582
哭弢士兼念回風 弢士姓徐，名方來	583
哭馮回風師	584
馮回風先生事略	585
述懷呈馮君木師	587
與君木師哲理賦贈	587

題君木師《無題》詩後 588
馮君木先生之詞 588
與馮君木先生書 589
馮君木先生傳 592
國史擬傳・馮开傳 虞輝祖 洪允祥 應啓墀 朱咸明 592
光宣以來詩壇旁記 595
紀慈谿馮君木先生 596
馮君木馮都良父子遺事 599
愛國學人馮君木 607

聞馮君木病

洪允祥

病豎歆公等，貧無藥石攻。所懷多故鬼，相迫又秋風。
成佛才非易，封侯夢已空。支離天所相，吾道合喑聾。

【注】

詩載洪允祥《悲華經舍詩存》卷一。陳訓慈作《悲華經舍詩選注》時，稱此詩作於光緒三十年(1904)之前。①

夫須閣詩敘

天　嬰（陳屺懷）

伏四明有病夫三，宿昔以詩相性命。戊申之四月，三病夫不盟而會于馮。馮子君木，三病夫之一也。其一，應子悔復；其一，余也。余與應與馮，少日於詩有健嗜，淫淫將大成，以飢故，貨其學於四方。四方之饘吾三病夫者，不詩蘄，蘄其他，於是三病夫始噤詩，不欲嘔，已六七稘矣。然此六七稘，前歛而櫝者，固戢戢且尺也。既次馮，爪馮所櫝者而燭之光，萬丈虹然，影於腦不去。時三病夫蓬累瘃塵，久厭之，將璽焉課同功，嚮之蟄吾腹而不敢龍焉者，至是復吼。雷雨泪泪，騰於吭而欲出齒，雖壘，莫之關也。期以六月，顛太白山，道瑞巖，放舟蛟水，撾蛟門，過陸乃普陀。凡游必以詩，詩必三，吾人互讀之，必責其償於曩所逋始飫。

---

①　陳訓慈：《悲華經舍詩選注》，政協浙江省慈溪市委員會文史資料委員會，1991年1月，第8頁。

馮子乃怛余曰:"吾聞病者善悸,夕之圖,或旦之訛。體貌鑠矣,人壽幾何。茲游良夌,他日遂躬之乎,不吾病卜也?比者,吾頭涔涔,常有物蟲其腦。吾衣小,不汗則腹蟆欲裂。又病喉,作時口舌都不津。今若此來,當益厲,然則吾之詩,安知不僅此檟焉者而已乎!且吾之曩歲邁瘵,拳其脛,行不良;悔復湛于瘵,聲炭若至,勿克揚厥,吭病匪吾獨也。脫不幸,二子死先我,我詩雖百等身,又疇能讀焉。"語已,相顧而嘻。是時夜闌,樓深寂寥燈,一螢死簾角。簾之外,玦月幽幽,作黃玫瑰色,露氣灑然,中之養養欲嚏,寒不忍鳴。侍媼鼾已久,自起索棉,重焉始溫。少選,聲歐歐,雞四動,有白光,發東方,不能幕,而吾三病夫,猶踞床囁諜無睡意。如是者累日夕,方別去。去之日,馮子捉余肘曰:"子不可無言乎吾詩!"余曰:"諾。"因仿佛日者情事,文而薦之,至準其詩度,則馮子嘗有言曰:"悔復才而俊,天嬰才而奇;才而雅乎,吾其不古人弱也!"嗚呼,馮子固自信之矣!余復何言。

【注】

原刊重慶《廣益叢報》第235期(1910),後被收入《天嬰室叢稿》之三《無邪雜箸》,并改稱《馮君木詩序》(兩者文字略有不同)。考文中有云:"戊申四月,三病夫不盟而會于馮。……去之日,馮子捉余肘曰:'子不可無言夫吾詩。'予曰:'諾。'"是知此文乃陳訓正應馮君木所請,而作於光緒三十四年(1908)四月間。

君木病中以詩見寄,作此問詢,兼柬慘佛、天仇

寄　禪

男兒若個有熱血,惟子丹壑常爭流。豈比文園惟病渴,

應同杞國有天憂。次復傷心憐慘佛,更無可忍念天仇。道人短髮欲繫日,迸泣空山搔白頭。

【注】

此詩見刊於《民權素》第八集(1915年7月15日出版)。《八指頭陀詩文集》稱該詩作於宣統二年(1910)。

君木養疴上海,寄詩問訊

君 誨(胡良箴)

別君忽已三十日,寂寂都無一紙書。蒼莽詩心應不減,支離病骨近何如?天涯消息縈殘夢,海國風塵入累歔。愁思迷茫向誰道,獨摩淚眼倚窮閭。

【注】

此詩見刊於《民權素》第十四集(1916年1月15日出版)。胡良箴,字君誨,號飄瓦,曾與陳訓正、洪允祥等慈谿同鄉創設"通社"於上海。辛亥慈谿光復時,曾任同盟會慈谿支部副會長。1910年秋,馮君木曾赴上海住院治療,兹據其"別君忽已三十日"云云,基本上可以確定此詩作於1910年9月底前後。

與馮君木書

洪允祥

自君木挾疾去滬,僕日夜疑君木且死,君木竟不死,蓋天之以形骸梏君木也,不肯倉卒宥之,可謂慘矣。昨過叔申處,見君木書,知於近日斷髮,此舉大快人意。蓋我輩斷髮,與時流不同。彼效歐風,我遵佛制,娑婆濁世,無復可戀,衆生煩惱,不忍見聞,久欲爲僧,累於世法,斷此霜絲,俾異日出家時，病妻癡女，不能牽輓，兹足欣耳。足下之書乃曰："恐爲功令之奴，先自解脱。"此種見解，亦復自關蹊徑，然能並此耿耿孤懷而能脱之，則尤近於道矣。懶殘和尚何暇爲俗人拭涕，吾自猖狂妄行，與天爲徒而已。天嬰東西奔走，勤於孔墨，僕嘗心閔之。郭林宗棲棲皇皇，不遑寧處，殆非申屠子之所能解。叔申依劉，時有登樓之感；君誨避秦，恨乏垂髫之子。彼皆天之戮民也。天仇屬文，日能萬言，金戈鐵馬，萬里橫行，此才不減韓非《五蠹》《六蝨》，歷詆當世，孤憤已甚，恐其不能永年，則與吾子同病耳。當彼挾瑟而來，正君焚硯而去，尹邢避面，亦一佳談。與我邂逅，乃如兄弟夙緣，所在不自知也。然僕以豬肝之嗜，有累安邑，近已決去此間。公孫伯珪曰："天下事非吾所能了也。"吾意亦同此耳。數載以來，手散五千金，而俠子稀於邯鄲，清塵謝於濠上。取次花叢，亦復懶顧；屠沽之遊，渺無意焉。行且與我君木，燒丹霞之佛以禦歲寒，吃趙州之茶以解宵渴。明月在天，吾言不誑。

【注】

原以《致馮君木書》爲題，見刊於《民權素》第十七集（1916 年 4 月 15 日出版），後收入《悲華經舍文存》卷二①。考文内有云："昨過叔申處，見君木書，知於近日斷髮，此舉大快人意。"又，據馮君木《致應申叔書》"弟於十八日，將三尺煩惱絲剗除净盡，兒子辟及外甥文俌，亦皆一律翦去"云云，足以確定洪佛矢《致馮君木書》作於 1911 年 11 月底。

---

① 兩者文字略有不同，兹以《悲華經舍文存》卷二所録爲底稿。

寄君木

慘　佛（洪允祥）

病骨支難不耐秋，碧天涼思晚悠悠。一畦芳草經霜變，永夜寒江抱月流。入世非才頻中酒，去家未遠已登樓。苦言寄與張平子，好倚危時詠四愁。

【注】

慈谿人洪允祥（1874—1933）又名兆麟，號佛矢，別號巢林、樵齡，又署慘佛、天醉、天醉生、壽萱室主。洪氏此詩，署名慘佛，發表在《民權素》第九集（1915年8月15日出版）。後又被收錄在《悲華經舍詩存》卷一，但文字有三處差異。

訪君木

洪允祥

藕花深處訪先生，青眼還嚮美酒橫。落日涼風恰疏爽，危時幽夢入升平。樹蘭例有靈修怨，攬蕙羞爭黨錮名。稍喜阿咸同作達，詠懷休擬不平鳴。

【注】

詩載洪允祥《悲華經舍詩存》卷一。

次韻君木見懷

天　嬰（陳屺懷）

踟躕竟何益，栖栖惜此才。心懸孤月冷，指怯獨絃哀。懷抱向誰盡？風塵悔我來。翻憐故園菊，日對病夫開。

【注】

陳訓正此詩見刊於《民權素》第十一集（1915年10月15日出版），後又收錄於《天嬰室叢稿》之二《無邪詩存》。

仲夏甬滨述怀，寄陳屺懷、冯君木四十四韵

洪允祥

乳鷿嗥林日，祥麟泣野年。蒼生一慘澹，吾道百迍邅。物候南風競，天文北斗遷。人愁室如罄，誰信海成田。風火經千劫，華夷混八埏。詩書黃口笑，歌舞白題妍。落日悠悠去，殘花黯黯蔫。癡人自相惜，病客不成眠。掩抑匡時略，蒼茫憶昔篇。文窮敬通老，道廣仲弓賢。年少誇豪氣，交遊證夙緣。盟心指白水，折節點丹鉛。耽酒惟吾獨，成名讓爾先。長空看鶚舉，駑劣妬驥騫。白雪應空楚，黃金久竭燕。秦峰秋岌嶪，吳沼日淪漣。將母烏歸樹，辭官馬脫韉。饑寒抱文史，談笑掃雲煙。哀樂關天下，興亡到眼前。深宮剩孤寡，諸鎮破拘攣。事有驅除例，名猶揖讓沿。堯囚辭輯玉，赧債迫輸錢。爲國憂封豕，何心拜杜鵑。歧途紛涕洟，同室又戈鋋。幾隕媧皇石，仍安魯國弦。昆彭中古霸，卞務自由天。赤縣仍吾土，青山有故廛。閉房存夏朔，臨水洗虞氊。哲士憂心悄，強鄰積勢偏。無端來詰責，何計解紛纏。遼海兵難用，伊川禍忍延。人心寧盡死，廟算定無愆。龍蟄池將涸，禽冤澤欲填。哀時余杜甫，抗憤孰胡銓。書劍人初倦，丘林我欲專。奔流歎逝者，缺月暗淒然。采藥尋蓬島，英靈渺列仙。攜筇過雪竇，淡泊怯臞禪。枕曲陶元亮，投波魯仲連。浮生良自斷，孤憤待君詮。二俊來松徑，千言寄竹箋。心應同灑血，詩

敢望隨肩。明鏡銷華髮，空齋守舊氈。從來孤憤士，多在逸民編。

【注】

詩載洪允祥《悲華經舍詩存》卷三。

偶述寄君木

洪允祥

異縣棲遲負薜蘿，中年身世感蹉跎。寄籬黃鞠秋風老，枕海青山落照多。欲揿芳心投遠道，數驚里耳噤悲歌。河清可俟人應壽，袖短天寒奈爾何。極目神皋日又昏，危樓倚徙一銷魂。憂時有客狂投海，索酒何人許叩門。史筆匆匆三嬗急，儒冠岌岌兩生存。北山坐笑愚公老，料理詩囊付子孫。

【注】

詩共兩首，皆見錄於《悲華經舍詩存》卷四。陳訓慈《悲華經舍詩選註》云："三嬗：三變。指推翻清政府、孫中山就任臨時大總統、孫中山讓位給袁世凱、袁世凱稱帝等政治事件。"①

贈君木

洪允祥

少年詞賦滿江關，老去閑情未易刪。
同架古人屋下屋，君憐介甫我遺山。

【注】

詩載洪允祥《悲華經舍詩存》卷四。

---

① 陳訓慈：《悲華經舍詩選注》，第76頁。

觀君木寄天嬰詩，即次其韻

洪允祥

落木驚人老，秋風病此才。忍將千古意，併作一詩哀。吾道存狂狷，天心有往來。眼中二三子，懷抱幾時開。

【注】

詩載洪允祥《悲華經舍詩存》卷四。

就屺懷飲酒憶君木

洪允祥

三百青錢一吸空，酒邊桃李競春風。晶瑩肝膽狂來碎，慘淡文章亂後工。未要名山傳我輩，可堪吾世少英雄。孺人稚子蓬蒿底，賦恨遠應著敬通。

【注】

詩載洪允祥《悲華經舍詩存》卷四。

聞君木有疾

洪允祥

倚醉登樓望夕曛，賓鴻數盡惻離群。書生意氣貧非病，海內詩歌我共君。宴坐未妨同法喜，吉占無事索靈氛。蟲肝鼠臂尋常事，裹飯何時證舊聞。

【注】

詩載洪允祥《悲華經舍詩存》卷四。

贈器伯兼簡君木

洪允祥

論詩原不界唐宋，語妙終令識者憐。老我頹唐仍嗜酒，看君綽約欲忘年。鶯花夢幻連三月，棒喝聲高徹九天。寄語毗邪居士道，津梁倦後且酣眠。

【注】

詩載洪允祥《悲華經舍詩存》卷四。

馮君木詩序

鎮海虞祖輝

余友陳无邪以書來告曰："君木病甚矣，有詩數百篇，皆手錄者，亟付予，惟君序之。君木念子深，毋忘也。"余愴然，以君木發動舊風，體清羸而耆苦吟，每勸語之而不余聽，倘竟失此人耶！冬，余渡江視君木，乃幸無恙，要余宿其家回風堂，時雪月初霽，寒光照屋壁，吾兩人倚爐吟詠達夜分，其意興未衰。君木若未嘗病也。

君木、无邪皆慈谿人，慈谿與吾縣近，吾少聞陳、馮之名，後遂相遇，與交密。前年，余館甬上，二君亦以避亂寓郡城，吾每與君木訪无邪，游城北後樂園，爲詩酒之會。吾不善詩，二君喜以詩相視，无邪嘗欲有爲，亂後意有所不樂，故其詩多幽沈鬱宕之音，君木意量翛然，雖居困而有以自得，故其詩有蕭曠高寒之韻，要皆吾甬上詩人之絕出者也。君木始以高才爲麗水校官，輒棄去歸隱，乃與无邪唱和，壹志於詩，謂："方病時,負痛呻吟,他皆不省,猶喜人談詩,若吾藉此而魂魄無憾者。"嗟乎!君木殆欲以詩托命也耶。余爲序之,亦以慰君木之意於無窮也。丁巳三月,鎮海虞輝祖。

【注】

作於丁巳(1917)三月的此文,原本被置於《回風堂詩文集》卷首,且題作《回風堂詩序》,但該文既已被虞輝祖本人選入《寒莊文編》卷一(題爲《馮君木詩序》),又並非專爲《回風堂詩》所作的序言,故移錄至此,並採用其《馮君木詩序》之原名。《寒莊文編》卷首《諸家評議》:"《馮君木詩序》,吳辟疆先生曰:'風韻近歐,敘君木詩而以無邪緯之,亦歐公《惟儼祕演序》文法。'"

鄭逸梅《藝林散葉》:"鎮海虞輝祖與馮君木善,爲作《回風堂詩序》,有云:'余宿其家回風堂,時雪月初霽,寒光照屋壁,吾兩人倚爐吟詠達夜分,其意興未衰。'"①

陳訓正《視君木疾,君木曰:"昔日三病夫,今爾獨耶!"出詩文稿示余曰:"願以生平相付托。"余爲泫然,歸賦一律奉慰》:"爾生何幸到今日,貧病相依四十年。縱有心光照千古,已無意念出窮泉。名山得失皆身後,壯歲艱難況目前。並世不知誰健在,聊憑歌哭破寥天。"②

寄君木

洪允祥

猶存風雅溪南北,[1]力弱才疏我忝君。看鏡未甘顰醜婦,曳戈徒自泣殘軍。子雲漸悔辭人賦,元亮應參淨土文。便擬多生空綺障,更從性海現身雲。

---

① 《藝林散葉》(修訂版),鄭逸梅著,第232頁。
② 《天嬰室叢稿》之二《無邪詩旁篇》,第89頁。

【注】

　　詩載《悲華經舍詩存》卷三。考陳訓正《金縷曲 秋夕,憶亡友應叔申詩,泫然賦此》下闋云:"一時裙屐稱才子,最傷心、晨星牢落,數來無幾。風雅猶存溪南北,似我虛名而已。但後顧茫茫誰繼?亂世文章天下賤,更何人搜索窮肝肺。九泉下,應垂淚。"又其小字自注:"溪南北謂君木、佛矢。"①鑒於《秋岸集》所錄詩文皆作於庚申八月至十二月間,則洪允祥《寄君木》當作於1920年秋或冬。

【校】

　　[1] 小字自注:"風雅猶存溪南北,屺懷辭也。"

題君木坐禪小影

洪允祥

　　人間何世堪一哭,天下健者馮君木。秋風傲骨撐枯株,夜雨高歌振窮谷。劍邊燕客水蕭蕭,囊外毛生人碌碌。旌旗賢子扼英雄,坐使神州哄逐鹿。大地河山淚眼中,殺氣東西盪坤軸。抽身去作病維摩,原是傷春狂杜牧。孤喙喋作寒蟬寒,兩鬢淨于禿鶖禿。今年貧到錐也無,把茅蓋頭故山麓。貝葉千篇無上乘,空桑一樹足三宿。事理相融法界圓,周妻非累矧何肉。才人成佛占人先,證向先生古天竺。十年我亦縛枯禪,根鈍三關透不速。雪中斷臂向君求,快錫金鎞括昏目。龍身燒後澗松春,牛矢香時山芋熟。無端饒舌任豐干,寒拾詩成人不識。拍手大笑陳天嬰,老逐昌黎用孔墨。

---

　　① 《天嬰室叢稿》之五《秋岸集》,(臺灣)文海出版社1972年版,第241—242頁。

【注】

洪允祥此詩，收錄在《悲華經舍詩存》卷二，也曾刊於《世界佛教居士林林刊》1923年第2期（署名樵舲），1937年又爲北平《新苗》第15册《悲華經舍詩選》所轉載。

與馮君木書

興化李詳審言

早間奉謁未見，不欲撼君早睡，故留一刺而出。奉約先生二十一日十二點鐘，在三馬路會賓樓樓下小聚。扶寸肴修，不比君木夏屋渠渠。並約夷父、孟海兄同臨。兩君皆少年有志者，於君詩見之，務請同臨，屆時至盼至盼。公之詩文，已閱一過，文從聲響、色澤入手，犯望谿所忌，正弟平生宗旨所在。詩則雅麗渾古，不參一似是而非之語，尤所欽佩。公有馴犬名剛毅，朱古微侍郎畜犬亦有諸總統名稱，呼之即至，可謂不謀而同，爲他日笑林之記載。弟敬題一詩於詩集前，即以贈別。年老相逢不易，須珍重也。明日務乞偕沙、葛兩兄同到會賓樓，恕不再邀。李詳頓首。

【注】

此文可見王文濡《當代名人尺牘》上卷，後接李詳《復陳無邪書》。馮君木與興化李詳（1859—1931）的交往，始於1922年秋。1923年1月17日，馮君木專程到上海拜見李詳，卻因李詳昨日返歸揚州而未能見面。①《與馮君木書》大概作于次年李詳重返上海，與馮君木初

---

① 按，沙孟海《僧孚日錄》壬戌十二月一日："師今早到滬，夜來蔡氏。師此行爲訪李輝叟，而李適以事先一日歸揚州，以年老，明歲不復來此，師謂相見無期矣。聲氣相投，彼此向慕，而一面之難如此，蓋亦有天焉。師有答李詩，李秋日先有一詩寄師，並塞丈寄李詩及《和師謝饋橘兼祝生日詩》，師皆寫以示餘。"詳參《沙孟海全集·日記卷》，洪廷彥主編，第437—438頁。

次見面後。

寄馮君木

吳昌碩

出無車便海浮家，雞犬狂拋獨往耶。洞不仙迎漁泛泛，蘆之磧坐雪沙沙。酒移洲島醒難獨，樹拂珊瑚富懶夸。手把長瓢陪一醉，四明原近赤城霞。

【注】

文載《吳昌碩詩集》（灕江出版社2012年版）。

吊回風夫子

陳訓恩彥及，一字布雷

謂天高，高靡弗被耶，胡景匪靈而星日蔽耶。謂地博，博靡弗載耶，胡重匪任而山嶽隤耶。於乎夫子，一瞑千古，其終不復耶，胡生之領而死之酷耶。於乎夫子，胡年不假，天實主之耶，天道冥冥，可知而不可知耶。於乎夫子，天之降罰，虐吾尤耶，予季旅亡從夫子游耶。於乎夫子，湛湛泉臺，絃歌不寂耶，吾思季氏，倘不離夫子側耶。於乎夫子，死喪戚矣，況人倫耶，夫子念予亦云云耶。於乎夫子，日何短短，天何蒼耶，白骨不朽，名山藏耶，予歌予泣，哀何如耶。於乎夫子，其鑒余耶。

【注】

《悲回風》附錄，民國二十一年三月浙江省立圖書館鉛印巾子居叢刊本，南京圖書館藏，索書號"GJ/808177"。

哭馮君木師

陳器伯

春間在海上，趨謁無虛日。賞奇復析疑，語笑溫一室。
吾師苦思人，去冬已攖疾。神經患麻痺，右指知能失。
漸及臂與肩，半體生窘窒。兩脛生光皮，趾間水常溢。
凡此諸病狀，師嘗爲我述。興辭輒堅留，清淡再促膝。
有時文思來，日授我執筆。哀哀師弟情，曠古無儔匹。
詎因會期短，故令聚首密。名醫日討論，回天寧無術。

憶自列門下，彈指十年前。授我以秘鑰，指引得真銓。
諄諄垂教誨，不以駑鈍捐。進我作者林，得師衣鉢傳。
衆謗師爲白，群擠師爲全。誡我力韜晦，少與世周旋。
遺言猶在耳，胡遽隔人天。感知恩未報，永訣恨綿綿。

華國有文章，詩詞猶餘事。嶄然大手筆，造意極沈摯。
吐納萬卷書，微詞見大義。璨璨回風集，神血所凝寄。
立言無憑假，不朽果自致。天地有菁華，古今所吝閟。
師乃抉剔之，暴微而窮邃。蔚欝發文采，造物能無忌？

高情自陶寫，靈氣迴胸襟。明月照大地，流水遶長林。
空谷哀窈窕，含查碧蘿深。一唱三太息，泛泛有仙音。
絕調廣陵散，絃柱撥素心。雞鳴風雨晦，百感日侵尋。
心絃續續彈，氣耗血自斟。天風鳴鷟鶴，嘔盡短長吟。
一朝絃弛頹，身痺口亦瘖。寂寂草玄閣，墜緒孰能任？

【笺】

该诗见刊於《捲烟季刊》1932年第1卷，比较详细地记载了冯君木先生临终前的病症，当然更多的则是作者陈器伯对其师恩的追忆。据诗中"去冬已撄疾"云云，基本上可以认定该诗作於1931年5月18日冯君木病逝後不久。

記馮君木先生

貞　一

慈谿馮君木先生，文名滿天下，遽於五月十八日以腦疾下世，海內痛悼。其家人既定六月七日爲先生設奠於慈谿故里，海上故舊門人，不日擬假座寧波旅滬同鄉會追悼，用抒哀忱。從兹海上文人，又弱一個矣。

先生起病極微，初僅覺手指麻木，繼而延及周身，未幾病瘖。自起病至彌留，僅百二十日。疾未起時，甬上名醫范文甫偶來滬訪先生，既歸，馳書告友人曰："木公病危矣。"其友大驚，亟來滬省先生疾，見先生健飯如常，頗笑范君之妄。迨先生病殁，人始歎范君目光之遠，故范君挽先生聯有"信庸醫多伏可死機，欲□死死矣"之語。實則先生病中亦自知不起，去歲盛省傳先生之殁，先生挽之有云："痼疾纏綿，了無生趣，倘許從游入地，雖爲執鞭，所欣慕焉。"時先生病胃，經名醫袁證道按摩，已將痊愈，此聯因病中不能握筆，囑門人魏友棐代書。既發，先生忽覺聯語太蕭瑟，擬改之未果。不意竟成語讖也。

先生自來上海，文字應酬孔多，深覺爲苦，病起右腕病風，左腕尚能作反體書。曾爲王个簃先人題一像贊，蓋絕筆也。

先生待人寬厚，不記人過。有門生某，乾没先生潤值，且反訾先生，人多不平，先生初不怒，但曰："其人當爲錢所迫，不得已而爲之耳。"略不介懷。今先生往矣，吾人感念舊德，誠不覺涕泗之交頤也。

　　海內挽先生詩文聯甚多，其門人洪荊山有五古一章，語極沈痛，迻錄如後："逃空求空處，恒苦心魂馳。賃廡集賓萌，談笑掀鬚眉。篇章苟慰薦，臺簡以自持。秉受固未充，屢如不勝衣。方寸頗澹定，妙論參詭辭。造述復多端，光怪拏蛟螭。謁者樂晨夕，師亦與忘疲。欲歸歸未得，良爲疾所羈。一家課鷗夢，閫內春熙熙。自冬被末疾，麻木日以羸。初非腹心患，徒聞呻吟悲。維師起孤意，峨峨苟揚姿。幼邃儒效篇，與古若會期。輪囷負肝膽，其文浬以思。著聞朔南東，任俠聲瑰奇。自閱桑海後，講學春江湄。縶余慚師門，護落負所知。師性介夷惠，解嘲醒肝脾。愛余若天性，抉摘不我欺。此材宜大用，兼善世所資。蹭蹬亦奚恤，天已昌其詩。借瑣耗奇氣，憂患亦隨之。遽聞病綿惙，淚如珠斷絲。殺機酷笯狗，何乃及我師。郢人已喪質，惠子復何爲。決絕復決絕，質疑兮向誰？"

【注】

文載《申報》1931年6月8日第13版。①

慈谿馮先生述

陳訓正

　　馮先生开，字君木，原名鴻墀，字階青，慈谿人。慈谿名

---

① 《申報影印本》第283冊，上海書店1983年版，第205頁。

族馮爲舊,自有史以來,用文學顯者,代有其人,而先生之成尤多。

先生爲學,務其大不遺其細,博聞强識如王深寧。其文章高華峻潔,內餱而外肆,則如汪容父,①蓋並先生世,一時無有當者。詩初宗杜、韓,所詣近玉溪,中年稍稍取法西江,晚更離亂,聲華益刊落,每有謠詠,必千灌百辟,融冶情性而出之。嘗曰:"作詩當於無味處得味,無材處見材。"顧今世疇知之哉!

生平重氣誼,尚節概,少日嘗與同縣陳鏡堂、鄭光祖、馮毓犖、應啓墀、錢保杭、魏友枋、胡良箴、陳訓正諸人結惇社,制社約,善相勸,而過相規,學問、道義相勉益。群議一人主其事,或以屬先生,先生謂鏡堂其人"清亮高曠而多文,誠非吾儕幾,宜爲長"。會有訐惇社好標榜,踵幾、復故轍,先生於是乃請改名剡社,爲詩酒之會。曰剡者,鏡堂所居地剡山也。

先生品藻群流,少所臧可,獨於高己者服膺拳拳如此,人以是益賢之。先生既少雋早成,有聲邦邑,四方問學之士,趾錯於庭,殷勤納交,或委贄焉。先生則開陳肺腑以待來者,心有所勿知,知之未嘗不爲言;耳有所勿聞,聞之未嘗不爲告。生性善感,畜志棣群,人無戚疏,情無厚薄,一與之合,終身以之。至其行事,介不絕俗,通不疑今,則又與婆婆自得者殊其量矣。內修之美,既越群倫,繹古之功,尤多創發。晚年講學滬上,益與先朝名宿老師相往還,安吉吳昌碩、臨桂況周頤、吳興朱孝臧尤契先生。吳、況前一年殁,有遺言必先生銘其

---

① 馮君木亦嘗自稱"甬人士之好讀汪容父文自我始"。詳參《僧孚日錄》辛酉五月廿九日(1921.7.4)條,《沙孟海全集・日記卷》,洪廷彥主編,第172頁。

墓。既具草而病作,凡病三閱月而遂絕,年五十有九。嗚呼!天喪斯文,國無人矣,傷哉傷哉。

先生父曰某,習儒不售,去隱於市,擅繪事,書法疏秀多致。母俞氏,邑儒某之女,知書明禮,教子有方。先生生若干年而孤,依母受詩,以長以立,以至於成。年二十(一)[五],①由拔貢官麗水縣訓導。著有《回風堂詩文集》若干卷,《詞》一卷,《日記》若干卷,雜著若干種。取俞氏,名因,著《婦學齋詞》一卷。繼取陳氏、李氏。子男二:貞胥,俞出;貞用,李出。女一:貞俞,李出。孫:男一,昭遂;女一,昭多,貞胥子。友人同縣陳訓正述。

【注】

　　此處所錄,迻自《悲回風》,②又可見《申報》1931年7月25日第17版、《寧波旅滬同鄉會月刊》第97期(1931年8月)、南京《國風》半月刊第7期(1932年11月)、浙江省立圖書館《文瀾學報》第一集(1935年1月),其文字相互間略有出入。

哭君木師

洪荆山

逃空求空處,恒苦心魂馳。賃廡集賓萌,談笑掀鬚眉。篇章苟慰薦,臺簡以自持。秉受故未充,屢如不勝衣。方寸頗澹定,妙論參詭辭。造述復多端,光怪挐蛟螭。謁者樂晨夕,師亦與忘疲。欲歸歸未得,良爲疾所羈。一家課鷗夢,閫

---

① 《悲回風》原作"年二十一",此從沙孟海《慈谿馮先生行狀》,改作"年二十五"。

② 《悲回風》附錄,陳訓正撰,民國二十一年三月浙江省立圖書館鉛印巾子居叢刊本,南京圖書館藏,索書號"GJ/808177"。

内春熙熙。自冬被末疾，麻木日以羸。初非腹心患，徒聞呻吟悲。維師起孤童，崿崿苟揚姿。幼邃儒效篇，與古若會期。輪囷負肝膽，其文淫以思。著聞朔南東，任俠聲瑰奇。自閱桑海後，講學春江湄。縶余慚師門，濩落負所知。師性介夷惠，解嘲醒肝脾。愛余若天性，抉摘不我欺。此材宜大用，兼善世所資。蹭蹬亦奚恤，天已昌其詩。借瑣耗奇氣，憂患亦隨之。遽聞病綿惙，淚如珠斷絲。殺機酷猰狗，何乃及我師。郢人已喪質，惠子復何爲。決絕復決絕，質疑今向誰？

【注】

　　洪荆山（1894—1967），浙江慈谿人，畢業於北京大學，曾任中國實業銀行總管理處秘書、寧波旅滬同鄉會圖書館主任等職。此詩，1931年7月見刊於《寧波旅滬同鄉會月刊》第96期。

馮先生不朽

孫籌成

　　慈谿馮君木先生，戀學亮節，蔚爲儒宗，問字之屨，户外恒滿，回風之集，海內皆知。晚年僑居滬上，並世名宿，多所通接。若朱古微、況夔笙、程子大、吳昌碩、李審言諸君，胥服其文、重其行，軒蓋往還，驩若平生。況夔笙與吳昌碩二君臨終時，皆有遺言，必欲馮先生銘其墓，則其文章道德爲當世所推崇，可以概見。本年五月十八日告終滬寓，自冬涉夏，寢疾數月，朋曹候視，趾錯於庭，或通宵留侍，未忍違去。比其沒也，皆揮淚失聲，哀不自勝，設位會哭，動數百人，自非該行備德，內修於己，夫孰能感乎儔類若是其至者乎！月之二十三日，朱古微、王一亭、陳屺懷、張詠霓等發起公祭，其門弟子陳布雷、吳經熊等臂纏黑紗，爲其服心喪，而蒞會者百餘人。推陳屺懷主祭，因陳君與馮先生交最深，請其報告馮先生之略歷。陳謂"鄙人與馮先生係總角交，悉渠十四歲由松江回慈谿時，已文辭爛然。蓋先生生有嘉表，聰遠韶純，群經百氏，遇目能識，若有天授，當時前輩均目爲神童。人皆知先生和藹可親、與世無爭，不知渠少年時，所發議論亦甚激烈，酒後興之所至，所著文章目空一切。旋因在杭教讀，爲當道所注意，家人恐其賈禍，託言其太夫人病，電召回里。渠純孝性成，接電後，不問曹娥江潮流之順逆，冒死趕歸，於二十四小時內抵家。交友不以貧富易操，不以死生殊節，惟對於文字之討論，雖遇至友不肯示弱。自奉甚約，對於親族貧苦者，稱力薦拯，惟恐不及。少年承學，善誘善導，薄微片能，輒稱譽勿置，先博其趣，然後勉進藝業，故弟子敬愛先生，猶敬愛其父兄"云云。吳經熊之輓聯曰："爲木鐸數十年，萬卷藏胸，小子昔曾沾化雨；距花甲祇一載，兩楹入夢，遺書未忍讀回風。"結果因馮先生遺著有《回風堂文》若干卷、《詩》若干卷、《詞》一卷、札記若干卷、雜著若干種皆未刊，若任其散佚，殊爲可惜，故推陳屺懷等八舊友暨弟子代表陳布雷、沙孟海等，主持刻印馮先生詩文集，並由門弟子籌組回風社，每年於馮先生忌日開會設祭，俾聯同門感情、追念先生盛德云。

【注】

文載《申報》1931年8月25日第17版。①

---

① 《申報影印本》第285册，上海書店1983年版，第681頁。

馮君木先生行狀

沙文若 孟海

先生諱开，字君木，浙江慈谿人也。吳越建國有叔和者，自婺來徙，卅有二世以至先生。曾祖應燾，祖夢香，候選典史，兩世皆贈朝議大夫。考允騏，國學生，贈修職郎。累代清郁，光聞邦邑。

先生生有嘉表，聰遠昭純，群經百氏，遇目能識，文辭爛然，若有天授，方十五六，故已犖犖有奇節矣。年二十補縣學生，旋食廩膳。光緒二十三年，選拔貢生，朝考二等，吏部詢問，願就教職，補用教諭。出爲麗水縣學訓導，興文教，修學宮，士議緊歸。留之一載，調任宣平縣學教諭，以病不赴。

雅懷恬介，不樂仕進，三十而後，即棲遲邑里，結志墳典，蕭條高寄，不以時務經懷。與同縣陳鏡堂晉卿、鄭光祖念若、馮毓蕤汲蒙、陳訓正無邪、應啓墀叔申、錢保杭仲濟、魏友枋仲車、胡良箋君誨、姚壽祁貞伯、楊睿曾微齋諸子爲剡社，日月要晤，會文輔仁，一時谿上號多士焉。

先生於學無術不綜，廣稽約守，包括道要，不爲門户異同之論。文章淵雅，尚規魏晉，言典致博，造次必爾。蓋自文筆別塗，不相合謀，騁辭華者，日靡於縣富；矜渟浄者，并遺其風骨。先生假長補短，獨主體氣，剝散浮華，歸於簡朗，用能巧不傷理，雋不害道，安珥審固，情采俱茂，可謂修辭立誠、文質份份者也。

蚤歲孤露，孝奉慈母，而體仁愛人，無間戚疏。其交友也，不以貧富易操，不以死生殊節。家故不豐，自奉甚約，至於親類急難、耆老癃病，稱力存拯，唯恐不及。少年承學，善誘善導，薄嫩片能，輒稱譽勿置，先博其趣，然後勉進藝業。故弟子敬愛先生，猶敬愛其父兄也。

　　晚更離亂，旅食上海，並世名宿多所通接。若吳與朱祖謀古微、桂林況周頤夔生、長沙程頌萬子大、安吉吳俊卿昌碩、與化李詳審言，胥服其文、重其行，軒蓋還往，驩若平生。況、吳前卒，皆有遺言必先生銘其墓云。

　　春秋五十有九，以中華民國二十年五月十八日，告終上海寓次。自冬涉夏，寢疾數月，佣曹候視，趾錯於庭，或通宵留伺，未忍違去。比其殁也，皆揮涕失聲，哀不自勝，設位會哭，動數百人。自非該行備德、內修於己，夫孰能感乎儔類若是其至者乎！

　　遺著有《回風堂文》若干卷，《詩》若干卷，《詞》一卷，《日記》若干卷，雜箸若干種，皆未刊。元妃俞孺人因，字季則，有《婦學齋詞》一卷。繼妃陳孺人、李孺人。子男二：貞胥、貞用。女一：貞俞。孫男女各一人。

　　文若受知先生，既深且夙，甄述景行，責無旁貸，重以顧命所及，承命祇懼，薄言最敘，忘其愚弇，後之君子，以觀覽焉。二十年八月，門人沙文若謹狀。

【注】

　　民國二十年（1931）八月，弟子沙孟海撰《馮君木先生行狀》，在追述馮君木生前事蹟的基礎上，首次綜述其學術成就。此文見載於《寧波旅滬同鄉會月刊》1931年第98期、《悲回風》附錄、上海《寧波日報》1933年8月23日第4版、《文瀾學報》1935年第1期。1941年，《回風堂詩文集》交由上海中華書局刊印時，被收錄在卷首。時至1948年，該文又以《馮先生行狀》為題，見刊於《國史館館刊》第1卷第4期

"碑傳備采"。茲處所錄,係《悲回風》之附錄,其末句"二十年八月,門人沙文若謹狀",則錄自《回風堂詩文集》卷首所載《慈谿馮先生行狀》。

慈谿馮君墓志銘

義寧陳三立

馮君諱开,字君木,浙江慈谿人。曾祖諱應燾,祖諱夢香,考諱允騏。君少孤,從母俞受詩,上姿天挺,不督而成,年十五六,已斐然有箸作意。二十補諸生,旋食廩餼。光緒丁酉,以拔貢試於朝,列二等,故事當得知縣,君自言銓曹,願爲儒官,授麗水縣學訓導。居一歲,調宣平縣學教諭,辭疾不赴。年甫三十,歸不復出,篤意書史,廣覽博涉,擷菁含英,包孕典略。故其爲文,華實相資,麗則以遒,匭鍔弢鋋,與爲優游。詩出入杜、韓、黃、陳,醞釀萬有,鎔冶以情性,兼工倚聲。嘗與同邑陳鏡塘諸子結剡社,用道義術業相切劇。晚客上海,四方承學之士,問業者踵至,析義答難,竭情無隱,誘掖後進,因材曲成,所造就甚衆。與人交,隆久要之誼,雖居貧,未嘗不急人之急也。不翕翕聲氣,而耆儒宿學、年少才俊咸樂與游,安吉吳昌碩、吳興朱孝臧、桂林況周頤、寧鄉程頌萬、興化李詳交尤篤。不幸得疾,以辛未四月二日卒旅次,年五十有九。所箸有《回風堂文》若干卷、《詩》若干卷、《詞》一卷、《日記》若干卷、雜箸若干種,藏於家。初娶俞,再娶陳,三娶李。子貞胥、貞用。女貞俞。孫男女各二。方君寢疾,門弟子日夜走視不絕,有留侍達旦者,既歿,皆哭失聲。遠近會吊者數百人。其孤將以甲戌八月二日葬君西嶼鄉上午里之原,以君友人陳訓正所爲《述》，門人童第德、沙文若所爲《傳》《狀》來徵銘，乃序而銘之。銘曰：

窮一世而無所覬兮，惟斯文之是耽。慕前修之隆軌兮，掉六轡與驂騑。謂今之人莫子知兮，休聲溢虖江之南。名不朽其可願兮，偃大室而長酣。

【注】

鄭逸梅《藝林散葉》："馮君木逝世，其後人倩陳散原撰墓志銘，致潤三百金。此文《散原精舍文集》中未載，卻載於袁伯夔集中。袁爲散原弟子，可見是文乃伯夔所代筆。"[1]據文意，當作於1931年8月沙孟海撰作《慈谿馮先生行狀》後不久。

該文見錄於《回風堂詩文集》卷首，又曾先後發表在《詞學季刊》1933年第1卷第3期（題作《馮君木墓志銘》）、《寧波旅滬同鄉會月刊》1933年第124期（題作《馮君君木墓志銘》）、《文瀾學報》1935年第1期（題作《馮君木墓志銘》）。此外，《慈溪碑碣墓志彙編（清代民國卷）》也加以收錄，並稱慈谿錢罕書、海門王賢篆額、無錫王開霖刻石。[2]

招都梁過玉暉樓，謀編刊《回風集》。時直深秋，俯伏多感，既傷逝者，行復自念，喟然賦此 都梁，貞胄號也。年少而材，能承家學，回風有後矣

陳訓正

淡晴天氣入殘秋，棖觸茫茫起積愁。幾輩青山老詩骨，連宵舊雨洗荒邱。[1]亦知後死無逃責，欲遣餘生奈寡儔。獨

---

① 《藝林散葉》（修訂版），鄭逸梅著，第232頁（復見同書第397頁）。
② 《慈溪碑碣墓志彙編（清代民國卷）》，慈溪市文物管理委員會辦公室、寧波市江北區文物管理所編，浙江古籍出版社2017年版，第745—746頁。

抱遺篇對萸菊,分明情事記前遊。[2]

【注】

　　該詩首見於陳訓正所撰《悲回風》,據其詩題,可以認定作於1931年深秋。1932年11月1日,見刊於南京《國風》半月刊第7期(後又被收錄在《天嬰詩輯》)。

【校】

　　[1] 小字自注:"審言殂,僅後木公一夕。"
　　[2] 小字自注:"六年前,余曾於九日過修能學社,木公方校編寒莊遺文,指庭菊謂余曰:'寒莊文有菊之致,無菊之色,故人鮮賞之者。'間又曰:'今人賞菊以希種爲貴,色且不知,何言風致?此寒莊之所以死也!'今余編木公文,亦同此情慨。"

哭木公 六首

陳訓正

沈霾發悽夏,活活殊未已。款耳無娛聽,沸塗出秋氣。
昨日眼前人,今日各生死。生者憯焉老,死者長已矣。
百年忽大暮,乃令天地閉。清瀅蕩無聲,埃氛紛以燿。
抉旮窮九霄,伊人九淵底。無術起湛骨,深哀洞膚肺。

深哀不須渫,留以寫情性。儲腹有神血,雅吐豈受鯁。
思君宿昔語,情苦難卒聽。生平稱曹好,所期乃無幸。
憂患與著作,施身輒爭等。世亂道不腴,徒傷貧非病。
同病憐往日,吾與子與應。[1]呻吟互酬答,牽傍相爲命。
愁目支旦暮,鰥鰥孰先瞑。誦我悼應篇,謂言何悽梗?[2]
死生幾輩同,悲來難自勝。暮途兩人在,有如形與影。
形影忽善釋,嗟哉今娭娭。獨絃鼓焦吭,疇云其情正。

揾淚爲寫哀,幽感當我省。

余詩嘔出心,亦出君肺腑。卅載負道重,前邪後則許。
奇獲互矜觀,指索不厭數。目繪復意摹,有懷期必吐。
吾衰小不振,君輒持以故。恥直拂用繩,攻樸運惟斧。
一字不於安,芒背憂無措。憶昔會喻齋,各各課其素。
推敲若決讞,於文懲譎主。謂法當如是,厥權人無與。
十年數晨星,搖落半泉路。孤朗幸相照,猶足慰遲暮。
如何蝎同磨,詩骨君先腐。余唱汝不和,誤汝亦不顧。
空山坐獨謠,悲風激四宇。夜來見余夢,顏色何慘沮?
橫膝守故榻,與對獨無語。形離神當合,精魂倘未去。
願復平生言,爲我發宵寤。

魂兮不可招,夜臺高復高。長夜終當旦,瘏痗亦徒勞。
生時得君面,匪以永夕朝。空雲轉顏色,八九夢中遭。
汝生尚如此,死別況魂銷。傾腹萬言語,執手難汝要。
汝亦有所懷,舌彊苦不調。今日更何日,但聞墓木號。
幽憤風假之,向我鳴刀刀。刀刀汝勿鳴,吾目久成蒿。
時艱天不吊,汝死胡能逃。

逃死既不能,速死亦不得。天心何太酷,斯人有斯疾。
聞疾我來視,困纏已經日。支膚半不仁,喉舌官都失。
未見心先憐,既見悲莫抑。君時猶顧我,作氣累歎息。
牽臂如欲語,握手覺無力。淚河傾已乾,勢猶奪眶出。
對此百茫茫,感念紛而集。思以一言慰,不知從何入。

勿謂君尚生,死當無是憾。勿謂死可祈,朝暮又難必。
如君死猶難,生艱更十百。傷哉君已矣,後死吾其責。

百身莫爾贖,吾責無旁貸。何以存爾真?千秋名業在。
何以明我責?尊聞寶所愛。文章有真價,珠玉矜唾欬。
貨奇居不易,掇拾將誰待?悠悠異世名,托付當有藉。
揚風復挖雅,吾黨敢自外。世下變益急,誰言文無害。
隋掌失明月,郢握專光采。斯文掃地盡,斯人生不再。
及今勿爲惜,蕭條空千載。瀝哀溯回風,有淚無地灑。

【注】
該組詩見載於陳訓正所撰《悲回風》。

【校】
[1] 小字自注:"謂悔復。"
[2] 小字自注:"中有句云:'不忍見君生,何忍見君死。'君每舉誦泣下,謂將來可逐而吊余也。"

馮君木先生傳

童第德次布

先生慈谿馮氏,諱鴻墀,字階青,有文在其手曰开,因改名开,字君木。以拔貢生選麗水訓導,一年辭歸。於是遂隱居教授。晚歲客滬上,交臨桂況周頤、歸安朱孝臧,二君以工詞爲世所宗,皆翕然推服先生。朱君選近人詞,都爲一集,浙江僅得三人,其一人先生也。詩似陳後山,文類汪容甫,見今世作者,獨許餘杭章君。章君文樸摯,先生則文質相被、聲情並至,義寧陳三立以爲章君勿能過也。嘗謂:"東漢魏晉之文，工於言情，敘事則非其所長，故其表志碑碣，形貌大抵相似。自昌黎以班、馬史法爲銘幽之文，文體始變，後世承用，莫之能易。容甫學漢魏，然敘事一仍昌黎，是爲法古而善變者。"又曰："文至桐城，氣體最正，病稍隘，吳摯甫氏出，而後益恢奇廣大。"第德好慕效太史公、歐陽永叔文章，先生謂："宜兼取孟堅，資其藻采。"第德讀《漢書》數過，偏於情性，終未能相似，於是先生曰："子既得其道矣！好爲之，亦足以成名也。"今歲三月，謁先生於滬，則已得風疾，右手不能握筆，亟稱第德所爲《觀潮記》，命出他文，爲更定數字，口授而使第德自書之。有頃，持某氏畫觀音象，展視久之，曰"以畀汝"。先生素不喜佛，頗用是以爲怪。未幾，而先生卒。蓋自是遂不復見矣。先生既歿，第德每欲爲文紀其生平，久之不能就。慈谿陳先生曰："盍亦述子之所知乎？"於是詮次嚮所聞見者，著於篇，其所不知，不敢加也。先生著有《回風堂詩文集》若干卷，《詞》一卷，《日記》《扎記》《雜著》各若干卷。其世次若他行誼，詳陳先生所爲《行述》，茲不具。

【注】

　　文載陳訓正所撰《悲回風》。茲據文末"先生既歿，第德每欲爲文紀其生平，久之不能就。慈谿陳先生曰""其世次若他行誼，詳陳先生所爲《行述》，茲不具"云云，可知該文之作，稍晚於陳訓正《慈谿馮先生述》，大約1931年夏。

過宋詩人孫花翁墓,有懷木公

陳訓正

秋風淅淅秋將暮,落葉人間黃無數。我來踏葉訪秋墳,足底青山有千古。花翁妙裁斷吟口,易世猶留一抔土。文章真氣存兩間,況復吾友今韓杜。欻唾因風忽彌天,碎珠零玉紛芳路。我欲招魂築高皋,擬傍孤山開門戶。臨湖更起回風亭,日鋤梅花此中住。[1]

【注】

該詩見載於陳訓正所撰《悲回風》,據其"秋風淅淅秋將暮"云云,足以推定該詩作於1931年深秋。時至1932年11月1日,又見刊於南京《國風》半月刊第7期。

【校】

[1] 小字自注:"花翁墓本在孤山對湖岸上。十八年,築裏湖路,因移至堅匏盦左側廢地。"

南山桂發,客來競談滿覺隴之勝。憶昔年曾偕木公及弟子次布、孟海輩,自赤山埠步行至煙霞洞,訪碑經壟,憩叢桂下,木公舉小山故事,用相嘲謔,雅尚佳致,至今猶優然山水間,而清言不可復聞矣!追感成詠,並示當日同游諸子

陳訓正

賓秋述游事,人誇南山勝。
香覺開滿壟,午風靜中定。煙流翠欲滴,雨深青如孕。
山色依然還自好,看山不足人已老。我昔攜侶出訪碑,

曳杖曾於此中到。

　　叢桂雖殘堪充隱，坐石剔蘚恣談笑。木公義氣老猶顛，恨不生當千年前。

　　與君同賦小山篇，或附雞犬隨登天。笑言未竟悲歌續，跫然足音空在谷。

　　窮途日薄天如菽，詩腸終飽飢鳶腹。及時花發胡不樂？

【注】

　　該詩見載於陳訓正所撰《悲回風》。茲據常識，足以斷定該詩作於民國二十年八月桂花飄香之時。

見落葉，追念回風亭長

陳訓正

　　眼前秋意緊，落葉紛來去。高樹有回風，人間一亭古。
　　前塵渺難即，猶憶共秋路。夙昔稱霜交，蒲柳相吾汝。
　　蒲柳孰先零，時還戲而語。涼涼十年來，拒霜幸無沮。
　　如何歲寒姿，一朝先委土。凜此搖落心，羈目少歡遇。
　　弄影獨婆娑，高歌倚枯樹。[1]

【注】

　　該詩見載於陳訓正所撰《悲回風》。據其"眼前秋意緊，落葉紛來去"，足以斷定該詩作於1931年秋。

【校】

　　[1] 詩末小字自注："余主慇園時，木公來會文。園側一池亭曰回風，因自號回風亭長，並以署其詩文稿；後游海上，移顏其堂。今年余賃居裏湖某氏別墅，有亭傍池而起，甚似慇園風物，每過此，不能無念也。"

述夢 三首

陳訓正

中宵起靈寤，見汝尚生平。意亂傾難盡，更沈聽轉明。
心懸孤月冷，夢劫黑風橫。豈道當年事，都來此夜情。[1]

一瞑不復視，猶煩問捉龍。[2]人間有沈陸，何處托回風。
落落百年後，悽悽此夕中。等身矣何用，念子先蒿蓬。

大樹爲君世，蚍蜉寧爾輕。斯文未墜地，餘子幾成名。
物論齊生死，方聞愧弟兄。余衰還見夢，知汝未忘情。[3]

【注】

該詩見載於陳訓正所撰《悲回風》。

【校】

[1] 詩末小字自注："愒園會文時，君木常與余連字。一夕，得'眼懸孤月冷，頭挾黑風飛'之句，以爲不祥。自後不復爲此。今夜夢中依然當日情致，至'黑風'句，驚寤，未知是何兆也。連字轇句爲余與木公創發，例如甲乙二人，甲出一字爲韻，乙對一字、出一字，甲亦對一字，更出一字；乙復對一字、出一字，甲又對一字、出一字。乙對一字若五言，不復再出字，七言當更番出對。出對畢，然後整次之爲律句，演之甚趣。惟此非善詩者不能演，蓋下字須用活參法，不善詩者，死對字面，往往至不成句法。同時演此者多人，獨余與君能得佳句，且可依次演成篇什。有時五字可演得三佳句，而君尤勝。眼懸聯未整次前，原式如後，並記之，以存梗概。"

飛	玄出（韻）	黑	玄對	頭	玄出	風	玄對	挾	玄出
冷	木對	孤	木出	眼	木對	月	木出	懸	木對

[2] 小字自注："余少日詩文，喜用龍蛇字，君每見必問曰：'此來捉得龍蛇矣。'是夕夢中猶呼余爲'捉龍人'。"

[3] 詩末小字自注："余嘗作詩，有'並代幾人工苦語，縱非吾調亦傾心'句。是夜，夢與君論詩及此，以爲得溫厚之怡。"

十月廿二夕，宿玉暉樓，夢見木公爲人書扇，中有《蝶戀華》詞，云是近作。覺時尚能記誦，比明追錄，僅憶五韻，因補綴成之

陳訓正

都道秋來須避面_補。偏有秋紅，晦映池亭畔。粉騎突來尋覓徧。夕陽無語方洲晚。^[1]門外天涯青未斷。洗眼秋塗，沈魄零星見_{原辭}。縱遣精禽啼宛轉。蓬瀛已過三清淺_補。

【注】

該詞見載於《悲回風》。據題，可知作於民國二十年十月廿三日（1931.12.2）。

【校】

[1] 小字自注："原辭：余問粉騎，木公曰：'此蝶耳子，豈未讀書乎，何並此而不知也！'"

旅夕不寐，起坐待旦，冥想時及故人 二首

陳訓正

一宵意無寐，不覺冥搜深。閉眼存天地，掉頭失古今。

故人疏入夢，往事恨專心。欲效劉生舞，嘐嘐空好音。

恐是吾衰甚，終宵夢未安。意隨九秋盡，思入五更寒。泉下有瞑目，[1]年來少駐歡。飄風聳孤臆，四壁夜漫漫。

【注】

該詩見載於陳訓正所撰《悲回風》。茲據"九秋"，推斷該詩作於1931年深秋。

【校】

[1] 小字自注："'泉下差應比世安'，李蓴客詩也。木公每與人譚及時事，輒誦是語。"李蓴客即浙江會稽人李慈銘(1829—1894)。

哭弢士兼念回風 _{弢士姓徐，名方來}

陳訓正

去年秋立聞君病，今日分春始哭君。半載支離愁出骨，一朝奄留別銷魂。兵聲滿地人歸去，湛魄生天鬼獨尊。泉路回風倘相直，與言莫及世紛紜。[1]

【注】

該詩見載於陳訓正所撰《悲回風》。

【校】

[1] 小字自注："時滬上倭氛方熾。"準此，則該詩當作於1932年日寇發動"一·二八"事變之際。

哭馮回風師

巨　摩（章聞）

　　光緒庚子、辛丑間，師任麗水學官，處郡城二年餘。時余年未冠也。丙午，自杭州來慈溪，謁師於里第。壬申三月清明，與其家人拜師墓於慈湖西北隅，宿草已離離矣。回憶三十年來，恍如夢寐，低徊俯仰，不自知涕之何從也。得詩云：

　　三十年前事，一一上心來。我年十五六，曾拂玉階苔。徘徊杜老齋，日上吳公臺。掩戶抄詩文，那識材不材。抄畢懷之去，師知無疑猜。有時顧我笑，此子心尚孩。別後將十年，游學到老槐。師住慈溪槐花樹門頭，門有老槐。從此風雨夕，虛室常追陪。三日不相見，便將詩句催。每言悽惘中，笑口爲汝開。自愧羊公鶴，徒伴曠世才。忽忽三十年，昔孩今已鬈。去年我方病，聞師夢蛇虺。力疾浮海至，一面萬念灰。臨別握我手，相見能幾回？忍淚不敢落，爲言無後災。別後十一月，嚴嚴泰山隤。千夫不可贖，一棺埋山隈。璇璣與玉衡，萬古委蒿萊。今日拜墓門，靈風拂酒杯。已行却回顧，掩袂有餘哀。不受酬

【注】

　　1932 年 6 月 18 日，該文無償刊載於《申報》第 11 版。① 據其"壬申三月清明，與其家人拜師墓於慈湖西北隅"語，足以確定該文作於 1932 年 4 月 5 日至 6 月 18 日之間。

---

① 《申報影印本》第 293 册，上海書店 1983 年版，第 377 頁。

馮回風先生事略

奉化袁惠常

先生諱开,字君木。初名鴻墀,字階青,有文在其手曰开,故更名。慈谿馮氏,學者稱回風先生。少以孤童子自奮,才氣絕人,工詩文,與同縣陳訓正屺懷、應啓墀叔申、洪允祥佛矢三先生齊譽,有'三病夫一狂夫'之目,鄞張讓三先生作歌紀其事。狂夫謂洪先生也。年廿五,由拔貢官麗水訓導,未幾,辭去。嘗避亂,徙居甬上,教授師範、效實兩中學十餘年,著弟子錄者,無慮數千人。

其施教也,循循樂誘導,不大聲色。諸生片言之善,輒稱道不容口,必先博其趣,然後勉進術業,故弟子敬愛先生,猶敬愛其父兄也。其論文,主漢魏,不喜唐宋,謂:"善學者必溯其原,毋顢頇爲八家藩籬所限。不立古文名稱,而文章乃愈趨于古,奇耦互發,匪曰重儓,文而已矣,何分駢散,誠能效法齊梁,折衷漢魏,辭氣淵雅,文質相宣,斯爲美也。就使意主單行,不爲偶語,而取徑既高,酌體斯雅,潛氣內轉,無藉恢張,鄙倍之詞,不汰自遠。"又曰:"文章之事,竺雅爲上,虛鋒騰趯,易墮下乘。"所謂虛鋒者,言之無物,徒以間架波磔取勝也。其自爲文,精能淵懋,內罄而外肆,類汪容父。志銘專學中郎,尤爲高簡。爲詩,蚤歲宗杜、韓,所作則近義山;中年竺耆宋詩,其造詣則在介甫、無已之間。嘗纂《蕭瑟集》以見蘄向,其《序略》曰:"是集錄詩旨趣,正與韋縠《才調集》相背馳。吾意蓋欲于詩中開一寂寥蕭澹之境界,植骨必堅,造意必刻,運息必微,導聲必澀。"又謂:"作詩當于無味處得味,無材處見材。"顧今世疇知之哉！詞則出入清真、夢窗，鏤情托興，語必戌削雋永，其音節獨哀。

性仁惠，樂拯人之急，鬻文所得，恒隨手散去。某年冬，假人百金，適人來告乏，悉予之，復假諸他人以度歲。其弟子朱威明之歿也，家人以先生善感，秘不之告，後友人于燕會中偶語及，先生輒大哭，並屬朱之子送其遺稿審正之，曰："吾身後詩文，宜付托威明整齊，不意余乃先定其文也。"又大哭，不可曲止。少時與從兄赴試，從兄病，遂不入試以歸。其風類多如此。

晚歲講學海上，當世名宿，若歸安朱孝臧古微、興化李詳審言、臨桂況周頤夔笙、安吉吳俊卿昌碩、杭徐珂仲可、湘潭袁思亮伯夔，皆與友善，晁夕往還，甚樂也。自謂"吾之詞得朱、況商榷而後成"。況、吳前卒，咸遺言必先生志其墓。義寧陳散原先生見先生所作《況君墓志銘》，稱爲"並世諸子惟餘杭章君能爲之"。吳君《墓表》甫具藁草而歿，成絕筆矣！年五十有九，時中華民國二十年五月十八日也。

烏乎！自先生歿，朱、李亦同年殂謝，東南耆碩，凋零殆盡。屺懷先生哭先生曰："天喪斯文，國無人矣！"又爲《悲回風集》以志哀。弟子念先生教思無窮，立回風社于滬，春秋祀之。遺箸有《回風堂詩》若干卷；文若干卷；詞一卷，已刊入《彊邨叢書》中；日記若干卷；雜箸若干種。

父某，善繪事，蚤卒。母俞孺人，端懿貞淑，見稱州里，撫先生成立。配俞孺人，名因，字季則，著《婦學齋詞》一卷。繼配陳孺人、李孺人。子男二：貞胥，文章樸摯有父風；貞用，畢業效實中學。女一：貞俞，適魏友棐。孫男一：昭遂。女一：

昭多。謹次辜較,藉章文行,不誣不溢,用質世之君子。民國二十一年五月,門人奉化袁惠常敬述。

【注】

文載袁惠常《雪野堂文稿》卷上,并在文末明言作於民國二十一年(1932)五月。

述懷呈馮君木師

器 白(陳器伯)

塊壘撐腸苦不消,浮生意味總無憀。每將佳日資冥索,欲辦甘眠遣太宵。聖處工夫宜冷澹,愁來才思作刁倜。漫漫大海無窮味,只向先生乞一瓢。

與君木師哲理賦贈

器 白(陳器伯)

眼前白日易西斜,莫向塵途戀物華。擾擾浮生歸露電,惛惛虛籟壓筝琶。心靈別拓空明境,意緒能開頃刻花。一指玲瓏透消息,人天光景總無涯。

【注】

陳器伯所作的《述懷呈馮君木師》《與君木師哲理賦贈》兩詩,1933年皆見刊於上海《長風》半月刊第1卷第3期。同期尚刊有陳器伯《贈陳天嬰丈》詩:"危辭苦語真無敵,山石由來輕女郎。八代文章迴劫運,千秋靈怪發肝腸。心絃黯黯愁成籟,神血湛湛夜有光。谿上馮(回風)洪(佛矢)堪鼎足,鬢絲渾欲老名場。"

題君木師《無題》詩後

器　白（陳器伯）

　　末世文心增鬱勃，危時詩筆助悲涼。晦明風雨經千劫，水火兵戈寒八荒。觸發竟成弦箭激，遁逃可奈網羅張。二束已感空杼軸，猶爲蒼生辦七襄。

【注】

　　陳器伯此詩，1933年見刊於上海《長風》半月刊第1卷第4期。

馮君木先生之詞

脈　望

　　辛酉之春，吾師回聲先生，寓老閘橋北錢江公學隔壁。是時，先生已病矣。一日余專地謁之，師方少健，爲談文藝，知先生近于倚聲，所作頗多，且欣然提管寫示近作，茲錄之如後。

疏　景

　　爲吳湖帆、潘静洲①夫婦題宋刻《梅花喜神譜》。是書蓋百宋一廛故物，其後展轉歸吳縣潘氏。湖帆爲文勤公從女壻，辛酉正月，潘夫人三十生日，其家以是書贈之。湖帆匄題，爲賦是解。②

　　花身百億。趁故家粉本。飛現香國。六百年來，抛劫春

---

　　①　潘静洲：考吳湖帆《梅景書屋畫集》後記云："君諱樹春，字静淑，實吾姑丈仲午公從姑吳太夫人之次女，文勤公猶子，吾鄉相傅潘文恭公曾孫女也。"故當改作"潘静淑"。

　　②　湖帆匄題，爲賦是解：《回風堂詞》作"湖帆謀付影印，乞余題詞"。

風,從魂①猶戀吟筆。苔枝玉樣玲瓏影,合置近、金區書尺。想曉妝、鸞鏡開看,仿佛舊時月色。　聞道蘭閨悅底,縹函對展處,芳罨瑤席。細蕾疏英,圖譜翻新,不是尋常標格。郎君畫手調鉛慣,試點取、含章宮額。擁紺雲同夢羅浮,待覓翠禽消息。

暗香疏影　前題,代疆邨

碎珠一,借粉函斂取家林香霧。賤管留真,不待良金鑄花骨。劫後人天歲晚英,儘愁靈前銷歇。算幾生風味依然,流藻入詞筆。　何況都房旖旎,瓣香致叩叩,黛侶芸葉。展取燈宵,與媵芳尊,恰稱宜春□帖,羅浮星月關同夢,願變化書叢仙蝶。倘數將滂喜家珍,更有外孫能說。

先生與今代南詞家字蕙風況先生爲兒女親家,其作殊不肯多讓。今讀遺作,回想先生文采,殊不禁潸然淚下。

【注】

脈望此文,見刊於上海《寧波日報》1933年8月16日第3版。疏景,當改作"疏影"。

與馮君木先生書

餘姚黄雲眉子亭

欲奉書者久矣,迄以事冗未果。比教課稍閑,率布區區,乞垂覽焉。昔顧炎武氏嘗謂:"使昌黎但有《原道》《諍臣》《論佛骨表》《淮西碑》數篇,盡去其平日諛墓之文,豈不誠山斗乎!"其言或不無過當,然由此知諛應之作,爲人詬病,雖昌黎

---

① 從魂:當從《回風堂詞》改作"冰魂"。

亦難曲恕。歸熙甫一代作家，而集中所存壽言，類皆行能猥瑣，無足稱者，則其爲人詬病，又何如也。降至今日，此風益厲，富商大賈，糞土黃金，亦欲借光墨汁，優孟風雅；文士生計日蹙，小得沾溉，便被奴使，玄黃錯采，爛然滿紙，迫而視之，死氣中人。嗚呼！一瓢落拓，風咽露泣，校其效用，乃僅得比於游僧之餅鉢、樂工之絃管，豈非極文章之阨運，而昌黎、熙甫亦當詫爲怪事者乎。雖然，借面弔喪，非人之情，使果爲救飢餓而出此，又豈忍以昔賢取予之義，痛繩今日之文士。所可恫者，傖夫窮老盡氣於代人喜戚之中，而一不屑意於其他有價值有關係文字。坐井觀天，笑天之小，則非所謂大惑不解者歟。抑文章蛻變之跡，在今日尤灼然易見。環境之需要不同，取舍之標的斯異，昔日視爲拱璧，今則已草芥棄之，矧無端歌哭之文，固昔日視爲草芥者。然而風雲月露之餘，芳草美人之外，揚往哲之丕績，發潛德之幽光，固猶資乎私家之記載，與官修史書相印證，而其價值或且凌官書而上之，則竺舊之士，未始不足以守其殘壘也。誠使今日之鬻文自給者，而能少分其力於此等有價值有關係文字，則飢餓無虞，而不朽可期，得失相劑，不亦善乎？顧或者謂人以文傳，文以人傳，歐陽修疑司馬遷所傳皆偉烈奇節之士，及傳桑懌而始信其不誣。今則無可傳之人，有司馬遷、歐陽修之文，始可傳偉烈奇節之士，今則並無可傳之文，此實大誤。人各有其流品，代各有其風會，古之所謂奇節，今或嗤爲庸行。拔萃之倫，磊落相望，個性不同，有如其面，豈必儕遊俠於朱、郭，附循吏於龔、黃也！文體嬗化，非由朝夕，司馬遷、歐陽修之文，果同乎否乎？李翱敘高愍女楊烈婦，自謂不出班孟堅、蔡伯喈之下，三人之文具在，又果同乎否乎？《魏氏春秋》好用《左傳》語以易舊文，宋子京修《唐書》，至芟改諺語以就簡雅，識者並加譏彈。但求文稱其質，傳人固不必李翱、歐陽修也，況李翱、歐陽修之未必不生於斯世耶。先生之文，李、歐儔也。人之待先生而傳者多矣，先生豈無意乎？而或者以白傅善詩、雞林價重，疑先生之所以不朽者在此，則豈足以知先生者哉。末學膚受，妄逞胸臆，不自覺其言之冗雜如此。惟先生矜其狂愚，而裁正之。幸甚。

【附：黃雲眉《致金松岑》】

大著《皖志列傳選存》，盥讀再過，益仰先生文如其詩，驅遣史子，若挾驟風雨俱至，聲態並壯，其磊落雄偉、可驚可喜之人，既一一曲盡其情狀，而於諸儒學術，貫串本原，抉擇精要，皆具卓識，此近世修志諸賢所不易到也。竊謂學者處此時代，方寸中所宜應接者，千端萬緒，無大關係之詩文，祇宜以餘力及之。雲眉舊與吾鄉馮君木先生書，頗致惜於諸宿學之浪耗筆墨，讀先生志傳，乃知大雅固不群也，謹別錄其書，乞政。頗聞先生所定志例，不承志館採用，足徵皖人無識。此例向嘗寓目，或尚有油印本存留，乞賜一份為感。雲眉上。

【注】

文載《文藝捃華》1934年第1卷第1期（第5—6頁）。

馮君木先生傳

鄞縣周利川

馮開字君木，慈谿人。光緒丁酉拔貢。授麗水縣學訓導，調宣平縣學教諭，辭疾不赴，歸而講學甬上。性孤介，不苟同時趨，動迪風雅，篤意書史，廣覽博涉，文章淵懿，尚規漢魏，詩則歸於蕭澹，鎔冶性情，兼工倚聲。與婦俞因，閨房唱酬，自爲師友。嘗與邑人陳鏡堂、馮毓孹、陳訓正、應啓墢等結剡社，用道義術業相切劘。晚客滬濱，四方承學者踵至，竭誠誘掖，造就甚衆。與安吉吳昌碩、吳興朱孝臧、桂林況周頤，詩歌唱酬，尤稱莫逆。年五十九，病卒於滬。著有《回風堂詩文》若干卷，《詞》一卷。妻俞因，字季則，有《婦學齋詞》一卷，梓於《回風堂詩》之後。

【注】

文載《寧波旅滬同鄉會會刊》復刊第3期（1946年9月30日）。

國史擬傳·馮开傳 虞輝祖 洪允祥 應啓墢 朱威明

奉化袁惠常

馮开字君木，浙江慈谿人，學者稱回風先生。以拔貢生選麗水訓導，一年辭歸，於是遂隱居教授。晚歲講學滬上，得交海內名宿，與臨桂況周頤、歸安朱孝臧尤善。況、朱以工詞爲世所宗，然皆翕然推服开。朱選近人詞曰《滄海遺音集》，都十一人，浙江三人，其一人即开也。詩似陳後山，文類汪容甫，見並世作者，獨許餘杭章炳麟。義寧陳三立盛稱开文，以爲亦足與章抗手也。

开嘗謂文章之事，篤雅爲上，虛鋒騰趠，易墮下乘。所謂"虛鋒"者，言之無物，徒以間架波磔取勝也。此習昌黎最深，裴晉公所謂"恃其絕足，一往奔放，殆于以文爲戲"①者，柳州以下類多蹈之，特古人筆力堅強，能自使人不覺，不善學之，百病叢生矣。徵之近者，梨洲學之而窳，軼石、壯悔學之而俗，勺庭、青門學之而滑，簡齋學之而俊，凡此皆下駟也。桐城一派，流別差正，謹嚴簡質，自推望溪；他若惜抱之和、伯言之密、湘鄉之閎實，類皆有以自立。而湘鄉弟子吳君摯父，略參異己之長，尤復精能淵懋，一望可貴。要之，文境較高者，其虛鋒必較少，方、姚、梅、曾諸家所持以勝人者，泰半蓋由此。然猶恨其未能盡職，則八家之習尚爲之也。故善學文者，必溯其源，毋顢頇爲八家藩籬所囿。不立古文名稱，而文章乃愈趨于古，奇偶互發，匪曰重儓，文而已矣，何分駢散，誠能效法齊梁，折衷漢魏，辭氣淵雅，文質相宣，斯爲美也。就使意主單行，不爲偶語，而取徑既高，酌體斯雅，潛氣內轉，無藉恢張，鄙倍之詞，勿汰自遠。索之近古，則亦有人，若黃石齋，若王芥子，若汪容甫，若周止菴，若李申耆，皆是物也。最近則譚仲脩、王壬秋、章太炎，亦卓著者。文章真境，乃在於是。桐城視之，瞠乎後矣。每有謠詠，必千灌百辟，冶情性而出之。嘗纂《蕭瑟集》示蘄嚮，其《序略》曰："是集錄詩旨趣，正與韋縠《才調集》相背馳。吾意蓋欲于詩中開一寂寥蕭澹

---

① ［明］黃淳耀《陶菴全集》卷二《上谷五子新撰評詞》云："柳子之推昌黎曰：'猖狂恣睢，肆意有所作。'裴晉公則譏之曰：'恃其絕足，往往奔放，不以文立制，而以文爲戲。'"

之境界，植骨必堅，造意必刻，運息必微，導聲必澀。"又曰："作詩當于無味處得味，無才處見才。"顧今世疇知之哉！

开既少雋早成，有聲邦邑，四方問學之士，趾錯于庭，开則開陳肺腑，温摯循誘。心有所勿知，知之未嘗不爲言；耳有所勿聞，聞之未嘗不爲告。故其歿也，弟子追念其師，爲立回風社于滬，歲時會祭。回風者，开所居堂名也。陳三立爲銘其墓曰："窮一世而無所覬兮，惟斯文之是耽；慕前修之隆軌兮，掉六轡與駸驔。謂今之人莫予知兮，休聲溢虖江之南。名不朽其可願兮，偃大室而長酣。"

妻俞因，字季則，著《婦學齋遺稿》，附其夫《回風堂詩文集》後。況周頤評其詞，謂淡而彌雋者也。

郡中與开同時能文者，有虞輝祖、應啓墀、洪允祥。

輝祖字含章，鎮海人，刻意文詞，以歸、方爲宗，義法謹嚴。浙東學派，質勝其文，自輝祖倡古文，學者始歸嚮桐城。嘗創科學儀器館，溝通文化，有功教育，與鍾觀光齊名。著《寒莊文編》二卷、《外編》一卷。

啓墀字叔申，慈谿人，清才卓犖，工詩詞，與开稱"谿上二雋"。善運白話入文，撰哀輓聯語，有長至百餘字者，入情處令人讀之淚下，蓋古之傷心人也。著《悔復堂詩集》二卷。

允祥字佛矢，慈谿人，清諸生，以詩名。中年東渡日本，學師範，歸任郡校教師。旋入京，爲史學教授。性耆酒好佛，善罵，視儕輩無一可意。著《悲華經舍詩文集》。

开弟子朱威明，字炎復，亦慈谿人。文宗漢魏，得其師之重。後入國民革命軍總司令部，主任文書，歿于首都。著有《北坎室遺文》。

开子貞胥，文章樸摯，有父風。

【注】

文載《國史館館刊》1948年第1卷第4期。截止1949年底，被列爲"國史擬傳"人物者，合計72人（詳參下表）。

1949年底前的"國史擬傳"及其附傳

所在	姓名	小計
創刊號 (1947年)	A. 胡漢民；B. 楊庶堪；C. 秦毓鎏；D. 張定璠；E. 謝晉元；F. 廖平；G. 楊守敬、熊會貞；H. 黃節；I. 吳芝瑛	10
第1卷第2期 (1948年)	A. 朱大符；B. 唐紹儀；C. 湯壽潛劉錦藻；D. 張謇兄弟；E. 韓國鈞；F. 康有爲；G. 柯劭忞；H. 嚴復林紓；I. 韋湯生；J. 伍光建；K. 馬良；L. 胡元倓；M. 朱希祖；N. 傅徵第；O. 汪國鎮；P. 張世鑢子汝炳, 任孫慶培；Q. 潘樹春	17
第1卷第3期 (1948年)	A. 宋教仁；B. 田桐；C. 李烈鈞；D. 柏文蔚；E. 蔡元培；F. 吳祿貞；G. 歐陽漸；H. 李儀祉；I. 李詳；J. 陳屺懷；K. 歐陽琳；L. 羅桑圖丹曲吉尼瑪格乃朗結巴桑布；M. 嘉木樣五世傳；N. 楊帝鏡；O. 曲同豐	15
第1卷第4期 (1948年)	A. 黃郛；B. 王法勤；C. 邵元冲；D. 宋哲元；E. 凌鉞；F. 丘逢甲；G. 張百麟；H. 趙藩；I. 謝持；J. 徐樹錚；K. 張一麐諸宗元、金天翮；L. 梁啓超夏曾佑；M. 馮開虞輝祖、洪允祥、應啓墀、朱威明；N. 黃復	14
第2卷第1期 (1949年)	A. 林文；B. 徐紹楨；C. 鄧鏗；D. 劉永福；E. 王家襄；F. 嚴修；G. 尹昌齡；H. 王闓運；I. 劉師培；J. 陳黻宸；K. 陳三立吳保初；L. 樊增祥；M. 陳布雷；N. 黃百韜；O. 戴安瀾；P. 姚名達吳昌達	16

光宣以來詩壇旁記

汪闢疆

馮君木开，原名鴻墀，字階青。浙江慈谿人。著有《回風堂詩文集》《詞集》《日記》，亦浙東積學能文者也。余嘗求其集不得，惟於陳訓正所撰《慈谿馮先生述略》知梗概。其人博聞強識，能文章。散文内純外肆，詩則宗法杜韓，而所詣與玉谿爲近。後又稍稍取法西江，晚更離亂，聲華益刊落。每有吟詠，融冶情性而出之。嘗曰："作詩當於無味處得味，無材處見材。"嘗與里人結剡社，爲詩酒之會。晚歲講學申江，與吳昌碩、況周頤、朱祖謀相習。年五十九。

【注】
　　文載《汪闢疆文集》，又可見《光宣以來詩壇旁記》。①

紀慈谿馮君木先生

幼　未

　　這時侯來寫這篇文章，似乎不是很適當，因爲君木先生的集子（《回風堂全集》）還正由其門生沙孟海先生等負責整理印刷中，雖然以前也讀過不少，但未能窺全豹，祇得約略寫些下來，慚愧是不能及先生學問道德之萬一。

　　馮先生名开字君木，馮氏爲慈谿望族，屢代多從事文學，至先生乃大成。先生少時和同縣陳鏡堂、鄭光祖、馮毓蒙、應啓墀、錢保（抗）〔杭〕、魏友枋、胡良箴、陳訓正等組織"惇社"，互相砥礪學術，以陳鏡堂爲社長，後因陳鏡堂居剡山，就改名"剡社"，也是近代慈谿文獻上一段重要的史跡。先生最知己的朋友是陳訓正，他死後，陳先生特爲之刊《悲回風》以紀念他。

────────

　　① 《汪闢疆文集》，上海古籍出版社 1988 年版，第 573 頁；《光宣以來詩壇旁記》，第 102—103 頁。

先生早孤,賴母教以成立,二十一歲時由拔貢官麗水訓導一年棄去,此後即委身文字生涯,講學授徒,喜獎掖後進,任何人將自己文章給他看,他都肯盡力替你刪改,他是在點鐵爲金,而對於你的鐵還説你有進步有天才,末了他要你好好讀書,努力求上進,所以沙孟海先生在《馮君木先生行狀》中屢説"生等無不以父母視先生",在陳訓正先生《馮先生述》中也有一段:

> 先生品藻群流,少所臧可,獨于高己者服膺拳拳如此……先生既少雋早成,有聲邦邑,四方問學之士,趾(借)[錯]于庭,殷勤納交,或委贄焉。先生則開陳肺腑以待來者,心有所勿知,知之未嘗不爲言,耳有所勿聞,聞之未嘗不爲告。生性善感,畜志棣群,人無戚疏,一與之合,終身以之,至其行事,介不絶俗,適不疑合,則又與沾沾自得者殊其量矣。内修之美既越群倫,繹古之功尤多創發。

這一(段)[段]話説得很中肯的,也可見先生求學虛懷若谷,而秉性高潔,亦不肯阿附時流。

先生的文章,陳訓正先生説:"高華峻潔,内龢而外肆。"沙孟海先生説:"文章淵雅,尚規魏晉,言典致博,造次必爾,蓋自文筆別塗,不相合謀,騁辭華者日靡于繁富,矜省净者並遺其風骨,先生假長補短,獨主體氣,剥散淳華歸於簡朗,用能巧不傷理,雋不害道,安帖審固,情采俱幾,可謂修辭立誠,文質紛紛者也。"童弟德先生曰:"文質相被,聲情並至。"按先生讀漢魏人審有心得,其調高句潔得力于汪(客)[容]甫,記敍文尤雄麗宏劌，得魏晉風格而具班馬筆力，字句遒勁，文氣渾厚，慘輝妙肖剗剗有光，然而不易學，不是單獨靠功力所能及的。先生説汪（客）[容]甫是"能學漢魏然敍一仍昌黎爲法古而善變者"；又論文章以爲魏晉文工於言情，昌黎散文工於敍事説理，桐域氣體最正而病稍溢，都是正確的論斷。先生對於詩是有非常的成功，本來是宗唐詩的，喜杜韓，作品近玉溪；中年之後則喜宋詩，稍稍取法江西；晚年則更離亂而聲華更刊落有致。陳訓正先生説他"每有謡詠必千灌百群，融冶情性而出之"。他的轉變可以從他對於《兩當軒詩》的態度看得出，少年他對於仲則的詩十分景慕，後來淡薄了，仲則是純粹宗唐詩采統的。先生常説"詩當於無味處得味，無材處見材"，（限）[與]古人所謂"厭讀書時且讀書"的話相吻合，他的詩作很多，我最喜他的律句和七絕，讓我抄二首下來看看：

　　　　記聽銀箏菩薩蠻，美人家在橫塘灣，梨花鏡閣臨春水，上有青青幾尺山。（《庚子有憶》）
　　　　鄉關十載負狂名，豈料江東尚有鄉，眼底衣冠中馬走，醉中歌哭鳳鸞聲，少年奇服憐同好，舊約名山誤耦耕，感別傷時多少淚，昨宵夢裏對君傾。（《寄陳無邪》）

先生晚年坎坷，失意滬上，落拓文學場中，結交前輩像吳昌碩、朱孝臧等，朱氏又遺言"必君木銘其墓"，可見器重先生若此。二十年五月歿於上海，年五十九。門生號哭不知凡幾，然而先生死矣！

【注】
　　丁丑正月十五（1937.2.25），有署名幼未者，在《東南日報》第 10

版刊文紀念馮君木。觀其内容，東拼西湊，了無新意，甚至錯誤百出。

馮君木馮都良父子遺事

沙孟海

先師馮君木先生名开，字君木，原名鴻墀，字階青。清同治十二年癸酉十一月十九日（公元1873年1月7日）出生於浙江舊慈溪縣城（今寧波市慈城鎮）槐花樹門頭。光緒十八年二十歲入縣學。二十三年丁酉科選拔貢生，朝考二等。依照故事，當得知縣任用。當時清政不綱，内憂外患頻仍，先生無意仕進，吏部詢問時，表示願就教職。二十六年就任浙江麗水縣學訓導。一年後，升調宣平縣學教諭，辭疾未赴。從此在慈溪、寧波、杭州各地任中學教師，住寧波最久。學問文章，聲名日著。北京師範大學和廣州中山大學皆慕先生名，先後請他擔任中國文學教授，因身多疾病，憚于遠行，皆辭未就。廣州邀請時，並約我同去，得以照料老先生的生活。結果他未去，只我一人去。先生1925年始就上海修能學社社長。上海近便，生活條件較好，社董方面照應特別周到，所以安之若素，遷家僦居。不幸於民國二十年（1931）辛未五月十九日病歿上海老閘橋新唐家弄寓所，年五十九。

甬上自古多經史宿學之士，近代以詩詞文學名家者尤多。年輩稍高曾任出使英法意比四國隨員、南洋公學監督，鄞縣張讓三先生（名美翊，1857—1924）有一篇膾炙人口的《溪上詩人三病夫一狂夫歌》，就在光緒三十四年（1908）爲慈溪籍的先生與應叔申（名啓墀，1871—1914）、陳屺懷（名訓正，1872—1943），洪佛矢（名允祥，1874—1933）四先生而作。

原文云:"江關獨客無於喁,跫然足音三病夫。病夫善病詩不病,況有狂夫狂與競。一燈如螢閃簾角,玦月幽幽雞喔喔。山中困臥馮君木,樓上苦吟應悔復。九死一生陳天嬰,聞鬼夜哭啾啾聲。三人戰詩與病魔,詩伯睒睗鬼伯逃。斯時佛矢忽大笑,謂汝病呻我狂叫。何當斗酒詩百篇,三病一狂其可療。倘許中間著蹇翁,將來猶入圖畫中。迷陽卻曲傷吾行,老夫躄躠走且僵。"

以上四先生,篤學潔行,榮于文辭,基本相同。當然,各人性格有不同,年命修短有不同,出處窮達更有不同。應先生早年病瘵先逝,我未見過。遺著有《悔復齋詩集》。馮、陳、洪三先生中年以後皆任職郡城,我有機會得以師事,親受教誨。馮先生著有《回風堂詩文集》《詞集》,陳先生著有《天嬰室叢稿》等數種,洪先生著有《悲華經舍文存》《詩集》。民國初年,各位先生曾一度就郡中後樂園創辦國學社,招收學生,補習經史文學,推陳先生爲社長。執教者又有鎮海虞含章(輝祖)、慈溪馮汲蒙(毓摯),皆一時勝流。張讓三先生旅外時多,馮、陳、洪三先生則久處郡中,主持風會。日常交往的文學名家,有鄞縣忻紹如(江明)、高雲麓(振霄)、張于相(原煒)、童藻孫(第德)、慈溪錢太希(罕)、朱炎復(威明)及馮先生之侄孟顓(貞群),文采風流,輝映一時。藻孫、炎復並且向馮先生執贄列門牆。1925年以後,馮先生寓居上海,益多接納並世名宿。桂林況蕙風(周頤)、吳興朱古微(孝臧)、安吉吳昌碩(俊卿)、長沙程子大(頌萬)、杭縣徐仲可(珂)數人過從最密。況先生且與先生結爲兒女姻家。又有興化李審言(詳)、南城劉未林(鳳起)、新建夏劍丞(敬觀)、紹興任菫叔

（堇）亦皆樂與遊處。當年的修能學社，無形中成爲若干宿學名士會文談藝的場所。況蕙風《餐櫻廡漫筆》、徐仲可《大受堂札記》皆有記述及之。

先生中年寓寧波寶興當弄時，自題楹帖云："葆愛後生若珠玉，抛遺世法等唾洟。"歷年經他識拔培養成才的青年不在少數。族侄馮定（原名昌世，字稚望），出身漆工家庭，先生見其有才，資助他進第四師範肄業，後來成爲著名的政治理論家、北京大學副校長。這是最顯著的例子。就我自己說，我是山村孤童子，負笈到城中，受先生知遇，獎掖逾恒。1922年秋，招我住入他家西偏小軒，親自督課。半年後推薦我到本城屠宅充家庭教師。相去不遠，仍得隨時請益。1924年冬，我隨屠家遷居上海，先生賦五古兩章送我行。首云："吾生老好事，愛才若瑰寶。豈謂廣培植，亦用娛懷抱。"全詩關愛珍朂，情見乎詞（見《回風堂詩集》卷四）。我雖不才，這也是一個例子。平時指導後生學習，主要在立品，有人品然後有文品。又常說"古人以讀書爲文，今人以讀文爲文"，勉勵學者要多讀書，有實學，然後文采可觀。語重心長。記得1922年曾佈置長子都良和我閱覽仁和譚獻《復堂日記》，並囑試作注釋，一邊學習注書，一邊得以廣泛瞭解四部要籍，進窺學問淵藪。慚愧的是我們不久分頭就業，在工作處所都沒有適當的圖書設備，對此事淺嘗輒止，沒有搞下去。辜負父師的教導，至今耿耿。清季文風，全國披靡於桐城派古文。少數作家則服膺江都汪中，喜愛不駢不散的魏晉體。分道揚鑣，或至互相詬病。先生一向推崇江都，與同時王壬秋（闓運）、章太炎（炳麟）傾向略同，但並不排斥桐城。朋游中如虞含章、張于相、童藻孫皆篤好桐城。經常出所作相觀摩,參異己之長,少談虛神,多重實質。舊時代難得此種好風氣。清季詩風,有一批作家厭薄唐音,追蹤江西詩派。吾鄉應、陳、馮三先生皆尚宋人,獨洪先生偏愛唐調。1914年,馮、洪兩人論詩不合,曾發生論戰,經張讓三先生自上海來信勸解始作罷。《回風堂詩集》卷二有《論詩示天嬰》七絕十七首(天嬰是陳先生別號)及謝張讓三詩。學問上的分歧,不影響朋友的交情。兩先生此後時有唱和,一直友好到老。記得馮先生50歲時,洪先生給他信,說在佛典看見"淵思雅才文中王"句子,想集成對聯贈友,苦未得對句。馮先生理解是指自己,對我說,用"酒杯詩卷吾家物"七字倒還適宜,但不必提。我也未及請問此七字的出處。這件小事,也可見得兩先生交誼淳厚了。關於詩文的流派與格調等問題,舊時代極講究,極認真,差一個字不得,今天評價文藝作品,重點不在於此。我憶述那些,或者可以從這一側面瞭解老先生在學問上和交遊上的雅量,處處關係到風度和品德。

至於有關馮先生詩文作品的評價,如我淺學,何敢妄下雌黃。這裏我摘取前輩中兩位先生所寫總結性的評語。李審言先生贈馮先生詩云:"君文不染桐城習,色澤堅光清可挹。廉藺(按,指戰國時代廉頗、藺相如)生氣凜然存,李志曹蛣(按,指晉李志、曹茂之。曹小字蛣)敢平揖。詩篇健筆胸潭潭,洞庭霜桔參餘甘。遠者既唾吳蘭雪(按,清吳嵩梁字),俗好亦屏龔定庵(按,清龔自珍號)。……"原跡遺失,今錄徐珂《大受堂札記》引用的一段。

陳屺懷先生撰《慈溪馮先生述》有一段云:"先生爲學務

其大不遺其細,博聞強識如王深寧(按,宋王應麟號深寧居士)。其文章高華峻潔,內穰而外肆,則如汪容父(按,清汪中字)。蓋並先生世一時無有當者。詩初宗杜韓(按,指唐杜甫、韓愈),所詣近玉溪(按,唐李商隱號玉溪生)。中年稍稍取法西江(按,指西江詩派)。晚更離亂,聲華益刊落,每有謠詠,必千灌百辟融冶情性而出之。嘗曰:'作詩當於無味處得味,無材處見材'。顧今世疇知之哉。"

馮、陳二先生是四十年舊交。馮先生畢生以教學賣文為活,潛研學術,少涉世務。陳先生在清季主辦上海《天鐸報》,有聲于時,中年出仕,(民國時期)歷任浙江省政府常委、民政廳長、杭州市長、浙江省臨時參議會議長。雖窮達殊途,但彼此之間一直以道義相淬厲。陳先生居官清廉,勤政愛民,亦不負老友的期望。兩人詩詞函札往復頻繁。翻開兩家集子,幾乎無年無唱酬。舊學商量,休戚關心,四十年如一日。馮先生歿時,陳先生悲痛已極,連賦悼念詩詞十七首,又撰行述一篇,詩文集序一篇,題曰《悲回風》,單刊發行。陳先生長先生一歲,行述標題"慈溪馮先生",加上《悲回風》的專刊,都表示對先生的傾佩與尊敬。

先生生平,雖耽志經史詞章,好古敏求,而性情過人,具有強烈的愛國主義感,遇事激發,愛恨分明。五四運動時,先生在寧波擔任第四師範、效實中學兩校教師。痛恨北洋政府賣國行為,奮身投入這一愛國運動。親自推動師範學生組織起來,取名"學生自覺會"。又推動效實中學學生組織起來,取名"學生自助會"。這些學生組織配合全市十一個中等學校成立"寧波學生聯合會",更聯繫商界,組成"寧波商學聯合會"。轟轟烈烈反對北洋政府，採取有效的抵制日貨行動。有一次全市學生遊行示威，我也在行列中，遠遠望見一位瘦怯怯的老師手持愛國説帖，帶頭沖到道尹公署門口，向道尹遞説帖。這就是馮先生。效實學生自助會爲擴大宣傳，還發行中型的週刊，先生親題刊名，並且按期用"金口"署名撰寫語體評論和小説劇本，情緒極爲高漲。效實同學以袁敦襄、張坤鏞、陳訓恕、毛起爲骨幹，工作做得很多。袁敦襄後被推爲全市學生聯合會會長，積勞得病，遂以身殉。先生賦《嗟哉袁生行》七古一首，哭之幾慟。先生又曾寫一篇鼓勵愛國志士採取行動誅鋤權奸的語體文章（已記不清題目），由自助會印成傳單，分寄全國各大都市學聯會及其他愛國團體。當年先生的愛國活動，今天已少人知道。——我寫到這裏，與陳叔諒（訓慈）談及，叔諒檢出當年舊曆四月二十五日陳屺懷先生致從弟布雷（訓恩）的家書給我看，有一段説："自杭歸鄉，適遇青島風潮，甬學生抵制日貨甚厲害，近各公司船已停裝日貨矣。每日露天演説十數處，不無激烈舉動。峻明、貞柯等亦極熱心，君木更加發狂。現擬由十一中等學校出名組一商學聯合會，定初一日開會。……"叔諒是屺老從弟，布雷胞弟。信中提及峻明是第四師範學監陳因，貞柯是效實中學教師董世楨。

先生在世時，正是第一次國共合作遭到破壞的時候，謠傳紛紜，擾亂人心。我們這一輩也同樣模糊，搞不清楚。如説某處文物被砸爛了，某個學者被打死了。有無其事，什麼原因，報紙上也沒有真實報導。三人成虎，搞亂整個社會的視聽。特別對老一輩知識份子，有些威脅。《回風堂詩集》卷五載1927年《次缶老韻》七律一首（缶老即吳昌碩），曾有"同根煎迫萁燃豆""踏破三千年重器"等句子。這正是老先生當時沉憂莫解的心情。證以二十年後大陸解放，中央和地方普遍設置文物管理機構，同時對全國學者名流禮重優待都有具體措施，可惜先生已經看不到了。但先生愛護青年的行動仍未稍減。"四·一二"事變後，先生看到我家兄弟委身革命，弄得全家流離，不得安居。有一次見我四弟文威（1949年後用"史永"姓名），招入自己房間細談，勸其顧念老親，及時罷休。四弟回答說："大批朋友，殺的殺，關的關，我當然應該小心警惕，但不好做逃兵。"先生肅然動容，更無話說。也不曾告知我，自己寫入日記，對四弟特筆嘉許。于此見得先生平日處事接物，處處有分析，有正義感，不苟隨時俗浮沉。這件事直到70年代先生長子都良臥病在家，四弟往看，都良才鄭重地告知四弟的。

先生不論在清代、北洋軍閥時代或國民黨統治時代，都有感事傷時之作，散見於詩詞集中，不一而足。1929年夏秋之交，浙江舉辦盛大的西湖博覽會。先生偶客杭州，住石塔兒頭陳屺老家，適當斷橋路口，日日夜夜，車水馬龍，目睹當局揮霍民財，粉飾太平，痛心疾首，寫出兩首七律：《湖樓感賦次天嬰韻》云："任使湖山萬卉零，紛紅駭綠徧林亭。惱人燈火彌天沸，如鬼車聲常夢聽。百計銷金渾不解，一生蓄眼未曾經。清涼辦取須臾適，坐倚高樓看曉星。"《次韻天嬰秋感》云："遮眼湖山黯不開，幔亭高會只增哀。俊流爭逐青蠅集，游女齊歌赤鳳來。酒罷天容如共醉，劫餘江色亦成灰。武林舊事吾能說，南渡而還第幾回。"天嬰即陳屺老的號。屺老當時方失意閑居。先生兩詩破口漫罵官老爺"百計銷金"，不顧人民死活，比之於南宋君臣，窮奢極欲，偷安享樂，辱國殃民。那時我在廣州，先生曾録示新作，記得信中説及"劫餘江色"一句最得意，言竭澤而漁也。此兩詩收入《回風堂詩集》卷六。這裏舉此一例，先生憂國憂民的一貫情懷，可以概見。

先生身後，門人子弟爲紀念老人，成立回風社。每年生日忌日兩次集會公祭聚餐，並商議遺著整理出版諸問題。當時約定，爲求書品大方，寫完樣稿後，送請揚州好手史悠定雕版。詩集部分，朱贊卿（鼎煦）自承獨力擔任。文集部分，由社友共同負責。直到1937年抗日戰起。已發稿的都已雕成。但文集五卷的版片放置揚州仙女廟，未及運出。戰後得知日兵取版片爇火，已全部毁失了。詩集已刻成的四卷，版片運藏上海，幸無恙。戰後朱君將詩集付印，第五、第六兩卷則用油印配補。凡印200部，裝成兩册，分贈友好。另外，上海社友推王個簃（賢）負責，交由中華書局聚珍仿宋版別印一部詩文集，共十四卷，後附師母俞夫人《婦學齋遺稿》一卷，合四册。社會上流行的即此本。至於先生詞集一卷，朱古微先生編入《滄海遺音集》中，早已雕版行世。

先生交遊中數陳屺懷先生相知最稔，白頭如新，屺老曾介紹其從妹爲先生繼配，申以婚姻。從弟布雷早歲即列先生門牆，爲回風堂早期弟子。布雷中年出任浙江教育廳長、教育部次長，猶不時存問先生。先生兩子則一直就業報界、文藝界。馮氏一家在舊社會無一人涉足仕途者，世人歸美于先生的教訓，雖未盡然，亦或多或少受先生性行的影響。先生歿時，我的挽聯云："陳太丘文爲德表，範爲士則；郭有道貞不絕俗,隱不違親。"先生生前喜愛蔡邕的金石文字,我以蔡邕集中所題褒的漢代師儒陳寔與郭泰兩人比擬先生,時論韙之。

【注】

文載《浙江文史資料選輯》第四十七輯。① 茲僅錄與馮君木有關的部分。

愛國學人馮君木

郝　墟

被稱爲一代國學家的馮君木先生(1873—1931),名开,字君木,原名鴻墀,字介冑,慈溪人。早年曾應科舉,然慮及清政不綱,內憂外患不斷,遂無意仕進,而就教職,先後執教於麗水、慈溪、寧波、杭州等地,晚年寓居上海。他與陳訓正、洪允祥、應啓墀被稱爲"慈溪四才子"。其門下沙孟海、吳澤、陳布雷等均成就不凡。馮氏一門,包括其兩子賓符、都良、侄子馮孟顓、馮定和長孫馮彬、侄孫馮昌伯也都爲文化名士,無不受君木先生性行的影響。

君木先生文章淵雅,尚規漢魏;詩主蕭澹,不涉凡響。其書法兼參鄭道昭、蘇東坡筆意,後人評爲"獨重氣體,剝散浮華,歸於簡朗"和"巧不傷理,雋不害道,安帖審固,情彩並茂",是文質彬彬的學者書法,自備面目。

還值得一提的是,君木先生雖耽志於經史詞章,好古敏求,然性情過人,具有強烈的愛國主義情感。80年前"五·

---

① 《浙江文史資料選輯》第47輯,第98—109頁。

四"運動爆發時,先生擔任第四師範學校、效實中學兩校教師,他痛恨北洋政府的賣國行爲,奮力投入這一愛國運動,親自推動師範學生組織學生自覺會,推動效實學生組織學生自助會,並替寧波學生聯合會聯繫商界,組成商學聯合會,轟轟烈烈開展反對北洋政府、有效抵制日貨的行動。今年正逢"五・四"運動80週年,君木先生之人品足以感昭後人。

【注】

文載《寧波日報》1999年5月13日第11版。

附錄二 馮君木年譜簡編

同治十二年　癸酉　一歲
◎癸酉十一月十九日(1874.1.7)，馮君木出生在浙江省寧波府慈谿縣城關(即今慈城鎮)。

光緒九年　癸未　十一歲
◎馮君木與其堂兄馮鴻薰一見如故，相處兩月。

光緒十一年　乙酉　十三歲
◎馮君木隨其父允騏遷居松江。

光緒十四年　戊子　十六歲
◎父允騏卒，馮君木扶櫬自松江歸慈城，定居於慈城抱珠山。
◎在表兄姚壽祁的安排下，馮君木與同邑應叔申(1872—1914)相遇於慈城，從此成爲莫逆之交。

光緒十五年　己丑　十七歲
◎馮君木與馮宜銘三兄弟，求學于魏和潔先生門下，且過從甚密。
◎馮君木始得鄉賢張麟洲早年詩集《麟洲詩草》。

光緒十六年　庚寅　十八歲
◎應馮鴻薰之邀，馮君木於春冬之際遷居松江。

光緒十七年　辛卯　十九歲
◎馮君木著成《秋絃詞》，姚壽祁賦詩祝賀，稱馮君木涉足詞壇已五年。

◎馮君木與俞因（伯舅俞斯瑗之季女）結爲夫妻。

光緒十八年　壬辰　二十歲

◎馮君木被補爲諸生。

光緒十九年　癸巳　二十一歲

◎癸巳秋，馮君木放棄考試，將病危中的馮鴻薰從杭州送歸故里。

◎癸巳八月二十七日（1893.10.6），馮鴻薰（1864—1893）病逝，年僅三十。

光緒二十年　甲午　二十二歲

◎馮君木求學于楊省齋先生門下。

◎甲午二月十七日（1894.3.23），馮君木整理堂兄馮鴻薰藏書，纂成《求恒齋藏書目》。

◎甲午九月二十六日（1894.10.24），馮君木榮獲寧波辨志精舍甲午夏季課案"詞章"超等第四名。

光緒二十一年　乙未　二十三歲

◎乙未三月十七日（1895.4.11），馮君木榮獲寧波辨志精舍甲午冬季課案"詞章"超等第五名。

◎馮君木所作《落葉詞》，深得陸鎮亭先生的賞識。

◎乙未十二月二十八日（1896.2.11），馮君木榮獲寧波辨志精舍乙未秋季課案"詞章"超等第一名。

光緒二十三年　丁酉　二十五歲

◎馮君木與陳訓正等摯友合創"剡社"，並力推陳鏡堂主其事。

◎馮君木被選爲拔貢生，朝考二等，自願就教職，遂出爲麗水縣學訓導。

光緒二十四年　戊戌　二十六歲
　　◎馮君木在京城結識慈谿同鄉葉同春(1855—1902),相與探討填詞之道。
　　◎馮君木在任職麗水縣學訓導一年後,調任宣平縣學教諭,辭疾不赴。

光緒二十五年　己亥　二十七歲
　　◎己亥秋,馮君木專程到官橋造訪陳訓正。
　　◎己亥冬,馮君木爲楊石罍删改《石罍詩草》。
　　◎己亥歲末,馮君木與姚壽祁、鄭念若、魏仲車、應叔申、楊石罍諸友,相聚於慈谿縣城內的醉經閣。

光緒二十六年　庚子　二十八歲
　　◎庚子二月,馮君木又將奔赴麗水,友朋設宴餞別於東山道院。
　　◎馮君木這次赴任麗水,與俞仲魯(1870—1945)同行。庚子四月,同游麗水三巖。
　　◎庚子夏,馮君木見局勢動盪,心系家人安危,遂離開麗水,返歸慈谿。
　　◎庚子年末,馮君木在即將赴任處州前,既與楊微齋同游姜家嶴,又特意作詩贈別魏仲車。

光緒二十八年　壬寅　三十歲
　　◎馮鴻墀從此改稱"馮开",其字也從"階青"改作"君木"。

光緒三十二年　丙午　三十四歲
　　◎麗水人章闇自杭州來慈城,求學於馮君木門下。

光緒三十四年　戊申　三十六歲

◎戊申正月，好友鄭念若卒。馮君木連作《哀念若》《祭鄭念若文》加以悼念。

◎戊申四月，馮君木、應叔申、陳訓正三病夫相聚於馮氏家中，相約六月同游太白山、普陀等地。爾後，應馮君木之請，陳訓正爲作《夫須閣詩敘》。

◎戊申八月，好友陳鏡堂（1867—1908）卒於杭州。馮君木連作《陳鏡堂傳》《祭陳晉卿文》等詩文，藉以表達哀悼之意，又試圖爲陳氏生前行跡"蓋棺定論"。

◎戊申十一月十日（1908.12.3），馮君木被選爲慈谿县教育會評議員。

宣統元年　己酉　三十七歲

◎己酉六月，馮君木爲其堂侄馮貞群藏書室題字"伏跌室"。

◎己酉秋，寧波牛疫大作，危及百姓性命。馮君木因作《牛疫歎》詩。

宣統二年　庚戌　三十八歲

◎因未能有效控制病情，馮君木不得不到上海求醫。在上海治病期間，馮君木不但得到楊省齋先生的悉心照料，而且先後撰寫了《底用》《咯血》《旅夜遣懷》《旅病雜詩》。

◎庚戌十月十七日（1910.11.18），馮君木剪去辮子。

◎在上海接受近百日治療後，馮君木基本康復，離滬返甬。

宣統三年　辛亥　三十九歲

◎辛亥八月，髮妻俞因（1871—1911）病卒。馮君木、應叔申、章閭、錢蕤音、俞鴻檀、俞鴻櫃、俞鴻枛、俞鴻梴、馮崇業、馮貞群、馮度楊佶夫婦、馮彥軌魏友葰夫婦、徐文俌、聶朏、錢美、羅明宜、羅芳宜、羅宛宜、應曼昭皆曾作輓聯以悼之。

民國元年(1912)　四十歲

◎壬子正月,馮君木將俞因所作詩詞整理爲《婦學齋遺稿》一卷。

◎八指頭陀(1851—1912)圓寂,馮君木作《吊寄禪長老》詩。

◎壬子秋,經由陳訓正牽綫搭橋,陳布雷的四姐若娟成爲馮君木的繼室。

民國二年(1913)　四十一歲

◎癸丑正月十五日(1913.2.20),繼室陳若娟病卒。

◎癸丑二月,馮君木和從子馮孟顓在馬公橋畔,找到了其八世祖馮京第與另一抗清志士王翊的合葬墓。

◎癸丑夏,馮毓孽、馮君木等聯名呈請鄞縣知事,請求確定墓地邊界,以便興工重建"三公墓",隨即在八月五日收到鄞縣知事的肯定答復。

◎馮君木自慈城遷居鄞縣縣城(亦即寧波府城),即今寶興巷11號牆門內。

民國三年(1914)　四十二歲

◎甲寅二月庚子(1914.3.15),馮君木與馮毓孽、馮貞群等合祭三公墓。

◎應叔申病重,被陳訓正從上海接到慈谿。甲寅四月某日,馮君木前去看望,被托以整理應氏遺著。

◎甲寅八月,髮妻俞因病卒已三年,馮君木爲寫《心經》百卷並賦詩二首。陳訓正作《冰蠶引》,冀以排泄馮君木心中鬱結。

◎甲寅初秋,馮君木與弟子徐韜在慈城保黎醫院住院治療,期間賦詩唱和。

◎甲寅十一月四日(1914.12.20),馮君木風聞應叔申病篤而前往探視,但在到達前,應氏已然病故。遂賦詩兩首加以追悼,爾後又爲作《應君墓志銘》。

民國四年(1915)　四十三歲

◎馮君木執教於寧波效實中學,業師陸鎮亭先生得悉後,特地前來相見。

◎歷經半年,至乙卯八月,馮君木終將亡友應叔申遺作整理爲《悔復堂集》二卷,爾後又將應叔申所作"聯語"録入《胜記》中。

◎乙卯秋,馮君木通過陳訓正,始與虞輝祖相識。

◎馮君木次子賓符(1914—1966)聰穎異常,不到兩歲就已識得四五十字,也因此被馮君木寄予厚望。

民國五年(1916)　四十四歲

◎9月,慈城保黎醫院成功擴建。馮君木受托爲撰《保黎醫院題名記》,不但大力表彰吳欣璜諸人擴建醫院之功,更建議消除對西醫的偏見。

民國六年(1917)　四十五歲

◎丁巳三月,虞輝祖在陳訓正的催促下,撰就《回風堂詩序》。

民國七年(1918)　四十六歲

◎歷經三個月的治療,馮君木約於戊午夏離開保黎醫院。

◎陳訓正葬其父懿寶于大楓塘,馮君木應邀爲撰《陳府君墓表》。

民國八年(1919)　四十七歲

◎馮君木原本應聘爲北京大學國文教員,但因故未能成行。

民國九年(1920)　四十八歲

◎庚申六月中旬,馮君木受邀參加由老友錢保杭、張原煒等人所組織的"文社",直至七月十四日。

◎庚申七月中旬,鄞縣人沙孟海(1900—1992)成爲馮君木的弟子。

◎庚申九月二十一日(1920.11.1)夜,馮君木收到虞輝祖的新作《新罝山脈圖志序》,予以高度評價。

◎庚申夏秋之際,馮君木領著沙孟海拜謁張讓三先生。

◎庚申十一月初五(1920.12.14),馮君木從上海回到寧波;在上海期間,曾與章太炎相遇於鎮海人余巖所設宴會中。

民國十年(1921)　四十九歲

◎庚申十二月初三日(1921.1.11),馮君木爲即將創刊發行的《商報》題作頌辭。

◎辛酉五月二十六日(1921.7.1),馮君木與張原煒同赴上海。六月初三日(1921.7.7),返回寧波。

◎辛酉七月二十四日(1921.8.27)前後,馮君木、陳訓正作文預祝寧波交易所成立。

◎辛酉九月初六日(1921.10.6),馮君木自滬回甬後,負責纂定墨海樓叢書第一集,以便年内付刊。

◎辛酉十月十六日(1921.11.15),馮都良與徐黎如(慈谿東鄉竺楊邨徐韜之女)結婚。

◎馮貞群葬其父鴻熏(1864—1893)於西嶼鄉上午里,馮君木爲作墓志銘。

民國十一年(1922)　五十歲

◎壬戌二月中下旬,馮君木與諸友遊覽杭州。在杭期間,既曾夜遊西湖,亦嘗與李鏡第、陳訓正等老友會飲西泠印社,更曾專程前往靈峰探梅。

◎鄞縣人朱復戡(1900—1989)獲贈晉太康銘文磚後,鑿之成硯以贈乃師張讓三,壬戌四月末,張讓三爲題《太康九月九日甄硯銘拓本,馮君木亦在七月間,爲太康磚硯拓題辭》。

◎壬戌七月二十九日(1922.9.20)前,馮君木耳病復發,直至八月十二日(1922.10.2),仍未痊癒。

◎壬戌十月五日(1922.11.23),沙孟海離甬赴滬;馮君木賦詩送別。

民國十二年(1923) 五十歲

◎壬戌十一月十九日(1923.1.5),馮君木五十歲生日。二十六日(1923.1.12)午後,馮君木與楊庭菊及其弟子等共計17人,在寧波城內後樂園攝影留念。

◎壬戌十二月初一日(1923.1.17),馮君木爲拜見李審言(1859—1931),專程趕至上海。

◎癸亥七月初,寧波旅滬同鄉會召開理事會;馮君木與陳訓正等五人被推選爲出版委員。

◎癸亥七月,上海錢業界領袖秦潤卿(1877—1966)創建修能學社;馮君木因爲反對新文化而與秦氏同調的關係,被聘爲社長。

◎經馮君木做媒,癸亥七月二十日(1923.8.31),蔡明存次女許配給錢保杭(1878—1922.3.9)長子錢箕傳。

◎時至癸亥十一月十九日(1923.12.26),馮君木將《寒莊文編》未收的虞輝祖遺作,輯爲《寒莊文外編》並作序。

民國十三年(1924) 五十二歲

◎甲子正月十九日(1924.2.23)前後,馮君木耳病復發。

◎甲子三月初五日(1924.4.8),經由馮君木撮合,錢箕傳與蔡道依在寧波旅滬同鄉會舉辦結婚典禮。

◎甲子五月，馮君木爲《趙撝叔手劄》作跋。

◎甲子六月，陳布雷在與馮君木、陳訓正商量後，入職於中國通商銀行。

◎甲子七月初十日（1924.8.10），張讓三先生病逝於寧波，馮君木作《張君行述》以悼之。

◎甲子十月十一日（1924.11.7），馮君木等人自滬返甬。十八日（1924.11.14），寧波兵變，馮君木等人於十月二十二日返滬以避亂。

◎馮君木結識臨桂況周頤。

◎甲子十一月二十一日（1924.12.17），由馮君木整理而成的《寒庄文外編》，正式付梓刊行。

民國十四年（1925）　五十四歲

◎乙丑三月三十日（1925.4.22）晚，馮君木、沙孟海師徒隨同況蕙風、朱彊邨拜訪吳昌碩，獲贈吳氏詩集。

◎乙丑四月一日（1925.4.23）晚，馮君木爲撮合況蕙風長女與陳巨來，特地往訪陳家。次日，馮君木與況蕙風、錢罕（1882—1950）相與結爲婚姻。

◎乙丑四月二十五日（1925.5.17），陳巨來與況蕙風長女結婚，馮君木、沙孟海師徒作爲雙方大媒，主持婚禮。

◎乙丑暮春，馮君木與陳訓正等人被徐珂推爲"當代之能文者"。

◎乙丑七月二十五日（1925.9.12）夜，馮君木、洪曰湄、陳訓正往訪況周頤于蘇州。兩日後返歸上海。

◎馮君木召集同志十人，結爲茗社。

民國十五年（1926）　五十四歲

◎馮君木與朱祖謀、吳昌碩、況周頤一道，爲況維琦（況周頤子）所作《雲窗授律圖》題詞。

◎應朱祖謀之請，馮君木爲吳昌碩所畫《彊村校詞圖》題詩。

◎旅滬寧波商人李雲書(1867—1935)年將五十,馮君木詩以壽之。

◎丙寅春,馮君木纂成《蕭瑟集》,其編纂旨趣與韋縠《才調集》正好相反。

◎丙寅四月初六日(1926.5.17),馮都良(君木長子)喪子。

◎丙寅六月初三日(1926.7.12),馮君木以修能學社社長身份,與社董秦潤卿、副社長楊宗慶一道,在《申報》刊登招生廣告。

◎丙寅九月十九日(1926.10.25),馮君木爲沙孟海改定《潤約》。

◎丙寅九月廿二日(1926.10.28),馮君木與沙孟海商討修能學社的明年規劃。

◎丙寅十月十日(1926.11.14)前後,馮君木又病腹脹。

民國十六年(1927)　五十五歲

◎丙寅十二月二日(1927.1.5),馮君木通過陳布雷,爲沙孟海明年在商務書館謀得一差事(事實上提前入職於十二月廿二日)。

◎丁卯夏秋之際,臨桂況周頤(1859—1926)在去世一年後,窆封於湖州道場山。馮君木應邀爲作墓志銘。

◎丁卯初冬,馮君木與姚壽祁一道,造訪徐珂于滬西康家橋之康居。

◎馮君木受邀作《張澄賢先生祠堂碑記》,用以表達寧波旅滬同鄉對張讓三的敬重和懷念。

◎丁卯十一月初六(1927.11.29)晨,吳昌碩病逝於上海。初八下午大殮,馮君木前往吊唁。

◎自丁卯十二月起,馮君木不再担任修能學社社長,轉由陳布雷繼任。

民國十七年　戊辰(1928)　五十六歲

◎2月,馮君木拜托陳訓正,將無法立足于上海的沙孟海,介紹到浙江省政府秘書處任職。

◎7月初,上海臨時義賑會爲籌賑魯災,發行福果券以充賑款。隨後,馮君木贊助所作書畫作品。

民國十八年(1929)　五十七歲

◎戊辰十一月二十一日(1929.1.1)之前,馮君木將《題京伶梅蘭芳瘞花小象》詩改爲《瘞花圖》,並當面贈送給梅蘭芳(1894—1961)。

◎在全國美展結束後,馮君木與朱彊邨、程子大、吳湖帆等十餘位同好,發起創建"觀海談藝社"。

◎己巳夏秋之際,馮君木受修能學社之委托,主持該社國文教材的改進計劃。

◎己巳秋前後,馮君木、徐珂、王一亭、張元濟、黃賓虹、朱祖謀等人應邀爲《機絲夜月圖題詠集》題詠。

◎己巳七月十七日(1929.8.21)下午,馮君木被寧波旅滬同鄉會第八次常務委員會任命爲十五位"教育委員"之一。

◎己巳秋,馮君木遊杭州,作《湖樓感賦,次天嬰均》。

◎己巳十月初十日(1929.11.10),馮君木赴六三花園參加中日友人紀念吳昌碩先生逝世三周年的活動。

民國十九年(1930)　五十八歲

◎己巳十二月,由鄭孝胥、程子大、吳湖帆、馮君木等十八人共同發起的觀海藝社,成立於上海。

◎庚午四月,弟子章闇得知馮君木病後,特來上海探視。

◎庚午七月七日(1930.8.30)前後,馮君木因久困胃病而精神衰弱。

◎庚午夏秋之際,馮君木連續四十多天胃部不適,在程子大的介紹下,經證道居士按摩六七次後,方才痊愈。

◎庚午九月六日(1930.10.27)乃其亡妻俞因誕辰,馮君木祭奠於寺院，並賦詩紀念。

◎弟子朱炎復病卒於南京，馮君木得悉後，痛心不已，並爲之整理遺稿。

民國二十年(1931)　　五十九歲

◎庚午十一月三十日(1931.1.18)，馮君木所撰《安吉吳先生墓表》見刊於《申報》。

◎辛未正月二十七日(1931.3.15)前，馮君木右臂瘋癱。

◎由朱彊邨、馮君木審閱而定稿的況蕙風遺著，自辛未二月十日(1931.3.28)起陸續出版。

◎辛未三月上旬，馮君木病情呈現出難以逆轉的惡化趨向。在此前後，王个簃請馮君木題詩于王一亭(1868—1939)所畫的王氏先德遺像之上。儘管馮氏當時已病入膏肓，但仍勉力口占二絕。

◎老友吳昌碩(1844—1927)將在冬季下葬于唐棲之超山，馮君木爲作墓表。

◎辛未四月初二日(1931.5.18)下午四時，馮君木先生病逝于上海。

◎辛未四月初三日(1931.5.19)下午一時，馮君木先生遺體入殮。

參 考 文 獻

一、著作

A

《安持人物瑣記》，陳巨來著，中國書畫出版社，2011年。

B

《悲回風》，陳訓正撰，民國二十一年三月浙江省立圖書館鉛印巾子居叢刊本，南京圖書館藏，索書號"GJ/808177"。

《悲華經舍文存》，洪允祥著，鉛印本，1936年。

《八指頭陀詩文集》，釋敬安著，梅季點校，岳麓書社，2007年。

《悲華經舍詩存》，洪允祥著，吳鐵佶點校，浙江古籍出版社，2011年。

C

《悵惘》，馮都良著，光華書局，1925年。

《重訂圓瑛大師年譜》，明暘主編，照誠校訂，中華書局，2004年。

《陳訓慈百年誕辰紀念文集》，浙江圖書館編，北京圖書館出版社，2006年。

《程頌萬詩詞集》，程頌萬著，徐哲兮校點，湖南人民出版社，2009年。

《陳布雷回憶錄》，陳布雷著，東方出版社，2009年。

《蒼虯閣詩》，陳曾壽著，張寅彭、王培軍校點，上海古籍出版社，2012年。

《慈溪碑碣墓志彙編（清代民國卷）》，慈溪市文物管理委員會辦公室、寧波市江北區文物管理所編,浙江古籍出版社,2017年。

《陳訓正年譜》,唐燮軍、戴曉萍著,浙江大學出版社,2019年。

D

《大受堂札記》,徐珂撰,《心園叢刻一集》,杭縣徐氏聚珍仿宋版,1925年。

《當代名人尺牘》上下卷,王文濡選輯,上海文明書局,1926年。

《定海縣志》,陳訓正、馬瀛撰,《中國地方志集成·浙江府縣志輯》(38),上海書店,1993年。

E

《二十世紀寧波書壇回顧——書法作品選集》,徐良雄主編,寧波出版社,1999年。

F

《復盦覓句圖題詠》,徐新六輯,《叢書集成續編》第118册,新文豐出版公司,1989年。

《馮王兩侍郎墓錄》,馮貞群輯,《四明叢書》第六册,廣陵書社,2006年。

《伏跗室書藏記》,駱兆平著,寧波出版社,2012年。

G

《光緒慈谿縣志》,馮可鏞修,楊泰享纂,《中國方志叢書》華中地方第213號,成文出版社,1975年。

《光宣以來詩壇旁記》,汪闢疆著,遼寧教育出版社,1998年。

H

《寒莊文編》,虞輝祖撰,鉛印本,1921年。

《寒莊文外編》,虞輝祖撰,馮君木整理,鉛印本,1923年。

《回風堂詩文集》,馮君木著,中華書局倣宋字鉛印本,1941年。

《悔復堂詩》,應叔申撰,餘姚黃立鈞刊本,1942年。

《韓昌黎詩繫年集釋》第三卷,上海古籍出版社,1984年。

《鶴巢詩文存》,忻江明原著,忻鼎永等整理,黃山書社,2006年。

《海藏樓詩集(增訂本)》,鄭孝胥著,黃坤、楊曉波校點,上海古籍出版社,2014年。

J

《睫巢詩鈔》,陳康瑞撰,鉛印本,1924年。

《近代上海詞學繫年初編》,楊柏嶺編著,上海教育出版社,2003年。

《近代上海詩學繫年初編》,胡曉明、李瑞明編著,上海教育出版社,2003年。

《校輯民權素詩話廿一種》,王培軍、莊際虹校輯,鳳凰出版社,2016年。

K

《康居筆記匯函》,徐珂著,孫安邦、路建宏點校,山西古籍出版社,1997年。

《況周頤詞集校注》,況周頤著,秦瑋鴻校注,上海古籍出版社,2013年。

L

《寥陽館詩草》,姚壽祁撰,餘姚黃立鈞刊本,1942年。

《李審言全集》,李詳著,李稚甫編校,江蘇古籍出版社,1989年。

《菉綺閣課徒書劄》,張美翊著,樊英民編校,山西畫院《新美域》,2008年第2期。

M

《民國詩話叢編》(五)，張寅彭主編，上海書店出版社，2002年。
《民國人物碑傳集》，卞孝萱、唐文權編，鳳凰出版社，2011年。
《梅蘭芳滬上演出紀》，張斯琦編著，中西書局，2015年。
《民國來信及百年名人墨跡》，王雙强著，學林出版社，2015年。
《民國詞集叢刊》第3冊，曹辛華編，國家圖書館出版社，2016年。

N

《寧波古橋碑刻集》，朱永寧編著，寧波出版社，2021年。

P

《瓶粟齋詩話》五編上卷，沈其光撰，楊焄校點，《民國詩話叢編》(五)，張寅彭主編，上海書店出版社，2002年。

Q

《清代硃卷集成》，第400冊，顧廷龍主編，臺灣成文出版社，1992年。
《清文匯》，沈粹芬等輯，北京出版社，1996年。
《全祖望集匯校集注》，全祖望撰，朱鑄禹匯校集注，上海古籍出版社，2000年。
《清詞序跋彙編》，馮乾編校，鳳凰出版社，2013年。
《清末民國舊體詩詞結社文獻彙編》第12冊，南江濤選編，國家圖書館出版社，2013年。
《彊村語業箋注》，朱孝臧著，白敦仁箋注，浙江古籍出版社，2016年。
《千年望族慈城馮家：一個寧波氏族的田野調查》，王静著，寧波出版社，2015年。
《清代名人尺牘選粹》，于浩編，國家圖書館，2017年。

R

《忍古樓詞話》,夏敬觀著,《詞話叢編》第五册,唐圭璋編,中華書局,1986年。

《若榴花屋師友札存》,沙孟海著,西泠印社,2002年。

《容膝軒文集》,王榮商撰,《四明叢書》第30册,廣陵書社,2006年。

S

《單雲甲戌稿》,陳寥士撰,抄本,1935年。

《申報影印本》,上海書店,1983年。

《沙孟海書法集》,上海書畫出版社,1987年。

《散原精舍詩文集》,陳三立著,李開軍標點,上海古籍出版社,2003年。

《沙孟海先生年譜》,沙茂世編撰,西泠印社出版社,2010年。

《沙孟海全集·日記卷》,洪廷彦主編,西泠印社出版社,2010年。

《沙孟海全集·文稿卷》,汪濟英主編,西泠印社出版社,2010年。

《四明清詩略》,董沛、忻江明輯,寧波出版社,2015年。

《書法大成》,平衡編,上海書店出版社據中央書店1949年版複印本,2021年。

T

《天嬰室叢稿第二輯》,陳訓正著,鉛印本,1934年。

《天嬰室叢稿》,陳訓正撰,《近代中國史料叢刊正編》(63),沈雲龍主編,文海出版社,1972年。

《天嬰詩輯·續編》,陳訓正著,陳訓慈整理,1988年。

《太虛大師年譜》,釋印順著,中華書局,2011年。

《童氏家族》,胡紀祥編著,寧波出版社,2011年。

《太炎全集·太炎文錄補編》,馬勇整理,上海人民出版社,

2017年。

《天一閣藏清代珍稀稿本提要》,周慧惠等著,國家圖書館出版社,2019年。

W

《王个簃隨想録》,王个簃著,上海書畫出版社,1982年。
《晚山人集》,陳訓正著,陳訓慈整理,1985年。
《文史博議》,周采泉著,廣東人民出版社,1986年。
《汪辟疆文集》,汪辟疆著,上海古籍出版社,1988年。
《吳湖帆文稿》,吳湖帆著,梁穎編校,吳元京審訂,中國美術學院出版社,2004年。
《王一亭年譜長編》,王中秀編著,上海書店出版社,2010年。
《望雲談屑》,張雲卿著,天津古籍出版社,2014年。
《吳湖帆年譜》,王叔重、陳含素編著,東方出版中心,2017年。
《吳昌碩藝文述稿》,吳昌碩著,吳超編,上海人民美術出版社,2019年。
《王个簃年譜》,魏武、姚沐編著,上海書店出版社,2020年。

X

《雪野堂文稿》,袁惠常著,鉛印本,1949年。
《峽源集》,毛宗藩撰,《四明叢書》第30冊,廣陵書社,2006年。
《夏敬觀年譜》,陳誼著,黃山書社,2007年。
《細説北洋》,陳錫璋著,商務印書館,2016年。
《溪上譚往》,童銀舫主編,浙江古籍出版社,2020年。

Y

《甬上青石張氏家譜》,張美翊主纂,味芹堂鉛印本,1925年。
《鄞縣通志》,陳訓正、馬瀛纂,寧波出版社,2006年。

《余紹宋日記》,余紹宋著,龍遊縣地方志編纂委員會整理,中華書局,2012年。

《葉恭綽詞學文集》,彭玉平、姜波整理,《民國詩詞學文獻珍本整理與研究》(46),河南文藝出版社,2016年。

《藝林散葉》(修訂版),鄭逸梅著,北方文學出版社,2019年。

Z

《張謇叟先生文稿》,張讓三著,手寫本,寧波天一閣博物院藏(馮3620),1923年。

《增廣印光法師文鈔卷》,釋印光著,上海中華書局鉛印本,1927年。

《中國美術社團漫錄》,許志浩編著,上海書畫出版社,1994年。

《中國現代美術全集·書法1》,劉正成主編,河北美術出版社,1998年。

《張元濟全集》第4卷《詩文》,張元濟著,商務印書館,2008年。

《籀廎述林》,孫詒讓著,許嘉璐主編,雪克點校,中華書局,2010年。

《趙尊岳集》,趙尊岳著,陳水雲、黎曉蓮整理,鳳凰出版社,2016年。

《張美翊手札考釋注評》,侯學書編著,文物出版社,2020年。

二、論文

張美翊:《慈谿費君冕卿行狀》,《寧波旅滬同鄉會月報》第6期,1923年3月。

馮昭適:《飛鳧山館筆記》,《寧波旅滬同鄉會月刊》第49期,1927年8月。

馮君木:《題識雜言》,《蜜蜂》第1卷第10期,1930年6月11日。

馮开:《趙君占綬四十壽序》,《寧波旅滬同鄉會月刊》第89期,

1930年12月。

陳訓正：《招都梁過玉暉樓，謀編刊〈回風集〉，時直深秋，俯伏多感，既傷逝者行，復自念，喟然賦此》，南京《國風》半月刊第7期，1932年11月1日。

陳訓正：《故陸軍少將鎮海李君墓表》，《寧波旅滬同鄉會月刊》第119期，1933年6月。

張令杭：《四明學術文化消息·回風堂詩文集之籌刻》，《光華大學四明同學會特刊》，1934年12月28日。

袁惠常：《國史擬傳·馮开傳虞輝祖、洪允祥、應啓墀、朱威明》，《"國史館"館刊》第1卷第4期，1948年。

張任天：《西湖博覽會紀事》，《浙江文史資料選輯》第21輯，浙江人民出版社，1982年。

沙孟海：《馮君木馮都良父子遺事》，《浙江文史資料選輯》第47輯，浙江人民出版社，1992年。

周樂：《馮君木和他的書法弟子》，《20世紀寧波書壇回顧——論文史料選輯》，鄔向東主編，寧波出版社，1999年。

鄔向東、謝典勳、駱兆平：《葆愛後生　拋棄世法——國學家馮君木和他的子侄》，《文化群星——近現代寧波籍文化精英》，王永傑等編，中國文史出版社，1998年。

杜志勇：《談馮开墓志銘拓本》，《衡水學院學報》，2012年第2期。

逯銘昕：《馮开、張原煒批校本〈後山集〉述略》，《寧波大學學報》2014年第4期。

朱則傑：《清代詩人生卒年補考——以沈如焞等十位杭州詩人爲中心》，《浙江工商大學學報》2014年第1期。

沈燕紅、朱惠國：《晚清民初學者馮开及其未刊抄本〈秋辛詞〉》，《浙江社會科學》2017年第2期。

後　　記

　　晚近以來對浙東學派的考察，顯然業已突破前人的認知框架，因而不但上溯至東漢前期的王充，而且下拉到清代末年的黃以周。但在我們看來，這類考察只有將其下限延展至1949年，才能完整敘述浙東學派的歷史變遷；事實上，若干成就突出的近代文人，譬如馮君木，也已被視作浙東學派的傳承者："吾慈溪山邑也，依山而城，山水清發，民俗淳樸，碩學通士，代有其人，當宋世有楊文元、黃東發之倫，逮及清代，有姜宸英，文名滿天下，學者稱湛園先生……去湛園二百餘年，而馮君木先生开出。"①

　　如同所有傳統學子，馮君木早年也曾汲汲於攀緣科場階梯，並在1897年由拔貢任職麗水縣學訓導。但現實政治的腐敗無能讓他心生厭惡，任職不到三年便離職從教，爾後在整個教育體制新陳代謝的時代洪流中，完成了從塾師到新式學校教師的角色轉換，並在這一轉變過程中，既撰成《秋辛詞》《回風堂詞》《回風堂詩》《回風堂文》等衆多文史作品，又培養出國民黨文膽陳布雷、書法大師沙孟海、國際問題專家馮賓符等諸多卓越人才。其人生經歷之曲折、文史作品之豐碩（且未經整理）、教育成果之突出，充分表明：整理馮君木的傳世詩文，探究馮君木的治學理念，歸納馮君木的教育思想，乃至稽考馮君木逐漸褪去舊式文人色彩最終卻又迴歸傳統的人生軌跡，皆有其不容低估的學術價值和毋庸置疑的現實意義。

---

　　① 葛暘：《袁母屠太夫人七十壽序》，《寧波旅滬同鄉會月刊》第67期，1929年2月。

遺憾的是，流傳至今的馮君木詩文集——主要有《回風堂詩文集》(其實只是《回風堂詩》與《回風堂文》的簡單拼湊)、《回風堂詞》、《秋辛詞》三種——不僅不易獲得，而且僅憑這三種文獻，仍不足以全面評判馮君木其人其學，因而筆者認爲有必要將目所能及的所有馮君木詩文及相關資料，董理成爲一個可供學界放心使用的點校本。其具體做法是：(1) 對《回風堂詩》《回風堂文》《回風堂詞》《秋辛詞》這類保存比較完整的文獻，加以標點、校注。校注的重心是：通過廣泛查閱馮君木本人及其友朋、弟子的詩文集——馮君木《回風堂詩文集》、《張美翊手劄考釋注評》、陳訓正《天嬰室叢稿》第一輯和第二輯、應叔申《悔復堂詩》、陳康瑞《睫巢詩鈔》、姚伯貞《寥陽館詩草》、徐珂《大受堂札記》、沙孟海《僧孚日錄》等，努力確定馮君木傳世詩詞文的寫作時間或寫作背景；(2) 將《回風堂脞記》《夫須詩話》《夫須閣隨筆》《無欲速無見小利》《先兄蓮青先生事略》等散見於官方檔案、總集、雜誌、期刊的各類作品，根據問世時間之先後，彙聚爲《詩文補遺》，加以標點、校注；(3) 將沙孟海《慈谿馮先生行狀》、陳三立《慈谿馮君墓志銘》、陳訓正《慈谿馮先生述》及友人的贈詩，合併爲《傳記資料》。在整理這些資料時，既標明其來源，同時加以標點、考辨；(4) 在收集、標點、辨析其傳世詩詞文的基礎上，撰作《〈回風堂詩文集〉考述》《馮君木年譜簡編》，並分別置於卷首和書末。

如所周知，年經事緯而又纖悉無遺地敘述一人之道德、學問、事業的年譜書寫，自北宋以來就日漸興盛，迄今已逾5 000種，且其數仍在持續增加中。這些年譜，或爲譜主自訂，或爲門生故舊所撰，亦有後人就古代名人著述考其事蹟而編列者，且誠如孫詒讓先生所論，具有不可替代的史料價值："蓋名賢魁士，一生從事於學問，論撰之間，其道德文章既與年俱進，而生平遭際之隆汙夷險，又各隨所遇而不同，非有譜以精考，其年無由得其詳實。即一二瑣屑軼事，亦其精神所流露，國史家傳所不及詳者，皆可摭拾入之年譜。凡史傳碑狀紀述舛午不可治者,得年譜以理董之,而弇然如引繩以知矩也。"①也正有鑒於此,本書特置《馮君木年譜簡編》於書末,意欲比較系統地展現馮君木其人其學。

唐燮軍
識於寧波鄞州董天府
2022 年 12 月 3 日晚

---

① 《籀廎述林》附錄《冒巢民先生年譜序》,孫詒讓著,許嘉璐主編,雪克點校,中華書局 2010 年版,第 355 頁。

圖書在版編目(CIP)數據

馮君木集校注 / 馮君木撰;唐燮軍,崔雨,李學功校注. —上海:上海古籍出版社,2023.11
ISBN 978-7-5732-0974-0

Ⅰ.①馮… Ⅱ.①馮… ②唐… ③崔… ④李… Ⅲ.①中國文學—近代文學—作品綜合集 Ⅳ.①I215.02

中國國家版本館CIP數據核字(2023)第226295號

馮君木集校注

馮君木 撰
唐燮軍 崔 雨 李學功 校注
上海古籍出版社出版發行
(上海市閔行區號景路159弄1—5號A座5F 郵政編碼201101)
(1)網址:www.guji.com.cn
(2)E-mail:guji1@guji.com.cn
(3)易文網網址:www.ewen.co
上海顓輝印刷廠有限公司印刷
開本890×1240 1/32 印張20.75 插頁2 字數540,000
2023年11月第1版 2023年11月第1次印刷
ISBN 978-7-5732-0974-0
Ⅰ・3777 定價:98.00元
如有質量問題,請與承印公司聯繫